BASTEI
LÜBBE
TASCHENBUCH

Weitere Titel des Autors:

Die Frequenz
Zeitriss

Über den Autor:

Christopher Ride ist Geschäftsführer eines australischen IT-Unternehmens. Mit seinem ersten Buch, *Die Frequenz*, hat er sich seinen Jugendtraum erfüllt, einmal Schriftsteller zu werden. Noch wichtiger als Bücher ist ihm seine Familie, mit der er in Melbourne lebt. Seine Romane schreibt Christopher Ride mit Vorliebe in seinem Haus am Strand. Dort hat er vom Schreibtisch aus einen malerischen Blick aufs Meer und arbeitet derzeit an seinem nächsten Thriller.

Christopher Ride

DIE VERGESSENE SONNE

Thriller

Aus dem australischen Englisch von
Angela Koonen

BASTEI
LÜBBE
TASCHENBUCH

BASTEI LÜBBE TASCHENBUCH
Band 16 638

1. Auflage: März 2012

Dieser Titel ist auch als E-Book erschienen

Vollständige Taschenbuchausgabe

Bastei Lübbe Taschenbuch in der Bastei Lübbe GmbH & Co. KG

Deutsche Erstausgabe

Titel der australischen Originalausgabe: »The Inca Curse«
Originalverlag: Random House Australia
Dieses Werk wurde vermittelt durch die Literarische Agentur
Thomas Schlück GmbH, 30827 Garbsen.

Textredaktion: Anke Pregler, Rösrath
Titelillustration: © Johannes Wiebel, punchdesign, München
unter Verwendung von Motiven von Shutterstock
Umschlaggestaltung: Johannes Wiebel, punchdesign, München
Satz: Urban SatzKonzept, Düsseldorf
Gesetzt aus der Garamond
Druck und Verarbeitung: CPI – Ebner & Spiegel, Ulm
Printed in Germany
ISBN 978-3-404-16638-1

Sie finden uns im Internet unter
www.luebbe.de
Bitte beachten Sie auch:
www.lesejury.de

Der Preis dieses Bandes versteht sich einschließlich
der gesetzlichen Mehrwertsteuer.

Prolog

Als das Zeitalter der Fische vor ungefähr zweitausend Jahren anbrach, wurden neununddreißig Bücher des Alten Testaments auf Papyrusrollen geschrieben. Dies geschah durch heilige Männer der Bruderschaft von Khirbet Qumran, die nur auf der Erde waren, um die Lehren Gottes und seine Weisheit aufzuzeichnen. Die mythischen Handschriften, die häufig als Schriftrollen vom Toten Meer bezeichnet werden, sind die ältesten bekannten Handschriften der Bibel. Doch neben ihrer offensichtlichen Weisheit bergen sie eine noch viel bedeutendere Wahrheit.

Es ist das Wissen, wie dieses herrliche Universum beschaffen ist, in dessen fragiler Schale unberechenbare Kräfte verborgen sind. Kosmische Strings aus immenser Energie verleihen den Dingen eine Dimension, schaffen Materie, Gravitation, Licht und Dunkelheit und auch das weite Nichts des Weltraums. Sie geben uns auch die vierte Dimension: die Zeit. In den Qumranschriften ist der Schlüssel für all das verborgen.

Sobald der rechte Zeitpunkt gekommen und die Technik und Weisheit des Menschen entsprechend entwickelt wäre, sollten die Schriftrollen sich einer ausgewählten Gruppe von Menschen offenbaren, denen die Rolle von Schützern der Zukunft und der Vergangenheit zukäme. Im Buch Esther sind die Geheimnisse des Zeitreisens verschlüsselt enthalten, und in den übrigen Büchern des Alten Testaments ist jeweils ein Auftrag zu finden, achtunddreißig insgesamt.

Dies ist die Geschichte eines solchen Auftrags.
Dies sind die Reisen des Aufsehers.

1.

Cusco, Peru
Plaza de Armas
Ortszeit: 14.46 Uhr
13. Januar 1908

Auf dem Rücken eines Esels ritt Juan Santillana durch den Nieselregen den Berg hinab und über das Kopfsteinpflaster auf den zentralen Platz von Cusco. Aus seinem Kapuzenponcho schauten nur die Augen und seine rechte Hand heraus, die den nassen, grauen Alpakastoff von innen unter dem Kinn zusammenhielt. Auf dem Platz hatte achthundert Jahre zuvor Manco Cápac, der erste Inka-König, den goldenen Stab des Sonnengottes hingeworfen und verkündet, dass dort die Hauptstadt des Inka-Reiches erbaut werden solle. Sie bekam die Umrisse eines Pumas, ein heiliges Tier der Inka, und an der Stelle seines Herzens befand sich dieser Platz.

Er war quadratisch und maß von einem Ende zum anderen dreihundert Schritt. In der Mitte stand ein großer, zweistöckiger spanischer Brunnen. Drei ausgetretene Wege, die sich in der Mitte kreuzten, verliefen über die geneigte Fläche, und teilten sie in sechs symmetrische Rasendreiecke. Während der Zeit der Inka-Könige hieß der Platz Huacaypata – Herz des Pumas. Doch er wurde von dem spanischen Eroberer Francisco Pizarro in Plaza de Armas, Platz der Waffen, umbenannt, nachdem dieser Cusco 1533 auf brutale Weise eingenommen hatte.

Die Schritte des Esels wurden unsicher, als er sich unter dem grauen Nachmittagshimmel auf den weiten Platz schleppte. Es war ein langer Ritt gewesen, und auch Juan hatte seit ein paar Stunden Mühe, die Augen offen zu halten. Doch auf der Plaza de Armas angelangt, war er plötzlich hellwach und nahm mit scharfen Sinnen den eindrucksvollen Anblick der Kathedrale in sich auf, die vor ihm aufragte.

Wie so oft in den vergangenen drei Tagen griff er hinter sich nach der schweren Satteltasche, die auf dem Hinterteil des Esels festgebunden war. An der Treppe vor der Kathedrale überlegte Juan einmal mehr, dem Esel die Hacken in die Seiten zu stoßen und mit seiner Entdeckung wegzureiten.

Welchen Wert hat das Leben meines Bruders?, fragte er sich.

Er sah zu den Glockentürmen der katholischen Kirche hoch, zwischen denen sich das bescheidene weiße Holzkreuz gegen den grauen Himmel abhob, ehe er endgültig seine Entscheidung traf.

Juan bekam unerwartet Herzklopfen und blickte suchend über den Platz.

Überall waren Leute, die trotz des Regens wie an jedem anderen Tag auch ihren Geschäften nachgingen. Zahllose Esel zogen Karren mit Erzeugnissen von den Bauernhöfen der Umgebung – Holz, Süßkartoffeln, Mais, Quinoa, Tee. Eine Frau trug ihren Säugling in einer Schlinge unter dem Poncho und einen schweren Sack Weizen auf dem krummen Rücken. Weiter weg kauerten peruanische Soldaten unter einem Vordach der Kaserne beim Kartenspiel zusammen, ihre Gewehre standen ordentlich nebeneinander an die Wand gelehnt. Zwei Mönche gingen gemächlich über den Platz auf die Jesuitenkirche zu, die braunen Kapuzen tief ins Gesicht gezogen.

Juan stieg langsam von seinem Esel ab. Ihn schmerzte der Rücken von dem langen Ritt. Seine Kleidung war durchnässt, sein Hintern wund. Er konnte vor Schmerzen kaum stehen.

In Cusco wusste noch niemand von dem immensen Schatz in seiner Satteltasche. Es war eine Kostbarkeit, wie sie noch nie ein Mensch gesehen hatte. Wenn in diesen belebten Straßen auch nur einer davon wüsste, gäbe es einen Menschenauflauf, weil alle die Taschen berühren wollten, ganz zu schweigen von dem Wunsch, sie an sich zu bringen. Juan hatte bereits einen Menschen getötet, um sie zu schützen, und er hatte Angst, es wieder tun zu müssen. Es war, als spräche der sonderbare Gegenstand zu ihm, erzählte ihm von den Freuden und Reichtümern, die bald sein wären, und schmeichelte sich damit direkt in sein Gehirn. Juan wollte glauben, dass er die Sünde des Tötens begangen hatte, um seinen Bruder zu retten – es war viel leichter, die Sache so zu sehen. Doch eines war sicher: Er sonnte sich im hellen Glanz einer furchteinflößenden Macht, wenn er das Inka-Ding anschaute. Es war nicht von dieser Welt, so viel war ihm klar.

Als er sich der mächtigen Kirche zuwandte, zog sich ihm plötzlich der Magen zusammen. Wollte er das kostbare Ding wirklich Bischof Francisco übergeben? Er tastete unter dem Poncho nach dem kleinen Silberkreuz, das an einem dünnen Lederband um seinen Hals hing.

»Sprich zu mir, Christus«, murmelte er.

Juan schaute an der Fassade hinauf, und sein Blick blieb an dem weißen Zifferblatt des linken Turms hängen. Es war eine Minute vor drei, und gleich würden die Glocken in ihrer ganzen Herrlichkeit läuten. Dann hob eine Melodie an, die so lieblich war, als sängen die Engel an Gottes Seite. Der klare, helle Klang der zwölf Glocken von Cusco war Juan so vertraut wie der Kuss seiner Mutter. Er hatte mit seinen Eltern und Brüdern keine fünf Kilometer von diesem Platz entfernt gewohnt und oft voller Vorfreude die Sekunden gezählt, bis die Glocken erklangen, was sie jeden Morgen und Nachmittag taten.

Juan schloss die Augen und schwelgte in Erinnerungen.

Sein jüngerer Bruder Corsell war ein guter Bruder gewesen. Dieses Jahr würde er einundzwanzig werden, er selbst dreiundzwanzig. Als Jungen hatten sie sich immer nahegestanden, erst in den vergangenen Jahren hatte sich das geändert, wie bei vielen, wenn sie erwachsen wurden. Corsell war zum Militär gegangen, und er selbst arbeitete als Büchsenmacher bei seinem Vater.

Juan schreckte aus seinen Gedanken hoch, als er eine Hand auf seiner Schulter spürte, und fuhr unter der unerwarteten Berührung jäh zurück.

»Ruhig, mein Junge«, sagte Monseñor Pera wohlwollend.

»Sie haben mich erschreckt, Vater!« Juan versuchte, seinen aufgeregten Atem zu zügeln.

»Du hättest schon vor Wochen zurück sein sollen«, flüsterte der alte Priester. Er trug eine schwarze Kutte und ein Seil um die Taille. Offensichtlich war er gerade erst ins Freie getreten, denn der Regen perlte noch von dem schweren Stoff ab. Um den Hals trug er ein großes Silberkreuz an einer dicken silbernen Kette. »Alle sind sehr besorgt.«

»Es war schwieriger, als Sie sich vorstellen können«, sagte Juan.

»Wo ist Jesús?« Der Priester sah sich suchend nach dem jungen Novizen um.

Juan schluckte. »Ich habe eine schlechte Neuigkeit, Vater. Jesús ist in den Bergen von einem Felsen gestürzt und dabei umgekommen.« Er fasste die Hand des Geistlichen und fiel auf ein Knie. »Ich habe alles getan, um ihn zu schützen, Padre! Aber er kam in den Bergen nicht zurecht. Das hat ihn das Leben gekostet.«

Monseñor Pera bekreuzigte sich. »Ich hatte befürchtet, dass so etwas passiert. Und ich sehe, dass sich meine schlimmste Ahnung bewahrheitet hat. Gott sei Dank, dass wenigstens du unversehrt zu uns zurückgekommen bist. Hast du die untergegangene Stadt gefunden?«, fragte er gedämpft, damit sie niemand hörte.

»Ist Corsell am Leben?«, fragte Juan, statt zu antworten.

Monseñor Pera lächelte ihn an und zog Juan hoch. »Selbstverständlich ist dein Bruder am Leben. So war es vereinbart, mein Sohn.«

Juan kannte den alten Mann von klein auf und hatte keinen Grund, ihm nicht zu glauben. Der Geistliche war bei der Vermählung von Juans Eltern Novize gewesen. Das war über fünfundzwanzig Jahre her. Und jetzt war er Monseñor in der größten Kirche Perus und war Bischof Francisco unmittelbar unterstellt, einem Mann, den Papst Pius ernannt hatte.

Flüsternd fragte der Geistliche: »Konntest du den Schatz herschaffen?«

Juan schlug das Herz so laut in der Brust, dass er meinte, sie müsste platzen. Wenn er mit dem Ding abhauen wollte, dann jetzt.

»Das Leben deines Bruder hängt daran«, gab der Priester zu bedenken.

Der Regen wurde etwas stärker, und aus den Sekunden wurden Minuten.

»Der Einzige, der deinen Bruder retten kann, bist du, mein Sohn. Ich möchte nicht einmal daran denken, welch schreckliche Folter dem Jungen bevorsteht, wenn ihm die Dämonen ausgetrieben werden müssen.«

Juans Blick schweifte zur Satteltasche auf dem Hinterteil seines Esels. »Es ist genau, wie der Bischof gesagt hat«, erklärte Juan mit einem Stoßseufzer. »Eine so herrliche Kostbarkeit, dass der bloße Anblick die Seele erhebt.«

»Ich bin sehr zufrieden.« Monseñor Pera lächelte. »Komm, wir sollten hineingehen. Der Bischof wird heute Abend zurückkommen, und wir können ihn mit guten Neuigkeiten empfangen.«

Juan folgte dem alten Priester die Stufen der Kathedrale hinauf und zog seinen Esel dabei hinter sich her. Kein Wort fiel, während sie sich dem Portal näherten.

»Vater, wenn Sie es sehen, werden Sie sich sicher selbst fragen, warum ich mich nicht einfach damit aus dem Staub gemacht habe – solch eine Schönheit – trotz der schrecklichen Folgen für Corsell und meine Familie.«

»Du hast es nicht getan, weil du ein guter Mensch bist.« Monseñor Pera drückte den Türflügel auf und betrat die Kirche.

Juan schauderte bei diesen Worten. Er war kein guter Mensch, und er wusste das. Er führte den Esel in das Mittelschiff, und als die Tür mit einem dumpfen Laut hinter ihnen zufiel, verstummte das Geräusch des heftigen Regens. Es war totenstill. Nur der Hufschlag des Lasttiers auf dem glatten Granitboden war zu hören.

Die Kathedrale war ein grandioser Bau und auf den Grundmauern des Wiracocha-Palastes errichtet worden, der über dreihundert Jahre lang Residenz der Inka-Könige gewesen war. Nach der Einnahme Cuscos befahl Pizarro, den Inka-Palast zu zerstören und mit den Steinen die Kathedrale zu bauen.

»Ist er in der Satteltasche?«, fragte Monseñor Pera.

Juan deutete mit dem Kopf in ihre Richtung. »Ja, Vater«, antwortete er, rührte aber keinen Finger, um den Schatz hervorzuholen.

»Ich brenne darauf, ihn zu sehen, mein Sohn.«

Mit jedem Augenblick, der verstrich, wurde Juan aufgeregter. Sein Atem ging schneller, sein Gesicht rötete sich.

»Öffne die Satteltasche, und lass mich sehen, was du da hast!«

Juan schwankte, ob er das Ding hergeben sollte oder nicht. »Wo ist mein Bruder?« Suchend schaute er zwischen den erhabenen Säulen umher. »Ist er hier?«

»Er ist bei Bischof Francisco«, antwortete Monseñor Pera. »Nun zeig mir den Schatz.« Er ging mit ausgestreckter Hand auf die Satteltasche zu.

Juan stellte sich dazwischen. »Nicht, ehe mein Bruder unversehrt wieder bei mir ist. So war es abgemacht.«

Monseñor Pera blieb stehen und verzog ärgerlich das Gesicht. »Du wagst es, dich mir im Hause Gottes zu widersetzen! Du wirst tun, was ich sage, und die Satteltasche öffnen!«

So aufgeregt, dass er kaum denken konnte, blickte Juan zu dem lebensgroßen Christusbild an der Wand auf: Das Blut tropfte lebensecht von der Dornenkrone auf dem Haupt, die Hände und Füße waren mit großen Nägeln an das Kreuz geschlagen. Heftig atmend sah Juan dann wieder in das zornige Gesicht des Monseñor.

»Er will den Schatz nur für sich selbst!«, rief ihm eine tiefe, machtvolle Stimme zu. »Du musst ihn töten, bevor er dich tötet!«

Juan strich über das Silberkreuz unter seinem Poncho. »Sie dürfen ihn nicht sehen«, erklärte er, und vor lauter Angst brach ihm die Stimme.

»Wie kannst du es wagen!«, schrie der Priester. »Gib ihn her …«

Ehe Juan wusste, was er tat, hatte er sein Jagdmesser aus dem Stiefel gezogen und stieß es dem Geistlichen in den Magen.

»Du musst ihn töten!«, wiederholte die tiefe Stimme. »Sonst wird er dich töten! Du musst ihn töten!«

Plötzlich war alles verschwommen. Ihm war furchtbar schwindelig. Das Licht blendete, und kalte, dunkle Schatten umhüllten ihn. Juan hatte kein Gefühl mehr in den Gliedern, er spürte nichts. Er war leer und versuchte verzweifelt, sich in dem Wahnsinn um ihn herum zurechtzufinden.

Allmählich kam Juan wieder zu Verstand und sah den blutigen, entstellten Leichnam des Priesters vor sich liegen. Das Gesicht war zerstochen und kaum wiederzuerkennen. Juan ließ das Messer fallen. Es landete in der größer werdenden Blutlache. Das kirchliche Gewand war von zahllosen Stichen zerfetzt, die Gedärme des Monseñor quollen heraus, und der Gestank war überwältigend.

Der Esel hatte versucht, sich loszureißen, aber die Zügel waren fest um Juans Handgelenk gewickelt. Juan entfuhr ein Schrei bei dem entsetzlichen Anblick, und er biss sich in die Hand, um nicht weiterzuschreien. Der Gestank brachte ihn zum Würgen, und er erbrach Gallenflüssigkeit. Dabei sah er auf seine Hände, die voller Blut waren, ebenso wie sein

Poncho. Dann blickte er wieder auf den entstellten Leichnam. Die Welt verschwamm. Er fiel auf die Knie.

Bittere Galle strömte erneut in seinen Mund, als er den Blick zu dem Marienbildnis hob, auf dem die Jungfrau das Jesuskind in den Armen hielt. »Was habe ich getan?«, fragte er sie jammernd. Seine Augen füllten sich mit Tränen, und er drückte das Gesicht an die zerfetzte Brust des Padre. »Es tut mir leid!«, heulte er. »Es tut mir leid!«

Im Seitenschiff waren eilige Schritte zu hören, die näher kamen. Juan wusste, dass er fliehen sollte, doch er war unfähig, sich zu rühren. Er war wie erstarrt.

Das hat der Inka-Fluch mit mir gemacht, erkannte er und erbrach sich ein weiteres Mal. »Gelobt sei unser Herr Jesus Christus«, murmelte Juan und wiederholte die Worte in einem fort. »Möge er mich vom Bösen erretten.«

2.

Cusco, Peru
Plaza de Armas
Ortszeit: 10.20 Uhr
16. Januar 1908

Drei Tage nach dem grausamen Tod von Monseñor Pera ging Wilson Dowling im Nieselregen über die Kopfsteinpflasterstraße auf die Plaza de Armas zu. Er war froh, dass endlich die Zeit zum Handeln gekommen war, aber er spürte auch eine Unruhe in sich, wenn er die trauernden Menschen beobachtete, die zu Hunderten mit ihm in dieselbe Richtung strömten.

Mit seiner dreiviertellangen Moleskinjacke und einem breitkrempigen Hut war er gegen die Nässe gut geschützt. Der gebürstete Baumwollstoff war strapazierfähig und wasserdicht, wenn auch ein bisschen zu warm für den Sommer. In einem Lederranzen auf dem Rücken hatte Wilson seine Reisepapiere, ein dickes Bündel amerikanischer Dollar und eine Hand voll Goldmünzen, die noch von seinem Besuch in China stammten. Die Münzen waren ausgezeichnete Tauschware, weil das Metall weich war und sich durch einen Biss als echt auswies.

Wilson war einen Kopf größer als die Einheimischen und machte sich keine Illusionen, dass er eventuell nicht auffallen könnte. Er ging einfach ruhig mit der Menge mit, als wäre es vollkommen selbstverständlich. Bei seiner Ankunft mit dem

Zug von Lima hatte er beschlossen, sofort zur Kathedrale zu gehen und in Erfahrung zu bringen, wie es zu dem vorzeitigen Tod des Geistlichen gekommen war. Dessen blutiges Ableben war in der Geschichte des Landes, die Wilson gründlich studiert hatte, nicht vermerkt. Es war vielleicht nicht weiter relevant, aber erfahrungsgemäß war es nie gut, wenn der Ablauf der Geschichte gestört wurde.

Cusco trauerte, und fast jeder trug Schwarz. Als Wilson zu Ohren gekommen war, dass in der berühmten Basilika ein Priester durch über hundert Messerstiche ermordet worden war, war er sofort misstrauisch geworden. Die Gerüchteküche Südamerikas war oft unzuverlässig, und so hoffte er, die Fakten wären andere oder wenigstens stark ausgeschmückt worden.

Wilson wusste, dass er ein enormes Wissen über die Zukunft besaß und ihm das eine unglaubliche Macht verlieh. Der Hochmut, der daraus erwuchs und auf den er nicht stolz war, war Teil seines Selbstverständnisses geworden. Er war der Aufseher, ein Mann, der die Kraft von zwanzig Männern aufbringen konnte und bei dem sich Wunden tausendmal schneller schlossen als bei gewöhnlichen Menschen.

Doch hier befand er sich in einer fremden, altertümlichen Welt. Teddy Roosevelt war Präsident der Vereinigten Staaten. Zar Nikolaus II. sah seiner Ermordung durch russische Revolutionäre erst noch entgegen. Und Winston Churchill war ein schlanker, junger Mann, der gerade zum ersten Mal dem britischen Kabinett angehörte. Es hatte noch keinen Weltkrieg gegeben, und das britische Empire war sich des Neides der anderen Nationen sicher. Die Gebrüder Wright waren gerade erstmals in ihrem selbst gebauten Flugzeug geflogen. Der Panamakanal war noch nicht fertiggestellt.

Das Fließband musste noch den ersten Ford T produzieren. Es gab keine Telefone, Taschenrechner oder Computer, keine Satelliten, kein Google Maps, keine Elektrizität außer in den Großstädten, sondern lediglich den Telegrafen und eine wöchentlich erscheinende Lokalzeitung. Der handgeschriebene Brief war die verbreitetste Form der Fernkommunikation für eine Weltbevölkerung, die magere anderthalb Milliarden zählte. Das Erfreuliche dabei: Es war eine Welt voller Rätsel und Abenteuer, eine Zeit der Entdeckungen, in der der Tapfere von seinen Anstrengungen profitieren konnte, vorausgesetzt er war bereit, bei einem Abenteuer sein Leben zu riskieren.

Acht Jahre lebte Wilson nun schon in dieser Welt, schlug die Zeit tot und existierte wie ein Einsiedler. Seine Mission erforderte es, auf genau diesen Tag zu warten, um nach Cusco zurückzukehren und einen bestimmten Mann aufzusuchen. Seit acht Jahren war er von der modernen Welt und den Menschen, die er kannte, getrennt und hielt sich in der Vergangenheit auf, wo es den Aufseher eigentlich gar nicht geben durfte und wo er sein Handeln und Wirken deshalb zu beschränken hatte, um die Zukunft nicht negativ zu beeinflussen.

Wilson ärgerte sich über die vertane Zeit, doch jetzt war er hier und handelte gemäß den Anweisungen, die er damals erhalten hatte. Erst wenn sein Auftrag ausgeführt war, durfte er nach Hause zurückkehren.

Mit dem Strom der Trauernden näherte sich Wilson der Kirche El Triunfo, die an der Südseite der Kathedrale stand. Angespannt hörte er das eigenartige Gemurmel unzähliger Menschen vor ihm. Als er um die Ecke der Kirchenmauer bog, konnte er den weiten Platz überblicken. Dort standen die Menschen dicht an dicht, so weit das Auge reichte. Er hielt erstaunt den Atem an. Es waren Tausende, die mit dem Gesicht zur Kathedrale wütende Beleidigungen in den strömenden Regen schrien. Die Frauen umklammerten Rosenkränze, die Männer schlugen mit einfachen Holzkreuzen in die Luft, alle waren schwarz gekleidet und nass bis auf die Haut, viele weinten, und einige sangen Kirchenlieder.

Wilson, der über die Köpfe hinwegblicken konnte, sah, dass die Marktstände leer, die Häuser am Platz geschlossen, die Türen zugenagelt, die Gardinen vor den Fenstern zugezogen waren. Sogar das Postamt war geschlossen, was sehr ungewöhnlich war. Während er sich durch die Leiber nach vorn schob, horchte er auf die zahllosen Schimpfrufe, die in Richtung Kirchenfassade geschleudert wurden. Die Menschen steigerten sich in Raserei – Wilson hatte so etwas noch nicht erlebt –, und es war schwierig, sich in ihren verzweifelten Schmerz nicht hineinziehen zu lassen.

Zwischen der wütenden Menge und der Kirche standen oben auf der Treppe zwanzig Soldaten in dunkelblauen Uniformen Schulter an Schulter im Regen und hinter ihnen noch einmal zwanzig zur Verstärkung. Sie trugen .303-Gewehre, und ihren besorgten Gesichtern war anzusehen, dass sie Befehl hatten, niemanden an die Kirche heranzulassen.

Donner grollte, was Wilsons Unbehagen noch verstärkte, während er sich durch die Leute drängte. Schließlich hatte er die Treppe erreicht und stieg die Stufen hinauf. Dabei fiel ihm das Gespräch mit Davin ein, das er ein paar Stunden vor seinem Transport in die Vergangenheit geführt hatte.

Damals saß er in einem bequemen Ledersessel und trug die Uniform des Mercury-Teams. Vor ihm stand der Konferenztisch aus heller Buche. Eine Glaswand ging über die gesamte Länge des Konferenzraums und bot eine atemberaubende Aussicht auf die ausgedehnte Waldfläche.

Davin Chang saß ihm nachdenklich gegenüber.

Der Wissenschaftler war seit drei Jahren Leiter des Mercury-Teams bei Enterprise Corporation, dem größten Unternehmen der Welt. Er hatte einen ruhigen Gesichtsausdruck und lange schwarze Haare mit grauen Strähnen, die zum Pferdeschwanz gebunden waren. Seine Augenbrauen beschrieben einen scharfen Winkel, was ihm eine Spur von Gerissenheit gab. Er war erschreckend dünn, da er seit Antritt seiner Position stark abgenommen hatte. »Ich brauche mehr« war seine meistgebrauchte Redewendung, und alle witzelten über seine fordernde Art. Es passte, dass er es war, der Wilson die schlechte Neuigkeit eröffnete.

»Der Zeitplan kommt nicht ganz hin«, sagte Davin mit säuerlichem Gesichtsausdruck.

»Welcher Zeitplan tut das schon«, bemerkte Wilson.

»Es gibt ein Zeitproblem bei der Nehemia-Mission.«

Wilson beugte sich vor. »Kommen Sie zur Sache, Davin. Wir sind beide lange genug hier, um das Spiel zu kennen.«

»Sie werden bis zum Rücktransport acht Jahre warten müssen«, sagte Davin emotionslos.

Wilsons erste Reaktion war ein Grinsen. »Das ist ein Scherz, oder?«

Davin zeigte auf das Display seines Handhelds. »Wie gesagt, haben wir bei der Nehemia-Mission ein Zeitproblem.«

»Und das sagen Sie mir erst jetzt?«

»Ich war der Ansicht, dass man Sie besser nicht ablenken sollte, wenn Sie so viel um die Ohren haben«, entgegnete Davin. »Die Korrektur der Esra-Mission hat für Sie oberste Priorität.«

»Nicht ablenken!« Wilson machte eine wütende Armbewegung. »Acht Jahre sind mehr als eine Ablenkung!«

»Eine Alternative gibt es nicht«, stellte Davin kühl fest.

»Ich werde nicht gehen«, sagte Wilson.

Davin presste die Handflächen auf die Tischplatte. »Das ist lächerlich.«

»Wir haben eine Zeitmaschine, verflucht! Mich acht Jahre warten zu lassen ist lächerlich! Wir können doch reisen, wann und wohin wir wollen!« Wilson schüttelte den Kopf. »Unglaublich, dass Sie mir das zumuten wollen!«

»Die kosmischen Strings führen nicht zu jeder Zeit an jeden Ort«, erklärte Davin ruhig. »Das wissen Sie. Wir können sie nur im Jahr 1900 nach China bringen, wenn wir zwei Missionen miteinander verbinden, das ist unsere einzige Chance. Und um Sie zurückzuholen, werden Sie bis 1908 warten müssen und inzwischen den Nehemia-Auftrag erledigen. 1908 ist der frühstmögliche Zeitpunkt.« Er sah Wilson in die Augen. »Eine andere Möglichkeit gibt es nicht.«

»Wirklich unglaublich«, murmelte Wilson.

Davin blickte wieder auf seinen Handheld. »Es gibt eine gute Neuigkeit«, sagte er dann. »Obwohl Sie acht Jahre fort sein werden, brauchen wir nur dreiundzwanzig Tage auf Sie zu verzichten.«

Wilson zeigte mit dem Finger auf ihn. »Sie und Ihr Team haben das verbockt, und ich allein soll es ausbaden! Himmel noch mal! Hätten Sie mich früher informiert, hätte ich noch aussteigen können.«

»Sie sind der Aufseher«, hielt Davin ihm ruhig entgegen. »Aussteigen ist keine Option.«

Das Gebrüll der Menschenmenge holte Wilson in die Realität zurück. Einer der Soldaten sah ihn die Treppe hinaufsteigen und wies ihn mit energischer Geste zurück. Doch Wilson bremste seinen Schritt nicht, sondern senkte nur den Kopf, sodass ihm das Regenwasser aus der Hutkrempe floss.

»Sie müssen umkehren!«, schrie ihm der Soldat zu.

Wilson blickte nicht einmal auf.

»Die Kathedrale ist gesperrt!«

Wilson wollte erwidern, dass er extra aus dem Ausland käme, um in dieser Kirche zu beten, und den Mann dann mit religiösem Gewäsch einlullen. Doch als er den Blick hob und zum ersten Mal seit seiner Ankunft auf die Fassade der Kathedrale schaute, wurde ihm eiskalt.

Am rechten Glockenturm hing ein nackter Mann an einem großen Kreuz – einen grausameren Anblick konnte Wilson sich nicht vorstellen. Die Hände und Füße waren mit riesigen Stahlschrauben am Holz befestigt, der Mann war gekreuzigt worden. Seine blicklosen Augen waren offen, die schwarze Zunge hing heraus. Sein nackter Körper wies unzählige Blutergüsse auf, die ihm dem Aussehen nach einige Tage vor seinem Tod zugefügt worden waren. Er war auf qualvolle Weise gestorben.

Wilsons Puls beschleunigte sich. Eine Kreuzigung an der Außenmauer der Kathedrale war im Jahr 1908 nicht vorgesehen, ebenso wenig wie der Mord an einem Priester in der Kathedrale.

Der Soldat kam jetzt eilig auf ihn zu. »Sie müssen den Vorplatz verlassen, Fremder«, sagte er. »Sie müssen umkehren, oder wir nehmen Sie fest.«

»Wer ist der Mann?«, fragte Wilson unwillig.

»Sie müssen den Vorplatz verlassen!«

Wilson zeigte auf den Toten am Kreuz. »Sagen Sie mir, wer der Mann ist und warum er da hängt!«

Der Soldat warf einen Blick über die Schulter zu seinem Hauptmann, aber der hatte nicht die Absicht, sich mit dem Ausländer zu befassen. Seinem besorgten Gesicht nach zu urteilen, behielt er lieber die wütende Menge im Auge.

»Ich muss mit Ihrem Vorgesetzten sprechen!« Wilson machte einen Schritt an dem Soldaten vorbei.

»Das dürfen Sie nicht, Señor!«

Wilson gab sich so aufgebracht, wie ihm gerade noch ratsam schien, und fuhr zu dem Mann herum. »Ich bin ausländischer Diplomat! Begreifen Sie das? Ich habe viel mit Ihrem Präsidenten in Lima zu tun. Er ist ein Freund von mir und meiner Regierung. Sie müssen mir sagen, wer der Mann da oben ist, sonst bekommen Sie Ärger, mein Junge.«

Der Soldat wirkte nun sehr aufgeregt.

Der Hinweis auf gute Beziehungen nach oben, selbst wenn es diese gar nicht gab, schien auch in Südamerika eine gute Taktik zu sein, um weiterzukommen. Besonders weiße Ausländer wurden häufig mit Ehrerbietung behandelt, und die Einheimischen befolgten ihre Anweisungen, vor allem wenn sie energisch ausgesprochen wurden.

»Sie müssen es mir sagen«, verlangte Wilson wieder.

»Das darf ich nicht, Señor.«

»Ich denke, Präsident Pardo wird über das Geschehen hier entsetzt sein«, brüllte Wilson. »Und ich werde ihm sagen, dass auch Sie dafür verantwortlich sind!«

»Bitte, Señor, das Militär hat damit nichts zu tun. Das da«, er deutete nach oben, »ist auf direkte Anordnung des Bischofs geschehen.«

»Sie nennen mir jetzt den Namen des armen Teufels, der

da hängt, und das Verbrechen, das er begangen hat. Dann verlasse ich die Treppe, ohne Ihnen Ärger zu machen. Wenn Sie es mir nicht sagen, melde ich Ihre mangelnde Kooperationsbereitschaft meinen Kontakten in der Regierung. Das kann weitreichende Folgen für Sie haben.«

Während die Menschenmenge dem Toten ihre Beleidigungen entgegenschrie, bemerkte Wilson, dass die Leute ihn auf der Treppe gar nicht wahrnahmen.

Der Soldat warf einen raschen Blick nach beiden Seiten. »Aber dann entfernen Sie sich?«

»Auf der Stelle«, versprach Wilson.

»Er heißt Corsell Santillana, Señor.« Der Soldat schaute schuldbewusst zu der Menge hin, als wollte er nicht, dass sie ihn hörte. »Er war ein Kamerad, ein Soldat wie ich. Ich kannte ihn persönlich. Vor drei Wochen ist er in die Berge desertiert. Wir hörten nichts mehr von ihm, bis er mit dem blutigen Messer in der Hand neben Monseñor Pera in dieser Kirche gefunden wurde.« Er zeigte auf das Portal. »Mehr weiß ich nicht, Señor.«

»Und der Bischof hat ihn kreuzigen lassen?«, fragte Wilson.

Der Soldat trat einen Schritt zurück. »Wir Peruaner sind gläubige Menschen, Señor. Wenn das Oberhaupt der Kirche eine Angelegenheit in die eigenen Hände nimmt, wie es hier passiert ist, haben wir keine Wahl, sondern müssen die Entscheidung akzeptieren.«

3.

CUSCO, PERU
PLAZA DE ARMAS
ORTSZEIT: 10.40 UHR
16. JANUAR 1908

Seit zwei Stunden stand Aclla im schwarzen Kapuzenponcho in der feindseligen Menschenmenge und hielt sich unbequem nach vorn gebeugt. Viele von den Bauern um sie herum sprachen Bibelverse vor sich hin oder beteten, andere standen bloß wie benommen im strömenden Regen. Die meisten allerdings waren aufgebracht über den Tod von Monseñor Pera und beschimpften den Toten am Kreuz. Es schien, als könnte jeden Moment ein Aufstand losbrechen, was angesichts der furchtbaren Strafe, mit der Corsell Santillana gebüßt hatte, überraschte. Die Menge schrie immer weiter nach Rache, und viele waren schon heiser davon.

Aclla war Zeugin einer außergewöhnlichen Situation, einer Form böser Besessenheit, und sie fürchtete, dass ihre Schwester inzwischen ebenfalls tot war. Unter der Kapuze hervor blickte sie verstohlen zu dem Gesicht des Toten hinauf. Das Schicksal hatte Corsell und Vivane zusammengebracht, allen Widrigkeiten zum Trotz. Der junge Soldat und die junge Frau, die von der heiligsten Inka-Sippe abstammte, hätten sich nie begegnen sollen und hatten es dennoch getan. Wie Aclla befürchtet hatte, waren die Götter in Zorn geraten und hatten den höchsten Preis gefordert.

Corsell war auf die erniedrigendste Weise gestorben. Fast zwei Tage lang hatte er mit offenen Wunden an diesem Kreuz gehangen, bis sein junges Herz zu schlagen aufgehört hatte, an dicken Stahlschrauben, die man ihm durch Hände und Füße getrieben hatte.

Im Schutz der Dunkelheit war Aclla mit ihren Kriegerinnen nach Cusco gelangt, bevor Corsell starb. Sie hatte gehofft, von ihm zu erfahren, wo ihre Schwester war. Doch sie waren zu spät gekommen, und die Soldaten, die die Kathedrale schützten, waren wachsam. So hatte Aclla nur von Ferne zusehen können, wie er starb. Währenddessen war sie zu der Überzeugung gekommen, dass Corsell betäubt worden war, damit er nicht reden konnte – seine schwarze Zunge sprach dafür.

Über den Verbleib ihrer Schwester wusste sie nur sehr wenig. Vivane und Corsell waren aus einem Dorf bei Pisac entführt worden, doch von wem, war nicht klar. Von der Armee, vermutete sie, aber keiner hatte beobachtet, wie jemand in das befestigte Dorf eingedrungen war oder es verlassen hatte. Es war, als wären Geister mit dem Nachtwind hereingeschwebt und hätten das Paar spurlos verschwinden lassen. Bis Aclla mit ihren Kriegerinnen eingetroffen war, hatte der Sommerregen die Spuren der Entführer auf den Urwaldpfaden weggewaschen.

Aclla hatte die Steinhütte in den westlichen Bergen, wo Corsell und Vivane gegen jede Konvention beschlossen hatten, eine unselige Verbindung zu leben, mit ihren Kriegerinnen durchsucht. Es hatte Kampfspuren gegeben. Auf der Matratze war Blut gewesen, das eine Spur bis zur Tür zog. Die stabile Tür und die Fensterläden waren gewaltsam aufgebrochen worden, der einzige Stuhl zersplittert. Die Fußspuren am Erdboden der Hütte stammten von kräftigen Männern. Es waren mindestens sechs, höchstens zehn gewesen, die Corsell und Vivane entführt hatten.

Vivane hatte sich ganz sicher nicht kampflos ergeben. Aclla vermutete, dass das Blut am Boden von einem ihrer Entführer stammte. Vivane war eine ausgezeichnete Kriegerin, und man brauchte ungewöhnliche Fähigkeiten, um sie ohne ernsthafte Verletzungen in seine Gewalt zu bringen.

Trotz Rückenschmerzen und durchnässter Kleidung blieb Aclla in der Menschenmenge stehen und hielt sich konsequent gebeugt, um ihre auffällige Größe zu verbergen. Wenn sie sich voll aufrichtete, würde sie die Bauern um einen Kopf überragen. Außerdem war es erforderlich, die Kapuze aufzubehalten, da ihre goldene Haut und der muskulöse Körperbau ungewollte Aufmerksamkeit erregen würden. Als Kriegerin hatte sie gelernt, Schmerzen zu ignorieren. Als Oberste der Jungfrauen der Sonne war sie das Beispiel, dem ihre Kriegerinnen folgten. Diese standen ebenfalls in der Menge und warteten auf Acllas Signal.

Früher oder später würden die Schuldigen, die Corsell getötet hatten, herkommen und ihr Werk betrachten wollen, sagte sich Aclla. Sie musste also warten. Und wenn es so weit war, würde sie alles tun, um herauszufinden, wo ihre Schwester war. Wenn Vivane tot war, würde Aclla Rache nehmen – so war es Brauch in ihrer heiligen Sippe.

Während sie mit den Bewegungen der Menge mitging, blendete sie ihre Schmerzen aus und beobachtete aufmerksam die sonderbaren Vorgänge auf dem Platz. Sie nahm alles und jeden in sich auf und gestattete sich keine Traurigkeit – früher oder später würden sie kommen.

Von der Avenida del Sol aus schritt ein großer weißer

Mann zielstrebig durch die Menschenmenge. An seinem Gang konnte sie erkennen, dass er kein Spanier oder Südamerikaner war. Als er näher kam, stellte sie sogar fest, dass sie solch einen Mann noch nie gesehen hatte. Er wusste sich zu bewegen, und das hieß wahrscheinlich, dass er kämpfen konnte. Er war groß und kräftig und seine Haut hell. Seine Gesichtszüge waren gut proportioniert, die Augen blau, und er blickte ebenfalls suchend über den Platz. Aufmerksam beobachtete sie ihn unter der Kapuze hervor und fragte sich, ob dieser geheimnisvolle Mensch, der auf die Kathedrale zustrebte, zu den Entführern gehörte.

Er war jetzt sehr nah, ging nur ein paar Schritte von ihr entfernt vorbei.

Sie bemerkte, dass ihn der Zorn der Menschen überraschte.

Der Mann sah gut aus, das musste Aclla zugeben. Eine Schönheit von seiner Art war ihr neu. Sicher stammte er von einem anderen Kontinent, von welchem, konnte sie nicht sagen. Die Art, wie er über den Platz schaute, verriet, dass er schon einmal hier gewesen war. Er hatte kein kindliches Staunen im Blick, sondern nur ernste Entschlossenheit.

Wann wird er zu Corsell hinaufblicken?, fragte sie sich. *Weiß er nicht, dass ein Unschuldiger gekreuzigt und an die Kirchenmauer gehängt wurde?*

Der Blauäugige begann, die Treppe hinaufzusteigen. Ein Soldat trat ihm eilig entgegen und wollte ihn ärgerlich wegscheuchen. Aclla schob sich zwischen den Leuten durch, um mehr sehen zu können.

Endlich blickte der Blauäugige zu Corsell hinauf.

An seinem Gesichtsausdruck erkannte Aclla sofort, dass er an dieser abscheulichen Tat nicht beteiligt gewesen war.

Hastig schaute sie rings über den Platz, um sich zu vergewissern, dass ihr nichts Wichtiges entging, wenn sie den Mann mit den leuchtend blauen Augen weiter beobachtete. Als sie sicher war, dass sonst nichts Ungewöhnliches geschah, wandte sie sich wieder ihm zu. Der Fremde war die Treppe bis zum Vorplatz hinaufgestiegen und befragte jetzt den Soldaten. Er schien es gewohnt zu sein, seinen Willen zu bekommen.

Er ist ein sehr ungewöhnlicher Mann, dachte Aclla wieder.

Ihr lief ein Schauder über den Rücken, als der Blauäugige sich plötzlich umdrehte und ihren Blick auffing.

Einen Moment lang sahen sie sich in die Augen.

Es blieb ihr nichts anderes übrig, als hastig in die Hocke zu gehen. Auf allen vieren kroch sie durch zahllose Beine hindurch und um schmutzige Füße herum. Obwohl sie von so vielen anderen umgeben war, hatte der Fremde sie sofort entdeckt. Vorsichtig suchte sie sich einen neuen Platz zwischen den Bauern, zog die Kapuze noch mehr zusammen und hob langsam den Kopf auf Blickhöhe. Mit wild klopfendem Herzen spähte sie über den Platz, doch der Fremde war nicht mehr zu sehen. Aclla drehte sich einmal im Kreis und schaute hastig nach allen Seiten.

Wo ist er?

Der Blauäugige blieb verschwunden.

4.

Cusco, Peru
Parque de la Madre
Ortszeit: 11.12 Uhr
16. Januar 1908

Die Geschichte verlief nicht korrekt, davon war Wilson überzeugt, als er über das schlüpfrige Kopfsteinpflaster eilte und nach links in eine nasse Seitenstraße einbog. Seit Anfang des 17. Jahrhunderts war in Peru niemand mehr gekreuzigt worden, das wusste er genau, und dennoch hing im Cusco des Jahres 1908 ein nackter Mann an einem Holzkreuz am Glockenturm der größten Kathedrale Südamerikas. Der Mord an Monseñor Pera war ebenfalls nicht dokumentiert, und Wilson bezweifelte, dass die zahlreichen zeitgenössischen Chronisten solch einen Vorfall verschwiegen hätten. Die beiden zusammenhängenden Todesfälle bewiesen, dass der Ablauf der Geschichte gestört war. Sein Auftrag würde nicht so einfach werden wie erwartet, fürchtete Wilson deshalb.

Sein Puls ging schneller als gewöhnlich, als er in forschem Tempo auf den Parque de la Madre zuging, der nicht weit von der Plaza de Armas entfernt lag. Seit er in Cusco angekommen war, hatte er pochende Kopfschmerzen und fühlte sich leicht erschöpft, was von der raschen Überwindung des Höhenunterschieds kam. An den geringen Sauerstoffgehalt in dieser Höhe musste man sich erst gewöhnen, aber die unangenehmen Begleiterscheinungen würden verschwinden, sobald sich Wilson in einigen Tagen akklimatisiert hatte.

Die ganze Zeit über musste er an die Kreuzigung denken. Wenn der Gang der Geschichte so drastisch vom Plan abwich, würde sich die Situation vielleicht noch mehr verschlechtern. Oft hing der weitere Verlauf der Ereignisse nur von einer Kleinigkeit ab, und Wilson wusste, dass jedes Eingreifen riskant war. Er musste äußerst vorsichtig sein, um den Geschehnissen nicht den Stempel seiner Anwesenheit aufzudrücken, zumindest nicht mehr als nötig.

Wilson dachte an die hellbraunen Augen, die ihn aus der Menschenmenge heraus beobachtet hatten. Der durchdringende Blick war ihm unheimlich gewesen. Es waren die Augen einer Frau, da war er sicher, und sie hatte ihn nicht nur aus Neugier fixiert. Sonderbarerweise hatte er gespürt, dass diese Frau da war – wie das möglich war, konnte er sich nicht erklären. Doch er hatte genau gewusst, wo sie stand, und sie mühelos in all den Gesichtern gefunden. Dann war die Frau verschwunden wie eine Schlange im Wasser, was für ihn ebenfalls ein Hinweis darauf war, dass sie irgendetwas im Schilde führte. Die unerwarteten Umstände ließen ihm keine andere Wahl: Er musste schnellstmöglich zu Hiram Bingham und dann auf den Machu Picchu. Er durfte keine Zeit verlieren.

Der Parque de la Madre war ein hübscher Platz in der Nähe der Nueva Alta und nach dem gleichen Muster angelegt wie die Plaza de Armas, ebenfalls quadratisch, aber viel kleiner. An drei Seiten standen ungefähr fünfzehn traditionelle zweigeschossige Reihenhäuser mit niedrigen Innenhöfen und einem schmalen Balkon im Obergeschoss.

Das Haus war nicht weit von der Kathedrale entfernt, aber Wilson wechselte zwanzig Minuten lang mehrmals die Richtung und lief etliche Seitenstraßen ab, um sicher zu sein, dass ihm niemand folgte. Schließlich näherte er sich dem Parque de la Madre von Norden und sah sich ein letztes Mal um. Nachdem er sich des Datums versichert hatte, fand er mühelos das Haus unter den anderen und ging darauf zu. Er wusste, wie es Bingham zurzeit ging, und dadurch würde es nicht schwer sein, dessen Vertrauen zu gewinnen.

Über der Tür des weiß getünchten Hauses hing ein handgemaltes Schild, auf dem »Pan Am Scientific Congress« zu lesen war. Vier Esel standen davor, im Regen und an ein Holzgeländer gebunden. Mit ihren Futtersäcken vor dem Maul schienen sie zufrieden zu sein, obwohl sie völlig durchnässt waren.

Wilson schob einen der Esel sanft beiseite und betrat den Treppenabsatz vor der Haustür, neben der auf beiden Seiten Abfallhaufen lagen, der übliche Hausmüll, Zeitungen und zahlreiche Konservendosen. Wilson warf einen näheren Blick auf eine der Zeitungen. Es war eine *New York Times* vom Juli 1907, was ein halbes Jahr zurücklag. Direkt neben ihm bewegte sich etwas, und er zuckte erschrocken zusammen. Doch es war bloß eine Katze, die an ihm vorbeihuschte und auf ein Geländer sprang.

Während er laut an die Tür klopfte, überlegte er, dass sie mit einem kräftigen Tritt leicht aus den Angeln zu brechen wäre. Ungeduldig klopfte er ein zweites Mal, diesmal noch energischer. Durch die Ecke des bleiverglasten Fensters sah er eine Öllampe brennen. Er stieg auf einen der Abfallhaufen und spähte durch das unebene Glas. Drinnen saß ein Mann mit dem Rücken zum Fenster an einem schlichten Schreibtisch. Als Wilson die verbeulte Messingklinke drückte, stellte er fest, dass nicht abgeschlossen war, stieß die Tür auf und trat ins Licht.

Der kleine Raum war vollgestopft und unordentlich. Sechs Lederrucksäcke lagen auf dem Boden, und Pappkartons waren kreuz und quer aufeinandergestapelt und warfen bizarre Schatten. Drei Springfield-Gewehre lehnten am Schreibtisch, und daneben stand eine Holzkiste mit glänzenden .30-Patronen. Zwei schmutzige Matratzen standen an der nackten Wand und sahen aus, als würden sie jeden Moment umkippen. Es hing ein beißender Geruch in der Luft, vermutlich vom Rauch der Öllampe, die auf einem Karton mit der Aufschrift »Ölsardinen« stand. Die Decke war geschwärzt, ebenso wie Wände und Bodendielen.

»Sind Sie Hiram Bingham?«, fragte Wilson.

Ohne sich zu rühren, fragte der Mann am Schreibtisch: »Wer will das wissen?« Sein Akzent war eindeutig amerikanisch.

»Ich habe nach Ihnen gesucht«, gab Wilson zurück.

Der Mann legte sorgsam seine Feder hin und schraubte langsam den Verschluss einer Flasche Whiskey auf, dann goss er sich ein Glas ein. Während er sich gemächlich herumdrehte, musterte er Wilson von oben bis unten und stürzte schließlich seinen Whiskey hinunter. »Lassen Sie mich raten.« Er zeigte mit dem Finger auf ihn. »Sie arbeiten für meine Frau?«

»Nein.«

Bingham war blond, Anfang dreißig und gutaussehend, wenn man über seine ungepflegte Erscheinung hinwegsah. Wahrscheinlich war er im Umkreis von über tausend Kilometern der einzige blonde Mann. Er war dünner, als Wilson erwartet hatte, konnte nicht mehr als sechzig Kilo wiegen und war unrasiert und schmuddelig. Er hatte keinerlei Ähnlichkeit mit dem Entdecker von dem Foto, der sich vor der Aufnahme rasiert und gekämmt hatte.

»Lassen Sie mich raten«, wiederholte Bingham und schenkte sich nach. »Sie sind ...«, er musterte Wilson eingehend, »... vom Britischen Museum, hab ich recht?«

Wilson schüttelte den Kopf.

»Sie sind Journalist?«

Wilson setzte sich auf einen Karton. »Wieder falsch.«

»Sie sind sehr ordentlich und sauber. Britischer Abstammung, ihrem Akzent nach zu urteilen.« Bingham fing an, sich eine Zigarette zu drehen, legte sich das Papierchen zurecht und öffnete seinen Tabakbeutel. »Kommen Sie von einer Minengesellschaft?«

»Sie sind nicht sehr gut in diesem Spiel«, stellte Wilson fest.

»Ein Schatzsucher!«

»Sie werden es sowieso nicht erraten.«

»Sie arbeiten nicht für meine Frau?«

»Absolut nicht.«

»Na, dann kann ich ja froh sein.« Bingham leckte über den Rand des Papiers und rollte es zusammen. »Ich kann mir auch nicht vorstellen, dass Sie für sie arbeiten. Sie hasst Ausländer.« Er riss ein Streichholz an. »Also ... wer sind Sie?«

»Ich komme, um Sie nach Vilcabamba zu bringen«, antwortete Wilson.

Bingham saß da und ließ die Flamme an dem Hölzchen entlangbrennen. »Tatsächlich?«, sagte er schließlich. »Zu der vergessenen Inka-Stadt?«

Wilson leckte sich über Daumen und Zeigefinger, beugte sich vor und löschte die Flamme. »Mein Name ist Wilson Dowling. Ich werde Ihr Führer sein. Mir ist klar, dass es Sie überraschen muss, was ich sage. Aber ich kenne die genaue Lage der Stadt.«

Bingham wurde endlich munter und warf das Streichholz weg, um sich ein neues zu nehmen. »Ich habe meine Meinung geändert«, sagte er, als der Streichholzkopf aufflammte. »Sie sind ein Komiker!«

Wilson lächelte. »Ich scherze nicht.«

Bingham stieß eine Rauchwolke aus. »Und woher wissen Sie, wo Vilcabamba liegt?«

Wilson nahm den Hut ab und ließ das Regenwasser von der Krempe fließen. »Das weiß ich von meinem letzten Besuch dort, Mr. Bingham.«

Der blickte auf seine halb volle Whiskeyflasche. »Der Whiskey muss stärker sein, als ich dachte.« Dann goss sich Bingham das nächste Glas ein und blies eine lange Rauchfahne aus. »Ich habe Ihr Gesicht hier noch nie gesehen. Dabei kenne ich jeden Forscher, der diese Berge in den letzten vier Jahren durchkämmt hat. Sie, mein Freund, sind keiner davon.«

»Ich bin vor vielen Jahren hier gewesen«, erklärte Wilson. »Bevor Sie nach Peru kamen.«

Bingham lachte leise.

»Ich weiß vieles, was Sie verblüffen dürfte«, sagte Wilson.

»Zum Beispiel?«

»Ich weiß, dass Ihre Frau mit dem fünften Kind schwanger ist. In dem Brief auf Ihrem Schreibtisch fordert sie, dass Sie sofort nach Hause kommen, sonst brauchen Sie sich gar nicht mehr blicken zu lassen. Ihre Frau ist überhaupt nicht glücklich über Sie, nicht wahr?«

Bingham zog die Stirn kraus. »Woher wissen Sie das?«

»Ihre Frau Alfreda kann sehr fordernd sein, wie ich höre. Doch das ist von der Tochter von Charles L. Tiffany wohl auch nicht anders zu erwarten, würde ich meinen.«

Bingham nickte unwillkürlich. Er legte die Zigarette auf den Rand des Schreibtischs und betrachtete das Briefsiegel, um zu sehen, ob sich jemand daran zu schaffen gemacht hatte. »Haben Sie meine Post gelesen?« Er hielt den Umschlag gegen das Licht, um zu prüfen, ob man hindurchsehen und etwas erkennen konnte.

»Nein«, sagte Wilson. »Sie brauchen nur zu wissen, dass ich Ihnen zu Diensten stehe. Wenn Sie sich überwinden können, mir zu vertrauen, wird Ihr Name bald für einen der größten Entdecker der Neuzeit stehen. Der Name Bingham wird weltberühmt sein. Und es gibt nur zwei Bedingungen.«

»Welche?«, fragte Bingham skeptisch.

»Sie dürfen meine Beteiligung niemals erwähnen.«

Bingham schnaubte. »Ach, tatsächlich?«

»Und Sie müssen schwören, die Stadt zu schützen.«

»Klingt vernünftig«, murmelte Bingham.

»Das sind die einzigen Bedingungen.«

»Bei allem Respekt, Sir, aber ich denke, Sie sind verrückt. Verrückt, aber amüsant. Niemand weiß, ob Vilcabamba überhaupt existiert, geschweige denn, wo. Ich meine, es ist Zeit, dass Sie Ihre wahren Absichten offenlegen.«

»Gießen Sie mir doch auch einen Whiskey ein, dann erkläre ich es Ihnen.«

»Gut«, brummte Bingham schon zufriedener. Während Zigarettenrauch über seine Lippen kroch, kramte er unter seinem Schreibtisch ein staubiges Glas hervor, das er mit dem Hemdzipfel auswischte. »Ich mag Männer, die trinken – es beweist Charakter.« Als Bingham das Glas ausreichend sauber fand, drehte er die Flasche auf und goss beide Gläser bis zum Rand voll. »Dann erklären Sie mal.« Er reichte Wilson ein Glas.

Wilson nahm es und hielt es gegen den Lampenschein, um die goldene Farbe des Whiskeys zu betrachten. »Auf Ihre Gesundheit.«

»Und auf Ihre«, erwiderte Bingham.

Wilson kippte den Alkohol hinunter und verzog das Gesicht. »Nicht weit von Cusco auf einem der hohen Andengipfel über dem Rio Urubamba liegt eine Stadt in den Wolken, Vilcabamba. Sie wurde in der Glanzzeit des Inka-Reiches gebaut, im Auftrag des Inka-Königs Pachacuti im Jahre des Herrn 1438. Während der vierunddreißigjährigen Bauzeit wohnten dort fünfhundert Handwerker, Adlige und Krieger mit ihren Familien. Als die eindrucksvolle Zufluchtsstätte im Gebirge fertig war, wurde ein großes Fest angekündigt, und jeder, der an dem Bau beteiligt gewesen war, wurde dazu eingeladen. Doch die Feier fand nicht statt. Auf Befehl von Pachacuti zogen in der Nacht davor Meuchler durch die Stadt und töteten alle Männer, Frauen und Kinder. Keine Seele wurde verschont.«

Bingham saß mit offenem Mund da.

»Alles, was auf die Stadt hindeuten könnte, wurde vernichtet«, fuhr Wilson fort, »jede Karte verbrannt, jedes geschriebene Wort im ganzen Reich ausgelöscht. Schon für die bloße Erwähnung dieser Stadt wurde man enthauptet, und die Angehörigen und Bekannten des Delinquenten wurden ebenfalls getötet.«

»Sie wollen damit sagen, dass die Inkas aus diesem Grund keine Schrift hatten?«

»Pachacuti konnte kein Risiko eingehen.«

»Ich habe noch nie solch einen Blödsinn gehört!« Bingham schnippte seinen Zigarettenstummel auf den Boden und zertrat ihn.

»Ich erwarte nicht, dass Sie mir glauben«, sagte Wilson. »Ich bitte Sie nur, mitzukommen, um eine Inka-Stadt zu finden, die so kostbar ist, dass alle an ihrer Erbauung Beteiligten getötet wurden, um Schweigen zu bewahren.«

»Und was ist so kostbar an dieser Stadt in den Wolken, wie Sie sie nennen, dass es so ein entsetzliches Opfer erforderte?«

»Sie hat einen Kern aus Gold.«

Bingham richtete sich kerzengerade auf.

»Sie suchen schon seit vier Jahren danach.« Wilson goss sich noch einen Schluck ein. »Sie haben Inka-Ruinen entdeckt, aber nichts von außergewöhnlicher Bedeutung. Es ist erhebend, die Stadt zu sehen. Es wird Sie beflügeln. Hundert Terrassen führen zu einer verlassenen Schönheit, die mit Worten nicht zu beschreiben ist. Es heißt, die Stadt sei ein magischer Ort, der von rücksichtslosen Kriegern bewacht wurde, damit sie niemand entdeckte.«

»Und was hat das mit mir zu tun?«

»Wie gesagt, Vilcabamba ist ein magischer Ort. Und ich bin zu Ihnen gekommen, weil Sie der Mann sind, der ihn nach der Entdeckung schützen muss. Die Geschichte hat es bestimmt, dass Hiram Bingham III. Vilcabamba findet und der Welt präsentiert. Die Zeit für die Entdeckung ist gekommen. Sie müssen Ihren Part nun übernehmen.«

»In meinem ganzen Leben habe ich noch nicht so einen

verrückten Unsinn gehört, wie Sie ihn an diesem verregneten Nachmittag vor mir ausbreiten.« Bingham nahm Wilsons Glas und schenkte ihnen beiden ein. »Sie sind wirklich amüsant. Wahrscheinlich liegt es an der Höhenluft, dass Ihnen so schillernde Geschichten einfallen.« Er kratzte sich am Kinn. »Ja, ich glaube, Sie sind der komischste Mann, der mir je begegnet ist. In Peru zumindest. Ich kannte da mal einen Kerl in Yale … Stephan Kurlinowski hieß er, wohnte ein paar Zimmer weiter. Der war auch lustig!«

»Es ist Ihre Bestimmung«, sagte Wilson ernst. »Ob Sie mir glauben oder nicht. Auf Ihre Gesundheit!« Er hob sein Glas und kippte den Whiskey hinunter. »Wir müssen heute noch aufbrechen. Es ist nicht abzusehen, wie sich die Lage in Cusco entwickeln wird. Ein Geistlicher wurde ermordet und ein anderer Mann ans Kreuz geschlagen und an die Kathedralenmauer gehängt. Die Leute draußen sind unruhig. Da kann alles Mögliche passieren.«

»Ich muss zugeben«, sagte Bingham und wischte sich über die Mundwinkel, »man sieht nicht alle Tage einen Gekreuzigten. Haben Sie ihn gesehen? Seine Zunge war ganz schwarz. Was für ein grausiger Anblick. Die Bauern sind nicht froh darüber. Und je länger sie im Regen stehen, desto wütender werden sie. Peruaner mögen keinen Regen … weil er alles nass macht.« Bei seiner schleppenden Aussprache wurde klar, dass er angetrunken war. »Ich habe nur einmal mit Monseñor Pera gesprochen, wissen Sie. Er schien ein netter Mann zu sein. Es heißt, er wurde durch Messerstiche völlig entstellt.« Sein Blick driftete immer wieder ab, dann ballte er die Faust. »Wenigstens wurde der Mörder bestraft!«

»Wir müssen Cusco verlassen und in die Berge gehen«, sagte Wilson.

»Meine Frau hasst mich«, stieß Bingham unvermittelt hervor und ließ die Schultern hängen. »Wenn Sie mit Vilcabamba recht haben, wäre sie allerdings beeindruckt. Mein Schwiegervater hält mich für einen Narren, wissen Sie?«

»Das wird bald niemand mehr von Ihnen denken«, versprach Wilson. »Ganz im Gegenteil.« Er half Bingham auf die Beine. »Sie werden als einer der größten Forscher aller Zeiten gelten. Sie werden berühmt sein.«

»Ich bin den ganzen Weg von Santiago auf einem Esel hierher gekommen, wissen Sie?«

»Ja.«

»Hat mich fünf Monate gekostet – und einen Arsch voll Blasen.«

Wilson verkniff sich ein Grinsen. »Besorgen wir uns etwas Proviant. Es ist nur ein kurzer Ritt im Vergleich zu Ihrem.«

Wilson hielt den Nehemia-Auftrag bislang für seinen einfachsten. Er bestand lediglich darin, einen bestimmten Mann zu einer vergessenen Inka-Stadt zu bringen, die auf einem Bergkamm unterhalb des Machu-Picchu-Gipfels lag. Doch auch wenn die Angelegenheit diesmal nicht besonders kompliziert war, war es eine ziemliche Zumutung, acht Jahre in der Vergangenheit abwarten zu müssen. Er würde froh sein, wenn seine Aufgabe erledigt war und er sich zurücktransportieren konnte. Warum gerade Hiram Bingham ausgewählt worden war, war ihm nicht ganz klar, aber die Geschichte, die er studiert hatte, kannte Bingham als den Mann, der die sensationelle Entdeckung machen würde.

In diesem Moment kam Wilson das aschgraue Gesicht von Corsell Santillana in den Sinn, und er wusste, dass noch nicht abzusehen war, welche Folgen die Kreuzigung nach sich ziehen würde.

Bingham war wackelig auf den Beinen. »Ich werde berühmt, sagen Sie?«

»Weltberühmt.«

»Und wie weit ist Vilcabamba entfernt?« Bingham klemmte sich eine Flasche Whiskey unter den Arm.

»Keine hundert Kilometer Luftlinie.«

5.

Cusco, Peru
Kathedrale
Ortszeit: 12.05 Uhr
16. Januar 1908

In seiner scharlachroten Robe schritt Bischof Francisco mit gefalteten Händen das Epistelschiff entlang. Er ging so schnell, dass der Rock sich hinter ihm blähte. Es war nichts zu hören außer seinen Ledersohlen auf dem glatten Granitboden und ab und zu dem Zischen einer Kerze, von denen Tausende in der Kathedrale brannten.

Der Bischof hatte befohlen, das gesamte Kirchengelände einschließlich der angrenzenden El-Triunfo-Kirche und der La Sagrada Familia räumen zu lassen, damit er ungestört seine Lage überdenken konnte.

»Was verlangst du von mir?«, rief er, und seine aufgewühlte Stimme hallte durch das hohe Rippengewölbe.

Mit jedem Schritt kamen wunderbare Kunstwerke aus den vierzig Seitenkapellen in seinen Blick. Es gab zahlreiche Wandgemälde, ein Dutzend aufragende Kanzeln und goldglänzende Chöre, die Gott entgegenstrebten, viele ausgeschmückt mit lebensechten Bildnissen der Heiligen. Die heilige Katharina von Siena schien dem vorbeieilenden Bischof zuzulächeln, und links und rechts von ihr standen der heilige Josef und die schöne Santa Rosa de Lima.

Linkerhand befand sich eine atemberaubende Chornische, die vollständig aus aufragenden Cusco-Zedern gefertigt war und vielfarbig und in wunderbarem 18-karätigem Blattgold erstrahlte. Dort standen sechzig geschnitzte Chorstühle von der Hand des großen Meisters Melchor Huamán. Wenn der Chor zu singen begann, stieg der Klang der unschuldigen jungen Stimmen aus der offenen Nische auf und füllte die riesige Basilika mit Engelstönen.

Im Vorbeigehen blickte Bischof Francisco zu dem großen Gemälde mit dem heiligen Christophorus hinauf, der das Jesuskind auf dem Rücken trug. Der muskulöse Heilige hatte Mühe, das Kind durch den reißenden Fluss zu tragen. Seinem Gesichtsausdruck nach hatte er soeben begriffen, dass der kleine Knabe so schwer wog wie die ganze Welt.

Woher kommt diese schreckliche Stimme?, fragte sich der Bischof verärgert, und zugleich befiel ihn eine furchtbare Angst. »Du musst dich mir zeigen!«, rief er aus.

Er schritt weiter und schaute dabei ängstlich in die Nischen und Winkel der Kirche. Er kam an dem lebensgroßen Bild des heiligen Antonius von Padua vorbei, wie schon ein Dutzend Mal und ohne seinen Schritt zu bremsen.

»Gelobt sei Jesus, Maria und Josef«, sagte er zu sich.

»Ich bin jetzt dein Herr!«, rief die tiefe Stimme und das so laut, dass der Bischof sich die Finger in die Ohren steckte, um den Schall zu dämpfen.

»Ich habe getan, was du verlangt hast«, beschwerte sich der Bischof und fiel erneut betend auf die Knie. »Ich habe deinen Befehl befolgt!«, schrie er. »Du hast mir versprochen, mich zu meinem Gott zurückkehren zu lassen. Warum hältst du dein Versprechen nicht?«

Ein quälendes Schweigen hing in der Luft. Wie schon viele Male betete der Bischof in der verzweifelten Hoffnung, diese schreckliche Stimme nie wieder hören zu müssen – und dass alles, was passiert war, nur ein Albtraum war. »Gelobt sei Jesus Christus, beschütze mich in der Stunde der Not«, murmelte er.

»Wir sind beide in Gefahr!«, rief die tiefe Stimme.

Wenn sie durch seinen Kopf schallte, brach dem Bischof jedes Mal der Schweiß aus. »Bitte ... du musst mich freigeben.« Er schluckte die aufsteigenden Tränen hinunter.

»Du bist erst wieder frei, wenn ich außer Gefahr bin, mein Kind. Es ist ein Mann in Cusco, der meine Seele sucht, ein Fremder, und seine Suche beginnt erst. Er kommt aus einem Land, das ich nicht kenne.«

»Deine Seele ist geschützt«, erwiderte Bischof Francisco. »Außerdem wirst du ein Gott sein, dem man nichts anhaben kann. Dafür wurde gesorgt.«

»Dieser Mann wird suchen, was verloren gegangen ist. Das habe ich in meinen Visionen gesehen. Er weiß viel über mich, und er darf nicht in die Berge gehen. Du musst ihn um jeden Preis daran hindern.«

Der Bischof sah zu dem weiß getünchten Deckengewölbe der Kathedrale hoch. Er befand sich doch im Hause Gottes, das sagten ihm jedenfalls seine Augen. Es war ein Bauwerk von solcher Erhabenheit und Größe, dass er einst geglaubt hatte, er könnte darin unmittelbar zu Gott sprechen.

Wieso bin ich in meiner eigenen Kirche nicht geschützt?, erlaubte der Bischof sich zu klagen.

»Für dich gibt es nirgendwo Schutz!«

Gequält kniff der Bischof die Augen zusammen.

»Und solange ich es will, werde ich durch dich handeln. Wenn du mir fraglos folgst, wirst du belohnt werden – wenn nicht, erwartet dich ein grausamerer Tod, als Corsell Santillana ihn erlitten hat. Erinnerst du dich an sein Gesicht, als ihm die Schrauben in Hände und Füße getrieben wurden? Erinnerst du dich an den Ausdruck in seinen Augen, als das Leben ihn verließ?«

»Ja, Herr.«

»Du musst deine herkömmliche Denkweise aufgeben.«

Durch die ungezählten Kerzen herrschte im Epistelschiff ein unheimliches Licht. »Bitte, lass mich dein Gesicht sehen«, flehte Bischof Francisco mit geneigtem Haupt. »Du hast mir versprochen, dass ich imstande sein werde, dich in deiner wahren Gestalt zu sehen.«

»Steh auf«, befahl die Stimme endlich. »Geh vorwärts.«

Bischof Francisco erhob sich mit schmerzenden Knien; sie waren blau geschlagen, weil er in den vergangenen zwei Tagen so oft betend auf die Knie gefallen war. »Wie du wünschst, Herr.« Er ging weiter, zunächst humpelnd, dann gewann er seinen forschen Gang zurück. Er wollte keine Schwäche zeigen.

»Geh weiter, mein Kind.«

Der Bischof passierte den Lagerraum mit dem Silber. Dort standen ein Dutzend Armleuchter mit brennenden Kerzen hinter einem kunstvollen Silbergitter von drei Metern Höhe. Das Silber stammte wie fast alles in der prächtigen Basilika aus zerstörten Inka-Stätten. Die Kuppelkirche hatte allein durch ihren Silbergehalt einen unvorstellbaren Wert und war doch nur einer von vielen Gegenständen aus Silber, die in der Nische aufbewahrt wurden. In der Mitte stand die Figur eines Pelikans, der sich den Schnabel ins Herz stieß, ein Symbol höchster Liebe und Aufopferung.

»Geh weiter. Ich bin ganz nah.«

Der Bischof ging am Eingang der Sakristei vorbei.

»Bleib stehen, und wende dich mir zu«, rief die Stimme endlich.

Mit heftigem Herzklopfen drehte sich der Bischof zu der Altarwand um und blickte suchend auf die vielen heiligen Gemälde, von denen jedes für sich ein Meisterwerk war. Jesus Christus, Johannes der Täufer, der heilige Lukas mit dem Stier, Maria Magdalena, der heilige Matthäus und das Passahlamm und der heilige Markus mit dem Löwen. Schließlich wandte er sich dem großen Abendmahlsgemälde des Malers Marcos Zapata zu, das rund sechsunddreißig Quadratmeter einnahm.

Er kannte es gut. Es war immer eines seiner Lieblingsbilder gewesen. Die zwölf Apostel saßen an einem langen Tisch, Jesus in der Mitte. Jeder hatte einen Trinkbecher mit Wein, aber aufgetischt waren die traditionellen Speisen der Andenregion: Die Früchte waren Papayas, das Passahlamm war ein Chinchilla. Jesus und die Apostel hatten weiße Haut, nur Judas war dunkelhäutig, angeblich als Hinweis auf seine Herkunft. Doch es gab auch Gerede, wonach dieses Gesicht aus anderem Grund so verschattet war.

»Wo bist du, Herr?«

»Direkt vor dir«, antwortete die Stimme.

Der Bischof schwitzte stark, während er hektisch das Gemälde absuchte. Über Jesus strahlte der Stern von Betlehem durch das Fenster. Oben links sah man Jesus am Kreuz hängen und Maria Magdalena vor ihm. Der Bischof bekreuzigte sich, von der Stirn zur Brust, von der linken zur rechten Schulter, dann suchte er in den Gesichtern der Apostel. »Wo bist du, Herr?«

Er schaute nacheinander in die Züge der besorgten, ehrwürdigen Männer und hoffte verzweifelt, nicht in die schwarzen Augen des Judas blicken zu müssen. Von allen Männern in dem Gemälde sah nur Judas nicht ratsuchend zu Jesus hin. Er schaute mit stechendem Blick aus dem Gemälde heraus, dem Betrachter direkt in die Augen.

Nachdem der Bischof jedes Gesicht geprüft hatte, blieb nur noch ein Apostel übrig. Um es hinauszuzögern, fiel er betend auf die Knie, dann erst wagte er den Kontakt mit dem furchterregenden Bildnis des Judas. Lateinische Verse murmelnd, richtete er den Blick auf die sonderbar gemalten Augen, die ihn direkt ansahen und einen roten Schimmer in den Pupillen hatten.

»Ich bin der Herr, den du suchst, Priester.«

Bischof Francisco zitterte wie Espenlaub, sein Atem ging so schnell, als wäre er zweihundert Stufen hinaufgerannt. »Ich stehe dir zu Diensten«, zwang er sich zu sagen. »Was verlangst du von mir, Herr?« Angstvoll senkte er den Blick auf den Granitboden.

»Du kennst mich!«, rief die Stimme. »Ich bin der Held dieses großen Landes! Und dennoch wurde mein Name in den Schmutz gezogen und abgelehnt. Die Zeit ist gekommen, das Unrecht wiedergutzumachen, das mir angetan wurde!«

»Ja ... ich kenne dich«, murmelte der Bischof.

»Sieh mir ins Gesicht!«, rief die Stimme.

»Bitte nicht, Herr«, wimmerte Francisco.

»Sieh mir ins Gesicht!«, brüllte die Stimme jetzt.

Ein Faden Blut sickerte dem Bischof aus dem Ohr und rann am Hals hinab. Der Schmerz war unerträglich. Der Geistliche hob den Kopf, und sein tränenverschleierter Blick wurde erst klar, als die Tränen überflossen.

Judas' dunkles Gesicht bewegte sich, als die Stimme sprach.

»Ich bin Francisco Pizarro aus Trujillo, illegitimer Sohn von Gonzalo Pizarro Rodriguez de Aguilar. Ich bin der größte Entdecker und Eroberer, zum Statthalter von Peru ernannt im Jahre des Herrn 1529 durch Kaiser Karl V. Ich bin der Gründer Limas, Bezwinger der Heiden, der den Wilden Südamerikas das Christentum gebracht hat. Mein Wille ist dir Befehl von diesem Tage an, mein Kind. Gehorche mir, und all deine Träume werden wahr. Deine Aufgabe ist es, die Völker Perus zu dem einzigen rechtmäßigen Gott zu führen, zu unserem Gott, und zu seinem heiligen Sohn Jesus Christus, der zur Vergebung ihrer Sünden am Kreuz gestorben ist. Du bist mein Diener, jetzt und für immer.«

6.

Cusco, Peru
Parque de la Madre
Ortszeit: 13.35 Uhr
16. Januar 1908

Wilson und Bingham hatten den Proviant in braunledernen Satteltaschen verstaut und an den zwei kleineren Eseln festgeschnallt. Die anderen beiden Tiere waren größer und besser geeignet, um Reiter zu tragen. Im Regen zu stehen hatte Bingham um einiges nüchterner werden lassen, und er stellte fortgesetzt Fragen über Vilcabamba. Wo die Stadt liege, und welche Schätze dort zu finden seien. Um Binghams Interesse wachzuhalten, fütterte Wilson ihn mit Superlativen über die Pracht der untergegangenen Stadt und schilderte ihm, welch außergewöhnliche Bedeutung seine bevorstehende Entdeckung haben würde.

»Vilcabamba liegt auf einem Kamm zwischen zwei Gipfeln«, schwärmte Wilson. »Man hat einen freien Blick nach allen Seiten. Sie ist eine imposante, natürliche Festung, wie man sie kein zweites Mal auf der Welt finden wird. Sie werden es mit eigenen Augen sehen. Ich kann es kaum erwarten.«

Bingham rückte einen Ledergurt auf dem Hinterteil des Esels zurecht, dann prüfte er, ob sein Springfield-Gewehr sicher befestigt war. »Wenn sie nur annähernd so schön ist, wie Sie sagen, dann wird sich die Reise wohl lohnen.«

»Allein der Anblick der Ruinen ist atemberaubend.«

In den vergangenen zwei Stunden hatte Wilson überrascht beobachtet, wie viele Zigaretten Bingham rauchte. Offenbar hatte dieser in den vielen Jahren, die er Südamerika nun schon erforschte, eine intensive Neigung zum Tabak entwickelt. Er sah überhaupt nicht wie ein Abenteurer aus, fand Wilson, und sein Benehmen war sonderbar feminin, was Wilson ebenfalls überraschte. Der Intellekt des Mannes stand außer Frage. Er hatte Abschlüsse in Geschichte und Politologie von vier Universitäten, einschließlich Yale und Harvard; und es war beachtlich, mit welcher Leidenschaft er über Archäologie redete. Dennoch fiel es Wilson schwer, in ihm den großen Hiram Bingham III. zu sehen, den Mann, der als einer der herausragenden Entdecker der Neuzeit galt.

»Ich hasse Regen«, brummte Bingham. »Schon immer.« Eine Zigarette klemmte zwischen seinen Lippen, und der Rauch quoll unter dem breiten Hutrand hervor. Seit ein paar Minuten versuchte er nun schon ungeschickt, einen Holzkasten mit sechs Flaschen Tennessee-Whiskey auf dem Rücken des Esels festzubinden, aber das dicke, durchnässte Seil ließ sich schwer zu einem einfachen Kreuzknoten binden.

»Sie werden keinen Whiskey brauchen«, meinte Wilson.

Bingham fummelte hartnäckig weiter an dem Seil herum. »Sie haben gesagt, dass wir über eine Woche lang weg sind.«

»Wenn wir jetzt aufbrechen, können wir bis zum Einbruch der Dunkelheit noch bis zu zwanzig Kilometer schaffen.«

Frustriert warf Bingham die Hände in die Luft. »Ein Abenteurer braucht Whiskey zum Aufwärmen! Also entweder Sie binden das hier fest, oder ich besorge uns ein paar

Träger. Ich finde sowieso, dass wir Träger brauchen – ich nehme immer welche mit, genau aus diesem Grund!«

»Wir brauchen keine«, entgegnete Wilson, während er hastig ein nasses Seil vom Boden aufhob, unter dem Sattel befestigte und dann einen Doppelknoten schlang. »Es ist ein geheimer Ort, an den wir uns begeben, und je weniger Leute erst mal davon wissen, desto besser.« Wilson stellte den Kasten auf den Rücken des Esels und zog das Seilende mit einem schnellen Ruck durch die Schlingen. »So bindet man eine Kiste fest.«

»Normalerweise ist das die Arbeit der Träger«, erklärte Bingham. »Denen überlasse ich das Packen und Zeltaufschlagen. Ich finde es unglaublich, dass wir ohne Helfer aufbrechen.«

»Es ist besser so, glauben Sie mir«, sagte Wilson. »Wenn Sie Vilcabamba erst vor Augen haben, werden Sie froh sein, dass wir beide allein dort sind.«

»Und ich soll keine Karten mitnehmen?«, fragte Bingham.

Wilson schüttelte den Kopf. »Ich habe Ihre Karte gesehen. Sie stammt von Antonio Raimondi. Der Landstrich, in den wir ziehen, ist leider nicht darauf.«

»Sie ist zwar vierzig Jahre alt, aber die umfangreichste von allen existierenden Andenkarten«, hielt Bingham ihm entgegen. »Sollten wir sie nicht trotzdem mitnehmen?«

Da Wilson nicht weiterdiskutieren wollte, lenkte er ein. Aber in Wirklichkeit war die Karte nutzlos. Aus unbekannten Gründen fehlte auf ihr das gesamte Gebiet zwischen Pampaconas und dem Apurimac-Becken, insgesamt knapp viertausend Quadratkilometer, wo das Tal des Urubamba und seiner Nebenflüsse zwischen vergletscherten Gipfeln verlief. Und wo die heilige Stadt Vilcabamba lag.

In Wilsons Gedächtnis waren die detaillierten Karten des Urubamba-Gebietes sicher abgespeichert. Er hatte die unglaubliche Fähigkeit, sich an jeden Fluss, jeden Gipfel und jeden Weg zu erinnern, den er sich vor seiner Reise in die Vergangenheit eingeprägt hatte. Diese Gabe war einzigartig, und sie gewährleistete, dass niemand die Geheimnisse, die er in sich trug, an sich reißen konnte.

Der Regen, der über Cusco niederging, schwoll an und ab, hörte aber nie ganz auf, sondern verminderte sich allenfalls zu einem feinen Nieseln, um schließlich wieder zu prasseln. Seit etwa zehn Minuten war Wind aufgekommen, und es regnete stärker als zuvor. Der Himmel wurde dunkel, und in den fernen Bergen gewitterte es. Bingham schlug vor, ins Haus zu gehen und das Unwetter abzuwarten, aber Wilson bestand darauf, sofort aufzubrechen.

»Die Regenzeit dauert hier bis April«, sagte Wilson. »Es hat absolut keinen Zweck, abzuwarten.«

»So gesehen klingt es tatsächlich albern«, meinte Bingham unter seinem breitkrempigen Hut. »Na, dann machen wir uns wohl tatsächlich auf den Weg.« Er ging zurück ins Haus, zog die Kappe seines Füllers ab und schrieb auf ein Blatt Papier: *Habe mich aufgemacht, um Vilcabamba zu entdecken – wie ich hoffe. Werde in zwei Wochen zurück sein.* Er setzte seine Unterschrift und das Datum darunter.

Dann drehte er die Öllampe aus, ging hinaus und zog die Tür hinter sich zu. Das Blatt Papier drückte er in Augenhöhe an die Tür und befestigte es mit einer Reißzwecke. Er hinterließ immer eine Nachricht an der Tür, wenn er auf Forschungsreise ging.

»Wissen Sie, was ich an den Peruanern so schätze?«, fragte Bingham, als er in den strömenden Regen trat. »Man braucht das Haus nicht abzuschließen. Sie sind so ehrlich, denen würde nicht im Traum einfallen, etwas zu stehlen.«

»Was steht auf dem Zettel?« Wilson zeigte auf die Tür.

»Dass ich in zwei Wochen wieder da bin. Ich bekomme Besuch von einem alten Freund«, erklärte Bingham. »Professor Harry Foote. Er wird nächste Woche mit dem Zug von Yale kommen. Ein prächtiger alter Knabe, Botaniker, wissen Sie. Ich will nicht, dass er sich Sorgen macht.«

»Hoffentlich werden Sie bis dahin zurück sein«, sagte Wilson.

Bingham schaute liebevoll auf den selbst gepinselten Schriftzug des »Pan Am Pacific Congress« über der Tür. »Auf Wiedersehen, Heim fernab der Heimat!«, rief er aus, dann schwang er das Bein hoch und sprang auf den Eselsrücken.

Wilson saß bereits auf seinem Esel, der unter dem beträchtlichen Gewicht nach rechts und links wich. »Wir reiten nach Nordwesten«, kündigte er an.

»Und Sie wissen ganz genau, wohin wir wollen?«, fragte Bingham zweifelnd.

»Zunächst zu dem Dorf Torontoy am Eingang der großen Urubamba-Schlucht.«

»Nie gehört.« Bingham sah Wilson von oben bis unten an. »Was meinten Sie noch, woher Sie den Weg kennen?«

»Ich bin schon dort gewesen.« Wilson gab seinem Esel einen Tritt, woraufhin sich das Tier schlingernd in Bewegung setzte. »Glauben Sie mir, Hiram, ich weiß, was ich tue.«

7.

Cusco, Peru
Kathedrale
Ortszeit: 14.58 Uhr
16. Januar 1908

Hauptmann Gonzales stand im strömenden Regen vor der Basilika. Seine Männer standen auf den oberen Stufen der Treppe zwischen dem Kirchengebäude und der wütenden Menschenmenge, die während der letzten drei Tage beständig angewachsen war. Ab und zu schaute er über die Schulter zu dem reglosen Leib von Corsell Santillana hinauf, der noch immer gekreuzigt am Glockenturm hing. Bei dem Anblick wurde ihm jedes Mal wieder schlecht.

Er hatte Corsell und seinen Bruder Juan schon gekannt, als sie noch Knaben gewesen waren. Und jetzt war Corsell tot und Juan auf mysteriöse Weise verschwunden. Seit Wochen hatte ihn keiner mehr gesehen. Gonzales schaute suchend über die Menge und fand die Mutter der beiden in der vordersten Reihe, auf Knien, Tränen des Entsetzens in den geröteten Augen und auf den blassen Wangen. Sie weinte unablässig, seit sie vom schrecklichen Schicksal ihres Sohnes erfahren hatte. Seit fast drei Tagen kniete sie an ein und derselben Stelle, ohne etwas zu essen oder zu trinken. Sie hatte ihren jüngsten Sohn am Kreuz sterben sehen, während zahllose Stimmen ihm Beleidigungen entgegenschrien. In gewisser Hinsicht war es schlimmer gewesen, sie dort knien zu sehen, als Corsells Sterben mitzuerleben. Das Schicksal des jungen Mannes war besiegelt; doch vor seiner Mutter lag nun ein trauervolles Leben. In ihren runzeligen, nassen Händen hielt sie einen zierlichen Rosenkranz mit einem silbernen Kreuz. Es hieß, Bischof Francisco habe sie in die Kirche gerufen, um ihr den übel zugerichteten Leichnam von Monseñor Pera zu zeigen, ehe er ihr dessen Rosenkranz übergab. Was er ihr am Ende der Begegnung zuflüsterte, habe niemand hören können. Sie sei daraufhin hinaus in den Regen gegangen und an dem Fleck auf die Knie gefallen, wo sie jetzt noch kniete.

Gonzales stand wie eine Statue da, das gebräunte Gesicht reglos, die kräftigen Hände hinter dem Rücken verschränkt. In seiner gut sitzenden blauen Offiziersuniform mit den leuchtend roten Kragenspiegeln wirkte er selbst unter diesen Umständen wie der Inbegriff von Recht und Ordnung. Seine Schirmmütze saß gerade auf dem Kopf, und das Regenwasser tropfte von ihr herab. Die durchnässte Jacke stand offen, und am Kragen glänzten Goldknöpfe, das Rangabzeichen eines hohen Offiziers der in Cusco stationierten Soldaten.

Gonzales konnte nicht verstehen, wie es zu den grausigen Taten hatte kommen können. Er hatte nicht nur den Jungen, sondern auch den Soldaten Corsell Santillana gekannt – und ein solches Ende hätte er niemals vermutet. Er drehte den Kopf und schaute wieder zu dem Toten hinauf. Die Qual in dem leblosen Gesicht und die furchtbare schwarze Zunge lösten neue Übelkeit aus. Corsell Santillana war ein gottesfürchtiger, ehrlicher Mann gewesen, keiner, der zu Gewalt neigte, geschweige denn zu einem brutalen Mord, wie er in der Kathedrale begangen worden war. Während Gonzales wie schon in den zwei Tagen zuvor immer wieder seine Erinnerungen durchging, fand er nicht den geringsten Hinweis darauf, dass dieser Mann ein so abscheuliches Verbrechen begehen könnte.

»Sie werden in der Kathedrale verlangt«, sagte ein Mann.

Gonzales drehte sich um. Neben ihm stand ein junger Priester in schwarzer Soutane, die mit jeder Sekunde nasser wurde. Der Geistliche deutete mit ruhiger Geste auf das Hauptportal. »Bitte, Capitán.«

»Ich komme gleich.« Gonzales begab sich zielstrebig zu Leutnant Capos, wobei ihm bewusst war, wie viele Augen auf ihn gerichtet waren. »Sorgen Sie dafür, dass niemand die Treppe heraufkommt«, sagte er. »Die Menge wirkt unruhig. Ich muss noch mal mit dem Geistlichen sprechen.«

»Sí, Capitán.« Der Leutnant nickte knapp.

Wenigstens sechs Mal war Gonzales in den letzten zwei Tagen schon in die Basilika gerufen worden. Die Priester fürchteten, die Bauern könnten Santillanas Leichnam fordern – und die Dinge schließlich selbst in die Hand nehmen, wenn sie ihren Willen nicht bekämen. Auf Anweisung des Bischofs waren die Kirchentüren von innen verriegelt worden, mit Ausnahme des nördlichen Seitenportals, durch das man ins Evangelienschiff gelangte. Es lag links des mächtigen Hauptportals, hinter dem der schreckliche Mord geschehen war.

Als Gonzales unter dem Bogen zum Evangelienschiff hindurchging, nahm er die Mütze ab und strich sich mit den Fingern durch die feuchten Haare, um sie zu ordnen. »Gelobt sei Jesus Christus«, murmelte er und bekreuzigte sich. Dann trat er in die totenstille, von Kerzen erleuchtete Kirche. Welche Erleichterung, einmal nicht die höhnischen Schmährufe der Menge zu hören, und sei es auch nur für ein paar Minuten.

Zu seiner Überraschung war der Eingang zum Evangelienschiff verlassen. Gonzales schaute den makellosen Granitboden entlang bis zum etwa fünfzig Meter weit entfernten Ende des Schiffes. Es war ein Ehrfurcht gebietender Anblick, wie der goldene Altar der Heiligen Dreifaltigkeit unter dem hohen, weiß getünchten Gewölbe im Kerzenschein glänzte.

Gonzales riss seinen Blick davon los und wandte sich suchend dem Mittelschiff zu. Dort, nur etwa sieben Meter entfernt, gab es auf dem Granitboden einen etwas dunkleren Bereich, wo Monseñor Pera offenbar sein grausames Ende gefunden hatte. Das Blut war in die Poren der Steinplatten gesickert, und ganz gleich, wie sehr man schrubbte, würden diese nun für immer den dunklen Fleck des Todes tragen. Bisher hatten die versammelten, schwarz gewandeten Geistlichen ihm den Blick darauf verstellt, und er war froh, endlich Gelegenheit zu haben, den Tatort mit eigenen Augen zu sehen.

Während er sich dem Fleck näherte, schaute er sich nach Blutspritzern oder Zeichen eines Kampfes um, und dabei wurde sein Blick unwillkürlich zu dem vergoldeten Altar hingezogen und zu dem lebensgroßen Bild der Heiligen Jungfrau, die ihn direkt anzusehen schien, in den Armen das sanft blickende Jesuskind. »Wie kann etwas so Schreckliches an solch einem schönen und heiligen Ort geschehen?«, fragte er sich flüsternd.

Leise Schritte ließen ihn herumfahren.

»Das habe ich mich auch gefragt«, antwortete Bischof Francisco, der plötzlich in roter Robe und Birett vor ihm stand.

Bestürzt sank Gonzales auf ein Knie. »Bischof Francisco, ich wusste nicht, dass Sie hier sind.«

»Ich verstehe, dass Sie neugierig sind, wie wir alle«, sagte der Priester. Er streckte die Hand aus und erlaubte dem Hauptmann, seinen heiligen Ring zu küssen. »Bitte stehen Sie auf«, gebot er ihm.

Gonzales bemerkte, dass er dicht neben dem Blutfleck kniete, und wich unwillkürlich zurück. »Sie haben mich rufen lassen?«, fragte er, während sein Puls stieg.

Der Bischof wirkte ruhig, wie er mit gefalteten Händen vor ihm stand. »Sie sind immer ein guter Mann gewesen«, sagte er, und jedes seiner Worte schien wohlbedacht. »Sie sind ein guter Christ, der ein Leben in Würde und Anstand führt. Ich kenne Ihre Familie seit vielen Jahren, nicht wahr? Wie auch zahllose andere ehrenwerte Familien in dieser großen Stadt. Solange ich denken kann, diene ich meinem Gott und dieser Kirche mit allem, was ich habe. Ich habe ein keusches Leben geführt, wie Gott es von mir verlangt. Ich habe die Armen unterstützt, die Obdachlosen beherbergt, die Trauernden getröstet, und vor allem anderen«, er zeigte zur hohen Decke, »habe ich den Unglücklichen, die vom Weg abgekommen waren, Glauben gegeben. Die Heilige Schrift war mein Trost und mein Lehrer.«

Gonzales musste unwillkürlich an seine kleinen Kinder denken, zwei Söhne und eine schöne Tochter, die erst vor sechs Monaten in diesen Mauern getauft worden war. Das Bild ihrer lächelnden Gesichter ließ eine unerwartete Wärme in sein Herz strömen, das momentan so erschüttert war.

»Mein Leben lang habe ich das Kreuz Christi auf mich genommen, ungeachtet seiner Schwere«, fuhr der Bischof fort und wurde leidenschaftlicher. »Und ich habe mich nie gescheut, wenn nötig zum Schwert zu greifen, um die heilige Kirche, seine Kirche, oder die geliebten Mitglieder seiner Herde zu verteidigen.« Der Bischof deutete auf den Fleck am Boden. »Und obwohl Gottes Wille auf meiner Seite steht, hat dieses Verbrechen in seinem Hause stattgefunden, sodass ein dunkler Schatten über diese Kirche und meines Gottes Willen gefallen ist und die Dunkelheit nur davon genommen werden kann, wenn drastische Maßnahmen ergriffen werden, ungeachtet dessen, was recht erscheinen mag.«

Der Bischof holte tief Luft und bemühte sich um Haltung. Seine Stimme wurde ruhiger. Die flackernden Kerzen beschienen sein hageres Gesicht. »Ich weiß, dass Sie von Anfang an gegen die Kreuzigung waren und dass Sie von mir verlangen, den Leichnam von der Außenmauer zu entfernen.«

Es folgte längeres Schweigen, ehe sich Gonzales dazu äußerte. »Das ist richtig, Bischof. Die Bauern können ihre Trauer nicht länger im Zaum halten; jemand muss nachgeben.«

»Ich weiß, was ich tue«, erwiderte der Bischof sofort. »Und ich tue, was nötig ist.«

»Mag sein, dass Sie gottgefällig handeln«, fuhr Gonzales fort, »aber Sie handeln nicht nach dem Gesetz ... und das ist ein Problem für uns beide.«

»Ich habe die volle Unterstützung meiner Gemeinde! Hören Sie nur die leidenschaftlichen Stimmen, da hören Sie die Zustimmung.«

»Die Bürger trauern über die Ermordung Monseñor Peras. Sie wissen nicht, wie sie darauf reagieren sollen, außer indem sie Beleidigungen brüllen. Sie sind wütend, und das zeigen sie. Doch Sie müssen auch bedenken, dass Corsell

Santillana für einen jungen Mann hoch geachtet war. Das wissen Sie. Und die Bürger von Cusco sind zwar wütend, aber sie finden es auch schwer zu begreifen, wieso er Monseñor Pera getötet haben soll. Die Kirche sollte Mitgefühl und Versöhnlichkeit beweisen, nicht Hass schüren.«

Bischof Francisco lächelte matt. »Ich weiß Ihre Aufrichtigkeit zu schätzen, Capitán. Sie sind ein guter Mann. Jedoch scheint es, dass Ihre Güte Sie blind macht für die Wahrheit: Corsell Santillana war vom Teufel besessen, als er Monseñor Pera tötete. Corsell Santillana hat mit solcher Wucht, mit solchem Hass auf ihn eingestochen, dass der gute Priester fast nicht mehr zu erkennen war. Vermutlich hat Santillana sogar von seinem Fleisch gegessen, da er eine beträchtliche Menge Blut im Mund hatte. Es ist unbestritten, dass Corsell Santillana dieses abscheuliche Verbrechen beging und sein Körper darum vom Teufel gereinigt werden musste.« Bischof Francisco holte nochmals tief Luft. »Gelobt sei Gott.« Er bekreuzigte sich.

»Ich bin ein gottesfürchtiger Mann, Bischof, und will gewiss nicht respektlos erscheinen, aber das Gesetz erlaubt keine Kreuzigung, ungeachtet der Schwere eines Verbrechens.«

»Aber nur so kann ich Corsell Santillanas Seele reinigen!«, schrie der Bischof, und seine Stimme hallte von den Wänden wider. »Nur so kann er nach einer solchen Tat in den Himmel aufsteigen. Dies sind dunkle Zeiten, Capitán. Es ist eine schreckliche Verderbtheit um uns her. Verdorbene Menschen und verdorbenes Tun müssen mit gleicher Kraft bekämpft werden.« Er zeigte noch einmal zum Gewölbe hinauf. »Mein Gott ist der Retter der Seelen, und niemand tritt ihm respektlos entgegen. Sie nicht und auch kein anderer! Trotzdem ist diese Kirche nichts ohne den Glauben und die Unterstützung ihrer Anhänger. Mitglieder der Herde müssen hinter ihrer Kirche stehen. Sind Sie bereit, hinter mir zu stehen?«

Gonzales spürte, wie er rot wurde und ihm Schweißperlen auf die Stirn traten. »Ich habe diese Kirche immer unterstützt, Bischof. Wie ich schon Ihren Hausprälaten sagte, bin ich hier, um Sie über die rechtliche Lage aufzuklären, nicht, um das Recht durchzusetzen.«

»Aber Sie missbilligen mein Vorgehen.«

Gonzales zögerte, ehe er antwortete, während ihm ein Dutzend Gedanken gleichzeitig durch den Kopf schossen. »So ist es, Bischof. Ich respektiere Sie, aber ich meine, dass der Leichnam endlich abgenommen werden muss, damit der Hass aufhören und die Heilung beginnen kann. Corsells Mutter ist in der Menschenmenge. Um Himmels willen, Sie müssen diesem Wahnsinn ein Ende machen!«

»Sie meinen, ich sollte Mitgefühl zeigen?«

»Ja, Bischof.«

»Mitgefühl ist für die Schwachen, mein Junge. Dies sind finstere Zeiten, und kleinliche Überlegungen müssen hintanstehen. Sie müssen Folgendes begreifen, Capitán: Ich werde tun, was nötig ist, um diese heilige Kirche zu schützen. Und wenn Sie Ihre Kinder lieben und sie gesund aufwachsen sehen möchten, werden Sie von jetzt an mein Vorgehen, ohne zu fragen, unterstützen.«

Gonzales sah dem Bischof forschend in die Augen, um zu erspüren, ob das eine Drohung war. Das war der Moment, in dem er das schwache rote Flackern in den kalten, dunklen Pupillen sah. Der Anblick war so erschreckend, dass Gonzales taumelnd zurückwich, ohne zu begreifen, warum.

»Der Leichnam von Corsell Santillana wird acht Tage lang am Glockenturm hängen bleiben«, befahl Bischof Francisco und zeigte mit seinem knochigen Finger auf Gonzales' Brust. »Am achten Tag wird er entfernt und in einem unbezeichneten Grab beerdigt werden. Das ist mein Wille und der Wille Gottes, und Sie werden gewährleisten, dass dem entsprochen wird. Ihre Wache draußen muss verdoppelt werden, und jeder soll ein geladenes Gewehr tragen. Wer versucht, sich der Kirche zu nähern, wird verhaftet.«

»Ich werde tun, was Sie verlangen«, sagte Gonzales, während sein Magen sich fast überschlug. Eigentlich wusste er nicht, warum er so antwortete, aber der Schweiß, der ihm von der Stirn lief, sagte ihm, dass er die einzig richtige Entscheidung getroffen hatte. Es war nackte Angst, die er fühlte, dieselbe Angst wie bei dem Gedanken, in einen reißenden Fluss zu fallen.

Der Bischof ging langsam um Gonzales herum. »Das ist gut, mein Sohn. Es gibt noch eine Aufgabe, die Sie erledigen müssen. Sie werden einen Fremden ausfindig machen … einen Mann namens Wilson Dowling. Er ist aus dem Ausland hergekommen, mit dem Zug heute Morgen. Er will die untergegangene Inka-Stadt Vilcabamba entdecken. Er ist in Begleitung eines amerikanischen Gelehrten, Hiram Bingham. Ich nehme an, Sie kennen ihn? Sie müssen persönlich verhindern, dass die beiden die Berge erreichen. Sie werden sie nach Cusco zurückbringen, damit ich diesen Dowling befragen kann. Er ist ein Unbekannter, der die Kirche Jesu Christi schwächen will – behandeln Sie ihn unter diesen schwierigen Umständen mit Vorsicht. Wenn nötig, wenden Sie Gewalt an.«

Mit rasendem Puls starrte Gonzales vor sich hin. Er war so verwirrt, als wäre er mit verbundenen Augen herumgewirbelt worden. »Ich werde tun, was Sie befehlen«, sagte er.

106 Jahre in der Zukunft . . .

8.

Anden, Peru
Hiram-Bingham-Express
32 Kilometer nordwestlich von Cusco
Ortszeit: 9.57 Uhr
17. Januar 2014

In einer perfekten Welt wäre Helena mit einem Hubschrauber direkt zum Machu Picchu geflogen, aber weil die Inka-Ruinen zum Welterbe erklärt worden waren, galt für die Umgebung ein striktes Flugverbot. Das hieß, um auf schnellstem Wege dorthin zu gelangen, musste man von Cusco aus den Zug nehmen. Helena wäre mit dem Wagen über die tückischen Bergstraßen gefahren, wenn sie geglaubt hätte, damit schneller zu sein. Aber so saß sie nun in dem plüschigen Speisewagen, der den Anden entgegenzockelte. Der Fahrplan sah für zehn Uhr den Morgentee, für halb elf Cocktails und für ein Uhr Lunch vor. Der Zug fuhr auf gerader Strecke höchstens vierzig Stundenkilometer, was nach Helenas Meinung viel zu langsam war – da lief sie ja fast schneller. Und zu allem Überfluss hatte sie schreckliche Kopfschmerzen.

Du musst optimistisch bleiben, sagte sie sich.

Am Tisch hinter ihr wurden frische Käsecroissants serviert, und bei dem Butterduft wurde ihr leicht übel. Sie blickte aus dem Fenster und versuchte, die schöne Aussicht zu genießen, die draußen vorbeizog.

Es war lange her, seit Wilson sich aus ihrem Leben wegtransportiert und sie wartend zurückgelassen hatte. Es bestand kein Zweifel daran, dass sie sich verlassen und allein fühlte. Sie erzählte jedem um sie herum, wie es ihr damit ging, und verbarg dabei den wahren Grund ihres Kummers. Niemand würde je glauben, dass sie einem Zeitreisenden begegnet war – unmöglich. Wie sollte jemand eine so alberne Behauptung auch akzeptieren können? Trotzdem war sie wahr. Glücklicherweise hatte Helena es aufgegeben, diese Wahrheit mit anderen zu teilen, und seitdem war ihr Leben einfacher. Bei so unglaublichen Dingen war es besser zu lügen, als etwas erklären zu wollen, was sowieso niemand begreifen konnte.

Dass sie den Zeitreisenden Wilson Dowling kennengelernt hatte, war zugleich das Beste und das Schlimmste, was ihr im Leben passiert war, auch wenn zurzeit die Nachteile zu überwiegen schienen.

Aus einer Reißverschlusstasche ihrer Wanderweste zog sie die ägyptische Münze hervor, die Wilson ihr geschenkt hatte. Angeblich war sie ein Bindeglied zwischen der Vergangenheit und der Zukunft. Wütend drückte sie sie zwischen den Fingern. War es ihr bestimmt, sich den Rest ihrer Tage zu fragen, ob sie Wilson je wiedersähe? Vor gut einem Jahr war er in ihre Welt gekommen, hatte seinen Auftrag ausgeführt und sie dann zurückgelassen wie ein Tourist einen Sommerflirt. Er hatte behauptet, durch die Zeit gereist zu sein, obwohl schon die Vorstellung völlig verrückt war. Und doch wusste Helena, dass er die Wahrheit sagte – sie hatte Dinge miterlebt, die anders nicht zu erklären waren. Wilson Dowling gebot über Kräfte, die nur mit einer immensen Kenntnis über die Zukunft zusammenhängen konnten. Ganz sicher war er der Aufseher, wie er behauptete; daran hatte sie keinen Zweifel.

Helena sah wieder aus dem Fenster und wünschte, der Zug würde schneller fahren. Sie war eine schöne Frau, und das wurde auch von den Mitreisenden und dem Zugpersonal bemerkt, die diesen Orient-Express am Morgen bestiegen hatten. Ihre Körperhaltung war hervorragend, und ihr feingeschnittenes Gesicht und ihr schlanker, durchtrainierter Körper zogen viele Blicke auf sich. Sie nahm die Baseballkappe ab, löste den Pferdeschwanz und ließ die Haare nach vorn fallen. Einige Passagiere drehten sich nach ihr um, aber Helena beachtete sie nicht. Seit ihrer Kindheit war sie es gewohnt, von Männern wie von Frauen angestarrt zu werden. Jeder fragte sich, was sie an sich hatte, das sie so anziehend machte – denn es war nicht ihre Schönheit allein. Helena hatte eine unglaubliche Präsenz, und ihre Lebenskraft schien förmlich aus ihr zu leuchten. Wer Helena ansah, wusste, dass sie stark und gesund war. Und je länger sie jemand ansah, desto weniger wollte er damit aufhören.

Helena Capriartys Nerven waren angespannt, doch der äußere Schein verriet nichts von ihren aufgewühlten Gefühlen. Helena hatte sich etwas vorgenommen, und nichts würde sie davon abbringen können, eine Verbindung zu Wilson zu finden.

Nachdem sie sich etwa eine Minute lang die Schläfen massiert hatte, um ihre Kopfschmerzen zu lindern, setzte sie die Baseballkappe wieder auf und trank einen Schluck von dem dampfenden Koka-Tee, der vor ihr stand. Das lokale Getränk, das Spuren von Kokain enthielt, linderte angeblich die Symptome der Höhenkrankheit. Und Helena hoffte, sich bald besser zu fühlen.

Auf der anderen Seite des Ganges saß Pablo Escator, ihr Führer. Jedem, der im Hiram-Bingham-Express zum Machu Picchu fuhr, wurde ein Führer zugewiesen, vorausgesetzt, man blieb wenigstens zwei Nächte in der Machu Picchu Sanctuary Lodge, dem Fünf-Sterne-Hotel, das direkt neben der alten Inka-Stadt auf einem Berg stand.

Gegenüber von Pablo saß Helenas Leibwächterin, Chad Chadwick, angeblich die Beste ihres Fachs. Helenas Vater hatte auf einem Aufpasser bestanden, als sie allein nach Südamerika wollte – und Lawrence hatte nicht nachgegeben, bis er seinen Willen bekam. Sie war sein einziges Kind, und er nutzte seinen Reichtum, um sie zu beschützen, auch gegen ihren Willen. Da das seine einzige Bedingung gewesen war, um sie reisen zu lassen, hatte sie keine Wahl gehabt und eingewilligt. Chad Chadwick war dreiunddreißig Jahre alt und eine ehemalige Siebenkämpferin des amerikanischen Olympiateams. Sie war 2008 bei der Olympiade in Peking Anwärterin für die Goldmedaille gewesen. Nachdem sie sich aber beim Speerwerfen, ihrer besten Disziplin, eine Rückenverletzung zugezogen hatte, hatte sie ihren Medaillentraum begraben müssen. Sie war über eins achtzig groß, blass, hatte eine weißblonde Stachelfrisur, und ihre Bewegungen wirkten wie bei vielen sehr muskulösen Menschen beinahe roboterhaft. Ihr konstant mürrischer Gesichtsausdruck trug nichts dazu bei, ihr Erscheinungsbild weicher wirken zu lassen. Wie alle guten Leibwächter beobachtete Chad alles und jeden, stellte wenn irgend möglich Blickkontakt her und schien in ihrer Wachsamkeit nicht eine Sekunde lang nachzulassen. Im Rucksack hatte sie Munition, Verbandszeug, eine Schockgranate und jede Menge Thunfisch im eigenen Saft, von dem sie fast auf die Sekunde genau alle drei Stunden aß.

»Ich muss meinen Stoffwechsel konstant halten«, erklärte Chad. »Thunfisch ist Eiweiß pur. Er erhält die Muskelmasse und begrenzt die Fettbildung.«

Pablo dagegen sah wie ein Gentleman aus. Helena schätzte ihn auf Ende vierzig. Er war halb Spanier, halb Südamerikaner, wahrscheinlich Inka. Die Spanier nannten jemanden wie ihn Mestizo. Sein Gesicht war flach, seine Haut dunkel. Im Vergleich zu Chad war er sehr klein, gerade einen Meter fünfundsechzig groß. Ein weiterer Hinweis auf seine Herkunft war, dass er ganz offen voreingenommen war, wenn es um die spanische Invasion unter Francisco Pizarro ging.

»Die Eindringlinge kamen nur mit einem Ziel nach Südamerika: Sie wollten Gold finden«, erklärte Pablo ungestüm. »Pizarro hat den guten Inka-König Atahualpa rücksichtslos ermorden lassen – obwohl das Lösegeld für diesen gezahlt worden war. Die Konquistadoren waren dreckige Schweine!«

Helena musste über die Bemerkung lächeln, da Pablo selbst zur Hälfte Spanier war. Sie hatte schon begriffen, dass Francisco Pizarro in Peru nicht gut gelitten war, obwohl er Lima gegründet und das Christentum gebracht hatte. Dem Kreuz an seiner Halskette nach zu urteilen, war Pablo überzeugter Katholik, wie die meisten Peruaner; trotzdem hasste er Pizarro mit jeder Faser seines Körpers.

Der luxuriöse Zug war ein würdiges Andenken an den verstorbenen Hiram Bingham – den Yale-Gelehrten, der die Zitadelle Machu Picchu Anfang des 20. Jahrhunderts entdeckt hatte. Helena hatte ein eBook über ihn in der Tasche, das sie unterwegs lesen wollte. Das Leben des amerikanischen Forschungsreisenden hatten viele Erfolge gekrönt.

Nach seiner sensationellen Entdeckung in Peru wurde er Gouverneur von Connecticut und langjähriges Mitglied des Senats. Und darüber hinaus inspirierte er Steven Spielberg zu seiner Figur des Indiana Jones.

Konnte es ein größeres Kompliment geben?

Die Innenverkleidung des Zuges war königsblau, die Polstermöbel und Vorhänge waren aus beigefarbenem Samt. Es war kein langer Zug, er bestand aus einer Diesellok und drei Waggons: einem Speisewagen, einem Salonwagen und einem Aussichtswagen am Schluss. Die Passagiere konnten dort am Geländer stehen und das Bergpanorama genießen, während der Zug von der Hochebene Cuscos dem Flusstal folgend zu den Andengipfeln hinauffuhr.

Eine Gruppe von zwanzig Leuten, ältere Herren und eine entsprechende Anzahl junger Frauen, drängte sich im Aussichtswaggon. Sie tanzten und sangen begeistert zu den schnellen Rhythmen eines Gitarristen und eines Bongospielers. Normalerweise fuhr man fünf Stunden von Cusco bis zum Fuß des Machu Picchu, doch der Himmel hatte sich verdunkelt, und es gab Meldungen von schweren Regenfällen und Überflutungen in einem tieferen Teil des Tales. Pablo schätzte, dass sich die Fahrt auf acht Stunden ausdehnen könnte.

Es war erst Vormittag, doch der Himmel wurde immer dunkler. Die ersten Regentropfen klatschten an die Fenster des Speisewagens, und Helena drückte unwillkürlich die Handflächen an die Scheibe, als sich der sanfte Regen zum Wolkenbruch entwickelte.

»Da kommt wohl ein Sturm auf uns zu«, bemerkte Pablo mit Blick nach draußen. »Das Unwetter kommt von Westen, und das ist nicht gut.«

»Besteht Überschwemmungsgefahr?«, fragte Chad.

»Wir brauchen uns keine Sorgen zu machen«, antwortete Pablo. »Es sind viele wichtige Leute im Zug. Sehr wichtige Leute.«

Im Hintergrund hörte Helena Musik und die Schritte der Tänzer. Draußen prasselte der Regen gegen den roten Granit, der im Dunst emporragte. Das Wasser floss bereits in Bächen die schroffe Felswand herab. Es war leicht vorzustellen, wie rasch sich das breite Tal füllen würde, gemessen an den großen Pfützen, die sich entlang der Schienen gebildet hatten.

Helena setzte ihre Kopfhörer auf, schloss die Augen und drehte die Lautstärke an ihrem iPod hoch, um die spanische Tanzmusik zu übertönen.

Der Grund, weshalb sie überhaupt durch Peru reiste, war ein Traum, den sie seit zwei Wochen hatte, sobald sie einschlief. Es war immer derselbe. Sie stand vor dem Sonnentempel in Machu Picchu – sie hatte das Bauwerk nicht gekannt, sondern erst im Internet danach recherchieren müssen. Sonnenstrahlen fielen durch das trapezförmige Steinfenster und tauchten Helena in Licht. Das Fundament des massiven Granitbaus schien in einem Fünfundvierzig-Grad-Winkel aufgebrochen worden zu sein. Gegen das helle Sonnenlicht konnte sie nur schlecht etwas erkennen, aber sie spürte, dass da etwas hinter der dreieckigen Öffnung war, was sie untersuchen sollte. Sie hatte sich viele Fotos des alten Inka-Tempels angesehen, doch diese hatten ihre Neugier nicht befriedigen können. Da war eindeutig etwas in dem düsteren Zwielicht, das sie unbedingt mit eigenen Augen sehen sollte. Sie war sich ganz sicher und wagte zu hoffen, dass es etwas Magisches war und sie zu Wilson Dowling führen würde.

Entspann dich einfach, sagte sie sich.

Doch tief im Innern fürchtete sie, dass der Traum zu gar nichts führen würde.

9.

Anden, Peru
Hiram-Bingham-Express
48 Kilometer nordwestlich von Cusco
Ortszeit: 13.04 Uhr
17. Januar 2014

Als der Zug den Rückwärtsgang einlegte, schlug Helena erschrocken die Augen auf. Der Speisewagen war voll besetzt, und der Duft von Gourmetessen hing in der Luft. Es regnete immer noch heftig. Die Fenster waren trotz Klimaanlage beschlagen. Während sie sich aufrichtete, nahm sie den Kopfhörer ab und sah sich um. Sie musste eine Weile geschlafen haben – traumlos, was sie überraschte. Chad saß ihr gegenüber am Tisch.

»Der Aussichtswaggon ist überschwemmt«, erklärte Chad und deutete über ihre Schulter. »Die Gäste mussten zu uns hereinkommen. Es gießt in Strömen.«

Pablo neigte sich über den Gang zu ihnen. »Der Zug fährt gerade ein Stück rückwärts. Wir nähern uns dem Urubamba-Tal, und das Wetter kann noch schlechter werden, wenn wir in die Berge kommen.«

Helena wischte die beschlagene Scheibe frei und spähte hinaus. Das Terrain fiel steil ab, und es gab viele Bäume und Büsche, mehr als auf den Hochebenen, doch sonst war wenig zu erkennen. Im Speisewagen servierten die Kellner eifrig Getränke und Essen, und es herrschte Unruhe.

Vor ihr auf der gestärkten weißen Tischdeck waren Silberbesteck und zwei weiße Porzellanteller mit Goldrand gedeckt. Helena trank einen Schluck Mineralwasser. »Sie essen nichts?«, fragte sie, als sie bemerkte, dass für ihre Leibwächterin nicht gedeckt war.

»Später«, antwortete Chad und sah sich misstrauisch um.

Der Zug kam langsam zum Stehen und rollte dann vorwärts wieder an. Ein lautes »Hurra!« kam vom anderen Ende des Waggons, wo besonders viel Rummel herrschte. Wie es schien, war die Gesellschaft vom Aussichtswagen umgezogen und kippte nun Tequila in sich hinein. Es waren zwölf, die die hintersten vier Tische besetzt hielten, ein Viertel des Speisewagens. So schnell, wie sie tranken und neu bestellten, war zu vermuten, dass es ziemlich bald ungemütlich werden würde.

Als Chad sah, wie Helenas Blick zu der Gruppe schwenkte, sagte sie leise: »Geschäftsleute und Nutten, würde ich schätzen. Die Männer sind gut gekleidet – teure Anzüge. Die Frauen sehen billig aus und jung. Hohe Absätze sind keine gute Idee in den Bergen, schon gar nicht in der Regenzeit.«

Helena nickte.

»Den Kofferschildern nach sind die Männer aus Peru«, fuhr Chad fort. »Die Frauen kommen aus verschiedenen Ländern, Argentinien, Guatemala, Brasilien, soweit ich die Akzente zuordnen kann.« Sie beugte sich näher heran. »Sie laufen andauernd zur Toilette, um Kokain zu schnupfen. Ist Ihnen aufgefallen, wie oft sie schon gegangen sind?«

Jetzt, da Chad es erwähnte, wurde Helena klar, dass sie recht hatte.

»Vorhin habe ich Kokainspuren am Waschbecken gefunden. Sie versuchen, diskret zu sein, aber bei der Menge, die sie konsumieren, ist das nicht einfach. Einige sind schon fünf Mal im Waschraum gewesen, seit wir eingestiegen sind.«

»Sie sollten nicht über die anderen Passagiere reden«, mahnte Pablo mit besorgter Miene. »Besonders nicht über die dort. Sie fahren ziemlich häufig mit diesem Zug. Sie gehören zu einer mächtigen Familie. Jeder kennt sie.«

»Ich halte ein Auge auf sie«, erwiderte Chad zwinkernd. »Also, keine Sorge.«

»Auf diesem Streckenabschnitt gibt es viele Serpentinen«, sagte Pablo mit ausholender Gebärde. Offensichtlich wollte er unbedingt das Thema wechseln. »Das ist der steilste Teil der Fahrt ins Tal.«

Helenas Kopfschmerzen waren schlimmer geworden, und ihr war übel, was für sie ganz untypisch war. Plötzlich bremste der Zug, und das viel heftiger als gewöhnlich. Jeder machte einen Ruck nach vorn, und ein paar Gläser kippten um. Es gab ein kurzes Murren, ein paar spitze Schreie und sogar Gelächter. Kellner und Kellnerinnen eilten mit Servietten herbei, um Vergossenes trocken zu wischen. Der Regen trommelte weiter aufs Dach.

Die Zeit verrann, aber der Zug setzte sich nicht wieder in Bewegung.

Nach den Mienen des Personals zu urteilen, war das keine vorgesehene Stelle für einen Halt des Zuges. Helena wischte das Fenster erneut frei, um in den Regen hinauszuschauen. Sie standen auf relativ flachem Gelände. Neben dem Gleis war eine Wiese, auf der eine einfache Holzhütte stand. Rötliche Felsbrocken verschiedener Größe lagen ringsum verstreut. Pablo wischte die Scheibe auf der anderen Gangseite frei. Dort blickte man auf eine Felswand, die unheildrohend im Regendunst aufragte. Es hatte den Anschein, als wären die Felsbrocken vor vielen Jahren von dort heruntergestürzt und auf der Wiese liegen geblieben. Einige waren an die drei Meter hoch.

»Scheint mir kein guter Platz zum Halten zu sein«, bemerkte Chad.

»*Las rocas estan bloqueando el camino!*«, rief ein Mann.

»Es liegen Felsbrocken auf den Gleisen«, übersetzte Pablo besorgt. Helena konnte so gut Spanisch, dass sie den Satz selbst verstanden hatte.

Die Situation wurde weiter auf Spanisch erörtert, dann rief jemand: »*Todos los hombres deben ayudar a moverlas!*«

»Das Zugpersonal soll sich draußen versammeln. Die Steine müssen beiseitegeschafft werden«, erklärte Pablo mit einem kurzen Blick durch den Waggon. »Ich bin sicher, das ist kein Problem.«

Helenas Kopfschmerzen verschlimmerten sich weiter, während der Zug stand. Ihr Gefühl sagte ihr, dass sie aufstehen und umhergehen sollte, um sie loswerden. Doch es standen Leute im Gang, und sie wollte nicht ins Gedränge. Erneut wischte sie das Kondenswasser von der Scheibe und musterte die verwitterte Hütte auf dem Feld. Ringsum war alles überwachsen, die Tür war aus den Angeln gebrochen, und ein paar Dachschindeln fehlten.

»Ich bin gleich wieder da«, sagte Pablo.

»Ist der Platz hier sicher?«, fragte Chad wieder.

»Es wird nichts passieren«, antwortete Pablo. »Das Personal räumt die Steine weg. Wir werden in Kürze weiterfahren können. So etwas ist schon öfter vorgekommen.«

Helena stand auf und knöpfte sich die Wanderweste zu.

»Ich gehe nach draußen und sehe mich ein bisschen um.« Sie versuchte, munterer zu klingen, als sie sich fühlte.

»Das dürfen Sie nicht«, wandte Chad ein. »Hier besteht Steinschlaggefahr, besonders bei diesem Regen.«

Pablo pflichtete ihr bei. »Sie sollten hier drinnen bleiben. Das ist viel sicherer.«

»Ich gehe nach draußen«, beharrte Helena. Sie hatte das Gefühl, sich gleich übergeben zu müssen. »Ich bin schon viel zu lange hier eingepfercht.«

»Das halte ich wirklich nicht für eine gute Idee ...«

»Chad«, sagte Helena ernst. »Sie können hier warten oder mitkommen. Ich gehe auf jeden Fall nach draußen. Ich werde noch wahnsinnig vor Kopfschmerzen und brauche frische Luft.«

Chad und Pablo wechselten einen Blick.

»Ich kann Ihnen Tabletten besorgen«, schlug Pablo vor. »Draußen werden Sie nur nass. Es schüttet wie aus Eimern!«

»Ich brauche bloß ein wenig frische Luft und einen kleinen Spaziergang«, erwiderte Helena. »Der Regen macht mir nichts aus. Sie sollten gehen und den anderen beim Räumen helfen.«

»Ich besorge uns einen Schirm«, sagte Chad.

Der Dienstleiter versuchte, die Frauen höflich am Aussteigen zu hindern, doch Chad hatte auf Helenas Befehl hin die Wagentür geöffnet und trat mit ihr auf die Verbindungsplattform zwischen den Waggons. Das Prasseln des Regens war unerwartet laut. Helena spannte einen nicht sehr stabil wirkenden Schirm des Zugbetreibers auf. Und obwohl es eine Erleichterung war, aus der klimatisierten Luft herauszukommen, fühlte sich Helena schrecklich. Sie stieg die Trittleiter hinunter auf den losen Schiefer, der das Gleisbett säumte. Der Regen peitschte so heftig gegen ihren Schirm, dass er ihr in der Hand verrutschte, und sie spürte, wie sich ihre Hosenbeine unterhalb der Knie voll Wasser sogen.

Ein Stück vor der Lok konnte sie die Silhouetten der Leute ausmachen, die gemeinsam die Steine wegschoben. Jenseits davon war nichts zu erkennen außer einem grauen Regenschleier, der durch das Tal fegte. Hinter ihr sprang Chad auf das Schieferbett. Sie trug einen roten Plastikponcho und eine Jagdbrille mit leuchtend orangefarbenen Gläsern.

Sie lächelte. »Ich liebe Regen … und ein bisschen Abenteuer.«

»Da drüben steht eine alte Hütte«, sagte Helena, um ihrem Spaziergang ein Ziel zu geben. »Die können wir uns doch ansehen.«

»Bitte seien Sie in fünf Minuten wieder hier!«, rief der Dienstleiter ihnen hinterher.

Helena und Chad liefen über den aufgeweichten Grund auf die alte Hütte zu, die aussah, als stünde sie schon seit einer kleinen Ewigkeit dort. Sie befand sich keine zehn Meter vom Gleis entfernt, und Helena vermutete, dass sie während des Baus der Strecke den Arbeitern als Unterstand gedient hatte. Donner grollte durch das Tal, als Helena bis zum Knöchel in einem Schlammloch versank. Sie musste den Fuß vorsichtig herausziehen, damit ihr Stiefel nicht durch den Sog stecken blieb. Sie fühlte sich schlechter denn je und überlegte schon, ob es eine gute Idee gewesen war, nach draußen zu gehen.

Der Himmel war so dunkel geworden, dass man meinen konnte, es sei Abend. Die Hütte war von Unkraut umgeben und hatte keine Fenster. Es sah aus, als wäre sie seit langem nicht betreten worden. Augenscheinlich war sie aus Eukalyptusholz gebaut – dem australischen Baum, der Ende des 19. Jahrhunderts in ganz Peru gepflanzt worden war, weil er sogar in großer Höhe besonders schnell wuchs und selbst lange Trockenphasen gut überstand.

Chad fasste Helena an der Schulter. »Ich gehe zuerst hinein. Es könnten sich Tiere eingenistet haben ... oder Schlimmeres.«

Unter ihrem Schirm drehte Helena sich zum Zug herum und sah, wie einige Passagiere zu ihnen herüberspähten. Plötzlich kam eine Windbö und knickte ihr die Schirmspeichen nach außen. Erschrocken und mit neuem Brechreiz in der Kehle sprang sie aus dem strömenden Regen in die Hütte und fragte sich, was als Nächstes schiefgehen würde.

Sowie sie drinnen war, hatte sie eine Vision.

Sie musste an sich halten, um nicht laut aufzuschreien. Sie sah Wilson Dowling – den Zeitreisenden! – auf dem Boden sitzen. Ein anderer Mann saß ihm gegenüber. Es war so real, als könnte sie die beiden anfassen!

Die Männer waren in Unterhosen und lehnten sich jeder an einen Sattel. Ihre nasse Kleidung hing über ihnen an den Dachbalken zum Trocknen. Wilson aß Sardinen aus einer flachen Konservendose. Helena war verblüfft, wie detailliert ihre Vision war. In der Mitte der Hütte brannte ein Feuer, dessen Flammen zum Spitzdach hinaufzüngelten. Das Holz war augenscheinlich feucht, denn dichter weißer Rauch stieg in den Dachstuhl auf.

Helena sah in Wilsons Gesicht und musste unwillkürlich lächeln. Er sah ein bisschen älter aus, als sie ihn in Erinnerung hatte. Er redete, und die Unterhaltung war anscheinend ernst, aber sie konnte weder seine Stimme noch etwas anderes hören außer dem prasselnden Regen draußen und Chads schweren Schritten. Helena spürte, dass ihre Leibwächterin dicht neben ihr war, aber die Vision dominierte ihr Gesichtsfeld.

Der Mann gegenüber von Wilson rauchte eine Zigarette und trank Whiskey aus der Flasche. Er war ein hagerer Typ. Sein Gesicht kam ihr bekannt vor, aber sie konnte sich nicht besinnen, wo sie es schon einmal gesehen hatte. An der Wand lehnte ein Gewehr mit Zylinderverschluss – eine Springfield.

Die Vision war mehr fesselnd als beängstigend. Helena hatte sich so oft vorgestellt, Wilson wiederzusehen, und obwohl sie wusste, dass sich die Szene nicht wirklich vor ihr abspielte, durchströmte sie ein Glücksgefühl, weil immer noch eine Verbindung zwischen ihnen bestand, wie sonderbar sie auch sein mochte. Wilson stach mit einer kleinen Gabel in eine fettige Sardine und hob sie zum Mund.

Die Wände der Hütte sahen neu aus. Sie stand also noch nicht lange. Helena trat einen Schritt auf die Halluzination zu. Das Feuer loderte hoch, aber sie spürte die Hitze nicht. Sie musterte Wilsons Gesicht und seine Haare, die ein Stück gewachsen waren. Seine Hände waren genau wie in ihrer Erinnerung, seine Bewegungen zielgerichtet und kraftvoll. Er hatte einen Lederranzen neben sich, und seine Stiefel lagen am Feuer, damit sie trockneten.

Sie hörte nichts von dem, was Wilson sagte, aber ein warmes Gefühl strömte durch ihre Brust, als sie ihn sprechen sah. Sie erinnerte sich an die vielen Gespräche mit ihm und daran, wie sehr sie den Klang seiner Stimme geliebt hatte. Sie hätte ihn gern angesprochen, aber natürlich würde er sie nicht hören oder antworten können.

Wilson stand auf und machte sich daran, die feuchten Kleidungsstücke an den Dachbalken umzudrehen. Helena nahm die Gelegenheit wahr, seinen nackten Oberkörper zu betrachten, und ging unwillkürlich noch weiter auf ihn zu.

Plötzlich spürte sein Blick sie auf.

Sie sah unerwartetes Erkennen in seinen Augen.

Kann er mich sehen?, fragte sie sich, mitten im Feuer stehend.

Wilson streckte die Hand nach ihr aus, als wollte er sie ertasten. Es schien etwas sagen zu wollen, aber dann ließ er stirnrunzelnd die Hand sinken, als wäre die Verbindung zwischen ihnen abgebrochen.

Chads Stimme holte Helena in die Wirklichkeit zurück. »Alles in Ordnung mit Ihnen?«

Helenas Vision verblasste, und sie sah Chad vor sich stehen. So sehr sie sich auch konzentrierte, die unerwartete Verbindung ließ sich nicht wiederherstellen.

»Geht es Ihnen nicht gut?«, fragte Chad.

»Doch, doch«, antwortete Helena schließlich. Sie blickte sich in der Hütte um. Die Wände waren an manchen Stellen verfault, Spinnweben hingen kreuz und quer im Dachstuhl, und über allem lag eine dicke Staubschicht. Durch die Ritzen der morschen Bodendielen waren einige Grasbüschel gewachsen. Wo sich die Wandbretter verzogen hatten, drang Licht herein, und durch die Löcher im Dach fiel der Regen.

»Hier riecht es furchtbar«, stellte Chad angewidert fest.

Helena schob mit der Stiefelkante Schmutz beiseite, bis die nackten Bodendielen zum Vorschein kamen. Dann trat sie in die Mitte der Hütte, wo sie das Feuer hatte brennen sehen, und kratzte auch dort den Staub weg. Sie war nicht überrascht, die Bodendielen an der Stelle verkohlt zu sehen.

Wilson ist tatsächlich hier gewesen, dachte sie.

Chad schaute nach draußen. »Ohne Schirm werde ich gleich klitschnass sein.« Sie zog sich den Poncho aus und reichte ihn Helena. »Hier, ziehen Sie sich den über. Sie hätten die Kopfschmerztablette nehmen sollen und wären besser im Wagen geblieben. Dann wäre jetzt alles einfacher, wissen Sie?«

Doch verblüffenderweise waren Helenas Kopfschmerzen besser geworden, und ihre Übelkeit war ganz verschwunden.

10.

Anden, Peru
48 Kilometer nordwestlich von Cusco
Ortszeit: 22.23 Uhr
16. Januar 1908

Endlich brannte das Feuer zuverlässig, und Rauch stieg zwischen den Dachbalken auf. Wilson und Bingham mussten die Köpfe ducken, um ihn nicht einzuatmen. Zum Glück rauchte das Feuer allmählich schwächer, da die Feuchtigkeit aus den Holzscheiten verschwunden war, doch sie knackten und fauchten wie eine wütende Katze, und ab und zu knallte es sogar.

Wilson schnupperte an einer geöffneten Sardinendose und drehte die Nase weg. Die Sardinen rochen grauenhaft, aber essen musste er, und so stach er die Gabel in den öligen Fisch und würgte ihn hinunter. Zum Glück schmeckte er nicht so scheußlich, wie er roch, wenn man ihn erst einmal im Mund hatte.

Das Feuer brannte auf sorgfältig aufgeschichteten Steinen, zwischen denen Wilson Lücken gelassen hatte, damit die Flammen Luft bekamen. Er hatte trockene Holzspäne unter den Dielen gefunden, doch die hatten nicht gereicht, um die erforderliche Hitze zu erzeugen, damit die Scheite Feuer fingen. Schließlich hatte er etwas von ihrem kostbaren Kerosin für die Sturmlampe aufs Holz gegossen, aber nicht einmal das brachte das Feuer in Gang. Auch war es keine Hilfe, dass

Bingham sich ständig beklagte, wie kalt und durchnässt und müde er war.

»Völlig töricht, mitten in der Regenzeit in die Berge zu ziehen«, brummte er immer wieder. »Ich habe ja gesagt, Sie sollen warten.« Sein Ivy-League-Akzent machte die Bemerkungen noch ärgerlicher.

Wilson hatte wunde Finger vom vielen vergeblichen Feuerschlagen. Schließlich war er gezwungen, trotz Dunkelheit und Regen wieder nach draußen zu gehen und trockenes Holz zu beschaffen. Zum Glück fand er eine Kiefer, aus deren Rinde er mit dem Jagdmesser einige lange Späne herausschneiden konnte. Kiefernspäne brannten auch im nassen Zustand, weil ihr Harz leicht entzündlich war. Innerhalb weniger Minuten, nachdem er von draußen zurückgekommen war, brachte er die Scheite zum Brennen, und es war eine große Erleichterung für die beiden Männer, sich endlich wärmen und die nassen Sachen ausziehen zu können.

Bingham unterbrach sein Klagen für kurze Zeit und saß still auf seinem Sattel vor dem Feuer mit einer brennenden Zigarette und einer Flasche Tennessee Whiskey in der Hand. Er war im Nu ausgezogen gewesen und hatte seine nassen Kleider über einen Dachbalken in den Rauch gehängt.

»Bei welchem Berg ist Vilcabamba?«, fragte er.

»Ich kenne nur die Quechua-Bezeichnung«, antwortete Wilson. »Er heißt Machu Picchu, was so viel wie Alter Gipfel bedeutet.«

Bingham starrte in die Flammen. »Alter Gipfel … das gefällt mir.« Er trank einen Schluck. »Schade, dass er schon einen Namen hat. Denn wirklich berühmt wird man erst, wenn man einen Berg nach sich benennen kann. Das kann einem keiner mehr nehmen. Präsident McKinley wird nie in Vergessenheit geraten, nachdem ein Berg seinen Namen trägt.«

Bingham bot Wilson die Flasche an, aber der winkte ab.

»Der wird Sie aufwärmen«, sagte Bingham und hielt ihm die Flasche nochmals hin. »Kommen Sie, nehmen Sie einen Schluck!«

Wilson tat es und gab die Flasche zurück. Der Whiskey rann ihm warm durch die Kehle – ein angenehmes Gefühl, nachdem er so lange gefroren hatte. »Sie werden auch so berühmt werden, Bingham.« Die Wärme breitete sich in seine nackten Arme und Hände aus. »Sie werden der berühmteste Amerikaner seit Thomas Jefferson sein.«

»Das ist nicht Ihr Ernst, oder?«

Wilson sah ihm in die Augen. »Ihnen wird die Entdeckung einer untergegangenen Inka-Stadt zugeschrieben werden, des letzten Zentrums der mächtigsten Zivilisation Südamerikas. Einer Stadt in den Wolken. Man wird Sie auf der ganzen Welt dafür bewundern.«

Bingham zog die Stirn kraus. »Wenn die Entdeckung so bedeutend ist und so viel Anerkennung mit sich bringt, warum holen Sie dann mich mit ins Boot? Sie könnten den ganzen Ruhm allein einstreichen, und trotzdem schieben Sie mich vor.«

»Es ist nicht mein Schicksal, sondern Ihres«, entgegnete Wilson.

Bingham wurde neugierig. »Und was wissen Sie über mein Schicksal?«

»Es gibt einen übergeordneten Plan des Universums«, erklärte Wilson. »An dem muss um jeden Preis festgehalten werden.«

»Und wie kommt es, dass Sie davon wissen? Und wieso

wissen Sie, dass meine Frau schwanger ist? Was ist die Quelle Ihres unglaublichen Wissens, Wilson Dowling? Vorausgesetzt, es ist wahr, was Sie sagen.«

»Sie brauchen nur zu wissen, dass auch ich meinen Part bei der Entdeckung Machu Picchus spielen werde. Ich werde Sie dorthin führen ... Den Rest machen Sie. Meine Rolle in diesem Abenteuer ist lediglich die eines Nebendarstellers. Wie abgesprochen, dürfen Sie meinen Namen oder mein Zutun niemals erwähnen.«

Bingham hob den Blick zum verrauchten Dachstuhl. Es war offensichtlich, dass ihn die ganze Angelegenheit verwirrte, und das passte ihm nicht.

Lauter Donner hallte durch die Nachtluft, während der Regen weiter auf das Dach prasselte.

»Ein Glück, dass wir diesen Schuppen gefunden haben«, bemerkte Bingham. Er konnte nicht wissen, dass Wilson die Gleisbauhütte schon vorher gekannt hatte. Seine Auftragsbeschreibung hatte sie als möglichen Übernachtungsplatz genannt und auch darauf hingewiesen, dass sie während der Regenzeit leer stand.

Bei seinen mühsamen Versuchen, das Feuer zu entfachen, hatte Wilson überlegt, ob er doch die Bodenbretter herausreißen und verfeuern sollte. Doch die Anweisungen zu seinem Auftrag untersagten dies ausdrücklich. Offenbar war diese Hütte aus irgendeinem Grund wichtig und durfte nicht beschädigt werden.

Im Feuer knallte es, und ein verkohltes Stück Holz flog heraus, verfehlte Binghams Kopf knapp und prallte gegen die Wand, um rauchend auf dem Boden zu landen.

Wilson spießte es mit seiner Gabel auf und warf es zurück ins Feuer. Dann drehte er seinen Sattel herum, damit die andere Seite trocknen konnte, und setzte sich wieder. Bei allem, was er tat, war ihm bewusst, dass Bingham ihn beobachtete.

»Sind Sie ein Turner?«, fragte Bingham.

»Wie kommen Sie darauf?«, fragte Wilson.

»Neben Ihnen sieht selbst ein gut trainierter Boxer wie ein Schwächling aus!« Bingham blies eine lange Rauchfahne aus, dann schnippte er seine Zigarette ins Feuer. »Meine Statur ist für lange Erkundungen in der Wildnis Südamerikas viel besser geeignet als Ihre. Einmal bin ich eine Woche ohne Essen ausgekommen.«

Wilson sah zu dem hageren Mann hinüber, der eine teigige Haut hatte und bei dem die Rippen hervortraten. »Für mich sehen Sie aus, als könnten Sie eine kräftige Mahlzeit gebrauchen.«

»Ich kann gut ohne.« Bingham trank einen Schluck Whiskey. »Ich bin zäher, als ich aussehe. Sie sind Australier, nicht wahr?«

Wilson nickte. »Das stimmt.«

Bingham zog ein verächtliches Gesicht. »Ihr Australier habt euren Frauen das Wahlrecht gegeben, soweit ich weiß. Als Erste auf der Welt!« Er lachte.

»Die Neuseeländer waren die Ersten«, widersprach Wilson.

»Die Neuseeländer?« Bingham war verdutzt. »Tatsächlich?«

»Die Neuseeländer waren die Ersten. Die Australier die Zweiten.«

»So oder so, beide Länder sind dumm«, erklärte Bingham leidenschaftlich. »Diese lästigen Suffragetten gibt es schon überall in den Vereinigten Staaten. Ein ärgerlicher Haufen sind sie, sehr ärgerlich. Wenn Sie meine Meinung wissen wollen, bei uns werden sie das Wahlrecht nie bekommen. Es gibt mehr Frauen als Männer bei uns – das hat der Zensus von 1900 ergeben –, und das hieße, dass das Weibervolk bei allem die Macht hätte.«

»Wäre das so schlimm?«

Bingham zeigte mit der Flasche auf Wilson. »Sie wollen mich auf den Arm nehmen, oder?«

»Meiner Ansicht nach wird das in der Zukunft so sein.«

»Na ... dann hoffe ich, dass Sie mehr vom Aufspüren alter Inka-Städte verstehen als von Politik ... denn davon haben Sie keine Ahnung.«

»Alles ändert sich«, hielt Wilson dagegen. »Das ist die einzige Gewissheit, die ich je erfahren habe.«

Bingham drehte sich eine neue Zigarette. »Da bin ich anderer Ansicht. Manche Dinge ändern sich nie. Es wird immer Religionen geben ... und Gold wird immer das wertvollste Material auf Erden sein. Ich habe mein ganzes Leben lang die Geschichte studiert, viele Epochen und viele Reiche. Es gibt immer einen gemeinsamen Nenner: Religion und Gold. Wenn Sie darüber nachdenken, sind das die zwei Gründe, weshalb Sie und ich hier sind. Darum waren auch die Inkas hier. Das ist sogar der Grund, weshalb die Schienenstrecke da draußen gebaut wurde ... um Seelen zu sammeln und Reichtum zu erlangen. Sei es Zuckerrohr oder Getreide – alles wird irgendwann in Gold umgerechnet.«

Wilson deutete mit der Gabel auf den Ranzen voller Ölsardinen- und Bohnenbüchsen. »Sie sollten wirklich etwas essen.«

Bingham hob die Flasche. »Ich habe hier alles, was ich brauche.«

Der Regen trommelte weiter auf das Dach, und auch Wilson hängte seine Kleidung um, damit sie anständig trocknen konnte. Als er in dem dichten Rauch stand, dachte er unwillkürlich über die Rolle nach, die er in den Ereignissen rund um Machu Picchu spielte. Die alte Stadt war ein Portal zu anderen Welten – das war sicher, und es war Wilsons Aufgabe, Hiram Bingham zu den Ruinen zu führen, damit die moderne Welt endlich von dem untergegangenen Heiligtum erfuhr. Warum gerade Bingham der Mann war, dem der Ruhm der Entdeckung zufallen sollte, verstand auch Wilson nicht. Doch er war hier, um seinen Part zu spielen, und nach acht langen Jahren des Wartens näherte er sich endlich dem Ende seiner Mission. Sein Leben war mit Kräften verwoben, die er kaum begriff, und doch hatte er keine Zweifel daran, dass die Vergangenheit die Zukunft beeinflusste und die Zukunft umgekehrt die Vergangenheit beeinflussen konnte. Er war der Aufseher, und es war seine Aufgabe, gemäß den Worten zu handeln, die in den Qumranschriften verschlüsselt niedergeschrieben waren. Dies waren die Dokumente, die sein Schicksal bestimmten. Die Vergangenheit musste vor der Zukunft und die Zukunft vor der Vergangenheit beschützt werden. So hatte es zu sein.

In nur zwei Tagen würde er endlich aus dieser Zeit verschwinden. Das Machu-Picchu-Portal würde sein Ausgang aus dieser fremden Welt sein, und er würde in dem Wissen, dass er Hiram Bingham seinem Schicksal zugeführt hatte, ruhig schlafen können.

Plötzlich sträubten sich ihm die Haare, und ein Schauder überlief ihn. Ihm war, als ob ihn aus der Dunkelheit jemand beobachtete. Nervös spähte er in die dunklen Ecken der Hütte. Ringsum war nichts weiter zu sehen als das flackernde

Licht des Feuers, das die nackten Holzwände mit einem ständig wechselnden Goldton überzog. Draußen trommelte der Regen auf die Dachschindeln, und der Wind drückte gegen die dünnen Bretter der Hüttenwände, dass sie ächzten und knackten. Wilson wollte schon zur Tür gehen und hinausschauen, wusste aber, dass niemand dort war – nur die vier Esel, die an den ringförmigen Türgriff gebunden waren. Wenn jemand die Tiere erschreckte, würden sie die Tür automatisch aufziehen und den Störenfried dadurch ankündigen. Doch gegen alle Logik blieb das Gefühl, dass ihn jemand beobachtete. Er spürte es deutlich.

Wetterleuchten erhellte den Himmel und offenbarte die Ritzen zwischen den Wandbrettern. Dann donnerte es.

Unwillkürlich streckte Wilson die Hände zum Feuer aus – warum, wusste er nicht, aber es drängte ihn dazu. Es war, als könnte er eine starke Präsenz im Raum spüren, irgendwo hinter den Flammen.

»Solange ich nicht laufen muss, ist alles prima«, fuhr Bingham fort. »Ich bin ein ausgezeichneter Reiter. Bin den ganzen Weg von Santiago nach Cusco auf einem Esel geritten. Das sind über zweitausend Kilometer Luftlinie. Da möchte ich Sie mal sehen!«

Wilson hatte den Arm ausgestreckt, und er konnte nicht einmal blinzeln, als er intuitiv auf die Flammen zutrat. Waren da die Umrisse eines Menschen in der flimmernden Hitze zu erkennen? Sein Herz schlug heftig, und es gelang ihm nicht, seinen Puls zu beruhigen.

Da war eindeutig jemand.

»Was tun Sie?«, fragte Bingham und schaute in dieselbe Richtung, aber zur Hüttentür. »Sie werden sich noch verbrennen! Zurück!«

Wilson schüttelte sich, als wollte er einen Traum loswerden, und zog die Hand zurück, bevor er sich versengte.

Bingham sprang auf und ergriff sein Gewehr. »Sehen Sie etwa was?«

So plötzlich, wie das Gefühl gekommen war, war es vorbei. Wilson wandte seine Aufmerksamkeit dem lodernden Feuer und der Glut zu, die zwischen die Steine fiel und die Bodendielen verkohlte. Was hatte er da gerade gesehen?

Bingham, der noch immer in Unterwäsche war, drückte die Holztür langsam mit dem Gewehrlauf auf und spähte in den Regen. Als er sich vergewissert hatte, dass die Esel ruhig waren, zog er die Tür wieder zu. »Worauf haben Sie da gestarrt?« Er deutete mit dem Lauf zur Tür.

»Ich dachte, ich hätte etwas gesehen«, antwortete Wilson.

»Und was?«

Wilson schüttelte den Kopf. »Wahrscheinlich nichts.«

Bingham lehnte das Gewehr behutsam gegen die Wand, drehte seinen Sattel zum Trocknen herum und setzte sich wieder. »Eine seltsame Sache. Aber von Ihnen ist wohl nichts anderes zu erwarten, wie?«

Tief im Innern war Wilson überzeugt, dass er etwas Reales gesehen hatte. Jemand war bei ihnen in der Hütte und beobachtete sie aufmerksam. Noch bei keiner seiner Reisen hatte er dergleichen gespürt, und schon der Gedanke sandte ihm einen Schauder über den Rücken. Die Ereignisse waren außer Kontrolle geraten, das spürte er genau. Nun musste er so schnell wie möglich nach Machu Picchu und diese Zeitschiene verlassen, bevor die Situation noch komplizierter wurde.

11.

Anden, Peru
32 Kilometer nordwestlich von Cusco
Ortszeit: 23.45 Uhr
16. Januar 1908

Sie werden einen Fremden ausfindig machen … einen Mann namens Wilson Dowling. Die Worte des Bischofs klangen Gonzales noch in den Ohren, als er auf einem Muli in ein Unwetter hineinritt, mit zehn seiner Soldaten zu Fuß hinter ihm. Neben sich hatte er zwei Bergführer, die jeder eine große Kerosinlampe auf Brusthöhe hielten. Doch die Lampen gaben bei dem dichten Regen bestenfalls ein trübes Licht.

Das war der letzte Ort, wo Gonzales jetzt sein wollte, besonders wenn er an die ernste Lage wegen Corsells Kreuzigung dachte. Hätte er die Wahl gehabt, hätte er jetzt warm und trocken zu Hause bei seiner Frau und den Kindern in dem kleinen Schlafzimmer auf der Matratze gelegen, für die er einen ganzen Monatssold ausgegeben hatte. Am Fuß seines Bettes an der Lehmziegelwand stand das kleine Bett seiner drei Kinder. Er dachte daran, wie er manchmal in der Nacht aufwachte und zu ihnen hinüberschaute, wenn der Mond hell hereinschien, und ein schwaches Lächeln kam auf seine Lippen. Er dankte Gott jeden Abend, an dem er sie behütet unter ihrer bunten Alpakadecke schlummern sah. Oft lagen sie dicht aneinandergedrängt, um die Kälte der peruanischen Nächte von sich fernzuhalten.

Er brummte unwillkürlich, als das Bild vor ihm aufstieg, wie Bischof Francisco vor ihm auf und ab geschritten war.

»Meine schlimmsten Befürchtungen haben sich bewahrheitet!«, sagte der Bischof erregt, und seine knochigen Hände zitterten. »Sie haben mich im Stich gelassen, und Sie haben diese Kirche im Stich gelassen!« Dabei zerknüllte er das Blatt Papier, das Gonzales ihm gebracht hatte, und warf es auf den Granitboden. »Sie haben die Betrüger entkommen lassen, und jetzt wird Ihre Aufgabe viel schwieriger sein!«

Die Vorwürfe, die Gonzales sich hatte anhören müssen, waren unsinnig; er hatte keine Zeit vergeudet. Nachdem er die Anweisungen des Bischofs erhalten hatte, hatte er sich von der Kathedrale aus sofort auf den Weg gemacht, um Binghams Adresse zu erfragen. Dann hatte er sich zu dem Haus des Pan Am Pacific Congress unweit der Plaza de Armas begeben, ein Fußweg von fünf Minuten, den er mit zwei seiner besten Männer in forschem Tempo zurückgelegt hatte. Dort angelangt, hatten sie jedoch nur eine Nachricht an der Tür vorgefunden. Von der Nennung des Namens Wilson Dowling bis zur Ankunft vor Binghams Haustür waren kaum zwei Stunden vergangen, seinem Empfinden nach eine akzeptable Zeitspanne, und trotzdem hatte der Bischof reagiert, als wären zwei Tage vertrödelt worden.

Gonzales drehte die nassen Zügel zwischen den kalten Fingern. Sosehr er sich wünschte, das Muli wenden und zu seiner Familie nach Cusco zurückkehren zu können, ritt er weiter durch den strömenden Regen. Er fragte sich, warum überhaupt jemand zu dieser Jahreszeit und bei diesem furchtbaren Wetter nach der untergegangenen Stadt suchen sollte? Und wie hatte der Bischof wissen können, dass Bingham dorthin unterwegs war? Der Zettel an der Tür bestätigte es zwar, trotzdem war es sonderbar. Die ganze Situation war lächerlich! Schon seit der Eroberung durch die Konquistadoren vor vierhundert Jahren suchten Reisende die unwirtlichen Anden nach dem sagenhaften Vilcabamba ab. Wieso interessierte sich dieser glücklose Forscher gerade jetzt dafür? Zumal in Cusco viel Wichtigeres vor sich ging, wie zum Beispiel eine aufgebrachte Menschenmenge vor der Basilika, die ihren wachsenden Zorn einem Gekreuzigten am Glockenturm entgegenbrüllte.

Unter der Kapuze seines Ponchos stieß Gonzales einen langen, aber stillen Seufzer aus, damit seine Männer seine Unzufriedenheit nicht bemerkten. Sorgfältig rückte er den Gewehrriemen über seiner Schulter zurecht. Die Waffe kam ihm doppelt so schwer vor wie noch vor sechs Stunden, als sie von Cusco weggeritten waren. Er hatte den Männern doppelte Bezahlung versprechen müssen, damit sie bereit waren, ihre Familie allein zu lassen und mit ihm bei Dunkelheit und Regen in die Berge zu ziehen. Der Einzige, der nicht angemessen dafür bezahlt wurde, war er selbst. Doch er hatte beschlossen, sich nach diesem aufgezwungenen Unternehmen eine Woche freizunehmen.

Noch einmal dachte er an den Bischof, dessen Erscheinung und Benehmen ihm ein Grund zu großer Sorge schienen. Der Geistliche hatte einen Ausdruck in den Augen gehabt, den Gonzales in seinen fast vierzig Lebensjahren noch nicht gesehen hatte. Und der Priester wusste Dinge und sprach Drohungen aus, die schwer zu begreifen waren. Es war, als könnte er die Zukunft vorhersagen, als könnte er sehen, was als Nächstes passierte und warum.

Schon der Gedanke an die Vorhersagen des Bischofs war seltsam quälend; warum, wusste Gonzales nicht genau. Er hatte ein Gefühl in der Brust, als ob der knochige Finger des Priesters tief in seine Seele drückte und darin herumbohrte, was natürlich Unsinn war. Zweifellos war das bloß irgendein Zipperlein, das sich bemerkbar machte und ihn in den sonderbarsten Momenten zusammenzucken ließ. Die Symptome waren schwer zu beschreiben, aber er war sicher, dass sie real vorhanden waren, und sie quälten ihn. Wie konnten die Worte eines Priesters solch eine Reaktion hervorrufen? Tatsächlich waren es die Schmerzen gewesen, die Gonzales von zu Hause in die kalte Nacht getrieben hatten, in den Regen und die Dunkelheit – nicht seine Loyalität gegenüber der Kirche oder seiner Uniform. Kopf und Brust fühlten sich an, als wären Seile darum gewickelt, die sich immer fester zuzogen. Und er fühlte sich bleischwer auf den Beinen; ähnlich wie damals als kleiner Junge, als man ihm sagte, dass sein Großvater gestorben war. Anders war nicht zu beschreiben, was für eine Last er trug.

Und so stand für Gonzales fest: Wenn er Bingham und diesen Dowling eingeholt haben würde, sollten sie seine ganze Wut zu spüren bekommen. Das war jetzt sein oberstes Ziel. Als er spürte, wie ihm die Kälte durch die nasse Kleidung drang, rückte er einmal mehr sein Gewehr zurecht und stellte sich vor, wie es wäre, diesem Dowling den Schaft ins Gesicht zu stoßen. Nur seinetwegen war er schließlich in dieser Nacht draußen unterwegs, fern von seiner Familie und dem warmen Bett. Normalerweise war er keiner, der zur Rache neigte, aber in diesem Fall wollte er Vergeltung für die Zwangslage, in die er gebracht worden war. Er würde seinen Bischof und die Kirche nicht enttäuschen – er würde erledigen, was von ihm verlangt wurde, und er würde es gut erledigen. Er hoffte bloß, dass die rätselhaften Schmerzen aufhörten, sobald er seine Aufgabe erfüllt hätte.

Die Bergführer leiteten den Trupp behutsam ein steiles, morastiges Gefälle hinab, wo man kaum sicher auftreten konnte. Wenigstens drei Männer landeten mit dem Hintern im Dreck, aber Gonzales schreckte das nicht. »Denkt an euren zusätzlichen Sold!«, rief er.

In der Ferne hörte man einen vom Regen angeschwollenen Fluss rauschen. Das hieß, sie näherten sich den Anden und der Bahnarbeiterhütte, in der Bingham und Dowling die Nacht verbringen würden. Nach Aussage des Bischofs war das der Ort, wo die beiden Ausländer sich versteckten. Und wenn nicht, hätte Gonzales wenigstens seine Schuldigkeit getan, und seine Männer würden seine Bemühungen bezeugen.

»Schneller!«, rief Gonzales. »Es sind nur noch zwei, drei Stunden bis zu ihrem Lager. Je eher wir sie schnappen, desto eher können wir wieder nach Hause.«

12.

Anden, Peru
48 Kilometer nordwestlich von Cusco
Ortszeit: 5.15 Uhr
17. Januar 1908

Kurz nach fünf Uhr morgens begann die Schwärze der Nacht endlich zu verblassen. Wilson hatte kaum eine Viertelstunde am Stück geschlafen, so unruhig war er. Sowie er das erste Dämmern bemerkte, zog er sich die getrockneten Sachen an und bereitete den Aufbruch vor. In der Hütte war es warm gewesen, bis das Feuer erloschen war, dann war die Kälte durch die dünnen Bretterwände eingedrungen und für den Rest der Nacht geblieben. So war es immer in Gletschernähe, sogar im Sommer. Der vorherrschende Nordwind wehte beständig über die vereisten Gipfel, und die Lufttemperatur lag knapp über dem Gefrierpunkt.

Als Wilson zur Tür hinausspähte, sah er wenig mehr als Nebel und dichte Wolken, die auf Bodenhöhe herabgesunken waren. Außerdem fiel ein konstanter Nieselregen. Es war sehr still und sehr kalt, und alles wirkte vollkommen friedlich. Als Wilson tief einatmete, schmeckte er den nassen Wald auf der Zunge. Sein Atem verwandelte sich in weißen Dunst und vereinte sich mit dem dichten Nebel. Die Esel vor der Tür schienen im Stehen zu schlafen, was Wilson noch nie gesehen hatte.

Bingham lag in seinen zerschlissenen langen Unterhosen auf dem Boden, den Kopf unbequem gegen den Sattel gelehnt. Die Wolldecke war um ein Bein gewickelt, sodass er kaum zugedeckt war. Er hielt die leere Whiskeyflasche in der einen Hand, seinen Hut in der anderen und schnarchte, wobei er weiße Atemwolken ausstieß. Ein jämmerlicher Anblick, wie Wilson fand.

»Stehen Sie auf!« Wilson trat ihm gegen das Bein. Zunächst rührte Bingham sich nicht, und Wilson stieß ihn noch einmal an. »Ich sagte, Sie sollen aufstehen!«

Bingham öffnete stöhnend die Augen, blickte Wilson an und verzog schließlich angewidert das Gesicht. »Gehen Sie weg«, sagte er heiser.

»Stehen Sie auf, bevor ich Ihnen einen Eimer Wasser über den Kopf schütte!«

»Sie haben keinen Eimer«, brummte Bingham und zog sich die Decke bis unters Kinn.

»Wenn Sie Vilcabamba sehen wollen, müssen Sie sich anziehen, damit wir aufbrechen können.« Wilson trat ihm kräftig gegen die Fußsohle.

»Schon gut, schon gut!« Bingham ließ die Flasche los und zeigte auf seine wasserdichte Moleskinjacke, die am Dachbalken hing. »Bitte geben Sie mir die.«

Wilson zog die Jacke herunter und warf sie ihm zu.

Bingham roch daran, ehe er die dünnen Arme in die Ärmel steckte. »Wie wär's, wenn Sie ein schönes Feuer anzünden, damit wir frühstücken können?«

»Wir haben keine Zeit dazu.« Wilson sammelte seine Sachen ein und packte sie in die Satteltasche.

»Kein Frühstück?«

»Sie hätten gestern Abend essen sollen. Jetzt werden Sie es unterwegs tun müssen.« Er warf ihm einen Wasserkanister zu, der schwer auf Binghams Magen landete.

»Was für ein Problem haben Sie?«

»Sie dürfen nicht austrocknen, und wir müssen weiter.«

»Ich stehe nie so früh auf«, brummte Bingham. »Wie spät ist es eigentlich?«

Wilson sah auf die Uhr. »Halb sechs.«

»Halb sechs!« Bingham drehte sich auf die andere Seite, zog seine Decke zurecht, rollte sich zusammen und schloss wieder die Augen.

Wilson riss ihm die Decke weg und warf sie beiseite.

»Mann, was soll das?«, schrie Bingham.

»Das war kein Scherz! Wir müssen weiter. Ich habe ein schlechtes Gefühl, was diese Hütte angeht.«

Bingham zitterte vor Kälte, während er überlegte, ob er stark genug war, um für seine Decke zu kämpfen. Laut fluchend riss er dann seine Hose vom Dachbalken und zog sie an. »Das ist lächerlich!«, brummte er wütend vor sich hin. »Als ich mich bereit erklärt habe, mit Ihnen zu gehen, tat ich das nicht, um mich Tag und Nacht wie einen Sklaven antreiben zu lassen! Keine Träger, haben Sie gesagt, und jetzt muss ich mich bei Kälte und Regen allein herumschlagen. Wirklich unglaublich.«

»Wenigstens haben Sie trockene Klamotten.« Wilson öffnete die Tür und spähte aufmerksam in den dichten Nebel. Wieder hatte er das deutliche Gefühl, dass ein Beobachter da war, obwohl nichts diesen Verdacht bestätigte. Man konnte kaum zwei Meter weit sehen, folglich war es unmöglich, dass sie aus größerer Entfernung beobachtet wurden. Die einzigen Indizien dafür waren seine Gänsehaut und eine nervöse Unruhe in den Beinen, die er nicht abschütteln konnte. Irgendetwas war hier im Busch, er wusste nur nicht, was. Seit er in Peru angekommen war, hatten ihn völlig ungewohnte

Gefühle beschlichen. *Ich muss mich zusammenreißen*, sagte er sich nun. Es war entscheidend, optimistisch und konzentriert zu bleiben. Er war ein Zeitreisender und hatte schon viele Dinge, erstaunliche Dinge gesehen. Er würde sich durch irgendwelche Ahnungen nicht einschüchtern lassen. Bald würde er aus dieser Welt verschwunden sein und diese Sorgen hinter sich gelassen haben.

»Machen Sie um Himmels willen die Tür zu!«, schrie Bingham. »Es ist eiskalt da draußen!«

Wilson tat es.

»Ich will nichts weiter als eine Tasse Tee«, sagte Bingham, der inzwischen auf seinem Sattel saß und sich einen dicken Streifen Canvas-Stoff vom Stiefelende bis zum Knöchel wickelte. Er pflegte ihn mindestens ein Dutzend Mal um die Wade zu wickeln und dann unter dem Knie mit einer elastischen Binde zu sichern. So verhinderte er, dass Regenwasser und Schlamm in die Stiefel dringen konnten, und schützte sich vor Schlangenbissen. »Wenn Sie mir eine Tasse Tee machen, verspreche ich, den ganzen Tag zu reiten, ohne mich zu beklagen.«

Wilson sah auf die verbliebenen Kiefernspäne und trockenen Holzscheite. »Versprechen Sie mir, etwas zu essen?«

Bingham begann, das andere Bein zu umwickeln. »Ich verspreche es.«

Wilson ging auf ein Knie nieder, zog sein Messer und schraubte den Feuerstein aus dem Griff. Eilig legte er frische Späne auf die erkaltete Asche der Feuerstelle. »Sie haben recht … wir sollten essen, solange wir noch Gelegenheit dazu haben. Die dünne Luft zehrt aus – da muss man sich stärken.« Nach nur einem Schlag mit dem Messer auf den Feuerstein fingen die Späne Feuer. Innerhalb von Minuten brannte ein kräftiges Feuer, und kurz darauf kochten das Wasser in einer Blechdose und die gebackenen Bohnen in einer anderen.

»Hoffentlich wissen Sie, wo es langgeht«, sagte Bingham schließlich, als er seinen heißen Tee schlürfte. »Ich habe beträchtliches Vertrauen in Sie bewiesen, als ich mich von Ihnen in die Wildnis führen ließ. Woher weiß ich, dass Sie sich hier auskennen? Ich bin zu vertrauensselig ... das ist mein Problem. Schon meine Mutter hat mich deswegen ermahnt und gemeint, dass mich das mal in Schwierigkeiten bringen würde.«

»Ich kenne den Weg.« Wilson klang selbstsicher.

»Sie war eine strenge Frau, meine Mutter.« Bingham stocherte in seinen Bohnen herum. »Aber ich verstehe noch immer nicht, wieso wir so früh aufstehen mussten. Würden wir ein paar Stunden warten, wäre es viel wärmer. Es wird sehr schön hier oben, wenn die Sonne hoch am Himmel steht.« Er schob sich eine Gabel voll in den Mund.

»Zeit ist entscheidend«, sagte Wilson.

»Nachdem Vilcabamba vierhundert Jahre lang nicht entdeckt wurde, kommt es wohl auf ein paar Stunden auch nicht mehr an, meinen Sie nicht?«

Wilson faltete Binghams Decke zusammen und stopfte sie in eine der Satteltaschen neben der Tür. »Es dauert mindestens zwei volle Tage, vielleicht sogar drei, um von hier bis Vilcabamba zu gelangen. Ich will auf keinen Fall, dass es noch länger dauert, nur weil wir nicht früh genug aufgebrochen sind.«

»Das ist vernünftig«, brummte Bingham, der seine Bohnen einzeln aß. »Das hätten Sie gleich sagen sollen. Wissen Sie, es ist komisch.« Er schob seinen halb leeren Teller beiseite und drehte sich eine Zigarette. »Ich mag es nicht, so früh aufzuwachen. Aber wenn ich dann wach bin, macht es mich froh.« Er leckte über das Papierchen und klebte es zu. »Das Leben ist dann viel produktiver, finde ich.«

Wilson sammelte die leeren Konservendosen ein und warf sie ins Feuer. »Haben Sie alles?«, fragte er. Dann stellte er die Kerosinlampe neben die Ranzen.

Bingham setzte sich den Hut auf und blies eine lange Rauchfahne aus. »Ich fühle mich großartig!« Er stand auf, griff nach seinem Gewehr und hängte es sich um. »Die erste Zigarette am Morgen ist die beste!« Er zog seinen Sattel hinter sich her und stieß die Hüttentür auf. Mit der Kippe zwischen den Zähnen fragte er: »Wo sind die Esel?«

»Was soll das heißen: Wo sind die Esel?« Wilson trat neben ihn und blickte in den Nebel.

Die vier Tiere waren verschwunden.

Tausend Gedanken schossen Wilson durch den Kopf. Die Esel mussten losgebunden worden sein, das war die einzig mögliche Erklärung. Er hatte den Knoten erst vor einer halben Stunde überprüft, und allein hätten sich die Tiere nicht losreißen können, ohne die Tür aufzuziehen.

»Ist das ein Scherz?«, fragte Bingham.

Wilson lief energisch in den Nebel und suchte den nassen Boden ab. Es nieselte, was zugleich gut und schlecht war. Der Nebel würde sich wahrscheinlich auflösen, aber bis dahin hätte der Regen auch die Hufspuren aufgeweicht. Einen Moment später hatte Wilson die Abdrücke gefunden, die von der Hütte wegführten.

»Sie warten da«, befahl er leise.

»Warum denn? Ich komme mit Ihnen!«, rief Bingham und schlang sich das Gewehr über die Schulter. »Die Esel können nicht weit sein. Das kommt ab und zu mal vor, wissen Sie.«

Wilson deutete auf die Fußabdrücke, und Bingham riss verwirrt die Augen auf. »Wer sollte uns die Esel stehlen?«

Der Regen wurde stärker.

»Bleiben Sie hier, und bewachen Sie unser Gepäck«, flüsterte Wilson.

»Falls es Ihnen noch nicht aufgefallen ist: Ich habe das Gewehr.« Bingham riss es ungeschickt vom Rücken nach vorn und hielt es vor sich. »Das müssen ein paar einheimische Hitzköpfe gewesen sein. Ja, das ist die Erklärung dafür. Wir können ihnen einen gehörigen –«

Der schreckliche Schrei eines verwundeten Tieres gellte durch die kalte Luft. Es kam ganz aus der Nähe. So hörte sich ein Tier an, wenn es tödlich verletzt wurde – ein qualvoller Laut, bei dem einem das Blut stockte. Wilson schauderte. Er starrte in den Nebel, aber man konnte nur einige Schritte weit sehen, was die Situation noch beängstigender machte. Vorsichtig schlichen Wilson und Bingham nebeneinander über den aufgeweichten Boden in Richtung der grausigen Schreie.

»Das Tier muss in eine Falle getreten sein«, flüsterte Bingham.

Wilson zog sein Jagdmesser aus dem Ärmel. Gleichzeitig zog er die Riemen seines Ranzens so fest, dass er seine Habe fest am Körper hatte.

Mit jedem Schritt durch den Nebel wurden die Schreie lauter. Wilson sah sich ständig nach allen Seiten um, weil er mit einem Angriff rechnete. Das Eselsgeschrei war so laut, dass man nichts anderes hörte.

Nur ein paar Meter von ihnen entfernt schälte sich ein

dunkler Fleck aus dem Nebel. Die Gestalt war beunruhigend groß – mehr als mannshoch und doppelt so breit. Wilson und Bingham blieben zögernd stehen und versuchten angestrengt zu erkennen, um was es sich handelte.

»Soll ich darauf schießen?«, fragte Bingham und legte bereits an.

Wilson legte den Finger an die Lippen, damit Bingham den Mund hielt. Ringsum hing der Nebel in der Luft, und es war unmöglich, sich nicht beengt zu fühlen. Die schrecklichen Schreie kamen aus der Richtung, in die sie blickten, so viel war klar. Wilson ging einen weiteren vorsichtigen Schritt und erkannte, dass die Gestalt ein Felsbrocken war. Er rannte darauf zu und drückte sich mit dem Rücken dagegen. Der schreiende Esel musste gleich dahinter sein.

Binghams Silhouette zeichnete sich undeutlich im Nebel ab. Wilson fühlte den kalten Stein an den Handflächen, während er sich zentimeterweise daran entlangschob. Dann sah er Blut, viel Blut, eine rote Pfütze auf dem schlammigen Boden.

Der Esel schrie lauter denn je.

Wilson stützte sich mit einer Hand auf den Felsen und schwang sich mit einem Satz darüber hinweg. Noch im Sprung sah er das schreiende Tier, das hilflos im Gras lag, weil ihm jemand an allen Beinen die Sehnen durchgeschnitten hatte. Wilson landete geschmeidig wie eine Katze, stieß dem Tier das Messer in den Hinterkopf und ruckte die Klinge aufwärts, um die Wirbelsäule zu durchtrennen.

Endlich herrschte Stille.

Das Blut war in die Fußspuren gelaufen, die rings um das tote Tier zu sehen waren – es mussten mindestens drei Leute gewesen sein, und sie trugen keine Schuhe. Die Abdrücke waren groß und stammten damit vermutlich von Männern. Und sie hatten dem Tier größtmögliche Schmerzen zufügen wollen, ohne es gleich zu töten.

Alarmiert zog Wilson das Messer aus dem Eselskopf und wischte mit Daumen und Zeigefinger geschickt das Blut von der Klinge. Dabei hörte er schwere Schritte kommen und wusste, dass es Bingham war, dessen Stiefel auf dem nassen Boden einen unverwechselbaren Schmatzlaut von sich gaben.

»Nicht schießen, Hiram!«, rief Wilson.

Sekunden später bog Bingham mit blassem Gesicht um den Felsblock. »Was ist passiert?«

Wilson deutete auf die Schnittwunden an den Eselsbeinen, wo die durchtrennten Sehnen zu sehen waren.

Bingham sah aus, als müsste er sich gleich übergeben. Er ging in die Hocke und lehnte sich mit dem Rücken an den Felsen, das Gewehr nervös an die Schulter gedrückt. Er neigte sich dicht an Wilsons Ohr. »Warum hat jemand das getan?«

»Das ist eine Botschaft«, flüsterte Wilson.

»Aber wozu?«

»Die Spuren führen dort entlang.« Wilson wies auf die Abdrücke am Boden.

Bingham schwenkte den Lauf in die entsprechende Richtung. »Sollen wir ihnen folgen?«

Plötzlich gellte noch ein Eselsschrei durch die Luft. Wieder unmittelbar vor ihnen. Erschrocken sprang Bingham auf. Ein verwundetes Tier so qualvoll schreien zu hören war für ihn unerträglich. »Warum tut das jemand?«

Wilson fasste ihn am Ärmel und zerrte ihn in Richtung Hütte.

Mit Tränen in den Augen lauschte Bingham auf die

schrecklichen Schreie. »Wir müssen das Tier von seiner Qual erlösen«, sagte er und sah Wilson über die Schulter hinweg an.

Der zog ihn ein Stück zurück. »Genau das wollen sie erreichen, schätze ich.«

»Wohin gehen wir?«, fragte Bingham, der bemerkte, dass Wilson von ihrer Spur zur Hütte abwich.

»Da drüben ist eine Granitwand«, flüsterte Wilson. »Gleich hinter den Gleisen. Hab ich gestern Abend beim Holzsuchen gesehen. Dort gibt es hauptsächlich Schieferboden, und es wird schwieriger sein, unsere Spur zu verfolgen.«

Hinter ihnen schrie der Esel, doch sie entfernten sich weiter.

»Was ist mit unseren Sachen?«, fragte Bingham.

»Die müssen wir zurücklassen.«

»Aber mein Whiskey!«

Wilson zog Bingham so schnell er konnte am Ärmel über den aufgeweichten Boden. »Sie werden ohne ihn auskommen müssen.« Er rückte seine Tasche zurecht und war froh, dass er sie sofort mitgenommen hatte.

»Wenigstens habe ich meinen Tabak«, sagte Bingham und klopfte auf seine ausgebeulte Jackentasche. Dann blickte er über die Schulter zurück. »Meinen Sie nicht, wir könnten mal eben hinlaufen und unseren Proviant holen?«

Wilson blieb abrupt stehen und packte Bingham kräftig an der Schulter. »Hören Sie das?« Er zeigte in die Richtung, wo der Esel schrie. »Das ist der Ruf des Todes, und der erwartet Sie, wenn Sie zurück zur Hütte gehen. Sie sollten sich mal fragen, ob eine Flasche Whiskey das wert ist.«

Bingham lauschte, dann schüttelte er den Kopf. »Sie haben recht. Und wahrscheinlich brauchen wir nur einen Tag bis nach Cusco.«

»Wir gehen nicht nach Cusco.« Wilson überquerte die Schienen. »Wir gehen weiter nach Vilcabamba.«

»Aber wir haben überhaupt nichts mehr zu essen dabei!«

»Ich habe die Berge schon mal durchquert«, hielt Wilson ihm entgegen, während er einen Hang mit losem Schiefer hinaufstieg. »Wir können uns von der Wildnis ernähren, bis wir dort sind – das ist kein Problem.«

»Das kann nicht Ihr Ernst sein!«

Vor ihnen ragte jetzt eine rote Granitwand auf und verlor sich im Nebel. Das Regenwasser lief an ihr herab und ließ die verschiedenen Rottöne des Steins glänzen. Wilson hielt die geöffneten Lippen unter ein Rinnsal, um sich den schrecklichen Geschmack des Todes aus dem Rachen zu spülen.

»Warum tun sie meinen Eseln das an?«, fragte Bingham, der nervös in den Nebel hinter ihnen spähte. »Ich habe noch nie etwas so Verstörendes gehört oder gesehen.«

»Sie wollen nicht, dass wir nach Vilcabamba gehen. Offenbar will jemand verhindern, dass wir das Heilige Tal der Inka erreichen.«

»Was für ein Heiliges Tal?«

»Das Tal, das zum Urubamba führt. Es ist der einzige Weg dorthin. Es ist ein heiliger Platz der Inka und wird angeblich von alten Kriegern bewacht, die halb Menschen, halb Geister sind – oder etwas in der Art. Um die Sache noch rätselhafter zu machen, ist das Gebiet nicht auf der Raimondi-Karte verzeichnet, die Sie mitgenommen haben. Ich habe den starken Verdacht, dass unsere neuen Freunde uns gerade dort nicht hinlassen wollen.«

»Und Sie wollen mich natürlich trotzdem dorthin führen«, sagte Bingham besorgt. »Zu einem einsamen Flusstal, das von Geistern bewacht wird.«

»Das ist der Weg nach Vilcabamba.«

»Aber wer kann uns aufhalten wollen?« Bingham musste sich beeilen, um mit Wilson Schritt zu halten.

»Es gibt viele Legenden über dieses Tal.« Geschickt bewegte sich Wilson über den losen Schiefer. »Quechua-Geschichten von Geistern und uralten Kriegern, die den Pfad zur Inka-Stadt bewachen. Fünfunddreißig Jahre nachdem die Konquistadoren Peru erobert hatten, hat es angeblich eine große Schlacht gegeben. Genau hier, wo wir jetzt sind. Und die Spanier wurden von einem Heer zurückgetrieben, von dem sie behaupteten, es sei unsichtbar gewesen.«

»Im Ernst?«

»Es ist schwerlich zu sagen, was daran wahr ist und was nicht. Aber ich bin sicher, es gibt einen wahren Kern. Eines ist klar: Wer die Esel verstümmelt hat, ging barfuß. Es müssen also Indianer sein. Und nach der Größe der Fußspuren zu urteilen, müssen sie sehr groß sein, was für die hiesigen Ureinwohner ungewöhnlich ist.«

»Was mache ich hier eigentlich?«, murmelte Bingham sichtlich beunruhigt.

»Es könnte schlimmer sein. Sie hätten uns mühelos im Schlaf ermorden können. Wenn sie uns die Esel von der Türschwelle stehlen können, haben wir Glück, dass wir noch am Leben sind, schätze ich.«

13.

Anden, Peru
48 Kilometer nordwestlich von Cusco
Ortszeit: 9.45 Uhr
17. Januar 1908

Frustriert trat Gonzales gegen eine der Satteltaschen, sodass sie quer durch die Hütte flog und gegen die Wand prallte. »Wo sind sie?«, schrie er.

Draußen suchten seine Männer zu zweit das freie Feld ab und konzentrierten sich dabei auf die zahllosen Felsbrocken, die mühelos ein totes Pferd verdecken konnten. Die vier Esel hatten sie schon gefunden; einer war noch am Leben gewesen, aber kurz darauf qualvoll verendet. Den Tieren waren die Beine grausam aufgeschlitzt worden, sodass sie verblutet waren. Sie mussten schrecklich gebrüllt haben.

Gonzales stand im Eingang der Hütte und schaute die Eisenbahnstrecke entlang, die in die Berge führte. Dann sah er an dem roten Granitfelsen hinauf, der in den tief hängenden Wolken verschwand. Er drehte sich um und blickte sich in der Hütte um, musterte die behelfsmäßige Feuerstelle in der Mitte. Von der Restwärme der Asche schloss er, dass das Feuer seit mindestens zwei Stunden erloschen war.

Capos kam mit einem der Bergführer, einem dunkelhäutigen Burschen namens Ompeta, zu ihm. Der kleine Mann trug indianische Kleidung, einen großen, breitkrempigen Hut und einen schwarzen Alpakaponcho, an dem der Regen abzuperlen schien.

»Die Fußspuren gehen in fast alle Richtungen«, meldete Capos. Seine dunkelblaue Offiziersuniform war durchnässt, seine Hose bis an die Knie schlammbespritzt. An seiner Blässe und den Ringen unter den Augen sah man, wie müde er war. »Es sind mindestens zwanzig Mann.« Dann wandte er sich an Ompeta. »Berichte dem Capitán!«

Der indianische Führer stand im Regen, und seine braune Haut war runzelig von den vielen Jahren, die sie schon der harschen Witterung ausgesetzt war. Dennoch wirkte er frisch. Gonzales wusste, dass die Bergbewohner bemerkenswert gut in Form waren und tagelang in größter Höhe wandern konnten, ohne Rast zu machen. »Wir haben vier Esel gefunden, Capitán, alle tot«, sagte er mit tiefer Stimme. »Zwei da und dort«, er zeigte nach Süden, »und zwei in der Nähe des Waldes.« Er zeigte nach Osten. »Diese beiden wurden schneller getötet, den Göttern sei Dank, mit einem Schnitt durch die Kehle.«

Es gibt nur einen Gott, dachte Gonzales, behielt seinen religiösen Groll aber für sich. »Erklären Sie mir, warum das passiert ist.«

»Ich sehe so etwas zum ersten Mal«, sagte Ompeta. »Aber es gibt viele Fußspuren, die in alle Richtungen gehen.«

»Warum wollte jemand die Esel töten?«, fragte Gonzales.

»Das ist schwer zu beantworten. Die Spuren der Ausländer führen zu der roten Felswand. Das verrät mir, dass sie ins Tal wollen, zum Großen Redner.« So nannten die Indianer den Urubamba, weil das Wasser in der Regenzeit an den Stromschwellen so laut rauschte.

»Sie wollen weiter in die Berge und haben trotzdem ihren Proviant zurückgelassen?«, wunderte sich Gonzales.

»Da sie keine Lasttiere mehr haben, müssen Sie entschieden haben, dass es so am besten ist. Oder aber die Furcht hat sie davongetrieben.«

»Sie müssen Angst gehabt haben«, meinte Capos. »Der Tiefe ihrer Fußspuren nach zu urteilen sind sie sehr schnell gerannt.«

Ompeta nickte. »Der Nebel wird hier sehr dicht gewesen sein, bevor die Sonne über die Berge gestiegen ist. Sie können höchstens ein paar Schritte weit gesehen haben. Vermutlich haben sie es mit der Angst zu tun bekommen, als sie ihre Tiere so schrecklich haben schreien hören.«

Gonzales schob den Riemen seines Gewehrs höher auf die Schulter. »Und wer sind die Männer, die die Esel getötet und die Ausländer ins Tal getrieben haben?«

Der alte Mann zuckte die Achseln. »Ihre Spuren verraten, dass sie stark und schnellfüßig sind. An manchen Stellen ist ihre Schrittspanne so lang wie ein erwachsener Mann. Ich vermute, dass sie Stammeskrieger sind. Aber in all meinen Jahren habe ich noch nicht gehört, dass sie auf so grausame Weise Tiere töten.«

»Sie müssen etwas wissen!«, sagte Gonzales. »Ihr Indianer habt doch für alles eine Geschichte parat! Sagen Sie mir, was Sie wissen.«

Ompeta überlegte einen Moment lang. »Ich kann nur Vermutungen anstellen, Capitán.« Er blickte in den Regen, als ränge er mit einer Entscheidung. Schließlich redete er, auch wenn es ihm zu widerstreben schien. »Für Indianer ist das heiliger Boden.« Er deutete ins Tal.

Gonzales schnaubte. »Was ist so besonders daran?«

»Das ist heiliger Boden, Capitán.«

»Wieso? Das ist ein Tal von vielen, die in die Berge führen. Nur eines von zehntausend in dieser unwirtlichen Gegend.«

Ompeta schüttelte den Kopf. »Nicht dieses Tal, Capitán. Es ist ein besonderes.« Er stieß einen schweren Seufzer aus. »Vor Jahren ging ich einmal zum Dorf von Huadquina, das viele Kilometer in dieser Richtung liegt.« Er zeigte nach Westen. »Die weisen Männer dort erzählen Geschichten von geheimnisvollen Kriegern, die am Eingang des Heiligen Tales jagen, wie es auch genannt wird. Sie sind wie Geister. Man erzählt sich im Flüsterton, dass es dieselben Krieger sind, die den anrückenden Vizekönig Toledo zurückgeschlagen haben, fünfunddreißig Jahre nach der Ankunft der Spanier in Peru. Eine Streitmacht, die nicht einmal am helllichten Tag zu sehen war, habe das spanische Heer aus dem Tal getrieben. Die Spanier haben nur die Fußspuren ihrer Feinde gesehen. Sie waren in dem Tal niemals sicher, und in zehn angstvollen Nächten starben über hundert Männer, denen im Schlaf die Kehle durchgeschnitten wurde.«

Capos schien fasziniert. »Wer steckt dahinter?«

Ompeta rieb sich nachdenklich das Kinn. »Das weiß niemand. Aber die weisen Männer glauben, dass es die Geister der mächtigen Inka-Könige waren. Es heißt, die Geister durchstreifen diese Täler so unauffällig und listig wie ein Puma.«

Gonzales stapfte zu den morastigen Fährten vor der Hütte und bückte sich tief, um mit dem Finger auf die Barfußabdrücke zu zeigen, in denen Wasser stand. »Sie meinen also, die stammen von Geistern?« Der sanfte Regen bewegte die dunkel glänzende Oberfläche. »Hier ist ein Mensch gegangen, kein Geist!« Der Aberglaube des Bergführers machte Gonzales wütend. »Sie werden solchen Unsinn nicht wieder erwähnen! Haben Sie verstanden?«

Ompeta verzog keine Miene, er nickte bloß.

»Können Sie die Spur bis ins Tal verfolgen?«, fragte Gonzales ungehalten.

Ompeta nickte wieder; sein dunkler Blick war klar und konzentriert.

»Lassen Sie antreten!«, befahl Gonzales. »Die Fremden können höchstens anderthalb Kilometer weit gekommen sein. Wir müssen sie schnell aufspüren, damit wir sie nach Cusco zurückbringen können.«

Capos trat zögernd an seinen Vorgesetzten heran. »Die Männer müssen sich ausruhen«, sagte er. »Sie sind die ganze Nacht durchgelaufen und wissen nicht, warum. Was haben die beiden Ausländer getan, dass wir sie so unnachgiebig verfolgen müssen?«

Gonzales merkte, wie er innerlich kochte, als er seinem Leutnant in die Augen sah. »Sie haben Gott verraten, Domingo! Und dafür müssen sie bezahlen!«

Capos trat noch näher an ihn heran, damit Ompeta ihn nicht hören konnte. »Wir kennen uns, seit wir Kinder sind. Diese Männer, unsere Soldaten, sind unsere Freunde. Es ist Zeit, dass du Milde zeigst und sie ausruhen lässt. Sie sind die ganze Nacht für dich marschiert, genau wie ich. Ich rate dringend, dass wir Feuer machen und schlafen. Das ist auf lange Sicht besser.«

»Wir hätten vor Sonnenaufgang hier sein sollen!«, erwiderte Gonzales. »Hätten wir das geschafft, wären die Ausländer schon verhaftet.«

»Es wird der Sache nicht nützen, wenn wir die Soldaten bis zur Erschöpfung antreiben«, erklärte Capos. »Sie müssen essen und schlafen. Ich könnte selbst eine Mahlzeit vertragen.«

»Wir müssen weiter«, beharrte Gonzales streng.

»Ich stimme mit dem Leutnant überein«, sagte Ompeta unerwartet. »Wir sind nicht die Einzigen, die diese Männer verfolgen. Die Eseltöter – zwanzig Männer, soweit ich es an den Fußspuren erkennen kann – sind ebenfalls zum Urubamba unterwegs. Sie haben sich in den Wald zurückgezogen, aber sie ziehen zweifellos in diese Richtung. Wenn wir den geheimnisvollen Kriegern begegnen, müssen wir vielleicht um unser Leben kämpfen. Der Legende nach kann niemand das Tal betreten, ohne den Tod fürchten zu müssen, außer er hat reines Indianerblut in den Adern.«

»Wollen Sie vorschlagen, dass wir abrücken, weil wir nicht reinen Blutes sind?«, fragte Gonzales. »Weil wir Mestizen sind?«

»Meine Sorge gilt einzig Ihnen und Ihren Männern, Capitán. Sie können meinen Rat annehmen oder nicht, doch hier ist es zu sonderbaren Vorfällen gekommen, und wir sollten vorsichtig sein. Die beiden Weißen kommen nicht weit – schon gar nicht ohne Proviant.«

Hauptmann Gonzales nahm das Gewehr von der Schulter und spielte einen Moment lang mit dem Gedanken, es auf den Führer zu richten und ihn zum Weitergehen zu zwingen. Er wusste, dass reinblütige Indianer auf Mischlinge wie ihn herabschauten, aber er wusste auch, dass der Mann im Grunde recht hatte. Gonzales schluckte seinen Groll hinunter und lehnte das Gewehr ruhig an die Hüttenwand. Dann nahm er den Hut ab und fuhr sich durch die nassen Haare. »Machen Sie Feuer, und lassen Sie die Männer essen.« Er deutete auf die fremden Satteltaschen. »Teilen Sie den Proviant der Gesuchten aus.«

Capos salutierte. »Sofort, Capitán.«

14.

Anden, Peru
Hiram-Bingham-Express
64 Kilometer nordwestlich von Cusco
Ortszeit: 15.30 Uhr
17. Januar 2014

Der Zug bewegte sich langsam bergab durch Wald und Granitfelsen auf den Urubamba zu. Der Speisewagen ruckte hin und her, wenn die Gleise eine enge Kehre nahmen, was das Silberbesteck auf den weißen Tischtüchern verrutschen ließ. Es regnete noch immer stark, sodass man nur ein paar Meter weit sehen konnte, und das Kondenswasser lief an den Fensterscheiben herab.

Helena hatte sich ein trockenes Handtuch über die Schultern gelegt und trank ihre zweite Tasse Koka-Tee. Als sie mit Chad in den Zug zurückgekehrt war, hatte es großes Aufsehen vonseiten des Personals und der Passagiere gegeben. Ihr Ausflug in den strömenden Regen hatte den Leuten Anlass gegeben, ihr Fragen zu stellen, und das war so ziemlich das Letzte, was Helena wollte. Nachdem sie Wilson in ihrer Vision gesehen hatte, wollte sie nur still für sich sein, um nachzudenken, was da passiert war und warum. Damit sie niemand mehr ansprach, setzte sie ihren Kopfhörer auf, aber ohne Musik zu hören. Sie brauchte Ruhe.

Chad kam in trockenen Jeans und einer Wanderjacke aus dem Waschraum zurück. Sie war bis auf die Haut durchnässt gewesen; Helena dagegen war dank des wasserdichten Ponchos einigermaßen trocken geblieben. Chads Stachelfrisur war noch feucht, als sie sich zu Pablo setzte, der gerade in ein Eclair beißen wollte.

»Sie sollten das nicht essen«, sagte Chad.

Pablo besah sein Eclair. »Warum das?«

Helena kam nicht umhin, das Gespräch mit anzuhören.

»Ich weiß, wie Sie denken, Pablo«, sagte Chad und deutete unheilvoll auf das Gebäckstück. »Wenn Sie ein Eclair sehen, denken Sie an den Genuss. Ich denke dabei an Quälerei. Das Ding hat dreihundert Kalorien – hauptsächlich in Form von Zucker –, für die Sie dreißig Minuten lang trainieren müssen, um sie abzubauen. Das ist für mich Quälerei.« Sie zog den Reißverschluss ihres Rucksacks auf und holte eine große Dose Thunfisch heraus. »Das ist Protein.« Sie riss den Deckel ab, und der Geruch von Thunfisch breitete sich aus. »Was gut schmeckt, ist im Allgemeinen ungesund. Daran sollten Sie immer denken.«

Pablo biss herzhaft in sein Eclair. »Ich will nicht dünn sein«, erwiderte er mit halb vollem Mund. »Ich esse gern.«

Helena blendete die Unterhaltung aus. Es hatte gutgetan, Wilsons Gesicht wiederzusehen. Sie lächelte unwillkürlich, wenn sie ihn in Gedanken in Unterhosen am Feuer sitzen und seine nassen Kleider an den Dachbalken hängen sah. Die Vision hatte etwa zwanzig Sekunden lang gedauert, schätzte sie. Gehört hatte sie nichts, was sie nicht weiter überraschte. Seiner Mimik und Gestik nach zu urteilen, war Wilson bei der Unterhaltung mit dem hageren Mann erregt gewesen. Den meinte Helena schon einmal gesehen zu haben. Irgendwann würde ihr noch einfallen, wo.

Die Bahnstrecke war Anfang des 20. Jahrhunderts gebaut

worden, hatte Pablo gesagt. In ihrer Vision war die Hütte nagelneu gewesen. Wilsons Kleidung, die Konservendosen, die selbst gedrehten Zigaretten, das Springfield-Gewehr – alles deutete auf diese Zeit hin. Offenbar war Wilson wieder durch die Zeit gereist, diesmal noch weiter in die Vergangenheit zurück. An seinen Augen hatte sie gesehen, dass er seit ihrem letzten Zusammensein viel erlebt hatte. Für sie war völlig klar, dass er gelitten hatte, darüber hinaus konnte sie nur spekulieren. Für einen Moment lang wurde sie sentimental, und sie fragte sich, ob er sie genauso vermisste wie sie ihn.

Sie nickte. Ihre Entscheidung, nach Peru zu reisen, war also richtig gewesen. Die meisten Menschen hätten nach solch einer Vision an ihrem Verstand gezweifelt, sie dagegen wusste, dass Wilson kein gewöhnlicher Mensch, und ihre Beziehung zu ihm gewissermaßen Schicksal war.

Wilson hatte bei vielen Gelegenheiten gesagt, dass alle Zeit nebeneinander existierte. Zur Erläuterung gebrauchte er den Begriff des holografischen Universums. »Bei der Entstehung des Kosmos, eine Tausendstelsekunde nach dem Urknall, mit dem alles geschaffen wurde, breitete sich ein Netz von sehr kraftvollen Energiefilamenten, den sogenannten kosmischen Strings, ins gesamte Universum aus. Diese Energie liegt den Dimensionen zugrunde. Und es sind die kosmischen Strings, durch die die vierte Dimension, die Zeit, existiert. Aufgrund dieses unglaublichen Phänomens ist Zeitreise möglich.«

Es bestand ein Band zwischen Helena und Wilson, das schwer zu begreifen war. Es war schicksalhaft und widersetzte sich der normalen Logik. Aus irgendeinem Grund hatten sich Helenas Welt und die von Wilson wieder miteinander verknüpft – wenn auch offensichtlich über eine Zeitbarriere hinweg. Sie war mit ihm verbunden, und das musste einen Grund haben. Wenn sie nur alle Informationen in den richtigen Zusammenhang bringen könnte, würde sie vielleicht verstehen, warum sie hier war und welche Aufgabe sie hatte.

Höchstwahrscheinlich hatte es mit Machu Picchu und dem Sonnentempel zu tun. Sie dachte an ihren Traum zurück, der sie nach Peru geführt hatte. Darin blickte sie in ein dunkles Gewölbe unter dem markanten Turm, durch einen untypischen dreieckigen Eingang. Die Sonne schien ihr in die Augen, sodass sie fast nichts sah.

Bei der Erinnerung blinzelte sie unwillkürlich.

Dorthin war Wilson unterwegs, da war sie ganz sicher.

Er geht nach Machu Picchu.

Sie holte ihr iPad aus der Tasche, strich mit dem Finger über das Display und tippte ihr Passwort ein. Ein Bild in satten Farben erschien, eine Aufnahme von Stonehenge mit der Wintersonne im Hintergrund, die durch die aufrechten Steine schien. Helena beachtete es nicht weiter, sondern tippte auf das Kindle-Icon. Sie hatte sich ein eBook über die Entdeckung von Machu Picchu gekauft.

Als die Titelseite erschien, holte Helena scharf Luft. Da war der Mann abgebildet, mit dem Wilson reiste! Es war Hiram Bingham, der Forscher, der Machu Picchu entdeckt hatte!

Helena lachte im Stillen. *Kaum zu glauben!*, dachte sie und sah verwundert an die Decke.

Bingham war Anfang des 20. Jahrhunderts dort gewesen; in ihrer Vision hatte sie also hundert Jahre zurückgeblickt. Machu Picchu war einer der größten archäologischen Funde des frühen 20. Jahrhunderts. Als sie nun das Foto von Bingham betrachtete, hatte sie selbst das unbestimmte Gefühl, eine Entdeckung zu machen.

Plötzlich erschien eine Fingerspitze in der Nähe des Displays. »Das ist Hiram Bingham«, erklärte jemand mit geschmeidigem Tonfall. »Nach ihm wurde dieser Zug benannt.«

Helena blickte auf und sah einen Mann an ihrem Tisch stehen. Er war Mitte fünfzig, beleibt und wohlhabend, wie der Sitz seines Anzugs und seine manikürten Fingernägel vermuten ließen. Die graumelierten Haare hatte er mit Gel zurückgekämmt, und seine Zähne waren ebenmäßig und weiß. Der schwarze Anzug hatte einen cremefarbenen Nadelstreifen, dazu trug der Mann eine passende cremefarbene Krawatte. Helena hatte ihn zuvor schon bei den Kokainschnupfern bemerkt. Er war sicher der Wichtigste der Männer, denn die anderen achteten auf jedes seiner Worte.

Pablo machte demonstrativ ein genervtes Gesicht.

Helena deutete stumm auf ihren Kopfhörer, als hätte sie den Mann nicht verstanden.

»Hiram Bingham war der erste Weiße, der Machu Picchu entdeckte«, fuhr der Mann fort. Er schien genau zu wissen, dass sie ihn sehr wohl verstanden hatte. »Aber die Sache ist viel komplizierter.« Chad stand von ihrem Platz auf, um den Mann wegzugeleiten. Doch der bedeutete ihr mit ruhiger Geste, einen Moment zu warten, damit er zu Ende führen konnte, was er sagen wollte. »Sie werden feststellen, dass die Stadt schon vor ihm entdeckt wurde. Aber weil diese Entdecker Mestizen waren, ernteten sie keinen Ruhm. Spanier und Indianer sind auch Menschen, meinen Sie nicht?«

Helena rang sich ein höfliches Lächeln ab. Der Mann war hartnäckig.

»Ich bin Don Eravisto, Señorita. Ich bin mit meinen Geschäftspartnern hier.« Er blickte zum Ende des Speisewagens und schnippte mit den Fingern. Dort wurde es augenblicklich still. »Ich fürchte, wir sind zu laut gewesen und haben Sie gestört. Das würde ich gern wiedergutmachen.«

»Das ist nicht nötig«, schaltete Chad sich ein. »Wenn Sie uns jetzt bitte entschuldigen würden. Wir waren mitten in einem Gespräch.«

Don Eravisto lächelte Helena an. »Ihre Begleitung ist sehr höflich, aber sofort als Leibwächterin zu erkennen. Wenn Sie zu meiner Gesellschaft hinüberblicken, werden Sie nicht so leicht feststellen können, wer mein Beschützer ist. Es könnte einer der Männer oder eine ihrer Freundinnen sein.«

»Sie sehen eher wie ihre Töchter aus«, warf Chad ein.

Don Eravisto klatschte lachend in die Hände. »Schluss mit dem Smalltalk.« Er sah Helena jetzt ernst in die Augen. »Ich habe bemerkt, dass Sie der Gleisbauhütte einen Besuch abgestattet haben. Wussten Sie, dass Bingham mal eine verregnete Nacht darin verbracht hat?«

Helena gab sich Mühe, nicht überrascht zu wirken. »Tatsächlich?«

»Ich könnte Ihnen vieles über seine Expedition erzählen, was Sie nicht in Ihrem Buch finden. Diese Hütte hat eine interessante Geschichte.«

Helena setzte den Kopfhörer ab. »Jetzt haben Sie mein Interesse geweckt, Señor.«

Don Eravisto legte die Hand aufs Tischtuch. »Darf ich Platz nehmen?«

»Bitte sehr«, antwortete Helena, ohne zu wissen, was sie davon halten sollte. Ihr Instinkt gebot ihr, auf der Hut zu sein, auch wenn sie nicht wusste, warum. Sie war mehr neugierig als beunruhigt. Die Gleisbauhütte war zweifellos von Bedeutung, und dieser Don Eravisto konnte ihr vielleicht verraten, was es damit auf sich hatte.

Chad machte ihm widerstrebend Platz und musterte die Passagiere im hinteren Teil des Wagens, die sie gleichfalls in Augenschein nahmen.

»Die Geschichte dieser Hütte ist rätselhaft«, sagte Don Eravisto, während er den unteren Jackenknopf öffnete und seine massige Gestalt auf den Polsterstuhl senkte. »Wir haben reichlich Gesprächsstoff, wie es scheint.« Auf ein weiteres Fingerschnippen hin eilte ein Kellner herbei, als hinge sein Leben davon ab. »Ich nehme einen Gin Tonic«, sagte Don Eravisto. »Und Cashewkerne.« Er sah zu Helena. »Sie werden noch einen Koka-Tee brauchen. Aber keine Sorge, Señorita, Ihre Kopfschmerzen sind bald verschwunden.«

15.

ANDEN, PERU
64 KILOMETER NORDWESTLICH VON CUSCO
ORTSZEIT: 15.02 UHR
17. JANUAR 1908

Schon wieder rutschte Bingham aus und landete übertrieben stöhnend auf dem Hintern. Wilson war gezwungen, zurückzulaufen und ihn anzutreiben. Diesmal blieb der Amerikaner einfach im morastigen Unterholz zwischen zwei Felsbrocken liegen und wartete, dass Wilson ihn auf die Beine zog.

»Wir sollten nach Cusco zurücklaufen«, sagte Bingham zum wiederholten Mal. »Es hat keinen Zweck, bei diesem Regen ohne Proviant und Ausrüstung in das Tal zu gehen.«

Zunächst waren sie eine Stunde lang zwischen steilen Granitfelsen hindurch der Bahnstrecke gefolgt und dann hinunter in das dicht bewaldete Seitental der Urubamba-Schlucht gewandert. Der dunstige Regen hatte nicht nachgelassen und war Wilson an Hals und Handgelenken in die Kleidung gesickert. Es war seine Entscheidung gewesen, an den Eisenbahnschwellen entlangzulaufen, weil man dort sicher auftreten konnte und kaum Fußspuren hinterließ. Es dauerte eine ganze Stunde, bis sie unter die Wolkendecke gelangten, wo bessere Sichtverhältnisse herrschten. Aber es war immer noch unmöglich, die eisbedeckten Berge zu sehen, die ringsum aufragten.

Als sie tiefer hinabkamen, wurde das Atmen leichter, und Wilson fühlte sich entschieden besser. Knapp zwei Kilometer zuvor hatte die Eisenbahnstrecke an einem Steilstück aufgehört. Die Bauarbeiter waren offenbar angewiesen worden, in der Regenzeit nach Hause zu gehen – wahrscheinlich nach Cusco –, weil es unmöglich war, bei diesem Wetter in abschüssigem Gebiet zu arbeiten. Vor April, wenn der Regen nachließ und die Flusspegel sanken, würden die Männer nicht zurückkommen.

»Ziehen Sie den Stiefel aus«, sagte Wilson.

»Das werde ich nicht tun!«

Wilson zog sein Jagdmesser und zeigte mit der Klingenspitze auf Binghams rechten Fuß. »Die sind nicht geeignet, um über nasse Felsen und Morast zu laufen. Geben Sie sie mir.«

»Wir sollten nach Cusco zurück«, wiederholte Bingham. »Ich kenne eine hübsche kleine Bar, wo wir einheimisches Bier bekommen – oder was die hier dafür halten. Und es gibt da eine herzhafte Gemüsesuppe, mit der wir uns den Bauch vollschlagen können.«

Man hörte das Tosen des Urubamba bis in das Seitental, und es verlor nichts von seiner Bedrohlichkeit, obwohl der Fluss noch anderthalb Kilometer weit weg war. »Hören Sie das?«, fragte Wilson und legte die Hand ans Ohr.

»Das ist ein Fluss«, antwortete Bingham. »Ein großer, wie es scheint.«

»Wenn wir erst mal am Urubamba sind, wird der Weg einfacher. Geben Sie mir Ihre Stiefel. Ich werde ein paar Kerben in die Sohlen schneiden, damit Sie sicherer auftreten.«

»Wie viel leichter wird die Strecke werden?«, fragte Bingham.

»Sehr viel leichter.« Es begann, stärker zu regnen, und Wilson fragte sich, wie er Bingham je durch den dichten Urwald und über die steilen Hänge hinauf nach Vilcabamba bringen sollte. Der Weg würde mitnichten leichter werden, sondern schwieriger, viel schwieriger.

Bingham saß am Rand eines eckigen Granitblocks, der offenbar von dem Steilfelsen über ihnen herabgestürzt und durch den Wald gekollert war. Während er die Schnürsenkel öffnete, murmelte er: »Das ist die übelste Tour, die ich je mitgemacht habe, wissen Sie das?«

Kurz spielte Wilson mit dem Gedanken, abzuhauen und den Yale-Gelehrten sich selbst zu überlassen, doch das kam nicht infrage, so gern er es getan hätte. Wilson dachte an die grausam aufgeschnittenen Beine der Esel. »Der Legende nach ist dieses Tal das gefährlichste von ganz Peru. In der Karte, die Sie bei sich hatten, war es nicht einmal verzeichnet.«

Bingham roch an seinem Stiefel, dann hielt er ihn widerstrebend Wilson hin. »Riecht gar nicht so schlimm ... ich bin überrascht.« Er zog seinen Tabaksbeutel unter der Jacke hervor. Während er zu beiden Seiten über die Steilhänge schaute, drehte er sich im Schutz der breiten Hutkrempe und trotz nasser Finger geschickt eine Zigarette. »Das Tal scheint mir nichts Besonderes zu sein.«

Wilson schnitt derweil Kerben in die Stiefelsohlen und achtete darauf, nicht durch das Leder zu stechen. »Soweit ich weiß, gehören die hiesigen Indianer zum Stamm der Campa. Es heißt, sie seien unzivilisiert und extrem grausam. Es wäre klug, sich hier nicht unnötig lange aufzuhalten.«

»Das hätte ich gern erfahren, bevor meine Esel getötet wurden!« Unwillig schaute Bingham über die Schulter den schwer gangbaren Pfad hinauf, der irgendwo in den Wolken verschwand. »Sie meinen also, die Campas haben meine Esel getötet?«

Wilson hatte bereits drei Kerben in die vordere Sohle geschnitten und machte sich nun an den Absatz. »Könnte sein, aber sicher ist das nicht. Angeblich benutzen sie Giftpfeile, und unsere Täter hatten es offensichtlich mit Messern auf Ihre Esel abgesehen.«

Bingham leckte über das Papierchen und klebte es zu. »Giftpfeile! Das ist ja entsetzlich. Haben Sie noch mehr Überraschungen auf Lager?«

»Unsere Chancen sind am besten, wenn wir weitergehen und nicht zurücklaufen.«

»Sie verpassen ein Essen in einem feinen Cuscoer Hotel. Denken Sie an die heiße Suppe. Mmmmm!« Bingham rieb sich den Bauch.

»Ich habe es schon ein paarmal gesagt, Hiram, was vor uns liegt, ist die Anstrengung wert. Sie werden der Mann sein, der das vergessene Vilcabamba entdeckt – das muss Ihnen doch etwas bedeuten.«

Bingham riss ein Streichholz an, und es flammte auf. »Im Augenblick beschäftigt mich eher die Aussicht, an einem Giftpfeil zu sterben, als die Möglichkeit, berühmt zu werden.« Er schnippte erst das Streichholz weg und blies dann Zigarettenrauch aus.

Wilson zeigte talwärts. »Da unten liegt eine Welt von unglaublicher Schönheit. Um diese Jahreszeit strömt der Urubamba mit enormer Kraft durch die Schlucht. Es ist ein spektakulärer Anblick. Der Urubamba ist einer der vielen Nebenflüsse des Amazonas. Das Wasser, das an uns vorbeifließt, wird weit über zweitausend Kilometer zurückgelegt haben, wenn es in den Atlantik mündet.«

Bingham sah Wilson skeptisch an. »Woher wissen Sie das? Es ist nur eine Theorie, dass die Flüsse der Anden alle nach Brasilien fließen.«

Wilson schnitt die letzte Kerbe in Binghams rechten Stiefel. »Wie gesagt ... ich weiß eine Menge über diese Gegend. Und wenn Sie mehr Vertrauen hätten, würden Sie begreifen, dass mehr zu gewinnen ist, wenn wir zügig vorangehen, als wenn Sie uns ständig mit Ihrer pessimistischen Haltung bremsen.«

Die Zigarette zwischen die Lippen geklemmt, dachte Bingham über die Bemerkung nach. »Ich sehe nicht, wann ich pessimistisch gewesen wäre«, sagte er schließlich.

Wilson warf ihm den Stiefel zu, aber Bingham sah ihn nicht kommen, und so flog er an ihm vorbei und fiel zwischen die Felsbrocken.

»Wirklich prima!« Bingham stöhnte und beugte sich unbeholfen nach hinten, um an den Stiefel zu kommen. »Meine Esel sind tot. Ich habe Heißhunger auf eine schöne Suppe. Und jetzt habe ich auch noch einen Stiefel verloren! Außerdem hört dieser verfluchte Regen überhaupt nicht mehr auf!«

»Geben Sie mir den zweiten«, sagte Wilson.

Bingham hing mit dem Kopf zwischen zwei Felsbrocken. »Gleich.«

Während Wilson wartete, wurde er auf einen großen Baumstumpf aufmerksam, der vom Steilhang in das enge Tal gefallen sein musste. Er war aufgebrochen, und im Holz waren Fraßgänge zu erkennen. Wilson sprang über einige Steinhaufen und machte sich mit dem Messer an dem morschen Holz zu schaffen. Nach ein paar Augenblicken fand er einige Käferlarven, die wie weiße, haarlose Raupen aussahen, die größten, die ihm je untergekommen waren. »Wollen Sie etwas essen?«, fragte er und hielt eine dicke, zappelnde Made auf der Messerklinge hoch.

Bingham hatte inzwischen seinen Stiefel gefunden und angezogen und schnürte ihn gerade zu. »Mich bringen keine zehn Pferde dazu, das zu essen!«

Wilson ließ die Made in seinen Mund fallen und zerbiss sie. Es war ein unangenehmes Gefühl, als sie zwischen seinen Zähnen zerplatzte.

Bingham war angeekelt. »Wie bringen Sie das runter?«

»Das ist eiweißreiche Kost.« Wilson kaute.

»Die sind giftig, oder?«

»Nur die farbigen und die behaarten.«

Als Wilson schluckte, sah Bingham aus, als ob ihm gleich schlecht würde. »Das ist widerlich! Wir sollten nach Cusco gehen, wo es eine ordentliche Suppe gibt.«

Wilson steckte sich eine zweite Made in den Mund. »Meiner Erfahrung nach sollte man essen, wenn es etwas gibt. Im Urwald weiß man nie, was passiert. Man muss jede Gelegenheit nutzen.«

»Ich esse keine Würmer!«

Wilson hörte Steine knirschen, dann polterte ein Felsbrocken ins Tal. Instinktiv spähte er durch den Dunst zwischen den Bäumen an den Kletterpflanzen hoch, die an den steilen Talwänden wuchsen. Es war erstaunlich, wie sicher er den Ursprungsort des Felsbrockens ausmachen konnte; er sah die Bewegung im Blattwerk, bevor ein großer Stein aus dem Dickicht geschossen kam. Er flog im Bogen herab, traf auf einen Felsen und zerbrach, sodass die Stücke in verschiedene Richtungen wegsprangen.

Wilson dachte sich nichts weiter dabei und pulte noch eine

Made aus dem Holz. Schließlich sah er wieder auf, weil mehrere Steine gleichzeitig durch die Blätterwand polterten. Im selben Augenblick sah er Haut aufblitzen – er war sich ganz sicher –, schimmernde, gesunde Haut, die sich flink über einen hochgelegenen Felsrand bewegte. Dann sah er nur ein paar Schritte dahinter wieder Haut aufblitzen, kaum zu erkennen in dem Farnkrautdickicht. Da oben waren Menschen, mehrere Menschen!

Auf einem Bein stehend, hielt Bingham ihm den linken Stiefel hin.

»Wir müssen weiter«, drängte Wilson. Er steckte das Messer in die Scheide und schnallte seinen Ranzen enger, damit er nicht hin- und herschlenkerte. »Ziehen Sie den Stiefel wieder an!«

»Aber die Sohle ist noch glatt!«, wandte Bingham ein und stieß eine Rauchwolke in den Regen.

Wilson kehrte der Steilwand den Rücken zu. »Schauen Sie nicht dort hoch. Ich sagte, *nicht* dort hochschauen. Ich habe da jemanden gesehen, zweifellos Eingeborene. Sie laufen den Kamm entlang.«

Bingham riss die Augen auf. »Sie haben Indianer gesehen?« Er griff nach seinem Gewehr.

»Ziehen Sie den Stiefel an … sofort«, zischte Wilson.

Bingham ging auf ein Knie und band sich die Schnürsenkel zu.

Wilson hatte keine Ahnung, wen er da oben entdeckt hatte, jedenfalls bewegten sie sich auf diesem schwierigen Terrain sehr schnell und athletisch. Es war anzunehmen, dass es sich um diejenigen handelte, die die Esel getötet hatten. Und höchstwahrscheinlich waren es Indianer, wie sich aus den Barfußspuren vor der Hütte schließen ließ. Nach den paar flüchtigen Blicken war es unmöglich zu sagen, ob es Campas waren, doch ihre Haut hatte einen satten, schimmernden Goldton gehabt.

»Es ist wichtig, dass wir den Fluss vor ihnen erreichen«, sagte Wilson, dem aufging, dass der Weg dorthin ihre beste Chance auf Flucht war. »Wir müssen schnell sein. Schaffen Sie das?«

Bingham blieb geduckt, als rechnete er jeden Augenblick damit, dass Giftpfeile durch die Bäume sausten. »Sind Sie sicher, dass wir uns nicht hier verteidigen sollten?« Angespannt hielt er sein Gewehr umklammert.

»Wenn zehn Krieger aus dem Wald stürmen, wird ein einzelnes Springfield-Gewehr sie nicht aufhalten.« Wilson rannte los und zwischen den verstreuten Felsbrocken hindurch, die sich auf dem Talboden angesammelt hatten. Bingham folgte ihm auf seinen dünnen Beinen, kam aber nicht annähernd so gut voran wie Wilson.

»Hoffentlich wissen Sie, was Sie tun!«, rief er ihm hinterher.

Wilson sprang zwischen zwei Felsen und über einen zugewachsenen Graben. Dabei achtete er ständig darauf, einen Weg zu wählen, den Bingham gut bewältigen konnte. Er rannte auf einen Bach zu, wo das Gefälle flacher war und keine Büsche standen. Ohne zurückzublicken sagte er: »Wenn Ihnen Ihr Leben lieb ist, sparen Sie sich den Atem, und konzentrieren Sie sich aufs Vorankommen.«

»Ich war noch nie ein ausdauernder Läufer.« Bingham schnaufte. »Ich bin mehr der Sprinter.«

Wilson behielt ein gleichmäßiges Tempo bei und war trotz der gelegentlichen Bemerkungen und des Stöhnens in seinem Rücken erleichtert, dass Bingham Schritt hielt. Der Weg war hin und wieder schwierig, und Wilson musste aufpassen, dass er nicht in eine Sackgasse geriet. Von Zeit zu Zeit spähte er die Hänge hinauf, weil er spürte, dass ihn von dort jemand beobachtete. Doch er entdeckte niemanden in dem dichten Grün, sah nur saftstrotzende Blätter in allen Größen und Farben und lange Ranken, die von den überhängenden Felsen herabhingen, sowie immer mehr Bambusstauden, je weiter sie sich dem Fluss näherten.

Der Regen wurde stetig stärker, und das Tosen des Urubamba, der nicht mehr weit entfernt sein konnte, klang unheilvoll.

Die Indianer strebten sicherlich derselben Hängebrücke zu wie sie, schloss Wilson. Doch warum nahmen sie den mühsameren Weg am Steilhang entlang? Es wäre doch einfacher für sie gewesen, Bingham und ihn am Talboden zu verfolgen und einzuholen. Er fand das unverständlich. Wie fast alles, was er seit seiner Ankunft in Cusco erlebt hatte. Zuerst hatten die Indianer die Esel getötet, wahrscheinlich, um sie von ihrer Wanderung ins Heilige Tal abzuhalten; und jetzt liefen sie ihnen voraus zur Kondorbrücke, wo sie sie an der Überquerung des Flusses hindern wollten. Zu dieser Jahreszeit war die Brücke der einzige Weg über das reißende Gewässer. Und nach dem Tosen zu urteilen, würde es keiner überleben, der in die Fluten stürzte.

Bingham blieb leicht zurück, und Wilson trieb ihn an. »Es ist nicht mehr weit, Hiram! Wir kommen gut voran!« Er hoffte, den Fluss jeden Augenblick durchs Grün schimmern zu sehen. Wenn sie es über die Brücke geschafft hatten, die den Großen Redner überspannte, würden sie den Hang am Nordufer hinaufklettern müssen. Die Hängebrücke gab es seit Jahrhunderten, und sie wurde von den Indianern instand gehalten, damit sie den Fluss auch während der Regenzeit überqueren konnten. Obwohl sie als technische Meisterleistung galt, hatte Wilson seine Zweifel. Dass die Brücke in seiner Auftragsbeschreibung stand, hieß nicht, dass sie wirklich da war. Die Ereignisse waren vom Gang der Geschichte abgewichen, und man konnte sich auf nichts mehr verlassen. Wenn die Brücke weg war oder sich als unpassierbar erwies, befänden sie sich in einer Sackgasse ohne jede Fluchtmöglichkeit.

16.

Anden, Peru
64 Kilometer nordwestlich von Cusco
Ortszeit: 15.25 Uhr
17. Januar 1908

Es tat gut, ein Ziel vor Augen zu haben und die feuchte Luft in den Lungen zu spüren. Acllas Muskeln brannten vom ununterbrochenen Lauf durch den dichten Wald, ihre Brust hob und senkte sich mit jedem Atemzug. Sie spürte die Qual der außergewöhnlichen Strapaze, aber das Gefühl gefiel ihr – es gefiel ihr sehr. Zwischen den Bäumen und Schlingpflanzen hing Dunst, in den die Kriegerin eintauchte, die drei große Schritte vor ihr lief. Der Regen prasselte kalt auf ihre Haut, während Aclla geschickt über einen umgestürzten Baum sprang, geschmeidig auf einem Stein landete, ohne aus dem Tritt zu kommen.

Zu ihrer Rechten konnte sie ab und zu bis auf den Grund des engen Tals hinabsehen. Bald würden sie die weißen Männer stellen können. Die beiden waren ihnen in Richtung Fluss entwischt, obwohl Aclla und ihre Kriegerinnen versucht hatten, sie mit der Marter der Esel nach Süden in den Wald zu locken. Doch die Männer hatten den Köder nicht geschluckt. Bis Aclla bemerkt hatte, dass sie geflohen waren, war es zu spät gewesen, um die Verfolgung sofort aufzunehmen. Inzwischen war Capitán Gonzales mit seinen erschöpften Soldaten auf der Wiese vor der Hütte erschienen, gerade als die Wolken und der Nebel sich lichteten. Aclla hatte nicht riskieren dürfen, entdeckt zu werden, und so hatten sie sich in den Wald zurückgezogen und waren einen Umweg gelaufen.

In Hast getan, in Muße bereut, dachte Aclla unwillkürlich.

Das waren weise Worte von Mamacona Kay Pacha, der Priesterin, die sie unterrichtete, seit sie denken konnte. Die Jungfrauen der Sonne gingen keine Risiken ein. Sie handelten nur, wenn sie sich eines Erfolges sicher sein konnten, denn sie hatten zu viel zu verlieren. So war es seit fast fünfhundert Jahren, und so würde es auch die nächsten fünfhundert Jahre bleiben.

Bis Aclla mit ihren Kriegerinnen im Wald verschwunden war, hatten sie viel Zeit verloren. Die Sonne stand im Zenit, bevor die Späherinnen die Spur der weißen Männer wiederfanden. Zuerst folgten sie den Gleisen in Richtung Fluss, dann mündete die Spur ins Heilige Tal, genau wie Aclla befürchtet hatte. Sie und ihre Kriegerinnen hätten die Männer gleich im Schlaf töten sollen, aber sie hatte befohlen, es nicht zu tun – und wusste selbst nicht genau, warum. Es war ihre Pflicht, das Tal vor Eindringlingen zu schützen, wie es schon ihre Vorfahren getan hatten. Die Sonnenjungfrauen hatten das mächtige Heer des Vizekönigs mit List und Geschick vertrieben, ohne Mitgefühl, genau wie es die Lehren vorschrieben. Ihre Schwester Vivane war so töricht gewesen, ihren Gefühlen nachzugeben, und ihr Schicksal war besiegelt. Aclla würde nicht denselben Fehler machen. Von nun an würde sie entschlossen und rücksichtslos handeln.

Jetzt war nur noch wichtig, die weißen Männer aufzuhalten, bevor sie das reißende Wasser des Großen Redners erreichten. Da sie offenbar den Weg ins Heilige Tal kannten, obwohl es auf keiner Landkarte verzeichnet war, wussten sie vielleicht auch von der Hängebrücke über die Schlucht. Und obendrein führten sie Capitán Gonzales dem heiligen Boden von Vilcabamba entgegen. Aclla und ihre Kriegerinnen mussten unbedingt zuerst den Fluss erreichen und an den Fremden ein Zeichen setzen, das alle künftigen Sucher abschreckte. Diesmal würde Aclla mitleidlos handeln müssen.

Sie lief unmittelbar hinter Sontane, auf die sie sich am meisten verließ, und ahmte jede ihrer Bewegungen nach. Sie liefen völlig synchron am Steilhang über Senken und Erhebungen des Pfades entlang, der in kurvigem Verlauf zum Großen Redner führte. Sontane war eine Kriegerin von großer Anmut und ungeheuren Fähigkeiten, und Aclla vertraute ihr uneingeschränkt. Während Sontane entschied, wie der schlüpfrige Grund am besten zu nehmen war, wo sie den Fuß hinzusetzen hatten, wann sie sich ducken oder springen sollten, konnte Aclla sich über anderes Gedanken machen. Seit sie beide laufen konnten, hatten sie gemeinsam trainiert und waren als Jungfrauenpaar ausgewählt worden, weil sie genetisch perfekt zueinander passten. Ihre Väter waren ausgesucht worden, um für ihre Töchter die gleiche Statur, Kraft und Koordinationsfähigkeit zu gewährleisten. Gerissenheit, Klugheit und Härte konnten dagegen anerzogen werden. Für nahezu fünfhundert Jahre war es so gewesen, und das Heilige Tal war geschützt worden, obwohl die Übel der Zivilisation weit vorgedrungen waren. Inzwischen gab es Schienen und Telegrafenmasten, und jedes Jahr wollten neue Abenteurer nach Vilcabamba gelangen.

Acllas Kriegerinnen bildeten alle perfekte Paare. Dicht hinter ihr liefen Polix und Sepla; sie konnte ihre Schritte hören.

Die Spitze bildeten Orelle und Ilna. Hin und wieder waren ihre Zöpfe und nackten Rücken zwanzig Schritt voraus im Grün des Waldes zu sehen. Sie trugen alle die bronzene Brustplatte des Sonnengottes Inti, einen kurzen Bogen und ein scharfes Schwert, das an den rechten Oberschenkel geschnallt war. Vierzehn Kriegerinnen insgesamt stürmten den Hang entlang, lauter hervorragend ausgebildete, heilige Verteidigerinnen der Inka, die vornehmsten Kriegerinnen, die die Welt je gekannt hatte, die Wächterinnen über die alte Stadt Vilcabamba und ihre Schätze, die Hüterinnen des Inka-Würfels.

Sontane machte einen schnellen Schritt, sprang hoch und landete auf einem Felsüberhang. Sie machte noch einen großen Schritt, griff dann nach einem überhängenden Ast und schwang sich über einen Abgrund. Acllas ahmte jede ihrer Bewegungen nach, ohne darüber nachzudenken. Das Vertrauen zwischen den Jungfrauenpaaren war bedingungslos.

Aclla dachte an den großen weißen Mann mit den leuchtend blauen Augen. Jeden Moment würden sie ihn und seinen Gefährten einholen. Sie war begierig, den Blauäugigen wiederzusehen und ihn zu mustern, wenn auch nur von Weitem. Er fesselte sie auf eine Art, die ihr neu war. Und sie hoffte, dadurch zu begreifen, warum sie in der Nacht nicht einfach seinen Tod befohlen hatte. Es wäre leicht gewesen, den beiden Männern im Schlaf die Kehle durchzuschneiden, doch etwas in ihr hatte sich dagegen gesträubt. Nun wollte sie unbedingt verstehen, was dahintersteckte, und wenn sie den Blauäugigen dafür eigenhändig töten müsste. Es lag nicht daran, dass er ein Ausländer war, denn von denen hatte sie schon viele in ihrem Leben gesehen. Mindestens dreißig Mal war sie nach Cusco und Olleyantambo gegangen und hatte sich unter »zivilisierte« Leute gemischt, wie diese Menschen sich gern nannten. Das gehörte zur Ausbildung, denn es war nötig, seine Feinde zu verstehen. Aber noch nie hatte sie einen Mann wie den Blauäugigen gesehen – wie er plötzlich vor ihr erschienen war, sein zielstrebiger Gang über die Plaza de Armas, seine Kleider und wie ihm der Hut auf dem Kopf saß, dazu dieser entschlossene Gesichtsausdruck. Er hatte etwas an sich, was ihn von allen anderen unterschied, einen wissenden Ausdruck, den Aclla bis dahin nur von der weisesten der Jungfrauenpriesterinnen gekannt hatte.

Vor ihr schnalzte Orelle mit der Zunge, und die Kriegerinnen wussten, was das bedeutete: Sie rannten an den zwei Weißen vorbei. Nicht einen Augenblick zu früh. Das Tal lag tief unter ihnen, und der Wald war sehr dicht, sodass sie vor Blicken geschützt waren und weiterlaufen konnten, um den Großen Redner rechtzeitig zu erreichen.

Aclla konnte die beiden Weißen unten im Tal sehen. Ihre Neugier gewann die Oberhand, und sie spähte bei jeder Gelegenheit zu ihnen hinab. Der Blauäugige hielt einen Stiefel des Hageren in der Hand und schnitt mit seinem Messer Kerben in die Sohle. Er war groß und breitschultrig. Die meisten Forscher, die den Weg in die Anden fanden, waren fade und hager; aber dieser Mann war eine Ausnahme.

Ein Dickicht aus langblättrigen Stauden verstellte ihr einen Moment lang den Blick auf die Fremden. Sontane vollführte einen schwierigen Sprung und drehte sich in der Luft um die eigene Achse, um einem Bambusbusch auszuweichen. Aclla folgte ihrem Beispiel, sprang und drehte sich. Sie landeten beide mit trittsicherer Anmut und preschten weiter hintereinander durch nassen Farn. Rings um sie herum standen krumm gewachsene Bäume voller Moos, und der Erd- und Torfboden unter ihren Füßen fühlte sich weich an. Der

Pfad entlang des Hanges war sehr schmal und mit Hindernissen übersät. Sontane musste ihre ganze Kunst aufbringen, um unbemerkt und schnell voranzukommen.

Vorn erhaschte Aclla einen kurzen Blick auf Orelle und Ilna, die den Hang höher hinaufstiegen, ohne langsamer zu werden. Das Laubwerk war sehr dicht; ständig schlugen ihr nasse Blätter gegen die Haut. Sie genoss es, sich einer so wichtigen Aufgabe zu stellen und unter Zeitdruck zu physischer Höchstleistung aufzulaufen. Es schien, dass ihre gesamte Ausbildung in dieser Situation zum Tragen kam.

Was tun sie im Heiligen Tal?, fragte sie sich.

Unten sah sie wieder den Blauäugigen und seinen Gefährten. Viele Männer hatten sich erträumt, Vilcabamba zu finden, aber keiner war in seine Nähe gelangt, ohne getötet worden zu sein. In jüngster Zeit wurden Eindringlinge allerdings mit dem Saft eines bestimmten Baums betäubt und dann an einen anderen Ort gebracht. Viele Forscher waren zehntausend Schritte entfernt wieder aufgewacht und hatten es nicht einmal bemerkt. Das war der Grund, weshalb die schneebedeckten Berge zwischen dem Apurimac und dem Urubamba auf keiner Karte zu finden waren.

Als Antonio Raimondi 1875 die peruanischen Berge erkundete, wurde er in diesem Tal betäubt und fortgebracht, ohne dass es ihm auffiel. Seine berühmte Karte wies Vilcabamba und die umliegenden Berge, Gletscher und Flüsse daher nicht aus. Diese List hatten sich die Kriegerinnen ausgedacht. Mamacona Kay Pacha hatte Raimondi mit der Giftnadel gestochen und die Verlegung seines kompletten Lagers vom Zelt bis zum Suppenlöffel befohlen.

Nun war es an Aclla, ihrem Beispiel zu folgen und das Heilige Tal vor Eindringlingen zu schützen. Sie hatte recht daran getan, ihre Kriegerinnen aus Cusco zu führen, nachdem sie den Namen Vilcabamba auf dem Zettel an Binghams Tür gelesen hatten.

Es war ihr schwergefallen, Cusco zu verlassen, ohne zu wissen, ob ihre Schwester tot war oder noch lebte. Dies herauszufinden würde warten müssen. Sofern sie noch lebte, würde Vivane verstehen, dass der Schutz des Heiligen Tals über alles ging, und genauso handeln.

Aclla war nur drei Schritte hinter Sontane. Inzwischen war schon die anschwellende Stimme des Großen Redners zu hören, der durch die enge Schlucht brauste und mehr Wasser führte als sonst zur Regenzeit. Es war, als wollte er sie warnen; sie hatte den Fluss noch nie so laut erlebt. Im Blätterwerk tat sich eine weitere Lücke auf, und Aclla konnte die weißen Männer im Tal sehen. Ihr Blick verweilte für einen Augenblick, als würde die Zeit plötzlich stillstehen. Sontane machte zwei kurze Schritte und sprang von einem Felsvorsprung. Doch Aclla, die noch abgelenkt war, kam aus dem Tritt und traf einen lockeren Stein. Sie wusste sofort, dass sie stürzen würde, bekam den Felsen neben sich zu fassen und trat den lockeren Stein aus dem Erdreich, als sie versuchte, das Gleichgewicht wiederzufinden. Dann hing sie mit den Füßen in der Luft.

Es war nicht das erste Mal, dass Aclla beim Lauf durch den Wald aus dem Tritt gekommen war. Einmal war sie mit Sontane plötzlich einem großen Jaguarweibchen mit seinen Jungen begegnet, sodass sie Hals über Kopf hatten fliehen müssen. Nur ihre unglaubliche Schnelligkeit und Technik, die sie von Kindesbeinen an trainierten, hatte ihnen das Leben gerettet. Und jetzt dieses Missgeschick. Aclla spannte sämtliche Muskeln an, sprang von der Steilwand weg, griff nach einem Ast, schwang sich aufwärts und landete auf einem schmalen Erdsims, der kaum so breit war wie sie selbst. Hinter sich hörte sie Steine zu Tal poltern, während sie versuchte, Halt zu gewinnen. Aber das war unmöglich, und so sprang sie an der fast senkrechten Wand hinunter. Sontane hatte den Sturz ihrer Partnerin bemerkt und kehrte um. Sie nahmen Blickkontakt auf. Aclla flog durch die Luft und prallte gegen den Hang; zugleich streckte Sontane, ein Knie auf dem Felsboden, den Arm aus und bekam Acllas Handgelenk zu fassen. Welche Erleichterung für Aclla, die starke Hand zu spüren, während sie keinen Halt mehr unter den Füßen hatte.

Aber sie rutschte in Sontanes Fingern.

Derweil fielen mehr Steine ins Tal hinab. Plötzlich waren Polix und Sepla da, bekamen Aclla zu fassen und zogen sie in Sicherheit. Aber der Schaden war angerichtet. Durch die Bäume konnte sie sehen, wie der Blauäugige zu ihnen heraufspähte. Es war unmöglich zu sagen, was er gesehen hatte. Sicher war jedoch, dass er nun von ihrer Anwesenheit wusste.

17.

Anden, Peru
74 Kilometer nordwestlich von Cusco
Ortszeit: 16.04 Uhr
17. Januar 1908

Über dem grünen Dickicht der Talmündung stiegen Gischtwolken über dem Urubamba auf und blieben zwischen den hohen Felsen gefangen. Wenn man zum Himmel hinaufsah, konnte man die helle Scheibe der Sonne durch den weißen Dunst ausmachen. Wilson und Bingham standen dicht unter der Wolkenschicht. Bei jedem Atemzug spürte Wilson, wie die Feuchtigkeit unangenehm in seine Lungen drang, und er musste sich beherrschen, um nicht zu hyperventilieren.

Das Rauschen des Flusses war jetzt enorm. Selbst Wilson hatte ein flaues Gefühl im Magen angesichts der wilden Wassermassen. Die Hänge des Seitentals wurden auf der Nordseite sehr steil und zerklüftet. Auf der Südseite aber, wo Wilson ihre Verfolger gesehen hatte, war das Gefälle geringer, und er schätzte, dass es relativ einfach wäre, dort ins Tal hinabzusteigen. Über ihren Köpfen lag ein kalter Regenschleier, und der Himmel wurde bereits dunkler, was zu der unheimlichen Atmosphäre des Ortes beitrug.

Bingham hatte seit zehn Minuten kein Wort gesprochen, was erstaunlich war. Die Ausdauer dieses hageren Mannes beeindruckte Wilson, und er musste zugeben, dass der Wissenschaftler recht gut durchhielt. Um Kraft zu sparen, hatte

Bingham sich das Gewehr über die Schulter gehängt, sodass es hin- und herschwang, was ziemlich unbequem sein musste.

Was am anderen Ende des Tales als schmaler Bach begonnen hatte, war zu einem Fluss von sechs Meter Breite geworden. Das Wasser war relativ klar und strömte schnell, wo das Bett steiler wurde. Der Fluss war die einzige echte Barriere, die die nördlichen Felsen vom Waldgebiet im Süden trennte.

»Sagen Sie mir, dass es nicht mehr weit ist.« Bingham stöhnte. »Bitte!«

Kaum hatte er das gesagt, teilte sich das Grün und der Urubamba kam in seiner ganzen beängstigenden Pracht in den Blick. Da kein Blätterwerk mehr sein Tosen dämpfte, war der Lärm ohrenbetäubend. Der Fluss war mindestens dreißig Meter breit, und das andere Ufer verschwand im Dunst. Die wilden Fluten stürzten über ein Gefälle das Tal hinab, als ob sich die Welt zur Seite neigte. Der Fluss war der wildeste, den Wilson je gesehen hatte. Weiße Gischtsäulen stiegen auf, dann wieder gab es langsamere Abschnitte, wo das dunkelbraune Wasser in großer Tiefe zu verschwinden schien. Die Kräfte der Natur traten hier offen zu Tage. Ein Baumstamm schwamm heran und sprang über die schäumenden Stromschnellen. Die Strömung war schneller, als ein Mann rennen konnte. Der Baumstamm verschwand mitsamt dem Wurzelballen in der Tiefe und stieß unter Wasser offenbar gegen ein Hindernis, denn kurz darauf tanzten Holzsplitter, keiner dicker als ein Unterarm, auf dem weiß schäumenden Wasser. Nach der Strömung zu urteilen, lagen große Felsbrocken im Flussbett, die im Lauf von Jahrtausenden in das Tal gestürzt waren. Diesen Fluss zu dieser Jahreszeit durchqueren zu wollen bedeutete den sicheren Tod.

»Was nun?«, fragte Bingham. »Da können wir nicht rüber.«

Wilson zeigte in den Dunst hinauf. »Es gibt eine Brücke.« Zwischen den steilen Felswänden konnte man ein Stück von einer alten Hängebrücke der Inka ausmachen.

Bingham spähte blinzelnd in die gezeigte Richtung. »Dieses alte Ding! Das kann nicht Ihr Ernst sein!«

»Die Kondorbrücke«, sagte Wilson. »Sie hängt dort seit Hunderten von Jahren und hat schon viele Wanderer sicher über den Fluss gebracht.«

Bingham schnaubte. »Sie wollen mich wohl auf den Arm nehmen?«

Wegen der Wolken war es unmöglich zu sehen, wie hoch die Felswände reichten, aber Wilson wusste, dass es um die tausend Meter waren. Die Brücke befand sich jedoch nur gut dreißig Meter über dem Fluss und hing in der Mitte besorgniserregend durch. Die zu Trossen gedrehten Lianen erreichten fast das schäumende Wasser. Dass die Brücke noch existierte, war eine Erleichterung, aber Wilson hielt sich mit einem endgültigen Urteil zurück, bevor er sie näher inspiziert haben würde. Auf der anderen Seite des Urubamba war dichter Urwald, ein sogenannter Nebelwald. Wenn sie es ans andere Ufer schafften, würden sie ein Gebiet von unglaublicher Artenvielfalt betreten, wo mehr Spezies pro Quadratmeter lebten als irgendwo sonst auf der Welt.

Angesichts der Schnelligkeit, die Wilson bei ihren Verfolgern beobachtet hatte, mussten diese sie inzwischen überholt haben und irgendwo lauern, falls sie einen Hinterhalt im Sinn hatten. Doch er konnte niemanden sehen. Konnten die Verfolger den Fluss bereits überquert haben und drüben auf sie warten? Oder war es eine optische Täuschung gewesen, als Wilson meinte, nackte Haut zwischen den Blättern gesehen zu haben? Konnten es Vögel gewesen sein, die sich da bewegt hatten?

»Wir müssen zu der Brücke hinauf«, sagte Wilson und machte sich auf den Weg.

»Auf keinen Fall werde ich den Fluss überqueren!«, protestierte Bingham.

Wilson betrachtete den steilen Hang unterhalb der Brücke. Es gab einige dunkle Felsvorsprünge aus Granit, eingebettet zwischen Lagen aus hellerem Sedimentgestein. Es wäre eine schwierige Kletterei, aber nicht unmöglich. Als sie sich näherten, stießen sie unerwartet auf grobe Stufen, die zweifellos von den alten Inkas stammten. Sie bildeten eindeutig eine Treppe nach oben, die mühelos zu besteigen war.

Die Situation bessert sich, dachte Wilson. Doch im Grunde rechnete er weiter mit einem Hinterhalt und suchte nach Hinweisen, dass kürzlich jemand vor ihnen diesen Weg genommen hatte. Doch es gab weder Fußabdrücke im Morast noch abgebrochene Zweige oder zurückgebogene Blätter, und das weiche Moos war auch nirgends vom Stein gelöst.

Während Wilson die Treppe hinaufstieg, musste er an die Inkas denken, die die Stufen vor vielen hundert Jahren in die Felswand gehauen hatten. In ihrem Reich hatte alles einen Zweck erfüllt, und nichts war dem Zufall überlassen worden. Die Inkas hatten im Einklang mit der sie umgebenden Welt gelebt, mit einem enormen Verständnis der Gestirne und der Jahreszeiten, der Berge und der Regenfälle. Sie waren in vieler Hinsicht eine Hochkultur gewesen. Sie hatten es verstanden, Getreide so anzubauen und zu düngen, dass der Boden nicht auslaugte. Sie hatten die Wirkungen von Stoffen wie Chinin und Kokain gekannt. Ihre Baumeister hatten Terrassen selbst an den steilsten Berghängen geschaffen, sodass sie dort Getreide pflanzen und bewässern konnten. Es war eine Welt des Überflusses gewesen, dank ihres Wissens über Getreide und andere Nahrungsmittel und der Zucht von Lamas und Alpakas. Und mit dem Wissen kamen Könige, die mit einem effektiven Beamtenstand Gesetze und Verwaltungsstrukturen schufen, sodass niemand zu hungern brauchte. Ihr Kommunikationssystem reichte in alle Winkel des Inka-Reiches, das sie durch zwei Geraden, die sich in Cusco kreuzten, in vier Regionen unterteilten. Cusco war für sie der Nabel der Welt. Eine Linie ging von Nordwesten nach Südosten, die andere von Nordosten nach Südwesten. Die nördlichen Regionen erstreckten sich von Ecuador bis Brasilien, die südlichen bis nach Chile. In seiner Blütezeit umfasste das Reich eine Fläche von über zwei Millionen Quadratkilometern und war Heimat von mehreren Millionen Untertanen.

Die Inkas hielten sich für die fortschrittlichsten und vornehmsten Menschen auf der Erde. Andere Zivilisationen waren für sie Wilde. Ihr eigenes Reich war »die Welt« und alles, was sie zu bieten hatte. Die Götter hatten die Inka-Könige auf die Erde gesandt, um auch allen anderen Zivilisation und Kultur zu bringen. Deshalb war es ihre Pflicht, die niederen Völker zu erobern und zu assimilieren. Zu diesem Zweck schufen sie ein Militärwesen, das in Südamerika einzigartig war, und drillten ihre Krieger zu Zehntausenden auf größtmögliche Disziplin. Die kleineren Stämme der Anden wurden absorbiert, und wenn die Eroberten sich nicht unterwarfen, richteten die Inkas unter ihnen ein Blutbad an, bis der Widerstand aufhörte. Die Inkas herrschten rücksichtslos und grausam und forderten unbedingten Gehorsam. Ihr König galt als allmächtig und jede seiner Anweisungen als göttliches Gebot. Wilson schüttelte den Kopf: Welch ein Schock musste es für den König gewesen sein, als ein paar Spanier angeritten kamen und mit Schwertern und knapp hundert Musketen über den Haufen warfen, was die Inkas in Hunderten von Jahren geschaffen hatten. Die Inkas hatten noch nie ein ausgewachsenes Pferd oder eine Rüstung gesehen. Sie ließen sich weismachen, die europäischen Invasoren stammten von Göttern ab, und waren gegenüber den bärtigen Männern zu vertrauensselig. Ein Fehler, der sie alles kostete.

Doch dieser Pfad, den Wilson und Bingham jetzt entlangliefen, war von keinem spanischen Fuß betreten worden. Die Inkas waren vielleicht nicht imstande gewesen, die Invasoren zu besiegen, aber sie hatten Vilcabamba jahrhundertelang im Verborgenen halten können, was eine bemerkenswerte Leistung war.

Diese Felstreppe dürfte von den Läufern benutzt worden sein, die zwischen Cusco und dem Norden Nachrichten überbrachten. Die Stufen waren einmal scharfkantig gewesen, aber der Zahn der Zeit und der unablässige Regen der Sommermonate hatten das ihre getan, und von der einstigen Pracht der Treppe war so wenig übrig wie vom ganzen Inka-Reich: Man sah, dass es existiert hatte, aber es war mit der einstigen Pracht nicht mehr zu vergleichen.

Durch ein Loch im Fels war der tosende Urubamba zu sehen und fesselte Wilsons Aufmerksamkeit. Was für einen furchterregenden Anblick er bot, und wie passend der Lärm war, der damit einherging.

Die Treppe mündete auf eine Terrasse, und der Pfad machte

eine scharfe Kehre um eine etwa sieben Meter hohe Granitwand. Auf der anderen Seite würde man sicherlich zur Hängebrücke gelangen. Ein weißer Dunst hing in der Lücke zwischen den Felswänden, sodass dort nichts weiter zu erkennen war. Das unheilvolle Tosen des Flusses hallte ihnen wie zur Abschreckung entgegen. Für einen Hinterhalt war das der ideale Ort.

Bingham passte nicht auf, wohin er ging, und rempelte Wilson von hinten an. »Verzeihung«, murmelte er. Er schnaufte vor Anstrengung und hatte ein rotes Gesicht. Er war offensichtlich erschöpft. »Ich werde diese Brücke nicht betreten«, sagte er. »Haben Sie sie gesehen? Die besteht aus dürren alten Lianen! Ich meine, es ist Zeit, diesen Unsinn zu beenden und nach Cusco zurückzukehren.« Er deutete mit dem Daumen hinter sich.

Wilson legte ihm eine Hand auf die Schulter. »Man kann die Brücke gefahrlos überqueren, das versichere ich Ihnen.«

In diesem Moment sah Wilson über Binghams Schulter hinweg, wie sich zwischen den hohen Farnbüschen und Gräsern am anderen Ufer des Nebenflusses etwas rührte. Selbst auf die Entfernung war zu erkennen, dass diese Bewegungen nicht vom Wind hervorgerufen wurden. Wilson spähte mit zusammengekniffenen Augen durch den Dunst, um auszumachen, ob dort vielleicht nur ein wilder Eber oder ein anderes Tier einen Weg zum Wasser suchte. Aber plötzlich bewegte es sich an wenigstens fünf Stellen gleichzeitig. Sein Herz machte einen Satz. Wilson duckte sich weg und zog Bingham mit sich in die Hocke.

»Sehen Sie da rüber«, flüsterte er. Doch bis Bingham sich umgedreht hatte, war der Spuk vorbei.

»Was soll denn da sein?« Bingham wischte sich das Regenwasser aus dem Gesicht und strengte die Augen an. »Haben Sie etwas entdeckt?«

Die hohen Gräser und Farnwedel wiegten sich gleichmäßig im sachten Wind, der in das Tal hinabwehte.

»Abwarten und schauen«, flüsterte Wilson.

Die Sekunden verstrichen, aber nichts passierte. Nichts bewegte sich, außer durch den Wind.

»Ich weiß nicht, was Sie entdeckt haben«, brummte Bingham, »aber wenn wir hier hocken bleiben, rauche ich eine Zigarette.« Er schob die Hand in die Jacke, um seinen Tabaksbeutel hervorzuziehen.

Wilson hielt sein Handgelenk fest, um ihn am Aufstehen zu hindern. »Warten Sie doch ab! Die müssen früher oder später zum Vorschein kommen.«

»Sie tun wirklich alles, um mich hier zu halten!« Bingham wollte sich losmachen.

»Jetzt. Sehen Sie«, flüsterte Wilson.

Aus dem Farn tauchten zwei halb nackte Kriegerinnen auf, braunhäutige, athletische Frauen, die kurze Bögen auf dem Rücken und lange Bambusrohre in der Hand trugen. Sie bewegten sich unglaublich schnell. Sie rannten vollkommen synchron, stießen ihr Bambusrohr in den Fluss und schwangen sich daran übers Wasser. Wilson wusste nicht, was ihn mehr erschreckte: die fast nackten Frauen oder ihre immense Schnelligkeit und Gewandtheit. Ehe er so recht begriff, was er sah, erschienen zwei weitere Kriegerinnen aus dem Unterholz und sprangen auf dieselbe mühelose Art über das Wasser.

Bingham staunte mit offenem Mund. »Das kann nicht wahr sein, oder?«

Dann erschien ein drittes Paar.

Jetzt war das ganze Unterholz in Bewegung!

Wilson riss Bingham hoch und zog ihn in den Schutz der Granitwand und dem Tosen des Großen Redners entgegen. »Wir müssen abhauen!«

»Das sind Frauen!« Bingham schien fassungslos. »Haben Sie nicht gesehen? Es sind Frauen!«

Wilson konnte jetzt sicher sein, dass er es mit einem alten Inka-Stamm zu tun hatte, der die spanische Besetzung irgendwie überdauert hatte. Die Frauen waren hervorragend in Form und sehr stark. Er konnte deutlich ihre Muskeln erkennen. Und die Sprünge, mit denen sie übers Wasser setzten, waren olympiareif. Er hatte wenigstens vier Frauenpaare gezählt. Sie wirkten majestätisch, wie Geparden beim Angriff. Er wäre zu gern geblieben, um ihre gesunden, nackten Körper zu betrachten, die nur mit einem ledernen Lendenschurz und einem ihrer Brust angepassten, bronzenen Panzer bedeckt waren. An den Unterarmen trugen sie breite Bronzereifen zum Schutz gegen Verletzungen, und ein kurzes Schwert war an den rechten Oberschenkel geschnallt. Die Kriegerinnen sahen zweifellos gefährlich aus, und ihrer entschlossenen Miene nach zu urteilen, hatten sie es auf Bingham und ihn abgesehen.

Warum hatte in seiner Auftragsbeschreibung nichts von den Kriegerinnen gestanden? Und wenn sie einem alten Inka-Stamm angehörten, konnten sie dann möglicherweise Nachfahren der Sonnenjungfrauen sein? Diese hatten einen eindrucksvollen Tempel in Machu Picchu gehabt. Doch mehr wusste Wilson nicht über sie.

»Die Legenden sind wahr«, murmelte Bingham, als Wilson ihn weiterdrängte. »Das sind Amazonen! Wie Francisco de Orellana behauptet hat.«

Orellana hatte während der 1540er Jahre die Flüsse Perus und Brasiliens erkundet und berichtet, er sei Kriegerinnen von immenser Kraft und Schönheit begegnet. Darum hatte man den Amazonas nach den Kriegerinnen der griechischen Mythologie benannt, die als höchst brutale und geschickte Kämpferinnen galten, Männer als Sklaven hielten, um sich fortzupflanzen, und männliche Neugeborene töteten oder in der Wildnis aussetzten.

»Wir sollten uns nicht mit ihnen anlegen«, sagte Wilson.

Er schob Bingham durch den weißen Dunst auf das Tosen des Urubamba zu. Erst als sie zehn Schritte vom Abgrund entfernt waren, konnte er die zwei dicken Steinsäulen sehen, die einen guten Meter voneinander entfernt standen und mit dicken Lianen umwickelt waren, die die Hängebrücke hielten.

Die Lianen schienen Wilson in einem schlechten Zustand zu sein, aber da er so eine Brücke noch nie aus der Nähe gesehen hatte, konnte er das letztlich nicht beurteilen. Auch am anderen Ufer war die Brücke an zwei Steinsäulen befestigt. Die Brücke selbst bestand aus zwei langen Lianentrossen, zwischen denen ein Geflecht aus Zweigen und Gras befestigt war, das den begehbaren Teil bildete. Zwei dünnere Seile dienten rechts und links als Geländer, sahen aber nicht aus, als könnten sie das Gewicht eines erwachsenen Menschen halten. Die ganze Brücke wirkte durchnässt und hing in der Mitte stark durch, was sie über einen Großteil der Strecke sehr steil machte. Und dicht darunter boten die braun-weißen Stromschnellen des Urubamba einen furchterregenden Anblick.

Zu allem Überfluss schwang die Brücke leicht hin und her, sicherlich durch die Luftbewegung, die das Wasser erzeugte.

»Ich gehe nicht über diese Brücke!«, schrie Bingham. Er zitterte, als er das Gewehr von der Schulter nahm und sich zur dunstverhangenen Felsöffnung umdrehte. »Ich gehe das Risiko ein und stelle mich lieber den Frauen.« Er lud sein Gewehr durch.

»Sie wird halten.« Wilson hob gleichfalls die Stimme, um gegen das laute Tosen des Wassers anzukommen. »Wir haben keine andere Wahl.«

»Doch«, widersprach Bingham resolut. »Ich bleibe hier und kämpfe!«

18.

Anden, Peru
74 Kilometer nordwestlich von Cusco
Ortszeit: 17.10 Uhr
17. Januar 1908

»Bereitet die Pfeile vor!«, rief Sontane, während sie, ohne innezuhalten, ihren Bogen von der Schulter nahm. Aclla folgte ihrem Beispiel, als sie beide die letzten Stufen zu der Felsöffnung hinaufrannten, die zur Brücke des Kondors führte.

Sie waren außer Atem, überhitzt und schweißüberströmt. Seit zwei Stunden rannten sie nun schon in vollem Tempo, ohne anzuhalten.

Aclla sah bereits ihre schlimmste Befürchtung wahr werden. Wenn die weißen Männer die Hängebrücke überquerten, hätte sie versagt. Es wäre das erste Mal, dass Fremde das heilige Gebiet betraten, und sie wäre schuld daran. Jeder wusste, dass es eines Tages dazu kommen und die vordringenden Europäer die Verteidigungsanlagen der Sonnenjungfrauen überwinden würden. Aclla betete jedoch, dass es nicht schon jetzt so weit sein möge. Sie hatte zu hart gearbeitet und gelernt, als dass dies der Augenblick sein durfte, der die Verlegung des Inka-Würfels und die Flucht der Sonnenjungfrauen ins Amazonastal einleitete. Seit über fünfhundert Jahren war der Würfel sicher verwahrt gewesen, und jetzt war er in Gefahr, genau wie damals, als Vizekönig Toledo sein Heer auf der Suche nach Prinz Titu Cusi durch dieses Tal marschieren lassen wollte. Die Bedrohung war durch das rücksichtslose und listige Vorgehen der Kriegerinnen abgewendet worden. Während fünf mondloser Nächte hatten sie den Spaniern im Schlaf die Kehle durchgeschnitten. Jeden fünften brachten sie um; die übrigen verbreiteten die Geschichte, dass im Heiligen Tal die Geister der Inka-Könige umgingen. Und so kam es, dass der Vizekönig mit seinen Soldaten von dort abzog.

Dies ist nicht der Tag, an dem das Tal entweiht wird, beschloss Aclla für sich.

»Wenn wir bei der Verteidigung des Würfels sterben, ist es ein höchst würdiger Tod«, hatte Mamacona Kay Pacha sie gelehrt. »Der Würfel darf niemals in die Hände der Menschen gelangen. Seine Macht ist zu groß.«

Atemlos sprang Aclla die letzten Stufen hinauf und stand dann neben Sontane auf dem Felsplateau. Sekunden nach ihr trafen Orelle und Ilna ein. Auf dem Sims unterhalb des Plateaus kauerten Polix und Sepla und öffneten den kleinen Flaschenkürbis, in dem zwei lebendige, leuchtend blauschwarz gefleckte Frösche saßen. Sie waren an die Innenseite des Deckels gebunden. Bis Polix den offenen Kürbis an Ilna weitergereicht hatte, hatten alle vier Kriegerinnen einen Pfeil aus den Köchern auf ihren Rücken gezogen. Sie strichen mit der Spitze über den Rücken eines Frosches und achteten darauf, dass sie nicht mit dem Schweiß der Tiere in Berührung kamen, um eine Reizungen und Schwellungen zu vermeiden.

»Wir müssen schnell sein«, flüsterte Aclla. »Sie haben ein Gewehr, einen Springfield-Karabiner. Sie dürfen auf keinen Fall in den Nebelwald gelangen. Ihr alle wisst, welche Folgen das hätte.«

Die vier legten die Stirnen aneinander und schlossen die Augen. Fünf Sekunden lang verharrten sie so und konzentrierten sich, um eins zu werden, wie Mamacona Kay Pacha es sie gelehrt hatte. Ihr Puls und ihre Atmung gingen nun synchron. »Möge Inti euch beschützen«, sagte Aclla im Chor mit den anderen.

Die vier öffneten die Augen und sprangen auf. Sie legten die vergifteten Pfeile auf und spannten die Bögen. Schon der geringste Hautritzer durch einen Pfeil führte innerhalb von fünf Minuten zum Tod. Bei einer Verletzung in der Nähe einer Arterie würde der Tod innerhalb von fünf Atemzügen eintreten.

»Dies ist nicht der Tag«, flüsterte Aclla.

Die anderen drei flüsterten dasselbe.

Dann rannten sie mit voller Geschwindigkeit und schussbereitem Bogen durch den weißen Dunst und brachen aus ihm hervor, als die weißen Männer plötzlich in den Blick kamen. Mit einem Schrei schossen sie ihre tödlichen Pfeile auf ihr Ziel ab.

19.

Anden, Peru
Hiram-Bingham-Express
72 Kilometer nordwestlich von Cusco
Ortszeit: 16.30 Uhr
17. Januar 2014

Der Regen schien nachzulassen, als die Diesellok eine Kehre fuhr und auf den letzten Streckenabschnitt einbog, der zum Flussbecken hinabführte. Helena war auf die Unterhaltung mit Don Eravisto konzentriert, aber es war unmöglich, nicht zu bemerken, dass der Zug erneut die Richtung wechselte. Zum ersten Mal seit fünfzehn Kilometern fuhren sie in der Horizontalen, und durch die geschlossenen Fenster war jetzt das Tosen des Urubamba zu hören, das dem aufs Dach prasselnden Regen lautstark Konkurrenz machte.

»Was hat Sie nach Peru geführt?«, fragte Don Eravisto.

Wilsons Gesicht erschien vor ihrem inneren Auge. »Seit ich klein war, habe ich Machu Picchu sehen wollen. Es tat sich eine Lücke im Terminkalender auf, und da bin ich.« Helena trank einen Schluck heißen Tee. »Und warum sind Sie hier, wenn ich fragen darf? Haben Sie etwas zu feiern?«

Don Eravisto rang sich ein Lächeln ab. »Ich habe Machu Picchu im Lauf der Jahre schon unzählige Male besucht.« Er hob den Blick zur Decke und griff durch den Stoff seines Oberhemds an ein kleines Kreuz. »Es ist meine größte Freude, dorthin zu reisen, gelobt sei der Herr! Wissen Sie, ich bin Geschäftsmann und lebe in Lima, und diese Zugfahrt ist für mich gewissermaßen zur Pilgerfahrt geworden.«

»Zur Pilgerfahrt?«

Don Eravisto nickte. »Machu Picchu ist ein spiritueller Ort. Wenn ich die alte Zitadelle des Sonnengottes Inti betrete, bin ich eins mit mir selbst.« Die Erwähnung des Sonnengottes stand in eigentümlichem Widerspruch zu dem Kreuz an seiner Kette.

»Dann überrascht es mich, dass Sie in so großer Gesellschaft reisen«, bemerkte Helena. »Ehrlich gesagt sieht es wie eine Vergnügungs- und nicht wie eine Pilgerfahrt aus.«

»Je mehr Menschen ich um mich habe, desto heiterer bin ich«, erwiderte er. »Ein Mann in meiner Position tut selten etwas allein. Ich habe Tausende Arbeiter in Peru und im übrigen Südamerika. Das bringt eine Pflicht zu teilen mit sich. Das entspricht unserer Lebensart. Familie ist sehr wichtig, ebenso die Freunde, die uns am Herzen liegen. Wir müssen Erfahrungen teilen.« Er schwieg einen Moment. »Werden Sie oben im Hotel absteigen?«

Zu lügen würde nichts einbringen, befand Helena. Jeder vom Zugpersonal würde ihrem Gesprächspartner sagen können, welches Arrangement sie getroffen hatte. »Ja, ich habe vor, dort oben zu wandern und mir die Ruinen anzusehen.«

»Es gibt viele tückische Wege in der Gegend«, sagte Don Eravisto. »Manche führen an tausend Meter tiefen Schluchten entlang. Es ist eine Ehrfurcht einflößende Landschaft, und man muss ständig seine fünf Sinne beisammenhaben.« Er warf einen Blick auf Chad, die am Tisch gegenüber saß. »Aber mir scheint, Sie sind in guten Händen.«

Don Eravisto drehte sich um und deutete auf einen der jüngeren Männer seiner Reisegesellschaft, einen gutaussehenden

Gentleman im grauen Anzug und mit schwarzer Krawatte. »Das ist mein Sohn Daniel. Seine Mutter war Amerikanerin, meine zweite Frau.« Helena sah ihm an, dass er mächtig stolz war. »Wenn Sie irgendetwas brauchen, stehen wir beide zu Ihrer Verfügung, ganz gleich, was es ist.«

Daniel fing Helenas Blick auf und nickte ihr zu, als hätte er jedes Wort gehört. Er sah aus wie Mitte dreißig und trug die glatten schwarzen Haare genauso mit Gel zurückgekämmt wie sein Vater. Seine Haut war heller, und seine nachdenklichen Augen lagen tief in den Höhlen. Er kratzte sich immer wieder an der Nase, was vermutlich am Kokain lag. Er saß zwischen zwei jungen Frauen von unverfälschter Schönheit. Vermutlich waren sie in irgendeinem Dorf im Umland aufgelesen worden; das schloss Helena jedenfalls aus ihren schüchternen Blicken und ihrem ungelenken Benehmen.

»Ich werde es Sie wissen lassen«, sagte Helena. »Haben Sie hier schon einmal so schreckliches Wetter gehabt?«, fragte sie mit einer Geste zum Fenster.

»Bisher war der Himmel selten so düster«, antwortete Don Eravisto. »Der Steinschlag auf der Strecke kam unerwartet, aber so etwas ist schon vorgekommen.« Er holte tief Luft. »Der Geruch des Waldes nach einem schweren Sommerregen ist berauschend, finden Sie nicht? Die Flüsse werden zu brüllenden Monstren, die sich aufbäumen, wenn man sich ihnen nähert. Sie sind so mächtig, dass man eine Gänsehaut bekommt. Das ist einer der Gründe, weshalb der Sommer meine bevorzugte Reisezeit ist, um in die Berge zu fahren. Und es sind dann nicht so viele Touristen dort.«

Helena hatte genug von dem Smalltalk und wollte zum Thema zurückkehren. »Sie haben erwähnt, dass Bingham einmal in der Gleisbauhütte übernachtet hat.«

»Das waren finstere Zeiten.« Don Eravisto schüttelte den Kopf. Unerwartet zeigte er auf Helenas Begleiter und sagte: »Ich kann nur unter vier Augen darüber sprechen. Ich hoffe, Sie verstehen das.«

Helena verstand das nicht im Geringsten, bat aber Chad und Pablo höflich, in die nächste Sitznische zu wechseln. Pablo war von ihrem Gesprächspartner sichtlich eingeschüchtert, was das Unbehagen, das sich in ihrem Bauch bemerkbar machte, noch vergrößerte. Chad wurde ebenfalls nervös.

»Das waren in der Tat finstere Zeiten«, sagte Don Eravisto noch einmal, nahm sich eine Hand voll Cashewkerne und schüttelte sie in der geschlossenen Faust, bevor er sie sich in den Mund warf. Er kaute noch, als er fortfuhr. »Es regnete genauso stark wie heute, als Bingham dort die Nacht verbrachte. Was für ein Zufall!«

»War er allein unterwegs?«, fragte Helena.

Don Eravisto schien nachzudenken. »Er hatte Gesellschaft, so viel ist sicher. Damals wagte sich keiner allein in diese Gegend, unkartiert und wild, wie sie war. Diese Berge wurden noch von alten Indianerstämmen gehalten, besonders im Westen Richtung Amazonas. Angeblich ermordeten sie Fremde und machten Schrumpfköpfe aus ihnen, die sie sich als Schmuck umhängten. Wie das Schicksal es wollte, schliefen Bingham und seine Begleitung in der Hütte, während ihre Esel losgebunden und weggeführt wurden.«

»Von wem?«

Don Eravisto wurde sehr ernst. »Das hier war einmal ein heiliges Tal, Señorita. Die Indianer, die es schützten, stahlen die Lasttiere und verstümmelten sie – ein grausamer Anblick war das.« Don Eravisto warf sich eine weitere Hand voll

Cashewkerne in den Mund. »Ich habe mir sagen lassen, dass es das Grausamste war, was Bingham je erlebt hat.«

»Wie entsetzlich!« Helena schüttelte den Kopf.

Don Eravisto deutete auf ihr iPad. »Das werden Sie in Ihrem Buch nicht zu lesen bekommen! Bingham wollte niemanden beleidigen, als er seinen Bericht veröffentlichte. Selektive Geschichtsschreibung nenne ich das. Wie schon gesagt, es waren finstere Zeiten. Die Indianer und ebenso die Geistlichkeit haben beschlossen, vieles zu vergessen, was damals passierte. Binghams Besuch dieser Stätte fiel zeitlich mit der letzten Kreuzigung in Südamerika zusammen, die in Cusco stattfand.«

»Es gab eine Kreuzigung?«, fragte Helena überrascht.

»Drei Tage bevor Bingham in dieses Tal entkam«, sagte Don Eravisto, was für Helena sonderbar klang. »Kaum jemand weiß davon. Nun, die Kirche hat es exzellent verstanden, die Vorfälle geheim zu halten. Feigheit nenne ich das. Ein Soldat namens Corsell Santillana wurde damals gekreuzigt und an den Glockenturm der Kathedrale gehängt.«

»Und woher wissen Sie das alles?«, fragte Helena.

Don Eravisto lächelte. »Das Wissen wurde vom Vater an den Sohn weitergegeben. So läuft das in diesem Land. Wir haben Kultur, etwas ganz anderes als die gestörten Rituale, die Sie in den Vereinigten Staaten haben.«

Die Arroganz, die in seiner Stimme mitschwang, überraschte Helena. »Und warum wurde der Soldat gekreuzigt?«

Don Eravisto senkte den Blick. »Es heißt, er war vom Teufel besessen.«

»Wann war das?«

»Es war im Jahre des Herrn 1908.«

»Wissen Sie das genaue Datum?«

»Es war mitten in der Regenzeit, so wie jetzt, aber mehr kann ich nicht sagen.« Es entstand eine lange Pause, bevor Don Eravisto fortfuhr. »Viele glauben, dass die Kreuzigung in Cusco und Binghams Wanderung in das heilige Inka-Tal zusammenhingen.«

»Wie kommen Sie darauf?«, fragte Helena.

»Das ist nicht meine Schlussfolgerung, Señorita. So wurde es mir erzählt. Auf Anweisung von Bischof Francisco, der die Kreuzigung von Corsell Santillana befohlen hatte, wurde ein Trupp Soldaten ausgeschickt, um Bingham und alle, die bei ihm waren, festzunehmen. Ihre Verhaftung hatte für den Bischof höchste Priorität.«

»Wen hatte Bingham bei sich?«

Don Eravisto sah sie an. »Sie kennen die Antwort bereits, Señorita. Warum wären Sie sonst hier?«

»Ich verstehe nicht, was Sie meinen, Señor.«

»Sie brauchen sich nicht zu zieren.«

»Ich verstehe absolut nicht.«

Don Eravisto lächelte gewinnend. »Wie es scheint, hat mich dieser bedeutungsvolle Augenblick überwältigt und meine Manieren vergessen lassen«, sagte er sarkastisch. »Ich habe sehr lange auf diesen Tag gewartet.« Helena sah seine Halsschlagader schneller pochen und spürte, wie viel Kraft es ihn kostete, sich zu beherrschen.

»Warum sprechen Sie plötzlich in Rätseln?«, fragte Helena. »Wenn Sie mir etwas sagen möchten, tun Sie es doch.«

»Wilson Dowling ist der Grund, warum Sie hier sind.«

Helena war sprachlos.

Don Eravisto ballte die Fäuste. »Seit fast zwei Jahren fahre ich in der Regenzeit täglich mit diesem Zug. Mir wurde gesagt, Sie seien schön, und das ist nicht übertrieben, wie ich nun weiß. Sie hatten in der Hütte eine Vision«, fügte er flüsternd hinzu. »Eine klare Vision von Wilson Dowling, der so realistisch vor Ihnen gesessen hat wie ich jetzt. Bemerkenswert, nicht wahr?«

»Meinen Sie das ernst?«, fragte Helena.

»Sie bestreiten es?«

Sie sah genau, wie es ihn freute, dass er Bescheid wusste. »Sie haben Wilson Dowling gesehen. Das weiß ich ganz sicher!«

»Was immer Sie zu wissen glauben, Señor, es ist bloß ein Bruchteil der Wahrheit.« Helena war nicht gewillt, Unsicherheit oder Schwäche zu zeigen. Beides konnte sie sich nicht leisten, denn vor ihr saß ein Mann, der von ihrer Verbindung mit Wilson wusste, so unglaublich das auch erscheinen mochte. Helena trank von ihrem Tee, der nur noch lauwarm war. »Ihnen ist klar, dass ich Sie erwartet habe, oder?«

Don Eravisto blickte ihr tief in die Augen. »Schon möglich.« Er hob die Hand und schnippte nach dem Kellner, der am Ende des Ganges stand. »Bringen Sie mir Zigaretten und einen Aschenbecher.«

»Mir wäre es lieber, wenn Sie nicht rauchen«, sagte Helena.

Don Eravisto öffnete ruhig den zweiten Knopf seines Jacketts. »Auf keinen Fall möchte ich Ihnen Unbehagen bereiten.« Er griff hinein, zog einen Revolver und zielte auf Helenas Brust.

Der glänzende Colt .45 sorgte um sie herum für hektische Bewegungen, Laute der Verblüffung und spitze Schreie. Einige Passagiere sprangen auf, andere duckten sich zwischen die Sitze.

Chad zog ihre Pistole. »Lassen Sie die Waffe fallen!«, rief sie.

Am anderen Ende des Wagens zogen mindestens fünf von Don Eravistos Männern diverse Waffen vom schlichten Revolver bis zur MP5. »Lassen Sie die Waffe fallen!«, verlangten sie gleichfalls und zielten auf Chad.

Pablo warf sich wie die übrigen Reisenden und das Zugpersonal zu Boden. »Gelobt sei Jesus Christus, mein heiliger Beschützer«, murmelte er.

Währenddessen saßen Don Eravisto und Helena einander gegenüber, blickten sich in die Augen und verzogen keine Miene. Helena zeigte keine Spur von Angst. Sie blieb vollkommen ruhig, runzelte nicht einmal die Stirn.

Langsam hob sie die Hand, worauf einen Moment lang Ruhe einkehrte. »Stecken Sie die Waffe weg, Chad«, sagte sie und hörte hinter sich Chads erregten Atem. »Ich habe die Situation unter Kontrolle.«

»Das kann nicht Ihr Ernst sein«, entgegnete Chad, die den Lauf zwischen den fünf Bewaffneten am hintersten Tisch hin und her schwenkte. Von ihrem Platz aus konnte sie nicht auf Don Eravisto schießen.

Helena legte den Arm auf die Rückenlehne der Sitzbank und drehte sich zu ihrer Leibwächterin um; Chad hatte die Farbe verloren, auch ihre Lippen waren blass. »Wenn er mich erschießen wollte, hätte er schon abgedrückt«, sagte Helena ruhig.

Es dauerte einen Moment, bis Chad sich entschließen konnte, die Waffe wegzustecken.

»Ihre Männer bleiben, wo sie sind«, sagte Helena zu Don Eravisto.

»Bringen Sie mir Zigaretten!«, rief Don Eravisto.

»Sie dürfen hier nicht rauchen«, beharrte Helena.

»Ich tue, was ich will!«

Sie schüttelte den Kopf. »Dachten Sie wirklich, ich komme ohne Schutz hierher? Mit meinen Verbindungen zur Vergangenheit weiß ich mehr, als Sie jemals wissen werden!«

Don Eravisto runzelte die Stirn.

»Sie haben es mit Kräften zu tun, die Ihr Verständnis übersteigen, Señor. Ich habe Sie ebenso erwartet, wie Sie mich. Ich weiß, was passieren wird und warum. Und darum werden Sie genau das tun, was ich sage.«

Don Eravisto sah sie mit unnachgiebiger Miene an.

»Sie werden Ihre Waffe wegstecken, und Ihre Männer werden das Gleiche tun.« Helena langte über den Tisch und drückte mit dem Zeigefinger seinen Revolver weg. »Es gibt vieles zu besprechen; da ist Ihre Waffe nicht erforderlich.«

20.

Anden, Peru
74 Kilometer nordwestlich von Cusco
Ortszeit: 17.13 Uhr
17. Januar 1908

Aclla verfolgte mühelos, wie die vier Pfeile ihrem Ziel entgegenflogen. Die zwei weißen Männer waren bis zur Mitte der Brücke gelangt, ungefähr vierzig Schritt von ihr entfernt. Der Blauäugige trug den Hageren auf den Schultern, hielt ihn mit der einen Hand an den Armen, mit der anderen an einem Bein gepackt. Der Kopf des Hageren baumelte hin und her, als ob der Mann entweder tot oder bewusstlos wäre. Der Blauäugige rannte so schnell, dass er auf den Handlauf aus Lianen nicht angewiesen war. Geschickt hielt er das Gleichgewicht und glich die Schwankungen der Brücke aus.

Aclla und ihre Kriegerinnen standen, den ungespannten Bogen in der Hand, zu viert nebeneinander am Rand der Schlucht und beobachteten das außergewöhnliche Schauspiel. Es war keine Zeit zum Reden, aber sie waren eins und dachten dasselbe. *Wie kann sich dieser Mann so schnell und so kraftvoll bewegen?* Solche Stärke hatten die Sonnenjungfrauen noch nicht gesehen. Und sie wussten, dass sie Zeuginnen ungewöhnlicher Tüchtigkeit wurden, die sie selbst trotz genetischer Auslese und strengem Drill nicht erreichten.

Während die Pfeile durch den Regen auf den Blauäugigen

zuschossen, krümmte sich Aclla innerlich zusammen bei dem Gedanken, wie sich die vergifteten Spitzen in sein Fleisch bohren würden. Die Aussicht, einen Mann von solcher Kraft und Anmut zu töten, kam ihr verabscheuungswürdig vor. Nachdem sie gesehen hatte, wozu er in der Lage war, wollte auch sie über diese Fähigkeiten verfügen, und falls dies nicht möglich war, wollte sie sie ihren Nachfahren mitgeben.

Die vier Pfeile schossen durch den Dunst. Der Blauäugige sprang noch einmal vorwärts – seine Kraft widersprach aller Logik – und erreichte den tiefsten Punkt der Brücke, wo er mit dem schwierigen Aufstieg zur anderen Seite begann. Die drei Kriegerinnen neben Aclla zogen synchron die Bogensehne zurück, Aclla jedoch nicht. Sie wusste, dass wenigstens einer der Pfeile treffen würde. Sie hatte höher gezielt als die anderen.

Drei Pfeile verfehlten ihr Ziel um eine Handspanne, aber Acllas Geschoss traf den Blauäugigen am linken Oberschenkel und steckte nun im dicken, wasserdichten Stoff seiner Hose. Der Mann fuhr erschrocken zusammen und griff sich ans Bein, während er den Hageren mit dem anderen Arm festhielt. Offenbar war ihm die Pfeilspitze ins Fleisch gedrungen. Jetzt würde das Gift sein Werk verrichten.

Allerdings behielt der Blauäugige seine Geschwindigkeit bei und stieg weiter zum anderen Ufer hinauf. Sein Gleichgewichtssinn war durch das Gift sichtlich gestört, und Acllas Gefährtinnen senkten den Bogen.

Möge Inti dich erlösen, sagte Aclla im Geiste, und die vier Frauen schlossen kurz die Augen, wodurch sie ihre mentale Einheit auflösten. Aclla war gelehrt worden, die geistige Verbindung immer möglichst kurz aufrechtzuerhalten, denn Kriegerinnen, die mental schwächer waren, konnten davon wahnsinnig werden. Das Gefühl von Verlust und Trauer, das mit der geistigen Trennung einherging, setzte sofort ein, und Aclla spannte ihren Körper an, um sich dagegen zu wappnen.

»Du hast eine Schwäche für den Blauäugigen; das solltest du nicht«, sagte Ilna.

»Er ist unser Feind, aber du findest ihn schön«, fügte Orelle hinzu.

»Es war mein Pfeil, der ihn fällte«, erwiderte Aclla streng. »Keiner von euren. Ich habe mich von meinen Gefühlen nicht beeinflussen lassen, und sein Tod ist nun gewiss.«

Inzwischen gelangte der Blauäugige auf die andere Seite der Schlucht und stieg ungeschickt auf den Felssims. Offensichtlich war ihm schwindelig. Er ging auf ein Knie nieder und riss sich den Pfeil aus dem Bein. So behutsam, wie es ihm möglich war, ließ er den Hageren von seinen Schultern auf den Boden sinken und drehte seinen Oberkörper, um die Wunde zu betrachten.

»Er ist ein bemerkenswerter Mann«, sagte Sontane. »Wir sind heute alle Zeuge seiner unglaublichen Kraft geworden. Dergleichen haben wir zuvor noch nicht gesehen.«

Orelle nickte. »Dass er noch immer atmet, ist ein weiterer Beweis seiner Kraft.«

»Wir sollten seine Leiche zu Mamacona Hurin Pacha bringen«, sagte Ilna. »Damit sie sie untersuchen kann.«

Beim Gedanken an den leblosen Körper des Blauäugigen spürte Aclla einen Stich des Bedauerns. Es war ihr Pfeil, der ihn getroffen hatte. Dann holte sie tief Luft und besann sich auf ihre Entschlossenheit. »Es war meine Pflicht, ihn zu töten! Kommt, wir müssen den Fluss überqueren. Bis wir drüben sind, wird er gewiss tot sein.«

Es war beachtlich, wie lange der Blauäugige mit dem Gift im Leib weiterlebte. Aclla hängte sich den Bogen über die Schulter und betrat die Hängebrücke, die Augen auf die Fußspuren gerichtet, die der Fremde hinterlassen hatte. Seine Schrittlänge war erstaunlich. Sie schaute zum Felssims hinüber. Der Mann war jetzt auf beide Knie gesunken und hielt sich die Schläfen. Er schrie offenbar, aber durch das Rauschen des Wassers war nichts zu hören. Der Tod würde gleich eintreten, das war sicher.

Beide Hände am Handlauf, konzentrierte sich Aclla auf ihre Schritte, um auf dem schlüpfrigen Untergrund nicht auszugleiten. Sie ließ sich weder von dem Tosen unter ihr noch von der heraufspritzenden Gischt ablenken.

»Niemand wird heute ins Tal eindringen!«, rief Aclla gegen das Tosen an. »Nicht heute!« Sie hatte ihre Pflicht erfüllt. »Wir werden einmal mehr als Heldinnen im Dorf empfangen werden.«

Die vier Kriegerinnen näherten sich der Brückenmitte. Gleich begann der schwierige Aufstieg zur anderen Seite. Mit jedem Schritt waren die beiden Fremden besser zu erkennen. Der Blauäugige lag jetzt auf dem Rücken. Der Hagere, den er getragen hatte, hatte sich noch immer nicht bewegt. Aclla blickte zu den Stromschnellen hinab, die nur zehn Meter unter ihr schäumten. Es war ein furchterregender Anblick, die Kräfte Pariacacas so machtvoll am Werk zu sehen. Er war der Herr der Stürme und der Flüsse; er war als Falke geboren worden und später zum Menschen geworden. Und hier sah sie seine Krallen aus dem strömenden Wasser tauchen, um zuzugreifen und jeden hinabzuziehen, der so töricht war, sich nah heranzuwagen.

Aclla machte den ersten Aufwärtsschritt. Ihr Herz war

schwer, wenn sie an den Tod des Blauäugigen dachte. Doch als sie hinaufspähte, sah sie ihn aufrecht dastehen. In der Hand hielt er ein Messer, mit dem er mühelos eine der Lianen, die als Geländer diente, durchschnitt, sodass sie Aclla aus der Hand schnellte. Die Kriegerinnen hatten Mühe, das Gleichgewicht zu halten, und griffen nach dem anderen Geländer.

Es war keine Zeit zu fragen, wieso der Blauäugige noch lebte. Alle vier blieben stehen und überlegten, ob sie weiter- oder zurücklaufen sollten. Oder sollten sie auf ihn schießen? Die Brücke schwankte unter ihrem Gewicht, und es war fraglich, ob sie sicher genug stehen könnten, um einen Pfeil abzugeben.

Aclla begegnete zum zweiten Mal dem Blick des Blauäugigen, wie schon auf der Plaza de Armas. Seine Miene war wie aus Stahl, sein Blick ruhig. Es war offensichtlich, dass er auch noch die zweite Liane durchschneiden würde. Ein Hieb seiner Klinge, und Aclla würde mit ihren drei treuen Kriegerinnen sterben.

21.

Anden, Peru
74 Kilometer nordwestlich von Cusco
Ortszeit: 17.15 Uhr
17. Januar 1908

Wilson spürte, wie sich von seiner Brustmitte ein Gefühl der Wärme bis in die Fingerspitzen und Zehen ausbreitete – die Wirkung seines Omega-Befehls, der ihn gerade vor einem qualvollen Tod bewahrt hatte. Er näherte die Klinge der Liane, die um die Steinsäule gewickelt war. Wenn die Kriegerinnen noch einen Schritt vorwärtsgingen oder nach ihrem Bogen griffen, wäre er gezwungen, sie in den Tod stürzen zu lassen. Als er der Anführerin in die Augen sah, erinnerte er sich, wo er diese ungewöhnlichen hellbraunen Augen schon einmal gesehen hatte. Es war die Frau von der Plaza de Armas, die ihn unter der Kapuze heraus beobachtet hatte. Aus irgendeinem Grund hatten sich ihm ihre Augen ins Gedächtnis eingebrannt.

Schon der erste Blickkontakt hatte ihm den Atem geraubt, und die Frau jetzt unverhüllt in ihrer ganzen Schönheit zu sehen, überstieg seine Erwartungen. Ihre Haare waren dick und schwarz und zu einem Zopf geflochten, ihre Gesichtszüge markant und ebenmäßig, die Augenbrauen perfekt geschwungen. Sie trug eine Miene grimmiger Entschlossenheit und schien ihn ebenfalls erkannt zu haben. Solch eine Frau hatte Wilson noch nie gesehen. Sie hatte geschmeidige braune

Haut, pralle Brüste, muskulöse Oberschenkel und bot mit dem bronzenen Brustpanzer, den breiten Armschienen, Lederschurz und Schwert einen eindrucksvollen Anblick. Es war verständlich, wenn sich ihre Gegner dadurch leicht ablenken ließen. Doch die anderen drei Kriegerinnen waren genauso beeindruckend, und dass sie jetzt auf der schwankenden Brücke ums Gleichgewicht kämpften, tat ihrer Schönheit keinen Abbruch.

Neben Wilson regte sich Bingham auf dem nassen Felsboden und stöhnte. »Oh, mein Kopf.« Langsam öffnete er die Augen und sah sich um. »Was ist passiert?« Er machte Anstalten, nach seinem Gewehr zu greifen, und tastete um sich. Währenddessen versuchte er, sich darüber klar zu werden, was passiert war.

Wilson blieb völlig auf die Anführerin konzentriert, die mit ihren Gefährtinnen auf der schwankenden Brücke stand. Unter ihnen rauschte der Urubamba mit einer Lautstärke vorbei, die an den Nerven zerrte.

Bingham setzte sich auf, dann sah er die Hängebrücke. »Ich gehe nicht über diesen Fluss!«, sagte er wütend und rieb sich die Augen wie ein Kind nach dem Mittagsschlaf. »Wo ist mein Gewehr?«, fragte er dann erschrocken.

Wilson setzte die Klinge an die Liane, dann zeigte er über die Köpfe der Frauen hinweg zum anderen Ufer – eine klare Aufforderung, sich zurückzuziehen, sonst würde er das zweite Geländer kappen.

»Wir werden von zwei Seiten angegriffen!«, klagte Bingham.

»Keine Sorge«, erwiderte Wilson in beruhigendem Ton. »Wir sind hier sicher.«

Bingham drehte sich nach allen Seiten, um sich zu orientieren. »Wie kommen die auf die Brücke?« Er sah vollkommen verwirrt aus. »Wo sind wir denn eigentlich?«

Ohne die Amazonen aus den Augen zu lassen, antwortete Wilson: »Wir haben den Fluss überquert und sind am Nordufer.«

»Wie haben wir das denn geschafft?« Bingham hielt das Gesicht in den Regen, um einen klaren Kopf zu bekommen. »Und wo ist mein Gewehr?«

»Das liegt noch drüben«, sagte Wilson. »Ich musste Sie tragen.«

»Sie haben es liegen lassen?«

»Ein schlichtes Danke würde mir genügen.«

»Wie konnten Sie mir das antun?«

»Wenn Sie geblieben wären, um zu kämpfen, wären Sie jetzt tot.«

Bingham kam vom Boden hoch. »Das sind die Kriegerinnen, die uns gejagt haben? Die meine Esel getötet haben?«

»Genau die.«

»Sie wirken auf mich gar nicht so brutal«, brummte Bingham. »Jedenfalls nicht von hier aus. Aber sie sind außergewöhnlich, nicht wahr? Allein die Größe ... sie müssen mindestens einen Meter achtzig groß sein.« Er drehte den Kopf zu Wilson. »Kein Mensch wird mir glauben, wenn ich erzähle, dass ich in den Anden Amazonen gesehen habe.« Ein Lächeln hellte seine Miene auf. »Alle werden denken, ich sei verrückt geworden. So entstehen Legenden, wissen Sie.«

»Vielleicht sind Sie ja verrückt geworden«, entgegnete Wilson. »Das ist nicht auszuschließen.«

Binghams Miene verhärtete sich. »Ich kaufe Ihnen keine Sekunde ab, dass Sie mich über die Brücke getragen haben. Das ist einfach unmöglich!«

»Wie gesagt, vielleicht haben Sie Ihren Verstand schon eingebüßt.«

Inzwischen wichen die vier Verfolgerinnen einen vorsichtigen Schritt nach dem anderen zurück auf der durchhängenden Brücke Richtung Südufer. Mit nur einem Geländer war es gefährlich, denn die Brücke schwang unter dem Gewicht der Frauen und den Luftwirbeln über dem Wasser hin und her.

»Sie haben eine Wunde am Bein«, stellte Bingham fest und deutete auf den Blutfleck auf Wilsons Hose. Dann sah er den Pfeil auf dem Boden liegen. »Die haben mit Pfeilen auf uns geschossen? Diese hinterhältigen Biester. Kappen Sie die Liane, und lassen Sie die Eselquäler in den Fluss stürzen, sage ich!« Bingham griff nach dem Pfeil.

»Lassen Sie ihn liegen«, fuhr Wilson ihn an. »Der ist vergiftet.«

»Wieso sind Sie dann noch am Leben, hm?«, fragte Bingham spöttisch.

»Lassen Sie einfach die Finger davon!«

»Er ist gar nicht vergiftet.« Bingham befingerte den Schaft und besah ihn sich näher. »Eine feine Arbeit ... wirklich –«

Wilson fuhr herum, riss ihm den Pfeil aus der Hand und warf ihn in den Abgrund.

»Warum haben Sie das getan?« Bingham stöhnte. »Die Pfeilspitze hätte ein famoses Souvenir abgegeben!«

»Warum hören Sie nicht auf mich!«, entgegnete Wilson. »Es hätte Sie das Leben kosten können – wahrscheinlich Froschgift, wenn ich richtigliege.«

»Der Pfeil hat Sie ins Bein getroffen, Wilson. Wie erklären Sie sich, dass Sie noch atmen, wenn Gift daran war?«

»Ich bin gegen Froschgift immun.«

»Sie erwarten wohl, dass ich Ihnen alles glaube, wie?«

Die Amazonen hatten die Steigung jetzt zur Hälfte hinter sich gebracht. Den sicheren Felssims im Blick verdoppelten sie ihre Anstrengung. Sie waren flink und anmutig, soweit das unter den Umständen möglich war. Schließlich brach die Anführerin den Blickkontakt ab, schlug demonstrativ einen Salto und landete zwischen ihren Gefährtinnen auf dem Felssims. Mit einer geschmeidigen Bewegung zogen sie ihre Bögen nach vorn und jeweils einen Pfeil aus dem Köcher – alle bis auf die Anführerin. Auf die Entfernung und bei dem Wind wäre es ein schwieriger Schuss. Und wenn sie schossen, hätten Wilson und Bingham genügend Zeit, um in das dichte Gebüsch auf dem Felsvorsprung zu verschwinden.

Die Anführerin hob die Hand, und ihre Gefährtinnen ließen die Bögen sinken. Sie schrie etwas, worauf die Bögen wieder auf dem Rücken und die Pfeile im Köcher verschwanden.

»Wie sind wir auf diese Seite gelangt?«, fragte Bingham, der sich immer noch ratlos umsah.

»Ich habe Sie herübergetragen. Und das war nicht einfach.«

Bingham lachte. »Da herüber? Unmöglich!«

Mit einem Messerhieb kappte Wilson das zweite Geländer, und die Liane fiel in den Fluss. Er kniete sich hin und machte sich daran, auch den Flechtsteg der Brücke abzuschneiden. Nach wenigen Sekunden war die Aufgabe erledigt. Als der Steg auf dem Wasser aufschlug, wurde er von der Strömung erfasst, die ihn von den Säulen auf der Südseite losriss und verschlang.

Bingham schaute an dem Felsen der Nordseite hinauf, der in den Dunst aufragte, dann auf den schmalen Pfad, der in den dichten, dunklen Wald führte. »Sie haben gerade die Brücke gekappt, die nach Cusco führt«, sagte er düster. »Wir haben keinen Proviant, kein Zelt und keinen Whiskey.«

»Wir werden einen anderen Heimweg finden«, erwiderte Wilson. Der führte über den berühmten Inka-Pfad und den Abra de Huarmihuanusca, den Pass der toten Frau. Noch immer blickte er zu der Anführerin auf der anderen Seite. Obwohl ihn die Amazone beinahe getötet hatte, verspürte er nicht den Wunsch, sich zu rächen. Diese Kriegerinnen beschützten offenbar das Heilige Tal und möglicherweise auch Vilcabamba. Die Frage war: Gab es noch eine zweite Hängebrücke über den Urubamba? Wilson musste davon ausgehen. Gab es die nicht, würden die Kriegerinnen über den Inka-Pfad laufen müssen, wenn sie Machu Picchu vor ihm erreichen wollten.

»Also gut, jetzt mal Spaß beiseite.« Bingham wurde ernst. »Wie bin ich auf diese Seite des Flusses gelangt? Je eher Sie mit der Sprache herausrücken, desto eher werde ich mich mit meiner Lage anfreunden können.«

»Wir haben keine Zeit zu verlieren«, sagte Wilson, wandte sich ab und lief in den Nebelwald des Urubamba.

22.

Cusco, Peru
Kloster
Ortszeit: 0.10 Uhr
19. Januar 1908

»Deine Männer haben erneut versagt«, sagte die tiefe Stimme.

Bischof Francisco warf sich auf den kalten Steinboden, während ein trockener Husten seinen blassen Körper schüttelte. Fast verschluckte er seine Zunge vor Schreck.

Diese Stimme hatte er nicht mehr gehört, seit die letzte große Kerze abgebrannt und verloschen war. Danach hatte er einige Stunden im Dunkeln gesessen, bevor er eine neue anzündete, und auch die war inzwischen halb heruntergebrannt. Er schaute zu dem lebensgroßen Ölbild von Papst Innozenz XII. hinauf, der vor zweihundert Jahren bei seinem Besuch in Cusco in diesem Zimmer übernachtet hatte.

Schweißgebadet kniete Bischof Francisco in seinem luxuriösen Zimmer und begann zu beten. »Errette mich, Herr Jesus, Beschützer der Geknechteten!«

Hilflos hob er den Blick zur Decke, dann zu dem kunstvollen Kreuz an der Wand. Der Anblick des Gekreuzigten gab ihm zwar Kraft, erinnerte ihn aber auch an die schrecklichen Sünden, die er kürzlich begangen hatte. Erschrocken bemerkte er, dass er den Rosenkranz nicht in den Fingern hielt, langte zum Bett und klaubte ihn von der Seidendecke.

Während er die Smaragdkugeln durch die Finger gleiten ließ, nahm er das Gebet wieder auf. »Maria voll der Gnade …«

»Die Jungfrau Maria wird dich auch nicht retten«, sagte die Stimme.

Bischof Francisco fing an zu weinen. Die Tränen liefen ihm über die blassen Wangen wie schon so oft in den vergangenen drei Tagen. »Bitte, Herr, du musst mich aus dieser Hölle entlassen! Ich kann nicht tun, was du verlangst.«

»Du wirst nur frei sein, wenn du tust, was ich sage.«

Dem Bischof wurde schlecht, wenn er daran dachte, was er schon getan hatte. Er wollte sich übergeben, doch sein Magen war leer. »Du hast versprochen, dass der Schmerz aufhört, aber das hat er nicht getan – er wird nur schlimmer. Mir ist so heiß, als würde meine Haut brennen, aber ich kann nicht trinken, um meinen Durst zu stillen.«

»Weil du mir trotzt, mein Kind. Ergib dich, und der Schmerz wird dich loslassen. Ergib dich mir.«

»Das hast du schon einmal gesagt«, wimmerte der Bischof. »Und der Schmerz ist schlimmer als zuvor.« Er ließ den Rosenkranz zwischen die Knie fallen und drückte die Stirn an den Steinboden. »Lass mich sterben, Herr! Entlasse mich aus dieser Knechtschaft. Meine Sünden haben mich aufgezehrt. Bitte, lass mich mein Leben beenden.«

»Du kannst nicht sterben, während ich über dich wache«, sagte die Stimme. »Du bist mein Diener, und ich wünsche es nicht.«

Mehr als einmal war der Bischof die Wendeltreppe zum Dach der Kathedrale hinaufgestiegen, um von der Mauer zu springen und sich selbst aus diesem Fegefeuer zu erlösen. Doch sobald er sich der Kante näherte, ergriff der Teufel Pizarro von ihm Besitz, und der Bischof stieg gegen seinen

Willen wieder hinab. Ein andermal wollte er sich die Kehle durchschneiden, mit einem silbernen Dolch, der auf dem Altar des heiligen Antonius von Padua lag. Doch sosehr er es versucht hatte, er war nicht fähig gewesen, die eigene Haut zu ritzen. Die Stimme hatte ihn ermahnt, keine weiteren Selbstmordversuche zu unternehmen, sonst würden weitere Mitglieder der Gemeinde von seiner Hand auf höchst grausame Weise sterben – und zwar die, die er am meisten schätzte, die er für die reinsten hielt.

Bischof Francisco weinte weiter, doch seine Augen blieben trocken. Seit Tagen schon konnte er nichts, was er trank oder aß, im Magen behalten. Er gab alles sofort wieder von sich, so groß war sein Selbstekel. Die Stimme schien zwar keine uneingeschränkte Kontrolle über sein Bewusstsein zu haben, aber sie trieb ihn mit beträchtlicher Macht in den Wahnsinn.

»Bitte, lass mich sterben, Herr.«

»Es gibt weitere Aufgaben, die du erfüllen musst.«

»Ich kann es nicht tun«, wimmerte der Bischof. »Nicht noch einmal.«

»Möchtest du deine Gemeinde nicht beschützen?«

»Doch, und das weißt du.«

»Wenn du dich mir nicht ergibst, werde ich einen anderen Leib in Besitz nehmen, und mein Zorn wird noch größer sein. Dein Handeln rettet die Unschuldigen. Begreifst du das nicht?«

Bischof Francisco hörte die Freude heraus, wenn Pizarro davon sprach, sich das Leben anderer zu eigen zu machen. Er war unvorstellbar böse. Der Geist des großen Konquistadoren war voller Hass auf sein Schicksal und seine ewige Gefangenschaft im Inka-Würfel, sodass es ihn trieb, anderen die Unschuld und die Lebenskraft zu rauben.

»Ich kann nicht wieder töten, nicht wieder vergewaltigen«, flehte der Bischof. Er hatte sich schon viele Male mit Seife und einer harten Bürste die Haut geschrubbt, bis sie wund war, aber die Gedanken an seine Taten konnte er damit nicht loswerden.

»Du wirst mir gehorchen, mein Kind. Wenn nicht, werde ich deinen Körper in Besitz nehmen und selbst handeln. Das Ergebnis wird dasselbe sein … oder schlimmer.« Es folgte ein langes Schweigen, dann sagte die Stimme: »Erinnere dich, mein Kind: Du warst es, der mich aufgesucht hat. Du warst es, der mich aus der Dunkelheit befreite, indem er die Männer nach Vilcabamba schickte und mein steinernes Gefängnis aufbrechen ließ. Aufgrund deiner Taten bin ich hier.«

Offenbar hatte der Bischof mit seiner Gier eine Geißel auf die Welt losgelassen. Er allein war schuld daran.

»Zieh dich an, mein Diener«, fuhr die Stimme fort. »Besucher nähern sich den Klostermauern. Sie haben schlechte Neuigkeiten für dich.«

Trotz seiner Erschöpfung blieb dem Bischof nichts anderes übrig, als zu gehorchen. Langsam kam er auf die Füße und legte sein Gewand an. »Wie kannst du wissen, dass jemand auf dem Weg hierher ist, Herr.«

»Ich weiß alles.«

»Aber wie ist das möglich?«

»Ich besitze die Seelen aller Menschen. Sie sind durch eine unzerstörbare Kette mit mir verbunden. Ich höre, was sie denken.«

Bischof Francisco dachte an den Moment zurück, als er den Inka-Würfel zum ersten Mal gesehen und berührt hatte. Er sah Juan Santillana vor sich knien und ihm das glänzende Ding entgegenstrecken, als wäre es die höchste Opfergabe.

Am Boden lag der erstochene Monseñor Pera und daneben einer der Ministranten, der das Pech gehabt hatte, kurz nach dem Mord hereinzuplatzen. Ein grauer Esel war neben dem Altar an eine Säule gebunden, die nackte Angst in den Augen. Juan Santillana war von oben bis unten voller Blut, sogar im Gesicht und in den Haaren. Im Mund hatte er blutiges Fleisch. In dem Augenblick, als Bischof Francisco durch das Portal der Kathedrale ins Mittelschiff geschritten war, war sein Leben von gut in böse umgeschlagen. Trotz der schrecklichen Mordtaten und des entsetzlichen Gestanks griff er mit beiden Händen nach dem goldenen Würfel wie ein Verdurstender nach einer Frucht vom Baum des Lebens. Und mit der ersten Berührung war sein bisheriges Leben dahin, wurde er zum Besessenen.

Es war der Fluch des Sonnengottes. Aber als er ihn erwähnte, geriet die Stimme in Wut. Dem Bischof floss Blut aus den Ohren, und er hatte starke Schmerzen. Nach einer Mahnung, den Sonnengott nie wieder zu erwähnen, schickte Pizarros Geist ihn in die Dunkelheit hinaus, um die eigene Nichte brutal zu ermorden. Was er dem jungen Leib danach angetan hatte, war so verkommen, dass er nur bei dem Gedanken daran würgen musste, bis er meinte, seinen Magen auszustülpen.

Jetzt war sein Leben verflucht wegen dieses Inka-Würfels.

Das symmetrische Objekt passte in eine Hand, aber sein Gewicht war enorm, sodass man es mit beiden Händen halten musste. Sein Anblick fesselte: die messerscharfen Kanten, der Glanz des Goldes, das wie von innen zu leuchten schien, das enorme Gewicht und wie sich die Kerzenflammen darin spiegelten.

In dem Moment war Juan Santillana mit schweren Schritten durchs Seitenportal aus der Kirche gerannt, hinaus in den strömenden Regen. Danach wurde er nicht mehr gesehen.

Bischof Francisco verfluchte sich, weil er den Würfel hatte haben wollen. Er hatte davon erfahren, weil Corsell Santillana, Juans jüngerer Bruder, die Sage vom heiligen Inka-Schatz in der Beichte bei Monseñor Pera erwähnt hatte. Das war im Winter gewesen, sieben Monate zuvor. Seitdem hatte eine Kette von Ereignissen zu der Festnahme von Corsells Frau geführt, eines außergewöhnlichen Geschöpfes namens Vivane, das jetzt gefesselt in den Gewölben unter dem Kloster lag. Sie glaubte, Corsell sei noch am Leben, doch der war auf Befehl des Bischofs in aller Öffentlichkeit am Kreuz gestorben und zuvor betäubt worden, damit er nicht reden konnte.

»Gonzales nähert sich der Tür«, sagte die Stimme. »Er ist dein Besucher. Er kommt ohne Wilson Dowling. Er hat seine Pflicht verletzt, indem er die Verfolgung aufgegeben hat. Er hatte die eindeutige Anweisung, erst zurückzukehren, wenn er diesen Mann entweder gefangen genommen oder getötet hat. Solcher Ungehorsam kann nicht geduldet werden.«

Bischof Francisco zog seine rote Robe zurecht und setzte sich aufs Bett, um sich die Schuhe zuzubinden. »Was verlangst du von mir, Herr?«

»Gonzales wird erneut fordern, den Leichnam vom Glockenturm zu entfernen. Du wirst ihm sagen, dass der Tote dort bleiben muss.«

»Aber warum, Herr? Das wiegelt nur die Bauern auf. Sie haben Angst, dass der Tod über Cusco schwebt, weil Corsells Geist sich rächen will. Das erzählen mir meine Priester. Sie wissen nicht, dass du es bist, der die Unschuldigen tötet.«

»Wenn die Zeit reif ist, werden sie es erkennen«, erwiderte die Stimme. »Und welch großer Tag das sein wird! Ich werde meinen Platz als mächtigster Mann Perus wieder einnehmen, wie es damals gewesen ist. Der Leichnam muss am Glockenturm hängen bleiben; ich habe meine Gründe dafür.«

Bischof Francisco stand auf. Seine geschundenen Beine waren müde von den fünf Tagen seelischer und körperlicher Tortur. »Wie du befiehlst, Herr.«

»Du musst Gonzales befehlen, mehr Soldaten aus Lima zu holen. Ich fürchte, eine Konfrontation steht bevor. Ich kann diesem Wilson Dowling nicht in die Seele blicken. Seine Reise liegt wie ein Rätsel vor mir, was ich nicht begreifen kann. Er muss um jeden Preis vernichtet werden. Und die Kirche muss von mehr Soldaten geschützt werden. Es droht ein Aufstand, das habe ich in meinen Visionen gesehen.«

Pizarros Geist will nur den Inka-Würfel schützen, dachte der Bischof. Nur deswegen soll die Kathedrale verteidigt werden. Wie es schien, machte dieser Fremde dem Geist Angst. Auf jeden Fall hatte sich der Lauf der Dinge verändert, seit der Fremde in die Berge entkommen war. Tief im Innern hoffte der Bischof, Dowling möge sein Ziel erreichen, welches auch immer das war. Es schien dem Geistlichen, als könnte er seiner Knechtschaft nur durch die Stärke und Entschlossenheit eines anderen entkommen. Wie seltsam es doch war, dass er so viel Hoffnung auf einen Mann setzen musste, den er nie gesehen hatte. Doch er selbst war hilflos, und wie ein Ertrinkender griff er nach jedem Strohhalm.

»Enttäusche mich nicht, Bischof. Sonst werde ich deinen Leib erneut in Besitz nehmen müssen. Beherzige meine Warnung! Wenn du es nicht tust, werden die Unschuldigen mit Blut und Schmerzen bezahlen.«

Bischof Francisco setzte seinen Hut auf, hob das Kinn und bemühte sich um eine aufrechte Haltung. Es war stickig im Zimmer, und der Schweiß lief ihm den Rücken hinab. Mit einem langen Seufzer drehte er den Schlüssel im Schloss und trat hinaus in die feuchtwarme Luft des Vorhofs. Es regnete immer noch, nun schon seit einer Woche. War der strömende Regen Gottes vergeblicher Versuch, das Böse fortzuschwemmen, das die Unschuldigen von Cusco vernichtete?

23.

Anden, Peru
89 Kilometer nordwestlich von Cusco
Ortszeit: 11.20 Uhr
19. Januar 1908

Seit ihrem Aufbruch in Cusco waren drei ganze Tage vergangen, und Wilson und Bingham boten ein trauriges Bild. Ihre Kleidung war verdreckt und zerrissen, Bingham war mit Insektenstichen übersät, und beide hatten einen Stoppelbart. Während sie sich durchs dichte Unterholz schlugen, sah Wilson, dass sie sich dem Ende des Nebelwalds näherten: Das Blätterdach über ihnen lichtete sich, und direkt vor ihnen hörte er einen Fluss rauschen. Machu Picchu lag irgendwo auf der anderen Seite des Urubamba auf einem Serpentinenkamm, der ebenfalls eines Tages nach Bingham benannt werden würde.

Seit Wilson die Hängebrücke zerstört hatte, fürchtete er einen neuen Angriff der Amazonen. Wenn die Kriegerinnen den Inka-Pfad genommen hatten, mussten sie mindestens die doppelte Strecke zurücklegen, obwohl sie auf derselben Seite des Flusses blieben. Für den Fall, dass sie durch den Nebelwald verfolgt wurden, hielt Wilson sich an eine Vorsichtsmaßnahme, um keine Spuren zu hinterlassen. Wann immer sie einen der zahlreichen Nebenflüsse überquerten und es möglich war, wateten sie ein Stück stromaufwärts und stiegen an Land, wo das Ufer felsig war. Das war das Einzige, was sie zu ihrem Schutz tun konnten, denn auf dem feuchten Boden hinterließen sie deutliche Spuren, die nicht zu verwischen waren. Es war eine aufreibende Wanderung ohne erkennbare Wege. Wilson wusste jetzt, warum die Inkas lieber über die hohen Pässe gezogen waren, als sich einen Fußweg durch diese üppige Vegetation zu bahnen, selbst wenn der kürzer war. Der Nebelwald bot das schwierigste Terrain, das er bis jetzt betreten hatte, und Bingham unbeschadet dort hindurchzubringen war eine echte Herausforderung.

Zwischen den Farnstauden und knorrigen Bäumen hing ein ständiger Dunst. Der Boden war fast überall schlüpfrig, und das Unterholz so dicht, dass Wilson sich seit zwei Tagen den Weg mit dem Jagdmesser bahnen musste. Er hatte die Hände schon voll blutiger Blasen. Einem Jaguar waren sie noch nicht begegnet, aber ein, zwei Mal hatten sie frische Spuren im Morast entdeckt. Da es Tag und Nacht regnete, waren sie nass bis auf die Knochen. Wegen der unablässig stechenden Insekten hatten sie sich mit Schlamm einschmieren müssen, besonders in der Abenddämmerung. Nur so konnten sie die Blutsauger von sich fernhalten. Es war unmöglich, ein Feuer anzuzünden. Selbst in einer Höhle, die sie gefunden hatten, gelang es ihnen nicht. Da sie nichts garen konnten, war ihre einzige Mahlzeit eine grüne Python gewesen, die Wilson gefangen und gehäutet hatte. Roh schmeckte das Fleisch nicht gut, und Wilson hatte Bingham zwingen müssen, es herunterzuwürgen, damit er bei Kräften blieb.

Mit Bingham zu wandern war eine schwierige Aufgabe. Ständig wollte der Wissenschaftler umkehren, redete von seinem Whiskey und frischem Tabak. Er lief langsam, seufzte viel und musste in einem fort ermuntert werden, weiterzugehen.

Wilson schob sich durch eine Reihe Farnsträucher und trat zum ersten Mal seit zwei Tagen aus dem Wald heraus. Vor ihm floss der Urubamba, das letzte große Hindernis vor dem Aufstieg nach Machu Picchu. Auch hier hing Dunst zwischen den steilen Talwänden. Wilson atmete tief durch und steckte das Messer weg. Über dem Tal lag Vilcabamba. Das Ende seiner Reise war nah, und das stärkte Wilsons Entschlossenheit.

»Wir müssen einen Weg über den Fluss finden«, sagte er.

Bingham schaute über das schäumende Wasser zur anderen Seite. »Dann habe ich eine Neuigkeit für Sie: Schwimmen geht nicht.«

»Da stimme ich Ihnen zu. Gehen wir zu der Stelle, wo sich die Schlucht verengt. Vielleicht tut sich dort eine Möglichkeit auf.«

Nach Osten hin rückten die Felswände enger zusammen, und der Boden stieg an. Das Wasser wurde reißender und kam ihnen mit großer Kraft entgegen, was wieder mehr Gischt und Lärm bedeutete. Auf beiden Seiten hingen von den Felsen Hunderte grüner Lantana-Ranken herab, die stark genug waren, um einen Mann zu tragen.

Als sie über herabgestürzte Felsbrocken den Hang zu der Talenge hinaufkletterten, fing Bingham wieder an zu klagen. »Das ist doch hoffnungslos! Wir werden es nie auf die andere Seite schaffen!«

»Bemühen Sie sich um etwas mehr Zuversicht!«, rief Wilson gegen das Rauschen des Wassers an. Auf einem recht flachen Felsvorsprung zog er prüfend an der dicksten Ranke. Als er zufrieden war, hängte er sich mit seinem ganzen Gewicht daran und schaute zur anderen Seite. Er fragte sich, ob es möglich war, sich hinüberzuschwingen.

»Wofür halten Sie sich? Für einen Menschenaffen? Das schaffen Sie nie?« Bingham schätzte die Entfernung ab. »Wenn Sie eine Ranke von der anderen Seite hätten, gäbe es vielleicht eine Chance. Wenigstens bewegt sich die Ranke in die Richtung, in die Sie wollen.«

»Wenn ich Ihnen eine Ranke von drüben besorge, werden Sie es wagen?«

»Sie kommen gar nicht erst rüber.« Bingham schüttelte den Kopf.

»Und wenn doch, und ich bringe Ihnen eine?«

»Unmöglich. Nicht zu schaffen.«

»Wir müssen an dieser Stelle hinüber«, sagte Wilson. »Wenn nicht, müssen wir in den Nebelwald zurück. Aber auch dann gäbe es keine Garantie, dass wir woanders leichter über den Fluss kommen.«

»Wir sollten nach Cusco zurückkehren«, sagte Bingham mit traurigem Gesicht.

Wilson zeigte ans andere Ufer. »Cusco liegt auch da drüben!«

»In den Wald gehe ich bestimmt nicht mehr zurück.« Bingham kratzte sich an einem der zahllosen Mückenstiche, die er an Hals und Ohren hatte.

»Sie werden nur mit wenig Abstand zum Wasser hinüberschwingen«, erklärte Wilson. »Ich werde Ihnen sogar eine Art Sitz aus einem Stock basteln, damit Ihnen das Festhalten leichter fällt. Wie finden Sie das?«

Bingham blickte mit zusammengebissenen Zähnen in den Wald. Dann verschränkte er die Arme und musterte den Fluss. »Wenn Sie mir eine Ranke von drüben besorgen, werde ich es tun. Aber das werden Sie nicht schaffen. Sie werden dabei umkommen.«

Wilson lächelte. »Also abgemacht.«

»Damit eines klar ist«, erwiderte Bingham. »Ich lasse mich nicht noch mal bewusstlos schlagen, so wie neulich, damit Sie mich hinübertragen können. Das ist unter meiner Würde. Ich werde es aus eigener Kraft tun.«

Wilson zog an den Ranken, suchte die stärkste aus und führte sie mit sich, während er weiter stromaufwärts ging, weg vom Schwenkpunkt. »Ich komme wieder«, sagte er zuversichtlich.

»Und wenn Sie es nicht schaffen?«, rief Bingham hinterher.

»Dann sind Sie auf sich allein gestellt!«, rief Wilson zurück.

Bingham lachte schroff. »Das ist nicht witzig, wissen Sie?«

Auf der anderen Seite blickten Aclla und Sontane durch den Dunst zu den weißen Männern hinab. Der Blauäugige, Wilson Dowling, prüfte eine Ranke auf ihre Belastbarkeit und redete dabei mit dem Hageren, Hiram Bingham, der ein komisches Gesicht machte. Aclla kannte inzwischen ihre Namen. Sie hatte einen von Gonzales' Soldaten entführen lassen, als diese aus dem Heiligen Tal abzogen. Bis zur zerstörten Brücke hatten sie die Fremden verfolgt. Dann hatten Acllas Kriegerinnen in der Dämmerung einen Mann gefangen und mitgenommen. Was er ihnen verriet, war von unschätzbarem Wert für sie. Danach hatte Aclla befohlen, ihm die Kehle durchzuschneiden.

»Ich habe geahnt, dass der Blauäugige hierher finden würde.« In Acllas Stimme schwang leiser Triumph.

Sie lag neben Sontane im Unterholz. Körper und Gesicht hatten sie sich mit zerdrücktem Moos eingerieben, sodass sie so grün aussahen wie der Wald. Aclla hatte Polix und Sepla nach Quente, ihrem Außenposten, geschickt, um die katastrophale Nachricht zu überbringen, dass Fremde in das Gebiet von Vilcabamba vorgedrungen waren. Der Außenposten lag einen halben Tagesmarsch entfernt auf einem Berg, von wo man das gewundene Tal in beide Richtungen überblicken konnte. Quente war das Quechua-Wort für Kolibri. Von den Vögeln gab es viele auf der Ostseite der Festung, die dem Flussbecken zugewandt war. Am frühen Morgen schwirrten sie durch die Stadt und sättigten sich an den Blüten auf den bepflanzten Terrassen.

Aclla sah zu, wie Wilson zum höchsten Punkt der Schlucht kletterte; die Ranke, die er mit sich führte, hing jetzt in einem Winkel von etwa fünfundvierzig Grad. Nachdem er auf die Spitze eines Felsens gelangt war, packte er die Ranke mit beiden Händen, trat bis an die Felswand zurück und schwang sich dann mit bewundernswerter Kraft über die Felskante. Er hielt nicht einmal inne, um sich auf seinen Flug einzustellen; er sprang einfach, als hätte er gar keine Angst.

Schnell flog er in einem Bogen über das schäumende Wasser. Die Ranke trug ihn auf die andere Seite, wo er mit den Füßen aufsetzte und über das Geröll auslief. Während er noch immer eine Hand an der Lantana-Ranke hatte, kam er allmählich zum Stehen. Ruhig band er sie an eine andere und machte sich dann auf die Suche nach den stärksten Ranken, die es an dieser Uferstelle gab.

Aclla und Sontane wechselten einen Blick. Sie fragten sich beide dasselbe: Was für ein Mensch ist das?

Wilson suchte vier Ranken aus, prüfte ihre Belastbarkeit und knotete sie locker zusammen. Dann band er das Bündel an seine Taille, packte die Ranke, mit der er gekommen war, und begann, zur höchsten Stelle des Ufers hinaufzusteigen. Es war ein tolles Gefühl, sich über den Fluss zu schwingen, und er freute sich auf den Rückweg. Er liebte die Gefahr und den klaren Kopf, den er hatte, wenn er sich ihr stellte.

Kurz vor dem Sprung vergewisserte er sich, dass das Rankenbündel genug Spiel hatte, dann schwang er sich erneut über das schäumende Wasser. Seine Flugbahn war perfekt. Er landete rennend neben Bingham. Er löste die vier mitgebrachten Ranken von seiner Taille und befestigte sie an der Felswand. Sofort begann er, nach einem geeigneten Ast zu suchen, aus dem sich ein Sitz für Bingham machen ließe.

Bingham kam an seine Seite und zeigte mit dem Finger auf ihn. »Woher kommt ein Mensch wie Sie bloß?« Er klang frustriert. »Was Sie gerade getan haben, sollte eigentlich niemand können! Niemand.« Er schnaubte und stampfte mit dem Fuß auf. »Es sah derartig mühelos aus!«

»Sie brauchen sich nur daraufzusetzen«, erklärte Wilson und zeigte ihm ein glattes Stück Ast, in das sich mit dem Messer Löcher bohren ließen. »Vertrauen Sie mir.«

Bingham hob den Blick zum Himmel und stieß einen Wutschrei aus. »Ich kann kaum glauben, dass ich überhaupt mit Ihnen in den Urwald gezogen bin! Ihnen vertrauen! Was für ein Witz!«

»Haben Sie Angst?«, fragte Wilson.

»Angst? Ich mach mir gleich in die Hosen!«

24.

Anden, Peru
82 Kilometer nordöstlich von Cusco
Ortszeit: 17.24 Uhr
17. Januar 2014

Helena blickte Don Eravisto unverwandt an. Schließlich legte er den Colt neben sich auf den Tisch. Er schien unzufrieden zu sein und jeden Augenblick aufbrausen zu können.

Auf Helenas Aufforderung hin hatten sich alle Passagiere einschließlich des Zugpersonals hingesetzt, auch Don Eravistos Leibwächter. Chad und Pablo saßen am Tisch hinter ihr. Helena konnte sie nicht sehen, hörte nur ihren unruhigen Atem.

Niemandem war erlaubt, sich zu entfernen.

Alle wirkten angespannt oder ängstlich, während der Zug gemächlich am Urubamba entlangfuhr. Es regnete heftig, und der Wolkenbruch ließ den Fluss anschwellen und noch wilder werden. Er machte einen monströsen Lärm und wurde nach jeder Biegung der Schienenstrecke reißender.

»Es gibt keine andere Möglichkeit, als zusammenzuarbeiten«, sagte Helena. »Die Geschichte hat es so bestimmt.«

Zwei Jahre lang war Don Eravisto mit diesem Zug gefahren, in der Erwartung, ihr zu begegnen, das wusste Helena nun. Daher war es notwendig gewesen zu behaupten, sie wisse mehr. Sie hatte Zeit gewinnen müssen, um die Umstände zu durchschauen. Wilsons Wanderung nach Machu Picchu war eindeutig der Grund für Don Eravistos Anwesenheit. Dieser wusste von ihrer Vision in der Gleisbauhütte und ihrer Verbindung zu Wilson Dowling. Also waren ihr Leben und das von Wilson tatsächlich unlösbar miteinander verbunden, was einerseits tröstlich und andererseits zutiefst beunruhigend war. Aber wie konnte dieser Don Eravisto wissen, was sie in ihrer Vision gesehen hatte? Und warum war er so wütend? Dieser Dreckskerl hatte es gewagt, seine Waffe auf sie zu richten, und behielt sie auch weiterhin im Visier.

Nachdem sie sich Mineralwasser eingegossen hatte, stellte sie die Flasche behutsam zur Seite. Sie gab sich alle Mühe, nicht zu zittern oder sonst wie ihre Angst zu verraten. Unterdessen prägte sie sich die genaue Lage der Gegenstände auf ihrem Tisch ein, der Tassen, Teller und Messer.

»Ich bin eine vernünftige Person«, sagte sie. »An Ihrem Blick sehe ich, dass Sie meiner Meinung sind, was mich freut. Die Welt hat es gut mit Ihnen gemeint und mit Ihrem Sohn Daniel. Das heißt nicht, dass Sie nicht mit Dämonen zu kämpfen haben, das haben wir alle, aber wir müssen nach vorn blicken, wenn dieses komplizierte Missverständnis – und darum handelt es sich – nicht unser beider Leben ruinieren soll.«

»Sie sind sehr eloquent, Señorita. Doch das ändert nichts an der Tatsache, dass Wilson Dowling eine Geißel meiner Vorfahren ist! Er ist derjenige, der meine Familie zerstört und in den Wahnsinn getrieben hat! Er ist derjenige, der das Leben eines guten Menschen zugrunde gerichtet und ihm auf grausamste Weise alles genommen hat. Es ist wahr, dass ich mein Wissen zu meinem Vorteil genutzt habe, aber im Gegenzug muss ich meinen Teil beitragen, um die Dinge gerade zu rücken. Das ist der Preis.«

»Wilson Dowling ist ein guter Mensch mit einem ehrlichen Herzen.« Helena sprach aus dem Bauch heraus.

Don Eravisto war sein Wunsch nach Vergeltung anzusehen. »Dann kennen Sie ihn nicht. Er ist das personifizierte Böse.«

»Welches Verbrechen hat er begangen?«

Don Eravisto tippte mit dem Zeigefinger auf die Tischdecke. »Er hat die Frau und Kinder eines meiner Vorfahren getötet! Er ist ein Mörder, ein perverser Killer, der sich an der Furcht und Erniedrigung seiner Opfer ergötzt.« Plötzlich riss er seinen Colt vom Tisch und richtete ihn auf Helenas Brust. »Ich mache dieses Spiel nicht mehr mit!«

Im ganzen Speisewagen schnappte man erschrocken nach Luft und rechnete mit dem Schlimmsten.

Ruhig rückte Helena ihr Glas ein Stück beiseite. »Und Sie glauben, indem Sie mich ins Visier nehmen, können Sie sich an einem Mann in der Vergangenheit rächen?«

»Davon bin ich überzeugt.«

»Dann sind Sie ein Narr.«

Don Eravisto kniff die Augen zusammen. »Sie sind der Grund dafür, dass er Erfolg hat!«

»Ich würde mich nie auf die Seite eines Mörders stellen!«, erwiderte Helena so vehement, wie sie es wagte. »Ihre Informationen sind falsch, und Sie machen einen schrecklichen Fehler!«

Ein Schweißfilm glänzte auf Don Eravistos Gesicht, und seine Hände zitterten. »Mit der Behauptung habe ich gerechnet. Ich habe diesen Augenblick unzählige Male in Gedanken durchgespielt. Ich dachte mir, dass Sie versuchen würden, sich aus Ihrer Verantwortung zu stehlen. Sie tragen hier die Schuld!«

»Wie können Sie es wagen, mich zu beschuldigen?«

»Ich benutze Sie für die Blutrache gegen Wilson Dowling«, sagte Don Eravisto. »Nur so kann ich ihn aufhalten.«

Helena blickte weiter ruhig in seine kalten Augen. Über ihre kühle Entschlossenheit war sie selbst verwundert, doch tief im Innern war sie sicher, dass ihr Leben nicht hier und von der Hand dieses Mannes enden würde. Wilson war in der Nähe, wenn auch durch eine Zeitbarriere von ihr getrennt, und sie würde zu ihm gelangen – das war ihr bestimmt.

»Sie glauben also, Sie könnten abdrücken und das Leben Ihrer Vorfahren dadurch ändern?«, fragte Helena. »Das einzige Leben, das Sie damit ändern, ist Ihr eigenes und das Ihrer Kinder.« Sie schaute durch den Speisewagen zu seinem Sohn Daniel, der aschfahl geworden war.

»Haben Sie vor, hier alle umzubringen, damit der Mord an mir nicht herauskommt?«, fragte sie. Die anderen Passagiere erschraken, vor allem die Frauen an Don Eravistos Tisch. Ihnen war soeben aufgegangen, dass die Situation auch für sie selbst gefährlich war.

»Ich muss tun, was nötig ist, um den Lauf der Geschichte zu ändern.« Don Eravisto klang gereizt. »Ich werde Sie erschießen und dann mich! Allen anderen wird nichts passieren.«

»Sie wollen sich vor den Augen Ihres Sohnes töten?«

»Ihrem Leben ein Ende zu setzen wird die Geschichte ändern!«, bekräftigte Don Eravisto. »Denn wenn Sie Ihren Part nicht spielen können, wird dieser Teufel Dowling keinen Erfolg haben. Er wird versagen, und meine Familie wird gerächt sein.«

»Ich kann nicht glauben, dass Sie Daniel dieses entsetzliche Erlebnis aufbürden«, sagte Helena, als hätte sie Mitgefühl. »Ich sehe sein Gesicht und erkenne darin nicht den Mann, der einen solchen Schicksalsschlag ertragen kann.«

»Ich habe meinen Sohn auf diesen Moment vorbereitet«, erwiderte Don Eravisto. »Er weiß genau, was er zu tun hat, wenn meine Reise zu Ende ist.«

»Dann haben Sie ihn zum Mordkomplizen gemacht?«

Don Eravisto schnaubte abwehrend. Er war von den einstürmenden Argumenten offenbar überfordert. »Mein Junge ist für alles, was kommen wird, gewappnet.« Er drehte den Kopf, um seinem Sohn einen letzten ermutigenden Blick zuzuwerfen.

Helena packte die Wasserflasche und schlug sie Don Eravisto an die Schläfe. Die Flasche glitt ihr aus den Fingern und prallte gegen die Fensterscheibe über dem Nachbartisch, die Risse bekam, aber nicht zerbrach. In Ihrer Wut griff sie dem Mann in die Haare und schlug ihn mit dem Gesicht auf den Tisch, dass ihm das Blut aus der Nase floss. Dann riss sie ihm den Colt aus der Hand, drückte ihm den Lauf an die Schläfe und rief den Anwesenden zu: »Keine Bewegung, sonst puste ich ihm den Schädel weg!«

25.

Anden, Peru
Hiram-Bingham-Express
Ortszeit: 17.45 Uhr
17. Januar 2014

Helena war entschlossen, den Colt an Don Eravistos Schläfe zu drücken, bis der Zug in den Bahnhof einfahren würde. Es spielte keine Rolle, dass der Mann bewusstlos war. Bis zum Fuß des Machu Picchu war es bloß noch eine halbe Stunde, auch wenn ihr die Fahrtzeit bereits wie eine Ewigkeit erschien. Chad stand im Mittelgang des Speisewagens und richtete ihre Maschinenpistole auf die fremden Leibwächter. Die Waffe konnte achthundert Schuss pro Minute abgeben, und Chad sah ganz so aus, als könnte sie damit umgehen und die fünf Männer, die mit erhobenen Händen vor ihr saßen, in Schach halten. Helenas eigentliche Sorge galt der Frage, ob vielleicht auch jemand vom Zugpersonal auf Don Eravistos Gehaltsliste stand. Bei seinem weitreichenden Einfluss war alles möglich. Helena stand mit dem Rücken zur Wand und blickte sich aufmerksam um.

In dem Moment, als sie Don Eravisto mit der Flasche niedergeschlagen hatte, war Bewegung in den Speisewagen gekommen. Chad flog auf Don Eravistos Männer zu und schoss dabei zweimal über deren Köpfe in die Holzverkleidung der Waggonrückwand. Weil die Männer den Don in der Schusslinie hatten, konnten sie das Feuer nicht erwidern und mussten sich ergeben. Pablo fiel derweil in Ohnmacht und schlug sich die Nase auf dem Gangboden blutig. Inzwischen hatte sich ein Kellner um ihn gekümmert; Pablo hatte den Kopf in den Nacken gelegt und drückte sich einen Eisbeutel ins Gesicht.

Helena tastete nach Don Eravistos Puls. Er war schwach, aber gleichmäßig. Sein Gesicht sah schlimm aus, und aus der linken Wange ragten zwei Splitter von dem zerbrochenen Glas. Die Tischdecke war bereits voller Blut. Es sah aus wie in einem billigen Horrorfilm. Doch das Entscheidende war, dass er noch atmete, und Helena würde es den Sanitätern überlassen, ihm das Blut abzuwischen, wenn sie mit der Polizei in den Zug kämen.

Sie schaute zu Daniel Eravisto, der über den Ausgang des Zwischenfalls erleichtert wirkte. Zuerst hatte er Angst um den Vater gehabt, doch nachdem Helena ihm versichert hatte, dass dieser am Leben sei und es auch bleiben würde, hatte er sich beruhigt. Helena hatte sein Gesicht beobachtet, während der Vater voller Wut davon sprach, den Lauf der Familiengeschichte zu verändern, und ihm angesehen, dass er zweifelte.

Jetzt kroch der Zug in den Bahnhof. Er gehörte zu einem Vierhundert-Seelen-Dorf am Ufer des Urubamba an der tiefsten Stelle des Tals. Der Himmel war bereits dunkel und der Bahnhof hell erleuchtet, auch die Straßenlampen brannten. Von ferne hörte man das Tosen des Flusses. Helenas Angst wuchs, als der Zug zum Stehen kam. Unter dem rostigen Bahnhofsdach warteten sechs Soldaten in grauer Uniform mit AK-47-Gewehren. Der Zugführer hatte ihnen die Einzelheiten des Vorfalls bereits während der Fahrt durchgegeben. Pablo hatte Helena versichert, er kenne die Soldaten – lauter

Cousins von ihm – und man könne sich darauf verlassen, dass sie Don Eravisto und seine Männer in Gewahrsam nehmen würden.

Helena war nervös, als die Soldaten an Bord sprangen, doch die Übergabe lief glatt.

Capitán Zevallos war der verantwortliche Offizier. Er wirkte professionell und konzentriert, war dunkelhäutig, schwarzhaarig, dünn und gerade mal einen Meter fünfundsechzig groß. Er fragte wenig danach, wie Don Eravisto in die Lage gekommen war, in der er sich befand. »Unmöglich, dass eine junge Frau wie Sie das mit ihm gemacht hat, hm?«, bemerkte er bloß. Dabei musterte er Helena zweifelnd von oben bis unten. »Es ist nicht mehr nötig, die Waffe auf ihn zu richten, Señorita«, fügte er dann hinzu. »Wir haben die Situation im Griff.«

Widerstrebend steckte Helena den Colt in den hinteren Hosenbund. Don Eravisto kam gerade zu sich, als zwei Soldaten ihn von der Sitzbank zogen. Sie legten ihm Handschellen an und trugen ihn aus dem Zug. Es war offensichtlich, dass er nicht laufen konnte und kaum wusste, wo er war. Sein Gesicht war so übel geschwollen und blutig, dass er kaum wiederzuerkennen war.

»Don Eravisto ist hier wohlbekannt«, sagte Zevallos. »Er hat der hiesigen Schule und der Polizei viel Geld gespendet. Ich bin ihm schon häufig begegnet. Viele halten ihn für einen guten Mann. Bei allem Respekt, Señorita, wollen Sie ihn anzeigen?«

»Er wollte mich erschießen«, antwortete Helena wie benommen. Sie versuchte noch immer zu begreifen, was eigentlich los war.

Chad schaltete sich ein. »Seine Begleiter haben im Waschraum Kokain genommen.« Doch diese Bemerkung schien Zevallos' Haltung kein bisschen zu beeinflussen.

Ohne den Eisbeutel von der Nase zu nehmen, begann Pablo auf Spanisch loszupoltern, Don Eravisto sei verrückt. Er habe die Waffe auf Helena gerichtet und damit gedroht, sie zu erschießen, um seine Familiengeschichte zu ändern.

Chad stand die ganze Zeit über mit schussbereiter Waffe im Gang, bis auch der letzte von Don Eravistos Männern in Handschellen gelegt und abgeführt war.

»Das hier ist ein ruhiger Flecken. Es gibt selten Ärger«, sagte Zevallos. »Hier herrscht gute Energie.« Er ballte die Fäuste. »Darum haben die Inkas dort oben die Stadt gebaut, nehme ich an. Sie wussten, dass das ein besonderer Ort ist.«

Daniel Eravisto wurde als Letzter aus dem Zug gebracht, und Helena fing seinen Blick auf. »Würden Sie mich kurz entschuldigen, Capitán? Ich würde gern ein Wort mit diesem Mann wechseln, wenn's gestattet ist.« Zevallos deutete mit dem Gewehrlauf an, dass er nichts dagegen hatte.

»Ich komme mit«, sagte Chad.

»Es tut mir leid wegen Ihres Vaters.« Helena trat neben den Sohn. Der Regen prasselte auf das Metalldach des Bahnsteigs, sodass eine Unterhaltung schwierig war.

Daniel Eravisto blieb stehen und somit auch der große Mann, an dessen Handgelenk er gefesselt war, und der Soldat, der ihn bewachte.

»Warum hat er mich bedroht?«, fragte Helena.

Daniel wusste nicht, was er sagen sollte. Schließlich zuckte er die Achseln. »Offensichtlich hat er den Verstand verloren.«

»Sie werden mir doch sicher mehr sagen können als das. Er hat Sie angeblich auf diesen Moment vorbereitet. Was heißt das?«

»Mein Vater hat ein psychisches Problem und braucht Behandlung. Mehr gibt es dazu nicht zu sagen. Ich bin sicher, dass wir uns finanziell einigen können, um Sie für den erlittenen Schock zu entschädigen.«

»Ich will kein Geld!«, erwiderte Helena. »Ich will, dass Sie mir sagen, warum Ihr Vater mich zu kennen glaubt.«

Der große Mann hinter Daniel Eravisto flüsterte ihm etwas ins Ohr, doch der befahl ihm, still zu sein. »Mehr weiß ich nicht, Señorita. Es tut mir leid.«

»Sie müssen mir etwas sagen können! Ihr Vater hat mich mit einer Waffe bedroht, um Himmels willen! Er hat gesagt, mein Tod werde die Geschichte verändern. Sie werden verstehen können, dass das Fragen aufwirft.«

»Mehr kann ich Ihnen nicht sagen.« Damit wandte er sich ab und ging.

»Sie sind Komplize in einem Entführungs- und Mordplan!«, rief Helena ihm hinterher. »Sie haben nichts getan, um mir zu helfen. Sie und Ihre Leute werden im Gefängnis landen, wenn ich mich entschließe, Sie anzuzeigen.«

Daniel blieb stehen und drehte sich zu ihr um.

»Wenn Sie mir sagen, was Sie wissen, könnte das meine Entscheidung beeinflussen«, fügte sie hinzu.

Daniel biss sichtlich die Zähne zusammen; seine Handschellen störten ihn beträchtlich. »Mein Vater sagte immer, dass eine blonde Frau in die verlassene Hütte kommen würde. Es hört sich verrückt an, ich weiß. Aber er hatte sich völlig darauf versteift, und als er hörte, dass die Hütte abgerissen werden sollte, kaufte er das Stück Land, damit sie stehen bleiben konnte.«

»Ihm gehört die Gleisbauhütte?«

»Ja und ebenso das Land darum herum. Das ist schon

seine Obsession, seit ich denken kann.« Er schien zu überlegen. »Darf ich fragen, warum Sie hineingegangen sind? Das war es nämlich, was seine grobe Reaktion ausgelöst hat.«

»Ich hatte Kopfschmerzen und wollte mir ein bisschen die Füße vertreten«, antwortete Helena. »Von der Hütte ahnte ich bis dahin nicht das Geringste.«

»Sie schienen aber zu wissen, wovon er sprach«, hakte Daniel nach. »Ich begann schon, mich zu fragen, ob er recht hat.«

Helena zögerte mit ihrer Antwort. »Ihr Vater hat gedroht, mich zu erschießen. Der Colt war auf meine Brust gerichtet. Ich hätte behauptet, von einem anderen Stern zu kommen, um mein Leben zu retten.«

Daniel schaute zu seinem Vater hinüber, der gerade in den Fond eines Militärfahrzeugs geschoben wurde. »Er hat immer eines glasklaren Verstand gehabt, bei allem, was er tat. Er ist einer der reichsten Männer Perus und hoch geachtet. Aber wenn es um diese alte Hütte geht...« Der junge Mann machte ein düsteres Gesicht. »Es tut mir aufrichtig leid, Señorita. Das ist alles völlig verrückt. Ich habe keine Entschuldigung für mein Verhalten oder für die Reaktion meines Vaters. Ich hätte versuchen müssen, ihn davon abzubringen, aber ich stand unter Schock wie wir alle. Wenn die Sache außergerichtlich aus der Welt geschafft werden kann, würde ich das gerne tun. Mein Vater braucht ärztliche Hilfe, das Gefängnis ist keine Lösung für ihn.«

»Ich habe nur noch eine Frage, dann lasse ich Sie gehen«, sagte Helena. »Wer war der Verwandte, den Ihr Vater ein paar Mal erwähnte? Ich meine den Mann, der alles verlor und in den Wahnsinn getrieben wurde.«

»Das war Lucho Gonzales, mein Urgroßvater. Er war

Hauptmann der peruanischen Armee. Ein gewisser Wilson Dowling hat seine Frau und seine Kinder in ihren Betten ermordet, so glaubt mein Vater, mit Ausnahme des ältesten Sohns Arturo, der mein Großvater war.«

Helena wurde flau im Magen.

»Mein Urgroßvater glaubte, dass eines Tages eine schöne Amerikanerin diese Hütte betreten würde, nach einem Steinschlag auf den Gleisen während eines stürmischen Regens – wie es heute passiert ist. Diese Überzeugung gab er an seinen Sohn Arturo weiter und dieser an meinen Vater.«

»Was hat mein Abstecher in die Hütte mit den Morden zu tun?«, fragte Helena.

»Mein Urgroßvater war der Meinung, dass diese Frau aus der Zukunft die Hand des Mörders Dowling führt. Ich weiß, das klingt verrückt, aber er glaubte, dass Sie über die verschiedenen Zeiten hinweg miteinander verbunden sind, durch eine Art telepathisches Bindeglied, das wissenschaftlich nicht zu erklären ist. Und wenn man die Frau aus der Zukunft außer Gefecht setzt, wäre Luchos Familie gerettet.«

»Aber Sie heißen Eravisto, nicht Gonzales«, sagte Helena, die noch immer versuchte, die Zusammenhänge zu begreifen.

»Nach der Ermordung seiner Familie floh Lucho Gonzales mit seinem Sohn Arturo aus Cusco und änderte seinen Namen in Eravisto. Ich selbst verstehe nicht im Mindesten, wie das alles möglich sein soll, Señorita – wie ein Mensch aus der Zukunft Ereignisse in der Vergangenheit beeinflussen könnte. Aber mein Vater ist davon überzeugt.«

26.

Cusco, Peru
Kloster
Ortszeit: 0.35 Uhr
19. Januar 1908

Hauptmann Gonzales ritt auf das Portal des Klosters zu, Leutnant Capos an seiner Seite. Regenschleier fegten durch die dunkle Gasse, wo die zwei Esel auf dem Kopfsteinpflaster stehen blieben. Das einzige Licht kam von den Fenstern im zweiten Stock des Klosters und von der Sturmlampe, die an Capos' Sattel hing. Die beiden Männer waren erschöpft; sie hatten zwei Tage lang im Sattel gesessen und waren wund gerieben, und die Beine taten ihnen weh.

»Ich werde allein zum Bischof gehen«, sagte Gonzales. »Reite du nach Hause, und sieh nach, ob deine Familie wohlauf ist.«

»Ich bleibe bei dir«, erwiderte Capos. »Wir sind zusammen aufgebrochen und werden diese verfluchte Tour zusammen zu Ende bringen.«

Gonzales brachte mühsam die Kraft zum Widerspruch auf. »Ich würde gerne heimgehen, wenn ich es könnte. Vielleicht solltest du mit Bischof Francisco sprechen, und ich reite nach Hause.« Gonzales lächelte zum ersten Mal seit Tagen. »Wie klingt das?«

Capos erwiderte das Lächeln. »Ich bin sicher, dass unsere Familien wohlauf sind. Wir sollten beide mit ihm sprechen.

Und wenn es Anweisungen gibt, die morgen früh zu erledigen sind, werde ich mich darum kümmern.«

Gonzales stieg von seinem Esel und trat vorsichtig auf das rutschige Pflaster. Es war solch eine Erleichterung, aus dem Sattel herauszukommen, dass er fast vergaß, wie durchgefroren, nass und müde er war. Die Beine schmerzten, aber es tat gut, sie zu strecken. Nach seiner Meldung beim Bischof würde er zu Fuß nach Hause gehen.

Plötzlich wurde am Klosterportal der Riegel beiseitegeschoben, ein Flügel schwang auf, und eine dunkle Silhouette in flatterndem Gewand erschien in der Öffnung.

»Ich habe Sie erwartet«, sagte Bischof Francisco und winkte Gonzales herein. »Sie dürfen nach Hause gehen, Capos.«

Die beiden Soldaten fragten sich verblüfft, wie der Bischof gewusst haben konnte, dass sie gerade angekommen waren. Schließlich war es mitten in der Nacht. Sie hatten erwartet, den Bischof schlafend anzutreffen und ihn erst von einem Novizen wecken lassen zu müssen.

»Ich bin überrascht, Sie noch auf den Beinen zu finden.« Gonzales band hektisch das Springfield-Gewehr vom Sattel los.

»Die Hand Gottes schläft nie«, erwiderte der Bischof. »Schon gar nicht in diesen dunklen Zeiten. Capos, ich habe gesagt, Sie können gehen.«

Capos schaute verwirrt, und sein Esel trat unruhig hin und her, als wollte er flüchten. »Ich werde hier draußen warten«, sagte er und versuchte, den Esel zu beruhigen.

»Geh bitte.« Gonzales ging mit dem Gewehr auf die Klostertür zu, von wo er ihm zuwinkte. Zum ersten Mal seit Tagen stand er im Trockenen.

Das Kloster war ein großer Bau mit über hundert Räumen

auf drei Stockwerken, ein Rechteck mit einem großen Innenhof. Es beherbergte gut vierzig Priester und Novizen, die dort ausgebildet wurden, doch um diese Stunde war keine Menschenseele zu sehen.

Gonzales nahm die Mütze ab und fuhr sich durch die nassen Haare, bevor er die Tür hinter sich schloss und den schweren Riegel zuschob. Er zog seine tropfende Uniformjacke glatt und vergewisserte sich, dass alle Knöpfe geschlossen waren. Als er sich umdrehte, stand der Bischof mitten in der Eingangshalle und streckte ihm die Hand mit dem Bischofsring entgegen. An den seitlichen Wänden hingen zwei lebensgroße Gemälde, rechts die Jungfrau Maria und links Josef von Nazareth, beide mit Heiligenschein.

Gonzales ging mit forschen Schritten auf den Bischof zu, fiel auf ein Knie und küsste den Ring mit Inbrunst. Seine Beine schmerzten so stark, dass er schreien wollte, doch er klagte nicht. »Verzeihen Sie, Padre, ich komme mit schlechten Nachrichten.«

»Sie haben den Fremden namens Dowling nicht festgenommen«, sagte der Bischof. »Das bereitet mir größte Sorge.«

Gonzales fragte sich nicht, wie der Bischof das bereits wissen konnte. »Vater, mir macht mehr Sorge, was in Cusco vor sich geht. Menschen werden ermordet und verschwinden. Es scheint, dass sich ein Schleier des Bösen auf die Stadt gesenkt hat.«

Der Bischof entzog ihm Hand und Ring, um sein Missfallen deutlich zu machen. »Sie werden mir sagen, was ich wissen will!«, beschied er barsch. »Sie haben von mir einen wichtigen Auftrag erhalten. Sie sollten einen Feind der Kirche festnehmen. Und Sie werden meinen Anweisungen folgen, Capitán, bis ich etwas anderes sage!«

»Es tut mir leid, Vater. Sie haben natürlich recht.« Kniend und mit beiden Händen hielt er ihm das Springfield-Gewehr hin. »Wir haben ihre Waffe erbeutet«, sagte er.

»Ich habe Sie geschickt, um mir diese Männer zu bringen, und Sie kommen mit einem Gewehr?« Der Bischof wandte sich abrupt ab und ging durch die düstere Eingangshalle auf den Innenhof zu. »Mehr haben Sie also nicht für mich!«, rief er.

Gonzales lehnte das nasse Gewehr an die Wand und eilte dem Bischof nach. »Bitte, Vater, lassen Sie mich erklären, was passiert ist.« Seine tropfende Uniform zog eine nasse Spur auf den Steinplatten. »Wie Sie verlangt haben, bin ich mit einem bewaffneten Trupp aufgebrochen, um Dowling und Bingham zu verfolgen. Sie waren schon ein gutes Stück vor uns, trotz des Wetters und des morastigen Bodens. Sie waren viel schneller, als ich gedacht hätte, gerade so, als wäre der Teufel hinter ihnen her.« Gonzales sammelte einen Moment lang seine Gedanken. »Wir ritten die ganze Nacht durch, ohne anzuhalten, doch als wir an der Gleisbauhütte ankamen, waren die Ausländer schon weg. Wir suchten das Gelände ab und fanden ihre Esel tot und mit durchgeschnittenen Sehnen. Sie sind qualvoll verendet. Meine Bergführer glauben, dass das Indianer getan haben. Wir haben keine gesehen. Doch überall waren Fußspuren, als wären Menschen wild durcheinandergelaufen.«

Jetzt blickte der Bischof beunruhigt. »Aber Sie sind den Ausländern weiter gefolgt?«

»Bis durch das Heilige Tal, wie die Bergführer es nannten. Haben Sie davon schon mal gehört?«

Der Bischof schüttelte den Kopf.

»Wir folgten ihrer Spur bis zur Urubamba-Schlucht, aber

als wir dort ankamen, waren sie nirgends zu sehen. Höchstwahrscheinlich sind sie bei dem Versuch, die alte Hängebrücke zu überqueren, umgekommen. Dort haben wir ihr Gewehr gefunden.«

Der Bischof wandte sich ab und schaute in den Innenhof. »Sie sind nicht tot«, sagte er in die Dunkelheit hinein.

»Die Hängebrücke war abgerissen. Meine Führer meinen, dass die Indianer die beiden Weißen bis dorthin verfolgt und ihnen keine andere Wahl gelassen haben, als über die Brücke zu laufen. Alle Fußspuren führten dorthin, aber nur die der Indianer führten auch wieder von dort weg. Einer meiner Männer hat einen Giftpfeil gefunden. Schon die Berührung der Spitze hat seine Hand anschwellen lassen, dass sie aussah wie eine Kröte an einem heißen Tag.«

»Die Ausländer sind nicht tot«, beharrte der Bischof.

»Aber, Vater, die Beweislage ist eindeutig ...« Es war noch keine Gelegenheit gewesen zu berichten, dass ein Soldat auf dem Rückweg verschwunden war. Ob er desertiert oder verschleppt worden war, hatte er nicht feststellen können.

»Sie sind nicht tot«, wiederholte der Bischof noch einmal, dann drehte er den Kopf. »Sie sollten auf das hören, was ich Ihnen sage.«

Zum ersten Mal seit seiner Rückkehr betrachtete Gonzales das Gesicht seines Gegenübers genauer. Der Bischof sah ungesund aus. Seine Augen waren eingesunken, die Haut hatte einen Grünstich. »Geht es Ihnen gut, Vater?«, fragte er. Vermutlich setzte dem Geistlichen die Lage in Cusco zu, schloss er. Das musste der Grund sein.

Der Bischof wurde plötzlich wütend. »Stellen Sie keine dummen Fragen, gehorchen Sie!«

Gonzales dachte an den roten Schimmer, den er jüngst in

den Augen des Mannes bemerkt hatte. Dieser Schimmer war jetzt nicht zu sehen, doch dem Bischof war anzumerken, dass er einen schrecklichen inneren Kampf ausfocht. »Was soll ich für Sie tun?«, fragte Gonzales.

Das Licht der Öllampen beschien nur eine Gesichtshälfte des Kirchenmannes und machte es schwer, seine Miene zu deuten. »Sie werden aus Lima Soldaten anfordern, die die Kirche und die Gemeinde schützen sollen.«

Gonzales nickte. »Ja, Vater. Inzwischen wurden in der Stadt bereits etliche Leute vermisst gemeldet und andere ermordet aufgefunden. Es tut mir überaus leid, was mit Ihrer Nichte passiert ist«, sagte er ernst. »Sie war ein schönes Mädchen.« Bei diesen Worten machte der Bischof ein gequältes Gesicht, dessen Anblick Gonzales fast das Herz zerriss. »Ich weiß, sie war Ihnen teuer«, fügte er hinzu.

Der Bischof konnte vor Schmerz nicht sprechen.

»Ich hatte Ihnen gesagt, dass der Tote am Glockenturm entfernt werden muss, Vater.« Bei der Überquerung des Platzes hatte Gonzales den verwesenden Leichnam dort noch immer hängen sehen. Die Vögel hatten ihm bereits die Augen ausgepickt. Die aufgebrachte Menschenmenge, die drei Tage zuvor noch den Platz gefüllt hatte, war fort. Nur Corsells Mutter kniete noch im Regen vor der Kirchentreppe.

Bischof Francisco seufzte tief. »Der Tote bleibt hängen«, erwiderte er streng. »Erwähnen Sie die Kreuzigung nicht noch einmal, Capitán. Nur ich darf in solchen Dingen für Gott sprechen.«

»Vater, die schlimmen Vorgänge in der Stadt haben zweifellos damit zu tun. Lassen Sie den Toten abnehmen. Wenn Sie ein wenig Einlenken zeigen, dann –«

»Ich bin die Hand, die das Schwert Gottes führt!«, unterbrach ihn der Bischof mit so unheimlicher Stimme, dass Gonzales eine Gänsehaut bekam. »Sprechen Sie die Sache nicht noch einmal an, oder es hat Konsequenzen für Sie!«

Gonzales war erschrocken und traute sich nicht, dem Geistlichen in die Augen zu blicken, aus Angst davor, was er dort sehen könnte. »Ich werde es nicht mehr erwähnen«, sagte er.

»Sie werden Soldaten anfordern. Geben Sie ein Telegramm auf. Sofort!«

Das hieß zwar, dass er den Telegrafenbeamten aufwecken musste, aber Gonzales hatte nicht die Absicht, dem Bischof noch einmal zu widersprechen. Der höchste Vertreter der Kirche in Südamerika hatte seinen Willen kundgetan. Und dazu kam, dass Gonzales Angst vor ihm hatte, auch wenn ihm nicht klar war, warum. Vor einer Woche noch hatte er geglaubt, sich vor keinem lebenden Menschen zu fürchten, ganz gleich, wie stark, entschlossen oder mächtig er war – doch das alles hatte sich in dem Moment geändert, als Gonzales das rote Schimmern in den Augen des Bischofs bemerkt hatte.

»Wenn die Soldaten eingetroffen sind, werden Sie die Straßen nach Nordwesten besetzen und Ihren Leuten befehlen, auf die beiden Ausländer zu schießen, sobald sie zurückkommen. Haben Sie verstanden?«

»Ja, Vater.«

»Cusco macht eine dunkle Zeit durch«, sagte der Bischof mit tonloser Stimme. »Wir müssen kampfbereit sein. Unschuldige werden ermordet, sogar in ihren Betten. Wenn Sie nicht wollen, dass Sie und Ihre Familie dasselbe Schicksal ereilt, werden Sie tun, was ich sage, ohne es infrage zu stellen. Dieser Dowling hat ganz sicher mit diesen Schreckenstaten zu tun. Er wird nach Cusco zurückkommen, um zu stehlen, was nicht sein ist. Dieser Mann ist böse, der verdorbenste Mensch, der je auf Gottes Erde gewandelt ist. Er will an sich bringen, was nicht ihm gehört, und die Folge wäre, dass Unschuldige in der Hölle brennen.«

Der Bischof trat aus dem Kreuzgang hinaus in den Regen. Von seiner nackten Haut stieg Dampf auf, als er sich zu Gonzales umdrehte. »Lieben Sie Ihre Familie?«, fragte er.

Gonzales kroch es eiskalt über den Rücken.

»Lieben Sie Ihre Familie?«, fragte der Bischof noch einmal.

»Ich liebe die Kirche, Vater, aber wie Gott es will, liebe ich meine Frau und Kinder mehr als alles andere. Mehr als mein Leben.«

»Sie würden für sie sterben?«

»Ohne zu zögern.«

Bischof Francisco lächelte, wobei seine Zähne und Augen im Schatten blieben, was ein schauriger Anblick war. »Sie geben einen prächtigen Soldaten für die Kirche ab. Ein Mann wie Sie bewältigt jede Herausforderung und wird dadurch nur noch stärker, scheint mir. Darum hat Gott Sie zu meiner rechten Hand bestimmt.«

Gonzales fiel auf ein Knie. »Danke, Vater, ich werde Sie nicht enttäuschen.«

27.

ANDEN, PERU
MACHU PICCHU SANCTUARY LODGE
ORTSZEIT: 23.10 UHR
18. JANUAR 2014

Direkt vor der Tür auf dem Gang saß der zusätzliche Leibwächter, der ein paar Stunden zuvor aus Houston angekommen war. John Hanna war ein Ex-Navy-Seal, und obwohl er relativ klein war und Rastalocken trug, war er bei den Reichen und Berühmten ein begehrter Sicherheitsmann. »Hanna hat Bono bewacht, als er durch die Vereinigten Staaten tourte«, erzählte Chad über ihn. »Er kann einen Mann mit dem kleinen Finger töten. Er ist der Beste.«

Helena hatte ihn nur einmal gesehen und war sofort überzeugt gewesen, dass man sich auf ihn verlassen konnte. Er wirkte leicht hyperaktiv; die Art, wie er redete und sich federnd durch das Zimmer bewegte, wenn er seine Kontrollrunde machte, konnte enervierend sein. Er nahm seine Aufgabe so ernst, dass er sogar vom Balkon sprang, viereinhalb Meter tief, um die Sicherheit vom Boden aus zu überprüfen.

Chad schlief im angrenzenden Zimmer. Die Auszeit hatte sie sich verdient. Sie war die vergangene Nacht aufgeblieben, um Wache zu halten. Helena hatte auch nicht viel geschlafen, allerdings nicht aus Sorge um ihre Sicherheit. Was sie beschäftigt hatte, war die Frage, wieso sie nicht mit Wilson in

Kontakt treten konnte, seit sie in Machu Picchu angekommen war. Sosehr sie sich das Gegenteil wünschte, die Verbindung mit dem Zeitreisenden schien gekappt zu sein.

Alle waren überrascht gewesen, als Helena sagte, dass sie bleiben wolle. Nach dem nervenaufreibenden Vorfall im Zug konnte niemand verstehen, warum sie nicht sofort abreiste. Zevallos hatte angeboten, den Don und seine Leute für eine Nacht in Gewahrsam zu lassen – in der einzigen Zelle, die der örtlichen Polizei zur Verfügung stand –, damit sie nicht mit Eravisto zusammen nach Cusco zurückfahren müsste. Aber Helena hatte abgelehnt und darauf bestanden, dass Zevallos die Gesellschaft am selben Tag in den Gegenzug setzte. Damit hatten wiederum andere Passagiere ein Problem, die den Vorfall auf der Hinfahrt miterlebt hatten. Die wollten sofort zurückfahren, aber nicht zusammen mit den Verhafteten.

Chad redete auf Helena ein, abzureisen. Sie könne für ihre Sicherheit sonst nicht garantieren. Don Eravisto verfügte über weitreichende Kontakte und Möglichkeiten, und sie fürchtete einen Anschlag auf Helena. Doch es blieb bei der Entscheidung. Helena sah sich kurz vor einer erstaunlichen Entdeckung und wollte unbedingt die Inka-Ruinen, vor allem den Sonnentempel besichtigen und erfahren, warum ihre Träume sie hierhergeführt hatten.

Seit sie aus dem Zug gestiegen war, hatte sie mit einer neuen Vision oder einem Zeichen von Wilson gerechnet. Und während der Bus die beängstigend steilen Serpentinen hinaufgefahren war, war ihre Erwartung weiter gestiegen. Der Regen ließ überhaupt nicht nach, der Wind war böig und der Himmel schwarz wie ein Loch, als sie in dem kleinen, luxuriösen Hotel eincheckte, das bei der alten Inka-Zitadelle auf dem

Kamm lag. In ihrem Zimmer hatte sie den Wecker so gestellt, dass er bei Sonnenaufgang klingelte. Mit dem Colt auf ihrer Brust lag sie dann die ganze Nacht wach und wartete, dass etwas passierte. Sie hatte eine sentimentale Vorliebe für diese Waffe entwickelt, nachdem sie damit fast erschossen worden war.

Noch bevor der Wecker klingelte, war Helena aufgewacht. Sie zog sich ihre schwarze Wanderkleidung an und steckte den Colt in die wattierte Weste. Zusammen mit Chad ging sie auf eine schnelle Tasse Kaffee und eine Scheibe trockenen Toast nach unten in den Speiseraum. Dann machten sie sich jeder mit einem Schirm ausgerüstet unter Pablos Führung auf den Weg. Die Schwellung in seinem Gesicht war zurückgegangen, doch die Wunde auf dem Nasenrücken hatte mit sechs Stichen genäht werden müssen.

In der Ferne donnerte es, während sie den steilen Weg zum Wachhaus hinaufstiegen. Nebelschwaden hingen in der feuchten Luft und machten es schwierig, mehr als ein paar Schritte weit zu sehen. Durch den morastigen Boden zogen sich Rinnsale, die ins Tal flossen, von wo das Tosen des Urubamba schwach zu hören war.

Helena verspürte eine brennende Ungeduld im Bauch. Es war das erste Mal, dass sie vor einem alten Inka-Bau stehen würde.

»Pablo, ich möchte, dass Sie mich zum Sonnentempel führen«, sagte Helena, als sie durch das Wachhaus die Welterbestätte betraten. Es war niemand da außer dem Angestellten, der ihre Eintrittskarten entgegennahm und die Pässe stempelte. Offenbar waren sie die einzigen Touristen, die dem schlechten Wetter trotzen wollten.

Pablo trug einen durchsichtigen Plastikponcho, der ihm

bis an die Knie reichte, und einen breitkrempigen Hut mit wasserdichtem Überzug. Seine Füße steckten in kniehohen Gummistiefeln. »Natürlich. Aber bitte achten Sie auf jeden Ihrer Schritte, Señorita. Die Felsen können sehr schlüpfrig sein, und Sie können es jetzt zwar nicht sehen, aber rechts von uns geht es über dreihundert Meter in die Tiefe. Also, bitte seien Sie vorsichtig.«

Helena spähte in den wabernden Nebel.

»Schon ein Sturz aus fünfzehn Metern Höhe ist tödlich«, sagte Chad in nüchternem Ton. »Die größeren Zahlen hören sich nur beeindruckender an.«

Mit keinem Wort hatte Chad die sonderbare Unterhaltung zwischen Helena und Don Eravisto erwähnt. Es war, als hätte sie den Vorfall ausgeblendet und konzentrierte sich ganz auf die Erfordernisse des Augenblicks. Oder es gehörte zum Verhaltenskodex eines professionellen Leibwächters, keine Fragen zu stellen.

»Passen Sie auf, wo Sie hintreten«, sagte Pablo, als sie ein paar steile Stufen hinaufstiegen.

Helena hatte sich zahllose Aufnahmen der Stätte angesehen und im Internet viel über Machu Picchu gelesen. Es war ein Ort von seltener Schönheit, und sie hatte die Bauweise der alten Inka-Stadt bewundert, die zwischen zwei Gipfeln auf einem Kamm lag. Rings um die Zitadelle gab es atemberaubende Steilhänge, die sie fast unangreifbar gemacht hatten. So weit das Auge reichte, konnte man in alle Richtungen über vereiste Andengipfel sehen. Ein fantastischer Ausblick, wenn das Wetter es zuließ.

Doch an diesem Tag war es diesig vom Regen, sodass fast nichts zu sehen war. Die Temperatur variierte enorm, je nach Windrichtung war es mal warm, mal empfindlich kalt. Pablo meinte, dass das an der feuchten Luft vom Pazifik läge, die in die eisige Luftmasse über den Gletschern eindrang, weshalb es auch im Sommer so viel regnete. Helena sah nur Nebelschwaden sowie sorgfältig geschichtete Bruchsteinmauern und Treppen, die bergan durch die Stadt führten. Die Wege waren steiler als erwartet, und in dieser Höhe beschleunigte sich der Atem ohnehin. Man war nicht ganz so hoch wie in Cusco, aber hoch genug, um Schwierigkeiten zu bekommen, wenn man sich zu sehr anstrengte.

»Das ist das Wachhaus«, sagte Pablo, als Helena schnaufend die Stufen heraufkam. An dem Treppenabsatz stand ein Gebäude mit drei Mauern und einem Strohdach, das auf Querbalken ruhte. »Hier sind wir an der höchsten Stelle der Agrarterrassen«, erklärte Pablo, während er sie unter das Dach ins Trockene führte. »Von hier hat man einen freien Blick in die Täler auf beiden Seiten und zum Inka-Pfad. In der Schlucht gab es auch mal eine Hängebrücke, damals noch die einzige Möglichkeit, nach Machu Picchu zu gelangen. Und von hier aus hat man eine fantastische Aussicht.«

Chad starrte durch die trapezförmigen Fensteröffnungen in den Nebel. »Ich werde es dir einfach glauben müssen.«

Helena wartete darauf, dass etwas passierte. »Bringen Sie mich zum Sonnentempel«, sagte sie wieder. »Sie können auf dem Weg dahin über die Ruinen erzählen.«

Pablo senkte den Hutrand und trat ins Freie, um einer rasenbedeckten Terrasse zu folgen, die in gemächlichem Bogen nach rechts führte, an einer drei Meter hohen, perfekt anmutenden Bruchsteinmauer entlang. Nach ungefähr hundert Metern ging es über einige schön angelegte Treppen hinunter.

Neben ihnen floss glasklares Wasser durch den Kanal eines eindrucksvollen Aquäduktsystems. »Hier gibt es sechzehn natürliche Quellen«, fuhr Pablo fort. »Das Wasser kommt aus dem Innern des Machu Picchu oberhalb von uns. Die Quellen liefern das ganze Jahr über klares Wasser, und es sind die einzigen in der ganzen Region, die das tun. Wie Sie sehen, sind die Stadtmauern in sehr gutem Zustand. Als Hiram Bingham hierherkam, waren die Ruinen überwuchert, sodass er sie von Bäumen und Büschen befreien ließ. Die Bauten sind dann rekonstruiert worden, um die einstige Pracht der Anlage sichtbar zu machen. Über fünfzig Jahre lang haben fünfzig Leute daran gearbeitet. Fehlende Steine wurden aus dem alten Steinbruch gewonnen und nach traditioneller Bauweise eingesetzt.«

Helena wusste, dass der Sonnentempel in unmittelbarer Nähe war, und fragte sich unruhig, was sie dort vorfinden würde.

»Wir sind jetzt im Zentrum des einstigen Wohnviertels«, sagte Pablo. »Beachten Sie die Baukunst. Hier sieht man einige der schönsten Bauwerke der Welt. Die verbauten Granitquader wurden rechtwinklig behauen und geglättet. Sehen Sie, wie makellos sie aufeinanderliegen? Es wurde kein Mörtel benutzt. Das ist Präzisionsarbeit. Die Inkas haben hier erdbebensicher gebaut.« Pablo zeigte treppab. »Und der schönste Bau von allen steht da unten: der Sonnentempel.«

Helenas Herz schlug schneller. Ihre Träume waren immer sehr deutlich gewesen. Nachmittagssonne fiel durch die trapezförmigen Fenster. Helena stand am Fuß des Gebäudes vor der dreieckigen Öffnung. Im hellen Gegenlicht konnte sie nur schlecht sehen, doch sie wusste, dass etwas in dem Raum dahinter war, was sie entdecken musste.

Wird Wilson da drin sein?, fragte sie sich.

Als sie die schlüpfrigen Stufen hinabging, prasselte der Regen heftiger, sodass man kaum etwas anderes hören konnte. Helena wurde immer ungeduldiger. Das Regenwasser floss in Bächen über die Treppen, wurde schneller und gewann an Kraft, je mehr es sich sammelte. Die Mauer aus hellen Granitquadern neben ihr ging in eine glatte Mauer aus schwarzem Stein über.

Gleich kommt der Eingang zum inneren Tempel.

Helena spürte es.

Sie trat durch ein Tor und gelangte auf ein freies Plateau. Als sie sich zum Gebäude hin umdrehte, blickte sie zum ersten Mal in das königliche Mausoleum, das direkt unter dem Sonnentempel lag, dem heiligsten Bau in der »Stadt in den Wolken«. Die Gewölbe waren für die Mumien der Könige und Königinnen gedacht gewesen. Das war der Ort, wo Helenas Träume sie hinführten.

Gespannt blickte sie in die tiefen Schatten der Grabstätte und wartete auf eine Verbindung ... eine Vision. Doch es geschah nichts, außer dass der Regen auf ihren Schirm prasselte und der eisige Wind ihr in die Kleidung fuhr.

»Über uns befindet sich der Sonnentempel«, sagte Pablo. »das einzige runde Bauwerk der Inka. Der Sonnengott Inti ist der wichtigste unter den Inka-Göttern. Er ist Herrscher des Universums, Herr über Leben und Tod. Er wärmt die Erde und lässt das Korn wachsen. Er lenkt auch Lust und Ehrgeiz des Menschen, die Grundlagen des Fortschritts.«

Helena hörte ihm zu, aber ihr Kummer über das Ausbleiben einer übernatürlichen Verbindung machte sie benommen. Sie war mit so großer Hoffnung nach Peru gereist, und die lief nun ins Leere. Was für ein grausamer Scherz des

Schicksals führte sie auf eine Reise ohne Ziel? Ihre Vision in der Gleisbauhütte war so real gewesen, und jetzt dies – nichts als leere Steinbauten auf einem Bergkamm.

Als Helena wieder in ihrem warmen Bett im Hotelzimmer lag, starrte sie an die Decke und dachte an die aufkeimende Verzweiflung zurück, die sie am Morgen empfunden hatte. Es war wichtig, optimistisch zu bleiben, sagte sie sich. Doch sosehr sie sich darum bemühte, es fiel ihr schwer, sich nicht der Enttäuschung hinzugeben. Sie wusste, dass es in solchen Situationen nichts Schlimmeres gab, als allein zu sein und zu viel Zeit zum Nachdenken zu haben. So würden die Zweifel die Oberhand gewinnen.

Helena begann sich zu fragen, warum Don Eravisto glaubte, dass Wilson eine Frau und ihre Kinder ermordet hatte. Dazu wäre er niemals in der Lage, dessen war sie sicher. Selbst wenn man Wilson dazu zwingen wollte, könnte er es nicht tun. Aber Don Eravisto war davon überzeugt, dass er die Bluttat begangen hatte, die den Lebensweg seines Großvaters, seines Vaters und nun auch seinen eigenen bestimmte. Diese Tat rächen zu müssen war eine schwere Last. Doch wie es schien, war Don Eravisto willens, abzudrücken und Helenas Blut in einem Zugwaggon zu verspritzen, um die Vergangenheit zu ändern – obwohl er selbst alles dabei verlieren würde.

Wie kam Don Eravisto überhaupt auf die Idee, dass sich die Vergangenheit ändern ließ? Nach allem, was Helena mit eigenen Augen gesehen hatte – sie war dabei gewesen, als das Zeitportal aktiviert wurde –, konnte sie sich nur schwer mit dem Gedanken abfinden, dass alle Zeit nebeneinander existierte. Das war schwer zu begreifen, selbst wenn man es am eigenen Leib erfahren hatte. Doch Don Eravisto glaubte es, und in seiner Familie wurde es über zwei Generationen hinweg beteuert.

Es stellte sich die Frage, welche Rolle Helena dabei spielte. Don Eravisto behandelte sie, als wäre sie selbst eine Mörderin, als hätte sie das schändliche Verbrechen an seiner Familie begangen. Sie war damals noch nicht einmal geboren, und über eine tatsächliche Verbindung mit Wilson konnte nur spekuliert werden, genau wie über die Vision in der Gleisbauhütte. Das Ganze war so frustrierend, dass sie am liebsten laut geschrien hätte. Stattdessen befahl sie sich, optimistisch zu bleiben, wie Wilson es gewollt hätte.

Optimistisch und konzentriert, hatte er immer gesagt. *Dein Denken ist nicht dazu gemacht, sich gegen das zu verteidigen, was in dir ist.*

Helena atmete tief durch. Sie griff zum Nachttisch nach der ägyptischen Münze, die Wilson ihr geschenkt hatte. Sie drückte das kühle Metall zwischen den Fingern, umkreiste mit dem Daumen die Delle in der Mitte und betrachtete die Münze dann im Schein der Bettlampe. Dieses Ding hatte Wilson das Leben gerettet. Das war erst gut ein Jahr her.

Helena war sicher, dass diese Münze den Weg zu Wilson finden würde. Sie glaubte fest, dass er das Geldstück eines Tages wieder in der Hand halten würde. Doch im Augenblick hielt er sich in der Vergangenheit auf, ungefähr hundert Jahre von Helena entfernt. Er war in der Zeit zurückgereist, nicht in die Zukunft, wie sie erwartet hatte. Er hatte älter ausgesehen, so als wäre seit ihrer letzten Begegnung für ihn mehr Zeit vergangen als für sie.

Helena betrachtete die Münze in der einen und den Colt in der anderen Hand. Die Münze hatte Wilson das Leben gerettet … der Colt hätte ihr fast das Leben genommen.

Alles passiert aus einem Grund, sagte sie sich und spürte, wie sich ihre Stimmung ein wenig hob. Sie musste nur Geduld haben, bis sie an der Reihe war. Fürs Erste konnte sie nichts tun als warten.

28.

Cusco, Peru
Calle Pavitos
Ortszeit: 4.42 Uhr
19. Januar 1908

Die Gedanken stürmten auf ihn ein, während Gonzales durch den strömenden Regen nach Hause lief. Wie befohlen hatte er den Telegrafenbeamten aus dem Bett geholt und ein Telegramm nach Lima aufgegeben, damit unverzüglich mehr Soldaten geschickt wurden. Auf der Uhr an der Plaza de Armas war es Viertel nach vier, als Gonzales seinen Esel durch die Gasse führte und in den Pferch hinter seinem Haus stellte. Er nahm dem Tier den Sattel ab und gab ihm trockenes Heu zu fressen.

»Gut gemacht«, sagte er und tätschelte ihm den Kopf.

Ehe er ins Haus ging, zog er sich die schmutzigen Sachen aus und legte sie über die Trockenmauer an der Tür. Splitternackt stand er im eiskalten Regen und rieb mit zitternden Händen ein Stück Seife über seine nasse Haut. Seine Frau duldete nicht, dass man von draußen Schmutz hereinbrachte. Er hatte die Wahl, sich vorher zu waschen oder die Konsequenzen zu tragen.

»Wann hört dieser Regen endlich mal auf?«, murmelte er. Nackt und zitternd schloss er die Tür auf, trat in die kalte Küche und suchte sich im Dunkeln ein Handtuch aus dem Schrank. Er hätte ein Streichholz anreißen und die Öllampe anzünden können, aber er wollte seine Familie nicht wecken, die im Nebenzimmer schlief.

Das einfache Zwei-Raum-Haus am Stadtrand hatte einen Steinboden und Wände aus Lehmziegel. Verglichen mit den Häusern der Nachbarschaft war es ein solider Bau, denn es war von denselben Handwerkern gebaut worden wie die Kaserne. Mit dem Holz, dem Mörtel, den drei Fenstern und Steinplatten, die dabei übrig geblieben waren, hatten sie ein recht modernes Heim zusammenschustern können. Es war klein, hatte aber hohe Decken und ein solide gedecktes Dach, von dem das Regenwasser gut ablief, egal wie sehr es schüttete. Die Küche hatte einen Herd, ein Waschbecken und einen modernen Eisschrank, in dem man Fleisch bis zu einer Woche aufbewahren konnte. Hinter dem Haus gab es einen Stall für den Esel und einen Verschlag, in dem sie zehn Hühner hielten. Gonzales und seine Frau waren sehr stolz auf das Haus und wurden von ihren vielen Verwandten darum beneidet.

Er trocknete sich ab, band sich das Handtuch um die Hüften und setzte sich im Dunkeln hin, um über die vergangenen drei Tage nachzudenken.

Nach und nach gewöhnten sich seine Augen an die Dunkelheit, und er konnte auf dem karierten Tischtuch einen nur halb geleerten Teller erkennen. Das war höchst ungewöhnlich, denn seine Frau ließ nie Reste draußen stehen, weil es Ratten anlockte.

Plötzlich hatte er heftiges Herzklopfen. Er sprang auf, rannte zur Tür des Nebenzimmers und spähte hinein. Ihm rauschte das Blut in den Ohren, sodass er nichts hörte außer dem Regenwasser, das vom Dach in die Pfützen platschte.

In der Tür stehend starrte er ins Dunkel, wo die beiden Betten standen, und spürte eine furchtbare Angst.

Die Zeit schien stillzustehen.

»Da bist du ja, Lucho«, sagte seine Frau schlaftrunken. »Dem Herrn sei Dank.«

Erleichtert seufzte Gonzales und sah nach seinen drei Kindern, die in dem kleinen Bett schliefen. »Ich bin endlich zurück, Chiquita«, sagte er dann zu seiner Frau.

»Dem Herrn sei Dank«, wiederholte Sarita. »Es wurden Leute ermordet, und andere sind verschwunden. Alle haben eine Todesangst.« Sie stützte sich auf den Ellbogen.

Gonzales setzte sich neben sie auf die Bettkante und strich ihr über den Kopf. »Alles wird gut.« Er bettete sie zurück aufs Kissen. »Ich bin jetzt hier, um alles in Ordnung zu bringen. Ich werde die Stadt nicht noch einmal verlassen.«

»Ich bin so froh, dass du unbeschadet zurückgekommen bist«, flüsterte sie.

»Du musst jetzt schlafen, Chiquita. Die Kinder werden bald wach. Wir können uns am Morgen darüber unterhalten.«

Sie kuschelte sich ein und machte die Augen zu. »Schön, dass du wieder zu Hause bist, Lucho.«

Gonzales schlüpfte neben sie ins warme Bett. »Ich bin auch froh, wieder hier zu sein«, flüsterte er. Als er noch einmal zu seinen Kindern hinüberspähte, musste er unwillkürlich an Corsell denken. Gonzales hatte schon viele Tote gesehen, doch dieser sah auffallend anders aus. Es war, als wäre die Seele in seinem toten Körper geblieben und als würde sich seine Qual nun bis ans Ende der Zeit fortsetzen.

Bischof Francisco war für Corsells Tod verantwortlich. Auf seine Anweisung hin hatten die Kirchendiener den jungen Mann an Händen und Füßen an ein selbst gezimmertes Kreuz geschlagen und dann an den Glockenturm gehängt.

Was für ein Wahn war das, der in dieser modernen Zeit eine so grausame Tat hervorbrachte, und das auch noch in der schönsten Kirche von ganz Südamerika? Durch die Kreuzigung wurden keine neuen Verbrechen verhindert; die Vorfälle der letzten Tage hatten das bewiesen. Der Bischof verlor offensichtlich den Verstand, dachte Gonzales. Der Mord an Monseñor Pera und die folgenden Bluttaten waren offenbar zu viel für ihn.

»Gelobt sei Jesus Christus«, flüsterte er und starrte auf die Umrisse des Kreuzes, das über dem Kinderbett an der Wand hing.

Gute zwei Stunden lag er da und dachte darüber nach, was er erlebt hatte und warum. Einerseits wollte er schlafen, andererseits hatte er Angst, die Augen zu schließen, ehe es hell wurde. Am Ende war es die reine Erschöpfung, die ihn trotz seiner Sorgen einnicken ließ.

Von einem Schlag auf den Bauch fuhr Gonzales mit einem Aufschrei aus dem Schlaf. Die Sonnenstrahlen fielen durchs Fenster herein, und sein Söhnchen Ortega saß rittlings auf ihm. Zum Glück hatte Gonzales nicht aus einem Reflex heraus zugeschlagen.

»Ich habe dich vermisst, Papa!«, rief der Sechsjährige und hüpfte lachend auf ihm herum.

Sarita lag mit dem nackten Rücken an seine Hüfte geschmiegt. Ihr Anblick und der Duft ihrer glänzenden Haare waren ihm so vertraut wie alles in diesem Haus. Augenblicke später turnten alle drei Kinder auf ihm herum und quietschten vor Vergnügen: sein Ältester, Arturo, gerade acht Jahre alt, der Frechdachs Ortega und seine kleine Prinzessin Juanita, die kürzlich drei geworden war. Unter dem vereinten Gewicht der drei spürte er seine schmerzenden Beine und seinen Rücken umso mehr.

»Schön, dass ihr alle da seid.« Seine Stimme klang belegt. »Papa hat einen langen Ritt hinter sich.« Er gab den Kindern einen Kuss und wandte sich seiner Frau zu, die ihn anlächelte. Bei einem Blick durch das kleine Schlafzimmerfenster stellte er fest, dass sich die Regenwolken endlich verzogen hatten. Es war noch früh, und er fragte sich, ob er überhaupt geschlafen hatte. »Papa ist müde«, sagte er schläfrig, während er seine Kinder eines nach dem anderen anhob und auf den Boden stellte. »Geht mit eurer Mutter, sie wird euch ein großes Frühstück machen!« Er hoffte, seine Sprösslinge mit diesen Worten zu ermuntern, ihn in Ruhe zu lassen, damit er weiterschlafen konnte, ehe die Gedanken zurückkehrten. »Nimm sie mit«, sagte er zu seiner Frau.

»Rasch, Kinder, euer Vater braucht Schlaf.« Sarita küsste ihren Mann auf die Stirn, dann gingen die vier hinaus.

Als Gonzales wieder wach wurde, saß Sarita mit einer dampfenden Tasse Koka-Tee neben ihm auf der Bettkante. »Trink das«, sagte sie.

Gonzales hob den schmerzenden Rücken an, schob sich ein Kissen unter und nahm den Becher entgegen.

»Es ist früher Nachmittag, und wir müssen zur Messe gehen«, sagte Sarita. Sie trug ihr bestes schwarzes Kleid und einen schwarzen Schal um die Schultern.

Gonzales schüttelte den Kopf.

»Es ist Sonntag!«, erklärte sie ruhig lächelnd.

»Ich finde, wir sollten heute nicht zur Kirche gehen«, erwiderte Gonzales. »Nicht heute.« Er deutete in Richtung der Kathedrale. »Der tote Corsell hängt noch immer draußen am Kreuz. Ich will nicht, dass die Kinder das sehen, Chiquita.«

»Wir können den kleineren die Augen zuhalten wie andere Eltern auch. Und wegen Arturo brauchen wir uns keine Gedanken zu machen. Er ist schon ein paar Mal mit seinen Freunden an der Kirche gewesen, um sich den Toten anzusehen.«

»Ich hatte gesagt, dass er nicht hingehen darf!«, hielt Gonzales ihr verärgert entgegen.

»Ich konnte ihn nicht daran hindern«, erwiderte sie. »Er wird langsam groß und tut, was er möchte, besonders wenn du nicht da bist.« Sarita legte ihm die Hand auf die Brust. »Es ist so ein schöner Tag heute, Lucho, der erste seit Wochen. Die Kinder sind angezogen und ausgehfertig. Ich meine, wir sollten gehen.«

»Wir gehen heute nicht zur Messe«, beharrte Gonzales.

»Was glaubst du, welchen Eindruck es macht, wenn der Hauptmann des Garderegiments nicht mit seiner Familie zur Kirche kommt? Du bist für alle ein Vorbild.«

»Es interessiert mich nicht, was andere denken.« Gonzales seufzte. »Außerdem wissen sie gar nicht, dass ich schon wieder da bin.«

Sarita senkte den Blick. »Wir gehen heute zur Kirche, Lucho. Wichtiger als die Meinung anderer ist, welche Meinung ich von mir selbst habe. Ich werde meine Beziehung zu Gott nicht aufs Spiel setzen wegen des schrecklichen Mordes, den Corsell Santillana begangen hat.«

»Nicht nur Corsell hat gegen das Gesetz verstoßen.« Gonzales bekreuzigte sich. »Auch der Bischof, der die Kreuzigung eines Mannes befohlen hat, der nicht rechtmäßig verurteilt wurde. Darüber darf ich nicht schweigend hinwegsehen, nicht einmal beim Bischof.«

»Deine Soldaten stehen Wache vor der Kirche, Lucho.«

»Mir bleibt nichts anderes übrig! Es gehört trotz allem zu meinen Pflichten, die Kirche zu schützen. Mit meiner Familie zur Messe zu gehen, ist eine andere Sache.«

»Lucho«, begann sie in sanftem Ton, »du hast bereits stillschweigend darüber hinweggesehen, indem du die Kreuzigung hast geschehen lassen. Siehst du das nicht?«

»Vielleicht können wir in eine andere Kirche gehen, zum Beispiel nach San Christóbal.«

»Ich werde nicht in eine andere Kirche gehen, Lucho! In dieser haben wir geheiratet, in dieser wurden unsere Kinder getauft und wir beide ebenfalls. Ich gehe nicht woandershin!«

Gonzales hätte ihr gern erzählt, was er in den Augen des Bischofs gesehen und wie er sich dabei gefühlt hatte, aber er brachte es nicht über sich. Es war, als hätte das Böse, das sich über Cusco gesenkt hatte, seine Stärke gebrochen.

»Wir gehen in die Kathedrale wie jeden Sonntag«, sagte sie ernst. »Seit zehn Jahren tun wir das. In der Stadt geht ein Mörder um, und Gott braucht uns gerade jetzt. Wir werden für unsere Kinder und für uns beten. Wir werden für die Seele von Monseñor Pera beten und auch für seinen Mörder, außerdem für die armen Seelen, die diesem Mörder zum Opfer gefallen sind. Das ist es, was Gott in so finsteren Zeiten von uns erwartet.«

»Vielleicht hast du recht«, meinte Gonzales.

»In diesen Dingen habe ich immer recht«, sagte sie selbstbewusst. Sie stand auf und sah so schön aus wie noch nie. Um ihren Hals hing das schlichte Silberkreuz, das er ihr bei ihrem ersten Rendezvous geschenkt hatte. Sie war eine üppige Frau mit samtig weicher Haut und freundlichen hellbraunen Augen. Ihr Haar war hüftlang und schien zu leuchten, wenn sie in der Sonne stand. »Wir haben vieles, was es zu schützen gilt, Lucho.«

Gonzales lächelte. »Du hast recht, wir haben vieles, für das wir dankbar sein können.«

»Deine Sachen liegen auf dem Kinderbett.« Sarita deutete auf die dunkelblaue Uniform, die sie ihm säuberlich zurechtgelegt hatte. »Die Messe beginnt um zwei. Du hast noch genug Zeit, bis wir aufbrechen müssen.«

29.

ANDEN, PERU
89 KILOMETER NORDWESTLICH VON CUSCO
ORTSZEIT: 12.43 UHR
19. JANUAR 1908

»Jetzt ist es nicht mehr weit«, sagte Wilson munter.

Bis zu dieser Stelle war der Aufstieg sehr anstrengend gewesen und unterhalb der Baumgrenze steil und rutschig, sodass sie praktisch auf allen vieren durch das dichte Unterholz gekraxelt waren. Doch es blieb auch weiterhin steil, und man brauchte Erfahrung und Geschick, um zu entscheiden, wohin Hände und Füße am besten zu setzen waren. Wilson rief Bingham daher ständig Anweisungen zu. Beiden lief der Schweiß übers Gesicht. Wilson begriff, dass sie dringend eine Pause brauchten, und machte auf einem flachen Felsen Halt, der etwa zehn Meter über das bewaldete Tal hinausragte.

Vor einer Weile hatte es aufgehört zu regnen, und der Wind hatte sich gelegt. Die diesigen Wolken hatten sich gehoben, sodass das dunkelgrüne Urubamba-Tal in seiner ganzen Pracht vor ihnen lag. Der Himmel wurde endlich blau, als zum ersten Mal seit Wochen die Sonne durch den Dunst brach. Die Aussicht auf die Berggipfel und bemoosten Steilfelsen war atemberaubend, ebenso wie der Blick auf den mächtigen Urubamba, der weiß schäumend dahinströmte, bis er hinter einer Bergschulter verschwand.

Zweifellos war dies einer der schönsten Flecken der Erde. Wilson wusste, dass sich die alte Inka-Stadt auf dem Kamm über ihnen verbarg. Erstaunlicherweise war sie noch immer nicht zu sehen.

Die Sonne schien auf die ferneren Regionen und ließ die zerklüfteten, gletscherbedeckten Gipfel aufleuchten.

Wilson zog sich die Jacke aus und legte sie neben sich auf den Stein.

Bingham betrachtete das Panorama. »Ein Glück, dass ich meinen Hut noch habe. Hätte ihn fast verloren, als ich mich über den Fluss schwang, wissen Sie.« Er zog seinen Tabaksbeutel aus der Tasche, klopfte die Wassertropfen ab und breitete dann den Beutelinhalt neben sich aus. »Es gibt zwei Dinge, die man im Urwald niemals tun sollte«, sagte er. »Erstens ... sich auf ein Nest von Feuerameisen setzen. Zweitens ... den Hut verlieren. In dieser Höhe brennt einem die Sonne sonst ein Loch in den Schädel.«

Wilson rieb sich das unrasierte Kinn und ließ sich die Nachmittagssonne ins Gesicht scheinen. »Gott sei Dank hat es aufgehört zu regnen.«

»Dafür ist es jetzt feucht«, sagte Bingham. »Das ist genauso schlimm.«

Zwischen den Baumwipfeln und an den Felswänden hing ein feiner Dunst, ein Hinweis, dass die Luftfeuchtigkeit an die hundert Prozent betrug. Wilson wischte sich den Schweiß aus dem Gesicht, dann zog er sein Hemd aus und legte es ebenfalls auf den Stein. »Es ist unangenehm, aber nichts ist so schlimm wie der Regen.« Wilson setzte sich und zog sich die Schuhe und Socken aus. Während er den Hut absetzte, ließ er die nackten Füße über den Rand baumeln, wo es sechzig Meter steil in die Tiefe ging.

Als er vor acht Jahren nach Machu Picchu transportiert worden war, war er bei Nacht und Regen angekommen, sodass er von den Ruinen nichts gesehen hatte. Das würde nun anders sein. Es kam ihm vor, als wäre eine Ewigkeit vergangen. Seitdem war so viel passiert, dass er sich vorkam wie ein völlig anderer Mensch. Wenn er darüber nachdachte, konnte er nicht mehr sagen, wer er inzwischen war. Plötzlich kam ihm Helena in den Sinn. Es waren tröstliche Gedanken, die ihm schon unzählige Male durch Phasen der Einsamkeit geholfen hatten. Die Erinnerung an sie und die damalige Zeit war ihm kostbar.

Wenn alles nach Plan lief, würde er schon in ein paar Stunden von hier verschwinden können. Er würde in die Firma zurückkehren und ein normales Leben führen, soweit das nach allem, was er gesehen und getan hatte, möglich war. Würde es einen weiteren Auftrag für ihn geben? Er wusste es nicht. Und so gern er seinen Vorgesetzten auch sagen würde, dass er nicht mehr der Aufseher sein wollte, so sehr wusste er im Grunde, dass er sich die Chance letztlich doch nicht entgehen lassen würde.

»Glauben Sie wirklich, dass Vilcabamba da oben liegt?«, fragte Bingham. Er rollte feuchten Tabak in ein feuchtes Papierchen ein.

»Auf dem Kamm über uns.«

Bingham spähte mit zusammengekniffenen Augen gegen die Sonne. »Da oben?«

»Es ist die letzte große unentdeckte Zitadelle Südamerikas. Sie sind es, dem man die Entdeckung zuschreiben wird, Hiram. Sie werden auf der ganzen Welt bekannt sein, eine lebende Legende.«

»Angenommen es ist wahr, was Sie sagen, dann erklären

Sie mir noch mal, warum Sie den Ruhm nicht selbst einstreichen wollen.«

»Wenn die Geschichte geschrieben wird, werde ich nicht hier gewesen sein, Hiram. Das ist eine unserer Abmachungen, wenn Sie sich erinnern.«

»Das sagten Sie schon, aber das beantwortet meine Frage nicht. Warum wollen Sie den Ruhm nicht für sich?«

»Das werde ich Ihnen sehr bald verraten«, sagte Wilson.

Bingham leckte an dem Papierchen entlang und klebte es dann zu. »Sie versprechen viel, reden aber nie über Ihre Motive. Das ist sehr beunruhigend.«

Wilson schraubte den Verschluss von seiner Wasserflasche und trank einen großen Schluck. »Wenn ich es Ihnen zu früh sage, werden Sie denken, ich bin verrückt geworden.«

Bingham zündete sich seine Zigarette an. »Ich glaube, der Verrückte bin ich.« Er blies eine Rauchfahne aus. »Weil ich mit Ihnen gegangen bin.«

Wilson grinste. »Eines Tages werden Sie sich gern an diese Expedition zurückerinnern.«

Bingham schien seine Zigarette zu genießen. »Haben Sie gesehen, wie gut diese Amazonen gebaut sind? Toll!«

»Nicht schon wieder ...«

»Daran werde ich mich gern zurückerinnern. Was Sie angeht, bin ich mir nicht so sicher.«

»Diese Frauen hätten Sie umgebracht, wenn sie gekonnt hätten.«

Bingham zog an der Zigarette. »Kann schon sein, dass sie gefährlich sind. Aber was für eine Art zu sterben! Wie die sich bewegen, haben Sie das gesehen? Diese Spannkraft und diese Figur! Gewöhnlich habe ich für große Frauen nichts übrig, aber bei denen, wer weiß.«

»Sie sind anders, als ich dachte.« Wilson sah ihn an.

»Was dachten Sie denn?«

Wilson zuckte die Achseln. »Ich wusste, wer Sie sind, kannte Ihren Ruf. Ich habe Sie mir einfach anders vorgestellt.«

Bingham lachte. »Sie hören sich an wie meine Frau! Sie kann auch nicht glauben, dass Yale mir einen Lehrauftrag für Südamerikanische Geschichte gegeben hat. Sie hätten Alfredas Gesicht sehen sollen, als ich ihr eröffnete, dass ich nach Peru gehe, um alte Inka-Stätten zu suchen. Die Hölle selbst kann nicht so furchteinflößend sein wie eine Frau ...«

»Wenn sie hört, dass Sie Vilcabamba entdeckt haben, wird sie beeindruckt sein.«

»Und während ich all die Auszeichnungen entgegennehme, wo werden Sie dann sein, Wilson?«

»Fort.«

»Wo?«

»Zu Hause.«

»In Australien?«

Wilson lächelte. »Ja ... in Australien.«

»Zu Hause bei den wahlberechtigten Frauen. Viel Glück!«

Wilson legte sich auf den glatten Stein und ließ sich von der Sonne bescheinen. Er schloss die Augen. »Wir werden hier eine Stunde Rast machen und uns trocknen lassen. Dann gehen wir weiter. Ich will, dass Sie ausgeruht sind, damit Sie Ihre Entdeckung genießen können.«

Bingham zog an der Zigarette und legte sich ebenfalls zurück. »Teils denke ich noch immer, dass da oben gar nichts sein wird. Bloß zwei Steinhäuser und ein Lama-Stall. Ich werde nichts weiter entdecken, als dass Sie mich getäuscht haben. Was für ein Witz.«

»Es liegt da oben. Das versichere ich Ihnen.«

Bingham drückte die Zigarette aus und warf den Stummel in den feuchten Wald. Während er seinen Blick schweifen ließ, sagte er: »Die Inkas müssen total verrückt gewesen sein. Warum haben sie ausgerechnet hier eine Stadt gebaut? Wo es so schwierig ist hinzukommen? Es ist gefährlich – ich meine, sehen Sie sich doch mal um! Die Steilfelsen, die Flüsse! Im Winter ist es hier bitterkalt, und der Sommer ist verregnet oder zumindest höllisch feucht.«

»Sie wollten eben nicht, dass ihre Stadt gefunden wird«, antwortete Wilson. »Überlegen Sie mal: Die Inkas haben nichts Schriftliches hinterlassen. Wissen Sie, warum?«

Bingham schüttelte den Kopf. »Aber dafür hatten sie eine ziemlich hoch entwickelte Kultur, muss ich zugeben. Sie hatten diese Knotenschnüre mit Tausenden von bunten Strängen. Meines Wissens haben sie damit ihre Geschichte aufgezeichnet.«

»Sie hatten sehr wohl eine Schrift. Sie hatten zweiundvierzig Buchstaben, und alle Priester und Adligen konnten lesen und schreiben. Sie haben Papierrollen benutzt. Jahrhundertelang. Dann wurde im ersten Drittel des 16. Jahrhunderts alles Schrifttum vernichtet.«

»Warum sollten sie das getan haben?«, fragte Bingham.

»Weil sie die Lage dieser Stadt da oben geheim halten wollten. Als die Spanier nach Peru kamen, gab es nichts, was auf die Existenz der Stadt hinwies.«

»Wozu die ganze Mühe?«

»Das habe ich Ihnen schon zu Anfang gesagt: Die Stadt hat einen Kern aus Gold. Erinnern Sie sich?«

»Sie sagten, es gäbe keinen Schatz zu entdecken. Daran erinnere ich mich.«

»Keinen Schatz, aus dem man Kapital schlagen kann.«

Wilson sah einen riesigen Kondor über dem Tal kreisen. Er war schwarz mit einem weißen Federkranz am Hals und sehr langen Federn an den Flügelspitzen, die wie Finger aussahen.

»Ein Kondor«, sagte er.

Bingham schaute nur flüchtig hin. »Ja, ein gewaltiges Tier.« Dann sah er Wilson wieder an. »Was nützt mir ein Schatz, den ich nicht zu Geld machen kann?«

»Es gibt Schätze, die man gar nicht haben möchte«, antwortete Wilson. »Aber die Entdeckung Vilcabambas wird Ihnen auch so genug Ruhm und Vermögen einbringen.«

30.

Anden, Peru
89 Kilometer nordwestlich von Cusco
Ortszeit: 12.59 Uhr
19. Januar 1908

Aclla und Sontane kauerten sich hinter einen umgestürzten Baumstamm auf der Aussichtsterrasse neben dem alten Wächterhaus. Auf einem Felsvorsprung achthundert Schritt unter ihnen saßen die zwei weißen Männer deutlich sichtbar in der Sonne. Es war seltsam, dass sie sich nicht um Deckung bemühten, andererseits war ohnehin alles an ihnen seltsam.

Von ihrer Position aus hatten Aclla und Sontane freie Sicht nach Osten über das Tal und auch über die überwucherten Ruinen der Zitadelle hinter ihnen. Im Norden lag der Gipfel des Machu Picchu, im Süden der niedrigere Gipfel des Huayna Picchu. Von ihrem Platz aus ging es überall senkrecht zum wütenden Urubamba hinab. Dort hatten die Jungfrauen der Sonne fast zweihundertfünfzig Jahre lang Wache gehalten, solange sie Vilcabamba bewohnt hatten. Das war eine sehr lange Zeit gewesen. Seitdem war die Festung, die König Pachacuti zur sicheren Aufbewahrung des goldenen Würfels gebaut hatte, rund zweihundert Jahre lang verlassen gewesen. Zu der Zeit, als die Spanier immer weiter in die Berge vordrangen, fürchtete man, dass der Rauch der Winterfeuer ihnen die Lage der Zitadelle verraten würde. Deshalb wurde damals beschlossen, den Kamm wieder dem Wald zu überlassen. Seit die Jungfrauen der Sonne Vilcabamba verlassen hatten, schickten sie ihre besten Kriegerinnen zwölf Mal im Jahr im Schutz der abnehmenden Mondsichel dorthin, um sich zu vergewissern, dass dort alles war, wie es sein sollte.

Ein Blick genügte, um zu sehen, dass der Zahn der Zeit seinen Tribut gefordert hatte. Dies war einmal die schönste Stadt gewesen, die je von Inka-Hand erbaut worden war. Das gesamte Wissen eines weisen, gelehrten Volkes hatte dabei Anwendung gefunden. Jetzt wurde es zum überwucherten Brachland. Büsche, Bäume und Bambusdickichte wurzelten in der fruchtbaren schwarzen Erde, die aus dem Tal heraufgetragen und auf die Anbauterrassen verteilt worden war. In dieser Höhe wirkte sie auf die Pflanzen wie ein Lebenselixier, und die Stadt war schnell von üppigem Grün überwachsen gewesen. Zumal es auch eine natürliche Quelle gab, die das ganze Jahr über auf dem Berg sprudelte. Die Wurzeln der größeren Bäume hatten Mauern der schönsten Bauten umkippen lassen, wie etwa im Priesterinnensaal, im Tempel der drei Fenster und im Ornamentensaal. Es war traurig, eine Zitadelle wie diese untergehen zu sehen, aber das war der Lauf der Dinge. Der Sonnengott schenkte Leben, und er nahm es wieder. Doch es würden weder Wind, Regen, Erdbeben noch der wuchernde Wald sein, der die Zitadelle um ihre Seele brachte, sondern zwei gierige Mestizos, ein paar Holzstückchen und etwas Wasser. Aclla spürte tief im Innern, dass das Verschwinden ihrer Schwester mit der Zerstörung verbunden war, die sie gerade im inneren Tempel entdeckt hatten. Die zwei Namen, die dort eingeritzt waren, bestätigten ihre schlimmste Ahnung.

Was ist aus dir geworden, Vivane?, dachte sie. *Der Mann, den du geliebt hast, hängt nun tot an einem Kreuz, wo ihn alle sehen können. Und für uns ist alles verloren.*

»Wir sollten sie töten, solange wir die Gelegenheit haben«, sagte Sontane.

»Es ist unsere Pflicht, vorher möglichst viel über sie und ihre Absichten zu erfahren.« Aclla beobachtete die beiden Männer. »Wenn sie die Stadt plündern wollen, sind sie zu spät gekommen. Und wenn sie in den Diebstahl verwickelt sind und ihre Gier hat sie erneut hierher getrieben, dann werden wir sie foltern, bis sie uns verraten, was wir wissen wollen. Aber ich vermute, dass sie nichts damit zu tun haben.«

Sontane blickte ihrer Gefährtin in die Augen. »Sag mir, dass du für diesen Mann nichts empfindest.«

Aclla spannte wütend die Muskeln an. »Ich hege keinerlei Gefühle«, sagte sie und vermied angestrengt einen ärgerlichen Tonfall. »Ich bin nicht meine Schwester. Du tätest gut daran, das nicht zu vergessen.«

»Ich habe deine Gedanken gehört, als wir eins waren«, erwiderte Sontane. »Und nicht nur ich.«

»Wilson Dowling ist ein prächtiges Exemplar seiner Art. Mehr nicht. Und ob es dir gefällt oder nicht, er verdient unseren Respekt. Er ist uns auf der Brücke des Kondors entkommen, und er war gnädig, als er uns in den Stromschnellen hätte umkommen lassen können. Doch sei beruhigt, Sontane. Ich kenne meine Pflicht. Und du solltest deine kennen. Ich habe die Führung, und du wirst meinen Befehlen gehorchen.«

Wie aus dem Nichts sauste ein prächtiger schwarzer Kondor über ihre Köpfe hinweg und flog über das tiefe Tal.

Die Kriegerinnen beobachteten ihn.

»Offenbar hat der große Geist der Berge den Kondor gesandt, damit er über uns wacht«, sagte Aclla.

»Das ist ein gutes Zeichen.« Sontane nickte. »Es ist ein Weibchen.«

»Ja, ein gutes Zeichen.« Aclla sah, dass Wilson den Kondor ebenfalls beobachtete. »Ich sehe jetzt, dass Wilson Dowling weiß, wo Vilcabamba liegt. Wir werden hier auf ihn warten, im Schutz der Mauern. Wir werden beobachten und abwarten, was er tut, wenn er dort ankommt. Wenn seine Absichten klar sind, werden wir ihn und seinen Gefährten gefangen nehmen.«

»Du hast gesehen, wie er sich bewegt«, sagte Sontane. »Und wie er das Pfeilgift überlebt hat. Wir haben es nicht mit einem gewöhnlichen Mann zu tun. Wir müssen Maßnahmen treffen, damit er nicht wieder der Stärkere ist.«

»Er hat eine Schwäche, die wir zu unserem Vorteil nutzen können.«

»Mir ist keine aufgefallen«, sagte Sontane. »Seine Kraft und Schnelligkeit sind außergewöhnlich. Ebenso sein Selbstvertrauen und seine Fähigkeit, sich aus jeder schwierigen Lage zu befreien.«

»Die Schwäche ist sein Gefährte«, erklärte Aclla. »Nehmen wir den gefangen, rauben wir Wilson Dowling die Kraft. Er hat jede Anstrengung unternommen, um ihn zu beschützen und hierher zu führen. Ich vermute, dass das seine Aufgabe ist.«

»Das ist ein guter Plan«, meinte Sontane.

»Und wenn er geschwächt ist, kann auch er gefangen und getötet werden.«

Unerwartet legte Sontane ihr die Hand auf den Unterarm. »Es tut mir leid, dass ich dich nach deinen Gefühlen gefragt habe. Das war falsch.«

Aclla nickte. »Schon vergeben. Nun geh, und teile den

anderen unseren Plan mit, und bereite ihn vor. Gebt Acht, dass ihr keine Spuren hinterlasst.«

Als Sontane über den Baumstamm sprang und davonlief, betrachtete Aclla den großen Kondor, der über dem reißenden Wasser des Urubamba seine Kreise zog.

»Dies ist ein Tag der Entscheidungen«, sagte Aclla, als spräche sie mit dem Vogel. »Und es scheint, dass das Schicksal der Welt von diesen Entscheidungen abhängt, und von den Taten, die noch zu vollbringen sind.«

31.

CUSCO, PERU
CALLE PAVITOS
ORTSZEIT: 2.42 UHR
19. JANUAR 1908

In der fast leeren siebten Bank der Basilika saß Gonzales neben seiner Frau. Er trug seine Uniform mitsamt dem Säbel, der quer auf seinen Knien lag. In der Bankreihe vor ihnen saßen seine drei unruhig zappelnden Kinder im Sonntagsstaat, was für die Jungen Jackett mit Fliege und für Juanita ein rotes Kleidchen bedeutete. Die Kleidung der Kinder hatte Saritas Schwester genäht, die in der Punta-Fabrik in der Nähe des Bahnhofs als Näherin arbeitete.

In der Kathedrale hatten über siebenhundertfünfzig Leute Platz, aber heute war sie nur zu einem Drittel besetzt. Offenbar hielt der gekreuzigte Corsell Santillana die Gläubigen fern, wie Gonzales vermutete. Die geringe Besucherzahl tat der Schönheit und Pracht der Kirche jedoch keinen Abbruch. Das hohe, weiß getünchte Gewölbe war atemberaubend. Die schiere Größe dieses Komplexes aus drei Kirchen genügte, um aus der trotzigsten Seele einen Gläubigen zu machen. Ganz zu schweigen von der Herrlichkeit des Hochaltars, der stolz in die Höhen des Mittelschiffs aufragte. Ringsum brannten Kerzen und verbreiteten ein goldenes Licht.

Im Hintergrund sang der Knabenchor mit engelhaften Stimmen *Espíritu de Luz y Amor*. Es war erhebend zu hören, wie die Klänge sanft durch den heiligen Raum hallten. Vorn standen die Priester, Novizen und übriges Personal aufgereiht, um Solidarität zu bekunden. Die Priester trugen schwarze Soutanen mit purpurroter Schärpe, und in der Mitte stand Monseñor Domingo mit einem leuchtend purpurroten Schulterkragen über der schwarzen Soutane, die andeutete, dass er der neu ernannte Prälat war. Die Kirchendiener trugen braune Kutten und die Novizen weiße.

Als der Gesang verklungen war, schleppte Monseñor Domingo seinen fünfzig Jahre alten Körper langsam zur Kanzel hinauf und begann mit dem Segensritual. »Im Namen des Vaters, des Sohnes und des Heiligen Geistes.«

»Amen«, sprach die Gemeinde.

»Der Herr sei mit euch.«

»Und mit deinem Geiste.«

Plötzlich kam Bischof Francisco aus der Sakristei. Er trug eine bestickte weiße Dalmatik mit einem goldenen Schulterkragen und die Mitra auf dem Kopf. Die Hände hielt er gefaltet vor sich und den Kopf gebeugt, während er langsam auf den Hauptaltar zuging. Monseñor Domingo sprach unterdessen weiter.

»Herr, Gott, Schöpfer allen Lebens, des Leibes und der Seele, wir bitten, dass du dieses Wasser segnest, wie wir es im Glauben gebrauchen, damit du uns unsere Sünden vergibst und uns vor der Macht des Bösen bewahrst.«

Bischof Francisco stand jetzt vor dem Altar, die Hand über der Silberschale ausgestreckt, die er langsam mit Wasser aus einem silbernen Krug füllte. Gonzales sah ihm aufmerksam zu und murmelte ein Gebet.

Warum habe ich Angst vor diesem Mann?, fragte er sich. Doch die Frage fiel ihm leichter als die Antwort, und sosehr er sich bemühte, wollte er doch nicht wahrhaben, dass er in den Augen des Bischofs Wahnsinn gesehen hatte. *Es muss der Lichteinfall gewesen sein,* sagte er sich. *Ja, der Lichteinfall.* Wenn er den Bischof jetzt ansah, erschien ihm dieser so heilig wie die Kirche selbst und die zahllosen Bilder von Jesus, der Jungfrau Maria und der Apostel, die ringsum die Wände schmückten.

»Wir bitten dich nun, segne dieses Wasser«, fuhr Monseñor Domingo fort, und seine Stimme hallte durch die Kirche. »Gewähre uns deinen Schutz an diesem Tag, Herr, den du erschaffen hast. Erneuere den lebendigen Quell unseres Lebens, und bewahre uns an Leib und Geist, damit wir frei sind von Sünde und in deine Gegenwart kommen, um dein Geschenk der Erlösung anzunehmen. Beschütze uns vor dem entsetzlichen Übel, das die Seelen unserer Gemeinde ergreifen will, und mache uns würdig, damit wir in deinem Namen handeln. Dies bitten wir durch Christus, unseren Herrn.«

»Amen«, antwortete die Gemeinde.

Bischof Francisco murmelte weitere Gebete, dann schlug er das Kreuz über der Silberschale, um zu verkünden, dass die Flüssigkeit nun heilig sei.

Kurz herrschte Stille, dann füllte der Chor den Raum mit dem Gloria, einer der schönsten Hymnen, die Gonzales je gehört hatte. Bischof Francisco nahm das silberne Aspergill in die eine und die Silberschale mit dem Weihwasser in die andere Hand. Dann ging er mit gemessenen Schritten die Mittelstufen des Altars hinunter, drei Priester in schwarzer Soutane folgten ihm. Während er sich der Gemeinde näherte, tauchte er das Ende des Aspergills in das Weihwasser und besprengte seine Herde mit feinen Tröpfchen aus der perforierten Kugel.

Das Ritual kannte Gonzales vom Palmsonntag, wo der Bischof seine Gemeinde mit Weihwasser besprengte, um die Reinigung der Seele anzudeuten und Schutz vor dem Bösen zu gewähren. An einem anderen Tag hatte er das noch nicht gesehen.

»Herr, wir haben wider dich gesündigt«, sagte der Bischof mit kräftiger Stimme. »Herr, erbarme dich.«

Wer einen Spritzer abbekam, erwiderte: »Herr, erbarme dich.«

So ging der Bischof langsam den Mittelgang hinunter und spritzte Weihwasser nach beiden Seiten. »Herr, erweise uns Barmherzigkeit und Liebe«, sagte er.

Die Antwort folgte. »Und schenke uns Erlösung.«

Als der Bischof sich näherte, spürte Gonzales unwillkürlich den Drang, seine Familie schützen zu müssen, sie von dem Mann fernzuhalten, ungeachtet seiner mächtigen Stellung in der Kirche. Er wandte sich seiner Frau zu, um sie zu warnen, sah in ihrem Blick aber nur Arglosigkeit und Hoffnung.

Sie neigte sich flüsternd zu ihm. »Wir werden beschützt.«

Im Hintergrund sang der Chor aus voller Brust, und Weihrauchduft lag in der Luft.

Plötzlich blickte Bischof Francisco ihm direkt in die Augen, sodass es Gonzales eiskalt über den Rücken lief. Die Augen des Geistlichen waren schwarz wie die Nacht, sein Gesicht sah verhärmt aus und bleich wie Alabaster.

»Möge der Allmächtige uns gnädig sein«, sagte Bischof Francisco und besprengte Gonzales' Familie mit Weihwasser.

In diesem Moment ging alles wie in Zeitlupe, und die himmlischen Klänge des Chors verstummten zu kalter Stille.

Die glänzenden Wassertropfen schienen in der Luft zu hängen, während Gonzales sah, wie der Priester den verdorbenen Blick auf seine Frau richtete. Ein böses Lächeln flog über die Lippen des Mannes, als er das kleine Silberkreuz an ihrem Hals und dann die Körperrundungen darunter betrachtete. Dann fiel sein Blick hungrig auf die drei Kinder in der vorderen Bank. Gonzales wollte den Säbel hochreißen und den Mann niederstrecken – oder was auch immer er sonst war. Sein Instinkt sagte ihm, dass sich schreckliche Gedanken in dem verdorbenen Verstand des Bischofs tummelten. Gonzales packte das Heft des Säbels. Doch sosehr er sich bemühte, ihn aus der Scheide zu ziehen, es gelang ihm nicht.

Plötzlich spritzte ihm Weihwasser ins Gesicht und schien ihn einen Augenblick lang zu betäuben. Er fasste sich wieder, als er warme Nässe in seiner Hose spürte, dann sah er erneut den Bischof an. Dessen Blick war nun auf die Wassertropfen geheftet, die auf Saritas makelloser Haut und ihrem Busen glänzten. Dann beschleunigte sich der Lauf der Zeit wieder, und Gonzales starrte direkt in die dunklen Augen des Geistlichen.

Er konnte nicht mehr unterscheiden, was wirklich war und was nicht.

»Vergib uns unsere Sünden«, sagte Bischof Francisco mit tiefer Stimme, »und schenke uns das ewige Leben.«

Sarita und die Kinder sagten pflichtgemäß Amen.

Gonzales brachte kein Wort heraus. Er saß mit Herzklopfen da und hatte vor Hilflosigkeit einen bitteren Geschmack im Mund.

Leise lächelnd wandte der Bischof den Blick ab und ging weiter Weihwasser sprengend und betend den Gang hinunter.

Sarita wischte sich die Tropfen ab und bekreuzigte sich. »Warum hast du nicht Amen gesagt?«, fragte sie verwundert und neigte sich zu ihm, damit sie kein anderer verstand. »Das Weihwasser hat dich getroffen, das weiß ich genau. Warum wolltest du nicht Amen sagen?«

»Dieses Wasser ist nicht heilig«, antwortete Gonzales, und seine Hände zitterten.

»Was meinst du damit?«

Gonzales traten die Tränen in die Augen, und Schweiß schimmerte auf seiner Stirn. »Hier liegt etwas schwer im Argen, Liebste. Du musst mir vertrauen, wenn ich das sage. Wir hätten nicht herkommen sollen.«

Sarita fasste ihrem Mann an die Stirn. »Du bist kochend heiß«, flüsterte sie. »Ich muss dich sofort nach Hause bringen.«

Der Bischof und seine Priester waren bis ans Ende der Kirchenbänke gelangt und kehrten nun zum Altar zurück. Gonzales schob die Hand seiner Frau weg und wischte sich den Schweiß von der Stirn. »Wir bleiben!«, sagte er und fühlte seine Kraft zurückkommen. »Mach dir meinetwegen keine Sorgen«, flüsterte er. Dann drückte er ihren Oberschenkel so fest, dass ihr nichts anderes übrig blieb, als zu gehorchen.

Bischof Francisco stieg langsam die Stufen zum Hochaltar hinauf und schaute auf seine Gemeinde hinab. »Dies sind dunkle Zeiten für Cusco«, sagte er, und seine tiefe Stimme schallte in alle Winkel der Kirche. »Es ist eine Prüfung eures Charakters.« Wieder fiel sein Blick auf Gonzales. »Jesus offenbart Gottes Gnade durch Mitgefühl und Heilung. Wenn Menschen verletzlich sind und ohne Freunde, fällt es ihnen schwer, Gottes Gnade zu begreifen. Die Unschuldigen haben Mühe, in einer Welt voll böser Menschen zu überleben, und werden häufig wie Lämmer zur Schlachtbank geführt.« Er sprach nun sehr langsam. »Sie werden verachtet und bemitleidet. Aber Christus spricht: Ich war hungrig und durstig. Ich war fremd. Ich war unschuldig. In Matthäus 25 sagt er diese Worte zu den Leuten, die ihn am meisten brauchten – zu den Geknechteten, den Schwachen, den Kranken, den Trauernden und den in Sünde Verstrickten. Er antwortet mit Schutz und unendlichem Mitgefühl. Das will ich jedem von euch zusagen. Das ist Gottes Zusage an diesem Tag. In Christi Namen, Amen.«

Wieder stieg Monseñor Domingo in die erhöhte Kanzel. »Bitte erhebt euch zum Glaubensbekenntnis«, sagte er mit ausgestreckten Armen.

Als alle standen, begannen sie: »Ich glaube an Gott, den allmächtigen Vater, den Schöpfer des Himmels und der Erde.«

Gonzales stand als Letzter von seinem Platz auf. Er gab sich Mühe, mitzusprechen, aber er war abgelenkt und verlegen, weil ihm der warme Urin am Bein hinunter in den Stiefel sickerte. Als er sich einigermaßen gefasst hatte, sprach er langsam mit den anderen mit.

»Ich glaube an den Heiligen Geist, die heilige katholische Kirche, die Gemeinschaft der Heiligen, Vergebung der Sünden, Auferstehung der Toten und das ewige Leben. Amen.«

Gonzales nahm seinen Offizierssäbel in die Hand, der ihm schwer wie ein Felsbrocken vorkam. Da er sich völlig entkräftet fühlte, musste er den Säbel neben sich auf die Bank legen.

Er war verflucht worden, das wusste er genau.

32.

Anden, Peru
Machu Picchu
Ortszeit: 16.10 Uhr
19. Januar 1908

Der Himmel war tiefblau und wolkenlos. Am westlichen Horizont schien die Sonne auf die schneebedeckten Berge und auf die zahllosen dicht bewaldeten Talhänge. In seinem ganzen Leben hatte Wilson kein so grandioses Panorama gesehen. Die Anden waren wahrhaft atemberaubend, ebenso die Intensität des Lichts, das in den schattigen Urwald drang.

Wegen der Hitze hatten Wilson und Bingham sich die Jacken um die Taille gebunden und ihre Hemden aufgeknöpft. Die Feuchtigkeit war lähmend, und sie taten ihr Möglichstes, um sich beim Aufstieg abzukühlen.

»Ist das zu glauben?« Bingham betrachtete die Aussicht. »Wenn Michelangelo jetzt hier wäre, würde er den Himmel in der Sixtinischen Kapelle neu malen. Ich meine, sehen Sie sich diesen Berg an – das muss doch vom Gipfel bis zum Fluss ein Höhenunterschied von fast achthundert Metern sein. Und wie der Fluss sein Bett um ihn herum gegraben hat.« Er machte eine fließende Handbewegung.

»Dieser knorrige Berg ist übrigens der Huayna Picchu.« Wilson hatte die Hände in die Hüften gestemmt. »Der Fluss beschreibt eine Schleife, sodass die Stadt von drei Seiten aus geschützt ist. Da oben«, er zeigte nach links ins überhängende Grün, »liegt der Berg Machu Picchu.«

Während der ersten Stunde war der Aufstieg an dem steilen Hang sehr schwierig gewesen, doch dann erreichten Wilson und Bingham die unterste der einst bebauten Terrassen. Von dort fanden sie einen gepflasterten Weg, der an den drei Meter hohen Steinmauern der Terrassen entlangführte. Die alte Inka-Treppe war nur noch ansatzweise vorhanden und der Weg stark überwuchert, doch er war wesentlich angenehmer zu begehen als die Waldhänge, die sie auf allen vieren hochgekrochen waren. Bei so viel Grün ringsum war es schwierig, Entfernungen abzuschätzen, aber Wilson meinte, dass sie die Terrassen zur Hälfte hinter sich hatten.

Er zeigte zur untergehenden Sonne und zum schmalen Kamm zwischen den beiden Gipfeln. »Da hinten liegt Vilcabamba.«

»Ich kann keine Stadt sehen«, erwiderte Bingham und suchte den Kamm ab.

Wilson hatte plötzlich das Gefühl, dass sie von den Ruinen aus beobachtet wurden. Er blieb stehen und spähte hinüber, doch es war unmöglich, mehr zu erkennen als dicht überwucherte Terrassenmauern.

»Was ist los?«, fragte Bingham.

»Ich habe das Gefühl, dass wir beobachtet werden.«

Bingham musterte die dichte Decke aus Farn, Gräsern und Bambusstauden. »Ist das Ihre Art, mir beizubringen, dass Vilcabamba nicht dort oben liegt?«, fragte er stirnrunzelnd.

Wilson fasste an die Stützmauer neben sich. »Muss ich Sie wirklich immer wieder überzeugen?«

Bingham zeigte auf die Mauer. »Solche Mauern habe ich

schon anderswo gesehen. Die bedeutet noch nicht, dass wir da oben auf Vilcabamba stoßen.« Er schnaubte. »Ich bin auf Händen und Füßen durch den Urwald gekrochen, habe reißende Flüsse überquert, bin zerstochen worden, meine Knie sind aufgeschürft und meine Füße voller Blasen.«

»Vilcabamba ist da oben, Hiram.«

Noch immer kreiste der Kondor über dem Kamm, scheinbar ohne die Flügel zu bewegen. Die Sonne sank ein bisschen tiefer, und es wurde dunkler und kühler. Eben noch hatte sie durch die Bäume geschienen, jetzt war sie hinter dem Steilhang verschwunden.

Durch Bambusstauden und hüfthohes Gras stieg Wilson die Stufen hinauf. Wann immer sich der Bewuchs lichtete, ging er schneller und wurde beim nächsten Hindernis unweigerlich langsamer. Terrasse um Terrasse brachten sie hinter sich. Die Bäume wurden spärlicher, und der imposante Gipfel des Machu Picchu kam in seiner ganzen Pracht in den Blick.

Bingham fiel unterdessen weiter zurück, und Wilson drehte sich immer wieder um, um sich zu vergewissern, dass der Gefährte noch da war. Dann gelangte Wilson auf freies Gelände in die Sonne. Er brauchte einen Moment, um sich an das helle Licht zu gewöhnen. Während er die Augen beschirmte, sah er sich um, ob sich irgendwo etwas bewegte.

Sein Blick fiel auf die andere Seite einer Schlucht, wo das Wächterhaus mit den drei trapezförmigen Fenstern stand, die nach Osten schauten. Von dort hatte man ungehinderte Sicht auf den Inka-Pfad nach Süden, die Terrassen im Osten und die Ruinenstätte im Norden. Ansonsten gab es nur Felswände, die senkrecht zum Urubamba abfielen.

Wilson nahm sich einen Moment Zeit, um die überwachsenen Ruinen zu betrachten. Verkrüppelte Bäume und Bambus hatten sich der Stadt bemächtigt. Die imposanten Steinbauten waren voller Moos und Flechten, die ihnen ein schmutziges Aussehen gaben. Alles andere war unter Farn, Gras und Rankengewächsen verschwunden. Dass in dieser Höhe so üppiges Grün gedieh, bewies, dass die Inkas fruchtbare Erde aus dem Tal heraufgeschafft hatten. Und überdies floss frisches Wasser von sechzehn natürlichen Quellen auf dem Machu Picchu in einem Leitungssystem durch die Stadt. Nirgendwo sonst auf der Welt konnte in solcher Höhe so viel wachsen.

Bei dem Gedanken, dass er auf eine seit Jahrhunderten unberührte Stadt blickte, fühlte Wilson unwillkürlich einen gewissen Entdeckerstolz.

Dem Wächterhaus fehlte das Dach, und in seiner Mitte wuchs ein knorriger Laubbaum, dessen Wurzeln die Mauern allmählich zum Kippen brachten und die sorgfältig gefügten Steinquader lockerten.

Dort betrat man Vilcabamba durch das Stadttor.

Vor dreihundert Jahren hatte vor diesem Tor eine hölzerne Zugbrücke die Schlucht überspannt. Bei seiner Ankunft nach dem Transport war Wilson im Dunkeln hinübergesprungen und dann über den Inka-Pfad nach Cusco gelaufen. Wenn er jetzt in die Tiefe schaute, war er dankbar, dass er damals nichts hatte sehen können.

Hinter sich hörte er Bingham schnaufend und mit schweren Schritten ankommen. »Unglaublich … dass ich so weit gelatscht bin.« Er brachte keinen Satz an einem Stück heraus, so sehr war er außer Atem. »Wo ist … die Stadt?« Er beugte sich vornüber, die Hände auf die Knie gestützt, zog den Hut ab und ließ ihn fallen. Der Schweiß tropfte ihm von Stirn und

Nase. Er nahm seine Wasserflasche vom Gürtel und zog den Verschluss ab. »Können Sie ... mir was ... überschütten?«, bat er.

Wilson nahm ihm die mit Segeltuch gepolsterte Flasche ab und goss den Inhalt über Binghams verschwitzten Kopf und Nacken.

»Das tut gut!« Bingham richtete sich auf und ließ sich das Wasser über den Rücken laufen. Gegen die blendende Sonne schaute er zum Urubamba-Tal, dann zum Gipfel des Machu Picchu. »Also ... wo ist die unglaubliche Stadt, die Sie mir versprochen haben? *O mein Gott!*«, hauchte er dann.

Wahrscheinlich konnte nur Howard Carters Entdeckung von Tutanchamuns Grab mit diesem Moment mithalten.

»Ich bin hoch erfreut, dass Sie kein Lügner sind!«, rief Bingham dann aus. Er schloss Wilson spontan in die Arme und drehte sich aufgeregt hüpfend mit ihm im Kreis. »Sie sind kein Lügner! Sie sind kein Lügner!«, sang er.

Wilson freute sich für ihn, nahm ihn jedoch bei den Schultern und schob ihn von sich. »Nehmen Sie sich einen Moment Zeit, um sich zu fassen.«

»Sie sind kein Lügner!«

»Leise«, flüsterte Wilson.

»Aber ich bin glücklich!« Bingham warf die Arme in die Luft. »Sehen Sie sich das an!« Staunend schaute er über die Ruinen. »Das ist noch besser, als ich es mir vorgestellt hatte! Es ist wundervoll!« Er lief auf die Stadt zu, ohne zu ahnen, dass sich vor ihm ein Abgrund befand. Er setzte zum Schritt über die Kante an, und Wilson musste ihn am Kragen packen und zurückreißen, sodass Bingham das Gleichgewicht verlor und ins Unkraut fiel.

»Was sollte das?«, fragte er ärgerlich und rieb sich beim

Aufstehen den schmerzenden Hintern. »Wollen Sie nicht, dass ich mich freue?«

»Ich will nicht, dass Sie umkommen«, erwiderte Wilson. »Jetzt seien Sie still, und warten Sie ab, bis ich einen Weg auf die andere Seite gefunden habe.«

Bingham schaute in die bewaldete Schlucht. Der Blick hinunter war schwindelerregend, und er musste sich an einem Baum festhalten. Ohne Zweifel hatte Wilson ihm gerade das Leben gerettet.

Aclla und Sontane hielten sich zwischen Bäumchen und Farnen in einem natürlichen Granitspalt verborgen. Sie lagen auf dem Bauch, neben sich den Bogen, sodass sie mit wenigen Handgriffen einen Pfeil abschießen konnten. Von ihrer Position aus konnten sie alles sehen, was Dowling und Bingham taten, und vor allem konnten sie jedes Wort verstehen, das gesprochen wurde.

Hundert Schritt weiter weg lagen Orelle und Ilna in den Ruinen bei Nustas Palast auf der Lauer und warteten auf einen Befehl. Wenn die zwei Männer über die Schlucht zum Wächterhaus kamen, waren sie leicht einzukreisen.

»Der Hagere ist wie eine Witzfigur«, flüsterte Sontane. »Er wäre beinahe abgestürzt.«

Das Kondorweibchen zog noch immer seine Kreise am blauen Himmel, doch inzwischen ein wenig tiefer. Die Sonne beschien das Tier von unten, sodass man die mächtigen Krallen und das strahlende Weiß des Federkragens sehen konnte.

»Apu wacht«, flüsterte Sontane.

»Unsere Vorfahren sind bei uns«, sagte Aclla.

Unten ging Wilson fünf Schritte zurück und rannte dann, so schnell er konnte, auf den Abgrund zu. Er drehte sich im Flug, schnellte auf die Granitwand zu und trat sich auf halber Strecke von dort ab, was ihn über die restliche Distanz hinwegtrug. Die Sonnenjungfrauen benutzten eine ganz ähnliche Technik bei weiten Sprüngen.

Wilson landete elegant mit einem Sicherheitsabstand von etwa drei Metern vom Abgrund. Die Hand an der Mauer des Wächterhauses schaute er im Inneren nach, ob dort ein Dachbalken lag, mit dem er die sechs Meter breite Schlucht überbrücken konnte.

»Ich bin gleich wieder da«, rief Wilson zu Bingham hinüber und lief eine Reihe perfekter Stufen hinunter auf ein Bambusdickicht zu. Gleichzeitig achtete er auf mögliche Anzeichen, ob jemand vor ihnen den Ort erreicht hatte. Er hob einen dicken Stein auf, zog sein Messer, setzte die Klinge an den Fuß einer Bambusstange und schlug mit dem Stein gegen den Messerrücken. Im Nu hatte er fünf kerzengerade Stangen beisammen und trug sie zum Abgrund. Mit einer Ranke band er sie zusammen, richtete sie auf und ließ sie über die Schlucht kippen, sodass sie eine Brücke bildeten.

»Los«, sagte er und winkte Bingham herüber.

Diesem war anzusehen, dass ihm die Konstruktion nicht geheuer war. Langsam kroch er auf allen vieren voran, stöhnte und beschwerte sich in einem fort, welche Angst ihm der Blick in die Tiefe einjagte. Als er es auf die andere Seite geschafft hatte, zog Wilson ihn auf die Beine.

»Jetzt stehen Sie in Vilcabamba«, verkündete er. »Die Stadt war so wichtig, dass jeder an der Erbauung Beteiligte getötet und alle schriftlichen Zeugnisse vernichtet wurden, damit nichts über sie bekannt werden konnte. Ihre Aufgabe ist es, sie der Welt zu präsentieren, Hiram Bingham.«

»Ich freue mich, den Ruhm mit Ihnen zu teilen«, sagte Bingham. »Ich bin wirklich nicht so versessen darauf, wie Sie glauben.«

»Noch heute Nachmittag werde ich mich verabschieden«, entgegnete Wilson heiter. »Sie werden eine Lagekarte anfertigen und dann nach Cusco zurückkehren.«

Bingham sah ihn entgeistert an. »Sie wollen mich allein lassen? Wie soll ich denn um Himmels willen von hier aus in die Stadt zurückfinden?«

Wilson zeigte zur untergehenden Sonne. »Ungefähr fünf Kilometer in dieser Richtung, hinter dem Berg, gibt es eine kleine Kirche am Ufer des Urubamba. Sie heißt Unsere barmherzige Frau. Der Priester dort, Vater Marcos, wird Ihnen helfen. Ich bin sicher, bis dahin schaffen Sie es allein.«

»Eine Kirche ... hier draußen?«

»Vater Marcos wird Ihnen einen Führer besorgen, der Sie nach Cusco zurückbringt.«

»Und wohin gehen Sie?«

»Wie gesagt, nach Hause.«

»Das war so nicht abgemacht!«, beschwerte sich Bingham. »Es gefällt Ihnen, mich immer wieder im Ungewissen zu lassen ... ich weiß, dass es Ihnen gefällt! Wissen Sie, es ist verwirrend, wie Sie hier über Schluchten springen, als könnten Sie dem Tod ein Schnippchen schlagen. Das ist nicht normal! Und jetzt eröffnen Sie mir, dass Sie mich zurücklassen! Ohne Helfer und Proviant!«

»Ich habe meinen Teil der Abmachung erfüllt, oder nicht?« Wilson deutete auf die Ruinenstätte. »Da liegt Vilcabamba, wie angekündigt, und Sie werden ein Held sein.« Gemächlich ging er zwischen Farn und Gras an der schmalen Terrasse entlang in Richtung Norden, wo der Huayna Picchu lag.

»Darum geht es nicht!«, erwiderte Bingham erregt. »Wir haben diese Expedition gemeinsam begonnen und sollten sie gemeinsam zu Ende bringen!«

»Hören Sie, Hiram, es tut mir leid, aber Sie müssen jetzt allein zurechtkommen. Falls es Sie tröstet: Ich bin sicher, dass Sie ohne mich zu Vater Marcos durchkommen werden. Sie sind auf einem Esel von Santiago bis Cusco geritten, um Himmels willen! Da werden Sie es doch wohl zu einer Kirche schaffen, die gerade mal fünf Kilometer weit weg ist.«

Bingham schaute sich um. »Sehen Sie sich doch hier um ... Mann! Und überhaupt, ich hatte zehn Träger und drei Yale-Gelehrte bei mir! Ich war nicht allein.«

Als Wilson Wasser gluckern hörte, schob er ein Büschel Grashalme beiseite und entdeckte einen Kanal. Parallel zu der Terrasse, auf der sie standen, verlief ein schnell fließender Wasserlauf. Er bückte sich, tauchte die Finger hinein und kostete. »Darum wächst hier alles so gut.« Auf den benachbarten Bergen waren in dieser Höhe kaum Pflanzen zu sehen.

Wilson sprang über einen Baum, der umgekippt war, weil die Mauer dahinter nachgegeben hatte. »Ich werde Sie zu einem ganz besonderen Gebäude führen. Kommen Sie.«

»Unglaublich, dass Sie mich hier allein lassen wollen!«, stöhnte Bingham.

»Es ist der sogenannte Sonnentempel.«

»Es gibt auch einen in Cusco«, erwiderte Bingham. »Jedenfalls Reste davon.« Ein paar Schritte lang herrschte Schweigen. Dann sagte Bingham: »Wenn Sie mit mir nach Cusco zurückkehren, verspreche ich, den Ruhm mit Ihnen zu teilen. Sie können auch berühmt werden!«

»Es bleibt wie abgemacht: Ich bin nie hier gewesen.«

»Sie dürfen mich nicht allein lassen!«

Wilson lief eine stark überwucherte Treppe hinab. Vor ihm ging es senkrecht ins Urubamba-Tal. »Gleich sehen Sie das großartigste Bauwerk der alten Welt, Hiram.«

Wilson bemerkte nicht, dass auf dem Plateau über ihm, keine sieben Meter entfernt, die Amazone Aclla stand, Oberste der Sonnenjungfrauen. Sie und ihre drei Gefährtinnen hatten einen Pfeil auf die Sehne gelegt und bewegten sich lautlos und geschickt durch die Ruinen, wie es ihnen durch lebenslanges Training möglich war, und ließen einander nicht aus den Augen. Jetzt galt es, die Männer voneinander zu trennen.

Unterdessen zog der Kondor hoch über der Stadt seine Kreise. Sein Schatten glitt an Aclla vorbei über den Boden. Die Augen Apus wachten.

33.

Anden, Peru
Machu Picchu
Ortszeit: 16.35 Uhr
19. Januar 1908

Die charakteristischen weißen Granitmauern des Sonnentempels raubten Wilson den Atem. Im Gegensatz zu allem anderen in dieser alten Zitadelle waren dessen Steinquader nicht mit Moos und Flechten überwachsen. Sie waren grauweiß, feinkörnig und fugenlos mit großer Präzision verbaut. Die Außenfläche war poliert, und ihr leichter Schimmer hatte die Zeit überdauert. Der Bau sah aus, als wäre er gerade erst fertig geworden. Das war verblüffend, aber jetzt war keine Gelegenheit, um darüber nachzudenken.

Die fraglose Schönheit der Bauweise rührte auch daher, dass die Inkas keinen Mörtel verwendet hatten. Die Steine waren sorgfältig behauen und perfekt eingepasst. Darum hatten sie Zeit und Witterung sowie die vielen starken Erdbeben überstanden, die es in diesem Teil der Welt gab. Ihre Präzision verlieh den Bauten eine Eleganz, die es seit den alten Ägyptern nicht mehr gegeben hatte.

Der Tempel leuchtete in der Sonne, als Wilson die überwachsenen Stufen daneben hinunterging. Die Mauer hatte ein Fundament aus schwarzem Granit. Während die Quader im unteren Bereich besonders groß waren und dadurch den Eindruck von Festigkeit vermittelten, wurden die Steine nach oben hin kleiner und neigten sich nach innen. Dieser Bereich wirkte dadurch zierlich und beinahe modern. Der Rundbau war schmucklos bis auf die drei hohen Fenster, die nach Norden, Osten und Süden blickten und von astrologischer Bedeutung in Bezug auf die Sommer- und Wintersonnenwende gewesen waren.

»Das ist der schönste Bau, den ich je gesehen habe«, flüsterte Bingham.

»Ich sagte ja, dass es sich lohnt, mitzukommen.«

»Ich glaube, Sie haben recht ... ich werde berühmt werden.« Bingham lachte auf. »Ich kann es kaum erwarten, das Gesicht meiner Frau zu sehen, wenn sie erfährt, dass ich diese Stätte entdeckt habe. Sie wird aus dem Staunen nicht herauskommen.«

»Dieser Tempel muss um jeden Preis geschützt werden«, sagte Wilson. »Für die Inkas war er ein Heiligtum, und als solches muss er behandelt werden. Die Mauern dürfen niemals ausgegraben werden.«

»Kleingeistiger Aberglaube«, schnaubte Bingham.

Wilson drehte sich um und sah ihn wütend an. »Diese Zitadelle wurde aus einem bestimmten Grund hier auf diesem Bergrücken mitten in den Anden gebaut. Und Hunderte wurden dafür umgebracht. Ich schlage vor, Sie respektieren die alten Traditionen, oder es besteht die Gefahr, dass sie Kräften zum Opfer fallen, die Sie nicht verstehen.«

»Ganz ruhig, Wilson.«

»Ich meine es ernst, Hiram. Ich habe in meinem Leben genug gesehen, um zu wissen, dass es Magie gibt. Seien Sie nicht so dumm zu glauben, dass diese Welt ist, wie sie oberflächlich erscheint. Meinen Sie wirklich, die Inkas hätten keine Schrift gehabt? Dass sie ohne Schrift ein Reich von

Kolumbien bis Argentinien errichten konnten? Dass sie eine Stadt wie diese ohne ein geschriebenes Wort, das ihr Wissen weitergab, bauen konnten? Dies war die höchstentwickelte alte Kultur überhaupt. Wer glaubt, dass die Inkas zwar die fiebersenkenden Eigenschaften von Chinin ergründen konnten, aber nicht imstande waren, ein paar Worte auf einen Stein zu kritzeln, ist ein Dummkopf. Das Leben ist überaus vielschichtig, Hiram. Glauben Sie mir, wenn Sie die Inka-Traditionen missachten, ruinieren Sie Ihr Leben. Stellen Sie sich vor, Sie müssten zusehen, wie jeder stirbt, den Sie lieben, und Sie sind machtlos dagegen. Das wäre nur der Anfang des Fluches, der Sie trifft, wenn Sie mit dieser Stätte achtlos umgehen.«

»Es ist bestimmt nicht nötig, dass Sie mir so eine Angst einjagen, meinen Sie nicht?«

»Ich will Ihnen keine Angst einjagen ... ich sage nur die Wahrheit. Sie werden den Ruhm und den Reichtum ernten, den Sie sich wünschen. Der Preis dafür ist der langfristige Schutz dieser Stätte.« Wilson bog die hohen Grashalme beiseite und stieg weiter die Treppe hinab.

»Na schön, ich hab verstanden, Wilson.« Bingham überlegte kurz, dann sagte er: »Aber warum müssen Sie heute abreisen? Bleiben Sie, und sorgen Sie dafür, dass ich meinen Teil der Abmachung einhalte.«

Wilson ging weiter. »Irgendwann müssen wir alle einmal nach Hause. Ich bin schon viel zu lange unterwegs. Es wird Zeit für mich, in meine Welt zurückzukehren und mich den Folgen meines Tuns zu stellen.«

»Warum muss bei Ihnen immer alles so dramatisch klingen? Sagen Sie einfach Ihrer Frau, dass Sie noch beschäftigt sind – vorausgesetzt, Sie sind verheiratet. Frauen verstehen, dass ein Mann seinen Weg gehen muss.«

»Sie sind wirklich anders, als ich gedacht habe, Hiram.«

»Ich verstehe einfach nicht, warum wir nicht zusammen nach Cusco zurückkehren können. Wenn Sie nach Australien wollen, müssen Sie sowieso in diese Richtung. Da ist schließlich der Bahnhof.«

Wilson drückte die Bambusstangen zur Seite, um daran vorbeizukommen. Direkt dahinter befand sich das schwarze Granitfundament des Sonnentempels. Er zweifelte nicht daran, dass sich von diesem tiefliegenden Standort aus bei Bingham die volle Wertschätzung für das heiligste Gebäude der Inkas schnell einstellen würde.

34.

Anden, Peru
Machu Picchu
Ortszeit: 16.45 Uhr
19. Januar 2014

Zum ersten Mal seit Helena auf dem Machu Picchu angekommen war, war der Himmel blau und der Wind hatte sich gelegt. Das stürmische Wetter der vergangenen Woche war über die Berge im Osten davongezogen.

Helena hatte bisher kaum geschlafen und nur sehr wenig gegessen. Nichts deutete darauf hin, dass Wilson jemals in der Ruinenstätte gewesen war, und allmählich verlor sie die Hoffnung. Seit Sonnenaufgang hatte sie die Terrassen von einem Ende zum anderen und fast jedes Gebäude abgesucht. Sie stieg sogar auf den Huayna Picchu, um von oben über die Ruinen zu blicken. Sie war fasziniert von der Schönheit und dem guten Zustand der Anlage. Die Mauern und Steingebäude waren, mit Ausnahme der Strohdächer, akribisch rekonstruiert worden, sodass es alles genauso aussah, wie die Architekten der Inkas es geplant hatten. In Hiram Binghams Autobiografie stand, dass die Zitadelle völlig überwuchert gewesen war, als er sie entdeckte. Jetzt stand nur noch ein Baum in der ganzen Anlage, ein sechs Meter hoher Laubbaum auf dem Hauptplatz. Man sagte, dass ihn die Weberinnen gepflanzt hatten, damit sie ihre Alpakafäden nach dem Färben in die Zweige hängen konnten.

Nachmittags waren weniger Touristen da als am Vormittag, und als die Schatten länger wurden, wanderten nur noch acht Deutsche mit ihrem Führer durch die Ruinen. Ein Wartungsteam arbeitete noch an einer Mauer im Handwerkerviertel, die nach einem Erdrutsch während der schweren Regenfälle eingestürzt war. Der Hotelmanager hatte Helena gesagt, dass sie auf dem Machu Picchu festsaßen, weil die Straße nach Cusco stellenweise verschüttet war. Seit zwei Tagen konnte außerdem der Zug nicht fahren, weil der Urubamba über die Ufer getreten war. Es war in zehn Jahren das erste Mal, dass Machu Picchu von der Außenwelt abgeschnitten war. Der Flusspegel war so hoch wie nie, und die Stromschnellen hatten das Wasserkraftwerk im Westen lahmgelegt. Dadurch hatte das Hotel keinen Strom, und die Klimaanlage war ausgefallen. Es war sehr heiß und feucht, und abends saß man bei Kerzenlicht. Selbst wenn Helena hätte abreisen wollen, wäre sie nicht von hier oben weggekommen. Welche Ironie, dass sie gerade an dem Ort festsaß, zu dem es sie so verzweifelt hingezogen hatte.

Chad lief ihr schon den ganzen Tag mit einer Flasche Wasser hinterher und zweifellos auch mit schussbereiter Waffe. Alle halbe Stunde bot sie Helena einen Eiweißriegel, einen Reiskräcker oder einen Schluck Wasser an und sagte »Sie müssen sich Energie zuführen« oder »Trinken ist wichtig«.

Insgesamt waren sie schon drei Mal in der Ruinenstadt gewesen, und jedes Mal war Helenas Stimmung ein bisschen mehr gesunken. Ihr Ziel bei diesen Ausflügen war es, den intensiven Traum zum Leben zu erwecken, der sie hergeführt hatte. Dafür musste sie am Sonnentempel sein, wenn die Strahlen der untergehenden Sonne durch die hohen Fenster fielen. Sie musste auf dem Plateau draußen vor dem dreieckigen Eingang zum inneren Heiligtum stehen. Aus dieser Perspektive hatte sie den Traum erlebt. Laut Pablo befand sich in dem Tempel das Mausoleum, in dem die Inkas ihre mumifizierten Vorfahren aufgebahrt hatten. Es stand keine Wolke am Himmel, genau wie in ihrem Traum, und das war endlich etwas Positives.

Als Helena Chad mitteilte, sie wolle noch einmal in die Ruinenstadt, blickte diese auf ihr GPS. »Es ist ein ausgezeichnetes Training, diese Treppen rauf- und runterzulaufen. Wir sind heute schon zig Kilometer gelaufen. In dieser Höhe entspricht das der doppelten Entfernung auf Meeresspiegelniveau. Das heißt, ich darf heute Abend essen, was ich will.« Dann lächelte sie, was selten geschah.

Das war vor einer Stunde gewesen. Seitdem waren sie die gepflasterte Straße zum Wachhäuschen hinaufgegangen, hatten ihre Pässe vorgezeigt und waren dann langsam durch die alten Terrassen zum Wächterhaus hinaufgestiegen. Und ständig hatte man das Tosen des angeschwollenen Urubamba gehört.

Die Aussicht auf die wolkenlosen Anden war atemberaubend, doch Helena gönnte der Schönheit kaum einen Blick. Erstaunlicherweise war es Chad, die stehen blieb und darauf hinwies, wie die schillernden Lichtstrahlen in die tiefen, schattigen Täler fielen.

Doch Helena hatte anderes im Kopf. Ihre schlimmsten Befürchtungen gewannen allmählich die Oberhand, und sie fragte sich, ob ihre Verbindung zu Wilson gekappt worden war, weil er tatsächlich eine Mutter und ihre Kinder ermordet hatte. Schaudernd dachte sie an den Moment zurück, als Don Eravisto seinen Colt auf sie gerichtet hatte. Es hatte etwas zutiefst Verstörendes gehabt, in die Mündung zu blicken. Es war Helena vorgekommen, als wäre sie in die kalte Schwärze des Laufs hineingezogen worden – ein Gefühl, das sie nie wieder erleben wollte.

Seit sie Wilson zum ersten Mal gesehen hatte, fühlte sie sich wie in einem Wirbelsturm. Was sie einmal geliebt hatte, war bedeutungslos geworden, und sie hatte ihre Wertmaßstäbe und ihr Denken ändern müssen. All ihre Hoffnungen und Fantasien kreisten jetzt um Wilson, als hätte er ihr die alten Träume gestohlen und ersetzt durch die verrückte Sehnsucht, dass er vielleicht doch noch einmal auftauchen könnte. Nicht, dass ihr Leben vorher so toll gewesen wäre. Doch damals hatte sie wenigstens die Kontrolle über sich und ihre Gefühle gehabt, in einer wirklichen Welt mit wirklichen Menschen. Der Mann, mit dem sie jetzt zusammen sein wollte, war ein Zeitreisender! Allein der Gedanke daran frustrierte sie. Es gab mehr Fragen, als sich je beantworten ließen. Sie gab sich alle Mühe, ihre Gefühle zu unterdrücken, doch sie schaffte es nicht. Nach dem, was sie gesehen hatte, war Wilson im vergangenen Jahr um etwa zehn Jahre gealtert. Wie war das möglich? Offenbar verging die Zeit für ihn in einem anderen Tempo.

Ihre Träume hatten sie auf den Machu Picchu geführt, in die peruanischen Anden. Und nun spürte sie nichts, obwohl sie dringend ein Zeichen der Hoffnung gebraucht hätte. Was war aus der Verbindung zwischen Wilson und ihr geworden, und wo lagen die Antworten, nach denen sie sich so dringend sehnte? Während sie an einer gepflegten Terrasse entlangging, sah sie dort grasende Lamas stehen. Stolze Tiere, wie sie fand. Ihr Blick fiel auf den Bewässerungskanal, der parallel zur Terrasse verlief, und sie fragte sich erneut, ob Wilson hier gewesen war. Das Wasser, das aus dem Berg kam, war klar und floss schnell durch das Aquädukt. Helena wollte glauben, dass Wilson Bingham hierher geführt hatte, doch in dessen Autobiografie fand sich nicht einmal eine Andeutung, die darauf schließen ließ. Wie immer bei Wilson Dowling konnte man bestenfalls Vermutungen anstellen.

Helena ging die Stufen hinunter und sah, wie ihr Schatten ins Urubamba-Tal fiel. Sie bog nach links ab und lief an einer weiteren Terrasse entlang und an Nustas Schlafgemach vorbei auf den rundlichen Gipfel des Huayna Picchu zu. Als sie die letzte Treppe erreicht hatte, leuchtete der Sonnentempel weiß im Sonnenschein. Voller Vorahnung trat sie durch das Tor auf das offene Plateau und näherte sich dem sechs Meter hohen, dreieckigen Eingang zum inneren Heiligtum. Es schien, als sei der schwarze Granit mit einer Axt herausgehauen worden. Drinnen blickte Helena auf drei unregelmäßige Stufen, die an der glatten Granitwand endeten. Pablo hatte gesagt, sie repräsentierten den Weg zwischen der Unterwelt und dem Himmel, doch Helena hatte ihre Zweifel. Während sie über das Seil stieg, das die Touristen vom Betreten abhalten sollte, bemerkte sie zwei Namen, die in den mittleren Stein geritzt waren:

Jesús Velarde
Juan Santillana
1908

Das Datum fiel Helena ins Auge. Sie erinnerte sich, dass Hiram Bingham die Ruinenstätte 1911 entdeckt hatte. Wenn das Datum stimmte, waren diese beiden Männer schon drei Jahre vor ihm hier gewesen. Jesús und Juan hatten sogar frech ihre Namen in dem heiligsten Bauwerk der Zitadelle hinterlassen.

Chad stand draußen mit dem Blick zur Treppe und passte auf, ob sich jemand näherte. Währenddessen musterte Helena die Innenwände. Auf der West- und der Nordseite bestanden sie aus symmetrischen Quadern, und fünf trapezförmige Nischen waren ausgespart. Auf der Südseite neigte sich die Granitwand im Zwanzig-Grad-Winkel nach innen. Alle Flächen waren glänzend und glatt, als wären die Steine bei enormer Hitze glasiert worden, auch wenn das nicht sein konnte.

Als Helena zu den Bergen im Osten hinaussah, blickte sie zu dem schwarzen Granitfundament hoch, das aufgebrochen worden war. Der Steinbrocken, der dort fehlte, musste ein ungeheures Gewicht gehabt haben. Helena sah sich um und fand, dass der Raum mehr wie ein Verlies wirkte, als dass er einem Heiligtum gliche.

»Da drinnen lagen die verstorbenen Könige«, sagte Chad. »Zu besonderen Gelegenheiten hat man sie herausgeholt und zum Abendessen mitgenommen. Klingt ein bisschen bizarr, nicht?«

Helena nickte. »Ja, das tut es.«

Sie betrachtete erneut die dreieckige Öffnung. Da die Inkas keine Schrift gehabt hatten und diese Stätte jahrhundertelang verlassen gewesen war, war es eigentlich unverständlich, wieso man überhaupt etwas über sie wusste.

Die Schlüsse, die Bingham in seiner Autobiografie zog, waren ganz andere als die, die Pablo ihr vorgetragen hatte. *Die Wahrheit muss irgendwo dazwischenliegen*, dachte Helena, *oder auch eine ganz andere sein*. Die gleiche Erfahrung hatte sie bei ihrer Ägyptenreise gemacht. Dort hatten ihr zwei Führer über ein und dieselbe Statue etwas komplett anderes erzählt. Wenn es um alte Geschichte ging, waren die einzigen Menschen, die die Wahrheit wirklich kannten, längst tot. Der Rest war Interpretation und Spekulation.

Chad hielt Helena eine Flasche Wasser hin. »Sie müssen trinken.«

Helena schraubte den Verschluss ab und nahm einen großen Schluck. Nachdem sie im inneren Heiligtum gewesen war, hatte sie einen sauren Geschmack im Mund und war froh, ihn wegzuspülen.

Das Licht wurde umso goldener, je mehr die Sonne sank. Helena ging bis an die Kante des Plateaus und schaute in das tiefe Tal. Das Flussbecken lag in diesigem Schatten. Der Urubamba war reißend, und von seiner lärmenden Wasseroberfläche stiegen Dunstwolken hoch. Helena drehte sich zum Wächterhaus um, das fünfundzwanzig Terrassen über ihnen auf dem Kamm stand. Es war erstaunlich, dass die Inkas an einem so steilen Hang hatten bauen können. Am Ende des Kamms ragte der Gipfel des Machu Picchu unheildrohend auf; die Sonnenstrahlen trafen ihn nahezu waagerecht. Die nackten Felshänge und der spitze Gipfel wirkten in das farbige Licht getaucht fast lebendig und boten einen schönen Anblick. Ganz oben hing die peruanische Flagge schlaff an einem Mast vor dem windstillen Himmel.

Helena gab Chad die Flasche zurück und drehte sich zum Sonnentempel um, um das einzige runde Gebäude, das die Inkas je gebaut hatten, zu betrachten. Gleich würden die Sonnenstrahlen in dem gleichen Winkel einfallen, wie sie es in ihrem Traum gesehen hatte.

»Würde es Ihnen etwas ausmachen, mich einen Moment lang allein zu lassen?«

Chad schaute sich um und überlegte, wo sie am besten warten sollte. »Ich bin da drüben an der Treppe«, sagte sie dann.

Helena setzte sich auf die Böschungsmauer. Hinter ihr ging es zwanzig Meter in die Tiefe. Dort befand sich der Gefängnisbereich, der erst kürzlich freigelegt worden war und wo noch haufenweise Schutt lag. Dahinter fiel das Gelände sanft ab und endete an einer Steilwand, die bis zum Talboden reichte.

»Machen Sie sich keine Sorgen, wenn Sie mich Selbstgespräche führen hören«, sagte Helena, wie schön häufiger in den vergangenen Tagen.

Chad nickte. »Rufen Sie mich einfach, wenn Sie mich brauchen.«

Helena konzentrierte sich nun ganz auf den Sonnentempel, insbesondere auf den ungewöhnlichen dreieckigen Eingang. Sie stand an derselben Stelle wie in ihrem Traum. Die Sonne sank noch ein Stück, und Helena musste allmählich die Augen zusammenkneifen, weil sie geblendet wurde. Normalerweise hätte sie ihre Sonnenbrille aufgesetzt, doch das wagte sie nicht. Im Traum hatte sie auch keine getragen.

»Mach dich auf eine Enttäuschung gefasst«, flüsterte sie. Kurz schaute sie auf die Uhr. Es war genau fünf nach fünf.

Unwillkürlich dachte sie daran, was sie tun würde, wenn nichts passierte. Sie würde mindestens einen Tag auf dem Machu Picchu bleiben müssen, vielleicht noch länger, bis der Zug wieder fuhr. Sie war sich fast sicher, dass sie dann erneut zum Sonnentempel laufen würde, auch wenn es nur eine winzige Chance gab, dass etwas Wunderbares passierte. Eine weitere Enttäuschung war wahrscheinlicher.

Sie holte tief Luft und seufzte.

Die Sonne stand jetzt genau wie in ihrem Traum. Sie beschattete ihre Augen mit der Hand. »Was mache ich hier?«, flüsterte sie. »Das ist doch lächerlich.«

Sowie sie die Worte gesagt hatte, hatte sie eine Vision und sah hohes Gras, Bambusstauden und krüppelige Bäume vor sich.

Im gleichen Moment erschien Wilson.

35.

ANDEN, PERU
MACHU PICCHU
ORTSZEIT: 17.05 UHR
19. JANUAR 1908

Wilson schob sich zwischen dem hohen, grünen Bambus hindurch und musste sich schmal machen, um nicht stecken zu bleiben. Bingham war dicht hinter ihm und stöhnte über die Unbequemlichkeit. Es gab keine angenehme Art, um ein Bambusdickicht zu durchqueren; es erforderte immer Geduld und Wendigkeit. Zum Glück war es nicht windig, denn in schwankendem Bambus konnte man festgeklemmt werden, wenn die Lücke sehr schmal war.

Sowie Wilson das Dickicht hinter sich gelassen hatte, ging er unter dem Steintor durch. Direkt vor ihm lag ein mächtiger schwarzer Granitklotz am Fuß des Sonnentempels. Er war dreieckig mit einer Kantenlänge von gut sechs Metern Richtung Himmel und an der Basis rund drei Meter dick. Wilson kletterte auf ihn, um sich einen Überblick über das Dickicht ringsum zu verschaffen. Plötzlich schlug sein Herz heftig. Das Heiligtum war aufgebrochen worden.

Jemand war in den Tempel eingedrungen.

Ihm brach der kalte Schweiß aus, während er überlegte, was passiert sein konnte. Es war offensichtlich, dass der Stein noch nicht lange dort lag, denn die Pflanzen, die er zerdrückt hatte, waren gerade erst verwelkt.

Bingham kletterte zu Wilson herauf und spähte ins Zwielicht unter ihm. »Das habe ich nicht erwartet«, sagte er, ohne zu ahnen, wie ernst die Lage war.

»Das ist nicht gut.« Wilson klang besorgt.

»Der Granit da drinnen ist unglaublich glatt«, bemerkte Bingham mit Blick auf die glänzend polierten Flächen. Dann musterte er die weißen Quader der Außenmauer und wie akkurat sie auf das schwarze Granitfundament gesetzt worden waren. »Das ist wirklich beeindruckend.« Die Sonne beschien den Turm jetzt von hinten und erhellte die hohen Fenster. »Das ist der schönste Bau der Inkas, den ich bisher gesehen habe. Er hat nicht einmal Moos angesetzt.« Sein Blick wanderte langsam zu der dreieckigen Öffnung hinab. »Was wird wohl da drin sein?« Er wechselte die Position, um besser hineinsehen zu können. »Sehen Sie sich die Struktur des Steins an.«

Wilson fasste sich verzweifelt an die Stirn. »So sollte es nicht sein.«

»Wozu diente dieser Raum?«, fragte Bingham, der bereits davon ausging, dass es etwas wirklich Wichtiges gewesen sein musste.

»Zur Aufbewahrung eines massiv goldenen Würfels«, antwortete Wilson und deutete mit der Hand die Größe an.

»Sagten Sie nicht, hier gebe es keine Schätze?«

»Das ist kein Schatz, den Sie haben wollen, Hiram.«

»Ein goldener Würfel! Das klingt in meinen Ohren ziemlich gut!«, rief Bingham freudig erregt. »Ich wusste doch, dass Sie auf Schatzsuche sind! Ich wusste es von Anfang an!«

»Sie verstehen nicht«, widersprach Wilson. »Wir haben ein ernstes Problem.«

»Sie sehen ein bisschen blass aus«, stellte Bingham fest und wich zurück, um Wilson zu mustern.

»Lassen Sie mich einen Moment nachdenken, was am besten zu tun ist«, sagte Wilson.

Bingham ging zu dem dreieckigen Eingang und spähte hinein. »Da ist kein goldener Würfel, soweit ich sehen kann. Und die Nischen in der Wand sind leer.«

»Dort müssten große Kristalle gestanden haben«, sagte Wilson.

Bingham schaute sich um. »Dann hat sie jemand gestohlen.«

»Ohne den Würfel kann ich nicht von hier weg«, murmelte Wilson.

»Sie gehen nicht?« Bingham schaute glücklich.

Wilson rieb sich die Stirn und versuchte zu begreifen, was passiert sein konnte. »Hier ist jemand eingebrochen und hat den kostbarsten Gegenstand des Inka-Reiches gestohlen.«

»Jetzt klären Sie mich mal auf. Ist der Würfel nun wertvoll oder nicht?«

»Er kann Welten vernichten«, antwortete Wilson.

Bingham verdrehte die Augen. »Ja, natürlich.« Plötzlich legte er überrascht den Kopf schräg. »Kommen Sie, und sehen Sie sich das an … da sind zwei Namen eingeritzt, in die Stufen.« Gut zehn Zentimeter hoch waren die Buchstaben.

Jesús Velarde
Juan Santillana
1908

»Es scheint, dass diese zwei Herren uns zuvorgekommen sind«, schloss Bingham. »Und das nur knapp, wie es aussieht. Ich hoffe, es sind keine Universitätsprofessoren. Glauben Sie, die werden die Entdeckung nun für sich beanspruchen?«

»Es sind die zwei letzten Menschen auf der Welt, denen ich das gönnen würde«, sagte Wilson niedergeschlagen. »Sie haben Kräfte freigesetzt, die ihren Verstand übersteigen, und jetzt sind sie verflucht.«

»Verflucht? Im Ernst?« Bingham zog die Finger von den Stufen weg. »Ich muss sagen, hier ist es tatsächlich ein wenig unheimlich. Und es riecht auch nicht gut.« Er blickte sich um, als rechnete er mit einem Überfall aus dem Dunkeln.

»An Ihrer Stelle würde ich mich da drinnen nicht noch länger aufhalten«, sagte Wilson.

Bingham drehte den Kopf zu ihm. »Warum?«

»Das Böse, das da eingesperrt war, wirkt vielleicht nach.«

Bingham riss die Augen auf. »Meinen Sie das ernst?«

Wilson zeigte auf die Stufen. »Der Würfel war dort fünfhundert Jahre lang eingesperrt. Genau dort hat er gelegen.« Er zeigte auf ein schwach erkennbares Quadrat auf der obersten Stufe. »Da kann man wohl annehmen, dass seine teuflische Kraft Spuren hinterlassen hat.«

Bingham sprang nach draußen ins Tageslicht, als hätten seine Hosen Feuer gefangen. Hektisch schüttelte er die Hände. »Das klingt äußerst gruselig! Wie wär's, wenn ich erst mal eine Zigarette rauche, während Sie überlegen, wie es weitergehen soll?«

Wilson ging in die Hocke und las die eingeritzten Namen.

»Sie glauben aber nicht, dass wir beide jetzt verflucht sind, oder?«, hakte Bingham nach. »Ich meine, wir haben den Würfel ja nicht genommen. Also sind wir beide aus dem Schneider, richtig?«

Wilson betrachtete das schwarze Granitfundament und versuchte, sich vorzustellen, wie der Stein herausgelöst worden war. Es musste erst ein paar Tage her sein, höchsten zwei Wochen. Wieder betrachtete er die eingeritzten Buchstaben. »Wie hieß doch gleich der Mann, den sie an der Kathedrale gekreuzigt haben? War der Name nicht Santillana?«

Bingham wischte gerade eine Treppenstufe sauber, damit er sich hinsetzen konnte. »Corsell Santillana hieß er, da bin ich mir ziemlich sicher. Sie haben recht: Es ist derselbe Nachname.«

Plötzlich wurde Wilson klar, dass das Zeitportal nicht ohne den Würfel funktionieren würde. Der Auftragstext war präzise gewesen: Die kosmischen Strings, die im goldenen Würfel des Sonnengottes endeten, waren die Kraftquelle, die dem Machu-Picchu-Portal ermöglichte, einen Spalt im Erdmagnetfeld zu öffnen. Ohne den saß Wilson fest. Es gab keinen Weg zurück, und seine Mission war verpatzt. Diese beiden Männer, Jesús Velarde und Juan Santillana, hatten es geschafft, ohne Dynamit das Fundament des Sonnentempels aufzubrechen. Und nachdem sie den Würfel an sich gebracht hatten, hatten sie auch noch die Frechheit besessen, ihre Namen in den Stein zu ritzen, wo sie jeder sehen konnte.

»Wir müssen den Würfel wiederbeschaffen«, erklärte Wilson.

Bingham saß auf der Treppe oberhalb des hohen Grases. Er hatte sich gerade eine Zigarette gedreht und wollte ein Streichholz anreißen. »Nach allem, was Sie über den Würfel gesagt haben, bin ich mir nicht sicher, ob wir das wirklich wollen, oder? Aber zumindest kennen wir die Namen der Diebe.«

Wilson entdeckte acht Bohrlöcher, die in gleichmäßigem Abstand an den oberen Kanten des Eingangs zu erkennen waren. Er ging zu dem herausgebrochenen Stück und betrachtete es. An ihnen war jeweils die andere Hälfte der Bohrlöcher auszumachen. Dann fielen ihm einige Eukalyptushölzchen auf, die auf dem Boden lagen. Sie waren aufgequollen. »Ich weiß, wie sie den Stein herausgesprengt haben, Hiram.«

Wilson wartete, bekam aber keine Reaktion.

»Hiram?«, rief er.

In der windstillen Luft hing ein Rauchfaden, und Wilson sah unwillkürlich zu der brennenden Zigarette, die auf der Stufe lag, wo Bingham eben noch gesessen hatte.

Da stimmte etwas nicht. Wilson duckte sich sofort ins hohe Gras, dann sprintete er auf die Trockenmauer zu, die am östlichen Rand des Kamms verlief. Dahinter ging es zwanzig Meter in die Tiefe, dann folgte ein sanfter Hang bis zu der Steilwand, die ins Tal abfiel.

»Ich weiß, dass ihr ihn habt!«, brüllte Wilson aus vollem Hals. »Dieser Mann spielt für Vilcabamba eine wichtige Rolle!« Doch statt einer Antwort hörte er nur seinen eigenen Atem.

Plötzlich hatte er das Gefühl, dass jemand hinter ihm war. Er spürte es. Er nahm den Hut ab und fuhr herum, aber da war niemand! Er war sicher, dass er jemanden neben sich spürte, auch wenn er ihn nicht sehen konnte. Er wusste nicht, ob er rennen oder stehen bleiben oder über die Mauer springen sollte.

Dann hörte er ein Rauschen in der Luft und sah den schwarzen Kondor mit ausgestreckten Klauen auf sich zusausen. Er warf sich hinter die Steine, während der Vogel über seinen

Kopf hinwegflog und auf dem herausgebrochenen Granitblock landete.

Vorsichtig hob Wilson den Kopf aus dem Gras.

Der Kondor blickte ihn an und hielt die Flügel ausgebreitet. Er stieß einen langgezogenen Schrei aus, bei dem Wilson sich die Finger in die Ohren stecken wollte. Dann legte das Tier die Flügel an und blieb reglos sitzen.

»Das ist doch verrückt«, murmelte Wilson.

Eine kräftige Frauenstimme störte die Stille. »Wir haben deinem Freund eine Klinge an den Hals gesetzt. Du wirst dich ergeben, oder wir schneiden ihm den Kopf ab!« Der Ton war äußerst aggressiv.

Oben auf dem Sonnentempel erschien eine der Kriegerinnen mit grün bemaltem Gesicht und Körper. Sie schritt selbstbewusst am Rand der Außenmauer entlang, in der Rechten einen Bogen. Sie stand fünfzehn Meter über ihm und hatte die Sonne im Rücken. Wilson erkannte sie trotzdem sofort.

»Ihr dürft ihm nichts tun!«, schrie Wilson. »Mein Freund ist wichtig für diesen Ort, auch wenn ihr das nicht verstehen könnt.«

»Ich werde entscheiden, ob er lebt oder stirbt«, erwiderte die Amazone.

»Ich hätte dich und deine Kriegerinnen an der Brücke des Kondors töten können«, rief Wilson zu ihr hinauf. »Ich schlage vor, dass du das bedenkst.«

»Für die Jungfrauen der Sonne ist es eine Ehre, als Beschützerinnen von Vilcabamba zu sterben«, erwiderte sie stolz. »Erwarte keine Gnade zum Dank.«

»Aber ihr habt bei eurer Aufgabe versagt … und ihr werdet die Lage verschlimmern, wenn ihr überstürzt handelt.«

»Du darfst nicht hier sein, Wilson Dowling. Unsere Aufgabe ist es, die heilige Stadt zu schützen, um jeden Preis. Du bist hier eingedrungen!«

Er konnte sich jetzt nicht mit der Frage aufhalten, woher sie seinen Namen kannte. »Der Tempel wurde aufgebrochen, bevor wir hierher kamen«, hielt Wilson ihr entgegen.

Sie nickte. »Das ist wahr. Und es gibt nur einen Grund, warum du noch atmest: Apu hat den Kondor zu deinem Schutz gesandt.« Der Vogel saß auf dem dreieckigen Granitbrocken und wetzte seinen Schnabel daran. Das schwarze Gefieder schimmerte in der Nachmittagssonne.

»Habt ihr den goldenen Würfel?«, fragte Wilson.

Die Amazone rührte sich nicht, und im Gegenlicht war ihr Gesicht nicht zu erkennen. »Der Würfel ist verloren«, antwortete sie schließlich.

»Und was ist mit den Männern, deren Namen in die Stufen geritzt sind?«

»Jesús Velarde ist tot. In den Bergen getötet.«

»Ist der andere der Gekreuzigte?«, fragte Wilson.

»Das ist Corsell Santillana, sein Bruder.«

»Sein Bruder?«

»Durch Corsell Santillana wurden der Welt die Geheimnisse Vilcabambas und des goldenen Würfels enthüllt.«

»Und woher hatte dieser Corsell sein Wissen?«, fragte Wilson.

»Von meiner Schwester«, antwortete die Amazone. »Vivane vertraute einem Mann und wurde betrogen!« Sie klang wütend.

»Der innere Tempel wurde geöffnet, indem sie Löcher in den Stein bohrten, Hölzchen hineinsteckten und diese aufquellen ließen, bis der Stein brach.«

»Ein uraltes Verfahren, das uns gelehrt wurde für den Fall, dass wir den Würfel einmal selbst entfernen müssten.«

»Wie heißt du, Kriegerin?«

»Ich bin Aclla, Oberste der Jungfrauen der Sonne, der Beschützerinnen Vilcabambas und Hüterinnen des goldenen Würfels.«

Wilson verstand nicht, wieso im Auftragstext nichts von den Kriegerinnen gestanden hatte. »Du musst auf mich hören«, sagte Wilson. »Hiram Bingham darf nicht zu Schaden kommen. Sein Schicksal ist mit diesem Ort verbunden.«

In diesem Moment breitete der Kondor die Flügel aus und machte einen Satz von dem Stein, schlug mit den Schwingen und flog direkt auf Wilson zu, was diesen zwang, sich ins Gras zu ducken. Der Vogel sauste über das Tal und stieg dann kreisend in die Höhe.

»Du wirst mit mir nach Pitcos kommen!«, rief Aclla. »Du wirst vor die drei Mamaconas gebracht, unsere Orakel. Sie werden über dein Schicksal entscheiden.«

Plötzlich bemerkte Wilson im Innern der aufgesprengten Tempelkammer einen sonderbaren Lichtschimmer. Dort schien eine Frau im Zwielicht zu stehen, doch so angestrengt er spähte, er konnte sie nicht deutlicher erkennen. Sie war milchig weiß verschwommen, als stünde sie in bewegtem Wasser. Wie gebannt starrte er sie an und konnte den Blick nicht von ihr losreißen.

»Je weiter die Zeit voranschreitet, desto mächtiger wird der Würfel«, fuhr Aclla fort. »Dir bleibt keine Wahl, als mitzukommen.«

Wilson sah fasziniert zu, wie die schimmernde Gestalt die Hand nach der Stufe ausstreckte, auf der der Inka-Würfel gelegen hatte.

Plötzlich war die Frau deutlich zu erkennen.

Es war Helena Capriarty, und sie drückte die Hand auf die Stufe. »Sie haben dich umzingelt!«, rief sie. »Du musst fliehen!«

Wilson stand mit offenem Mund da und rührte sich nicht.

Helena war ganz in Schwarz – Bluse mit aufgekrempelten Ärmeln, Wanderweste, Cargohose. Ihre kurzen blonden Haare verschwanden unter einer Baseballkappe.

»Du musst fliehen, los!«, rief sie. »Sie kommen von zwei Seiten! Es sind drei, mit gespanntem Bogen!«

Wilson spähte zu Aclla hinauf. Offensichtlich konnte sie Helena nicht hören. *Bilde ich mir das ein?*, fragte sich Wilson. Beim Blick in Helenas Augen überwältigten ihn seine Gefühle. Es tat so gut, sie wiederzusehen. Es war acht Jahre her, und sie hatte sich überhaupt nicht verändert.

Aber war sie es wirklich?

Helena behielt die Hand auf der Steinstufe, als käme nur dadurch der Kontakt zwischen ihnen zustande. Er fand das nicht logisch, war aber fest überzeugt, dass sie wirklich vor ihm stand.

»Komm in vier Stunden wieder her!«, rief sie und zeigte drängend auf die nördlich gelegene Treppe. »Du musst jetzt verschwinden!«

Wilson drehte sich um und hechtete auf die Böschungsmauer zu. Ein Sprung, und er flog mit ausgestreckten Armen auf das Urubamba-Tal zu wie ein Vogel. Er schlug Saltos, um seinen Fall zu bremsen, als zwei Pfeile an ihm vorbeizischten. Einer streifte seine Jacke, der andere verfehlte knapp seine Wange.

Wilson schlug weitere Saltos. Sein Flug wurde ungleichmäßig, als er sich dem Urwald näherte. Die Luft rauschte an seinen Ohren, und er fühlte das Adrenalin in seinem Blut.

Die Zeit schien zu stocken, wie immer, wenn er dem Tod ins Auge sah.

Es ist schön, sie wiederzusehen, dachte er.

Sechshundert Meter unter ihm strömte der Urubamba durch die tiefste Stelle der Talsohle. Der Himmel war strahlend blau. Klarer Sonnenschein lag auf den oberen Bergregionen, die unteren waren in grüne Dunkelheit getaucht. Was für ein Anblick!

Dann erreichte er die Baumwipfel, gleich würde er aufschlagen.

Das würde übel wehtun.

36.

Anden, Peru
Machu Picchu
Ortszeit: 17.32 Uhr
19. Januar 1908

»Ich hatte euch befohlen, nicht näher zu kommen!«, rief Aclla vom Sonnentempel herab. Sie sprach jetzt Quechua. »Wilson Dowling denkt jetzt, dass wir ihn von Anfang an töten wollten!«

Sie tänzelte am Mauerrand entlang und sprang fünf Meter weit zur nördlichen Treppe. Ohne Bingham einmal anzusehen, lief sie die Stufen hinunter und zwischen die Bäume ins Gras, wo sein erloschener Zigarettenstummel lag. Dann rannte sie auf die Böschungsmauer zu. Ihre drei Kriegerinnen beugten sich bereits darüber und schauten in die Schlucht.

»Er kann den Sturz nicht überleben«, sagte Orelle.

»Er wäre nicht gesprungen, wenn er es nicht glaubte«, meinte Sontane.

»Ich hatte euch befohlen, erst aktiv zu werden, wenn er sich weigert!«, sagte Aclla zornig. »Warum habt ihr das getan?«

»Wir waren geistig vereinigt, und Sontane verlangte es«, erklärte Ilna. »Es war eindeutig, dass der Blauäugige nicht mitkommen würde. Es stand ihm ins Gesicht geschrieben.«

Aclla sah Sontane in die Augen. »Er ist entkommen, weil

er spürte, dass ihr kamt!« Sie schlug mit der Faust auf die Mauer. »Der Mann, der in den Abgrund gesprungen ist, wird nun uns jagen – begreifst du das? Deinetwegen ist unsere Lage jetzt noch schlimmer als vorher.«

»Als er sprang, blieb uns nichts anderes übrig, als auf ihn zu schießen«, erwiderte Sontane. »Er wollte fliehen. Wir haben kein Unrecht getan.«

»Der Fehler wurde vorher begangen. Du hast vorschnell gehandelt, Sontane. Du hast gehört, was der Mann sagte. Er weiß von dem Würfel und seiner Verbindung zum Sonnengott. Er kennt seine Macht.«

Sontane schlang den Bogen über die Schulter. »Männern darf man nicht trauen, besonders dann nicht, wenn es um den goldenen Würfel geht. So habe ich es gelernt. Dieser Mann«, sie zeigte zum Urwald hinab, »ist keine Ausnahme. Sie kommen her und plündern, was ihnen vor die Füße kommt. Sie kümmern sich nicht um das Gleichgewicht der Erde und die Götter, die sie beherrschen. Du irrst dich, wenn du ihm traust! Du hast dich von Anfang an geirrt. Wir hätten ihn gleich töten sollen.«

»Und wie erklärst du die Ankunft des Kondors? Das passiert in tausend Jahren keine zwei Mal. Apu will ihn schützen.«

»Ich habe dafür keine Erklärung. Aber wenn Apu stark wäre, hätte sie den Diebstahl verhindert. Der Kondor ist nur ein Symbol des Schutzes, mehr nicht. Der tatsächliche Schutz der heiligen Stadt wird durch uns gewährleistet … und durch unser Handeln.«

»Darin haben wir bereits versagt!«

»Es ist deine leibliche Schwester, die versagt hat!«, fauchte Sontane. »Ihre Schwäche für Männer ist die Ursache für alles, was passiert ist. Und ich befürchte, dass diese Schwäche auch in dir steckt.«

Aclla spannte die Muskeln an. Sie wollte ihr Schwert ziehen und ihre Gefährtin in der Mitte durchhauen. »Ich bewundere ihn, das leugne ich nicht. Aber mein Beweggrund ist rein und war es von Anfang an. Ich suche den goldenen Würfel und werde alles tun, was in meiner Macht steht, um ihn wiederzubeschaffen. Dieser Mann, Wilson Dowling, besitzt Wissen und Stärke, die wir für uns nutzen können. Darum geht es mir und um nichts anderes.«

»Wir haben uns genähert, weil er durch etwas abgelenkt war«, unterbrach Orelle den Wortwechsel. Sie zeigte zur aufgebrochenen Tempelkammer. »Ich habe es an seinem Blick gesehen. Er starrte dorthin und konnte sich nicht von dem Anblick losreißen.«

»Er starrte in die Kammer?«

»Er hat darin etwas beobachtet«, fügte Ilna hinzu. »Er sah etwas, was unsere Augen nicht wahrnehmen konnten.«

Aclla lief auf den Eingang zu und sprang dabei über den Granitbrocken, ihre drei Kriegerinnen folgten ihr auf dem Fuß. Vorsichtig betrat Aclla die Kammer und schaute sich um. »Der faulige Gestank des Würfels ist noch da«, stellte sie angewidert fest. Sie streckte die Hand nach den Stufen aus und zog sie hastig wieder zurück. »Was kann er gesehen haben?«

»Er starrte genau auf diese Stelle«, sagte Ilna.

»Mit ganzer Aufmerksamkeit«, versicherte Orelle.

»Was war es?«, fragte Aclla. »Hier ist nichts.«

»Wir wollten deinen Befehl nicht missachten«, sagte Sontane. »Dieser Mann hat eine Verbindung mit dieser Kammer – mit irgendeinem unseligen Geist. Darum ist er geflohen und nicht unseretwegen.«

Aclla trat wieder ins Freie und atmete die frische Luft ein. »Er hat nicht nur die Stärke und Schnelligkeit eines Pumas ... er scheint auch Verbindung zur Unterwelt zu haben. Er ist entweder ein mächtiger Verbündeter oder ein gefährlicher Widersacher.« Aclla schaute zu den Bergen im Osten. »Wir müssen die drei Mamaconas um Rat bitten.« Sie drehte sich zu Orelle und Ilna um. »Ihr bringt Bingham ins Wächterhaus und lasst ihn dort liegen, geknebelt und gefesselt.«

»Wir sollten ihn mitnehmen«, sagte Sontane.

»So kommen wir nicht schnell genug voran«, erwiderte Aclla.

»Dann sollten wir ihn töten.«

Aclla schüttelte den Kopf. »Du hast gehört, was Wilson Dowling gesagt hat. Er war mehr um Hiram Bingham besorgt als um sich selbst. Er glaubt, dass der Hagere mit dem Schicksal dieses Ortes verbunden ist.«

»Wir sollten ihn trotzdem töten.«

»Wenn er am Leben ist, wird Wilson Dowling gezwungen sein, für ihn zu sorgen wie in den vergangenen drei Tagen.«

»Dann bring ihm eine Wunde bei. Am Bein vielleicht. Eine, die wieder heilt.«

»Ihr fügt ihm keinen Schaden zu. Das ist ein Befehl.«

»Ich bin mit deiner Taktik nicht einverstanden«, sagte Sontane. »Du wählst den Rückzug, obwohl wir einen Eindringling zum Schweigen bringen könnten, der sonst hundert anderen verrät, wo Vilcabamba liegt.«

»Wenn wir Hiram Bingham etwas tun, wird Wilson Dowling uns mit seiner Rache verfolgen. Du hast gesehen, wozu er fähig ist – das Wagnis dürfen wir nicht eingehen. Die Mamaconas werden entscheiden, ob wir richtig gehandelt haben oder nicht. Es sind zwei Tage bis nach Pitcos, und so schnell, wie wir sind, können wir in einem Tag da sein. Aber wir müssen uns beeilen: Die Flüsse sind angeschwollen, und es wird bald wieder regnen.« Aclla drehte sich um und schaute zum Westhimmel.

»Orelle, Ilna, bringt Hiram Bingham zum Wächterhaus. Er darf nicht verletzt werden.« Rasch hob sie Wilsons Hut auf, faltete ihn zusammen und steckte ihn in ihren Brustpanzer. »Wir treffen uns oben auf dem Pfad.« Aclla warf noch einen Blick zur Öffnung der Tempelkammer und bekam eine Gänsehaut. Es war ein böser Ort, und sie war froh, davon wegzukommen.

»Komm, Sontane, wir haben einen langen Weg vor uns.« Aclla sprintete zwischen den Sträuchern hindurch und die Treppe hinauf zum Inka-Pfad. Sie hatte vor, Sontane anzutreiben, bis diese vor Erschöpfung umfiel. Aclla war Oberste und würde nicht dulden, dass man ihre Entscheidungen anzweifelte.

37.

Anden, Peru
Machu Picchu
Ortszeit: 21.24 Uhr
19. Januar 1908

Die Nacht war so dunkel, dass der Schein der Milchstraße ein Band über den Himmel spannte. Das Kreuz des Südens war deutlich zu sehen, ebenso wie die anderen großen Sternbilder, die die schwarze Kuppel sprenkelten: im Süden Centaurus, der Kentaur, im Norden Argo, das Schiff Jasons und der Argonauten, im Westen Pavo, der Pfau, und Dorado, der Schwertfisch. Der beeindruckendste Stern war die Venus mit der vierfachen relativen Helligkeit im Vergleich zu anderen Himmelslichtern.

Der Mond würde erst in ein paar Stunden aufgehen, aber Wilson genügte das vorhandene Licht, um gut zu sehen. Er hatte beschlossen, sich dem Sonnentempel von Osten her zu nähern und die Steilwand wieder hochzuklettern, von der er in die Tiefe gesprungen war. Das war ein so schwieriger Aufstieg, dass ihn die Amazonen aus dieser Richtung sicher nicht erwarteten, wenn sie es überhaupt taten.

Seine Landung im Wald war heftig gewesen. Zum Glück hatte er sich in Lianen verfangen, die kreuz und quer zwischen den Bäumen hingen. Sie hatten sich um Beine, Arme und Schultern gewickelt, was seinen Aufprall auf dem Schutt eines verfallenen Hauses gedämpft hatte. Eine besonders dicke Liane hatte sich um seinen Hals geschlungen, und er hatte seine ganze Kraft aufbringen müssen, um sie durchzureißen, sonst wäre er erstickt. Als er zerschmettert am Boden lag, hatte er sich erst einmal heilen müssen, bevor er auch nur aufstehen konnte. Danach war er auf Nahrungssuche gegangen. Er hatte so viele Käferlarven und Beeren gegessen, dass er sich am liebsten übergeben hätte, doch er brauchte die Energie, um stark zu bleiben.

Nachdem er sicheren Halt an der Felswand gefunden hatte, kletterte er geschickt weiter hinauf. In der Dunkelheit hinter ihm hallte das Tosen des Urubamba durchs Tal. Wilson war klar, dass er einen eventuellen Angriff nicht rechtzeitig hören würde, doch das Risiko nahm er auf sich. Er konnte im Zwielicht besser sehen als jeder andere und vertraute darauf, dass das genügte, um ihn zu schützen.

Die Aussicht, Helena wiederzusehen, lockte ihn so sehr, dass er seine brennenden Muskeln beim schnellen Klettern kaum spürte. Zwischendurch dachte er immer wieder besorgt an Bingham, der den Amazonen ausgeliefert war. Wilson konnte nur hoffen, dass dessen schicksalhafte Verbindung mit der Inka-Stätte ihn vor Schlimmerem bewahrte.

Wie ein Reptil schob sich Wilson leise und mit flachen, langsamen Bewegungen über die Mauer. Die Silhouette des Sonnentempels ragte erneut vor ihm auf. Er blickte suchend zu den Fenstern und Mauerkanten der umliegenden Ruinen, dann zu den Wäldern auf den südlichen Hängen. Ein paar Minuten lang wartete er, aber alles blieb vollkommen still.

Vorsichtig ging er um den herausgesprengten Granitklotz herum und näherte sich der Öffnung zur Tempelkammer. Mit klopfendem Herzen spähte er hinein.

»Helena«, flüsterte er.

Nach ein paar Sekunden begann er sich zu fragen, ob er sie wirklich gesehen oder es sich nur eingebildet hatte. Ihm wurde mulmig bei der Überlegung, ob es richtig gewesen war, Aclla zu verlassen. Er trat ein paar Schritte zurück und schaute von außen an dem Rundbau hinauf, über dem die Sterne funkelten.

Was habe ich getan?, dachte er.

Plötzlich erschien ein milchiger, walnussgroßer Fleck in der Dunkelheit, der zu schweben schien. Zunächst war er noch schwer auszumachen, weil er so diffus war, doch dann wuchs er und nahm eine längliche Form an, bis er wie ein menschlicher Torso aussah. Er wurde heller, und Helena kam in ihm zum Vorschein. Sie stand in der dunklen Kammer und drückte ihre Hand auf die Granitstufe, wo der Inka-Würfel gelegen hatte.

»Ich wollte, dass du verschwindest, aber nicht, dass du in die Schlucht springst!« Sie war offensichtlich aufgebracht. »Ich dachte schon, du hättest dir den Hals gebrochen!«

»Freut mich auch, dich zu sehen«, sagte Wilson.

»Ich habe da hinüber gezeigt! Du hättest dort entlang fliehen sollen!«

»Springen schien mir in dem Moment die beste Wahl zu sein.«

»Irgendwann wirst du dich einmal nicht heilen können, Wilson, und dann ist alles vorbei. Du darfst nicht solche Risiken eingehen.«

»Ich dachte schon, du wärst nur ein Produkt meiner Fantasie gewesen«, sagte Wilson. »Aber angesichts deiner Reaktion bist du wohl echt.«

Helena seufzte. »Zwei Monate lang habe ich immer wieder von diesem Tempel geträumt.« Sie blickte sich misstrauisch um. »Ich habe etwas darin gesehen, und wusste, es würde mich zu dir führen.«

»Weißt du, wo Hiram Bingham ist?«, fragte Wilson.

Helena zeigte über ihre Schulter. »Die Kriegerinnen haben ihn weiter den Kamm hinaufgeschleppt. Nachdem du gesprungen bist, haben sie eine Weile gestritten, was sie tun sollen. Sie sprachen Quechua. Ich wäre ihnen gern gefolgt, habe aber die Verbindung verloren.« Sie schwieg einen Moment. »Sie sind hinter dir her, Wilson. Hört es denn nie auf, dass du dich in Schwierigkeiten bringst?«

»Glaub mir, ich bin genauso überrascht wie du.«

»Ich bin mir ziemlich sicher, dass sie die Ruinenstadt verlassen haben. Sie sind über den Inka-Pfad gelaufen. Aber ohne Bingham. Der muss noch da oben sein, wahrscheinlich im Wächterhaus.«

»Warte hier, bis ich wieder da bin«, sagte Wilson.

»Ich begleite dich!«, drängte Helena. »Krieg keine Gänsehaut; wenn du jemanden neben dir spürst, bin nur ich das. Aus irgendeinem Grund bin ich für dich – und nur für dich – sichtbar, wenn ich die Tempelstufe berühre. Ich dagegen kann in deiner Umgebung alles sehen und hören, solange ich im Umkreis von drei Metern bei dir bleibe. Wenn ich mich weiter entferne, verlieren sich zuerst die Geräusche, und danach sehe ich nichts mehr.«

»Du bist in der Zukunft, ja?«

»Ja, auf dem Machu Picchu. Wenn wir uns zur richtigen Zeit am selben Ort aufhalten, schiebt sich ein zweites Bild in mein Blickfeld, und ich sehe die Gegenwart und die Vergangenheit gleichzeitig.«

»Du bist auf dem Machu Picchu?«

»Ich laufe bei Dunkelheit durch die Ruinen. Alle denken, ich sei übergeschnappt. So ist es nun mal. Sobald du mein Leben betrittst, ist es nie langweilig, Wilson.«

»Welches Datum schreibt man bei dir?«

»Es ist der 19. Januar 2014. Du hast dich vor gut einem Jahr von mir wegtransportiert.«

Wilson überlegte einen Moment, dann lächelte er. »Es tut gut, dich wiederzusehen, Helena.«

»Mir auch, Wilson. Ich habe lange auf diesen Moment gehofft.« Sie zeigte nach links. »Du solltest dort die Treppe raufgehen.« Dann nahm sie die Hand von der Stufe und verblasste.

Wilson brauchte einige Minuten, um die Ruinen zu durchqueren und die fünfundzwanzig Terrassen zum Kamm hinaufzusteigen, wo das Wächterhaus stand. Auf dem Weg dorthin gab es unzählige Möglichkeiten für einen Hinterhalt, aber er ignorierte die Gefahr. Nicht zuletzt durch sein ausgezeichnetes Sehvermögen kam er schnell voran. Die ganze Zeit über spürte er Helena neben sich, als befände sie sich nur knapp außerhalb seines Blickfelds. Das Gleiche hatte er gefühlt, als der Kondor über ihm kreiste und als er vor drei Tagen in der Gleisbauhütte war.

Allmählich näherte er sich seinem Ziel. In seinem tiefsten Innern begann er, für seinen Reisegefährten das Schlimmste zu fürchten. Es waren fast fünf Stunden vergangen, seit er ihn zuletzt gesehen hatte. Ein leichter Wind strich durch die Bäume und Gräser. Am Horizont im Osten sah man Wetterleuchten.

Wilson drückte sich mit dem Rücken an die Hausmauer,

holte Luft und spähte um die Ecke. Bingham lag an Händen und Füßen gefesselt im Gras. Er bewegte sich nicht.

»Oh nein«, hauchte Wilson.

Er trat lautlos heran und legte ihm eine Hand an den Rücken.

Bingham stieß einige aufgebrachte, dumpfe Laute aus, die vermutlich so viel hießen wie: »Wo zum Teufel sind Sie gewesen?«

Wilson löste den Lederriemen und zog ihm den Knebel aus dem Mund.

»Ich warte schon seit Stunden«, klagte Bingham mit heiserer Stimme. »Und ich könnte dringend einen Schluck Wasser vertragen.«

Wilson richtete ihn auf, schnitt die Fesseln durch und hielt ihm seine Wasserflasche hin. »Trinken Sie nicht zu viel«, sagte er.

Bingham schluckte hastig. »Diese Frauen haben mich entführt.« Ihm lief Wasser über das Kinn aufs Hemd. »Die Amazonen.«

»Trinken Sie langsam«, sagte Wilson. »Sonst wird Ihnen schlecht.«

»Große Frauen sind das! Enorm große. Ich habe mich nach Kräften gewehrt, aber sie waren zu stark.« Er wischte sich den Mund ab. »Ich habe mich schon gefragt, ob Sie überhaupt noch zurückkommen oder ob Sie vielleicht tot sind.« Bingham klang nun schon etwas besser. »Mir sind Käfer übers Gesicht gekrabbelt, Wilson! *Käfer!*« Er kratzte sich und schaute suchend auf den Boden. »Ich bekam schon Krämpfe in den Armen und Beinen. Ich lag da und dachte: Jetzt ist es aus mit Ruhm und Reichtum. Mit dem Gesicht im Dreck werde ich sterben … während die Käfer über mich krabbeln. Wie konnten Sie mich hier so lange mit den Käfern allein lassen?«

»Sie sind am Leben, das ist das Wichtigste«, entgegnete Wilson.

»Es war eine schreckliche Tortur.«

»Warten Sie hier.«

Bingham spuckte Wasser. »Lassen Sie mich nicht schon wieder allein! Es ist stockdunkel! Und was, wenn diese schrecklichen Frauen zurückkommen, um mich zu holen ... oder Schlimmeres?« Bingham wollte aufstehen, war aber zu weich in den Knien.

»Sie haben die Ruinenstadt verlassen.« Wilson spähte in die Dunkelheit hinaus. »Und sie haben Sie nicht getötet, was eine Riesenüberraschung ist.«

»Ach, wie reizend! Sie dachten, die bringen mich um?«

»Vermutlich wollten diese Kriegerinnen mich dann doch nicht verärgern.«

»Da bin ich aber froh!«

»So ist er immer«, sagte Wilson über die Schulter hinweg zu Helena. »Äußerst betreuungsintensiv.«

»Mit wem reden Sie?«, fragte Bingham.

»Er ist hier sicher«, fuhr Wilson fort. »Lass uns wieder hinuntergehen, damit wir uns weiter unterhalten können.«

»Was reden Sie da?«, schrie Bingham und starrte verwirrt ins Dunkel, um etwas zu erkennen. »Ist jemand bei Ihnen?«

»Warten Sie hier, Hiram.«

»Sie haben den Verstand verloren, Wilson!« Er kam auf die Knie und starrte um sich herum auf den Boden. »Was soll ich gegen die verdammten Käfer machen?«, schrie er.

Wilson lief die überwucherten Terrassen hinunter, um Bäume und Bambusstauden herum zum Sonnentempel. Schnaufend übersprang er die letzten Stufen und ging auf die Öffnung am Fuß der Mauer zu. Augenblicke später erschien der milchige Fleck und wuchs auf Menschengröße an, dann kam Helena zum Vorschein, die die Hand auf die Stufe gedrückt hielt.

»Wir sind genau einhundertsechs Jahre voneinander entfernt«, stellte Wilson fest. »Auf den Tag genau.«

»Das Datum ist entscheidend.« Helena nickte. »Ich war gestern schon hier und den Tag davor auch und habe dich nicht gesehen.« Sie schaute zum Himmel hinauf. »Das Wetter ist gleich, egal ob in meiner oder in deiner Zeit. Es hat furchtbar geregnet, die Flüsse sind über die Ufer getreten und die Straßen blockiert.«

Wilson trat mit ausgestreckter Hand auf sie zu. Sie sah so wirklich aus. Doch wie erwartet, fasste er durch sie hindurch. Helena griff ebenfalls nach ihm, und es erging ihr ebenso.

»Wie ist das möglich?«, fragte sie.

Wilson zeigte auf die Granitstufen. »Das kommt durch das Ding, das dort lag, wo du die Hand hast.«

»Durch den Inka-Würfel. Ich habe dich mit Bingham und mit den Kriegerinnen darüber reden hören.«

»Es muss die Energie des Würfels sein, die die Verbindung zwischen uns begünstigt.« Er trat näher. »Weißt du noch, wie ich dir mal von der Entstehung des Universums erzählt habe? Vom Urknall, als alles begann? Damals spannte sich ein Netz aus mächtigen Energiefilamenten, sogenannte kosmische Strings, über das All. Und durch diese existiert die Dimension der Zeit.«

»Ich weiß noch alles, was du gesagt hast.«

»Einer dieser Strings endet in dem Inka-Würfel. Es heißt, der erste Herrscher der Inkas, Manco Cápac, sei mit einem goldenen Stab in der Hand aus dem Titicacasee aufgestiegen. Seine Frau Mama Ocllo hielt den goldenen Würfel in der Hand. Diese beiden Dinge enthielten jeweils den Endpunkt eines kosmischen Strings. Als der goldene Stab unerwartet vernichtet wurde, wurde der Würfel allmächtig. Das nehme ich zumindest an.«

»Er fing an, von Menschen Besitz zu ergreifen«, sagte Helena.

Wilson nickte. »Gemäß der Prophezeiung musste der Inka-Würfel für immer weggesperrt werden, weil er sonst die Menschheit vernichten würde – auf welche Weise auch immer. Mitte des 15. Jahrhunderts ließ König Pachacuti diese Festung bauen, auf dem vielleicht unzugänglichsten Bergkamm Südamerikas. In dieser Tempelkammer, umgeben von Energiekristallen, wurde der Würfel eingemauert. Dort lag er, bis diese beiden ahnungslosen Männer«, er zeigte auf die Namen an den Stufen, »ihn auf die Welt losließen.«

»Hast du eine Ahnung, wo er jetzt ist?«

»Ich vermute, in Cusco. Auf jeden Fall war er zu einem bestimmten Zeitpunkt dort. Denn in Cusco wurde ein Mann gekreuzigt und an die Mauer der Kathedrale gehängt.«

»Die Kreuzigung«, sagte Helena. »Ich weiß davon.«

»Wie kannst du davon wissen?«, fragte Wilson überrascht. »Das steht nicht in den Geschichtsbüchern.«

»Ein Passagier im Zug hat mir davon erzählt.«

Wilson deutete auf die eingeritzten Namen. »Der Gekreuzigte ist der Bruder von Juan Santillana. In der Zukunft, aus der ich komme, hat die Kreuzigung nicht stattgefunden.

Und diese Tempelkammer, in der du stehst, wurde nie geöffnet.«

»Nach Binghams Buch sah es zu seiner Zeit hier genauso aus wie jetzt, aber eine Kreuzigung wird nicht erwähnt.«

»Du hast Hirams Buch?«

»Ich habe es gelesen, während ich gewartet habe, ob du kommst.«

Wilson rieb sich das Kinn. »In deiner Zukunft sind die Namen zu sehen?«

Helena besah sie kritisch. »Unverändert.« Sie zeigte nach draußen. »Aber dieser keilförmige Klotz ist nicht mehr da. Auch nicht die Bäume und Bambusstauden. Alles ist freigelegt und rekonstruiert. Da drüben steht eine neue Mauer.« Sie zeigte hinüber.

»Bin ich in Hirams Buch erwähnt?«

Helena schüttelte den Kopf.

»An welchem Tag entdeckt er Machu Picchu?«

»Am 24. Juli 1911. Gut drei Jahre nach eurem Abenteuer.«

»Dann ändert sich also der Gang der Geschichte«, sagte Wilson nachdenklich. »Das ist nicht gut. Ist von den Amazonen die Rede?«

Helena schüttelte erneut den Kopf. »Mit keinem Wort.«

»Sie sind die ursprünglichen Beschützerinnen Vilcabambas«, sagte Wilson. »Sie sind Nachfahren der Sonnenjungfrauen.«

»Sie haben versucht, dich umzubringen«, erinnerte Helena.

»Warum sagst du das?«

»Ich war in den Ruinen und habe sie beobachtet. Diese Frauen hatten Gift an ihren Pfeilspitzen. Ich habe gesehen, wie sie es auftrugen. Sie wollten dich töten, ganz sicher. Einmal bin ich ihnen so nahe gekommen.« Helena zeigte mit

Daumen und Zeigefinger eine Spanne von zehn Zentimetern an. »Wenn du nicht gerannt wärst, wärst du jetzt tot.«

»Was ist mit der Frau, die oben auf dem Tempel stand? Aclla heißt sie. Sie scheint die Anführerin zu sein.«

»Soviel ich gesehen habe, war sie wütend auf die anderen, nachdem du gesprungen warst. Wahrscheinlich weil sie dich nicht erwischt haben.«

Wilson stellte sich Acllas Gesicht vor. »Sie wollte mich eigentlich zu den drei Mamaconas mitnehmen, wer immer die sind, zu einem Ort namens Pitcos.«

Helena schüttelte frustriert den Kopf. »Ich sag dir, sie wollten dich umbringen! Da gibt es gar keinen Zweifel.«

»Sie wissen etwas, was ich erfahren muss, Helena. Aclla sagte, der Inka-Würfel würde mit der Zeit immer mächtiger werden, und ich glaube ihr.« Wilson fuhr sich durch die Haare. Am fernen Horizont zuckte ein Blitz über den Himmel. »Ich weiß nur nicht, wie gut ich ihrer Spur werde folgen können.«

»Wenn du ihnen durchs Gebirge nachgehst, kann ich nicht mit dir kommen«, sagte Helena.

»Das müssen wir in Kauf nehmen.«

»Ich halte das für die falsche Entscheidung.«

»Eine andere Möglichkeit habe ich nicht. Ich muss nach Pitcos und erfahren, was sie über den Inka-Würfel wissen.« Wilson stand mit den Händen in den Hüften da. »Ohne den Würfel komme ich nicht mehr von hier weg, Helena. Ich muss ihn finden!«

»Ich kenne den Weg nach Pitcos.«

»Du kennst ihn?«

»Er wird in Binghams Buch beschrieben. Er führt nach Westen, wo der Tincochaca in den Urubamba mündet. Dort gibt es einen Berg namens Amarupata, und auf dem Gipfel liegt die Festung. Der Aufstieg ist noch höher und steiler als hier. Es gibt nur einen Weg hinauf, und zwar von Westen aus.«

»Danke, Helena.«

»Du weißt, dass dies vielleicht das letzte Mal ist, dass wir uns sehen?«

Wilson legte die Hand an dieselbe Stelle wie sie. »Ich brauche den Würfel, wenn ich je von hier wegkommen will. Ohne ihn sitze ich für immer hier fest!«

»Warum bist du nicht gekommen, um mich zu holen?«, fragte sie überraschend.

»Davon war nie die Rede. Ich habe nicht mal gewusst, dass ich es gekonnt hätte.«

»Du hast zwar nicht davon gesprochen, aber du wusstest, dass ich darauf hoffe.«

Wilson spürte von der Granitstufe Hitze in seine Fingerspitzen dringen und zog die Hand weg. Es hatte sich sonderbar angefühlt, wie ein leichter elektrischer Schlag. Zweifellos ein Rest Energie von dem Würfel.

»Bevor ich gehe, muss ich dir etwas sagen.« Sie machte ein bedrücktes Gesicht. »Es ist vielleicht der Grund, warum das alles passiert. Auf der Zugfahrt hierher zog ein gewisser Don Eravisto einen Revolver und wollte mich erschießen.« Als Wilson etwas sagen wollte, hob sie die Hand, damit er sie ausreden ließ. »Er hat mir auch von der Kreuzigung erzählt. Er sagte, nur wenn er mich tötet, kann er den Mord an seiner Familie vor gut hundert Jahren rächen.«

»Wer hat seine Familie getötet?«, fragte Wilson.

»Du.«

»Das ist unmöglich.«

»Don Eravisto wusste alles, Wilson. Er sagte vorher, dass ich mit dir in Kontakt trete. Er wusste, dass du in der Vergangenheit mit Hiram Bingham hier warst. Er sagte, ich würde dir zu Informationen verhelfen, was ich gerade getan habe. Nach seinen Worten wirst du die Familie eines unbescholtenen Mannes im Schlaf ermorden. Er sagte, dass du entsetzliche Dinge mit diesen Menschen tust, sie auch vergewaltigst.«

Wilson war bestürzt. »Das ist doch lächerlich.«

»Ich weiß das, Wilson. Aber Don Eravisto war absolut davon überzeugt, dass du der Mörder bist und ich deine Komplizin bin. Er wollte mich deswegen erschießen. Du musst dich von jetzt an bewaffnen, damit du dich schützen kannst. Ich kenne dich, du würdest kein Verbrechen begehen. Aber Don Eravisto glaubt, dass du drei unschuldige Menschen auf dem Gewissen hast – die Frau von Lucho Gonzales und ihre beiden kleineren Kinder. Der älteste Sohn blieb am Leben und hat alles mitangesehen.«

»Ich höre zum ersten Mal von einem Lucho Gonzales«, sagte Wilson.

»Er ist Hauptmann und in Cusco stationiert.«

»Warum sollte ich seine Familie töten wollen?«

»Der Inka-Würfel treibt die Leute in den Wahnsinn, Wilson. Das könnte der Grund sein. Du musst vorsichtig sein, wenn du in seine Nähe kommst. Wenn er tatsächlich von Menschen Besitz ergreifen kann, dann wirst du vielleicht keine Kontrolle darüber haben, was passiert.«

Wilson wurde flau im Magen. »Es ist nicht gerade beruhigend, wenn man erfährt, dass man Frauen und Kinder umbringen wird.«

»Du musst achtsam bleiben«, sagte sie ernst. »Das Gute ist, dass wir in der Nähe des Würfels wahrscheinlich miteinander kommunizieren können.« Sie blickte auf die Steinstufe. »Das wird uns vielleicht helfen.«

Wilson überlegte kurz. »Der Lauf der Geschichte ist ziemlich aus der Bahn geraten. Und aus einem unerfindlichen Grund haben sich unsere Welten miteinander verknüpft, so unwahrscheinlich es ist. Sei vorsichtig, Helena. Wenn es deine Aufgabe ist, mir zu helfen, bist du womöglich immer noch in Gefahr.«

38.

Cusco, Peru
Kloster
Ortszeit: 0.35 Uhr
19. Januar 1908

Seine Schritte hallten in dem Gang, als Bischof Francisco auf das unterirdische Verlies zuging. Mit einer Hand umklammerte er einen Messingschlüssel, in der anderen hielt er eine verschnörkelte Sturmlaterne aus Silber mit einem langen Griff. Die schmächtige Flamme beleuchtete die bemoosten Wände und offenbarte die Pfützen am Boden, wo das Regenwasser durch Risse im Mauerwerk eingedrungen war.

Als der Bischof zu einer schweren Holztür gelangte, steckte er den Schlüssel ins Schloss und drehte ihn herum. Bei dem klickenden Geräusch begann sein Puls zu rasen. Als er die Tür aufstieß, stach ihm der Gestank von Urin und Exkrementen in die Nase, und er konnte den Brechreiz kaum unterdrücken.

Mit erhobener Lampe blickte er in die kalte Dunkelheit zu der nackten Frau, die mit dem Gesicht zur Wand an den Handgelenken angekettet war. Sie war blau geschlagen und blutete. Leise schloss der Bischof die Tür und drehte den Schlüssel.

»Sie braucht Pflege, wenn sie am Leben bleiben soll«, sagte er ins Dunkel. Er wollte nicht weiter hineingehen und hoffte verzweifelt, dass er sich nicht zu nähern brauchte. »Sie hat seit über einer Woche nichts gegessen, Herr. Wir müssen etwas für sie tun, sonst stirbt sie.«

»Bischof«, erwiderte die tiefe Stimme, »du wirst das Kruzifix aus der Tasche ziehen und es benutzen.«

Dem Bischof brach der Schweiß aus. Er wollte um Gnade flehen, für die Frau und für sich, doch er wusste, es wäre zwecklos. Den Geist Pizarros gelüstete es nach den Schmerzen und der Erniedrigung anderer. Jede Schwäche vergrößerte diese Lust und machte alles noch schlimmer.

Behutsam stellte er die Öllampe auf den Steinboden, zog ein besticktes Taschentuch hervor und tupfte sich den Schweiß vom Gesicht. Während er ganz langsam auf die Gefangene zuging, nahm er das große Kreuz aus der Innentasche seines Gewandes. Zögernd trat er mit dem Kreuz in der Hand durch die Urin- und Blutlachen. Der Gedanke, dass ein so heiliger Gegenstand benutzt wurde, um Schmerzen zuzufügen, bereitete ihm weitere Übelkeit. Das Kreuz hatte scharfe Kanten, die die Haut aufreißen würden.

»Dieses Weib wird dem heidnischen Glauben abschwören«, fuhr die tiefe Stimme fort. »Du wirst erst aufhören, wenn sie Jesus Christus preist, den wahren Erretter der Seelen. Nur durch ihn kann sie erlöst werden. Nur durch seine Gnade kann ihre Seele in den Himmel kommen.«

Bischof Francisco näherte sich der Frau. Seine Stimme war zittrig und kaum mehr als ein Flüstern. »Du musst deinem heidnischen Glauben abschwören, mein Kind. Du musst den wahren Gott anerkennen, Jesus Christus. Das ist dein einziger Weg zu Freiheit und Erlösung.« Dann strich er mit der Spitze des großen Silberkreuzes über ihren Rücken bis zu ihrem blau geschlagenen Gesäß. »Du musst sagen: Gelobt sei Jesus Christus.«

Die Frau zuckte nicht einmal. Sie hing schlaff in den Eisenschellen.

»Du musst sagen: Gelobt sei Jesus Christus«, flüsterte er wieder. »Nur dadurch kannst du der Folter entgehen.«

Er wollte weinen, doch er hatte keine Tränen mehr. Derweil spürte er, wie der Geist Pizarros die kalte Luft rings um ihn erfüllte, den Augenblick genoss und sich auf den Willenskampf und das Leiden freute.

Der Bischof stieß die Frau mit dem langen Ende des Kreuzes an, drückte es ihr ins entblößte Fleisch, um eine Reaktion hervorzurufen. Es kam keine. Er tat es energischer und trieb es schließlich in sie hinein, wieder und wieder. Doch die Frau blieb schlaff und reglos.

Er packte sie bei den Haaren, um ihr Gesicht von der Wand zu drehen. Was er sah, hätte ihn mit Entsetzen und Traurigkeit erfüllen müssen, doch das Gegenteil war der Fall. Ihre Augen waren offen, aber es war kein Leben darin. Der Lederriemen, der als Knebel diente, war blutgetränkt, und Blut klebte an ihrem schwarz angelaufenen Kinn. Ihr ganzer Körper war blutüberströmt; es war ihr an den Beinen hinabgelaufen und hatte am Boden eine Pfütze gebildet.

Als er sie losließ, sackte ihr Kopf gegen die Wand. Er band den Knebel los, und als er ihn herauszog, fiel ein blutiger Klumpen auf den Boden. Sie hatte sich die Zunge abgebissen, um der Hölle zu entkommen, die sie in den vergangenen Tagen durchlebt hatte. Sie war an ihrem Blut erstickt.

»Du hättest ihr nicht verraten sollen, dass Corsell gekreuzigt wurde, Herr. Er war ihr Grund durchzuhalten, das habe ich dir gesagt. Sowie sie wusste, dass er tot ist, war ihr Lebenswille erloschen.«

»Das war der größte Augenblick von allen«, erwiderte

Pizarro. »Der Augenblick, da sie von seiner Verurteilung durch den Allmächtigen erfuhr. Der Augenblick, in dem sie erkannte, dass es für eine Heidin wie sie keine Erlösung gibt. Jetzt wird sie ewig in der Hölle brennen, in den Händen Luzifers. Sie wird nicht in den Himmel kommen wie Corsell. Er wurde am Kreuz geläutert und wird für immer bei Gott sein.«

Der Bischof sah in Vivanes tote Augen. Sie war auf schreckliche Weise gestorben, und doch beneidete er sie. Sie war aus Pizarros Welt des Wahnsinns geflohen. Wenn sich doch nur für ihn, den Bischof, ein Fluchtweg auftäte, er würde ihn nehmen, ganz gleich, welchen Preis er zu zahlen, welche Schmerzen er zu leiden hätte.

»Löse ihre Fesseln!«, befahl die Stimme.

Ohne zu fragen, zog der Bischof den schweren Stift aus einer der Eisenschellen, und der Arm der Toten fiel herab. Die zweite Schelle zu öffnen war schwieriger, da Vivanes ganzes Gewicht daran hing. Er stellte sich breitbeinig vor sie und strengte sich an, bekam den Stift schließlich doch heraus und ließ ihren nackten Leib in den Schmutz sinken.

»Du wirst dich ausziehen«, sagte Pizarro.

»Bitte, Herr, das arme Kind ist tot. Man kann ihr keine Schmerzen mehr zufügen.«

»Sie hat mir getrotzt. Sie hat die Hölle dem Himmel vorgezogen!« Pizarros Stimme hallte so laut, dass der Bischof um Gnade bitten wollte, doch er wagte es nicht, aus Angst vor weiterer Vergeltung.

»Du wirst dich ausziehen!«, brüllte die Stimme.

Bischof Francisco krümmte sich unter den Schmerzen, die ihm die Stimme verursachte, und hielt sich den Kopf mit beiden Händen. Er wimmerte, obwohl er genau wusste, dass es nichts ändern würde.

»Ich werde tun, was du sagst«, winselte er. »Ich werde gehorchen, Herr.« Er zog sich hastig aus, bis er nur in Schuhen dastand. Er war selbst nur noch Haut und Knochen, als er über der abgezehrten Leiche der einst schönen Frau stand.

In seiner Qual wollte er seinen Gott anflehen, ihn aus dieser grauenvollen Lage zu befreien, doch er wusste nicht mehr, zu welchem Gott er beten sollte. Er zweifelte allmählich, ob es einen Gott gab. Wenn ja, dann konnte er doch nicht zulassen, dass in seinem Namen solche Verbrechen begangen wurden.

Gott ist gnädig, Gott ist groß, sagte er sich in der Hoffnung, dass seine Gebete auf wunderbare Weise erhört würden.

Gibt es einen, der mich aus diesem Schrecken erlösen kann?, fragte er sich.

Es gab nur eine Hoffnung für ihn, und das war dieser Wilson Dowling, der schwer zu fassende Ausländer, den Pizarro als Einzigen fürchtete. Er hatte bekannt, dass er nicht in die Seele des Fremden blicken konnte. Ein Mann, der eine so dunkle Seele hatte, konnte sicher auch das Böse vernichten, das gerade über den Leib des Bischofs kroch. Wilson Dowling würde ganz sicher nach Cusco kommen – Pizarro hatte befohlen, alle Zugänge zur Stadt bewachen zu lassen.

Er ist meine einzige Hoffnung.

Der Bischof kniete sich in die Pfützen auf dem Boden. Unter ihm lag die tote Vivane, eine Inka-Kriegerin. Er spürte, dass der Wahnsinn sich seiner bemächtigen würde, und legte zögernd die Hände auf ihre tote, kalte Haut. In diesem Moment wünschte er sich, seinem Leben ein Ende machen zu können. Er hätte seine Seele geopfert, nur um dieser Hölle zu entkommen.

Du musst mich töten, Wilson Dowling, sagte er zu sich. *All meine Gebete werden erhört, wenn du mich niederstreckst.*

Eine andere Hoffnung gab es in seinem Leben nicht mehr – nur den abstrakten Traum von einem Mann, den er nie gesehen hatte, von einem Mann, dessen Seele schwarz war wie die Nacht.

39.

Anden, Peru
Amarupata
Ortszeit: 20.05 Uhr
21. Januar 1908

Es regnete stark, als Wilson am Fuß des Amarupata stand und den Steilhang hinaufblickte, der in der stürmischen Dunkelheit aufragte. Er überlegte, ob er diese schwierige Kletterei über zwölfhundert Meter wagen sollte. Die andere Möglichkeit war, sich Pitcos von Westen her zu nähern, über einen in den Hang gehauenen Pfad, der einfacher zu begehen war, aber wahrscheinlich bewacht wurde. Als er die Hände an den Felshang legte, spürte er das Wasser, das daran herabfloss. Er fragte sich, ob er sich an dem nassen Gestein überhaupt festhalten konnte.

Er hatte Machu Picchu mit Bingham zusammen verlassen und ihn zu dem bescheidenen Waisenhaus von Vater Marcos gebracht, das zu der Kirche am Ufer des Urubamba gehörte. Sie hatten fast einen ganzen Tag gebraucht, um die viereinhalb Kilometer über den Bergkamm zurückzulegen und zu dem gefährlichen Pfad zu gelangen, der in Serpentinen zum Fluss hinabführte.

Vater Marcos war überaus entgegenkommend gewesen und hatte ihnen die erste warme Mahlzeit seit fünf Tagen vorgesetzt und auch ein warmes Bett zur Verfügung gestellt. Zu Binghams großer Erleichterung hatte Vater Marcos sogar eine Flasche Whiskey und reichlich Tabak gehabt, sodass sich die Nerven des Amerikaners etwas entspannen konnten. Das Waisenhaus wurde von drei spanischen Nonnen geführt, die sich um vierzig Mestizenkinder im Alter von zwei bis sechzehn kümmerten. Fast alle waren von ihren Eltern im Stich gelassen worden, doch die Kinder glaubten lieber, dass ihre Erzeuger in den Bergen ums Leben gekommen waren. Wilson war Vater Marcos so dankbar für seine Gastfreundschaft und das warme Essen, dass er ihm drei Goldmünzen für seine Kirche gab. Dann gab er ihm eine vierte Goldmünze und bat ihn dringend, für Bingham einen Führer zu besorgen, der diesen so bald wie möglich nach Cusco zurückbrächte.

Vater Marcos wollte sich weigern, das Geld zu nehmen, aber Wilson wusste, es war sein Stolz, der ihn dazu trieb, und nicht die Bedürftigkeit seiner Waisen. Am Ende konnte sich Wilson durchsetzen, und der Geistliche nahm die Münzen im Namen des Allmächtigen.

»Ich kenne einen Führer, Ompeta heißt er. Der kommt ab und zu hier vorbei«, sagte Vater Marcos, der seinen mageren Körper in eine einfache schwarze Soutane hüllte und ein Holzkreuz um den Hals trug. Mit seinen über sechzig Jahren hatte er ein schmales Gesicht und einen langen grauen Bart. Er war ein freundlicher, sanfter Mann, und die Kinder mochten ihn sehr.

»Ompeta bringt uns Vorräte und Kleidung aus Cusco«, erzählte Vater Marcos lächelnd und entblößte dabei seine Zähne, die vom Tabak fleckig waren. »Wenn er das nächste Mal vorbeikommt, soll er Ihren Freund nach Cusco mitnehmen. Ompeta ist ein guter Mensch, obwohl er nicht unseren Glauben hat. Er ist Indianer und unsere Verbindung zur

Außenwelt. Wir beten jeden Tag, dass er unbeschadet zurückkehren möge, ungeachtet der Götter, die er verehrt.«

Die Nonnen, die bei ihm am Tisch saßen, nickten.

»Wir freuen uns immer, wenn er kommt«, fügte eine hinzu.

»Er bringt uns auch Zeitungen mit, wenn möglich«, erzählte Schwester Daniela.

Danach war Wilson allein weitergewandert. Es hatte einmal eine Zeit gegeben, als er sich nach Gesellschaft gesehnt hatte, aber das war lange vorbei. Seine Erfahrungen hatten schließlich dazu geführt, dass er den Wunsch beiseiteschob. Er hatte sich das Alleinsein angewöhnt. So war es leichter zu überleben, nicht nur physisch, sondern auch seelisch.

Unschlüssig schaute er die nasse Granitwand hinauf. Nicht einmal er konnte dumm genug sein, diesen Aufstieg tatsächlich in Angriff zu nehmen. So blieb ihm nichts anderes übrig, als um den Berg herumzugehen und ihn von der Westseite zu besteigen, wie Helena gesagt hatte.

Ein ferner Blitz erhellte den Himmel und blendete ihn so stark, dass Wilson die Augen zusammenkniff. Gerade weil sein Sehvermögen im Dunkeln so gut war, machte ihm plötzliche Helligkeit zu schaffen. Als er die Augen wieder aufmachte, musste er noch einen Moment warten, bis er wieder klar sehen konnte.

Der Weg, der vor ihm lag, führte über Felsbrocken, die sich im Lauf der Zeit von dem Felshang gelöst hatten. Es war einfacher, über Steine zu laufen als durch dichtes Unterholz, und so schlug er ein schnelles Tempo an und sprang von einem Felsbrocken zum anderen.

Währenddessen dachte er an Helena. Er wünschte sich den Augenblick zurück, bevor sie die Hand von der Stufe genommen hatte und in der Dunkelheit verschwunden war. Er hätte ihr gern gesagt, wie glücklich er über das Wiedersehen war, doch die Jahre der Einsamkeit hatten ihre Spuren hinterlassen: Um sich zu schützen, hatte er sich im Laufe der Zeit immer mehr von seinen Gefühlen distanziert. Außerdem hatte er nicht damit gerechnet, Helena je wiederzusehen. Ihre Begegnung traf ihn völlig unvorbereitet. Erst jetzt, nach zwei ganzen Tagen, konnte er sich langsam mit seinen Gefühlen auseinandersetzen. Er hatte sich jahrelang gesagt, dass die Dinge nie wieder dieselben wären, wenn man an eine Vergangenheit anknüpfen wollte, die so weit zurücklag – und davon war er nach wie vor überzeugt. Für ihn waren acht Jahre vergangen, sie dagegen hatte nur ein Jahr gewartet.

Helena hatte ihn fasziniert, wie sie dort von den Sternen beschienen im Dunkeln gestanden hatte. Es sah wunderbar aus, wie ihr der fransige Pony über die Augen fiel, dazu ihr schönes Gesicht und der Klang ihrer Stimme. Erst jetzt konnte Wilson wirklich würdigen, was für ein Geschenk ihre Begegnung gewesen war. Und er hoffte, dass ihr Zusammentreffen einem größeren Zweck diente. Er wusste jetzt, dass sie wie er war, eine Frau, die aufgrund ihrer physischen Beschaffenheit durch die Zeit reisen konnte – schon ihre verblüffend blauen Augen deuteten darauf hin. Gern hätte er ihr das gesagt, aber was würde es nützen? Er konnte nicht wissen, ob es für ihn einen Weg zu ihr gab, und wenn ja, hieß das noch nicht, dass sie je die Möglichkeit haben würde, durch die vierte Dimension zu reisen wie er.

Er sprang von einem flachen Stein in dichtes Unterholz. Der Regen prasselte durch die Bäume, während Wilson sich auf allen vieren voranbewegte und mitunter bis zu den Ellbogen im Morast versank.

Ihm kam in den Sinn, dass er angeblich die Frau und Kinder eines gewissen Lucho Gonzales töten würde. Ihm war unbegreiflich, dass er solch eine Tat begehen sollte, egal unter welchen Umständen. Doch die Geschichte, wie Helena sie kannte, wusste es besser. Würde er seine Zukunft ändern können, wenn etwas Wahres daran war? Seiner Erfahrung nach ließen sich viele Abläufe ändern, doch das Schicksal wollte es nur zu oft, dass an den wichtigsten Dingen nicht zu rütteln war. Im Auftragstext hatte gestanden, dass der Inka-Würfel für alle Zeiten im Sonnentempel verwahrt bleiben sollte. Was seit seinem Diebstahl passiert war, stellte eine Abweichung dar, ebenso wie die Kreuzigung von Corsell Santillana. Auch Wilsons überraschende Begegnung mit Helena hatte ganz sicher damit zu tun. Wäre der Inka-Würfel nicht gestohlen worden, hätte Wilson sie nicht wiedergesehen.

Seine Gedanken wanderten zu Aclla und den Sonnenjungfrauen. Welche Rolle spielten sie bei dem Ganzen? Würden sie ihm helfen können, den Inka-Würfel zurückzubekommen, oder waren sie seine Feinde, wie Helena glaubte? Die Kriegerinnen hatten zweifellos die Aufgabe, den Würfel zu hüten, das hatte Aclla gesagt. Und offenbar hatten sie darin versagt, weil eine der ihren – Acllas Schwester – das Geheimnis an Corsell Santillana verraten hatte. Und jetzt war er tot, hing gekreuzigt an der Kathedrale. Wilson musste unwillkürlich an die schwarze Zunge denken.

Plötzlich öffnete sich der dichte Wald, und Wilson gelangte auf einen Pfad, der ins Unterholz getreten worden war. Regenwasser strömte darauf entlang und ins Tal. Wenn es einen Weg nach oben gab, dann musste es dieser sein. Wilson wischte sich die Tropfen von den Augen, zog die Riemen seines Ranzens stramm und steckte sich das Messer so an den

Gürtel, dass er es schnell ziehen konnte. So begann er seinen Aufstieg zu der verborgenen Festung Pitcos.

»Hoffentlich weißt du, was du tust«, murmelte er.

Er näherte sich einigen Stufen, die in den Granit gehauen worden waren, um ein sehr steiles Stück passierbar zu machen. Wilson hatte keine Ahnung, was noch auf ihn zukam. Doch wenn er den Würfel zurückerlangen wollte, musste er von den Frauen, die ihn fünfhundert Jahre lang gehütet hatten, Informationen einholen. Wenn die ihn töten wollten, würde er sich auf seine Fähigkeit verlassen müssen, sich selbst zu retten. Doch Vorsicht war auf jeden Fall angebracht, denn nicht einmal er würde einen Sturz in zwölfhundert Meter Tiefe überleben. Und er würde denselben Weg zurück nehmen müssen.

Der Pfad stieg in Serpentinen den Berghang hinauf und nutzte zahlreiche Bruchflächen des Granits, von denen manche nicht mehr als dreißig Zentimeter breit waren. Es war beängstigend, und Wilson dachte, dass ein schneller Abstieg unmöglich war, zumal wenn es so schüttete wie jetzt. In dem Fall gäbe es keine Fluchtmöglichkeit. Darum überlegte er, wie er die Amazonen von seinen friedlichen Absichten überzeugen könnte. Er hatte nur einen Vorteil auf seiner Seite, nämlich dass er allein und ohne Bingham unterwegs war. Alles andere sprach gegen ihn. Wenn sie ihn umzingelten, blieb ihm nichts anderes, als die Arme über den Kopf zu heben, sich in den Staub zu werfen und ihrer Gnade auszuliefern. Das wäre das Beste, was er tun konnte, falls sie ihn in großer Zahl stellten.

Je höher er kam, desto schlimmer wurde das Wetter. Der Wind war so stark, dass Wilson manchmal selbst das Stehen Probleme bereitete. Hinzu kam, dass er ständig den Regen wegblinzeln musste. Es war unglaublich, dass überhaupt jemand hier oben leben wollte, wo man den Elementen schutzlos ausgeliefert war – selbst jetzt im Sommer. Im Winter gab es sicherlich furchtbare Schneestürme, und der Weg war vereist und unpassierbar.

Während Wilson sich Stück für Stück auf dem schmalen Felssims entlangbewegte und sich dabei immer wieder mit den Fingernägeln am Granit festhielt, überschlug er, wie hoch er schon gekommen war. Er wusste es nicht genau, aber da er schon seit über einer Stunde kletterte, konnte es nicht mehr lange dauern, bis er das Tor von Pitcos erreichte.

Endlich wurde der Pfad eben und endete an einem Spalt in der Granitwand von knapp einem Meter Breite. Das war sicherlich der Eingang von Pitcos, dahinter musste die Festung liegen. Müde und nass bis auf die Haut stand Wilson davor und fragte sich, ob die Sonnenjungfrauen seine Ankunft schon bemerkt hatten. Bei allem, was er bisher mit ihnen erlebt hatte, musste er annehmen, dass sie auf sich und ihre Burg aufpassen konnten. Sie wussten, dass er da war, und auch, dass er allein war.

Durch den breiten Spalt im Gestein war ein freier Platz zu sehen. Instinktiv ging Wilson in die Hocke und legte die kalten Hände an den Fels, während er überlegte, ob er einfach reingehen oder lieber versuchen sollte, sich auf der anderen Seite des Gipfels heimlich über eine Mauer zu schleichen. Es sah nicht schwierig aus, darüberzuklettern. Wenn er diese Stadt verteidigen müsste, würde er die Wachen wahrscheinlich auf diesen Felsen postieren. Wer durch den Spalt eindringen wollte, durch den er jetzt spähte, war ein Selbstmordkandidat oder zumindest vollkommen wehrlos.

Und wie würde jemand mit friedlicher Absicht die Stadt betreten?, überlegte er.

Er stand auf, straffte die Schultern und betrat den Felsspalt, den Eingang in die Festungsstadt Pitcos. Von allem, was er in seinem Leben schon getan hatte, schien ihm dies plötzlich die größte Dummheit zu sein; schutzlos betrat er eine Welt rücksichtsloser Kriegerinnen von enormer Kraft und Geschicklichkeit. Und was er von diesen Frauen bisher gesehen hatte, ließ vermuten, dass sie in ihrem Leben für Männer keine Verwendung hatten, außer um die nächste Generation hervorzubringen. Charme würde ihn hier nicht weiterbringen, und Gewalt ebenso wenig. Wahrscheinlich hing sein Leben nun allein davon ab, welchen Nutzen er ihrer Meinung nach für sie hatte. Darin lag seine einzige Chance.

40.

Anden, Peru
Festung Pitcos
Ortszeit: 22.15 Uhr
21. Januar 1908

Wilson spürte deutlich seinen Herzschlag, während er durch den Felsspalt ging. Helena hatte ihm nach den Informationen in Binghams Autobiografie die Lage der Gebäude und die Ausdehnung der Stadt beschrieben. Es gab ungefähr fünfzig Häuser um einen zentralen Platz, doch weder Fenster noch Türen, die auf diesen Platz blickten. So lag der Schluss nahe, dass er als Hinrichtungsstätte gebaut worden war, von der es keine Fluchtmöglichkeit geben durfte. Die ganze Stadt lag auf ebenem Grund, mit Ausnahme der krönenden Zierde von Pitcos: ein Tempel, zu dem ein paar Stufen hinaufführten. Helenas Beschreibung war diesbezüglich nicht sehr genau gewesen, doch Wilson vermutete, dass er sich auf der Ostseite befand, oberhalb der bepflanzten Terrassen, von wo man Richtung Machu Picchu blickte. Angeblich war der Tempel aus schwarzem Granit gebaut und hatte dreißig trapezförmige Türen, fünfzehn an der Vorderseite und die anderen auf die übrigen Seiten verteilt.

Wilson zwang sich, ruhig zu atmen, als er sich dem Ende der Felsspalte näherte. Dann trat er auf den windigen freien Platz. Durch den strömenden Regen ging er weiter, ohne zurückzublicken. Die Mauern ragten auf drei Seiten sechs

Meter hoch, und er schätzte, dass er ein Gebäude dieser Höhe leicht erklimmen könnte, wenn es nötig sein sollte.

Hinter ihm knirschte es. Wilson drehte sich um und sah, wie ein riesiger Steinkeil in den Felsspalt rutschte und den Rückweg blockierte. Der Keil schien von einem komplizierten Hebelsystem bewegt worden zu sein, das von den Felsen darüber aktiviert wurde. Wenn die Amazonen ihn töten wollten, dann war dies der Augenblick dafür.

Wie aufs Stichwort erschienen zwei Kriegerinnen vor ihm auf einer Mauer und sprangen mit einem Salto herab, um nebeneinander auf den Füßen zu landen. Wilson atmete noch einmal tief durch, bevor sie sich näherten und seine Anspannung bemerken könnten. Sie kamen mit schnellen Schritten auf ihn zu. Eine zog ihr Schwert, die andere – es war Aclla – ballte die Fäuste an der Seite. Ihr Outfit erinnerte an Krieger der griechischen Antike, wo der Brustpanzer aus leichtem Metall die Wölbungen des Körpers nachbildete. Eine Sonne mit Strahlenkranz war eingraviert, und dasselbe Symbol war auf den breiten Arm- und Beinschienen zu sehen.

»Wir haben dich erwartet!«, rief sie durch den stürmischen Regen und zeigte mit ausgestrecktem Arm auf ihn. Ihre Partnerin machte das grimmige Gesicht eines Henkers, während sie um ihn herum ging und aus seinem Blickfeld verschwand.

»Du wirst kein Schwert brauchen«, sagte Wilson, ohne sich nach der Kriegerin umzudrehen. »Ich komme als Freund.«

»Wir haben keine Freunde«, erwiderte Aclla.

»Dennoch brauche ich eure Hilfe«, sagte Wilson.

Aclla musterte ihn scharf von oben bis unten. »Du hast den Sturz ohne Kratzer überstanden, wie es scheint. Und jetzt betrittst du furchtlos die Festung Pitcos. Genau wie die drei Mamaconas vorausgesagt haben. Komm mit ... ich bringe dich zu ihnen.«

Aclla kehrte ihm ihren nackten Rücken zu und ging nach Osten auf die Mauer zu, von der sie gesprungen war. Wilson war sich bewusst, dass eine Kriegerin hinter ihm ging. Er hörte ihre leisen Sohlen und bemerkte, dass sie vollkommen synchron mit Aclla lief.

Als sie sich den Festungsbauten näherten, fiel Wilson auf, dass zwischen den Mauern Lücken gelassen worden waren, durch die ein Mensch leicht hindurchpasste, sodass die Amazonen den Platz rasch mit Kriegerinnen besetzen konnten, wenn sie wollten.

Aclla sagte kein Wort, während sie Wilson eine schmale Gasse zwischen zwei Häusern entlangführte. Aus der Nähe betrachtet war die Kriegerin größer, als er geglaubt hatte – allenfalls zwei Zentimeter kleiner als er. Wieder flammte ein Blitz über den Osthimmel, und Wilson drückte sich die Finger an die Augen, um den Blendschmerz zu lindern. So gut wie blind ging er weiter und hoffte, dass Aclla es nicht bemerken würde. Sie traten aus der Gasse und gingen auf ein prächtiges Gebäude zu. Das musste der Haupttempel sein, denn er blickte auf fünfzehn Eingänge, hinter denen Licht brannte.

Aclla stieg langsam die Stufen hinauf. Wilson betrachtete sie dabei und spürte, dass sie sich seines Blickes bewusst war. Sie war wirklich eine Schönheit, und Wilson bestaunte ihre gesunde Kraft und die Geschmeidigkeit ihrer Bewegungen, wie er sie auch an einem Leoparden bestaunt hätte. Ihre langen dunklen Haare waren zu zwei Zöpfen gebunden, die nass über ihren Rücken hingen. Wilson musste zugeben, dass er sich intuitiv sexuell angezogen fühlte. Bei Helena war das anders gewesen, als er sie in der Tempelkammer hatte stehen sehen.

Sie gingen auf die mittlere Tür zu und traten aus dem stürmischen Regen unter das dicke Strohdach. Er sah Feuerschein durch den Spalt unter der schweren Tür flackern und roch Holzrauch. Aclla drückte die Tür auf und ging hinein.

Wilson sah neun Kriegerinnen in dem gleichen Aufzug wie Aclla, vier auf der einen, fünf auf der anderen Seite. Die Ehrengarde stand stramm, das Kurzschwert am Oberschenkel, den Blick starr geradeaus gerichtet. Sie waren alle gleich alt, braunhäutig, sehr groß und körperlich fit.

Die Wärme im Tempel war angenehm, genauso wie das goldene Licht von den vier großen Feuern, die in dem knapp achtzig Meter langen Gebäude in gleichem Abstand voneinander brannten. Der Rauch zog durch vier schmal zulaufende Kamine ab, sodass die Luft frisch war. Der Boden bestand aus glänzendem Hartholz und war so sorgfältig gezimmert, dass keine Ritze zwischen den hellen Dielen zu sehen war. Als sich die Tür hinter ihnen schloss, war von dem Wetter draußen nichts mehr zu hören.

In der Mitte des Tempels standen drei Gestalten mit Kapuze auf dem Kopf auf einer runden schwarzen Steinplatte von etwa sechs Metern Durchmesser, die sich perfekt in den Holzboden einfügte. Als Wilson näher trat, vermutete er, dass die Platte nicht aus Granit, sondern aus Obsidian bestand, weil sie so sehr glänzte.

Eine der Gestalten hob einen knochigen Finger und zeigte auf ihn.

»Ich habe nicht geglaubt, den Tag zu erleben, an dem ein Mann die heiligste aller Stätten betritt.« Die Stimme der Frau war dürr und alt, als hätte sie schon viele Generationen überdauert. »Ich spüre die Lust in den Lenden der Kriegerinnen, wenn sie ihn ansehen. Es bereitet mir Übelkeit«, zürnte sie.

»Sie sind nur Menschen«, entgegnete eine andere Kapuzengestalt mit etwas tieferer Stimme. Die Gesichter der drei lagen völlig im Dunkeln.

»Komm näher«, sagte die dritte Gestalt mit schwacher Stimme und winkte Wilson mit bedächtiger Geste heran.

Aclla ging neben ihm her auf die verhüllten Frauen zu. Sie waren weder groß noch beeindruckend und vom Alter gebeugt. Doch ihre unheimlichen Stimmen und die glänzende Obsidianplatte, auf der sie standen, gaben ihnen etwas Ätherisches. Wilson empfand unwillkürlich Ehrfurcht.

Drei Schritte vor der schwarzen Platte blieb Aclla stehen.

Wilson, der sich die Regentropfen aus dem Gesicht wischte, bemerkte, dass seine nasse Kleidung tropfte und sich eine Pfütze auf dem Holzboden bildete.

Die mittlere Gestalt trat vor, streckte die greisen Hände aus und zog langsam die Kapuze ab. Wilson musste sich zusammenreißen, um nicht scharf Luft zu holen. Die Frau sah älter aus als jeder Mensch, den er bisher gesehen hatte. Ihre Augen und Lippen waren so hell wie ein Stück Holz, das jahrelang in der Sonne gelegen hat. Ihre runzelige Haut wirkte dünn wie Reispapier, fast durchscheinend, und ihre langen Haare waren schneeweiß, wenngleich gesund und glänzend. Es war offensichtlich, dass sie einmal groß und schön gewesen war, man sah es am Knochenbau, aber das war lange her.

»Ich bin Mamacona Kay Pacha, die Priesterin der lebendigen Welt«, sagte die alte Frau.

Die Gestalt zu ihrer Linken trat vor und zog gleichfalls die Kapuze ab. Sie sah in jeder Hinsicht identisch aus, nur war ihre Stimme ein bisschen tiefer und rauer. »Ich bin Mamacona Hurin Pacha, die Priesterin der Unterwelt«, erklärte sie.

Dann trat die dritte Frau vor und enthüllte das gleiche Antlitz. »Ich bin Mamacona Hanan Pacha, die Priesterin der oberen Welt«, sagte sie, und ihre Stimme klang ein bisschen heller.

»Du kommst, um Rat zu suchen«, sagte Mamacona Kay Pacha mit der Erfahrung ihrer zahllosen Jahre. »Und wir haben dich erwartet. Doch ehe wir beginnen, musst du anerkennen, dass alles im Leben seinen Preis hat.«

Aclla trat einen großen Schritt zurück, sodass Wilson sie nicht mehr im Blickfeld hatte.

»Willst du dies anerkennen?«, fragte die alte Frau.

Wilson hatte urplötzlich einen trockenen Mund. Er antwortete trotzdem: »Ich erkenne an, dass alles seinen Preis hat.« Vier Kriegerinnen packten ihn bei den Armen, traten ihm in die Kniekehlen, sodass er einknickte, und drückten ihn gegen den Boden.

Kurz spielte er mit dem Gedanken, sich zu wehren, doch Aclla flüsterte ihm ins Ohr: »Du musst stillhalten, wir wollen dich nicht töten.«

Eine nahm das Messer aus seinem Gürtel und zog ihm die Klinge über den großen Daumenmuskel der rechten Hand. Wilson zuckte nicht, als sich der Schnitt öffnete und Blutstropfen in schneller Folge auf den Boden fielen. Aclla hielt ein Obsidianschälchen darunter und fing die Tropfen auf. Wilson setzte die Heilung in Gang. Die Wunde schloss sich vor Acllas Augen, bis das Blut versiegte.

Aclla wich erschrocken zurück. Als sie sich gefasst hatte, wandte sie sich an die Kriegerinnen, die Wilson an Armen und Beinen festhielten. »Lasst ihn los«, befahl sie. »Wir haben, was wir brauchen.«

Aclla hielt das Schälchen in beiden Händen, als wäre es das Kostbarste auf der Welt. Die drei alten Frauen gingen bis an den Rand der Obsidianscheibe. Die mittlere nahm das Schälchen entgegen, roch daran, setzte es an die greisen Lippen und trank von Wilsons Blut. Die anderen zwei taten das Gleiche und genossen den Trunk, als wäre es guter Wein. Als Aclla das Schälchen zurückbekam, blickte sie Wilson in die Augen und ging dabei zum Feuer, um das restliche Blut hineinzugießen. Es zischte.

Wilson war unwillkürlich angewidert, dass jemand sein Blut getrunken hatte. Die alten Frauen stellten sich wieder in die Mitte des Kreises, nahmen sich bei den Händen und schlossen die Augen, die Gesichter zur Decke erhoben. So standen sie minutenlang im Feuerschein. Schließlich ließen sie die Hände los und nahmen jede einen bestimmten Platz auf der Obsidianscheibe ein.

»Er war an vielen Orten und hat vieles gesehen«, sagte die Priesterin der Unterwelt leise und mit geistesabwesendem Blick. Statt Quechua sprach sie Englisch. »Es ist tiefe Trauer in ihm … und Reue. Dieser Mann ist zu Menschen, die er liebt, mit dem Schwert gekommen.«

»Seine Heilkräfte und seine Stärke sind rätselhaft«, sagte Mamacona Kay Pacha in Trance. »Ich kann ihre Quelle nicht erkennen.«

»Er richtet sich nicht nach den Göttern«, sagte Mamacona Hanan Pacha. »Sein Wissen stammt von den Menschen und ihrer herkömmlichen Weisheit. So viel sehe ich.« Sie wirkte genauso geistesabwesend wie die anderen beiden. »Seine Überzeugungen sind stark, ebenso sein Wunsch, heimzukehren. Er braucht den Würfel, sonst kann er nicht abreisen.«

Ein Lächeln kam auf die alten Lippen der Priesterin der Unterwelt. »Dieser Mann hat die Pfade der Zeit bereist, scheint mir. Er ist ein Geselle des Schöpfers.«

In ihrer Trance unterhielten sich die drei, als wäre niemand sonst anwesend.

»Kann das wahr sein?«, fragte Mamacona Kay Pacha.

»Darum kam der Kondor zu seinem Schutz geflogen.«

»So muss es sein.«

»Er hat verschiedene Welten zu verschiedenen Zeiten gesehen«, fügte die Priesterin der Unterwelt hinzu. »Das kann ich bestätigen.«

»Wer ist die Frau, die er in seinen Visionen sieht?«

»Das strahlende Licht.«

»Ein Schutzengel vielleicht?«

»Das ist nicht klar, aber sie ist nicht von dieser Welt.«

»Er hegte einst Gefühle für sie. Sie sind Partner.«

»Er ist sich seiner Gefühle jetzt nicht mehr sicher.«

»Er ist durch seine Lust verwirrt.«

»Die Jahre haben ihren Zoll gefordert.«

»Zu vieles ist geschehen.«

»Er war schon einmal in Vilcabamba!«, sagte die Priesterin der oberen Welt, als wäre das eine Überraschung. »Das sehe ich jetzt. Er war vor acht Wintern dort.« Sie wandte sich ihren Schwestern zu, während ihre Blicke klar wurden, und alle drei sahen sich an. »Er war der Mann.«

»Kann das wahr sein?«, fragte Mamacona Kay Pacha. »Bist du ein Geselle des Schöpfers?«

Die drei Frauen sahen ihn an.

»Ich bin der Aufseher«, antwortete Wilson und bemühte

sich um eine feste Stimme. »Ich kam vor acht Jahren durch das Zeitportal nach Vilcabamba, wie ihr sagt, aus einer anderen Welt, aus einer anderen Zeit, mit einem Auftrag, der in der Urzeit des Universums verfügt wurde. Der Auftrag hat mich Hiram Bingham, den amerikanischen Gelehrten, nach Vilcabamba bringen lassen.«

»Ein Auftrag von den Göttern?«

»Das nehme ich an«, sagte Wilson. »Ein Auftrag von den Schöpfern des Universums.«

»Und du hast acht Jahre gewartet?«, fragte die Priesterin der oberen Welt.

»Das war mit Sicherheit nicht meine Entscheidung«, antwortete Wilson. »Es ist eine Eigenart der Zeitpfade im Universum, dass bestimmte Orte nur mit bestimmten Zeitpunkten verbunden werden können. Wenn ich diesen Auftrag wie vorgesehen ausführen wollte, musste ich den richtigen Zeitpunkt abwarten.«

»Und du hast deinen Auftrag ausgeführt?«, fragte Mamacona Kay Pacha.

Wilson nickte. »Meine Rolle dabei ist beendet. Doch die Dinge sind nicht, wie sie sein sollten, und ohne die Kräfte des Würfels kann ich nicht abreisen.«

Es herrschte Schweigen, während die drei Mamaconas überdachten, was sie gerade erfahren hatten. Das sanfte Zischen und Knacken der Feuer wirkte auf cinmal sehr laut, und die dunklen Wände schienen sich hinter dem Feuerschein zu bewegen.

»Ich brauche eure Hilfe, um den Würfel zurückzuerlangen«, erklärte Wilson. »Sonst kann ich meine Reise nicht vollenden.«

Die Antwort ließ beängstigend lange auf sich warten. Die

drei alten Frauen standen nur reglos da und blickten ihn durchdringend an. Wilson fragte sich schon, ob er etwas Beleidigendes gesagt oder ob er zu früh zu viel erbeten hatte.

»Dieser Mann glaubt nicht an die Götter«, stellte die Priesterin der oberen Welt erneut fest. »Wie ist das möglich nach allem, was er gesehen hat?«

»Es ist unerheblich, was er glaubt«, sagte Mamacona Kay Pacha. »Die Schöpfer des Universums haben verlangt, dass Vilcabamba entdeckt wird.«

»Warum sollten wir ihm helfen?«, fragte Mamacona Hanan Pacha.

»Er hat die Aufgaben erfüllt, die von ihm verlangt wurden«, räumte die Priesterin der Unterwelt ein. »Und nicht ohne persönliche Opfer. Er fühlt Schmerz in sich, das spürt ihr beide. Wo Schmerz ist, ist auch Ehre. Ich frage nicht danach, was dieser Mann glaubt oder welche Fehler er begangen hat. Ich beurteile ihn nur danach, was er tut, wenn er vor einer Herausforderung steht, die sein größtes Opfer verlangt. Was wird er dann tun? Das ist die Frage, die ihr euch stellen müsst. Was wird er dann tun?«

»Er hat über alle Unheil gebracht, die mit dem Würfel in Berührung kamen«, sagte Mamacona Kay Pacha. »Die Folgen des Diebstahls sind nicht leicht zu ermessen. Er hat nicht begriffen, was er getan hat oder welche Rolle er gespielt hat.«

»Ich brauche den Würfel, sonst kann ich nie mehr von hier weg«, wiederholte Wilson. »Ihr wisst, welche Gefahr von ihm ausgeht, wenn er in den falschen Händen ist. Wir können den Würfel gemeinsam wiederbeschaffen, unter der Bedingung, dass ich seine Kräfte zum Rücktransport nutzen darf. Um die Zukunft zu schützen, müssen wir vereint handeln.«

Es folgte erneut ausgedehntes Schweigen.

»Ohne Zweifel muss der Würfel wieder aus der Welt der Menschen entfernt und isoliert werden«, sagte die Priesterin der oberen Welt. »Jedoch darf er nicht mehr für deine Zwecke benutzt werden. Du hast die Kette der Ereignisse in Gang gesetzt, die zu dem Diebstahl führten. Du bist der Schuldige, Wilson Dowling, und der Preis, den du zahlen wirst, ist der, dass du den Würfel nicht mehr benutzen darfst.«

»Du sagst, ich bin der Schuldige?«, fragte Wilson. »Aber wieso?«

»Deine Anwesenheit hier vor acht Jahren ließ uns glauben, Vilcabamba sei von den Menschen entdeckt worden. Aus Furcht vor dieser Möglichkeit, haben wir die Dörfer infiltriert, um möglichst viel zu erfahren. Nur dadurch hat Vivane Corsell Santillana kennengelernt. Du warst der Katalysator für dieses Ereignis.«

»Ihr könnt mich doch dafür nicht verantwortlich machen«, entgegnete Wilson. »Es war Vivane, die den Aufbewahrungsort des Würfels verriet und wusste, wie die Kammer aufgesprengt werden kann. Ihr Tun hat zu dem Diebstahl geführt, nicht meines. Eure Strategie und eure Lehren haben versagt, sie haben den Diebstahl nicht verhindert. Die Welt verändert sich. Die Zivilisation rückt näher, ganz gleich, wie mächtig eure Magie und eure Listen sind, sie ist eine unaufhaltsame Kraft. Das Reich der Menschen dehnt sich aus und wird bald alle Winkel dieses Planeten erfasst haben. Das wisst ihr sicher und seid darauf vorbereitet.«

Mamacona Kay Pacha straffte ein wenig die Schultern und blickte ihn aus schmalen Augen an. »Du wagst es, hierherzukommen und uns über diese Expansion zu belehren? Es ist die Schwäche der Menschen, in der die böse Macht des Würfels wurzelt. Nur die Jungfrauen der Sonne können die Welt verlässlich vor seinem schrecklichen Einfluss bewahren. König Pachacuti hat die Bestimmung der Sonnenjungfrauen geändert. Unsere Zeit als Pflegerinnen und Heilerinnen war zu einem Ende gekommen. Auf seinen Erlass hin haben wir unsere Kräfte vervollkommnet und wurden zu Kriegerinnen und Hüterinnen.«

»Zu der Zeit, als der goldene Stab zerstört wurde?«, fragte Wilson.

Mamacona Kay Pacha nickte. »Damals war alles aus dem Gleichgewicht geraten. Es war Manco Cápac, der den goldenen Stab trug. Mama Ocllo, seine Gemahlin, trug den Würfel. Gemeinsam besaßen sie unter dem wachsamen Auge des Sonnengottes Inti unnatürlich große Macht und vergrößerten das Inka-Reich mit erstaunlicher Geschwindigkeit. Doch Inti war hochmütig. Er schwelgte in dem Erfolg seines erwählten Volkes, sehr zum Missfallen der anderen Götter.«

»Die Inkas wurden zu mächtig«, fuhr die Priesterin der Unterwelt fort. »Wer Intis goldenen Stab besaß, hatte Macht über alle, die ihn umgaben. Manco Cápac verkündete, er sei ein lebendiger Gott, und begann vorzuschreiben, welche Götter verehrt werden sollten und welche nicht.«

Die Priesterin der oberen Welt fuhr fort: »Nicht lange nachdem Cusco von Manco Cápac gegründet worden war, hinterging die Mondgöttin Coniraya den Sonnengott. Durch eine List blendete sie die Sonne aus, und Intis Schutz war für einen Augenblick unwirksam. Bei dem anschließenden Erdbeben wurde der goldene Stab vernichtet. Pacha Cámac, der Erdenschöpfer, entließ einen feurigen Strom aus geschmolzenem Gestein, der halb Cusco vernichtete und den goldenen Stab zurück in das Zentrum der Erde zog. Als

Intis Strahlen wieder auf das Land der Inkas fielen, erkannte er, dass der goldene Stab verschwunden war und Manco Cápac seine Macht verloren hatte. In seinem Zorn verfluchte Inti die anderen Götter und leitete einen großen Teil seiner Kräfte in den goldenen Würfel, in der Absicht, diesen selbst zu einer Macht werden zu lassen und damit die beständige Ausdehnung von Manco Cápacs Reich zu gewährleisten. Doch Inti unterschätzte die Auswirkungen seines Zorns, und indem er dem Würfel Macht gab, öffnete er unbeabsichtigt einen Durchschlupf für die Toten.«

»Der Würfel wurde zum Gefäß des Bösen«, sagte eine andere Priesterin.

»Inti hat die Macht des Goldes nicht bedacht, und sein Fluch wurde abgewandelt.«

»Alles durch das Wesen des Goldes«, sagte die Priesterin der oberen Welt.

»Intis Fluch verband sich mit einer der wirksamsten Kräfte, die der Mensch kennt. Seit Anbeginn der Zeit ist Gold das kostbarste Element auf dieser Erde. Die Menschen haben es aus den Bergen und den Flüssen geholt, ohne über die Auswirkungen nachzudenken. Sie haben alle Enden der Welt danach abgesucht. Schon für kleine Mengen haben sie getötet, oft im Namen eines Gottes. Die größten Zivilisationen wurden auf Gold aufgebaut, je mehr sie davon hatten, desto größer ihr Einfluss auf andere. Sie wissen nicht, warum, aber wer reichlich Gold besitzt, kann die Gedanken der anderen beeinflussen.«

»Inti legte seinen Fluch auf einen mächtigen Gegenstand. Bei seinem Versuch, Manco Cápac wieder zu Macht zu verhelfen, löste er ohne Absicht die weibliche Verbindung mit dem Würfel auf und öffnete dabei ein Tor für die Geister der Toten.«

»Darum hat der Würfel keinen Einfluss auf die Psyche von Frauen.«

»Er hat keine Kontrolle über uns, anders als einst der goldene Stab.«

»Aus diesem Grund sind die Jungfrauen der Sonne die Hüterinnen des Inka-Würfels. König Pachacuti wurde von einem der bösen Geister, die sich des Würfels bemächtigten, beinahe vernichtet. Der geistige Wettstreit dauerte dreißig Tage und dreißig Nächte. Pachacuti siegte schließlich, musste aber ein Jahr lang das Bett hüten. Er benutzte den Würfel, um das Inka-Reich zu vereinen, doch als er älter wurde, spürte er, dass sein Wille schwächer wurde und der Würfel ihn am Ende beherrschen würde – besonders wenn ein Geist darin wohnte. In seiner Weisheit verzichtete Pachacuti auf den Nutzen des Würfels. Er verlangte von den Jungfrauen der Sonne, ihr Wissen und Können darauf zu verwenden, den Inka-Würfel um jeden Preis von der Welt zu isolieren. Auf unsere Empfehlung hin ließ Pachacuti alles Schriftgut im ganzen Reich vernichten. Vilcabamba und der Sonnentempel wurden gebaut, um den Würfel darin aufzubewahren und zu hüten. Dies ist uns fünfhundert Jahre lang gelungen. Bis vor kurzem.«

»Der Würfel zieht die Geister der Toten an, die zwischen den Welten gefangen sind«, sagte Mamacona Kay Pacha.

»Von ermordeten Menschen.«

»Von Menschen, die entsetzliche Verbrechen begangen haben.«

»Von denen, die andere Menschen haben umbringen lassen.«

»Deren böse Geister sind nun die Machtquelle des Würfels«, schloss Mamacona Kay Pacha. »Und seine Kräfte sind gewachsen. Inti hat die Dynamik des menschlichen Hasses und seine Beständigkeit unterschätzt. Die Seele mit dem stärksten Willen hat die Macht über den Würfel. Und das größte Übel setzt sich durch. Jeder lebendige Mann, der den Würfel berührt, kann von dem Geist darin in Besitz genommen werden. Der Geist des Würfels handelt dann durch diesen Mann.«

»Welcher Geist wohnt zurzeit in dem Würfel?«, fragte Wilson.

»Wir können nur sehen, welche Ereignisse seine Schreckensherrschaft hervorbringt.«

»Die Kreuzigung in Cusco ist eines davon, stimmt's?«

»Ja, offenbar hat eine besonders grausame Seele von dem Würfel Besitz ergriffen. Unter ihrem Einfluss wurden während der vergangenen zwei Wochen in Cusco Dutzende Menschen ermordet. So viel wissen wir.«

»Auch, wo sich der Würfel zurzeit befindet?«, fragte Wilson

»Nein.«

»Wenn ich an den Würfel herankomme, könnte ich ihn dann sicher transportieren?«

»Wie willst du ihn finden?«

»Ich habe Mittel und Wege«, antwortete Wilson.

»Du darfst ihn nicht bei dir tragen, das darf nur eine Frau. Wenn du ihn berührst, wirst du zum Besessenen.«

»Das ist unsere größte Befürchtung.« Die Priesterin der Unterwelt nickte. »Mit deiner Stärke und deiner Fähigkeit, dich selbst zu heilen, würdest du dann zu einem gefährlichen Gegner für uns werden.«

»Aber der Würfel muss nach Vilcabamba zurückgebracht werden«, sagte Wilson.

»Das können wir nicht erlauben«, erwiderte eines der Orakel. »Er darf nie wieder dorthin.«

»Wenn ich den Würfel auf eigene Faust suche, riskiert ihr viel mehr. Das müsst ihr begreifen. Ich verlange eure Unterstützung ungeachtet eurer Vorbehalte.«

Die drei alten Frauen sahen einander in die Augen und verharrten eine Weile so.

Schließlich sagte Mamacona Kay Pacha: »Du hast anerkannt, dass alles im Leben seinen Preis hat.«

»So ist es«, bestätigte Wilson.

Mamacona Kay Pacha zeigte an ihm vorbei auf eine der Frauen, die hinter ihm standen. »Diese Kriegerin heißt Chiello.«

Wilson drehte sich um. Die junge Frau sah aus wie das blühende Leben. Er schaute zu Aclla, die dicht neben ihm stand, und sah ihr an, dass sie nicht wusste, was die drei im Schilde führten.

»Chiello ist Vivanes jungfräuliche Gefährtin«, fuhr die Priesterin fort. »Du wirst dich heute Nacht zu ihr legen, und morgen reden wir weiter. Erst dann werden wir deine Bitte erwägen.«

»Warum ist das erforderlich?« Wilson war fassungslos, wollte es sich aber nicht anmerken lassen.

»Die Kriegerin Vivane starb vor zwei Nächten. Wir spürten, wie ihre Lebenskraft uns verließ«, sagte eine der Mamaconas. »Sie ist in die obere Welt eingegangen. Es ist ein trauriger Verlust durch den Inka-Würfel.«

»Ohne ihre Gefährtin kann Chiello keine Kriegerin mehr sein«, sagte eine andere Mamacona. »Ihre Aufgabe ist es nun, zur nächsten Kriegergeneration beizutragen.«

»Das könnt ihr nicht von mir verlangen.«

»Du bist es ihr schuldig«, widersprach die Priesterin der oberen Welt. »Denn durch dich ist sie nun allein.«

»Chiello wird heute Nacht deine Partnerin sein. Sie ist in allen Spielarten der Lust ausgebildet, und sie ist willig. Als Gegenleistung wirst du ihr deinen Samen geben.«

»Ich kann das nicht tun«, sagte Wilson aufgeregt. Interessanterweise wanderten seine Gedanken zu Aclla, nicht zu Helena. Aber eigentlich wusste er gar nicht, was er denken sollte, so überrascht war er.

»Morgen früh sprechen wir weiter«, sagte Mamacona Kay Pacha. »Geh mit Chiello, und begleiche deine Schuld. Du wirst eine angenehme Nacht haben, daran zweifle ich nicht. Doch ungeachtet dessen ist die Zeit gekommen, Verantwortung für den Part zu übernehmen, den du gespielt hast. Dies ist der Preis, den du für dein Handeln zu zahlen hast.«

41.

ANDEN, PERU
MACHU PICCHU SANCTUARY LODGE
ORTSZEIT: 23.50 UHR
22. JANUAR 2014

Seit zwei Tagen gab es in dem Luxushotel weder elektrisches Licht noch eine funktionierende Klimaanlage. Es regnete wieder heftig, und die hohe Luftfeuchtigkeit machte alles klamm, bis hin zu den Bettlaken. Zum Glück wurden von Cusco bereits Bulldozer geschickt, um die einzige Verbindungsstraße zu räumen. Sofern es keine neuen Erdrutsche und Steinschläge gäbe, würde Helena den Machu Picchu bald mit einem Fahrzeug mit Allradantrieb verlassen können. Wegen der Überschwemmung konnte der Zug noch immer nicht fahren, und es hieß, dass es noch mindestens eine Woche so bleiben würde, wenn der Regen nicht nachließ und der Wasserstand des Flusses nicht gravierend sank. Folglich blieb nur der Weg mit dem Auto über die Straße oder zu Fuß über den Inka-Pfad. Im peruanischen Hochland fielen im Jahr durchschnittlich zweihundertfünfzig Zentimeter Niederschlag. Das war eine enorme Menge. Überdies waren die Regenfälle der letzten zwei Monate die schwersten seit hundert Jahren gewesen.

Helena stand in Shorts und Trägerhemd in der offenen Balkontür und schaute in die Dunkelheit und den strömenden Regen hinaus. Im Zimmer brannte eine Kerze auf dem

Nachttisch. Nachdem nun auch ihr iPad ausgefallen war, blieb ihr nichts, als sich mit den alten, verstaubten Büchern zu beschäftigen, die sie in der Hotelbibliothek gefunden hatte. Es war warm und stickig, und nicht zu wissen, wann sie abreisen konnte, erschöpfte sie zusätzlich. Da sie allein war, spielte sie immer wieder in Gedanken durch, was zwischen ihr und Wilson eigentlich geschehen war.

Acht volle Jahre waren für ihn vergangen, für sie dagegen nur etwas mehr als zwölf Monate. Das war schwer zu begreifen, obwohl sie sehen konnte, dass er in der Zwischenzeit stärker gealtert war als sie. Vielleicht erklärte der lange Zeitraum, warum er so distanziert gewesen war, als er sie plötzlich sah. Er hatte seit damals viel durchgemacht, das war offensichtlich. Er war beim Boxeraufstand dabei gewesen, hatte in den Verlauf der Geschichte eingegriffen und war jetzt endlich so gut wie auf dem Heimweg. Helena lächelte. Er hatte sich gefreut, sie wiederzusehen, so viel konnte sie immerhin sagen. Doch der Optimismus, der für ihn so typisch gewesen war, schien sich inzwischen abgenutzt zu haben. Wenn sie acht Jahre auf ein Wiedersehen gewartet hätte, hätte sie wahrscheinlich genauso reagiert. Die Frage war aber auch: Wie stand sie eigentlich zu ihm angesichts der Tatsache, dass für ihn mehr Lebenszeit vergangen war als für sie?

Sie lehnte sich mit geschlossenen Augen an den Türrahmen und lauschte, wie der Regen auf den Holzboden des Balkons prasselte. Dann stellte sie sich vor, wie die Tropfen ein paar hundert Schritte entfernt auf die alten Steine der Ruinenstätte fielen, wie das Wasser Rinnsale bildete und zwischen den Gebäuden bergab floss, sich sammelte und in reißenden Bächen über eine Felskante in die Schlucht stürzte, um schließlich zum Tosen des Urubamba beizutragen. Irgendwann würde sich der Fluss verbreitern, langsamer fließen und mit dem Wasser des Amazonas den Weg durch den üppigen Regenwald zum atlantischen Ozean finden.

Was fühle ich?, fragte sich Helena.

Sie wollte Wilson beschützen. Seltsamerweise war das bereits seit ihrer ersten Begegnung so. Sie fühlte sich zu ihm hingezogen, trotz der schwierigen Umstände. Sie mochte seine Art von Humor und genoss es, mit ihm zu lachen. Er war lustig, selbst wenn er unter Druck stand – vielleicht gerade dann. Er hatte hinreißende Hände, und es gefiel ihr, wie er beim Reden gestikulierte. Und wenn er sie anfasste, war es einfach nur paradiesisch. Der Sex mit ihm war der beste ihres Lebens gewesen. Seit damals war sie mit keinem anderen Mann mehr zusammen gewesen. Trotz der Zeitbarriere zwischen ihnen hatte sie nie aufgehört, von einem Leben mit ihm zu träumen, so albern das war.

Sie starrte in den prasselnden Regen und fragte sich, ob es Wilson, einhundertsechs Jahre von ihr entfernt, gut ging. Er hatte sich entschlossen, zur Festung Pitcos zu gehen, zum Versteck der Sonnenjungfrauen, die versucht hatten, ihn zu töten. Er hatte sich trotz aller Warnungen auf den Weg gemacht, was typisch für ihn war. Er verließ sich immer auf sein Bauchgefühl. Helena fühlte ihre wachsende Anspannung. Wenn die Kriegerinnen ihm auch nur ein Haar krümmten, würde sie zur Furie werden. Es war so frustrierend, dass sie nichts unternehmen konnte. Sie griff in die Tasche und zog den Colt hervor, blickte am Lauf entlang, legte den Finger um den Abzug, entsicherte und spielte mit dem Gedanken, eine Kugel auf die alte Zitadelle abzufeuern. Mit einer Handfeuerwaffe zu schießen hatte etwas Befreiendes – der Mündungsblitz, der Rückstoß, der Knall. Das Problem war, dass Chad und John Hanna dann wahrscheinlich die Tür eintreten und mit schussbereiter Waffe das Zimmer stürmen würden, weil sie glaubten, dass ihr Schützling in Schwierigkeiten sei.

Sie fragte sich, was für ein Mann dieser Lucho Gonzales war. Don Eravisto glaubte fest daran, dass Wilson dessen Familie umgebracht hatte. Es waren nur zwei Erklärungen denkbar. Entweder irrte sich Eravisto, was Wilsons Rolle in dem Drama betraf, oder Wilson war unter den Einfluss einer unheilvollen Macht geraten und nicht mehr Herr seiner selbst gewesen. Eins von beidem musste zutreffen. Sie konnte einfach nicht glauben, dass der Wilson, den sie kannte, zu so einer Tat fähig sein könnte.

Sie hatten vereinbart, sich am übernächsten Abend auf der Plaza de Armas zu treffen, am Pizarrobrunnen. Ohne den Inka-Würfel würde Wilson sie aber vermutlich nicht sehen können. Nach ihrer bisherigen Erfahrung würde es umgekehrt hoffentlich anders sein. Doch zunächst musste Wilson bis dahin am Leben bleiben. Er hatte schon acht Jahre ohne ihre Hilfe überlebt, doch jetzt hatten sich die Umstände geändert. Mit solchen Kriegerinnen hatte er bestimmt noch nicht zu tun gehabt. Sie waren gefährlich, das sah man an ihrem Blick, und wenn Wilson nicht aufpasste, konnte sein Leben im Nu vorbei sein.

»Pass auf dich auf, Wilson«, flüsterte Helena in den Regen hinaus.

Unter dem Wetterleuchten trat die Silhouette des Machu Picchu scharf hervor. Tief in ihrem Innern spürte Helena, dass sie bei der Suche nach dem Inka-Würfel eine entscheidende Rolle zu spielen hatte. Wie diese aussehen würde, konnte sie sich nicht vorstellen. Doch sie war überzeugt, dass alles aus einem bestimmten Grund passierte. So war es zwischen ihnen beiden bisher immer gewesen. Wenn Wilson sie am meisten brauchte, war sie da gewesen. Und sie gelobte, dass es diesmal wieder so sein würde.

42.

ANDEN, PERU
FESTUNG PITCOS
ORTSZEIT: 23.51 UHR
21. JANUAR 1908

Wilson war vom ersten Augenblick an nervös gewesen, als Chiello mit ihm den Tempel verlassen hatte, um zu ihrem Quartier zu gehen. Es befand sich in einem der Häuser, die mit dem Rücken zum zentralen Platz standen. Die Gebäude waren relativ klein, hatten eine Holztür und ein spitzes Strohdach.

Wilson hatte nur kurz Gelegenheit, über den Inka-Würfel nachzudenken, über seine Erschaffung und das Böse, das in ihm steckte. Die Schriftrollen hatten die Macht des Würfels nicht erwähnt, aber dass er eine große Macht hatte, ließ sich nicht bestreiten.

Chiello ging auf eines der Häuser zu, schob den Holzriegel zur Seite und stieß die Tür auf. Sie hatte noch kein einziges Wort gesagt, als sie in den dunklen Raum trat und sich die Hände an einem Handtuch abtrocknete. Dann schlug sie mit einem Stück Stahl einen Funken, der ein schmales Gefäß mit Flüssigkeit entzündete, und im nächsten Moment brannte eine träge blaue Flamme. Wilson hatte noch nie gesehen, dass Alkohol für Lampen verwendet wurde. Der Lichtschein gab dem kleinen Raum eine faszinierende Atmosphäre.

Mit einem Gefühl, als steckten seine Füße in Zement, blieb

Wilson vor der Tür im Regen stehen. Kurz zog er in Erwägung, sich einfach davonzustehlen. Aber die Amazonen würden ihm nachsetzen. Selbst wenn er aus der Festung herausfände, hieße das, einen schlüpfrigen, steilen Berghang hinunterzuflüchten. Plötzlich leuchteten ferne Blitze am Himmel und machten die wirbelnden Regentropfen einen Moment lang sichtbar.

Als es wieder dunkel war, zeichnete sich Chiellos Silhouette gegen das blaue Licht ab. Ihr Gesicht war kaum zu erkennen. Sie streckte die Hand nach ihm aus und winkte ihn herein. Wilson blieb stehen. Ihn schreckte der Gedanke, mit einer Frau ein Kind zu zeugen, mit der er nicht einmal ein Wort gewechselt hatte. Und obwohl er sich sexuell angezogen fühlte, wirkte sie zugleich kalt und beinahe roboterhaft auf ihn.

»Du musst dich entscheiden«, sagte Chiello.

Wilson blickte sich suchend um. Wonach, wusste er selbst nicht. Dann sah er Chiello an und dachte daran, dass dieser Augenblick vielleicht sein Leben verändern würde. Er begehrte sie, das war klar, trotzdem zögerte er, den Raum zu betreten.

Alles hat seinen Preis, dachte er.

Und Tatsache war, dass er von den Sonnenjungfrauen Hilfe brauchte, wenn er mit dem Inka-Würfel nach Vilcabamba zurückkehren wollte. Nach allem, was er von den Mamaconas erfahren hatte, durfte er ihn nicht selbst tragen, ja nicht einmal anfassen.

Er schaute sich noch einmal nach allen Seiten um, dann ging er hinein, und Chiello schloss behutsam die Tür hinter ihm.

Aclla kauerte an der östlichen Ringmauer und schaute zu den Quartieren der Kriegerinnen hinüber. Der schwere Regen konnte ihren scharfen Blick nicht trüben. Sie sah Wilson vor Chiellos Tür stehen.

»Geh nicht hinein«, flüsterte Aclla, doch kaum war es ausgesprochen, verschwand Wilson durch die Tür.

Aclla rutschte das Herz in die Magengrube, und sie schalt sich augenblicklich für ihre Gefühle. Eine Oberste der Sonnenjungfrauen sollte einen Mann als Feind betrachten – nicht als Objekt der Begierde. Was in ihr vorging, musste auch in Vivane vorgegangen sein, als sie Corsell begegnete. Aclla ballte die Fäuste. Trotz allem, was ihre Schwester für Corsell empfunden hatte, neben diesem schönen, beeindruckenden Fremden wirkte er blass. Wilson Dowling war ein Geselle des Schöpfers und konnte durch die Zeit reisen, das hatten die drei Mamaconas gesagt. Ein Mann, der seine Wunden innerhalb von Augenblicken zu heilen vermochte. Seine Stärke und Schnelligkeit hatten sie beeindruckt, und es machte sie wütend, dass nicht sie jetzt bei ihm war. Es verstieß gegen ihre Erziehung, aber sie hatte Verlangen nach dem Blauäugigen. Sie wollte seinen Samen, um jeden Preis. Doch wie es schien, würde ihn eine andere bekommen.

Aclla fühlte jemanden kommen und wusste auch schon, wer es war. »Warum folgst du mir, Sontane?«

»Du solltest nicht hier sein, Aclla.«

»Ich passe auf, dass Wilson Dowling nicht zu fliehen versucht. Wenn er es tut, schlage ich ihn nieder.«

Sontane kniete sich neben sie. »Denkst du wirklich, dass ich dir das glaube?«

Aclla blickte sie an, bereit, einen Schwall von Beleidigungen loszulassen, den ihre Gefährtin nicht mehr vergessen würde. Doch als sie in Sontanes wissende Augen sah, brachte sie kein Wort heraus.

Sontane zeigte auf Chiellos Haus. »Wir sollten hineingehen und den Mann erschlagen, wenn er am verwundbarsten ist. Er ist gefährlich – *das weißt du*. Dass du diese Gefühle für ihn hegst, beweist es; er hat uns alle einem schrecklichen Zauber unterworfen. Wir brauchen ihn nicht, um den Würfel zurückzuerlangen, Aclla. Wir können den Würfel allein aufspüren und in Sicherheit bringen, wie man es uns gelehrt hat. Dieser Mann da drinnen ist nur eine Last. Und wenn der Würfel von ihm Besitz ergreift, werden wir in einer noch schlimmeren Lage sein als jetzt.«

Während ihr der Regen ins Gesicht prasselte, hielt Aclla den Blick auf Chiellos Tür gerichtet. »Nur die Mamaconas können über das Schicksal dieses Mannes entscheiden.«

»Auch sie sind geblendet«, sagte Sontane leise. »Erkennst du das nicht? Sieh dich an. Du wünschst dir, jetzt bei ihm zu sein. Gib zu, dass ich recht habe!« Sontane rückte näher heran. »Wenn du nicht diejenige sein kannst, warum soll Chiello dann deinen Platz einnehmen? Du solltest dort drinnen sein … oder keine von uns. Wir sollten warten, bis ihre Leidenschaft zu hören ist und er wehrlos ist. Dann stürmen wir hinein und schneiden ihm die Kehle durch.«

»Du weißt nicht einmal, ob er sterben kann«, entgegnete Aclla.

»Das sollten wir hier und jetzt herausfinden! Nicht erst, nachdem der Würfel seine Seele verschlungen hat. Du weißt, dass ich recht habe, Aclla. Die Zeit zu handeln ist gekommen. Machst du mit oder nicht?«

In der Stille des Zimmers standen Wilson und Chiello voreinander. Von ihren durchnässten Kleidern tropfte es auf den glatten Holzboden. Die sonderbare Lampe tauchte alles um sie herum in ein blaues Licht. Auf beiden Seiten des Zimmers stand ein Bett, aber nur auf einem lagen Wolldecken. Wilson dachte unwillkürlich, dass das andere Vivane gehört haben musste. Eine seltsame Ironie, dass er sich ausgerechnet im Raum jener Frau wiederfand, die für seine missliche Lage verantwortlich war.

Chiellos Gesicht verriet nichts, als sie ihre langen schwarzen Haare durch die Finger gleiten ließ und das Wasser auswrang. »Mir wurde beigebracht, Männer zu verabscheuen«, sagte sie. »Das macht die Sache umso reizvoller.«

Wilson schossen hundert Gedanken gleichzeitig durch den Kopf, während er die Frau ansah. Sie hatte ein markantes Gesicht mit einem eckigen Kinn und Augenbrauen, die in der Mitte hochstanden. In Anbetracht ihrer Körpergröße und Proportionen hatte sie vermutlich mehr spanische als indianische Vorfahren vorzuweisen.

Ohne ihren ernsten Blick von ihm abzuwenden, löste Chiello die beiden Lederschnallen des Brustpanzers. Sie neigte sich nach vorn, sodass er herabfiel und das nasse Unterzeug entblößte, das an ihrer Brust klebte. Wilson starrte sie an, er konnte nicht anders. Unterdessen nahm Chiello die Armschienen ab. Dann stand sie einen Moment lang da, als müsste sie noch mit sich ringen, ob sie weitermachen sollte oder nicht.

»Wollen wir das wirklich tun?«, fragte Wilson.

Seine Frage brachte Bewegung in Chiello. Sie zog sich das nasse Top über den Kopf, und beim Anblick ihres nackten Oberkörpers hielt Wilson den Atem an, und seine Erregung wuchs. Es war unmöglich, sie in diesem Moment nicht zu begehren. Ihr Bauch war muskulös wie der einer Athletin, ihre hellbraune Haut makellos, und ihre Brüste waren voll und fest. Ohne eine Miene zu verziehen, band Chiello ihren Lederschurz auf und zog ihn weg, sodass sie nackt vor ihm stand. Nur das Schwert war noch an ihren Oberschenkel geschnallt.

»Sobald ich das Schwert ablege, trete ich in den nächsten Abschnitt meines Lebens ein«, sagte sie. Ihr Blick wurde nicht einen Moment lang unsicher, während sie die Schwertscheide losband und behutsam auf Vivanes Bett legte. »Von heute an werde ich nicht mehr den Tod bringen, sondern Leben schenken.«

Der Schein der flackernden blauen Flamme strich über die Wände, als Chiello mit dem Zeigefinger an ihrem muskulösen Bauch hinabstrich, um sodann zwei Finger einzuführen und einen Moment später an den Mund zu führen und abzulecken.

»Scheint so«, sagte Wilson.

Mit ungekünstelter Anmut ging Chiello um ihn herum und ließ die Hände über seine Schultern gleiten. Dabei betastete sie seinen Muskeltonus, als prüfte sie einen Sack voll Früchte auf ihre Reife. Als sie wieder vor ihm stand, drückte sie die Lippen auf seinen Mund und küsste ihn leidenschaftlich.

»Brauchst du nicht noch ein bisschen Zeit?«, fragte Wilson. »Ich brauche definitiv mehr Zeit.«

Chiello begann, ihm mit einer Hand das Hemd aufzuknöpfen, ohne die andere von seinem Körper zu nehmen. »Ich habe noch nie einen Mann angefasst«, sagte sie stolz. Sie zog sein Hemd auseinander und strich ohne Hast über seine nackte Haut. Ihre Berührung wirkte erfahren und ruhig und hinterließ bei Wilson ein wohlig-prickelndes Gefühl, obwohl er die Situation völlig verrückt fand.

»Die Jungfrauen der Sonne werden schon in frühem Alter dazu angehalten, ihre Sexualität zu zelebrieren«, sagte sie. »Wir werden in die Lehren Chasca Coyllurs eingewiesen. Sie ist die Göttin der jungen Mädchen und der Sexualität.«

»Du warst noch nie mit einem Mann zusammen?«, fragte Wilson.

Chiello schüttelte den Kopf. »Ich habe schon viele Männer mit Pfeilen und mit dem Schwert getötet«, sagte sie. »Indianer, die sich in unser Gebiet oder nach Vilcabamba wagten … aber du bist der Erste, den ich auf diese Weise berühre.«

Wilson konnte sich nicht länger zurückhalten und fasste sie an der Taille. Chiello wich unwillkürlich zurück, doch er ließ sie nicht los. Sein Instinkt sagte ihm, dass er es mit einem dominanten Geschöpf zu tun hatte, und je bestimmter er auftrat, desto weniger würde Chiello ihm widerstehen können.

»Zwischen Mann und Frau sollte die Leidenschaft immer gegenseitig sein«, sagte sie und wand sich in seinen Händen. »Es müssen gleiche Anziehungskräfte wirken, wenn ein Funke überspringen soll.«

Wilson unterdrückte ein Aufstöhnen, als sie ihn in den Hals biss, dann mit nassen Lippen an seiner Brust hinabfuhr und mit der Zunge über seine Haut strich. Als sie sich aufrichtete, drückte sie ihre Brust an seine, und ihre Wärme schien ihn zu umfangen.

»Seit Vivane mich verlassen hat, bin ich allein gewesen«, sagte Chiello, während sie ihn betrachtete. »Ich bin zwar traurig, dass sie tot ist, empfinde es aber auch als Ehre, ein Kind zu bekommen.«

Wilson erkundete ihren Körper mit seinen Händen.

»Die Jungfrauen der Sonne sind sehr sexuelle Wesen«, fuhr Chiello fort. »Wir haben alles gelernt, was es über den weiblichen Körper zu wissen gibt. Unsere Kampfgefährtin ist auch unsere Sexualpartnerin. Wir werden ermutigt, unsere körperlichen Reaktionen zu erforschen und herauszufinden, was sich gut anfühlt und was nicht.«

»Was weißt du über Männer?«, fragte Wilson.

»Mehr als genug, um dich zu befriedigen«, antwortete sie, gab ihm einen Klaps auf die Brust und biss ihn erneut in den Hals. Sie ließ sich auf die Knie herab, schnallte seinen Gürtel auf und ließ seine Hosen fallen. Innerhalb von Augenblicken zog sie ihm die Stiefel und Socken von den Füßen und riss ihm dann die übrige Kleidung vom Leib. Dabei hielt sie immer eine Hand fest an seinen Körper gedrückt, ließ ihn nicht einen Moment los. Wenn sie die Hand wechseln musste, drückte sie zuerst beide Handflächen an ihn, ehe sie die andere wegnahm.

»Erstaunlich, aber meine Geringschätzung der Männer facht meine Leidenschaft für dich noch an«, erklärte sie.

Zwischen seinen Beinen kniend strich sie mit der Zunge sanft über seine Haut, dann nahm sie ihn in den Mund. Die Lust war so groß, dass Wilson stöhnend den Kopf in den Nacken warf.

»O mein Gott«, flüsterte er.

Die Hände auf seinen Schultern hob sie sich auf die Zehenspitzen, dann senkte sie sich geschickt herab, sodass seine Männlichkeit ohne Probleme in sie hineinglitt. Sie blickte ihn dabei unverwandt an, und Wilson sah ihr an, wie viel Lust sie empfand.

Plötzlich flog die Tür auf, und kalte Luft wehte herein.

Wilson fuhr herum. Draußen stand Aclla mit dem Schwert in der Hand. Ein Blitz zog über den Himmel. In dieser Sekunde fiel Wilson der grauenvollste Moment seines Lebens ein, als vor seinen Augen Menschen getötet wurden und er selbst ebenfalls einen tödlichen Schlag ausgeteilt hatte.

Er war unschlüssig, wie er reagieren sollte, als Aclla mit grimmigem Gesicht in den Raum trat. Nackt stand er da und spürte, wie das Adrenalin in seinen Körper schoss, als sie mit erhobenem Schwert vor ihm stand.

»So darf es nicht sein!«, schrie sie.

Wilson wollte schon nach Chiellos Schwert auf dem Bett greifen, doch es bot sich keine echte Möglichkeit dazu. Bis er es in der Hand hielte, hätte Aclla ihn schon niedergeschlagen. Mit wild klopfendem Herzen beschloss er, die Kriegerin einfach umzurennen und darauf zu vertrauen, dass sie nicht schnell genug zuhauen konnte.

»Ich kann dir den Mann nicht überlassen«, sagte Aclla, blieb stehen und zeigte mit der Klingenspitze auf Wilsons nackte Brust.

Chiello ging sanft auf sie zu. »Was schlägst du vor, Oberste?«

Die Frauen sahen sich in die Augen, während Wilson sich fragte, was ihn erwartete.

»So soll es sein«, sagte Aclla, drehte sich um und schloss die Tür. Nachdem sie den Riegel vorgelegt hatte, schob sie zusätzlich die Schwertklinge durch die beiden Metallringe.

»Offenbar werden wir uns dich teilen«, flüsterte Chiello Wilson ins Ohr. »Die Oberste will es so.«

Chiello griff nach Aclla und zog sie kraftvoll zu sich heran.

Wilsons Herzschlag hatte sich noch nicht beruhigt, als Aclla ihre regennassen Lippen auf seinen Mund drückte und ihn heftig küsste. Gleichzeitig lösten die Frauen mit fliegender Hast die Schnallen von Acllas Brustpanzer und warfen ihn achtlos beiseite. Statt von Angst wurde Wilson jetzt von seiner Leidenschaft beherrscht. Er riss Aclla das nasse Unterzeug von der Haut und schob seine Finger in sie hinein, dass sie keuchte. Währenddessen bog ihm Chiello ihren Leib entgegen und ließ ihn in sich hineingleiten.

43.

Anden, Peru
Festung Pitcos
Ortszeit: 1.10 Uhr
22. Januar 1908

In der Mitte der glänzenden Obsidianplatte standen die drei Mamaconas dicht zusammen, und jede blickte ihre rechte Nachbarin an.

»Sie sind jetzt beide bei ihm«, sagte eine.

»Und genießen die Lust seines Fleisches«, sagte eine andere.

»Aclla ist schwach wie ihre Schwester.«

»Ist das wirklich von Bedeutung?«, fragte die Priesterin der Unterwelt. »Es gibt nichts dabei zu verlieren. Fühlt ihre Lust.« Sie neigte den Kopf zurück und lächelte. »Die Jugend ist an die Jugend vergeudet.«

»Wir haben nicht verlangt, dass Aclla zu ihm geht.«

Die Priesterin der Unterwelt konzentrierte sich wieder. »Seit wann halten wir unsere Obersten davon ab, sich zu nehmen, was sie wollen? Wir alle haben gespürt, dass sie sich angezogen fühlte … und schließlich ist sie ein Mensch. Wir haben diesen Mann als potenziellen Erzeuger für unsere Frauen akzeptiert. Von da an hätte sie nichts mehr davon abbringen können, ihn zu wollen. Wir sollten erfreut sein, dass sie nun zusammen sind. Das wird die Loyalität dieses Mannes sicherlich steigern und die Risiken, die mit ihm einhergehen, verringern.«

»Wir sollten ihn töten«, sagte die Priesterin der oberen Welt. »Er ist eine echte Bedrohung in diesen schwierigen Zeiten. Wenn die Macht des Würfels von ihm Besitz ergreift, verschlimmert sich unsere Lage gravierend. Er ist zu gefährlich, als dass wir ihn gehen lassen dürfen. Keine von uns kann seine Zukunft sehen, obwohl wir sein Blut gekostet haben. Es ist das erste Mal, dass so etwas passiert.«

»Dementsprechend kann sein Einfluss hier über Erfolg und Misserfolg entscheiden. Wir können nicht in seine Zukunft blicken, sollten deswegen aber keine Angst haben.«

»Wir dürfen nicht vergessen, dass wir nur durch seine Schuld in dieser Lage sind«, sagte die Priesterin der oberen Welt. Seine Ankunft in Vilcabamba setzte jene Entwicklung in Gang, die zu Vivanes Treuebruch und zum Verlust des Würfels geführt hat.«

»Den Würfel zu hüten ist und war allein unsere Pflicht«, erwiderte Mamacona Kay Pacha. »Er hatte recht, als er uns das entgegenhielt.«

»Darin pflichte ich dir bei ... wir haben unseren Obersten zu sehr vertraut, ihnen zu viel über das verraten, was sie hüten, und wir haben einen hohen Preis dafür gezahlt. Wir hätten sie in Unwissenheit lassen sollen, wie ich geraten habe.«

»Du willst die Schuld mir anlasten?«, fragte Mamacona Kay Pacha.

»Es ist ein ganzes Leben vergangen, seit wir uns vom Kollektiv trennen konnten, Schwester. Jede von uns bringt eine andere Perspektive ein, aber wir entscheiden gemeinsam.«

»Der Mann ist gefährlich, und wir sollten ihn töten«, beharrte die Priesterin der oberen Welt. »Er ist mächtig, und wenn wir ihn aus diesem Spiel entfernen, wird der Kampf einfacher.«

»Ich schlage das Gegenteil vor«, sagte die Priesterin der Unterwelt.

»Männern darf man nicht trauen.«

»Man darf ihnen nicht trauen, weil die Macht des Würfels von ihrem Geist und ihrem Körper Besitz ergreifen kann. Doch dieser Mann ist anders. Der Würfel kann ebenso wenig in seinen Geist eindringen wie wir. Wilson Dowling behauptet, dass er den Würfel aufspüren kann ... und ich glaube ihm. Wir sollten ihn unterstützen. Es kommt mir dumm vor, unseren mächtigsten Verbündeten auszulöschen, weil ihm die Gefahr des Treuebruchs anhaftet. Wir können ihn durch unsere Sexualität beherrschen – wie es in diesem Augenblick offenbar mit Erfolg geschieht. Ihr spürt beide die Lust unserer Kriegerinnen, genau wie ich.«

»Entscheidend ist, dass ich seinen Geist nicht spüre. Keine von uns weiß, was er in diesem Augenblick denkt. Nur durch sein Blut haben wir Kenntnis von seiner Vergangenheit. Das ist in all den Jahren, da die drei Orakel dem Inka-Thron dienten, nicht einmal vorgekommen. Erkennt ihr es nicht? Es stellt eine große Gefahr dar, dass wir nicht in seinen Geist blicken können. Wir müssen ihn handlungsunfähig machen, solange es noch geht. Solange wir noch stark sind.«

»Nach dem, was wir wissen, kann der Würfel die Gedanken von Männern lesen, genau wie wir. Das ist sein größter Schutz. Darum ist anzunehmen, dass dieser Mann auch für ihn eine Ausnahme ist. Das könnte der Grund sein, weshalb Hauptmann Gonzales mit seinen Leuten in die Berge geschickt wurde, um die beiden Fremden festzunehmen.«

»Du vermutest, dass der Würfel Wilson Dowling fürchtet?«

»Das ist die einzige Erklärung, die mir einfällt.«

»Wenn das wahr ist, macht das Wilson Dowling tatsächlich zu einem mächtigen Verbündeten.«

»Also müssen wir diesem Mann helfen«, schloss Mamacona Kay Pacha.

»Und was ist mit seiner Verbindung zu der Frau in der Zukunft? Durch einen göttlichen Einfluss wacht sie über ihn. Ihr Erscheinen wird durch den Würfel begünstigt. Auch wenn wir nicht verstehen, wie das geschieht.«

»Der Würfel hat über Frauen keine Kontrolle«, entgegnete eines der Orakel.

»Diese Macht fehlt ihm«, pflichtete Mamacona Kay Pacha bei. »Meiner Meinung nach ist der Einfluss der blonden Frau aber ein weiterer Vorteil, auch wenn ich nicht behaupten kann, es zu verstehen.«

»Wir dürfen diesem Mann nicht trauen«, sagte die Priesterin der oberen Welt leidenschaftlich. »Seine Welt ist rätselhaft ... und das macht mir Angst.«

»Und was ist mit dem Erscheinen des Kondors? Das ist ein Zeichen der Götter, dass wir dem Mann vertrauen sollen.«

»Ein deutliches Zeichen, in der Tat.«

»Bis unsere Kriegerinnen nach Cusco gelangen, werden die meisten Männer dort unter dem schrecklichen Einfluss des Würfels stehen – das ist gewiss. Soweit uns gemeldet wurde, bewachen schwer bewaffnete Soldaten die Straßen nach Cusco.«

»Wir werden jede Hilfe brauchen, wenn wir zurückerlangen wollen, was wir verloren haben. Wilson Dowling ist ein

Zeitreisender – das hat er zugegeben. Er braucht den Würfel und behauptet, dass er ihn aufspüren kann. Darum können wir uns darauf verlassen, dass er den Würfel nach Vilcabamba zurückbringen wird. Wir müssen seine Motive zu unserem Vorteil nutzen.«

»Dann ist es entschieden.«

Die anderen zwei sagten gleichzeitig: »Es ist entschieden.«

»Beim ersten Morgengrauen werden sich die Kriegerinnen nach Cusco aufmachen. Wir müssen jede schicken, die wir hier entbehren können, auch die älteren. Es wird nur eine Chance zum Erfolg geben.«

»Wenn wir versagen, ist unser Leben verwirkt«, sagte Mamacona Kay Pacha. »Dann ist die Zeit gekommen, dass wir von der schwarzen Scheibe der Macht weichen müssen. Möge der Geist Mama Ocllos uns alle beschützen, denn wenn wir erfolglos sind, ist die Welt der Menschen dem Untergang geweiht und alles andere mit ihr.«

»Intis Fluch ist mächtig. Aber mithilfe unseres Wissens und unseres neuen Verbündeten werden wir den Würfel erneut bezwingen.«

»Wir setzen viel Vertrauen in den Mann von den Sternen«, sagte die Priesterin der oberen Welt. »Beten wir, dass er sich als würdig erweist.«

»Und wenn wir den Würfel wiedererlangt haben, soll Wilson Dowling dann dessen Kräfte benutzen dürfen, um zu den Sternen zu reisen?«

Alle drei schüttelten den Kopf. »Er darf nicht gehen. Sein Platz ist hier bei uns ... sonst müssen wir ihn töten.«

44.

Cusco, Peru
Calle Pavitos
Ortszeit: 6.45 Uhr
22. Januar 1908

Endlich war es hell geworden, und dennoch konnte sich Hauptmann Gonzales nicht überwinden, wieder ins Schlafzimmer zu gehen. Mit trockenen, brennenden Augen nach einer weiteren schlaflosen Nacht saß er am Fenster neben der Haustür. Er fühlte sich völlig ausgelaugt, als hätte eine verzehrende Krankheit alle Kraft aus seinem sonst so starken Körper gesaugt. Trotz seiner schlechten Verfassung bewachte er weiter die Straße und musterte jeden Passanten. An diesem Morgen hingen die schweren Sommerwolken tief, sodass der Himmel düster war, und es regnete wie schon die ganze Nacht über. Alles war feucht, auch das Polster des Stuhls, auf dem er saß.

Das war die vierte Nacht in Folge, die Lucho Gonzales am Fenster durchwacht hatte. Zwischen seinen Beinen lehnte sein Gewehr. Auf dem Tisch neben ihm lag sein Offizierssäbel, die Scheide hinter ihm auf dem Boden. Die Vordertür war abgeschlossen, aber das Bleiglasfenster war angelehnt, damit er die Blechdosen klappern hören konnte, die hinter dem Haus an einer Schnur in der Gasse hingen.

Junge Stimmen flüsterten im Schlafzimmer, und er wusste, dass seine Kinder erwacht waren. Mit schmerzenden Beinen, weil er so lange in unveränderter Haltung gesessen hatte, stand er von seinem Platz auf, blickte noch einmal hinaus und steckte dann den Säbel in die Scheide. Draußen gingen jetzt Dutzende Leute die Straße entlang, und ab und zu zog ein Eselskarren vorbei, der zum Markt unterwegs war. So leise wie möglich entlud er sein Gewehr und ließ die glänzende Patrone in seine Brusttasche gleiten. Er war dankbar, dass seine Familie wieder eine Nacht in dieser unheilgeplagten Stadt überlebt hatte, und zugleich krümmte er sich innerlich bei dem Gedanken, welchen furchtbaren Verbrechen andere zum Opfer gefallen waren.

Da er sich dringend erleichtern musste, steckte er den Kopf ins Schlafzimmer, um seiner Frau zu sagen, dass er nach draußen müsse. Wie froh er war, sie alle sicher in ihren Betten zu sehen!

Sarita lächelte ihn besorgt an, während sie Juanita an sich drückte, die noch schlief.

»Geht es dir gut, Lucho?«, flüsterte sie.

Gonzales nickte lächelnd und tat sein Bestes, um zuversichtlich und munter zu erscheinen. Sarita sah, dass ihr Mann noch dieselben Sachen trug wie am Abend, aber ob sie ihm auch ansah, wie schlecht es ihm wirklich ging, wusste er nicht. Als er sich von der Tür abwandte, tappten kleine Füße über den Boden, und Ortega, sein jüngerer Sohn, kam an seine Seite.

»Ich muss mal Pipi«, sagte der Junge in munterem Ton und hüpfte auf die Küchentür zu.

»Einen Moment, pequeño hijo«, rief Gonzales leise hinter ihm her. Er zog den Schlüssel aus der Tasche und schloss auf. Vorsichtig drückte er die Tür auf und hielt seinen Sohn zurück, solange er nach beiden Seiten über die geschützte

Veranda und zum Schuppen spähte, wo der Esel stand. Es schien alles in Ordnung zu sein.

»Mach schnell, Papa! Ich platze gleich«, sagte der Junge. Dann rannte er zum Rand der Terrasse, zog die Hosen runter und pinkelte in die Gosse, durch die das Regenwasser strömte. Gonzales stellte sich neben ihn und tat dasselbe.

Jemand klopfte laut an die Vordertür. Gonzales' Herz machte einen Satz. Um diese Uhrzeit konnte das nur schlechte Nachrichten bedeuten. Er beeilte sich, machte seine Hose zu und wies seinen Sohn streng an, zurück ins Schlafzimmer zu gehen. Inzwischen stand Arturo, sein Ältester, neugierig in der Schlafzimmertür.

»Zurück ins Bett, alle beide«, befahl Gonzales leise. »Kommt nur raus, wenn ich es sage.« Ohne seine Frau anzusehen, zog er die Zimmertür zu.

Es klopfte erneut und noch energischer.

Gonzales war aufs Äußerste alarmiert. Er sah den dunklen Schatten vor dem Fenster, und sein Herz schlug noch schneller. Hastig fingerte er die Patrone wieder aus der Brusttasche und lud das Gewehr. Er schulterte es und ging an die Tür.

»Wer ist da?«, fragte er laut.

»Ich bin's, Capos. Sie müssen mir öffnen, Capitán.«

Plötzlich konnte Gonzales wieder atmen und schloss die Tür auf. Was war Furchtbares passiert, dass sein Leutnant so früh zu ihm nach Hause kam?

»Gott sei Dank, dass Sie da sind!«, sagte Capos. »Der Bischof verlangt, dass –«

Gonzales unterbrach ihn mit einer Geste, trat nach draußen und schloss die Tür hinter sich. »Was ist los?«, fragte er. »Leise!«

Trotz seines wasserdichten Ponchos war Capos nass bis auf die Haut. Er nahm seine Mütze ab und klopfte das Wasser aus. »Es tut mir leid, dass ich so früh komme, Capitán.« Er neigte sich näher zu ihm. »Der Bischof verlangt, dass alle Offiziere heute Mittag zur El-Triunfo-Kirche kommen. Ihm war besonders wichtig, dass Sie dabei sind.«

Gonzales bekam weiche Knie.

»Ich habe Fieber«, sagte er und flüsterte, damit seine Kinder ihn nicht lügen hörten. »Ich kann heute nicht kommen, sonst stecke ich alle an.«

Capos sah ihn verständnisvoll an. »Der Bischof hat gewusst, dass Sie genau das sagen würden. Verblüffend, wie? Ich soll Ihnen sagen, dass er Sie zu Hause aufsucht, wenn Sie es nicht zur Kirche schaffen.«

Gonzales musste sich an der Wand abstützen, um nicht einzuknicken. »Er weiß nicht, wo ich wohne, oder?«

»Er trug mir auf, Ihnen zu versichern, dass er auch das weiß.« Capos lächelte unschuldig.

»Wer hat ihm das verraten?«, schnauzte Gonzales.

Capos erschrak über seine Heftigkeit. »Keine Ahnung, Capitán.

Gonzales durfte sich nicht anmerken lassen, welche Angst und Verzweiflung ihn erfasste, wenn er an den Bischof dachte. Er wusste, dass der Geistliche vom Bösen besessen war, aber gegen den Bischof die Waffe zu erheben, kam ihm unmöglich vor. Drei Abende lang hatte ihn schon der albtraumhafte Verdacht verfolgt, der Bischof könnte zu ihm nach Hause kommen und ihm Frau und Kinder nehmen. Und sosehr er es auch verhindern wollte, so wenig konnte er gegen den Geistlichen ausrichten. Wenn er nur daran dachte, wollte er zusammenbrechen und weinen.

Gonzales rieb sich das unrasierte Kinn und hoffte, seine Verzweiflung damit zu überspielen. »Dann werde ich kommen«, lenkte er ein. »Gehen Sie, und richten Sie es dem Bischof aus.«

Capos setzte sich die Mütze auf und zog den Kinnriemen stramm. »Es sind wieder Leute verschwunden«, sagte er düster. »Zwei junge Frauen wurden als vermisst gemeldet – und das ist sicher noch nicht alles. Es scheint egal zu sein, was wir tun und wie viele Leute wir einsetzen, die Situation wird ständig schlimmer. Die Männer in der Kaserne brauchen Ihre Stärke, Capitán.« Capos bekreuzigte sich. »Und ich gestehe, ich habe Ihre Führung in dieser schweren Zeit vermisst.«

»Wie schützen Sie Ihre Familie?«, fragte Gonzales und hielt demonstrativ sein Gewehr hoch.

Capos schaute in den Regen. »Wir schlafen zu zwanzig in einem Raum«, sagte er mit zusammengezogenen Brauen. »Die Verwandten meiner Frau und meine. Wir müssen der Sache auf den Grund gehen, Capitán. So kann man nicht weiterleben.«

»Bringen Sie Ihre Frau und Kinder zu uns«, sagte Gonzales. »Hier sind sie sicher. Das Haus ist größer und leichter zu verteidigen.«

Capos suchte verlegen nach der richtigen Antwort. »Das ist ein großartiges Angebot, Capitán, aber ich kann die Familie nicht auseinanderreißen. Darf ich vorschlagen, dass Ihre Familie in mein Haus kommt? Es ist nicht so modern, aber sie wären dort sicher, und es wäre für alle einfacher. Wir werden Betten für sie aufstellen, und wir haben viel Platz, um Vorräte zu verstauen.«

Gonzales wusste, dass seine Frau das nicht wollen würde.

Ihr war klar, dass die Lage in der Stadt gefährlich war, aber im Grunde glaubte sie, dass es niemand wagen würde, in das Haus des ranghöchsten Offiziers von Cusco einzudringen. Unglücklicherweise war er nicht imstande gewesen, seiner Frau von seinen Befürchtungen in Bezug auf den Bischof zu erzählen. Er konnte ihr einfach nicht anvertrauen, was er dachte. Es ging nicht.

»Danke für das Angebot, Capos. Ich werde mit Sarita sprechen.«

»Dem Himmel sei Dank, dass wir den Bischof haben«, fügte Capos hinzu. »Er ist wie ein Fels in der Brandung. Er sagt, er weiß, wer die Mörder sind und warum sie so viele Unschuldige so grausam umbringen. Er will uns sagen, was wir tun müssen, um dem ein Ende zu machen. Wir brauchen Sie dabei, Capitán. Die Männer brauchen Sie. Sie haben jeden Tag gefragt, wann Sie wiederkommen.«

»Gehen Sie, und sagen Sie den Männern, dass ich da sein werde. Und sagen Sie Ramiro, dass ich ihn hier brauche, damit er mein Haus bewacht, solange ich weg bin. Er soll sein Gewehr mitbringen. Keiner darf erfahren, dass ich ihn hierher befohlen habe, verstanden?«

Capos nickte. »Jawohl, Capitán. Ich schicke ihn sofort her.«

Die Verandatür knarrte, und der kleine Ortega erschien. Er war noch im Schlafanzug und strich seinem Vater um die Beine. Er strahlte ihn an, und das machte Gonzales' Sorge umso größer. Wie sollte er das Kostbarste in seinem Leben jemand anderem anvertrauen? Insbesondere so einem jungen Mann wie Ramiro, der noch nie einen Schuss abgegeben hatte, nicht mal aus Ärger. Gonzales rang mit sich.

»Guten Morgen, Señor Capos«, sagte der kleine Junge fröhlich.

Capos tätschelte ihm den Kopf. »Sieh dich an … wie sehr du gewachsen bist, seit ich dich zuletzt gesehen habe! Bald bist du größer als dein Vater.«

»Ich bin schon fast so groß wie mein Bruder«, sagte Ortega und reckte sich. »Gucken Sie mal!« Er spannte seinen Bizeps an.

»Sehr beeindruckend.« Capos nickte. »Ganz wie der Vater.«

Gonzales nahm seinen Sohn auf den Arm, in der anderen Hand hielt er das Gewehr. »Wir sehen uns heute Mittag … Gehen Sie jetzt. Sagen Sie Ramiro, er soll kommen, sobald er kann. Ich will nach Möglichkeit vorher noch ein bisschen schlafen.«

Capos salutierte und ging dann die überflutete Gasse hinunter zur Straße. Im hellen Dunst des Morgens tanzten die Regentropfen in den Pfützen.

45.

Anden, Peru
Festung Pitcos
Ortszeit: 8.25 Uhr
22. Januar 1908

Als Wilson wach wurde, dachte er sofort an Lucho Gonzales und seine Familie. Wie war es möglich, dass ihm solch ein Verbrechen angelastet wurde? Er fand keine Erklärung … trotzdem hatte Helena ihn genau davor gewarnt. In ihrer Zukunft galt er als Mörder, und um sein Schicksal zu ändern, musste er überlegen, wie es zu der schrecklichen Tat kommen konnte.

Plötzlich fühlte er sich niedergeschlagen. In dem Schlafraum war es dunkel bis auf einen Streifen Licht unter der Tür. Aclla und Chiello waren nicht mehr da, ihre Sachen hatten sie mitgenommen. Sie mussten sich davongestohlen haben, nachdem er eingeschlafen war.

Der Würfel ist gefährlich, dachte er.

Er würde seine ganze Gerissenheit aufbringen müssen, wenn er nicht zu dessen Handlanger werden wollte. Das Entscheidende war, direkten Körperkontakt mit dem Würfel zu vermeiden, andernfalls wäre er nicht mehr Herr seiner selbst.

Das Ding will mir den Willen rauben, dachte er.

Er lag nackt auf dem Bett und hatte starkes Herzklopfen.

So oder so würde Gonzales' Familie sterben. Das schien

ihr Schicksal zu sein, auch wenn es entsetzlich war. Die Frage war nur: Wer war der Mörder? Wenn Wilson den Dingen ihren Lauf ließ, würde er es sein.

Er starrte in das Strohdach hinauf. Noch nie in seinem Leben hatte er sich so unter Druck gefühlt. Am liebsten wäre er weggerannt, auch wenn das keinen Unterschied gemacht hätte. Der Lauf der Geschichte, wie er ihn sich eingeprägt hatte, war bereits verändert worden, und der Auftragstext half ihm deshalb auch nicht weiter.

Wenigstens hatte er Helena. Mit ihrer Hilfe hatte er eine Chance. Er versuchte, optimistisch zu bleiben, konnte aber die Angst, zum Mörder zu werden, einfach nicht beiseiteschieben.

Ich töte keine unschuldigen Menschen.

Als er sich auf dem Bett umdrehte, stieg ihm plötzlich ein süßer Duft in die Nase – der unverkennbare Geruch von Sex und Pheromonen. Unwillkürlich griff er sich zwischen die Beine und nahm seine schmerzenden Weichteile in die Hand. Zu seiner Erleichterung waren sie unversehrt. Während der Orgie hatte er sich durchaus gefragt, ob er sie unbeschadet überleben würde. Er hatte noch niemals so harten Sex gehabt. An einem Punkt hatte er ernsthaft gefürchtet, die Amazonen könnten ihn hinterher umbringen, wie die Schwarze Witwe, die das Männchen nach der Paarung auffrisst.

Er setzte sich auf und griff nach seiner Hose, die auf dem anderen Bett lag. Er zog sie sich über die Beine, stellte die Füße auf den kalten Boden und stand auf. Er dachte an den Augenblick zurück, als Aclla mit blankem Schwert in der Tür gestanden hatte. Ihr wütender Gesichtsausdruck hatte ihn glauben lassen, dass sie ihn töten wollte.

Er fuhr sich durch die Haare und seufzte.

»Was tue ich hier?«

Er wusste nicht so recht, ob er das Erlebnis genossen hatte oder ob es ihm zuwider war. Rein körperlich war es ein Genuss gewesen, aber durch den völligen Mangel an Gefühl und Zärtlichkeit fühlte er sich ausgelaugt und unbefriedigt. Es mochte daran liegen, dass sie in erster Linie Kriegerinnen waren, sagte er sich. Wahre Intimität war ihnen fremd. Sie waren aufs Töten gedrillt und von Geburt an zu strikter Disziplin erzogen worden, daran änderte auch ihr exotisches Äußeres nichts.

Es war immer Wilsons Theorie gewesen, dass Frauen die besseren Mörder abgaben. Wenn nötig, konnten sie zielstrebig und rücksichtslos und, wie er jetzt gesehen hatte, einem Mann auch physisch überlegen sein.

Er hob sein Hemd hoch und fand darunter seinen Hut. Er hatte ihn in Vilcabamba verloren, als er über die Böschungsmauer und in die Schlucht gesprungen war. Die Amazonen hatten ihn gefunden und mitgebracht, was zumindest eines hoffen ließ: Sie hatten nicht vor, ihn umzubringen. Außerdem hätten sie das sonst längst getan.

Er hörte das Regenwasser vom Rand des Strohdachs plätschern und den Wind heulen. Es war recht kalt, immerhin lag die Festung gut dreitausendsechshundert Meter hoch. Nachdem er sich angezogen hatte, stieg Wilson in seine Stiefel und schnürte sie zu. Dann nahm er seine Regenjacke, die ihm recht trocken erschien, obwohl sie die Nacht über auf dem Boden gelegen hatte.

Jetzt musste er erst einmal etwas in den Magen kriegen.

Wilson schlang sich den Ranzen über die Schulter. Morgen um Mitternacht sollte er am Brunnen auf der Plaza de Armas stehen, so hatte er es mit Helena verabredet.

Beim Blick auf das leere Bett wurde ihm das Herz schwer. Wie passte Helena in diese sonderbaren Ereignisse? Inwieweit schuldete er ihr Loyalität? Er war unsicher, ob er ihr am vergangenen Abend untreu geworden war.

Wilson holte tief Luft.

Die Chancen, je wieder mit ihr zusammen zu sein, waren winzig. Sie waren durch eine Barriere von über hundert Jahren getrennt, und er hatte sie acht Jahre lang nicht gesehen. Seine Verbindung mit ihr würde ihm hoffentlich bei der Wiederbeschaffung des Inka-Würfels helfen, aber alles andere war reine Illusion.

Wilson zog den Riegel beiseite und zog die Tür auf. Draußen fiel dichter Regen, und man konnte höchstens sieben Meter weit sehen. Er setzte den Hut auf, trat hinaus und fühlte einmal mehr, wie der Regen auf seine wasserdichte Kleidung prasselte.

Bei Tageslicht wirkte alles anders.

Die Quartiere der Kriegerinnen sahen größer und beeindruckender aus als in der Nacht. Er nahm denselben Weg zum Haupttempel, den er gekommen war. Es war bitterkalt, und er war nervös. Wen würde er als Erstes sehen? Wie würden die Kriegerinnen reagieren, wenn er plötzlich vor ihnen im Dunst auftauchte?

Die Silhouette des Tempels hob sich langsam aus dem Grau des Regens ab. Auch er war größer, als Wilson ihn in Erinnerung hatte. Als er die Stufen hinaufstieg, schaute er nach beiden Seiten, doch es waren keine Kriegerinnen zu sehen.

Mit Herzklopfen näherte er sich der mittleren Tür.

Was erwartet mich dahinter? Die drei alten Frauen mit den hellen Augen?

»Du darfst nicht hinein!«, rief eine vertraute Stimme hinter ihm.

Wilson drehte sich um. Aclla stand nur zwei Schritte entfernt. Wegen des Regens hatte er sie nicht kommen hören.

»Ist das Wetter hier oben immer so mies?«, fragte er.

»Pitcos liegt sehr hoch«, antwortete sie emotionslos. »Das Wetter ist wechselhaft.« Sie trug einen Kapuzenponcho, vermutlich aus Alpakaleder. Als sie auf ihn zukam, zeigte sie auf die Tempeltür. »Die Orakel haben mich gebeten, dir das zu geben.« Sie hielt ihm ein Röhrenetui aus glänzendem Leder hin, das an einem Ende zugebunden war.

Wilson blickte in Acllas dunkle Augen, und sofort sah er sie rittlings auf ihm sitzen. Dieses Bild und das Gefühl, das er bei diesem Anblick gehabt hatte, würde er für den Rest seines Lebens mit sich herumtragen. Nach dem Aufwachen hatte er sich noch gesagt, dass seine Begegnung mit Aclla und Chiello bedeutungslos gewesen sei, doch wenn er Aclla jetzt ansah, hatte er schon wieder Verlangen nach ihr.

Er nahm das Etui entgegen.

»Was ist darin?«, fragte er.

»Du hältst die heiligen Worte Pachacutis in der Hand. Die Proklamation, die den Würfel in das Verlies unter den Sonnentempel verbannte. Es ist unser wertvollstes Dokument.«

»Und die Mamaconas wollen, dass ich es habe?«

»Es scheint, dass die Zukunft der Welt von dir abhängt, Wilson Dowling. Wir hoffen, dass etwas von der Kraft unseres einstigen Königs, der allein durch Willenskraft das Böse des Würfels bezwingen konnte, auf dich übergeht, damit du siegst.«

»Soll ich es jetzt öffnen?«, fragte er.

»Das liegt bei dir.«

Wilson blickte in ihre Augen und sah keinerlei Gefühl darin, nur die konzentrierte Entschlossenheit, die sie auch sonst ausstrahlte.

»Es ist in Quechua geschrieben«, sagte sie, während sie unter das Vordach trat und sich den Poncho über die Schultern nach hinten schob, sodass ihr erstaunlicher Körper zum Vorschein kam. »Ich werde es dir übersetzen müssen.«

Wilson band die Kordel auf und kippte sich den Inhalt des Etuis in die Hand. Einen Erlass von Pachacuti zu sehen war etwas ganz Besonderes. Die Wissenschaft ging davon aus, dass die Inkas keine Schrift gehabt hatten – und wenn es anders war, so war dies sicherlich eines der großen Geheimnisse der Welt.

Er kniete sich hin, rollte das weiche Leder in Form eines leicht verzogenen Rechtecks auseinander und legte es auf die trockenen Steinplatten. Als Aclla sich neben ihn kniete, konnte er ihre Wärme spüren.

Er betrachtete das alte Dokument und staunte, wie ausnehmend schön die schwarzen Schriftzeichen geformt waren. Offenbar hatte man sie in das Leder eingebrannt. Er hatte noch nie eine so künstlerisch anmutende, eigentümliche Schrift gesehen und bemerkte, dass es keine Satzzeichen gab.

Aclla passte auf, dass kein Regenwasser von ihrer Kleidung auf das Dokument tropfte. Sie zeigte auf die Buchstaben und begann zu übersetzen: »Es ist das wertvollste Ding auf Erden. Menschen werden ein Leben lang danach suchen, um es an sich zu bringen, und nicht einmal verstehen, was sie treibt.« Ihre Stimme war ruhig und fest. »Schon die Andeutung seiner Existenz wird die Menschen zu Verbrechen von unaussprechlicher Grausamkeit treiben. Sein Glanz wird auch die Seelen der Reinsten und Zivilisiertesten in seinen

Bann schlagen, die dann bereitwillig die Unschuldigen quälen werden in ihrem schmutzigen Verlangen, es zu besitzen – solche Macht hat es.«

Acllas Stimme schwankte bei keiner Silbe. »Täuscht euch nicht. Ein jeder Mensch würde sich diesem unheiligen Streben hingeben. Es gibt keine wirkungsvolle Abwehr gegen die Macht dieses Dings. Denn sein Glanz hält einen Teil von uns in seiner formbaren, aber unzerstörbaren Hülle gefangen. Reiche werden durch seinen Besitz aufsteigen und fallen. Schon der kleinste Teil von ihm kann in den Wahnsinn stürzen. Geschmiedet von Inti nach seinem Bilde ist dies die Spitze des Berges, ein Leuchtfeuer, in dem das Verlangen selbst wohnt. Dieses Ding und sein Einfluss können nicht ohne ungeheure Opfer beherrscht werden. Selbst mit meinem großen Wissen, meiner göttlichen Weisheit und unbeschränkten Macht ringe ich darum, mich von dem zu lösen, was ich heute in den Händen halte. Ich bin verzaubert und weiß dennoch, was ich tun muss.«

Wilson betrachtete die komplexen Schriftzeichen, an denen Acllas Finger vorbeiglitt.

»Um dieses glänzende Ding zu schützen, will ich eine Stadt in den Wolken bauen«, fuhr Aclla mit tieferer Stimme fort. »Auf dem heiligen Mittelpunkt der Axis Mundi soll eine natürliche Festung von unübertroffener Reinheit erschaffen werden, wo dieses schreckliche Ding hoffentlich bis ans Ende der Zeit gehütet wird, bewacht von den scharfen Augen des Kondors, umgeben von einem Kristallbann und geschützt von einem Heer, das in alle Ewigkeit dort stehen soll und nicht vom fauligen Geruch der Macht verführt werden kann, der dieses Ding umweht wie süßer Blumenduft; denn es ist so tückisch wie der teuflischste Gedanke, den ein Mensch ersinnen kann.

Vom heutigen Tage an soll alles Geschriebene vernichtet, sollen alle Landkarten verbrannt, soll alle Erinnerung ausgelöscht werden. Dieses goldene Ding darf nie wieder erwähnt werden. Die Strafe für das Erwähnen seiner bloßen Existenz soll der Tod durch Enthaupten sein, und der Tod jedes Familienmitglieds und Freundes des Schuldigen. Nichts darf dem Zufall überlassen bleiben. Gelobt sei Inti, der höchste Herrscher des Universums, der Leben gibt und nimmt. Dein ewiger Diener will ich sein.« Aclla nahm die Hand von dem Schriftstück. »Das wurde von König Pachacuti vor fast vierhundertfünfzig Jahren geschrieben.«

Wilson betrachtete die schwarzen Schriftzeichen auf dem Stück Leder. »Pachacuti meinte das Gold, oder? Das unheiligste Streben, das in allen Menschen wohnt, ist das Streben nach Gold. Die Konquistadoren kamen hauptsächlich nach Peru, um Gold zu finden.«

»Es ist der mächtigste Stoff auf Erden.« Aclla stand auf, sodass Wilson vor ihr kniete. »Als Inti seine Göttlichkeit in den Würfel fließen ließ, unterschätzte er das Verlangen nach Gold, das im Herzen der Menschen wohnt. Darum ist der Würfel verflucht.«

»Und die Jungfrauen der Sonne sind die Hüterinnen des Würfels«, sagte Wilson.

»Weil wir Frauen sind, können wir von dem Geist, der in dem Würfel steckt, nicht beeinflusst werden. Aber wir können von der Hand eines Besessenen sterben.«

Aclla starrte in den Regen. »Die Mamaconas sind davon überzeugt, dass der Würfel nicht in deine Seele blicken kann. Die drei können es nicht und glauben, dass der Würfel es auch nicht kann. Selbst nachdem sie das Erzeugnis deiner Seele, dein Blut, geschmeckt hatten, konnten sie deine Vergangenheit nur teilweise und deine Zukunft gar nicht sehen. Offenbar kann der Würfel in die Gedanken jedes Mannes eindringen, nur nicht in deine.«

Wilson merkte plötzlich, wie stürmisch es geworden war. »Aber sind sie sich dessen sicher?«, fragte er.

»Ihre Schlussfolgerung erscheint logisch.«

»Ja, aber sind sie sich sicher?«

Aclla schüttelte den Kopf. »Nein ... Aber das erklärt, warum dir Hauptmann Gonzales und seine Leute nachgeschickt wurden, nachdem du von Cusco in die Berge gegangen bist.«

Wilson bekam Herzklopfen, als er den Namen hörte. »Dieser Gonzales ist mir gefolgt?«

»Zusammen mit einem Dutzend Soldaten. Sie waren ein paar Stunden hinter dir, nachdem du die Gleisbauhütte verlassen hattest. Die Mamaconas sagen, dass dich der Geist des Würfels fürchtet, weil er nicht mithilfe anderer Menschen in deine Seele blicken kann. Denn so übt er seinen Einfluss aus.«

Wilson atmete tief durch. Erst jetzt begann er, die komplexe Vernetzung von Kräften zu begreifen.

»Kannst du den Würfel sicher transportieren, wenn wir ihn gefunden haben?«, fragte er.

»Wir haben ihn noch nie mit eigenen Augen gesehen«, sagte sie. »Er war schon vor unserer Geburt in der Tempelkammer eingeschlossen. Nicht einmal die Mamaconas haben ihn gesehen. Wir kennen nur die Lehren unserer Vorfahren. Wir haben ein Kristallgefäß für seinen Transport hergestellt, aber das allein wird nicht verhindern können, dass der Würfel von anderen Besitz ergreift. Es ermöglicht nur den Transport. Es heißt, dass Frauen ihn nicht anfassen dürfen, weil sie sonst sterben. Wir müssen also sehr vorsichtig sein. Wir haben außerdem eine starke Zange geschmiedet, mit der wir den Würfel greifen und in den Behälter setzen können, den wir dann dicht verschließen.«

Wilson nickte. »Und Frauen dürfen ihn nicht berühren?«

»Er ist das mächtigste Ding auf Erden.«

»Vilcabamba liegt auf der Axis Mundi?«, fragte Wilson.

»Auf einem natürlichen Energiewirbel.« Aclla nickte. »Dort, wo die Seele Apus, des Geists der Erde und der Berge, an die Oberfläche kommt. Es ist ein heilender Ort, und der Legende nach liegt dort ein Tor zu anderen Welten.«

Behutsam rollte Wilson das Leder zusammen, steckte es in das Etui und band die Kordel wieder darum. Dann stand er auf und hielt es Aclla hin.

Sie schüttelte den Kopf. »Es gehört dir, Wilson Dowling. Die drei Mamaconas haben es so verfügt.«

»Warum wollen sie, dass ich es bekomme?«

»Sie erwarten, dass du es ihnen zurückgibst, sobald der Würfel wieder isoliert ist.«

Wilson betrachtete das Etui und wusste, dass es in seinen Ranzen passen würde. Doch er fand es unnötig, es den ganzen Weg nach Cusco zu schleppen. »Ich kann das nicht annehmen. Das Dokument gehört hierher, in diese Festung.« Er hielt es ihr erneut hin.

Aclla nahm es widerstrebend an sich. »So sei es.« Sie zog den Poncho wieder über ihre Schultern nach vorn, setzte sich die Kapuze auf und trat in den Regen. »Folge mir, Wilson Dowling. Es ist Zeit, dass wir die Festung verlassen.«

Er setzte sich den Hut auf und ging hinter ihr her. »Ich muss etwas essen.«

»Du wirst etwas bekommen.«

Aclla wartete nicht auf ihn, und er musste laufen, um sie einzuholen. Sie bog links ab und ging eine Gasse entlang, die auf den zentralen Platz führte. Als sie dort ankamen, waren sie nicht allein. Dort standen zwei schnurgerade Reihen von je zwanzig Kriegerinnen in Kapuzenponchos, die vorn geöffnet waren, sodass man die Brustpanzer sah. Die Kriegerinnen trugen das Schwert am Oberschenkel und den Bogen über der Schulter. Sie sahen wie Statuen aus und waren ganz auf ihre Oberste konzentriert. Keine lenkte ihren Blick auf Wilson. Es war, als wäre er überhaupt nicht vorhanden.

Sontane trat aus der vorderen Reihe und ging auf ihre Gefährtin zu. »Sie sind bereit«, sagte sie.

Aclla nickte. »Gib diesem Mann zu essen«, befahl sie, dann ging sie auf die angetretenen Kriegerinnen zu.

Wilson folgte einen Schritt schräg dahinter. »Rechnest du mit einer Schlacht?«, fragte er.

Aclla blieb stehen und drehte sich um. Sie blickte ihm in die Augen. »Ja.« Dann deutete sie auf die Frauen neben ihr. »Sie sind bereit, für ihre Aufgabe zu sterben. Und jede Einzelne gibt dir die Schuld am Verschwinden des Würfels – genau wie ich. Wärst du nicht nach Vilcabamba gekommen, wäre der Würfel nie entdeckt worden.«

Sie wandte sich den Kriegerinnen zu. »Jungfrauen der Sonne!«, rief sie in den stürmischen Regen. »Unsere dunkelste Stunde ist gekommen. Der Würfel ist in die Hände der Menschen gelangt, und das Böse, das darin wohnt, hat in der Welt der Lebenden Fuß gefasst.«

Die Schultern zurückgenommen, die Hände an den Hüften stand sie da.

»Es kann keine größere Tragödie, keine größere Herausforderung geben. Wir haben alle von den grausamen Morden gehört, die in Cusco verübt werden. Das ist gewiss das Werk des Würfels.« Aclla sah den Kriegerinnen nacheinander in die Augen. »Die Zeit ist gekommen, zurückzufordern, was uns genommen wurde. Es ist Zeit, dass wir die Ordnung wiederherstellen. Unsere Feinde sind in der Überzahl und haben moderne Waffen. Wir müssen trotzdem siegen. Mit List und Gerissenheit werden wir dieses Ziel erreichen. Der Mann, der neben mir steht, wird den Würfel hoffentlich aufspüren. Dann und nur dann werden wir angreifen.«

Aclla ging die Reihe entlang und dann langsam wieder zurück. »Ihr werdet diesen Mann um jeden Preis schützen.« Sie zog ihr Schwert und zeigte damit direkt auf Wilson. »Während der kommenden Tage werden wir vielen das Leben nehmen – doch nicht diesem Mann. Er ist unsere einzige Hoffnung.« Sie wandte sich wieder den Kriegerinnen zu. »Zum Ruhme Mama Ocllos!«

»Zum Ruhme Mama Ocllos!«, riefen die Kriegerinnen.

»Wir werden im Schutz des Regens laufen!«, rief Aclla. »Wenn sich die Sicht bessert, laufen wir nur noch in der Dunkelheit. Ich hoffe, ihr habt alle den Mut, für Eure Überzeugung zu sterben. Denn wenn nicht, ist alles verloren.«

Aclla neigte sich zu Wilson und flüsterte: »Wenn der Geist des Würfels doch in deine Seele blicken kann, Wilson Dowling, laufen wir in eine Falle. Lass uns um der Welt willen beten, dass die Mamaconas recht haben.«

46.

Cusco, Peru
El-Triunfo-Kirche
Ortszeit: 11.55 Uhr
22. Januar 1908

Hauptmann Gonzales trug seine beste Uniform, als er durch die verregneten Straßen zur El-Triunfo-Kirche ging. Mit jedem Schritt, mit dem er sich weiter von zu Hause entfernte, wurde er bedrückter. Die Hand an dem schlichten Silberkreuz unter seinem Hemd, betete er in einem fort, dass seine Familie verschont bleiben möge und er sie wieder unverletzt in die Arme schließen könne. Voller Verzweiflung wollte er umkehren, doch er wusste, dass er den Bischof unter allen Umständen von seiner Frau und seinen Kindern fernhalten musste, nur so konnte er sie schützen.

Er erinnerte sich an den Augenblick, als er Ramiro die Hände auf die Schultern gelegt und ihm befohlen hatte, sie mit seinem Leben zu verteidigen. Er hatte ihm in die Augen geblickt und nur Unschuld gesehen, und da hatte er sich besser gefühlt. Aber konnte der junge Soldat diese Aufgabe überhaupt erfüllen?, fragte Gonzales sich jetzt.

Das wusste nur Gott.

Als Gonzales auf die Plaza de Armas einbog, war er bestürzt, wie viele Soldaten dort patrouillierten. Auf den ersten Blick zählte er mindestens fünfzig. Vor den Türen der Kommandantur waren Sandsäcke gestapelt, desgleichen rings um die Kathedrale und die zwei angebauten Kirchen. Beim Näherkommen sah er unter den Soldaten viele unbekannte Gesichter. Sie mussten zu dem Kontingent aus Lima gehören.

Er war froh zu sehen, dass der Leichnam von Corsell Santillana endlich vom Glockenturm entfernt worden war. Es war eine Erleichterung, nicht mehr auf die verwesenden Überreste eines seiner Soldaten blicken zu müssen. Die Kreuzigung hatte Unheil über die Stadt gebracht, und tief im Innern wusste er, dass es noch nicht vorbei war.

Er erwiderte die Ehrenbezeigung jedes Soldaten, während er die Stufen hinauf und durch die Barrikade auf das Kirchenportal zuging. Die Männer, die er kannte, wirkten auf ihn müde und blass, als hätten auch sie in den letzten Nächten wenig geschlafen. Sie freuten sich, dass er kam, das sah er ihnen an. Er wäre gerne stehen geblieben, um ein paar ermutigende Worte zu sprechen, doch er hatte nicht die Kraft dazu und ging mit zusammengepressten Lippen an ihnen vorbei. Zügig schritt er über den breiten, mit Kopfstein gepflasterten Gang auf das Portal zu, vor dem zwei Soldaten mit dem Gewehr in der Hand Wache standen.

Als sie ihn sahen, hielten sie sofort die Türflügel auf und ließen ihn eintreten. Gonzales ging auf das Weihwasserbecken zu, nahm seine Schirmmütze ab und gab sie dem Soldaten, der neben dem Becken stand. Dann klopfte er sich den Regen von der Jacke und zog die Manschetten zurecht. Zuletzt kämmte er sich mit den Fingern durch die Haare.

Kein Ton war in der Kirche zu hören. Gonzales tauchte den Zeigefinger ins Weihwasser, bekreuzigte sich und hob kurz den Blick zur Decke. Im Stillen betete er, dass er unter den kommenden Eindrücken nicht den Verstand verlieren möge.

Sowie er um die Säulen herumgegangen war und das prächtige Kirchenschiff betrat, zitterten ihm vor Angst die Knie. Fast alle Bänke waren voll besetzt mit Soldaten. Zum ersten Mal in seinem Leben war er nicht von Ehrfurcht ergriffen, als er das viele Blattgold und die große Kuppel sah, die auf vier verzierten Bögen und gigantischen Säulen ruhte. Auch schaute er nicht zu den Wandgemälden oder den zahlreichen religiösen Gegenständen, die die Wände schmückten und das eindrucksvolle Steintabernakel umgaben. Er sah sich nach dem Bischof um, denn um diesen drehten sich alle seine Gedanken.

Gonzales fühlte sich wie ein wehrloses Tier. Er wusste genau, was dieser Mann von ihm erwartete. Er setzte sich in die erste Reihe neben Capos, der ein grimmiges Gesicht machte. Gonzales sah auf die Uhr. Einen Augenblick später läuteten die Glocken der Kathedrale einen einzelnen unheilvollen Schlag, um anzuzeigen, dass eine Stunde vergangen war.

In der Kirche war es vollkommen still, und die Sekunden erschienen lang wie Minuten. Niemand wagte es, sich zu rühren. Ganz anders als an den Sonntagen, wenn viele Kinder in den Bänken saßen. Man hätte kaum sagen können, ob überhaupt eine lebendige Seele atmete.

Von der Sakristei näherten sich einzelne Schritte. Gonzales erkannte an ihrem Klang sofort, wer da kam.

Er blickte in Richtung der Schritte und hielt die Luft an. Er wollte stark wirken, wenn ihn der Blick des Bischofs traf, was unweigerlich geschehen würde. Und da erschien er in seinem prächtigen Bischofsgewand, Francisco von Santo Domingo, der dreiunddreißigste Bischof von Cusco. Er hielt die Hände hinter dem Rücken und die Schultern gebeugt, als ob die ganze Welt darauf lastete. Überraschenderweise schaute er nicht zu den versammelten Soldaten hin. Er schritt an ihnen vorbei, als wäre er allein, und hielt die Augen vor sich auf den Boden gerichtet.

Gonzales nutzte die Gelegenheit für einen tiefen, gequälten Atemzug, von dem er hoffte, dass er seinen Männern ringsum verborgen bleiben würde.

Der Bischof sah abgezehrt und blass aus, als hätte ihm jemand das Leben ausgesaugt und nur Haut und Knochen übrig gelassen. Seine Lippen waren trocken und rissig, und unter den Augen hatte er schwärzliche Ringe, als hätte ihm ein Esel ins Gesicht getreten. Gonzales war für einen Moment erstaunt darüber, dass er diesen ungesunden, jämmerlichen Greis überhaupt fürchtete. Es war nur die Pracht der Robe und des roten Biretts, die dem Mann Präsenz verlieh.

Die Hand aufs Geländer gestützt, schleppte sich Bischof Francisco die drei mit Teppich belegten Stufen zum Altar hinauf; er tat es mit der Verbissenheit eines Mannes, der mit letzter Kraft den Gipfel erreichen will. Alle Augen waren auf ihn gerichtet, als er über die Versammelten schaute. Hinter ihm stand der Altar, und über ihm hing das große Kreuz der Eroberung, das die Konquistadoren getragen hatten, als sie in Peru einfielen.

»Dies sind finstere Zeiten«, begann er, und seine Stimme trug kaum bis zu den hinteren Bänken. »Aber Gott wacht.« Er zeigte mit sorgenvollem Gesicht zur Kuppel hoch. »Ich bin nicht hier, um für eure Sicherheit oder die eurer Familien zu beten, wie ich es sonst in der Messe tue.« Er nickte. »Dies sind finstere Zeiten, und wir müssen die Dinge selbst in die Hand nehmen.« Er wirkte teilnahmslos, und seiner Stimme fehlte die Kraft, die für seine Predigten immer kennzeichnend gewesen war.

»Wisst ihr, warum ich für unsere Zusammenkunft heute diese Kirche ausgewählt habe? Weil sie den Triumph im Namen trägt. Denn sie wurde 1536 von Francisco Pizarro von Trujillo erbaut, nach seinem monumentalen Sieg über den verräterischen Manco Cápac II., den ernannten Führer der Inka-Stämme.« Der Ton des Bischofs wurde härter und sein Rücken ein bisschen gerader. »Nach dem vorzeitigen Ableben Atahualpas ernannte Pizarro ihn in seiner Güte zum obersten Inka.«

Jeder in der Kirche kannte das traurige Schicksal Atahualpas. Nach seiner Gefangennahme durch Pizarro 1532 wurde ein Lösegeld festgesetzt, für das die Zelle des Gefangenen mit Gold und zwei weitere Räume mit Silber gefüllt werden sollten. Und obwohl der Inka-Adel die Forderung erfüllte, ließ Pizarro den König töten. Doch das war noch nicht der traurigste Teil der Geschichte. Pizarro verlangte von Atahualpa vor dessen Tod, den Inka-Göttern abzuschwören und zum Christentum überzutreten. Als der sich weigerte, ließ er ihn fesseln und drei Tage lang hilflos zusehen, wie seine Frauen und Kinder auf bestialische Weise ermordet wurden: Die Kinder wurden von hungrigen Hunden in Stücke gerissen, die Frauen wurden vergewaltigt und mit dem Schwert zerstückelt, Säuglinge wurden über dem Feuer gebraten. Für die peruanischen Ureinwohner brachte das schreckliche Ende Atahualpas auf ewig Schande über jeden Mann, der spanisches Blut in sich hatte.

Plötzlich wurde die Stimme des Bischofs kräftiger. »Pizarro versuchte, mit dem Inka-Adel zusammenzuarbeiten, und erhielt einen Schlag ins Gesicht! Es war Pizarro, der große, von Gott ernannte Konquistador, der Manco Cápac II. auf den Inka-Thron setzte. Doch trotz der großen Ehre floh dieser in die Berge, wo er ein Heer von zweihunderttausend Wilden auf die Beine stellte! Er wagte es, Cusco zu belagern – er wagte es, die Kirche Christi herauszufordern!«

Gonzales hatte keine Erklärung dafür, aber die Augen des Bischofs waren schwarz wie die Nacht.

»Zehn Monate lang wurde die Stadt belagert!«, schrie der Bischof. »Zehn Monate lang! Aber trotz der feindlichen Überzahl siegte der große General Pizarro ... und Gott der Allmächtige trug seinen Teil dazu bei.« Der Bischof beugte sich über den Altar, als wollte er die drei Meter bis zum Boden der Kirche hinabspringen. »Er brachte die Pocken über die Heiden! Er brachte die Pest ... und sie starben zu Tausenden!« Dem Bischof flog der Speichel vom Mund. »Die dreckigen Heiden, die das überlebten, starben durch das Schwert. Begreift ihr nicht? Wer sich der Hand Gottes widersetzt, wird den höchsten Preis zahlen! Wer es wagt, das Wort Christi zu leugnen, wird dasselbe schreckliche Schicksal erleiden!«

Schwer atmend griff der Bischof so fest um die Altarkante, dass seine Knöchel weiß wurden. Er wartete einen Moment, um sich zu beruhigen, dann warf er den Kopf in den Nacken und blickte in die Kuppel hinauf. »Darum heißt die Kirche El Triunfo«, sagte er ein wenig ruhiger. »Zur Feier dieses Sieges.«

Wahrscheinlich gab es in der Kirche nur eine Hand voll Männer, die kein Inka-Blut in sich hatten. Sie ärgerten sich über den Verweis auf die Heiden, aber keiner hätte den Mut gehabt, das in diesem Augenblick zuzugeben. Sie hatten Angst vor dem Priester, der über ihnen an dem goldenen Altar stand.

Der Bischof senkte den Blick. »Das war ein großer Triumph.

Die Streiter des Herrn erhoben sich, als sie am meisten gebraucht wurden.«

Der Bischof fand unter den versammelten Gesichtern das von Gonzales.

»Und diese Zeit ist nun wiedergekommen. Unschuldige sterben, und viele in der vermeintlichen Sicherheit ihrer Betten. Sie werden entführt und ermordet von Meuchlern, die durch die Dunkelheit streifen, um das Blut der Reinen und Tapferen zu vergießen. Was kann diesem Übel ein Ende bereiten?« Plötzlich liefen dem Bischof Tränen übers Gesicht. »Alle haben Angst. Und bisher hattet ihr lediglich euren Glauben als Schutz. Doch die Zeit ist gekommen, dass ihr im Namen Gottes handeln sollt.«

Gonzales sah die angeschwollene Schlagader am Hals des Bischofs pochen. Der Mann wirkte wie ein Besessener.

»Der Stadt steht erneut eine Belagerung bevor«, sagte der Bischof mit tiefer Stimme. »Gott selbst hat mir gesagt, dass feindliche Krieger in diesem Augenblick auf die Stadt zumarschieren. Sie haben nur Mord im Sinn, und ihre Absicht ist klar: Sie kommen hierher, um euren Glauben an Gott zu zerstören. Wieder einmal wollen die dreckigen Nachfahren des verräterischen Manco Cápac unter den unschuldigen Christen Cuscos ein Blutbad anrichten.« Kurz hielt er inne und blickte über die Häupter der Kirchgänger hinweg. »Diese finsteren Krieger nähern sich von den Bergen im Westen über den Pass. Sie tragen Schwerter und Bögen, primitive Waffen, aber sie sind nicht zu unterschätzen. Ihr werdet sie leicht erkennen, denn die Krieger sind Frauen. Unheilige Weibsstücke aus dem Pfuhl der Hölle.«

In der Kirche war es so still, dass man eine Stecknadel hätte fallen hören.

»Ich sehe die Zweifel in euren Gedanken«, sagte der Bischof, und seine Stimme klang wie ferner Donner. »Zweifelt nicht an meinen Worten oder am Preis eures Zweifels, denn den werdet ihr mit dem Blut eurer Lieben bezahlen.«

Gonzales zuckte nicht mit der Wimper. Er zwang sich, den Bischof unverwandt anzublicken, so sehr ihm sein Innerstes riet, um sein Leben zu rennen und nicht mehr umzukehren. Er hatte eine Familie zu beschützen und würde tun, was dazu nötig war. In diesem Moment sah ihm der Bischof in die Augen.

»Willst du deine Familie schützen?«, fragte er.

Gonzales bekam eine trockene Kehle. »Ich werde tun, was Sie verlangen«, antwortete er.

»Du musst den Ausländer namens Wilson Dowling töten. Er kommt mit den Kriegerinnen ... ich habe es in meinen Visionen gesehen. Töte Wilson Dowling, dann wird deine Familie bei dem Angriff verschont, der so grausam sein wird, dass nicht einmal Gott ihre Seelen nach dem Tod wiederherrichten kann.«

In der Kirche herrschte betroffenes Schweigen.

»Willst du meine rechte Hand sein?«, fragte der Bischof.

»Das will ich«, antwortete Gonzales.

»Werden deine Leute Cusco vor den Invasoren schützen?«

»Sie werden die Stadt mit ihrem Leben schützen.«

»Uns steht eine Belagerung bevor!«, brüllte der Bischof in die Kuppel hinauf. »Gott selbst hat euren Schutz gefordert!« Dann zeigte er auf das Kreuz, das der Konquistador Pizarro seinem Heer vorangetragen hatte. »Die Zeit ist gekommen, da ihr noch einmal euren Herrn und Meister schützen müsst! Gehorcht meinem Wort, und schützt die Stadt mit eurem Leben!«

47.

Poroy Picchu, Peru
8 Kilometer nordwestlich von Cusco
Ortszeit: 20.30 Uhr
23. Januar 1908

Sowie Aclla ihre Rede beendet hatte, liefen die Kriegerinnen durch die Lücke in der Felswand und über den Pfad am Berghang in den Dunst hinein. Die letzten, die den Platz verließen, waren Aclla, ihre Gefährtin Sontane und Wilson, der hinter den beiden ging. Wilson dachte an Chiello, die nun nicht mehr zur kämpfenden Truppe gehörte. Als die Kriegerinnen ihre Ausrüstung genommen hatten, hatte Sontane ihm einen Jutesack mit Trockennahrung und eine Kürbisflasche mit Wasser zugeworfen, desgleichen einen schwarzen Poncho, wie ihn die Kriegerinnen trugen.

»Damit wir dich nicht ansehen müssen«, höhnte sie.

Anscheinend war sie nicht erfreut über seine Anwesenheit und gab sich keine Mühe, das zu verbergen.

Seit dem Abmarsch aus der Festung war die Gruppe auf gefährlichem Gelände unterwegs und machte erst nach sechs Stunden Rast, als das Wetter unerwartet aufklarte. Sie waren in der Nähe der Ruinen von Phuyupatamarca, der »Stadt in Wolkenhöhe«, wie Aclla sagte. Über fünf Stunden waren sie gezwungen, auf dem Kamm zu warten, um nicht entdeckt zu werden, und blieben zwischen den moosbewachsenen, dachlosen Gemäuern dieses einst wichtigen Vorpostens. Für eine Weile kam die Sonne heraus, und viele Kriegerinnen nutzten die Gelegenheit und breiteten ihre Kleider zum Trocknen aus, um dann in die Wasserbecken zu tauchen, die von höher gelegenen Quellen gespeist wurden. Zu Wilsons Verblüffung erwärmte sich sogar die Luft, und bunte Schmetterlinge flatterten überall umher.

Erst nach Einbruch der Dunkelheit brachen sie wieder auf und zogen durch einen felsigen Hohlweg. Von dort stiegen sie einen steilen Inka-Pfad hinab zu einer offenen Dammstraße, die über eine weite Ebene führte, wo früher einmal ein See gewesen war.

Nun sah Wilson, warum Aclla in den Ruinen die Dunkelheit abgewartet hatte: Es gab weit und breit keine Deckung, aber ringsum Berge, von denen aus man das ganze Talbecken überblicken konnte. Nach dessen Durchquerung erklommen sie eine steile, zerklüftete Bergschulter und stiegen zum nächsten Kamm hinauf, wo die überwucherten Ruinen eines weiteren Vorpostens warteten. Dort teilten sich die Amazonen in drei Gruppen auf und gingen auf verschiedenen Wegen weiter. Wilson hörte, wie Aclla Befehle erteilte, aber was sie sagte, konnte er nicht verstehen. Nachdem ihre Gruppe auf achtzehn reduziert war, erhöhte sich das Marschtempo, und sie zogen über zahllose Hänge weiter nach Südwesten. Aclla war nie mehr als zwei, drei Schritte von Wilson entfernt, und Sontane blieb ebenfalls in unmittelbarer Nähe. Sie sprachen kaum ein Wort, erst nachdem sie Sayacmarca passiert hatten, erzählte ihm Aclla, dass es einmal eine wichtige strategische Position auf dem Inka-Pfad eingenommen hatte.

»Dort oben lag eine große Festung«, sagte sie. »Niemand konnte unbemerkt daran vorbei.« Aclla lief im gleichen Tempo weiter, und Wilson musste sich sehr konzentrieren, um sie zu verstehen. Sie zeigte nach oben. »Man musste sie zuerst einnehmen ... und das war nicht leicht; es gab nur eine Treppe nach oben.« Sie deutete mit der Hand an, wie steil diese gewesen war.

Als die Dämmerung nahte, lief der Pfad aus sauber behauenen Steinen aus, und es ging weiter durch Morast und Gebüsch. Mit mittlerer Schrittgeschwindigkeit stiegen die Amazonen zu einem V-förmigen Pass hinauf, den der Forschungsreisende Raimondi Abra Runkurakay genannt hatte, »Ruinenhaufen«. Die einfachen Steinbauten, die an der höchsten Stelle des Passes standen, waren einst Rasthäuser für die Kuriere gewesen, die Nachrichten und Güter über den Inka-Pfad transportierten. Es war kalt, nahe dem Gefrierpunkt, als sie den Kamm erreichten, um gleich wieder in das nächste Tal hinabzusteigen. Die Temperaturunterschiede je nach Höhenlage waren erstaunlich.

Als sie sich dem Rio Pacamayo näherten, zogen dichte Wolken auf. Es begann zu regnen, was gut und schlecht zugleich war. Das Gehen wurde schwieriger, aber dafür konnten sie bei Tag weiterziehen. Nach einer gefährlichen Serpentine liefen sie auf den höchsten Punkt des Inka-Pfades zu, den »Pass der toten Frau«. Es war ein steiniger, trostloser Ort, wo nichts wuchs und der eisige Wind und der stechende Regen durch sie hindurchzugehen schienen. Wilson war dort schon einmal entlanggewandert, als er acht Jahre zuvor von Machu Picchu nach Cusco unterwegs gewesen war. Aber damals war der Pass tief verschneit gewesen, wodurch er ansprechender ausgesehen hatte.

Ohne langsamer zu laufen, neigte sich Wilson zu Aclla hinüber. »Seid ihr hier entlanggekommen, nachdem ich die Kondorbrücke gekappt habe?«, fragte er.

Aclla nickte, sagte aber kein Wort.

Die ganze Zeit über war Sontane nur einen Schritt hinter ihnen und lief im selben Rhythmus wie ihre Gefährtin. Ab und zu stieß sie Wilson, um ihn zu mehr Tempo anzutreiben – obwohl er fand, dass er genauso schnell lief wie sie. Bisher war der Marsch strapaziös gewesen, aber Wilson heilte seine wund gescheuerten Stellen, sobald er die Möglichkeit dazu hatte, und aß, auch wenn er keinen Hunger hatte. Die meisten Kriegerinnen kauten Kokablätter, wenn sie zur nächsten Höhe aufstiegen, und gingen dann definitiv schneller.

Nachdem sie den eiskalten Bergpass hinter sich gelassen hatten, stiegen sie an Schieferhängen in Grasland hinab, ehe sie die Deckung eines Waldgebiets erreichten. Es war eine Erleichterung, endlich aus dem Wind herauszukommen und sich zwischen den Bäumen in Sicherheit zu fühlen. Nach einer weiteren Stunde Marsch wurde die Vegetation für eine Weile subtropisch, doch als sie sich Cusco näherten, stieg das Land wieder an, und der Wald wurde lichter.

Über einen Tag lang war Wilsons Gruppe in gleichmäßigem Tempo über das schwierigste und zugleich schönste Terrain gelaufen, das er je gesehen hatte. Das zeugte von der Ausdauer und Stärke dieser Frauen

Schließlich gelangten sie an eine Hängebrücke, die eine fünfzehn Meter breite Schlucht und einen reißenden Fluss überspannte. Es war ein furchteinflößender Anblick, denn die Stromschnellen rauschten in der Mitte unter dem tiefsten Punkt nur etwa einen Meter unter der Brücke hindurch, und die schwang durch die aufspritzende Gischt bedrohlich hin und her.

Wilson ging als Letzter hinüber und fragte Aclla scherzhaft, ob er die Lianen durchschneiden solle.

Er erntete bloß einen finsteren Blick.

Es regnete in Strömen, und ab und zu donnerte es. Aclla verlangsamte das Tempo, damit sie erst bei Dunkelheit in Cusco ankamen. Als das Terrain flacher wurde, wurden Späherinnen vorausgeschickt, die melden sollten, ob der Weg frei war. Sie schienen genau zu wissen, wo sich die einheimischen Indianer und die Mestizos aufhielten, und nutzten die dicht bewachsenen Uferböschungen der Bäche als Deckung.

»Die Bahnlinie verläuft in dieser Richtung.« Aclla zeigte sie ihm. »Wir werden an der Nordostseite des Poroy Picchu vorbeilaufen. Von dort werden wir unseren Vormarsch auf Cusco planen ... nachdem wir Meldung von den Spähern erhalten haben, wo die Wachposten aufgestellt sind.«

»Bis Mitternacht muss ich auf der Plaza de Armas sein«, sagte Wilson. »Zwingend.«

Aclla nickte.

Als der Himmel dunkler wurde und es noch stärker regnete, begann Wilson sich zu fragen, ob er noch weiterlaufen wollte und konnte. Der Gewaltmarsch forderte seinen Tribut. Wilson fühlte sich geistig und körperlich erschöpft und wollte nur noch schlafen.

Als Aclla und Sontane mit Wilson den Westhang des Poroy Picchu hinaufstiegen, war es vollkommen dunkel, und der Regen ließ endlich etwas nach. Nach etwa drei Viertel des Weges gab es einen Eingang zu einem weit verzweigten Netz aus Höhlen und Felsspalten. Tief darin hatten die beiden anderen Gruppen bereits ein Lager aufgeschlagen, wie Wilson überrascht feststellte. Sie mussten eine kürzere Route in Richtung Cusco genommen haben, denn nach Wilsons Einschätzung konnten sie auch nicht schneller gelaufen sein als seine Gruppe. Vom Tal aus gesehen hätte man nicht vermutet, dass es an diesem Hang solche Höhlen gab. Sie boten ein perfektes Versteck, waren schwer zu finden, trocken und weit verzweigt. Die Amazonen hatten sogar Feuer angezündet, dessen Rauch durch die Felsspalten abziehen konnte.

Als Wilson mit seiner Gruppe das Höhlensystem betrat, wurden ihnen die Ponchos abgenommen und eine dampfende Schale Eintopf gereicht. Keine der Kriegerinnen am Eingang sah ihm dabei ins Gesicht. Dann folgte er Aclla und Sontane in die dunklen Gänge. In einer der Felskammern hingen Hängematten an den Wänden. Dort schliefen mindestens zehn Frauen, ihre Brustpanzer hingen an Ketten neben ihnen.

Die Tunnel zweigten in alle Richtungen ab.

»Wir kommen seit Generationen hierher«, erklärte Aclla ihm und bog nach links ab. Es war das erste Mal seit etwa zwei Stunden, dass sie etwas sagte. »Die Spanier haben die Höhlen nie entdeckt.«

Wilson aß beim Gehen, indem er sich die Eintopfschale an den Mund setzte. Ein Stück voraus war Feuerschein zu sehen, und dann öffnete sich der Gang zu einer großen, quadratischen Höhle, die rund fünfzehn Meter lang und genauso hoch war. Sie wurde von vier Sturmlaternen erleuchtet. Aus den Schatten unter der Decke tropfte Wasser von fünf gleichmäßig gewachsenen Stalaktiten mit einem charakteristischen Laut in die schimmernden Pfützen am Boden.

»Das Wasser kann man trinken«, erklärte Aclla. »Es enthält wertvolle Mineralien.«

An der hinteren Höhlenwand standen sechs Holzbetten

mit Wolldecken, und in der Mitte befand sich ein geschnitzter Mahagonitisch mit sechs Stühlen, die aussahen, als stammten sie aus dem Palast von Kaiser Karl V. Die Luft war feucht und kalt, aber die Betten sahen im Vergleich zu den Hängematten bequem und verlockend aus.

»Dort wirst du schlafen.« Sontane deutete ernst auf das Ende der Reihe.

Aclla stellte ihre Schale auf den Tisch und ging zu dem Bett am entgegengesetzten Ende, grub ihr Gesicht in ein trockenes Handtuch und legte dann ihre Arm schienen ab. Dann strich sie sich in bekannter Manier das Wasser aus dem Pferdeschwanz. Sontane bezog das Bett neben ihr und tat dieselben Dinge in derselben Reihenfolge. Sie unterhielten sich auf Quechua. Wilson verstand kein Wort, entnahm aber Sontanes hitzigen Gesten, dass sie unzufrieden war, weil er in derselben Höhle bleiben würde wie sie.

Aclla rieb sich die Handgelenke, dann ging sie zum Tisch, zog sich einen Stuhl heran und setzte sich mit ausdrucksloser Miene, um ihren Eintopf zu essen.

Aus dem Gang hörte man eilige Schritte, kurz darauf kam eine alte Frau im schwarzen Poncho herein, eine der Kundschafterinnen. Atemlos begann sie, Quechua zu sprechen, doch Aclla unterbrach sie.

»Du musst Englisch sprechen, damit er dich auch versteht«, sagte sie.

Die Kundschafterin war mittelgroß, runzelig, hatte graues Haar und einen guten Knochenbau. Sie war bestimmt über fünfzig, und trotz ihres Alters wirkte sie nervös. Wilson fragte sich, ob sie einmal zu den Kriegerinnen gehört hatte.

»Ich bringe Nachricht von unseren Beobachtern in Cusco«, sagte sie und atmete ein paar Mal tief durch. Ihre

Aussprache glich der von Aclla, und ebenso wie diese schien sie die Konsonanten zu verzerren.

»Fahr fort«, sagte Aclla.

»Über zweihundertfünfzig Soldaten patrouillieren in der Stadt«, berichtete sie. »Und weitere sind von Lima unterwegs. Die werden in den nächsten zwei Tagen in Cusco eintreffen.«

»Gewöhnlich sind höchstens hundert in der Stadt«, sagte Aclla.

Die alte Frau fuhr fort. »Sie haben einen Schutzring um das Zentrum gelegt. Vor den Kirchen und Geschäften am Rand der Plaza de Armas sind Sandsäcke aufgeschichtet. Der Platz wird Tag und Nacht bewacht.«

»Dann muss der Würfel dort sein«, schloss Aclla.

»Es herrscht große Angst unter den Einwohnern. Sie suchen die Sicherheit des Platzes und der Kirchen, aber die Soldaten lassen niemanden durch. Jeder hat Angst, über Nacht ermordet zu werden, denn das passiert in einem fort.« Sie stockte kurz. »Vor ein paar Stunden wurde der Mann namens Hiram Bingham festgenommen.«

Wilson wurde flau im Magen.

»Er wurde von dem Führer Ompeta nach Cusco gebracht und direkt von zwanzig Bewaffneten, die ihn vor sich herstießen, in die Kaserne gebracht. Dort wurde er an die Außenmauer gekettet und vom Hauptmann der Kompanie ausgepeitscht, bis er unter den Hieben zusammensackte. Sie wollten ihn zwingen, diesen Mann da zu verraten.« Sie zeigte auf Wilson.

»Wie heißt der Hauptmann«, fragte Wilson.

»Gonzales.«

Wie es schien, zog das Schicksal die Schlinge enger.

Aclla machte ein finsteres Gesicht. »Das ist eine schlechte Nachricht. Durch Hiram Binghams Gedanken werden sie nun wissen, dass du bei uns bist.« Ihre Miene war kalt und berechnend. »Und sie wissen, dass wir kommen.«

Wilson stützte sich mit beiden Händen auf den Tisch. »Das musst du mir erklären.«

»Weil Hiram Bingham mit dir zusammen war, ist alles, was er gesehen hat, dem Geist des Würfels bekannt. Der sah nun folglich, wie wir mithilfe unserer Springstäbe den Fluss überquert haben, er sah uns, nachdem du die Brücke des Kondors abgeschnitten hattest. Alles, was du ihm verraten hast, ist nun Teil des Kollektivs. Hiram Bingham ist jetzt Teil des Informationsnetzes, das die Macht des Würfels stützt.«

»Hiram kann meine Gedanken nicht lesen«, erwiderte Wilson. »Und der Würfel ebenso wenig.«

»Das *vermuten* wir«, sagte Aclla. »Aber auch sonst hat dein Freund selbst genug gesehen, sodass wir unseren Vorteil jetzt eingebüßt haben.« Sie wandte sich an Sontane. »Geh und sag den Wächterinnen, sie sollen den Ring um den Berg vergrößern. Ich will hier nicht angegriffen werden und keinen Fluchtweg haben.«

»Wir sollten eine Kriegerin nach Cusco schicken, damit sie Hiram Bingham tötet«, schlug Sontane vor. »Das ist für uns das Beste.«

Wilson musste lange warten, bis Aclla darauf antwortete.

»Durch seine Verbindung mit dir ist er für uns eine Belastung«, sagte sie schließlich.

»Kommt nicht infrage!«, platzte Wilson heraus. »Ihr dürft ihn nicht töten! Er ist für die Entwicklung der Geschichte von entscheidender Bedeutung.«

»Und warum?« Aclla sah ihn von oben herab an.

»Er ist der Grund, warum ich durch die Zeit hierher gereist bin. Hiram Bingham ist der Bewahrer der Inka-Stätten und ihrer Geheimnisse.« Wilson konnte nicht sicher sein, dass das wirklich noch stimmte, da sich der Verlauf der Geschichte bereits geändert hatte. Dennoch spürte er, dass Bingham noch eine entscheidende Rolle spielte. »Er ist wichtig für die Zukunft«, bekräftigte er.

»Der Mann ist ein Narr!«, fuhr Sontane dazwischen.

Wilson fühlte ein Brennen im Bauch, als hätte jemand seine Mutter beleidigt. »Dir steht es nicht zu, zu beurteilen, wer ein Narr ist und wer nicht! Du weißt nicht, was wichtig ist, Kriegerin! Ich bin viele Generationen zurückgereist, um diesen Mann nach Vilcabamba zu bringen. Er ist von den Göttern bestimmt worden, und du solltest dies nicht infrage stellen!«

Sontanes Lippen zitterten vor Zorn, und ihre Hand fuhr ans Schwert. »Es ist nicht klug, so mit mir zu reden.«

»Sontane!«, sagte Aclla barsch und zeigte zum Ausgang. »Du gehst jetzt zu den Wächterinnen und sagst ihnen, sie sollen den Kreis vergrößern. *Sofort!*«

Sontane schürzte die Lippen. »Es ist ein Fehler, diesem Mann zu trauen.« Sie verschwand im Höhlengang, ehe Aclla etwas darauf erwidern konnte.

»Du solltest sie nicht provozieren.«

»Sie ist töricht.« Wilson schnaubte.

Aclla wandte sich der Kundschafterin zu. »Wo ist Hiram Bingham jetzt?«

»Nach seiner Auspeitschung wurde er ins Kloster gebracht, wo der Bischof und die Priester wohnen. Es wird schwer bewacht, von über zwanzig Mann.«

»Wo im Kloster befindet er sich?«, fragte Aclla.

»Das wissen wir nicht. Frauen werden nicht hineingelassen, und von den Berghängen in der Nähe kann man nur wenig vom Innenhof sehen. Die Mauern sind sehr hoch.« Die alte Frau griff in ihren Poncho und holte einen Lederbeutel hervor, in dem Wilson Papiere vermutete. »Ich habe einen Plan von der Stadt und den Verteidigungsstellungen. Er weist aus, welche Plätze bewacht werden und von wie vielen Männern.«

»Gut gemacht.« Aclla nickte.

»Eines noch«, sagte die Kundschafterin. »In den letzten acht Tagen wurden in der Stadt jede Nacht zwei Menschen ermordet – immer zwei und auf sehr brutale Art und Weise.« Sie schien zu überlegen. »Es scheinen die Taten eines Wahnsinnigen zu sein, ich habe eine der Leichen gesehen, doch viele verschwinden einfach, und man findet nur eine Blutspur am Tatort.« Der Schrecken stand ihr in den Augen. »Man hat Zahnabdrücke an den Leichen gefunden.«

»Menschliche Zahnabdrücke?«

»Ja.«

»Und wo sind die Soldaten, wenn die Morde passieren?«

»Sie sind immer woanders.«

»Das ist das Werk des Würfels«, sagte Aclla. »Er hat die Männer in seiner Gewalt und lenkt sie vom Ort des Verbrechens weg.«

»Frauen und Kinder werden aus ihrem Haus entführt, unter den Augen ihrer Angehörigen.« Die Kundschafterin holte tief Luft. »Die Bürger haben große Angst und lassen keinen aus ihrer Familie aus den Augen. Sie haben ihre Häuser mit Brettern vernagelt. Es gibt ein Ausgangsverbot, und die Soldaten haben Befehl, auf alles zu schießen, was sich bewegt. Das Morden geht trotzdem weiter. Die Bürger wollen, dass sie jemand beschützt, haben aber nur ihren Gottesglauben, und auch der scheint sie im Stich zu lassen.«

Aclla stand auf. »Gut gemacht«, sagte sie noch einmal. Dann zeigte sie zum Ausgang. »Geh und ruh dich aus. Lass dir zu essen geben. Du bist hier sicher.«

Die alte Frau verbeugte sich. »Danke, Oberste.« Kurz huschte ihr Blick zu Wilson. »Es ist eine Ehre, wieder dienen zu können.«

Nachdem sie gegangen war, kam Sontane zurück.

Aclla warf ihr den Lederbeutel zu. »Öffne ihn.«

»In Cusco scheint es zurzeit nicht sehr angenehm zu sein«, meinte Wilson.

»Der Würfel beherrscht alles«, sagte Aclla. »Es ist schlimmer, als selbst die Mamaconas es sich vorgestellt haben. Und mit jedem Tag wird er mächtiger.«

»Wir müssen sofort handeln«, sagte Wilson.

»Woher wissen wir, dass er nicht auch dich schon lenkt?«, warf Sontane ein und sah ihm in die Augen. »Auf welcher Seite du stehst, ist noch nicht erwiesen.«

»Wir müssen davon ausgehen, dass der Würfel keine Macht über ihn gewinnen kann.« Aclla sah ihn an, und kurz meinte Wilson, einen Funken Wärme in ihrem Blick zu spüren. »Ich glaube, dass er nicht von dieser Welt und darum geschützt ist.«

»Wenn er überläuft, werde ich ihn eigenhändig töten!« Sontane klang wütend.

»Wenn ich überlaufe, hoffe ich darauf«, erwiderte Wilson.

Seine schlagfertige Antwort schien sie zu verwirren.

Aclla nahm Sontane das Bündel Papier aus der Hand und begann, die Stücke auf dem Tisch auszubreiten. Es waren sechsunddreißig Quadrate, auf denen das Zentrum von Cusco und seine Gebäude sorgfältig aufgezeichnet waren. Es gab ein Symbol, das den Standort jedes Soldaten anzeigte, auch wo er schlief und aß. Außerdem konnte man sehen, wo Sandsäcke aufgeschichtet waren. Die meisten Soldaten waren rings um die Kathedrale und die angrenzenden Kirchen postiert.

»Dort muss der Würfel sein«, sagte Aclla.

»Das kannst du nicht wissen«, hielt Sontane dagegen.

Wilson betrachtete den Plan. »Wenn wir bis Mitternacht bis zur Plaza de Armas durchkommen, sollte ich wissen, wo der Würfel ist.« Er zählte darauf, dass Helena ihn zum Aufenthaltsort führen konnte. Aber würde sie überhaupt dort sein? Er war inzwischen so müde, dass er sich manchmal fragte, ob er sie tatsächlich gesehen hatte.

»Selbst mit der doppelten Anzahl Kriegerinnen könnten wir diesen Platz nicht stürmen«, stellte Sontane klar. »Er ist wie eine Festung. Da und da sind Geschützstellungen. Sie haben Maxim-Maschinengewehre, die mehrere hundert Schuss pro Minute abfeuern können.«

»Wir werden im Schutz der Dunkelheit vorrücken.« Acllas Stimme klang fest.

»Wo ist der Kristallbehälter für den Würfel?«, fragte Wilson.

»Der kommt morgen«, antwortete Aclla. »Er wird auf einem anderen Weg befördert, der sicherer ist.«

»Wir waren besorgt, dass du uns verrätst und der Behälter dann unseren Feinden in die Hände fällt«, erklärte Sontane.

»Es hat keinen Zweck, Risiken einzugehen«, pflichtete Wilson bei. »Schließlich ist noch nicht erwiesen, auf welcher Seite ich stehe.« Er rieb sich nachdenklich das Kinn. »Ihr müsst mich bis Mitternacht zur Plaza de Armas bringen. Und dabei dürft ihr auf keinen Fall gesehen werden. Wenn die Männer von Cusco als Kollektiv denken, müssen wir sie glauben lassen, dass ihr noch nicht da seid. Wenn sie mich sehen, meinetwegen. Mich erwarten sie ohnehin.«

Aclla nickte. »Nur sechs von uns werden dich heute Abend begleiten, darunter Sontane, Sepla, Polix, Orelle und Ilna. Die anderen halten sich rings um die Plaza de Armas in Bereitschaft.«

Sontane zeigte mit dem Finger auf ihn. »Wenn sie dich festnehmen, überlassen wir dich dem Tod.«

Aclla schlug mit der Faust auf den Tisch. »Genug! Du wirst ihn wie befohlen mit deinem Leben beschützen! Verstanden?«

»Ja, Oberste«, antwortete Sontane pflichtschuldig.

Als Wilson zu seinem Bett ging, bemerkte er wieder die Pfützen unter den tropfenden Stalaktiten. Wilson legte sich hin, zog die Decke über sich und beobachtete aus den Augenwinkeln, wie Aclla ihren Brustpanzer abnahm und an die Wand hängte. Sie sah atemberaubend aus, und ihre Entschlossenheit wirkte ebenso anziehend auf ihn.

Schließlich schloss er die Augen, setzte die Heilung seiner wunden Füße in Gang und entledigte sich seiner Rückenschmerzen. Er würde seine ganze Kraft und Schnelligkeit brauchen, wenn er den Ausflug in die Innenstadt von Cusco überleben wollte. Der Inka-Würfel war ungeheuer mächtig, wie nun immer deutlicher wurde. Er hatte Hiram Bingham in sein Netz gezogen, und noch war nicht klar, ob Wilson nicht dasselbe Schicksal erleiden würde.

Im Hintergrund hörte er die Tropfen in unregelmäßiger Folge in die Pfützen fallen.

48.

Cusco, Peru
1600 Meter vom Stadtzentrum entfernt
Ortszeit: 22.50 Uhr
23. Januar 1908

Es hatte eine gute Stunde gedauert, um die sechs Kilometer vom Poroy Picchu zur Kammlinie vor Cusco zurückzulegen. Die meiste Zeit über hatten sich Aclla und ihre schwarz verhüllten Kriegerinnen darauf konzentriert, sich leise zu bewegen, und dafür das Tempo gedrosselt. Doch es gab offenes Gelände, wo Aclla befahl zu sprinten. Nachdem sie die Höhlen verlassen hatten, waren sie am Südhang des Berges hinabgestiegen, durch einen lichten Eukalyptuswald gelaufen und einem angeschwollenen Bach gefolgt, der auf einem Talrücken floss und dann nach Westen abfiel, wo Cusco lag.

Die Stadt lag in einer großen, flachen Senke, die mehr als sechs Kilometer lang und gut drei Kilometer breit war. Rund zweihundertvierzig Meter über der Stadt erstreckte sich eine trostlose Hochebene, wo wenig wuchs. Die Bäume, die einmal rings um die Stadt gestanden hatten, waren abgeholzt und verfeuert worden, sodass es außer Dunkelheit und Regen keine Deckung mehr gab, sobald Acllas Trupp in das weite Tal hinuntersteigen würde.

Wilson stand auf dem Kamm und schaute durch den Dunst zu den wenigen Lichtern, die die Lage der Stadt markierten. Ab und zu, wenn die Wolkendecke aufriss, konnte man erkennen, wo die gepflasterten Straßen verliefen und wo die kleinen Lehmziegelhäuser dichter beieinanderstanden. Dies war einst das Zentrum des Inka-Reichs gewesen, dachte Wilson – das Herz des heiligen Pumas, der Ort, wo Manco Cápac, der erste Inka-Herrscher, den goldenen Stab des Sonnengottes hingeworfen und verkündet hatte, dies sei der Nabel der Welt. Und genauso sah die Senke aus, wie ein gigantischer Nabel. Doch es gab auch praktische Gründe, um dort eine Stadt anzusiedeln. Der Boden war fruchtbar, es gab reichlich Wasser, die Temperaturen waren angenehm, kühl im Sommer und mild im Winter. Zuvor war die Senke vermutlich dicht bewaldet gewesen.

Aclla stand neben Wilson und schaute ebenfalls zur Stadt hinab. Ihr schwarzer Poncho ließ nur ihre Augen frei. »Irgendwo da unten befindet sich der Würfel.« Sie deutete auf die Lichter. »Wie willst du erfahren, wo genau?«

Wilson überlegte eine Weile, ehe er antwortete. Er wusste nicht, wie er es erklären sollte. »Ich habe Kontakt zu einem Geist, der meine Hand führen wird«, sagte er schließlich. »Zum Geist einer Frau«, fügte er in der Hoffnung hinzu, dass Aclla dann mehr Zuversicht in ihn setzte. »Sie kann durch Wände sehen, was wir nicht können. Sie wird meine Hand führen, und dann werde ich dir sagen, wo er liegt.«

»Du darfst den Würfel nicht anfassen«, warnte Aclla.

»Das weiß ich.«

»Ich bete zu den Göttern, dass dein Geist ihn findet.« Aclla hielt den Blick auf die Lichter der Stadt gerichtet. »Wir müssen seine Macht wieder einsperren.«

»Sie wird ihre Sache gut machen, sei unbesorgt«, sagte Wilson.

Plötzlich dachte er voller Bestürzung daran, wie wichtig

seine Mission in Peru war und was für einen entscheidenden Vorteil Helena dabei darstellte. Ohne sie wäre es sehr schwierig, den Würfel aufzuspüren, und Wilson war zutiefst dankbar für die Verbindung zu ihr. Helena war immer eine starke Kraft in seinem Leben gewesen, ungeachtet der kurzen Zeit, die sie zusammen gewesen waren. Offenbar konnte nicht einmal eine zeitliche Barriere von einhundertsechs Jahren die Verbindung zwischen ihnen kappen.

Wilson hatte den größten Teil der letzten acht Jahre mit Warten zugebracht. Er war nach China gereist, um seine Aufgabe im Boxeraufstand zu erfüllen, und von da aus war er 1902 nach Australien gegangen und hatte sich in einem Fischerdorf namens Eden im südlichen New South Wales niedergelassen. Er angelte gern und konnte sich relativ unauffällig in die Dorfgemeinschaft einfügen. Meistens war er für sich geblieben, entweder zu Hause oder auf seinem Boot, aus Angst, seine Anwesenheit könnte sich ungünstig auf die Zukunft auswirken.

All die vergeudeten Jahre, dachte er.

Als Zeitreisender machte er zweifellos erstaunliche Erfahrungen, doch der Preis dafür war enorm. Während er seine Pflicht tat, verlor er Menschen, die er schätzte, und war von seiner vertrauten Welt abgeschnitten. Er war froh, dass er wenigstens einen klaren Auftrag hatte, auf den er sich konzentrieren konnte: die Wiederbeschaffung des Inka-Würfels. Mit Hilfe der Sonnenjungfrauen würde er die Geschichte wieder in die vorgesehenen Bahnen bringen. Leider würde er dabei Menschen töten müssen, aber damit hatte er sich bereits abgefunden.

Ich bin der Aufseher, versicherte er sich.

Auf eine Geste von Aclla hin sausten vier schwarz verhüllte Kriegerinnen wie Fledermäuse in den Dunst der Nacht. Aclla, Wilson und Sontane standen noch einen Augenblick lang beieinander, während ihnen der Sommerwind den Regen in den Rücken trieb. »Wenn Sontane oder ich verwundet werden und Gefangennahme droht«, sagte Aclla, »ist es jeweils die Pflicht der anderen, der Betroffenen das Leben zu nehmen. Du musst das unterstützen.«

Wilson nickte. »Seht nur zu, dass ihr unbemerkt bleibt. Ich werde in Erfahrung bringen, wo der Würfel ist, und wieder zu euch kommen. Wenn wir uns aus irgendeinem Grund verfehlen, treffen wir uns am Poroy Picchu, einverstanden?«

Sontane sagte etwas auf Quechua, aber Aclla befahl ihr zu schweigen.

»Einverstanden«, sagte Aclla. »Wir werden auf dich warten.« Dann folgten sie den anderen.

Es dauerte zwanzig Minuten, um von dem Kamm durch die dunklen Straßen ins Zentrum von Cusco zu laufen. Wie die alte Kundschafterin gesagt hatte, waren die Fenster der Häuser mit Brettern vernagelt, und keine Menschenseele war zu sehen. Sie näherten sich den Lichtern der Plaza de Armas.

Aclla deutete nach oben, und sie kletterten am Fallrohr der Regenrinne aufs Dach. Währenddessen lauschte Wilson gespannt auf die Geräusche des Regens und auf das Gurgeln und Rauschen des Wassers im Fallrohr, das schließlich die leicht abschüssige Kopfsteinpflasterstraße hinunterfloss. Bei jedem ungewöhnlichen Laut, bei jedem Knirschen, das er auf den Dachziegeln verursachte, fürchtete er, entdeckt zu werden. Die Amazonen dagegen bewegten sich geräuschlos und dazu noch sehr schnell. Der Regen schlug ihm ins Gesicht, während er über die sanfte Schräge zum Dachfirst kroch, von wo er über den ganzen Platz blicken konnte.

Aclla hatte einen Pfeil auf den Bogen gelegt und bedeutete ihren Kriegerinnen, sich zu verteilen, damit sie nicht so leicht zu entdecken wären.

In der Mitte des Platzes, etwa fünfzig Meter entfernt, stand der zweistufige spanische Brunnen. Dort trafen sich auch die drei Wege, die den Platz kreuzten. Direkt gegenüber auf der anderen Seite stand die Kathedrale mit den zwei angebauten Kirchen. Vom Dach aus sah man, dass das Gelände nach Süden hin abfiel.

Wilson war froh, dass der tote Santillana nicht mehr am Glockenturm hing. Er sah die Sandsäcke, die nicht nur rings um die Kirche aufgeschichtet waren, sondern auch von dort über die Treppe nach Westen und weiter zur Kaserne und dem Postamt – genau wie auf dem Plan eingezeichnet.

Es gab zwei Maschinengewehrstellungen mit jeweils drei Soldaten, eine im Südosten und eine im Nordwesten des Platzes, von wo aus sie freies Schussfeld auf den Eingang der Kathedrale hatten. Ein Dutzend Öllampen an drei Meter hohen Laternenpfählen leuchteten hier und da auf der weiten Fläche. Zwei Soldaten patrouillierten in grünen, wasserdichten Ponchos über den Platz und kamen alle fünf Minuten am Brunnen vorbei.

Hinter den Sandsäcken vor der Kirche waren mindestens zwanzig Soldaten postiert, weitere zehn auf dem überdachten Gehweg neben der Kaserne. Die Sicht war gut, und Wilson wusste, dass es für ihn sehr schwierig werden würde, unbemerkt zum Brunnen zu gelangen.

Während er hinüberspähte, hoffte er, den schimmernden Fleck zu entdecken, der Helenas Erscheinen ankündigte.

Doch vermutlich war er noch zu weit entfernt, um eine deutliche Verbindung zu haben. Er würde näher herangehen müssen. Auf der Uhr am Postamt war es vier Minuten vor Mitternacht.

Er berührte Aclla am Arm und flüsterte: »Ich muss näher an den Brunnen heran.« Wahrscheinlich war es nur Einbildung, aber ihm schien, dass Aclla ihm einen Moment länger als sonst in die Augen sah.

»Ich werde auf dich warten«, sagte sie.

So leise wie möglich kroch Wilson rückwärts das Dach hinunter und ließ sich auf den Balkon des ersten Stocks fallen. Von dort sprang er in die Gasse hinunter und landete sicher auf den Füßen. Durch die schmale Lücke zwischen den Gebäuden sah er den rechteckigen Schein, den die Lampen auf das schlüpfrige Pflaster des Platzes warfen. Mit seinem schwarzen Poncho, der nur die Augen freiließ, bewegte sich Wilson durch die Dunkelheit auf die Sandsäcke zu, die vor dem Ausgang der Gasse lagen. Nach dem gezeichneten Plan war dort kein Soldat postiert. Es gab elf breite Straßen, die auf den Platz mündeten, und doppelt so viele Gassen. Die Soldaten würden kaum jede Einmündung überwachen, sondern vielmehr das freie Gelände verteidigen, und davon gab es eine Menge.

Während Wilson sich näherte, hoffte er, dass Helena auf magische Weise erscheinen würde – oder dass sie ihn wenigstens bemerkte und zu ihm käme, sodass er ihre Präsenz spüren könnte. Doch das alles hing allein davon ab, dass der Inka-Würfel in der Nähe war. Denn offenbar war es die Macht des Würfels, die den Kontakt mit Helena überhaupt ermöglichte.

Nachdem Wilson sich bis an die Sandsäcke herangeschlichen hatte, reckte er vorsichtig den Kopf und beobachtete die Patrouille, die mit geschultertem Gewehr den Platz abschritt. Sobald ihm die Soldaten dabei den Rücken zukehrten, schaute er rechts und links an den Hausreihen entlang. Im Parterre lagen einige Geschäfte entlang der Kolonnade. Als Wilson zuletzt hier gewesen war, hatte er eine Bank, einen Silberschmied und einen Juwelierladen sowie eine Gemischtwarenhandlung gesehen, die alles vom Hammer bis zum Eselsattel verkaufte. Die Läden waren alle geschlossen und ihre Türen mit Brettern vernagelt. Das hatte den großen Vorteil, dass der Bogengang dunkel und verlassen war. Da er freie Sicht über den Platz brauchte, sprang er leise über die Sandsäcke und verbarg sich hinter einer der Säulen.

Er ging in die Hocke und wartete, den Blick auf den Brunnen gerichtet. Das Wasser war abgestellt worden, und so tropfte nur das Regenwasser von den Beckenrändern.

Während die Minuten verstrichen, überlegte Wilson, ob er noch immer zu weit weg war, als dass Helena mit ihm Verbindung aufnehmen könnte.

Er musste sich noch näher heranwagen.

Plötzlich hörte er Schritte, und zwei dunkle Gestalten bogen ein Stück weiter in die Kolonnade ein. Am Klang hörte Wilson, dass sie Militärstiefel trugen. Offenbar eine Zwei-Mann-Patrouille, die den Rand des Platzes entlang der Läden und Verwaltungsgebäude abging. In dem Moment wurde der Wind böig, und der Regen nahm zu. Von dem Prasseln wurden andere Geräusche verschluckt, und der heftige Guss erzeugte eine Dunstwolke unter der Kolonnade, die die Sicht verschlechterte. Wilson drückte sich dicht an die Säule. Wegen des dichten Regens würde er nun vom Platz aus nicht zu sehen sein.

Die beiden Soldaten waren nur noch wenige Schritte entfernt.

Er konnte sie vorbeigehen lassen, wenn er wollte.

Er schob sich um die Säule herum in den Regen und an der anderen Seite zurück unter das Dach. Dann schlich er sich von hinten an und schlug den Männern mit aller Wucht die Köpfe aneinander. Die Schirmmützen dämpften das Knacken der Schädelknochen; dann war wieder nur das Prasseln des Regens zu hören. Wilson tat sein Bestes, um die Männer im Fall aufzufangen und auf den Boden gleiten zu lassen, doch eines der Gewehre fiel klappernd auf das Pflaster und landete in der überschwemmten Gosse. Er hatte Glück, dass sich dabei kein Schuss löste.

Es donnerte tief und anhaltend, was zu seiner Anspannung beitrug.

Er packte die beiden Bewusstlosen an den Füßen und zerrte sie ins Dunkel der Hauswand. Er zog dem größeren der beiden den grünen Poncho aus, um ihn sich selbst über den Kopf zu ziehen. Dann hob er die Schirmmütze vom Boden auf – sie war ein bisschen zu klein – und setzte sie auf.

So trat er unter der Kolonnade hervor und zog das Gewehr aus dem Wasser. Jetzt kam es allein auf seinen Mut an. Sein Plan war es, auf den Brunnen zuzumarschieren und ihn einmal zu umrunden. Dann würde er wissen, ob Helena da war oder nicht. Wilson drückte das Gewehr an seine Schulter, nahm eine stramme Haltung an und ging los.

49.

Cusco, Peru
Plaza de Armas, Kommandantur
Ortszeit: 0.02 Uhr
24. Januar 1908

Von der Kathedrale erklang ein einzelner Glockenschlag. Hauptmann Gonzales war krank vor Sorge um seine Familie. Er saß unter dem Vordach der Kommandantur und schaute in die Regenschleier, die über den weiten Platz fegten. Er wippte nervös mit dem rechten Bein, während er an seiner Zigarette sog, tief inhalierte und den grauen Rauch von den Lippen strömen ließ.

Gonzales war wütend und frustriert. Er wünschte sich, bei seiner Frau und den Kindern zu sein. Bei einem Blick über die Schulter sah er die Handschellen, die an die weiß getünchte Wand geschraubt waren. Wenn Bingham, dieser Narr, ihm verraten hätte, was er wissen wollte, säße er jetzt überhaupt nicht hier. So aber musste er diesen Wilson Dowling schnappen. Er hatte ihn bereits durch die halben Anden verfolgt und trotzdem nicht zu Gesicht bekommen.

Ich muss diesen dreckigen Bastard erwischen!

Er musste an das sadistische Hochgefühl denken, das er empfunden hatte, als er Bingham mit der Eselspeitsche schlug. Er hatte ihn ausgepeitscht, bis Blut durch das Hemd sickerte.

Die Hand an dem Colt an seinem Gürtel, dachte er noch

einmal an den Moment zurück, als er Bingham den Lauf an den Kopf gehalten hatte. Der Wunsch, ihn zu töten, war stark gewesen. Der Amerikaner hatte ihn mit seinem ständigen Gejammer, er brauche Whiskey und Zigaretten, rasend gemacht! Ihm war egal, dass er Amerikaner war oder dass der Präsident der Vereinigten Staaten ein gewisser Teddy Roosevelt war. Der hagere Kerl vor ihm war ein alberner Dummkopf, der den Aufenthaltsort seines Freundes nicht verraten wollte. Gonzales hatte es für den richtigen Moment gehalten, um seinen verängstigten Soldaten ein Schauspiel zu bieten, das sie nicht vergessen würden. Jetzt war nicht die Zeit für Milde oder um, Gott bewahre, für milde gehalten zu werden.

Und dennoch war er aus irgendeinem Grund unfähig gewesen, zu schießen. Wenn er nur daran dachte, kamen ihm vor Wut die Tränen.

Wenn sich noch einmal die Chance ergab, sagte er sich, würde er entschlossen abdrücken, ungeachtet der Konsequenzen. Doch tief in seinem Inneren wusste er, dass ihn dieselbe unnatürliche Lähmung befallen hatte wie in der Kirche, als er den Säbel gegen den Bischof ziehen wollte. Wenn er gekonnt hätte, hätte er ihn niedergeschlagen ... weil er genau wusste, dass der Teufel in dem Priester steckte und nach dem Fleisch seiner Frau und seiner Kinder gierte. Hastig bekreuzigte er sich wegen dieser schrecklichen Gedanken und küsste seine Finger.

Vergib mir, Herr, bitte, aber meine Familie geht vor.

Gonzales zog an seiner Zigarette und wippte weiter nervös mit den Füßen.

Er tröstete sich damit, dass Bingham noch dem Bischof gegenübertreten würde. Nachdem sie den erschlafften Mann losgemacht hatten, war er in das stinkende Verlies unter dem

Kloster gebracht worden. Dort waren Gott weiß was für widerwärtige Dinge mit ihm geschehen.

Wenn ich ihn erschossen hätte, wäre er jetzt besser dran.

Gonzales zog noch einmal an seiner Zigarette.

Die Hand am Revolver schaute er wieder über den Platz und hakte in Gedanken nacheinander jeden Posten ab, Mann um Mann. Das Leben seiner Familie hing davon ab, wie gut er diesen Platz und die drei Kirchen bewachte. Ihm war klar, dass er dem Albtraum nur ein Ende machen konnte, wenn er Wilson Dowling schnappte.

Der Wind wurde böig und der Regen heftiger. Gonzales war gezwungen, von seinem Stuhl aufzustehen und vom Geländer wegzurücken, weil der Regendunst unter die Kolonnade wehte und seine Uniform durchnässte. Seine Leute rannten schutzsuchend unter die Dächer.

Regen und Wind überdeckten sämtliche anderen Geräusche.

Gonzales hasste es, hier zu sitzen, doch er hatte keine Wahl.

Nach einem letzten Zug an der Zigarette schnippte er sie in den Regen hinaus und sah zu, wie der Stummel in der Gosse weggeschwemmt wurde.

Es donnerte.

Er überlegte, in die Kaserne zu gehen und ein bisschen zu schlafen. Doch wahrscheinlich würde er kein Auge zumachen können. Er würde wach liegen wie immer und an die weiße Decke starren, während seine Angst langsam die Oberhand gewann.

Dann ließ der Regen genauso plötzlich wieder nach, wie er gekommen war. Gonzales wischte das Wasser vom Stuhl und stellte ihn zurück ans Geländer. Den Blick auf den Platz gerichtet, setzte er sich und ging erneut die einzelnen Posten durch.

Wer steht da am Brunnen?, wunderte er sich.

Er spähte angestrengt, um den Mann besser erkennen zu können. Er hatte Befehl gegeben, nur zu zweit zu patrouillieren. Vermutlich war es einer von den jungen Rekruten aus Lima. Die waren solches Wetter nicht gewohnt und auch nicht darauf vorbereitet. Durch den Regen und auf diese Entfernung vermochte Gonzales nicht zu sagen, wer es war.

Ohne zunächst zu verstehen, warum, sprang Gonzales erregt auf und blickte zu der rätselhaften Gestalt hinüber. Dann wusste er plötzlich voller Gewissheit, dass es Wilson Dowling war.

Eigentlich konnte er es nicht wissen, dennoch war er sich ganz sicher.

Ohne weiter nachzudenken, zog er den Revolver, stellte die Füße auseinander und zielte über den ausgestreckten Arm. Seine Hand war vollkommen ruhig, als er auf die Brustmitte zielte. Er überlegte nicht einmal, ob er nicht vielleicht im Begriff war, einen seiner Leute zu töten. Er schätzte die Entfernung ab, hob den Arm ein bisschen an und drückte ab.

Der Schuss hallte durch den Regen. Gonzales sah, wie die dunkle Gestalt unter dem Aufprall der Kugel nach hinten geworfen wurde und die Arme zur Seite riss, als hätte sie ein wütender Stier gerammt. Der Mann landete auf dem Rücken neben dem Brunnen.

Soldaten kamen schreiend angerannt und versuchten hektisch zu begreifen, warum ihr Hauptmann einen Kameraden tötete. Gonzales schob sie alle beiseite und ging mit energischen Schritten durch den strömenden Regen zum Brunnen.

Er war sich ganz sicher, dass es Wilson Dowling war, den er erschossen hatte.

Warum, wusste er selbst nicht, aber er war sich sicher.

Ärgerlich befahl er seinen Leuten, Platz zu machen. Er ging neben dem Erschossenen auf ein Knie nieder und riss ihm die Schirmmütze vom Kopf.

Wilson Dowling lag tot vor ihm.

Gonzales jubelte innerlich, als er die toten Augen des Ausländers sah. Er verschwendete keinen Gedanken daran, dass er einen Menschen getötet hatte. Er dachte nur an seine Familie und an die Aussicht, möglichst schnell zu ihr zurückkehren zu können.

Gonzales steckte die Waffe weg. »Bringt ihn ins Kloster!«, befahl er. »Das Problem ist endlich gelöst!«

50.

Cusco, Peru
Plaza de Armas
Ortszeit: 6.45 Uhr
24. Januar 2014

Es dämmerte, als der Bus beschleunigte und die enge Serpentine zum höchsten Punkt der Schlucht hinauffuhr. Die Scheibenwischer waren auf die höchste Stufe geschaltet und kämpften gegen das Wasser an, das wie ein Schleier auf der Scheibe lag und die Sicht erschwerte.

»Sie werden mich direkt zur Plaza de Armas bringen«, sagte Helena. Nass bis auf die Haut saß sie auf dem vordersten Sitz eines Zwanzig-Personen-Busses direkt neben dem Fahrer. Hinter ihr in der ersten Reihe des ansonsten leeren Fahrgastraums saßen links Chad Chadwick und rechts John Hanna. Sie machten beide ein mürrisches Gesicht wegen des Fahrstils des peruanischen Busfahrers, der die Kurven schneller nahm, als er sollte, und offenbar keinen Gedanken daran verschwendete, dass es neben ihnen mehrere hundert Meter in die Tiefe ging.

»Müssen wir wirklich so rasen?«, fragte Chad, als sie in der nächsten Kurve zur Seite geschleudert wurde. »Um Himmels willen!«

»Vielleicht sollte ich mich ans Steuer setzen.« Hanna hielt sich mit beiden Händen an dem Griff vor ihm fest. »Ich bin ein ausgezeichneter Fahrer.«

Helena blickte weiter durch die Frontscheibe. »Sie kennen die Strecke nicht so gut wie Naldo. Wenn es Sie zu sehr beunruhigt, machen Sie die Augen zu, und schlafen Sie ein bisschen.«

»Es beunruhigt mich nicht«, entgegnete Hanna und wurde zur anderen Seite geworfen. »Ich fahre selbst gerne schnell. Ich denke nur, es wäre sicherer, das ist alles.«

»Wie oft sind Sie diese Strecke schon gefahren?«, fragte Helena den Fahrer.

Naldo riss das Lenkrad herum, als der Bus die nächste Kurve mit überhöhter Geschwindigkeit nahm. Er war ein kleiner Mann Mitte vierzig mit schokoladenbrauner Haut, indianischen Gesichtszügen und glatten schwarzen Haaren. »Vielleicht ungefähr ...« Mit gerunzelter Stirn lenkte er den Bus in die nächste Kurve. »Zweitausend Mal, schätze ich. In ungefähr zehn Jahren.« Er redete mit einem starken spanischen Akzent, doch sein Englisch war recht gut.

Helena drehte den Kopf und sah ihre beiden Leibwächter an. »Zweitausend Mal.« Dann wandte sie sich wieder an den Busfahrer. »Und wie viele Unfälle hatten Sie währenddessen?«

Der Fahrer überlegte, während der Bus in der Kurve schwankte. »Viele, Señorita. Zu viele, um sie zu zählen. Das ist eine sehr gefährliche Strecke ... bei all den Steinschlägen, Erdrutschen, entwurzelten Bäumen ... Lamas ... ich habe mal ein Lama angefahren.«

Diesmal drehte sich Helena nicht nach hinten um.

»Ich werde Sie unbeschadet abliefern«, versprach Naldo, beschleunigte beim Verlassen der Kurve und rollte dem Talboden entgegen. »Ich hatte seit Jahren keinen Unfall mehr.«

»Bringen Sie mich einfach schnellstmöglich nach Cusco«,

sagte Helena. »Ich hätte gestern Abend schon dort sein sollen.« Sie wurde in ihren Gurt gedrückt, als Naldo vor einer engen Außenkurve auf die Bremse trat. Sie hatte ihm fünftausend Dollar versprochen, damit er sie bis zehn Uhr vormittags in Cusco absetzte. Wenn er es bis dahin nicht schaffte, würde er nur tausend bekommen. Ohne klar vereinbarten Zeitrahmen würde die Fahrt nach Helenas Erfahrung viel länger dauern als nötig.

Sie hatte die Verabredung mit Wilson am Brunnen in der Nacht verpasst. Die Erdrutsche zwischen Cusco und Machu Picchu blockierten noch immer die Straße, und Helena hatte beschlossen, die ersten fünfzehn Kilometer über den Inka-Pfad zurückzulegen – im Dunkeln und bei Regen –, um sich auf der anderen Seite mit dem Fahrer des Linienbusses zu treffen. Den Bus hatte sie über das Satellitentelefon des Hotels bestellen können.

Sie hatte versucht, sich mit der Überlegung zu beruhigen, dass Wilson es vielleicht auch nicht rechtzeitig geschafft hatte, doch das hatte nur für einige Minuten funktioniert. Düstere Gedanken machten sich stattdessen in ihr breit, und sie malte sich aus, dass Wilson inzwischen vielleicht verletzt oder verhaftet worden war, und das durch ihre Schuld. Dann wieder versuchte sie, sich Mut zu machen.

Er wird einfach heute Nacht noch einmal zum Brunnen kommen. Ganz bestimmt. Oder heute Mittag ... vielleicht steht er um Punkt zwölf da. Sie versuchte, sich vorzustellen, was er getan haben könnte, als sie nicht am Brunnen aufgetaucht war.

»Ich bin am Pizarro-Brunnen verabredet«, sagte sie.

»So heißt er nicht mehr«, erwiderte Naldo. »Der Konquistador ist in Peru nicht beliebt. Das ist schon seit vielen

Jahren so. Sein Schicksal war besiegelt, als er König Atahualpa ermordete, obwohl –«

»Obwohl das Lösegeld bezahlt worden war«, führte Helena den Satz zu Ende. »Ich kenne die Geschichte.«

»Wir nennen ihn jetzt den Siegesbrunnen«, fuhr der Fahrer fort. »Er war ein Geschenk vom spanischen König, von Philipp II., und er steht dort seit vierhundert Jahren.«

Der Bus nahm die nächste enge Kurve, und kurz verloren die Reifen die Bodenhaftung, doch Naldo beendete die Rutschpartie gerade noch rechtzeitig. Es waren nur etwa fünfundsechzig Kilometer Luftlinie nach Cusco, doch auf der kurvigen Asphaltstraße, die über Berg und Tal führte, war die Strecke dreimal so lang. Der gefährlichste Teil der Fahrt lag gleich am Anfang, wo es durch steiles Gebirge ging. Hoffentlich würden sie bald die Hochebene erreichen, wo sie schneller fahren konnten.

»Wie soll ich meinen Thunfisch essen, wenn man ständig hin- und hergeworfen wird?«, murmelte Chad. »Können wir nicht mal für zwei Minuten anhalten?«

»Wir halten nicht an«, bestimmte Helena.

»Keine Zeit«, fügte Naldo hinzu.

Es war fünf vor zehn, als der Bus den Hang nach Cusco hinunterschoss. Es hatte endlich aufgehört zu regnen, und man sah, dass die Stadt den Großteil des flachen Kraters vereinnahmte. Unter der niedrigen Wolkendecke konnte man die Start- und Landebahn und den Terminal des Flugplatzes sehen, ebenso die drei großen, nebeneinanderliegenden Kirchen. Alle anderen Bauten nahmen sich dagegen bescheiden aus, und es gab kein zentrales Geschäftsviertel. Bis auf den

Flugplatz sah die Stadt noch so aus wie vor hundert Jahren, nur war sie jetzt größer.

Naldo erzählte, dass es inzwischen rund eine halbe Million Einwohner gab, viermal so viel wie noch vor dreißig Jahren. Er überholte bei Gegenverkehr ein langsameres Fahrzeug. Es wurde gehupt und gestikuliert, und die Wagen wichen zu dieser und jener Seite aus. Aber Naldo stieß mit niemandem zusammen und fuhr weiter, als wäre nichts gewesen.

Während der letzten drei Stunden hatte Helena so oft Angst gehabt, dass sie schon nicht mehr mit der Wimper zuckte. Naldo hatte noch eine Chance, die Plaza de Armas bis zehn Uhr zu erreichen, und er wollte sich das Geld dafür nicht entgehen lassen.

Chad beugte sich nach vorn. »Ist das wirklich nötig?«, fragte sie in Helenas Ohr. »Wir sind so gut wie da.«

Helena drehte sich um und sah Hanna auf der Bank hinter ihr schlafen, den Kopf auf seinen kleinen Rucksack gebettet. »Seien Sie so gut, und wecken Sie ihn auf.«

Chad gab Hanna einen Klaps auf die Schulter. »He, Mann, Sie schlafen im Dienst! Dabei sollten Sie hier mit uns zusammen zittern.«

Hanna fuhr mit der Waffe in der Hand aus dem Schlaf hoch und sah sich blinzelnd um. »Bin schon wach … hellwach.«

Helena drehte sich zu ihren Beschützern um. »Mir ist klar, dass das alles ein bisschen seltsam erscheint. Und in Wirklichkeit ist es sogar noch seltsamer.« Chad und Hanna hörten ihr so ernst zu, als sollten sie nur mit einem Taschenmesser bewaffnet hinter den feindlichen Linien mit einem Fallschirm abspringen. »Wenn wir den Platz erreicht haben, muss ich mich umsehen. Ich weiß nicht genau, wo, aber ich tu's trotzdem. Und wenn ich anfange, Selbstgespräche zu führen, stellen Sie keine Fragen. Wenn ich mit Ihnen rede, spreche ich Sie mit Namen an. Ich erwarte, dass Sie beide bewaffnet und aufmerksam sind. Wenn mich jemand belästigt, schaffen Sie ihn mir vom Hals. Schießen Sie nur, wenn es gar nicht anders geht. Verschaffen Sie mir einfach ein wenig Handlungsfreiheit.« Sie blickte von einem zum anderen. »Können Sie das?«

»Definitiv«, sagte Hanna.

Chad nickte nur.

»Falls Sie denken, ich bin verrückt geworden, ist das in Ordnung.« Helena lächelte.

Der Bus raste mit achtzig Stundenkilometern über den Asphalt, bremste scharf ab und bog in eine schmale Seitenstraße ein. Helena sah auf die Uhr. »Sie haben noch vier Minuten.«

Naldo runzelte die Stirn, nickte aber. »Wir werden es schaffen, Señorita.«

Hanna vergewisserte sich, dass seine Desert Eagle geladen und gesichert war, dann steckte er sie ins Holster. »Sie bezahlen uns nicht, damit wir Ihren Geisteszustand beurteilen«, sagte er, »sondern damit wir Sie beschützen. Ich habe mal für Mick Jagger gearbeitet. Er ließ mich drei Tage lang in seiner Küche Wache stehen, weil er überzeugt war, dass jemand von seiner selbstgemachten Mayonnaise naschte.« Hanna grinste. »Wer bin ich, dass ich mir ein Urteil erlauben könnte? Ich hab damals rund dreimal so viel verdient wie sonst.«

Der Bus schlingerte durch die Seitenstraßen. Naldo drückte ständig auf die Hupe, um Frauen und Eselskarren beiseitezuscheuchen, die Waren zum Markt brachten. Sie waren mit Gemüse, Getreide, Holz und sogar mit Steinen beladen. Die

Männer gingen rauchend nebenher oder lenkten die Karren mit der Peitsche in der Hand.

»Ich schätze, die haben's hier nicht so mit der Gleichberechtigung«, bemerkte Chad.

Naldo bog um eine letzte Ecke, und die Plaza de Armas lag vor ihnen. Helenas Puls beschleunigte, als sie von einem Ende zum anderen schaute und hoffte, es würde sich eine Verbindung herstellen. Naldo hielt abrupt an, dann zeigte er auf die Uhr am Postamt.

»Wir haben es geschafft, wie ich gesagt habe!«

»Gratuliere«, sagte Helena geistesabwesend. »Chad, bezahlen Sie ihn.«

Naldo öffnete die Bustür, und Helena sprang aufs Pflaster hinaus.

Der Brunnen lag nur fünfzehn Meter entfernt. Sie rückte ihre Baseballkappe zurecht, vergewisserte sich, dass der Revolver in ihrer Westentasche steckte, und schlenderte auf den Brunnen zu. Von der langen Fahrt taten ihr die Beine weh. John Hanna ging schräg hinter ihr. Helena hatte den Platz schon bei ihrer Anreise gesehen, aber wegen ihrer Höhenkopfschmerzen hatte sie nicht auf Einzelheiten geachtet.

Sie wusste nicht recht, was sie erwartete, als sie sich dem schwarz-goldenen Skulpturenbrunnen näherte, dessen Becken wie geöffnete Blütenkelche aussahen. Eine Fontäne stieg in die windige Luft, deren Wasser dann aus der vollen Schale in zierlichen Strahlen zwischen den Blütenblättern in die Schale darunter floss. In dem untersten achteckigen Bassin standen vier vergoldete Cherubinen, die Wasser aus ihren Posaunen bliesen. Der Brunnen hatte eine ansprechende Symmetrie und war ohne Zweifel ein Meisterwerk.

Helena bereitete sich innerlich darauf vor, noch einmal

durch die Zeit zu blicken und den Mann zu sehen, der ihr Leben verändert hatte.

Der gepflasterte Platz war nass vom Regen, und nur wenige Leute hielten sich dort auf, hauptsächlich Rucksacktouristen, die alles, was sie brauchten, ständig bei sich trugen. Das Plätschern des Brunnens war erfrischend, nachdem sie stundenlang nichts anderes als das Dröhnen des Dieselmotors und die Schaltgeräusche des Getriebes gehört hatte.

Helena stand am Brunnenrand und schaute sich nach allen Seiten um. Über den Dächern sah sie die zerklüfteten Hänge der Senke ansteigen. Aufmerksam blickte sie zu den Läden und Restaurants unter der Kolonnade. Dann sah sie zur Kathedrale hinüber, an die zwei kleinere Kirchen angebaut waren, und schließlich zum Postamt und zur Kommandantur.

»Wo bist du?«, flüsterte sie.

Aber sie hörte nur den Hufschlag eines Esels, der eine Karre mit getrocknetem Mais zog.

51.

Cusco, Peru
Verlies des Klosters
Ortszeit: 12.35 Uhr
24. Januar 1908

Als Wilson zu sich kam, fühlte er als Erstes den Schmerz in seiner linken Schulter. Er wollte schreien, aber seine Kehle war so trocken, dass er nur krächzen konnte. Seine Arme waren über den Kopf gereckt und seine Hände taub. Es dauerte einen Moment, bis er begriff, dass er mit seinem ganzen Körper an den Handgelenken hing. Er wollte sich losreißen, konnte aber den Oberkörper nicht bewegen. Außerdem sah er nichts. Es war stockfinster, und es stank derartig, dass er sich übergeben wollte.

Ihn erfasste eine Angst, wie er sie noch nie erlebt hatte. Er wusste nicht, wo er war und wie lange er schon dort war. Sein Puls raste. Er fühlte sich wehrlos und allein, als wäre die Dunkelheit sein Todfeind.

Nach einigen hektischen Bewegungen fand er mit den Füßen Halt auf dem schlüpfrigen Boden und konnte endlich seine Arme entlasten. Er fühlte sich, als hätte man ihm die Schultern ausgekugelt und die Haut von den Handgelenken gezogen. Eben noch war er im strömenden Regen mit einem Gewehr über die Plaza de Armas gelaufen, im nächsten Moment fand er sich in völliger Dunkelheit an die Wand gekettet wieder mit dem Gestank des Todes in der Nase. Er atmete einmal tief durch, um sich zu beruhigen, und aktivierte sein nächtliches Sehvermögen. Nach und nach konnten seine Augen die Dunkelheit durchdringen.

Er befand sich in einem Verlies mit niedriger Decke. Der Boden war nass. Zu seinem Entsetzen lag links von ihm die Leiche einer nackten Frau, daher kam also der furchtbare Gestank. Wie es aussah, war sie schon eine Weile tot, länger als nur ein paar Tage, denn ihr geschundener Körper zersetzte sich bereits. Ihr Darm hatte sich entleert. Die Tote lag von ihm abgewandt, doch Wilson sah die langen Gliedmaßen und den geflochtenen Pferdeschwanz, der ihn an die Sonnenjungfrauen erinnerte.

Rechts von ihm war Bingham an die Wand gekettet, ebenfalls an den Handgelenken. Er hing schlaff mit eingeknickten Knien in den Handschellen, den Kopf auf der Brust. Er war vollständig bekleidet. Es war schwer zu sagen, ob er lebte oder tot war.

Wilson musterte die niedrige Decke, den nassen Boden und die nackten, unverputzten Mauern. Sie waren eindeutig das Werk der alten Inkas. Die schwere Holztür hatte ein modernes Schloss mit einer Klinke. Er drehte den Kopf und musterte die beiden Handschellen und die dicke Kette, mit denen er an die Mauer gefesselt war. Auch mit seiner enormen Körperkraft würde er nichts ausrichten können. Er zuckte zusammen, als er versuchte, einen Blick auf seine Schulterwunde zu werfen. Immerhin war sie ihm verbunden worden. Die Jacke hatte man ihm ausgezogen und das Hemd aufgerissen. Offenbar hatte er eine Schussverletzung erlitten. Er schnüffelte an dem Verband und roch deutlich verbranntes Fleisch. Vermutlich hatten sie ihm die Wunde ausgebrannt. Warum, wusste er nicht.

Er rief sich seine letzten Erinnerungen ins Gedächtnis und meinte, er hätte es am Rand des Platzes aufblitzen sehen, bei der Kommandantur, unmittelbar bevor die Welt um ihn herum schwarz wurde. Das war ein Mündungsblitz gewesen.

»Hiram?«, rief er.

Der Wissenschaftler begann, sich zu rühren. »Wer ist da?«, rief er schließlich und stellte sich vorsichtig auf die Füße. Er blickte sich mit großen Augen um. »Wilson? Sind Sie das?«

»Ja, ich bin's, Hiram.«

»Holen Sie mich verdammt noch mal hier raus!«

»Ich bin genauso angekettet wie Sie«, gab Wilson zurück.

»Na, das ist ja großartig!« Bingham schluchzte. »Wie sollen wir dann hier rauskommen?«

»Regen Sie sich nicht auf.«

Bingham ließ den Kopf wieder auf die Brust sinken. »Wir sind tot! Ich sag's Ihnen: Wir sind tot! Sie haben mir Ruhm und Reichtum versprochen, und das ist nun das Ende.« Er versuchte, sich loszureißen, brachte aber nur die Kette zum Rasseln. »In dieser verfluchten Dunkelheit an eine verfluchte Wand gekettet, und das Gott weiß wo! Man hat mich ausgepeitscht, Wilson! Ein Verrückter hat mich ausgepeitscht, und er hat mich nach Ihnen ausgefragt! Meine Handgelenke tun höllisch weh!« Er wimmerte leise und riss immer wieder an den Ketten. »Ich konnte nicht mehr stehen, so müde war ich. Wir werden hier krepieren, das sag ich Ihnen!«

»Wir werden einen Ausweg finden«, sagte Wilson.

»Ich kann nichts sehen.« Bingham schluchzte wieder. »Und dieser Gestank … da liegt was Totes irgendwo. Ich weiß das, ich kenne den Geruch.«

Wilson sah zu der Leiche. »Bleiben Sie ruhig, Hiram. Lassen Sie mich nachdenken.«

»Das kommt alles von diesem verdammten Inka-Würfel«, fuhr Bingham fort. »Ich wurde vor den Bischof von Cusco gebracht. Er hat mich danach gefragt. Er fragte mich, und ich hab ihm alles gesagt, was ich wusste, alles. Dann wurde mir schwarz vor Augen, und hier drinnen bin ich wieder zu mir gekommen.«

Wilson sah ihm an, wie groß seine Angst war. »Hiram«, sagte er streng, »reißen Sie sich zusammen. Wo Leben ist, ist Hoffnung.«

»Wo Leben ist, ist Schmerz«, wimmerte Bingham.

Wilson konnte keine Faust ballen, weil seine Hände blutleer waren. Hoffentlich war es ein Durchschuss, und hoffentlich hatte die Kugel keinen Nerv verletzt. Er hatte auch eine dicke Beule am Hinterkopf und fühlte, wie es pochte.

Mit einem leisen Befehl setzte er seine Selbstheilung in Gang. Helena war nicht am Brunnen gewesen, fiel ihm jetzt ein. Und dies war also das Resultat.

»Sie haben mir Ruhm und Reichtum versprochen«, murmelte Bingham.

»Alles wird gut«, beteuerte Wilson. »Noch haben sie uns nicht umgebracht.«

»Und aus welchem Grund sind wir eigentlich hier? Wir haben die Tempelkammer nicht aufgebrochen, und wir haben den Würfel nicht gestohlen! Sie haben mir gesagt, wir wären *nicht* verflucht.«

»Ich wünschte, ich könnte den Würfel anfassen«, sagte Wilson. »Damit ich seine Macht in den Händen spüre.«

»Sie wollen ihn anfassen?«, fragte Bingham erstaunt. »Das

Mistding ist der Grund, warum wir in diesem stinkenden Verlies sind!«

»Ob es ein Mistding ist, ist eine Frage des Blickwinkels«, entgegnete Wilson.

»Sie haben den Verstand verloren«, verkündete Bingham. »Sie sind übergeschnappt.«

»Wer den Würfel hat, hat mir auch den Verband angelegt. Ich habe ihm mein Leben zu verdanken.«

»Sie wurden verbunden?«

»Sie würden alles tun, um hier rauszukommen, nicht wahr, Hiram? Wenn Sie dafür lediglich den Würfel zu berühren bräuchten, würden Sie es tun, schätze ich. Ich jedenfalls täte es.«

Bingham blickte sich angestrengt in der Dunkelheit um, in der Hoffnung, vielleicht doch irgendwo ein bisschen Licht zu entdecken. »Sagten Sie nicht, er sei böse?«

»Ich spüre, dass er in der Nähe ist«, sagte Wilson. »Er ruft mich. Spüren Sie das auch?«

Bingham begann zu schluchzen. »Der seelische Druck hat Ihren Verstand zerstört, Wilson. Und ich werde der Nächste sein, ganz sicher. Es gibt keine Hoffnung mehr.«

Wilson wusste nicht, wie viel Zeit vergangen war, als er schließlich einen schwachen Lichtschein unter der Tür sah. Er schätzte, ein paar Stunden, aber in dieser dunklen Zelle war das unmöglich zu sagen. Er hörte Schritte, ganz schwach zuerst, dann wurden sie lauter und näherten sich. Es war nur eine Person, die sich sehr langsam, fast schlurfend fortbewegte, was zu Wilsons Grauen beitrug. Es klang nach Stiefeln.

Der Lichtschein unter der Tür wurde heller.

Ein Schlüssel wurde ins Schloss gesteckt und herumgedreht, die Klinke heruntergedrückt. Wilsons Puls raste. Es war ganz sicher der Geist des Inka-Würfels, und er kam in dem Körper des Mannes, den er beherrschte.

Wilson sah zu Bingham hinüber, der sich von dem Licht wegdrehte.

Die Tür schwang langsam auf. Der gelbrote Schein breitete sich in dem Raum aus und enthüllte den ganzen Horror dieses Mordplatzes. Wie zum Hohn erschien ein Geistlicher im Bischofsgewand. Er war Mitte fünfzig und hatte ein abgezehrtes, ausdrucksloses Gesicht. In einer Hand hielt er eine Sturmlaterne mit einem langen Griff, in der anderen einen großen Messingschlüssel. Behutsam stellte er die Lampe auf den Boden, drehte sich um, drückte die Tür zu und schloss wieder ab.

Als das Schloss einschnappte, fing Bingham an zu wimmern. »Da liegt eine Leiche auf dem Boden«, flüsterte er. »Eine tote Frau.«

Die Flamme in der Sturmlaterne beschien die bemoosten Wände und die Fäkalienhaufen auf dem nassen Boden. Wilson und Bingham standen da, die Arme hilflos über dem Kopf, und fragten sich, welches schreckliche Schicksal sie erwartete.

Der Priester nahm die Lampe wieder hoch und kam mit hängenden Schultern näher, den Blick allein auf Wilson gerichtet. Nicht einen Moment lang schaute er zu der gefolterten toten Frau.

»Weißt du, wer ich bin?«, fragte der Priester und stellte die Lampe wieder auf den Boden, sodass sein Gesicht im Halbdunkel lag.

»Bitte, lassen Sie uns frei«, flehte Bingham. *»Bitte!«*

»Du wirst den Mund halten!«, schnauzte der Priester. Er trug eine rote Soutane mit einem weißen, bestickten Rochett, das ihm bis zu den Knien reichte, und einen roten Schulterkragen. Um seinen Hals lag ein schweres Kreuz aus Silber.

»Dem Äußeren nach ein Bischof«, antwortete Wilson. »Aber nur dem Äußeren nach.«

Der alte Mann verzog keine Miene. »Ganz recht, ich bin Francisco von Santo Domingo, der dreiunddreißigste Bischof von Cusco. Ich habe nach dir gesucht, Wilson Dowling. Für mich ist das ein wahrhaft enttäuschender Moment.« Er klang traurig. »Wahrhaft enttäuschend«, wiederholte er. »Ich hatte mehr erwartet.«

»Wieso errege ich die Aufmerksamkeit Gottes und seiner Kirche?«, fragte Wilson.

Der Bischof rieb sich die knochigen Hände, als wüsche er sie unter fließendem Wasser. »Angeblich hast du eine besondere Gabe. Doch diese Gabe allein reicht nicht aus, wie es scheint.«

»Sie sind vom Inka-Würfel besessen«, sagte Wilson. »Seine schreckliche Macht lebt in Ihnen, ich kann es fühlen. Bitte sagen Sie mir, wer Sie wirklich sind, damit ich mich in Ihrem Glanze sonnen kann.«

»Wie kommt es, dass du von dem Inka-Würfel und seinen Kräften weißt?«

»Ich komme von einem Ort, wo er verehrt wird«, antwortete Wilson.

»Lügner!«

Die donnernde Stimme brachte Wilsons Puls zum Rasen.

»Ich frage noch einmal: Wie kommt es, dass du von dem Inka-Würfel und seinen Kräften weißt?«

Wilson überlegte sorgfältig, was er antworten sollte. »Ich komme aus der Zukunft. Durch Gottes Wille reise ich auf den Pfaden der Zeit.« Bingham war nun endgültig überzeugt, dass Wilson verrückt geworden war, das war ihm deutlich anzusehen. »Ich wurde mit einem Auftrag in diese Zeit und an diesen Ort gesandt.« Wilson deutete auf Bingham. »Es geht darum, diesen Mann nach Vilcabamba zu bringen. Ich habe den Auftrag erfolgreich ausgeführt, kann aber nicht abreisen, weil der Inka-Würfel von seinem Platz entfernt wurde.«

»Du reist also durch die Zeit.« Der Bischof schien nicht überrascht zu sein.

»Ich komme aus der Zukunft, über viele hundert Jahre hinweg.«

»Ist das die Quelle deiner unglaublichen Stärke und Geschicklichkeit?«

Wilson nickte. »Das ist meine größte Gabe.«

»Du bist groß.« Der Bischof kam näher, um ihn aufmerksam zu betrachten. »Und stark.« Er kam allerdings nicht so nah, dass Wilson ihn hätte treten können. »Ich habe meine Ärzte angewiesen, dir die Kugel aus der Schulter zu entfernen, die Wunde auszubrennen und zu verbinden. So hat man es gemacht, als noch echte Kämpfer die Welt regierten.«

»Das dachte ich mir.«

»Welche Gaben besitzt du außerdem? Du kannst deine Wunden selbst heilen, und du kannst im Dunkeln sehen wie eine Eule, scheint es.«

»Das ist wahr«, sagte Wilson. »Und in meine Gedanken kann niemand eindringen. So ist das bei denen, die auf den Pfaden der Zeit reisen. Darum können Sie jetzt nicht in meinen Geist sehen.«

Der Bischof machte ein strenges Gesicht. »Ich kann gut

genug hineinsehen«, widersprach er. »Kannst du sowohl in die Vergangenheit als auch in die Zukunft reisen?«

Wilson nickte. »Wenn das Portal offen ist, ist alles möglich. Aber wenn die Planeten nicht entsprechend ausgerichtet sind, kann man jahrelang festsitzen, wie es mir hier passiert ist.«

»Wie lange hast du gewartet?«

»Acht lange Jahre«, antwortete Wilson.

Der Bischof nickte. »Wo sind die Jungfrauen der Sonne?«

Das war der Moment, in dem sich zeigen würde, ob der Geist des Inka-Würfels Wilsons Gedanken lesen konnte. »Ich bin nach Pitcos gewandert, zu der Festung. Doch als ich ankam, waren sie nicht da. Die Häuser waren verlassen, ihre Habseligkeiten verstreut, als hätte es einen überstürzten Aufbruch gegeben. Darum nahm ich an, Sie hätten Soldaten ausgesendet, um die Kriegerinnen zu töten, sodass diese fliehen mussten.«

»Wie viele Kriegerinnen hatten sie?«, fragte der Bischof.

»Acht insgesamt und ihre Familien. Sie sind beeindruckend, stark und leistungsfähig. Ich kann mir vorstellen, dass sie im Zweikampf gefährliche Gegner sind.«

»Weißt du, was geschieht, wenn ich getötet werde?«, fragte der Bischof. »Wenn dieser Leib«, er klopfte sich auf die Brust, »stirbt?«

»Die Seele wandert in einen anderen Körper«, sagte Wilson.

Der Bischof nickte. »So ist es.« Forsch trat er auf Wilson zu und zog dessen Hemd beiseite, um die Brust- und Bauchmuskeln zu betrachten. »Du bist wirklich ein beeindruckender Mann.«

Wilson grauste es in der Nähe des Geistlichen und beim

Klang seiner Stimme. Er wusste, dass er ihn mühelos zwischen die Oberschenkel klemmen und ihm den Hals brechen könnte, doch er rührte keinen Muskel, als der Bischof nach dem Verband griff. Er riss ihn herunter und drückte mit seinen kalten Fingern an der Wunde herum.

»Du hast tatsächlich besondere Heilkräfte«, murmelte Francisco von Santo Domingo und trat wieder zurück, eine dunkle Gestalt im Gegenlicht der Sturmlaterne. »Vielleicht sollst du doch einen Zweck erfüllen.«

»Bitte offenbaren Sie sich mir«, sagte Wilson. »Ich habe mein ganzes Leben darauf gewartet, mit der fünften Dimension der Toten in Kontakt zu treten. Sie sind die größte Macht im Universum. Ich habe gesehen, wozu Sie imstande sind.«

»Willst du mein Diener sein?«, fragte der Bischof.

»Wenn ich auf die Knie fallen könnte, würde ich es tun«, antwortete Wilson. »Ich hätte den Leib dieses Priesters töten können, als er mir nahe kam, aber ich habe es nicht getan. Ich erkenne Ihre Macht. Bitte offenbaren Sie sich mir, damit ich nicht glaube, dass dieser jämmerliche Mann vor mir mein Gebieter ist.«

Der Bischof schlug Wilson mit der flachen Hand ins Gesicht. »Wie kannst du es wagen, so mit mir zu reden!« Hastig zog er aus seinem Gewand ein großes silbernes Kreuz hervor und schlug es Wilson mehrmals gegen den Kopf. Wilson spürte, wie ihm unter den immer wütender geführten Schlägen die Haut an der Stirn aufriss. Da Gegenwehr zwecklos war, riss er sich zusammen und ließ die Prügel über sich ergehen; das Blut rann ihm übers Gesicht auf die Brust.

»Das ist genug!«, rief der Bischof plötzlich mit tieferer, rauerer Stimme als vorher. »Tritt zurück!«

Wilson war benommen und bekam kaum mit, was vor sich ging. Der Bischof wich drei Schritte zurück und begann, das Blut von seinem Kreuz zu lecken. »Du willst also wissen, wer ich bin?« Unerwartet kam ein Lächeln auf die blutigen Lippen. »Du stehst vor dem Erhabenen.«

Wilson richtete sich auf, so gut er konnte. Von den Schlägen war er noch wackelig auf den Beinen und rutschte zweimal aus, bevor er festen Boden unter den Füßen hatte.

»Ich schätze Männer, die nicht wimmern, wenn sie geschlagen werden«, sagte der Bischof. »Das verrät etwas über sie, was man sonst nicht erfährt.«

Wilson hatte brennende Schmerzen im ganzen Gesicht. Mit nur einem unversehrten Auge blickte er den dürren Priester an.

»Ich werde mich jetzt offenbaren.«

Ein flackerndes Rot erschien in den Pupillen des Bischofs. Wilson sah scharf hin, um sicher zu sein, dass er es sich nicht einbildete. Es war ein verstörender Anblick, bei dem ihm der Atem stockte.

Der Bischof stand jetzt hoch aufgerichtet, als wäre sein zerbrechlicher Körper mit neuem Leben erfüllt. »Ich bin Francisco Pizarro von Trujillo, illegitimer Sohn von Gonzalo Pizarro Rodriguez de Aguilar. Ich bin der größte Entdecker und Eroberer, Cuscos Befreier und von Kaiser Karl V. zum Statthalter von Peru ernannt im Jahre des Herrn 1529. Ich bin der Gründer Limas, der Bezwinger der Heiden. Ich habe den Wilden Südamerikas das Christentum gebracht. Gehorche mir, Wilson Dowling, und all deine Träume werden wahr.«

Wilson gab sich alle Mühe, ruhig zu bleiben. Der Schock über das Gehörte und die Schmerzen in seinem zerschlagenen Gesicht machten ihm das nicht leicht. »Ich habe es geahnt«, sagte Wilson schließlich. »Nur der Geist eines erhabenen und mächtigen Mannes wie Francisco Pizarro konnte mich so angezogen haben.«

»Du wirst nun für immer mein Diener sein«, verkündete der Bischof.

»Sie wurden von Menschen ermordet, die Ihnen nahestanden, und haben sich zu einem neuen Leben entschlossen«, sagte Wilson. »Sie sind ein Gott.«

»Du kennst mein Leben?«

»Ich weiß alles, was es zu wissen gibt, Erhabener. Im Jahre des Herrn 1541 stürmte eine Schar von fünfundzwanzig Soldaten mit blankem Schwert während einer Abendgesellschaft in Ihr Haus. Obwohl unbewaffnet, wehrten Sie sich zusammen mit Ihrem Halbbruder Alcantara. Er wurde vor Ihren Augen enthauptet. Sie ergriffen ein Schwert Ihrer Angreifer, schlugen zwei Mann nieder und rammten das Schwert in einen dritten. Als Sie die Klinge herausziehen wollten, ging ein anderer Mann auf Sie los und stieß Ihnen ein Messer in die Kehle. Obwohl Sie schon am Boden lagen, stach man Sie von allen Seiten.«

Der Bischof machte ein zorniges Gesicht. »Ich hielt sie für meine Freunde«, brummte er. »Und weißt du auch, was dann geschah? Ich habe nicht gejammert oder um Gnade gefleht. Nein, das überlasse ich den Schwachen! Ich habe mit meinem Blut ein großes Kreuz auf den Boden gemalt und gerufen: Komm, mein treues Schwert, Gefährte meiner Taten! Erlöse mich, mächtiger Jesus, Herr meiner Welt, damit ich im Leben nach dem Tod meine Rache bekomme!« Der Bischof hyperventilierte, und der Speichel tropfte ihm aus den blutigen Mundwinkeln.

»Ihre Mörder waren Verräter, und sie haben ein angemessenes Ende gefunden«, sagte Wilson. »Diego de Almargo wurde festgenommen und hingerichtet. Sein Kopf wurde getrennt vom Körper begraben, als Mahnung an die anderen, niemals mehr seinen Namen zu nennen.«

»Du weißt viel über die Vergangenheit«, stellte der Geist Pizarros fest.

»Ich bitte nur um eines, Erhabener, nämlich dass Sie nicht von mir Besitz ergreifen. Nur dann kann ich Ihnen von großem Nutzen sein. Ich will Ihren Befehlen gehorchen, ich will Ihre rechte Hand sein.«

Die Augen des Bischofs leuchteten rot. »Ich bin der Richter über dein Schicksal. Wie ich am Tag meines Todes sagte, werde ich meine Rache bekommen. Ich kann nur hoffen, dass du die Antwort auf meine Gebete zu Gott bist. Denn ich bin nur sein demütiger Diener, mehr nicht.«

Das rote Leuchten erlosch, und der Bischof stand mit hängenden Schultern da. »Ich hatte auf mehr gehofft«, sagte er enttäuscht. »Ich dachte, du wärst meine Rettung.«

Er nahm die Laterne und schlurfte zur Tür, schloss sie auf, trat nach draußen und zog sie hinter sich zu, um abzuschließen. Mit dem Geräusch seiner Schritte verschwand auch das Licht und ließ die Gefangenen in völliger Dunkelheit zurück.

»Was haben Sie sich dabei gedacht?«, fragte Bingham aufgebracht. »Haben Sie den Verstand verloren? Ihm weiszumachen, Sie könnten durch die Zeit reisen … was für eine Idiotie ist das? Haben Sie seine Augen gesehen? Sie waren rot! Dieser Mann ist durch und durch böse, Wilson! Sehen Sie das denn nicht?«

»Ich habe nur gebeten, dass Pizarro nicht von mir Besitz

ergreift«, sagte Wilson in die Dunkelheit. »Meine Gaben können für ihn von großem Nutzen sein. Mir ist jetzt klar, dass er der Grund ist, weshalb ich in Cusco bin. Endlich werde ich der Diener des Inka-Würfels sein.«

52.

Cusco, Peru
Hotel Monasterio
Ortszeit: 17.35 Uhr
24. Januar 2014

Der Himmel war dunkler geworden, während Helena zu ihrem Hotel ging, das nur fünf Minuten Fußweg von der Plaza de Armas entfernt war. Völlig erschöpft vom Tag, fiel ihr ein, dass sie auch die Nacht zuvor nicht geschlafen hatte. In der Ferne donnerte es. Sie wollte sich im Hotel ein wenig erholen, bevor sie am späten Abend wieder zum Brunnen lief.

Als sie von der Seitengasse aus das Hotel betrat, fiel ihr das spanische Königswappen auf, das in die Mauer gemeißelt war. Die Flügeltür aus Zedernholz war sechs Meter hoch und mit messingbeschlagenen Querbalken verstärkt. Drinnen gab es moderne Glastüren mit dem Hotelemblem darauf.

Als der Portier die Tür aufmachte, prasselte der Regen plötzlich stärker, und Chad und Helena eilten ins Trockene. Hanna ging etwa zehn Schritte hinter ihnen und bekam von dem Guss noch etwas ab. Es genügte, um ihn völlig zu durchnässen.

»Wenn es hier regnet, dann richtig!«, sagte er beim Eintreten und schüttelte sich das Wasser aus den Rastalocken.

Helena war vergleichsweise trocken geblieben und sah durch die Glastür in den Regen hinaus, der schon in Bächen über das Kopfsteinpflaster floss. Plötzlich überkam sie ein tiefes Bedauern, dass sie das Treffen mit Wilson verpasst hatte. Nun hatte sie überhaupt keine Ahnung mehr, was los war und wo er sich jetzt aufhielt. Sie drehte sich zum Foyer um und blickte auf zwei lebensgroße Ölgemälde, die die hohen Wände schmückten. Rechts hing eine prächtige Jungfrau Maria, links ein stiller Josef von Nazareth, beide in langen, wallenden Gewändern und mit Heiligenschein. Dass das Hotel klimatisiert war, spürte Helena deutlich, während sie die Kunstwerke an den meist braun gestrichenen Wänden betrachtete.

Von außen schien das zweigeschossige Hotel ein ganz gewöhnliches Gebäude zu sein, mit weiß verputzten Mauern und einem Sockel aus nacktem Stein, der sicherlich noch von den Inkas stammte. Erst wenn man das Foyer betrat, merkte man, dass es ein Renaissancebau von außergewöhnlicher Größe war, der einen geschützten Innenhof hatte. Dort gab es ringsum einen zweistöckigen Säulengang, von dem man in den gepflegten Garten schaute. In der Mitte stand eine große Zeder, die dreimal so hoch war wie das Gebäude. Der Portier sah, wie Helena in den Innenhof schaute, und bemerkte, dass die Zeder der älteste Baum in ganz Cusco sei.

Es donnerte so stark, dass die Wände zitterten. Das Regenwasser strömte wie ein Wasserfall vom Dach in den Innenhof, sodass man kaum bis zur anderen Seite sehen konnte.

Trotz der eindrucksvollen Umgebung konnte Helena nur daran denken, wie sie mit Wilson Verbindung aufnehmen könnte. Sobald sie sich ausgeruht hatte, würde sie im Business Center des Hotels ins Internet gehen, um zu sehen, ob sich ein Hinweis auf Wilsons Verbleib finden ließe.

»Der Manager möchte Sie sprechen«, sagte Chad, als sie mit Helenas Kreditkarte von der Rezeption kam. Zwei Hotelangestellte in einheitlicher Dienstkleidung standen hinter ihr.

»Ich will mit niemandem sprechen«, erwiderte Helena. »Ich möchte nur den Zimmerschlüssel.«

»Ms. Capriarty ist müde und möchte ihr Zimmer beziehen«, sagte Chad zu den Bediensteten. »Ich werde das angrenzende Zimmer nehmen und Mr. Hanna das Zimmer auf der anderen Seite.«

»Es war ein langer Tag«, bemerkte Hanna und riss Helena aus ihren Gedanken. »Ich weiß ja nicht, was Sie suchen, aber ich weiß, dass Sie es finden werden, wenn Sie sich Mühe geben.«

Helena rang sich ein Lächeln ab. »Stellen Sie fest, wo das Business Center ist, John. Ich muss etwas im Internet recherchieren.«

Hanna begab sich sofort an die Rezeption, während Helena durch die großzügige Lobby schlenderte, die wie ein mittelalterlicher Saal aussah. Der Steinboden war mit bunten Teppichen aus Alpakawolle ausgelegt. Es gab mehrere Sitzgruppen mit Ohrensesseln, die einander paarweise gegenüberstanden. In der Mitte stand ein Tisch mit zehn Stühlen aus der Kolonialzeit. Vier runde schmiedeeiserne Kronleuchter hingen zwischen den Mauerbögen, und an der Decke sah man die nackten Holzdielen der darüberliegenden Etage. Am hinteren Ende des Raumes befand sich ein großer Kamin mit sorgfältig aufgeschichteten Scheiten, die nur darauf warteten, dass sie jemand anzündete.

In einem der Sessel saß ein junges Mädchen und trank aus einer gelben Tasse. Sie war schätzungsweise sechzehn Jahre alt und gut gekleidet. Sie sah sich eine Fernsehsendung auf ihrem iPhone an, das sie vor sich hielt. Es klang nach einer amerikanischen Sitcom.

»Wissen Sie, wo hier das Business Center ist?«, fragte Helena.

Das Mädchen blickte auf. »Äh … ja.« Sie zeigte in den Innenhof. »Gehen Sie auf der anderen Hofseite die Treppe hinunter. Sie können den Säulengang entlanggehen«, sagte sie freundlich.

Hanna kam mit einem Prospekt in der Hand zurück.

»Ich weiß schon, wo es ist, John«, empfing ihn Helena. »Kommen Sie mit.« Die Luftfeuchtigkeit draußen war enorm, als Helena in den Säulengang trat. Hanna las in dem Prospekt und versuchte gleichzeitig, mit ihr Schritt zu halten.

»Hier steht, dass das Hotel mal ein Kloster war und auf dem Fundament eines Inka-Palastes erbaut wurde«, erzählte er und musste wegen des prasselnden Regens lauter sprechen als sonst. »Sie haben die alten Steine wiederverwendet.« Hanna sah sich um, dann blickte er wieder in den Prospekt. »Der Palast hieß Amaru Qhala.« Er kämpfte mit der Aussprache. »Hier steht, dass es einer der prächtigsten Inka-Bauten in Cusco war. Die Spanier haben ihn zerstört und mit den Steinen das Kloster errichtet.«

Auf einem glänzenden Schild neben der Tür stand »Business Center«. Die kleine Rezeption war unbesetzt, und Helena stieg die mit Teppich ausgelegte Treppe hinunter. Der Gang, in dem ebenfalls Teppich lag, war hell erleuchtet, und an den weinroten Wänden hingen große Barockgemälde, die die spanischen Eroberer mit Pferd und Rüstung zeigten. Überraschenderweise war der Gang sehr lang, und Helena schloss daraus, dass sie sich nicht mehr direkt unter dem Hotel befanden. Schließlich sah sie auf der linken Seite das Business Center, obwohl der Gang noch ein gutes Stück weiterführte.

Das Business Center war ein schlichter Raum mit relativ niedriger Decke. Es gab vier mit Trennwänden abgeteilte Arbeitsplätze, die mit einem Holzschreibtisch, einem Ledersessel, Computer und Drucker ausgestattet waren. Es war niemand zu sehen, und Helena trat ein und setzte sich an den hintersten Schreibtisch. Sie zog den Colt aus der Westentasche und legte ihn neben sich. Mit einem Druck auf die Leertaste wurde der Bildschirm hell, und die Website des Hotels erschien, auf der Aufnahmen des Hotels gezeigt wurden.

Helena schob den Cursor auf Google und tippte »Cusco 24. Januar 1908« ein, dann drückte sie die Enter-Taste. Der Bildschirm zeigte die Suchergebnisse an:

El Niño bringt sintflutartige Regenfälle, mindestens 126 Tote in Cusco und Umgebung ...

Ein erstaunlicher Zufall.

Helenas Gedanken überschlugen sich, als sie überlegte, dass es gerade eben erst angefangen hatte zu regnen. Wenn sie in Wilsons Welt geblickt hatte, war das Wetter immer genauso gewesen wie bei ihr. Sie durfte also davon ausgehen, dass es am Abend zu einer schweren Überschwemmung kommen würde.

126 Tote. Das ist eine Menge, dachte sie. Sie drückte erneut die Enter-Taste, doch außer der dramatischen Schlagzeile gab es wenige Informationen.

Sie tippte »Cusco Wetter« ein.

Die Ergebnisse erschienen auf dem Bildschirm: *Niederschlagswahrscheinlichkeit: 100%, mit örtlichen Überschwem-*

mungen. Die synoptische Karte des Wetterdienstes zeigte ein Tiefdruckgebiet, das zwischen den Anden und der Pazifikküste festsaß. Sicherlich ein zweiter El Niño.

Nachdem sie eine Weile auf den Bildschirm gestarrt hatte, tippte sie »Lucho Gonzales« ein, doch die Suchergebnisse bezogen sich alle auf einen argentinischen Fußballspieler bei Olympic Marseille. Über einen peruanischen Soldaten, der einst in Cusco stationiert war, erschien nichts.

Helena gab noch nicht auf und tippte alle Stichwörter ein, die ihr einfielen.

»Kreuzigung Cusco« – nichts.

»Kreuzigung Cusco Corsell Santillana« – auch nichts.

»Juan Santillana 1908« – ein Dutzend Resultate und Facebook-Seiten füllten den Bildschirm, aber nichts schien mit dem Dieb von Machu Picchu zu tun zu haben.

»Juan Santillana Machu Picchu« – Hunderte Suchergebnisse. Das war interessant!

... finden sich die eingeritzten Namen der beiden Männer, die Machu Picchu wirklich entdeckt haben: Jesús Vellarde und Juan Santillana.

Hiram Bingham galt offiziell als der Entdecker der Stätte, aber diese beiden Peruaner waren zweifellos vor ihm dort gewesen.

John Hanna stand in der Tür dem Gang zugekehrt und las noch immer in dem Hotelprospekt.

Während Helena tippte, fühlte sie sich plötzlich wie benebelt. Es war ein seltsames Gefühl, so als hätte sie zu lange nichts gegessen oder aber etwas Falsches zu sich genommen. Sie atmete tief durch, um einen klaren Kopf zu bekommen, und legte die Hände flach auf die Schreibtischplatte, als ihr plötzlich schwarz vor Augen wurde.

Sie sah überhaupt nichts mehr!

Ferne Schritte hallten in der dunklen Stille.

Helena fasste sich an die Schläfen und versuchte zu begreifen, was sie hörte und fühlte. Es war das Geräusch von Schuhsohlen, die langsam und schlurfend auf Steinboden gingen. Es jagte ihr eine Gänsehaut ein, und ihre Angst wuchs, je näher die Schritte kamen. Dann ein schwacher Lichtschein unter einer Türritze, der heller wurde.

Helena riss sich zusammen, um ruhig zu atmen, und fixierte den Colt auf dem Schreibtisch. Sie nahm ihn in die Hand und schlich zur Tür. Ihre Vision flackerte nun, sodass sie Vergangenheit und Gegenwart zugleich sah.

Sie drückte den Zeigefinger an Hannas Brust. »Egal, was ich gleich sage oder tue, reagieren Sie nur, wenn ich Sie mit Namen anspreche«, flüsterte sie. Dann spähte sie durch die Tür zu dem sich nähernden Lichtschein. Hanna warf den Prospekt weg und zog seine Pistole.

Helena musste sich sehr konzentrieren, damit ihr nicht schwindelig wurde. Sie hörte die Schritte auf Steinboden so klar, als wären sie nur ein paar Meter weit entfernt. Dann hörte sie Stimmen. Der Lichtschein kam von einer Sturmlaterne. Der Mann, der damit die Treppe herunterkam, trug das Gewand eines Geistlichen, soweit sie sehen konnte. Sein Gesicht war schwer zu erkennen, weil der Schatten des Lampengriffs darauf fiel.

Weiter oben auf der Treppe sagte jemand auf Spanisch: »Wir sollten ihn sofort töten.« Es war ein Soldat mit einem Gewehr.

»Du wirst ihn zur Kirche bringen, wie ich verlangt habe«, erwiderte der Priester. »Wenn er sich widersetzt, tötest du ihn.«

»Los!«, rief der Soldat nach oben.

Von dort kamen ein Dutzend weitere Soldaten die Treppe herab. Auch wenn ihr ihre Vernunft etwas anderes sagte, trat Helena in den Gang und zielte. Vor ihr standen lauter peruanische Soldaten mit grimmigen Gesichtern. Es gab keinen logischen Grund, warum sie auf die Männer zielte, die einhundertsechs Jahre in der Vergangenheit lebten, aber sie tat es trotzdem. Das Problem war, dass sie Hanna damit nervös machte, der neben ihr auf ein Knie ging und mit seiner Waffe in dieselbe Richtung zielte.

Der Geistliche mit der Sturmlaterne näherte sich mit schlurfenden Schritten auf nacktem Steinboden – da waren kein Teppich, keine Wandlampen, keine Gemälde, dafür umso mehr Pfützen. Der Priester war entweder verletzt oder sehr alt, und im Gegenlicht der Lampe war kaum etwas von ihm zu erkennen.

Helena blickte über die Schulter in den Raum, aus dem sie gerade gekommen war. Es war gerade hell genug, um zu sehen, dass er keine Tür hatte und leer war. Wenn Wilson hier unten war, dann wohl weiter hinten den Gang entlang. Helena rannte ins Dunkel voraus, während ihre Vision flackerte. Sie gelangte an eine schwere Holztür, die sie allerdings nicht sah, wenn sie in die Gegenwart blickte. Indem sie die Hand ausstreckte, trat sie mitten in die Vision.

Tapfer stand sie in völliger Dunkelheit, nur an einer Stelle am Boden war ein schmaler Streifen gelbes Licht zu sehen.

53.

Cusco, Peru
Verlies des Klosters
Ortszeit: 17.55 Uhr
24. Januar 1908

Wilson konnte nicht sicher sein, dass genug Zeit zur Heilung seiner Schusswunde vergangen war. Er schaute zu Bingham, der mit den Knien knapp über dem Boden schlaff an den Handschellen hing. Wilson musterte erneut die dicken Ketten über seinem Kopf und fragte sich, ob er sie aus dem Mauerwerk reißen könnte. Er hatte zweifellos die Kraft, Stahl zu verbiegen, aber er würde sich dabei wahrscheinlich die Handgelenke brechen.

Und wenn Bingham seinen Befreiungsversuch mitbekäme, würde auch der Geist Pizarros aufmerksam werden. Der war mit Binghams Geist verbunden und würde alles hören, was Bingham selbst hörte. Das war sicherlich der Grund, wieso Wilson entdeckt worden war, als er über die Plaza de Armas zum Brunnen gelaufen war. Der Inka-Würfel konnte nicht in seine Gedanken blicken, daran war Wilson leicht zu erkennen. Und darum war Hiram Bingham neben ihm an die Wand gekettet: Er sollte als ahnungsloser Spitzel dienen. Wilson würde also sehr vorsichtig sein müssen, was er sagte und tat.

Er schaute zu der toten Frau. Es bereitete ihm Übelkeit, dass sie so nah bei ihm lag, und es war sicher auch kein Zufall, dass sie hier war. Bestimmt hatte sie mit Pizarros irrsinnigen Plänen zu tun. Wilson musste sich immer wieder zwingen, nicht zu ihr hinzusehen.

Ein schwacher weißer Lichtschein fiel unter der Tür hindurch, und Wilson wusste nicht, was er davon halten sollte. Das Licht, das nicht von der Sturmlaterne des Bischofs stammen konnte, wurde heller. Wilson strengte seine Augen an. Plötzlich erschien eine Gestalt, die wie ein Geist durch das Holz der Tür glitt.

Es war Helena mit einem Revolver in der Hand.

Wilson wollte spontan ihren Namen rufen, damit sie begriff, dass er da im Dunkeln stand, doch Bingham würde es gleichfalls hören.

»Du musst ganz ruhig bleiben«, sagte Wilson mit fester Stimme.

Helena starrte in seine Richtung, aber es war klar, dass sie in der Dunkelheit nichts erkannte.

»Ich kann nichts sehen«, sagte sie besorgt.

»Bleib nur ruhig.«

Bingham regte sich schläfrig und stellte sich dann stöhnend auf die Füße. »Wir werden hier sterben«, wimmerte er. »Meine Handgelenke tun so weh. Ich möchte sie nur mal reiben können ... das ist doch nicht zu viel verlangt, oder?«

Wilson blickte Helena an. »Wir werden nicht in diesem Verlies sterben, Hiram Bingham. Ich bin absolut zuversichtlich, dass Gott uns beschützen wird. Er wird einen Engel senden, der uns beide rettet, einen schönen Engel.«

Helena atmete aufgeregt. »Wilson ... kannst du mich sehen?«, fragte sie und versuchte, die Dunkelheit mit ihren Blicken zu durchdringen.

»Ich kann Sie sehen.«

»Das wird uns nicht retten«, jammerte Bingham.

»Da kommt ein Priester!«, rief Helena. »Er wird von Soldaten begleitet, die dich von hier wegbringen sollen! Er redet Spanisch. Er will dich töten lassen, wenn du nicht kooperierst!«

»Sie können nicht sehen, was ich sehe«, erwiderte Wilson und tat sein Bestes, um vor Bingham zu verschleiern, dass er mit jemand anderem sprach. »Ich kann deutlich in Ihre Zukunft sehen. Hiram ist neben mir an die Wand gekettet. Auf der anderen Seite liegt eine tote Frau am Boden.«

»Kannst du mich sehen?«, fragte Helena.

»Ja.«

Helena war von einem dunstigen weißen Licht umgeben.

»Wie bist du an die Wand gefesselt?«, fragte sie.

»Mit Stahlketten.«

»Was zum Teufel reden Sie da?«, fragte Bingham.

»Die Soldaten kommen und wollen dich wegbringen!«, wiederholte Helena verzweifelt. »Ein Priester ist bei ihnen. Sie haben Gewehre.«

Jetzt sah Wilson den schwachen gelbroten Lichtschein im Türspalt. »Bischof Francisco kommt«, sagte Wilson, als wäre er in Trance. »Komm näher.«

»Du musst fliehen«, flehte Helena.

»Unmöglich«, erwiderte Wilson. »Ich sitze in der Falle und bin seiner Gnade ausgeliefert. Sei froh, dass du nichts riechen kannst.«

»Ich kann riechen«, murmelte Bingham. »Mann, für einen Yale-Professor ist das doch keine Art zu sterben!«

Helena kam näher, konnte aber offenbar nicht genau sehen, wo er sich befand. Sie musste um verschiedene Gegenstände herumgehen, um weiter in die Zelle zu gelangen. Wilson erkannte, dass der Raum in ihrer Zukunft offenbar nicht leer war.

»Er kommt, um mich mitzunehmen«, sagte er, »damit ich sein Jünger werde. Er ist der erhabene Gebieter, besessen vom Geist des Inka-Würfels, vom Geist des Konquistadoren Pizarro.«

Der Lichtschein wurde heller; die Zeit für Erklärungen wurde knapp. »Wenn ich den Inka-Würfel selbst sehen soll, werde ich deine Hilfe brauchen, um ihn genau zu lokalisieren. Willst du mir helfen, großer Geist?«

»Ich werde dir helfen!«, rief Helena. Der Schein der Sturmlaterne fiel unter der Tür hindurch, und jetzt konnte Helena Wilson erkennen, wie er mit beiden Händen über dem Kopf an die Mauer gekettet war. Sie sah auch Hiram Bingham. Und wie Wilson gesagt hatte, lag eine Leiche neben ihnen.

Hinter ihr wurde ein Schlüssel ins Schloss gesteckt und umgedreht. Die Tür schwang auf, das Licht fiel in den Raum und enthüllte das ganze Grauen.

Wilson war heftig geschlagen worden und blutüberströmt. Am Boden lag die verwesende Leiche einer Frau. Helena musste würgen, als sie sich der Toten näherte. Bingham drehte sich, so weit er konnte, von dem Licht weg.

Bischof Francisco kam langsam hereingeschlurft und stellte die Lampe auf den Boden. Es war das erste Mal, dass Helena sein Gesicht sah, und es überlief sie kalt. Sie richtete den Blick in ihre Gegenwart und sah sich in einem Vorratsraum des Hotels stehen. Sie hatte Hanna gebeten, die Tür einzutreten. Er hatte das Holz um das Schloss herum zertrümmert und ihnen so Zugang verschafft. Drinnen standen Stapel von Kartons, um die sie herumgehen musste.

»Hanna, bewachen Sie die Tür, und lassen Sie niemanden in meine Nähe!«, befahl sie. Sie sah ihm an, dass er dachte, sie würde den Verstand verlieren.

Bischof Francisco stand in durchnässter Kleidung da und zeigte auf Wilson. »Du hast deine Wunden erneut geheilt, wie ich sehe. Wirklich sehr beeindruckend.« Ein Lächeln ging über sein abgezehrtes Gesicht und enthüllte seine schwarzen Zähne.

»Ich kann von viel größerem Nutzen sein, wenn wir nicht eins werden«, erklärte Wilson.

»Ich werde entscheiden, was das Beste ist«, erwiderte der Bischof.

Helena stand endlich neben Wilson und richtete den Revolver auf den Bischof.

In der offenen Tür stand ein Soldat in blauer Uniform mit Goldknöpfen am Kragen, ein Offizier. Er war völlig durchnässt, und das Wasser tropfte ihm vom Mützenschirm. Er trug ein Gewehr.

»Halten Sie Ihre Männer zurück«, befahl der Bischof. »Dies ist ein böser Ort. Bringen Sie die Schlüssel, und machen Sie diesen Mann los.« Doch der Offizier rührte sich nicht, sondern starrte auf die tote Frau. »Capitán Gonzales! Machen Sie ihn los!«

Der laute Befehl brachte den Offizier endlich in Bewegung.

»Das ist Gonzales!«, sagte Helena. »Der Mann, dessen Familie du angeblich ermorden wirst.«

Gonzales war entsetzt, als er in das Verlies trat, und der Gestank setzte ihm offensichtlich zu. Er blickte Wilson an. »Ich habe Sie erschossen«, sagte er. »Sie sollten tot sein, Sie ruchloser Kerl.«

»Und Sie sollten zu Hause bei Ihrer Familie sein«, sagte Wilson. »Nicht hier ...«

Gonzales hob das Gewehr und rammte Wilson den Schaft gegen die Brust, dass diesem die Luft wegblieb und seine Knie nachgaben. Gonzales prügelte weiter hasserfüllt auf ihn ein.

Helena schrie und wollte eingreifen, doch ihr Revolver sauste durch den Kopf des Hauptmanns, als wäre er Luft.

Wilson hing kraftlos an den Ketten, während er wieder und wieder geschlagen wurde. Vor Schmerzen stöhnend fiel sein Blick kurz auf das Gesicht des Bischofs, der lächelte. *Der Scheißkerl lächelte!*

Gonzales schnaufte noch von der Anstrengung, als er die Handschellen öffnete. Wilson fiel halb bewusstlos in den Kot und das Blut am Boden.

»Du darfst dich nicht wehren«, drängte Helena. »Lieg einfach da. Es sind zu viele Soldaten vor der Tür, als dass du eine Chance hättest.«

Gonzales verpasste Wilson noch einen Schlag mit dem Gewehrkolben, dann drehte er ihm die Arme auf den Rücken und legte ihm Handschellen an.

»Du musst ruhig bleiben«, drängte Helena.

»Ich ergebe mich meinem Schicksal«, sagte Wilson, ohne sich zu bewegen. Er verdrehte die Augen und sah den Bischof neben sich stehen. »Was immer Sie befehlen, ich werde gehorchen. Sie sind der erhabene Gebieter, Francisco Pizarro von Trujillo, der Befreier von Cusco, Statthalter von –«

Gonzales trat Wilson gegen den Kopf. »Schnauze, du schwafelnder Irrer!« Dann drückte er Wilsons Gesicht mit dem Stiefel in den Dreck.

Der Bischof zeigte auf Bingham. »Nehmen Sie den ebenfalls mit.«

Gonzales schwenkte herum und schlug Bingham mit dem Gewehrkolben. Als der in die Knie sackte, machte Gonzales ihn von der Wand los und trat ihm in den Magen. Er riss die beiden Gefangenen an den Handgelenken hoch und stieß sie vor sich her zur Tür.

Wilson spuckte ihm einen Blutklumpen vor die Füße. »Wenn ich dein Gebieter bin, werde ich mich an diese Behandlung erinnern.«

Bischof Francisco rieb sich schadenfroh die Hände. »Du willst Rache? Diese Eigenschaft schätze ich an einem Mann mehr als alle anderen, daran zeigt sich seine Gesinnung. Dennoch, wenn du zu fliehen versuchst, lasse ich dich auf höchst schmerzhafte Weise töten: Ich lasse dir lebendig die Haut abziehen und dich dein eigenes Fleisch essen.«

Wilson und Bingham wurden den Gang entlanggetrieben, an den aufgereihten Soldaten vorbei. Als er eine lange Treppe hinaufsteigen musste, atmete Wilson endlich frische Luft. Die ganze Zeit über war Helenas weißer Lichtfleck neben ihm.

Sie redete ruhig auf ihn ein. »Es sind zehn Soldaten insgesamt, einschließlich Gonzales. Draußen regnet es. Es soll heute Nacht Überschwemmungen geben. Ich habe gelesen, dass dabei hundertsechsundzwanzig Leute in Cusco umkommen werden. Das können wir für uns nutzen, ganz sicher.«

Als Wilson die Treppe hinaufkam, hörte er den Regen. »Wo bin ich?«, flüsterte er.

»Unter einem Kloster«, antwortete Helena. »Dort wohnen vermutlich der Bischof und seine Priester. Es ist fünf Minuten von der Plaza de Armas entfernt. In meiner Zeit ist es ein Hotel.«

»Wenn du beim Bischof bleibst, führt dich das zum Inka-Würfel«, flüsterte Wilson.

»Tu nichts Unüberlegtes«, entgegnete sie.

»Wenn ein Mann den Würfel berührt, wird er besessen«, wisperte Wilson. »Wenn eine Frau ihn anfasst, stirbt sie.«

Als er den Treppenabsatz erreicht hatte, wurde Wilson in den Regen hinausgetrieben. Es war eine Wohltat, das Wasser auf dem Gesicht zu spüren, und er hoffte, damit auch den Gestank aus der Nase zu bekommen, selbst wenn er ihn bestimmt nie vergessen würde.

»Wohin bringen Sie mich?«, rief Wilson.

Der Bischof ging direkt vor ihm, drehte sich aber nicht um. Er schlurfte weiter durch den strömenden Regen über einen Kolonnadenhof und an einer großen Zypresse vorbei, die sich im stürmischen Wind bog.

Alle paar Schritte wurde Wilson mit dem Gewehrschaft gestoßen, manchmal so hart, dass er ins Taumeln geriet. Mit Bingham verfuhren die Soldaten genauso, und Wilson wurde allmählich wütend.

»Bleib ruhig«, mahnte Helena. »Du wirst deine Chance bekommen.«

Bischof Francisco führte die Gruppe weiter den Säulengang entlang, dann durch eine Eingangshalle und wieder hinaus in eine Gasse. Das Prasseln des Regens verschluckte alle sonstigen Geräusche. Das Wasser floss in Bächen über das Kopfsteinpflaster.

Der Himmel war schwarz, nur an manchen Stellen drang

ein wenig Tageslicht durch die Wolken, die der Sturm vor sich hertrieb.

Wilson bekam erneut einen Schlag an den Hinterkopf und tat sein Bestes, um nicht das Gleichgewicht zu verlieren. Er rückte näher an Bingham heran und schob ihn mit sich. »Wir werden eine neue Welt sehen!«, rief Wilson optimistisch. »Wir haben jetzt einen neuen Gott!«

Bingham sah ihn von der Seite an. Der Regen klatschte ihm in sein unrasiertes Gesicht. »Sie sind nicht mehr bei Trost«, murmelte er. »Wir werden sterben.«

Sie bogen um eine Ecke und gingen an aufgeschichteten Sandsäcken vorbei, wo drei Soldaten postiert waren. Durch den peitschenden Regen sah Wilson, dass sie auf die Plaza de Armas gelangt waren. Der Bischof wusste offenbar, dass bei schwerem Regen das Wasser zur Südecke floss, und steuerte die drei Kirchen darum von Norden an.

Zur Linken konnte Wilson vor dem düsteren Nachmittagshimmel die Silhouette der Kathedrale oberhalb der Treppe ausmachen. Rings um sie herum befand sich ein Wall von Sandsäcken. Doch von den Säcken unterhalb der Treppe waren etliche von dem braunen Strom weggerissen worden, der von Norden nach Süden über den Platz floss. Das Wasser rauschte dort mit etwa fünfzig Stundenkilometern entlang und erinnerte unwillkürlich an den Urubamba.

Der Regen, der über der Stadt niederging, war so dicht, dass es Wilson schwerfiel zu atmen und er den Kopf senken musste. Die Soldaten und der Bischof hielten sich die Hände vor Nase und Mund.

Immer wieder war Donnergrollen zu hören.

Dann fuhr ein solcher Blitz aus den Wolken, dass jeder zusammenzuckte.

Das war der Augenblick, auf den Wilson gewartet hatte.

Er drehte sich um, rammte Gonzales mit der Schulter und stieß den kleinen Mann mühelos um. Mit einem Roundhouse-Kick traf er einen weiteren Soldaten mit seinem Stiefel am Kopf. Der Mann prallte gegen zwei Kameraden, sodass alle zusammen die Treppe hinabfielen.

Da Wilsons Hände auf seinem Rücken gefesselt waren, war er in seinen Bewegungen eingeschränkt. Dennoch schaffte er es, über die Stürzenden hinwegzuspringen und sicher auf dem Pflaster zu landen. Noch ein Schritt, dann machte er einen weiten Satz über die hüfthohen Sandsäcke und kam wenig elegant auf den Kopfsteinen auf. Als er sich aufrichtete, hörte er Schüsse; die Kugeln pfiffen rechts und links an ihm vorbei. Direkt vor ihm rauschte der reißende, schlammig braune Strom. Wilson holte tief Luft und stürzte sich mit einem Kopfsprung hinein.

Helena stand mit offenem Mund da. Wilson hatte sich soeben in den Strom geworfen, während weiter auf ihn geschossen wurde. Sie war vom Gewehrfeuer schon so gut wie taub. Auch in der Gegenwart floss das reißende Wasser zum tiefsten Punkt des Platzes im Süden und teilte ihn in zwei Hälften. Helenas erster Gedanke war, sich gleichfalls in die Wassermassen zu stürzen, aber Chad und Hanna hielten sie zurück. Stattdessen rannte sie an der untersten Treppenstufe entlang und schaute zur Avenida del Sol, wo der braune Strom weiterfloss.

»Tun Sie es nicht!«, flehte Chad.

»Das würden Sie nicht überleben!«, rief Hanna.

Sie hatten alle drei ihre Schusswaffen in der Hand. Zum

Glück war niemand sonst in diesem Wetter draußen, der sie hätte sehen können. Helena stand da und sah zu, wie Wilsons treibender Körper in der Ferne verschwand. Da Wilson nicht den Kopf hob, um Luft zu holen, fragte sie sich, ob er beim Sprung ins Wasser von einer Kugel getroffen worden war.

Die Gewehre feuerten weiter, und Pulverdampf waberte im Regen.

Helena lief auf die Soldaten zu, die auf den Stufen standen und auf Wilson zielten, sah ihre entschlossenen Gesichter – viele noch sehr jungenhaft – und fand es äußerst verwirrend, dass die Männer sie nicht kommen sehen konnten. Helena wollte sie angreifen! Sie schlug mit der Faust nach dem Kopf eines Soldaten, um von Wilson abzulenken, doch ihre Faust ging durch den Mann hindurch. In ihrer Verzweiflung warf sie sich in seine Schusslinie, als er abdrückte.

Die Kugel ging durch sie hindurch.

Ganz gleich, was Helena unternahm, sie konnte mit ihren Taten nichts ausrichten.

Sie schaute zu dem Bischof hinauf, der sichtlich wütend über Wilsons Flucht war. Aufgebracht zeigte er auf Gonzales, dann auf Bingham, der auf dem Bauch liegend am Boden festgehalten wurde.

»Bringt ihn in die Kirche!«, brüllte er.

54.

Cusco, Peru
Plaza de Armas
Ortszeit: 18.42 Uhr
24. Januar 1908

Bis Gonzales auf die Füße gekommen war und das Gewehr wieder anlegte, war Wilson Dowling über seine Männer und die Sandsäcke hinweggesprungen, fast fünf Meter weit, und das mit auf dem Rücken gefesselten Händen! Gonzales war so verblüfft, dass er nicht reagieren konnte. Dowling kam auf die Beine und sprang kopfüber in den Strom, der über die Plaza de Armas donnerte.

Das kann er nicht überleben, dachte Gonzales, *nicht mit gefesselten Händen.*

Das Wasser war sehr schlammig und hatte unterwegs jede Menge Unrat mitgerissen, Dachziegel, rostige Blechteile, kleine Bäume, selbst die Teile eines zertrümmerten Holzkarrens schossen vorbei. Gonzales hatte solche Wassermassen nur einmal erlebt, als er noch klein gewesen war. Cusco lag in einer Senke, und wenn es stark genug regnete, konnte das zu reißenden Überschwemmungen führen.

Sowie die Soldaten schossen, brüllte der Bischof: »Lasst ihn nicht entkommen!« Doch bis die Kameraden am Fuß der Treppe waren, schwamm Wilson schon der Avenida del Sol entgegen. Die Männer wussten nicht, ob sie ihn getroffen hatten oder nicht. Gonzales erwog kurz, sich ebenfalls ins

Wasser zu stürzen, doch er brachte nicht den Mut auf, in diesem ekelhaften Dreck zu schwimmen.

Gonzales brüllte jedem, den er sah, Befehle zu, einschließlich der Posten an den Maschinengewehren. »Bildet Suchtrupps! Ich will ihn tot oder lebendig!«

Der Bischof deutete auf Bingham, der mit der Wange an die Pflastersteine gedrückt dalag. »Bringt ihn in die Kirche!«, befahl er.

Gonzales riss den hageren Amerikaner auf die Beine, dann stieß er ihn zwischen den Sandsäcken hindurch auf das große Portal der Kathedrale zu. Dabei dachte er in einem fort an Wilson Dowlings Worte, dass er bei seiner Familie zu Hause sein sollte. Er ballte die Fäuste. Wie konnte dieser Teufel wissen, dass auch er ständig daran denken musste?

Der Bischof stieß die Türflügel auf und ging in die dunkle Kirche hinein. »Legt den Balken vor«, befahl er, dann hinkte er langsam zum Altar im Mittelschiff. Dort ließ er sich schwer auf die Knie fallen und hob den Blick zu der lebensgroßen Jungfrau Maria, die das Jesuskind im Arm hielt.

Gonzales schloss die Türflügel, was die Geräusche des Unwetters dämpfte. Widerstrebend löste er die Seilschlaufe und legte den großen Balken quer. Als er sich umdrehte, fiel ihm auf, wie dunkel es in der Kirche war. Es brannten nur etwa zwanzig Kerzen, sonst waren es über tausend.

»Bitte vergib mir, was ich getan habe«, betete der Bischof mit schwacher Stimme, die zwischen den Säulen hallte. Er hielt die Hände unter dem Kinn aneinandergepresst. »Ich bin dein treuer Diener, zu jeder Zeit.« Er schien zu schluchzen.

Gonzales stieß Bingham weiter in die Kirche hinein und ließ ihn dann an der Stelle stehen, wo Monseñor Pera elf Tage zuvor ermordet worden war. Der Blutfleck auf dem Granit war noch zu erkennen.

Der Bischof bekreuzigte sich. »Ich glaube an den Heiligen Geist, die heilige katholische Kirche«, murmelte er, »die Gemeinschaft der Heiligen, die Vergebung der Sünden, die Auferstehung der Toten und das ewige Leben.« Müde kam er auf die Beine und drehte sich um.

»Nehmen Sie ihm die Fesseln ab«, befahl er.

»Aber er wird versuchen zu fliehen!«, wandte Gonzales ein.

»Das wird er nicht tun.«

»Ich werde nicht fliehen!«, sagte Bingham. »Ehrlich nicht. Ich werde mich einfach da hinsetzen und warten, bis das alles –«

»Halten Sie den Mund!«, schrie Gonzales.

»Lösen Sie seine Fesseln«, sagte der Bischof erneut.

Gonzales wagte nicht, ihm ins Gesicht zu sehen, zog den Schlüsselbund aus der Tasche und schloss Bingham die Handschellen auf, die klirrend zu Boden fielen. Er trat Bingham gemein in den Rücken, sodass dieser taumelte und mit dem Gesicht voran vor den Bischof fiel.

»Ich würde gern zu meiner Familie nach Hause gehen«, sagte Gonzales mit zittriger Stimme. »Wilson Dowling wurde zur Avenida del Sol davongeschwemmt ... dort wohne ich.«

Der Bischof blickte ihn starr an. »Du wirst hier mit mir warten.«

Gonzales wollte etwas einwenden, war aber nach einem Blick des Bischofs nicht imstande zu sprechen.

»Du liebst deine Familie sehr, deine Frau und die drei Kinder.« Der Bischof schwieg einige Augenblicke. »Welches der Kinder liebst du am meisten?«

Gonzales bekam eine Gänsehaut; am liebsten hätte er zugeschlagen. Ihm war klar, dass das eine Drohung war. Er griff nach dem Revolver, der an seinem Gürtel steckte, doch so sehr er sich auch bemühte, ihn zu ziehen, schaffte er es nicht einmal, das Holster zu öffnen.

»Welches deiner Kinder liebst du am meisten?«, fragte der Bischof wieder.

Gonzales senkte den Blick und schalt sich, weil er dem Bischof in die Augen gesehen hatte. »Ich liebe sie alle gleich«, antwortete er schließlich.

»Das ist sehr nobel«, erklärte der Bischof und kam näher. »Du kannst nicht gehen. Dein Platz ist hier bei mir, nicht bei deiner Familie. Das ist eine Prüfung deines Glaubens an Gott, an Jesus Christus und die heilige Kirche. Ich weiß, was du denkst – du möchtest nach deiner Waffe greifen und mich niederschießen. Aber ich bin nicht dein Feind, ich bin nur ein Spiegel deines Glaubens. Wilson Dowling ist der Mann, den du fürchten musst. Er wird hierher kommen, in diese Kirche, und dann brauche ich dich, wenn ich das Kostbarste auf der Welt schützen muss.«

»Lassen Sie mich nach ihm suchen und ihn in Fesseln herbringen. Es ist mir einmal gelungen, es wird mir wieder gelingen.«

Ein widerliches Lächeln glitt über das Gesicht des Bischofs. »Wilson Dowling besitzt enorme Macht – die Macht des Teufels. Er hat deinen Schuss überlebt, und er wird auch die Überschwemmung überleben. Er wird hierherkommen, in diese Kirche. Und dann wirst du deine Waffe ziehen und ihn erschießen.«

»Wenn er die Überschwemmung überlebt, wird er in der Nähe meines Hauses sein.« Gonzales fiel auf die Knie und blickte zu dem Jesuskind in den Armen der Jungfrau hinauf. »Bitte, lass mich gehen, ich flehe dich an, Jesus Christus, habe Mitleid mit mir in dieser dunklen Stunde. Ich fürchte um das Leben meiner Familie –«

»Du wagst es, selbst zu Christus zu beten?«, brüllte der Bischof. »Was fällt dir ein! Wenn du mich übergehst, begehst du Verrat an Gott! Verrat an dieser Kirche und allem, was sie bedeutet. Wenn du gehst, wird dein schlimmster Albtraum wahr – Gott ist mein Zeuge. Du bist meine rechte Hand, du hast dich dazu verpflichtet. Meine rechte Hand wird hier gebraucht. Wilson Dowling wird kommen ... er ist der Teufel, und seine Gier kennt keine Grenzen.«

Gonzales atmete schwer und zitterte am ganzen Leib. »Er sagte, Sie seien Francisco Pizarro von Trujillo.« Er musste sich zwingen, die Worte auszusprechen. »Ist das wahr? Ist der Geist Pizarros in Ihnen?«

Der Bischof bekam rot leuchtende Augen.

»Ich bin Gott selbst!«, antwortete er mit donnernder Stimme. Er nahm die Schultern zurück und richtete sich hoch auf. »Ich habe den Wilden Südamerikas das Christentum gebracht! Ich bin der Bezwinger der Heiden, der Statthalter von Peru. Du wirst mir gehorchen! Wenn Wilson Dowling kommt, wirst du ihn erschießen. Dann gehört er mir. Du hast schon einmal auf ihn geschossen und wirst es erneut tun. Wenn du Erfolg hast, werde ich deine Familie beschützen. Wenn du versagst, wirst du zusehen, wie deine Kinder sterben.« Kurz schwieg er. »Sieh mir in die Augen, Gonzales. Was ich sage, sind die Worte Gottes.«

55.

Cusco, Peru
Avenida del Sol
Ortszeit: 18.44 Uhr
24. Januar 1908

Die Strömung zog Wilson tiefer unter Wasser. Da seine Hände hinter dem Rücken gefesselt waren, konnte er sich nicht gegen Aufpralle schützen, außer dass er sie geschmeidig mit dem Körper abfing. Schon wieder stieß er mit Treibgut zusammen und durchbrach dabei kurz die Wasseroberfläche, wurde aber sofort wieder untergetaucht. Er hatte kein einziges Mal Luft holen können und fürchtete, nicht mehr lange zu überleben. Er hoffte, dass der Strom langsamer werden würde, doch das Gegenteil war der Fall – je länger er darin trieb, desto stärker wurde die Strömung.

Wegen des hohen Schlammgehalts im Wasser hielt er die Augen geschlossen, während er sich fragte, ob sein Leben so enden würde. Wieder prallte er gegen ein Hindernis. Acht Jahre hatte er in der Vergangenheit zugebracht, um seinen Auftrag in Peru zu erledigen. Acht lange Jahre. Und in nur acht Tagen war alles heillos durcheinandergeraten. Der Inka-Würfel war gestohlen worden und hatte Wahnsinn verbreitet.

Die unterschiedlichsten Gedanken schossen Wilson durch den Kopf, während er von der Strömung mitgerissen wurde. Ihm kam in den Sinn, wie es sich anfühlte, durch die Zeit zu reisen, und was er durchmachte, wenn er in der Transportkapsel stand. Die Schmerzen von den Laserkanonen waren unerträglich, und zugleich empfand er eine perverse Freude, weil er auf diese Weise dem Leben in seiner Welt entkam. Dann fühlte er sich, als würde er in der Zeit aufgehen, bis er sich schließlich wieder zusammenfügte und in einer Wolke aus Feuer und Rauch wiedererschaffen wurde, zuletzt in den Ruinen von Machu Picchu.

Wilson drängte es, Luft zu holen, doch er würde nur das schlammige Wasser inhalieren, in dem er trieb.

Helenas Gesicht schob sich in seine Gedanken. Sie hatte ihn aufgespürt wie angekündigt. Es war ein sonderbarer Trick des Schicksals, der sie zusammengeführt hatte, über eine zeitliche Kluft von über hundert Jahren hinweg. Für ihn würde Helena immer für das stehen, was er an Menschen am meisten schätzte: Entschlossenheit, Mut, körperliche Präsenz. Wenn er jetzt sterben sollte, dann in der glücklichen Gewissheit, dass sie einander berührt hatten. Er hatte nicht damit gerechnet, dass ihre Schicksale so miteinander verknüpft waren und dass ihm dies so viel bedeutete.

Ihm gingen viele Bilder durch den Kopf, von Erlebnissen und Leuten in seiner Vergangenheit, von den außergewöhnlichen Orten und Dingen, die er gesehen hatte.

Seine Lungen brannten, schrien verzweifelt nach Sauerstoff.

Er hatte einmal gelesen, dass Ertrinken eine angenehme Art zu sterben sei. Menschen, die danach wiederbelebt worden waren, erzählten, dass sie beim Inhalieren des Wassers keine Schmerzen gehabt, sondern Ruhe empfunden hätten, als schwebten sie in den Wolken. Erst als man ihnen das Wasser aus der Lunge pumpte, hatten sie schreckliche Qualen gelitten.

Wie wird es sich anfühlen, in so schlammigem Wasser zu ertrinken?, fragte er sich.

Er stellte sich Hiram Bingham mit einer Zigarette im Mundwinkel vor, seine hagere Gestalt, seinen Sarkasmus, seine ständigen Beschwerden. Was würde aus ihm werden, wenn er, Wilson, tot war?

Er dachte an Professor Author, den Mann, der sein Leben grundlegend verändert hatte. Er hatte Wilsons Hirnfunktionen so modifiziert, dass er sich selbst heilen konnte und die Kraft von zwanzig Männern hatte. Das Genie Author, dieser komische kleine Mann, war sein Freund und Mentor.

Das Bild von Bischof Francisco stieg vor seinem inneren Auge auf, mit rot leuchtenden Pupillen und dem bösen Grinsen, das auf seinen Lippen lag, als Wilson geschlagen wurde.

Wieder prallte Wilson gegen ein Hindernis, an dem er hängen blieb. Die Strömung zerrte an ihm, zerriss ihm die Kleider, drehte ihn schließlich herum, sodass er loskam und weitertrieb und gleich wieder mit dem Kopf gegen irgendetwas stieß. Er versuchte, nach etwas zu greifen, woran er sich festhalten konnte, hatte aber keinen Erfolg.

Er war geschwächt und ohne Orientierung.

Und jeden Augenblick würde er nach Luft schnappen müssen.

Das wäre zweifellos die Stunde, in der sein Leben endete.

Ertrinken ist kein schmerzhafter Tod, sagte er sich.

Plötzlich fühlte er, wie ihn jemand an der Schulter packte, dann am Hosenbein. Er wurde aus dem Wasser gezogen. Treibgut streifte ihn. Sein Kopf kam aus dem Wasser, Wilson riss Augen und Mund auf und holte verzweifelt Luft. Jemand hielt ihn, doch er sah nichts außer einem Schatten. Er rutschte aus den Händen, ging wieder unter und bekam Wasser in die Lunge.

Die Hände packten erneut zu, bekamen einen Fuß, dann die Beine zu fassen, griffen ihm unter die Arme und zogen ihn unnachgiebig aus dem Strom. Er spürte Regen im Gesicht, der ihm den Schlamm aus den Augen wusch. Es war Aclla, die ihn festhielt und an ihren Brustpanzer drückte, als ginge es um ihr Leben. Er konnte das Spiel ihrer Muskeln spüren.

Sontane hielt ihn von hinten um die Taille gepackt und wurde wiederum von vier Kameradinnen gehalten, die hinter ihr eine Kette gebildet hatten, um Wilson aus dem braunen, wirbelnden Wasser zu ziehen.

Vorsichtig legten sie ihn auf das nasse Kopfsteinpflaster einer Seitengasse. Wilson hustete unkontrolliert. Wohin er blickte, sah er Kriegerinnen in nassen Ponchos mit gespanntem Bogen, die aufpassten, ob sich jemand näherte.

Er versuchte, den Hustendrang zu unterdrücken, während zwei Frauen hinter ihm knieten und auf die Ketten seiner Handschellen einschlugen. Es knackte zweimal deutlich, dann war er frei. Er rieb sich die Handgelenke und kam langsam vom Boden hoch, den Kopf in den Nacken gelegt, sodass ihm der Regen ins Gesicht schlug. Er ließ sich den Mund ausspülen und wischte sich den Schlamm aus den Augen und Haaren. Sein Hemd war zerrissen. Er riss es sich vom Körper und warf es weg. Alle Muskeln angespannt, stieß er einen lauten Schrei aus, der von den Hauswänden unheildrohend widerhallte.

Schwer atmend und von Adrenalin überschwemmt sah er Aclla an.

»Ich habe immer geglaubt, dass du zurückkehrst«, sagte sie.

»Wo ist der Bischof?«, fragte Wilson.

»In der Kathedrale, mit Hiram Bingham und Hauptmann Gonzales.«

»Wir müssen sie angreifen«, sagte Wilson. Er wischte sich den Schlamm von der Brust. Seine Schusswunde war inzwischen vollständig verheilt.

»Meine Kriegerinnen sind bereit. Aber kannst du den Inka-Würfel aufspüren?«

»Der Geist dieser Frau, von der ich erzählt habe, ist hier«, sagte er. »Ich werde sie in der Kathedrale treffen. Der Inka-Würfel wird wahrscheinlich dort sein.«

»Der Kristallbehälter ist eingetroffen.« Aclla deutete auf Sepla, die einen Ledertornister vor der Brust trug.

»Wenn wir angreifen, werden viele von euch umkommen«, sagte Wilson und schaute Sontane und die übrigen Kriegerinnen an. »Die Soldaten haben Schusswaffen und werden vom Geist Pizarros gelenkt.«

»Also ist es Pizarros Geist, der sich der Kräfte des Würfels bedient?«

Wilson nickte. »Und eure Rüstung hält keine Kugeln ab.«

»Pizarro ist ein würdiger Gegner«, sagte Aclla, als kenne sie seinen Ruf genau. »Und wir sind die Jungfrauen der Sonne. Für uns ist es ehrenvoll, im Kampf zu fallen. Wir sind unser ganzes Leben lang dafür erzogen und ausgebildet worden. Wenn wir nicht erfolgreich sind, gibt es kein Morgen. Das ist die Gelegenheit, unsere Bestimmung zu erfüllen und dem Vertrauen gerecht zu werden, das Mama Ocllo und die Mamaconas in uns gesetzt haben.« Mit regennassem Gesicht fuhr sie fort. »Wir haben viel miteinander erlebt, Wilson Dowling. Es wird uns eine Ehre sein, mit dir in den Kampf zu ziehen.«

»Dann sind wir bereit.« Wilson nickte.

Aclla machte eine knappe Handbewegung, und die Amazonen schwärmten aus. Ihre schwarzen Ponchos flatterten hinter ihnen wie Fledermausflügel. Aclla deutete mit dem Bogen in die Richtung, die sie nehmen mussten. »Dort entlang führt der kürzeste Weg zur Kathedrale.« Sie rannte neben Wilson her und gab ihm ein Schwert, damit er es sich um den Oberschenkel schnallte. »Wenn wir angreifen und der Regen auch nur einen Moment lang aussetzt, werden wir entdeckt.«

»Es hört aber nicht auf zu regnen«, sagte Wilson. »Das Unwetter wird noch schlimmer werden.«

56.

Cusco, Peru
Kathedrale
Ortszeit: 18.44 Uhr
24. Januar 1908

Helena sah den Bischof in die Kirche gehen. Gonzales führte Bingham vor sich her. Sie rannte auf die große Doppeltür zu, um hinter ihm hineinzuhuschen, und merkte im letzten Moment, dass die Tür in der Gegenwart verschlossen war. Vergeblich zog sie an den Türringen, doch es war zugesperrt. Dann schlug sie mit der Faust gegen das dicke Zedernholz, damit jemand von innen öffnete.

Chad und Hanna drückten sich neben ihr unter dem Steinbogen an die Mauer, um dem Regen zu entgehen. Der Wind war stürmisch und der Himmel schwarz, sodass ihre Sicht stark beeinträchtigt war.

»Dieses Wetter ist unglaublich«, meinte Hanna. »So was hab ich noch nicht erlebt.«

Chad war klitschnass. »Als ich dich mit gezogener Waffe durch die Hotelrezeption rennen sah, dachte ich, jemand wollte dich umbringen. Ich hätte beinahe den Portier erschossen.« Sie grinste. »Du hättest sein Gesicht sehen sollen.«

»Das kommt alles in meine Autobiografie.« Hanna zwinkerte ihr zu.

Helena hämmerte mit beiden Fäusten gegen die Kirchentür.

»Ich weiß ja nicht, was mit ihr los ist«, fügte Hanna hinzu. »Aber sie hat Biss, das muss ich ihr lassen.«

»He, Sie beide«, unterbrach Helena. »Seien Sie still, und helfen Sie mir, einen Weg in die Kirche zu finden! Und ich bin nicht verrückt ... aber das brauchen Sie mir nicht zu glauben. Sie müssen nur einen Weg in eine der drei Kirchen finden. Die Gebäude sind durch eine große Halle miteinander verbunden.«

Chad und Hanna wechselten einen Blick.

»Gehen Sie da entlang«, drängte Chad. »Wir gehen da herum. Wenn Sie eine offene Tür finden, kommen Sie zurück und holen uns. Klar?«

Hanna nickte und rannte zur Sagrada Familia. Chad und Helena liefen zur El-Triunfo-Kirche.

Unterwegs dachte Helena voller Unruhe, dass Wilson längst in dem reißenden Strom mit all seinem Unrat ertrunken sein könnte. Wilson ging immer große Risiken ein und verließ sich auf seine ungewöhnlichen Fähigkeiten, das wusste sie. Eines Tages würde er es zu weit treiben und dabei umkommen.

Helena schaute wieder in die Vergangenheit und konnte die peruanischen Soldaten ausmachen, die in nördlicher Richtung vom Platz wegliefen. Die Überschwemmung auf der Plaza de Armas hatte die Kathedrale von der Kaserne abgeschnitten, und die Soldaten mussten einen Umweg gehen, um auf die andere Seite zu gelangen. Dutzende von ihnen waren bereits rings um die Kathedrale hinter den Sandsäcken feuerbereit und mit aufgepflanztem Bajonett in Stellung gegangen.

Wilson gegen eine ganze Armee, dachte Helena. *Du meine Güte!*

Wieder schaute sie sich suchend um, blickte in Gassen und Hauseingänge und hoffte beklommen, Wilson aus dem Schatten treten zu sehen. Doch es schien undenkbar, dass er bei so vielen Soldaten in die Nähe der Kirche gelangen könnte.

Und wenn der Inka-Würfel nun gar nicht hier ist?, dachte sie.

Chad probierte es an den ersten drei Eingängen der El-Triunfo-Kirche. Sie drückte die großen Klinken und schlug dann mit dem Pistolengriff kräftig gegen das Holz. Nach kurzem Warten ging sie zum nächsten Eingang. Alle Türen waren verschlossen, und Helena, Chad und Hanna gingen weiter zur Südseite der Kirche. Dort strömte das Wasser an der Kirchenmauer vorbei. Wo eine Kopfsteinpflasterstraße gewesen war, floss jetzt ein schmutziger Strom wie auf der Plaza de Armas.

Chad schlug mit der Faust gegen eine Tür, die vermutlich den Geistlichen vorbehalten war.

»Schießen Sie auf das Schloss!«, verlangte Helena.

Chad wirkte entsetzt. »Also, ich bin ja nicht religiös, aber das halte ich für keine gute Idee.«

Helena schob sie beiseite, zielte mit Don Eravistos Colt und drückte ab. Der Schuss hallte durch den Regen. Helena besah sich das Türblech, das nur eingedellt war. Aus Angst vor Querschlägern ging sie einen Schritt zurück und schoss dreimal schnell hintereinander.

Das Schloss war demoliert und offen.

»Egal was passiert, lassen Sie niemanden in meine Nähe«, sagte Helena. »Mir ist egal, wenn die Polizei aufkreuzt. Sorgen Sie dafür, dass ich Handlungsfreiheit habe.«

Dann trat Helena gegen die Tür und betrat die stille Kirche.

57.

Cusco, Peru
Plaza de Armas
Ortszeit: 18.55 Uhr
24. Januar 1908

Wilson hatte darauf bestanden, den Platz als Erster zu betreten. Die Sonnenjungfrauen sollten ihm von den umliegenden Dächern Feuerschutz geben und dann zu ihm stoßen, um an seiner Seite zu kämpfen. Aclla war sehr besorgt, dass es ihnen vielleicht nicht gelingen würde, in die Kathedrale vorzudringen. Die drei Kirchen waren wie eine Festung erbaut und die Holzportale dreißig Zentimeter dick. Die Außenmauern waren zu hoch, als dass sie unbemerkt an ihnen heraufklettern konnten. Die bunten Fenster und die Seitentüren für die Geistlichen waren mit Brettern vernagelt und mit Sandsäcken geschützt. Blieb nur das Hauptportal der Kathedrale. Und es sah aus, als könnte nicht einmal Wilson mit seinen außerordentlichen Kräften dieses aufbrechen.

Als Wilson Aclla eröffnete, dass er die übel zugerichtete Leiche ihrer Schwester Vivane im Verlies des Klosters gesehen hatte, erwartete er einen Wutausbruch oder dass sie zumindest die Fassung verlieren würde. Doch Aclla blieb ruhig und ganz auf die bevorstehende Aufgabe konzentriert, so als wüsste sie, dass die Gelegenheit zur Rache ohnehin käme.

In dem düsteren Licht schaute Wilson über die Mauern

und Dächer der Kirche und hoffte auf den charakteristischen hellen Fleck, der Helenas Gegenwart anzeigte. Er hatte sie gebeten, in der Nähe des Bischofs zu bleiben, und vermutlich war sie bereits in der Kirche. Dann blickte er über den Platz und merkte sich die Position der Soldaten und ihrer Stellungen.

Während der Regen niederprasselte, wartete Wilson darauf, dass Aclla und ihre Kriegerinnen ihr Ritual beendeten, bei dem sie sich mental vereinigten. Schließlich tippte Aclla Wilson auf die Schulter und streckte ihm die Hand hin.

Er nahm ihre kalten Finger und sah ihr tief in die dunklen Augen.

»Keine Gnade«, sagte Aclla. »Wir kämpfen bis zum Letzten.«

»Ich werde die Tür aufbrechen, ihr gebt mir Deckung.« Er wollte noch etwas Persönliches sagen, brachte es aber nicht fertig. Im bevorstehenden Kampf würden Menschen sterben, und er war emotional bereits auf Distanz gegangen.

Er prüfte, ob sein Schwert fest am Oberschenkel saß, dann duckte er sich und kroch auf das strömende Wasser der Überschwemmung zu. Er suchte sich etwas, an dem er sich gut festhalten konnte, und ließ sich ins Wasser hinab. Treibgut aller Art schlug gegen ihn, während er sich Schritt um Schritt durch den Strom schob. Die Strömung war so stark und tückisch, dass er seine ganze Kraft aufbringen musste, um dagegenzuhalten. Als er endlich die nördliche Geschützstellung erreichte, kletterte er wie ein Alligator auf allen vieren aus dem Strom. Ein Wall aus Sandsäcken lag direkt vor ihm.

Er zog das Schwert aus der Scheide, prüfte die Schärfe und nahm sich einen Moment Zeit, um ruhig zu werden. In den nächsten Augenblicken würde er alles brauchen, was er gelernt hatte. Die Zukunft der Menschheit hing davon ab, ob es ihm gelingen würde, in die Kirche einzudringen und den Inka-Würfel zu finden.

Er atmete noch einmal tief durch und fühlte, wie sich seine Kräfte sammelten.

Er schnellte aus seiner Position hoch in einen Salto, setzte über die Sandsäcke und landete in der erhöhten Geschützstellung. Von da an nahm er alles wie in Zeitlupe wahr. Er holte mit dem Schwert aus, schnitt einem Soldaten die Kehle durch und stach einem anderen in den Kopf, dass das Blut spritzte. Er ließ das Schwert fallen, fuhr herum, um den dritten Soldaten bei den Ohren zu packen und ihm mit einem kräftigen Ruck das Genick zu brechen.

Trotz des beträchtlichen Gewichts hob er das Maxim-Maschinengewehr von dem Dreibein und entsicherte es. Ein Munitionsgurt mit fünfhundert Patronen hing an der Seite herunter. Wilson sah bereits Dutzende Soldaten von allen Richtungen kommen. Der Geist Pizarros wusste, wo er war!

Eine Kugel pfiff an seinem Ohr vorbei, eine andere streifte seine Wange.

Aus der Dunkelheit flogen Pfeile und bohrten sich in Fleisch, als die Amazonen zum Gegenangriff auf die Soldaten ansetzten. Wilson schwenkte die Waffe auf den südlichen Geschützstand zu und drückte ab. Das Mündungsfeuer blitzte auf, während er mit aller Kraft versuchte, den Rückstoß zu bändigen. Der entsetzliche Lärm und die Zerstörung, die damit einherging, hatten etwas Surreales. Die Kugeln durchsiebten die angreifenden Soldaten, die unter dem Aufprall der .303-Projektile auf den Rücken geschleudert wurden. Ohne den Finger vom Abzug zu nehmen, schwenkte Wilson das Maschinengewehr und feuerte auf drei Soldaten, die auf ihn zugerannt kamen. Von Kugeln durchsiebt fielen sie aufs Pflaster.

Die Sonnenjungfrauen tauchten aus der Dunkelheit auf wie Geister. Pfeile flogen in alle Richtungen. Ein Soldat wurde im Auge getroffen, ein anderer im Bauch. Als die Kriegerinnen nah genug herangekommen waren, zogen sie das Schwert und schlugen jeden nieder, der ihnen in die Quere kam.

Der Regen prasselte so laut, dass Wilson die Todesschreie der Getroffenen nicht hören konnte. Leuchtspurgeschosse zogen über den Himmel. Zu seiner Linken wurde eine Amazone mit dem Bajonett erstochen. Im nächsten Moment tauchte ihre Gefährtin auf und übte tödliche Rache mit dem Schwert.

Einer anderen Frau wurde ins Gesicht geschossen.

Wilson sprang mit dem Maxim aus der Geschützstellung. Ohne auf die Kugeln zu achten, die ihm um die Ohren pfiffen, rannte er die Treppe zum Hauptportal der Kathedrale hoch. Dort griffen ihn Soldaten von zwei Seiten an, und Amazonen kamen dazu, um ihn zu schützen. Eine, die Wilson von rechts verteidigte, fiel im Kampf. Blut schoss aus ihrer Wunde, aber Wilson lief ohne zu zögern weiter und gab einen tödlichen Feuerstoß auf einen angreifenden Soldaten ab, drehte sich, schoss und tötete noch einen.

Sontane und Aclla waren jetzt an seiner Seite und schossen einen Pfeil nach dem anderen ab. Wilson stand breitbeinig vor der schweren Flügeltür der Kathedrale und richtete den Lauf auf die Stelle, wo er den Querbalken vermutete, dann drückte er ab.

Das Holz splitterte und flog in alle Richtungen.

Amazonen liefen auf das Portal zu und taten ihr Bestes, um Wilson zu schützen. Kugeln und Pfeile flogen durch die Luft, der Tod war überall. Wilson merkte, dass das Maschinengewehr immer heißer wurde, doch dann sah er durch den Rauch, dass er ein Loch ins Holz geschossen hatte.

Sontane zog den nächsten Pfeil aus dem Köcher, wurde jedoch von einer Kugel in die Brust getroffen. Sie wurde gegen Wilson geschleudert und riss ihn mit zu Boden. Sein Finger rutschte vom Abzug. Wilson drehte sich herum und sah, wie ein Soldat auf ihn anlegte. Doch im selben Moment drang diesem ein Pfeil ins Herz.

Aclla zog Wilson auf die Beine und deutete auf die Kirchentür.

»Weiterschießen!«, schrie sie und griff in ihren Köcher.

Wilson schaute auf die reglose Sontane am Boden, ihre glasigen Augen standen weit offen. Die Kugel hatte den Brustpanzer durchschlagen, Blut quoll heraus. Überall sah man Blut und Leichen.

»Schießt weiter!«, befahl Aclla erneut.

Wilson drückte ab, Mündungsfeuer leuchtete auf.

Aclla hatte ihren letzten Pfeil verschossen und griff zum Schwert, bückte sich dann zu Sontane und zog auch deren Schwert aus der blutigen Scheide am Oberschenkel. Mehr Soldaten kamen die Kirchentreppe herauf, und Aclla sprang ihnen entgegen. Mit unglaublicher Geschmeidigkeit wich sie den Bajonetten aus und schlug mit gnadenloser Treffsicherheit zu.

Das Maschinengewehr war glühend heiß, als der Munitionsgurt verbraucht war und es verstummte.

Wilson ließ die Waffe fallen und hob einen Sandsack hoch,

hielt ihn sich vor die Brust und lief mit einem Schrei auf die beschädigte Tür zu, unterstützt von Aclla und den übrigen Kriegerinnen, die sich im Pulk mit ihm gegen das Holz warfen.

Der Sandsack ließ das zersplitterte Holz bersten, und die Menschentraube schlitterte über den glatten Kirchenboden und prallte gegen den goldenen Altar.

Schon im nächsten Augenblick verteidigten die Amazonen die Tür und schlugen jeden nieder, der sich bis dorthin vorwagte. Von draußen pfiffen Kugeln in die Kirche, prallten vom Boden ab und blieben in den Wänden stecken. Etwa die Hälfte der Amazonen verteidigte die Tür, die übrigen machten sich daran, den Altar umzukippen, um ihn als Barrikade zu verwenden. Wilsons Blick fiel auf ein lebensgroßes Gemälde der Jungfrau Maria, die mit dem Jesuskind im Arm zu ihm herabschaute. Bei dem Anblick stockte ihm kurz der Atem, denn der ernste Ausdruck ihres schönen Gesichts stand in krassem Kontrast zu dem Blutbad, das ringsum stattgefunden hatte. Die Kriegerinnen brachten den Altar endlich zum Kippen, und er krachte polternd auf die Seite. Das riss Wilson aus seinen Gedanken, und er half den Frauen, ihn vor die Tür zu schieben.

»Such den Inka-Würfel«, sagte Aclla leise. »Es ist nicht mehr viel Zeit.«

Die Amazonen stöhnten vor Anstrengung. Einige waren durch Kugeln und Bajonettstiche verwundet, andere hatten nur Kratzer und Blutergüsse. Doch keiner waren Angst oder Schmerzen anzumerken, nur die Ruhe des entschlossenen Kämpfers in der Schlacht.

Polix trug jetzt den Ledertornister vor der Brust, in dem der Kristallbehälter war, und auch sie war blutüberströmt.

Sepla musste beim Kampf auf der Kirchentreppe tödlich getroffen worden sein, sodass Polix ihren Platz eingenommen hatte.

Wilson nahm zum ersten Mal die ganze Pracht des Kirchenraums wahr, die hohen Säulenbögen, die zahllosen Kunstwerke, die vielen Seitenkapellen. Es war ein beeindruckendes Bauwerk, das von innen noch größer wirkte als von außen. Das Portal wurde noch immer beschossen, als die Sonnenjungfrauen hastig hinter ihrer Barrikade in Stellung gingen, um den Eingang nach besten Kräften zu verteidigen.

Endlich sah Wilson einen weißen Schimmer in der Mitte des Ganges.

»Komm hierher!«, rief Helena.

Sie hatte die ganze Zeit über neben ihm gestanden, und er hatte sie nicht bemerkt. »Der Bischof ist in der Sakristei. Gonzales versteckt sich hinter dem Hochaltar mit einem Gewehr!«

»Weißt du, wo der Inka-Würfel ist?«, fragte Wilson.

»Er muss ganz in der Nähe sein, denn mir ist davon ganz schlecht.« Sie ging auf ein Knie und zeichnete zu Wilsons Orientierung einen Lageplan mit dem Finger auf den Boden.

»Aclla, ich brauche dich hier!«, rief Wilson.

Während sich Helena in das südliche Seitenschiff zurückzog, sah sie besorgt, wie Wilson mit der Amazonenkriegerin durch das nördliche rannte. Dann lief sie den leeren Gang entlang. Die Säulen erhoben sich in das dunkle Deckengewölbe. Es war stockfinster. Helena orientierte sich, indem sie in die von Kerzen erleuchtete Kirche in der Vergangenheit blickte. Soweit sie erkennen konnte, hatte sich in den letzten einhundertsechs Jahren nichts in dem Innenraum geändert.

Chad und Hanna beklagten sich, weil sie nichts sehen konnten. Doch dann schaltete Chad das Laserzielgerät ihrer Waffe ein, das ihr zumindest verriet, wie weit ein Hindernis von ihr entfernt war.

Helena gelangte zur Sakristei und schaute hinein. Drinnen stand Bischof Francisco, die Hände auf dem Rücken verschränkt. Hiram Bingham saß vor ihm am Boden mit einem Dolch in der Hand. Als Helena durch die Tür trat, wurde ihr plötzlich speiübel.

»Du wagst es, das Haus Gottes zu besudeln!«, brüllte der Geistliche den Forscher an. »Du wagst es, diese schändlichen Huren hierher zu bringen, an diese heilige Stätte!«

Wilson drückte sich in einen dunklen Schatten beim Chorgestühl im Mittelschiff. »Sie sind es, der diese Stätte besudelt, Pizarro. Sie handeln im Namen Gottes, aber Ihre Taten sind ruchlos.«

Der Bischof kicherte meckernd. »Du denkst, du hast mich in der Falle. Stattdessen habe ich dich hierher gelockt, und heute wirst du meine Rache zu spüren bekommen. Ich werde dich bezahlen lassen für deine vergeblichen Angriffe auf mich. Die Rache Christi und des Allmächtigen wird über dich kommen.«

»Capitán! Gonzales!«, rief Wilson laut. »Sie sollten den Geist, der den Bischof beherrscht, nicht schützen. Er ist kein Geistlicher mehr, er ist ein Mörder!«

Wilson trat ins Licht.

Über der goldenen Balustrade am Hochaltar kam Gonzales zum Vorschein, den schussbereiten Revolver auf Wilson gerichtet, doch ehe er abdrücken konnte, schoss Aclla einen Pfeil ab und traf Gonzales oben an der rechten Schulter. Der Revolver glitt ihm aus der Hand und über die Treppenkante, während Gonzales die Stufen hinunterfiel.

»Nicht töten!«, rief Wilson und näherte sich langsam der Sakristei, wo er Bingham und den Bischof vermutete. Vor dem Portal wurde geschossen, und man hörte Schwerter klirren.

»Wilson, pass auf!«, schrie Helena aus dem Dunkel.

Plötzlich sah er Bingham mit weit aufgerissenen Augen und gezücktem Dolch auf sich zukommen. Wilson duckte sich und stellte Bingham ein Bein, sodass dieser der Länge nach hinschlug und sich den Kopf an den Steinen stieß.

Wilson konnte die roten Pupillen des Bischofs im Dunkeln leuchten sehen.

»Sie wagen es, mir meinen Freund auf den Hals zu hetzen?«, schrie Wilson.

»Es macht mir keine Freude, durch einen schwachen Mann zu handeln.« Der Bischof kam aus der Sakristei gehumpelt. Mit seinem knochigen Finger zeigte er auf Wilson. »Du wirst der Nächste sein, von dem ich Besitz ergreife.«

In der dunklen Sakristei schimmerte Helenas Gestalt. Sie beobachtete den Bischof und versuchte einzuschätzen, was er als Nächstes tun würde.

Wilson blickte in die irren Augen des Geistlichen. »Die Peruaner hassen Sie, Pizarro. Sie handeln im Namen Gottes, aber Sie dienen ihm ohne Erbarmen. Als Sie Atahualpa töten ließen, obwohl sein Lösegeld bezahlt wurde, war Ihr finsterer Platz in der Geschichte besiegelt. Ganz zu schweigen von den entsetzlichen Dingen, die Sie seiner Familie angetan haben.«

»Er war ein Heide, der den einen wahren Gott nicht anerkennen wollte!«

»Sie sind ein Ungeheuer, und als solches werden Sie in Erinnerung bleiben.«

»Ich habe Atahualpas Seele gerettet, nur so konnte er in den Himmel gelangen! Das ist es, was die Hand Gottes auf Erden zu tun hat! Ich bin ein Held, weil ich ihn zum rechten Glauben geführt habe!«

»Er hält den Würfel in der Hand!«, rief Helena plötzlich.

Wilson holte erschrocken Luft, doch ehe er wegsehen konnte, streckte der Bischof die geöffnete Hand aus. Sowie Wilsons Blick auf das schimmernde Gold des Würfels fiel, war er wie gelähmt – und hatte nur noch den Wunsch, ihn zu berühren. Noch nie hatte er solch ein brennendes Verlangen empfunden. Er sah das Funkeln, die glatten Kanten, ahnte sein Gewicht. Ihm war, als ob der Würfel zu ihm spräche, ihn lockte, ihn aufforderte, näher zu kommen.

Aclla warf ihren Umhang über die Schultern zurück, hob das Schwert und rannte schreiend auf den Bischof zu. Doch als sie an Wilson vorbei wollte, schlug er ihr mit der Faust in den Nacken. Bewusstlos sank sie nieder, das Schwert fiel ihr aus der Hand und rutschte über den Boden dem Bischof vor die Füße.

»Komm her, und du sollst ihn haben«, lockte der Bischof mit rot leuchtenden Augen.

»Nein, Wilson!«, rief Helena. »Du wirst alles verlieren, wenn du ihn berührst!« Unwillkürlich griff sie nach ihm, fasste aber nur ins Leere.

Gefangen in seiner Begierde ging Wilson langsam auf die Hand des Bischofs zu. Er wollte das Gewicht des Würfels spüren, wollte dessen Macht fühlen.

Helena stellte sich ihm in den Weg und hoffte verzweifelt, ihn aufzuhalten. »Du wirst genau das werden, was du verabscheust!«, rief sie ihm zu.

Wilsons Blick blieb starr auf den Würfel gerichtet.

Der Bischof sagte mit tiefer Stimme: »Berühre ihn, und all deine Wünsche werden wahr. Wir beide werden großartige Partner sein.«

Wilson streckte die Finger aus, sie waren nur noch Zentimeter entfernt.

Er ist so schön, dachte er.

Helena überlegte fieberhaft, womit sie Wilson ablenken könnte. Sie fühlte sich hilflos, und ihr war speiübel. Sie sah auf den Inka-Würfel, der genau in eine Handfläche passte. Sein Anblick machte sie schwindelig.

Gleich würde Wilson ihn berühren!

Dann wäre er unwiderruflich verloren.

Gegen jede Vernunft griff sie vor ihm nach dem Würfel.

Es war, als ginge ein Stromschlag durch ihren Körper, doch trotz der rasenden Schmerzen ballte sie die Faust und schlug Wilson mit aller Kraft ins Gesicht. Der Schlag saß. Wilson taumelt rückwärts und fiel.

Er brauchte einen Moment, um sich zu fassen.

Er war sich nicht sicher, was passiert war.

Doch als er aufblickte, sah er Helena erschlafft niedersinken, als wäre ihr alle Lebenskraft genommen worden. Dann wurde sein Blick erneut von dem Würfel angezogen. Schwer atmend stand er auf. Sein Kinn schmerzte von dem unerklärlichen Schlag, den er erhalten hatte.

»Komm, und hol ihn dir«, lockte Pizarro.

Helena lag reglos da.

Wilson streckte magisch angezogen die Hand nach dem

Würfel aus, doch diesmal sah er Helenas schimmernde Gestalt am Boden liegen. Sie schien nicht zu atmen.

Wilson stockte und starrte sie an.

»Tritt näher!«, befahl Pizarro, doch Wilson rührte sich nicht.

Stattdessen kam Gonzales mit Acllas Schwert in der Hand in die Sakristei. Seine Schulterwunde blutete stark. Er hob die glänzende Waffe, um gegen Wilson zum Schlag auszuholen.

»Töte ihn!«, befahl Pizarro.

In dem Moment sprang Bingham auf und stieß dem Bischof den Dolch in den Hals, dicht über dem Schlüsselbein. Der Priester stieß einen entsetzlichen Schrei aus, während ihm der Würfel aus der Hand fiel und laut klirrend auf den Boden schlug.

Der Würfel sprang und kullerte nicht, sondern blieb auf der Stelle liegen.

Der Bischof riss sich den Dolch aus dem Hals, sodass das Blut herausspritzte, und drehte sich zu Bingham. »Du wagst es, Pizarro anzugreifen!«

»Ich habe Sie schon immer verachtet!«, brüllte Bingham wütend.

Gonzales fuhr mit dem Schwert herum, rempelte Bingham zur Seite und stieß es dem Bischof in die Brust.

Der taumelte schreiend und fiel auf den Rücken.

Wilson, Bingham und Gonzales standen wie gebannt vor dem glänzenden Inka-Würfel, der plötzlich vor ihren Augen verschwand. Aclla hatte ihren Poncho darübergeworfen.

Gonzales sank auf ein Knie; der Pfeil steckte noch in seiner Schulter. Aus dem Kirchenschiff hörte man Schüsse und Todesschreie. Die Soldaten versuchten, die Barrikade am

Portal zu stürmen, und wurden von Acllas Kriegerinnen niedergemetzelt.

Wilson kniete neben Helena. Jemand hatte sie auf den Rücken gedreht und versuchte, sie wiederzubeleben, aber Wilson konnte nicht sehen, wer es war.

Der Bischof lag blutend am Boden. »Du hast mich hintergangen«, sagte er zu Gonzales mit rot leuchtenden Pupillen. Dann griff er an seinen blutenden Hals und zog mit den Fingern ein großes rotes Kreuz auf den Steinboden. »Weißt du, was geschieht, wenn ich getötet werde?« Er lachte und schlug sich matt gegen die Brust. »Mein Geist geht in einen anderen über!« Er stieß ein gurgelndes Lachen aus. »Ich werde mich an dir rächen, Gonzales. Deine Familie wird sterben ... und du wirst zusehen.«

Nach diesen Worten wurden seine Pupillen schwarz.

»Nein!«, schrie Gonzales. »Bitte, nicht!« Er wollte aufstehen, doch der Bischof packte ihn am Hemd und zog ihn zu sich heran.

»Du hast mich gerettet«, flüsterte er. »Gepriesen sei der Herr!«

Wilson fasste dem Bischof an die Stirn. »Wer ist jetzt vom Geist Pizarros besessen?«, fragte er. »Sie müssen es uns sagen ...«

»Juan Santillana«, flüsterte der Bischof gurgelnd. Ihm floss Blut aus dem Mund. »Er benutzt jetzt Santillana.« Der Bischof hustete Blut. »Seinen Bruder gekreuzigt am Glockenturm zu sehen hat ihn in den Wahnsinn getrieben.« Tränen traten ihm in die Augen. »So hat er alle getötet, die mir teuer waren.« Er tat einen letzten gurgelnden Atemzug und verstummte.

Gonzales wimmerte.

Aclla zeigte mit dem Finger in die Runde. »Ihr müsst jetzt alle wegsehen.«

Polix kam mit dem offenen Tornister.

Wilson nahm Bingham und Gonzales in den Schwitzkasten, damit sie den Kopf nicht drehen konnten, und wandte sich mit ihnen ab.

Die schimmernde Gestalt von Helena Capriarty lag noch an derselben Stelle wie zuvor und rührte sich nicht. Erst jetzt begriff Wilson, dass sie den Würfel berührt hatte, über eine Zeitbarriere von einhundertsechs Jahren hinweg. Sein Kinn schmerzte noch von ihrem Fausthieb.

Aclla öffnete ein Kästchen aus Obsidian und enthüllte die funkelnden kristallenen Innenwände. Sie hielt die Luft an, als sie den Poncho vom Würfel wegzog. Gemeinsam mit Polix packte sie ihn mit der großen Zange und senkte ihn behutsam in das Kästchen, dann schloss sie den Deckel.

Helenas Gestalt verblasste.

Am Portal waren die Schüsse verstummt. Niemand schien mehr zu kämpfen.

Eine Weile herrschte völlige Stille.

»Hat jemand eine Zigarette für mich?«, murmelte Bingham.

»Wir müssen meine Familie retten«, wimmerte Gonzales.

Wilson half dem Offizier auf die Füße, drehte ihn herum und zog ihm den Pfeil aus der Schulter. Gonzales war totenblass und hatte offensichtlich viel Blut verloren.

»Der Inka-Würfel muss nach Pitcos gebracht werden«, sagte Aclla.

»Wir gehen nach Vilcabamba«, widersprach Wilson.

Das blutige Schwert in der Hand blickte Aclla ihm in die Augen. »Das darf ich nicht tun. Wir müssen den Würfel nach

Pitcos bringen, bevor die Kristalle ausgebrannt sind. Ich kann nicht einschätzen, wie viel Zeit uns bleibt.«

Wilson wischte sich das Blut von der Wange, die Verletzung war bereits verheilt. »Aber ich brauche den Würfel, sonst kann ich nicht abreisen. Das weißt du.«

»Nur die Mamaconas können dir die Erlaubnis dazu erteilen«, sagte Aclla.

Polix setzte derweil das schwere Obsidiankästchen in den Tornister und schnallte ihn sich vor die Brust.

»Wir müssen meine Familie retten!«, rief Gonzales.

»Kann der Geist Pizarros ohne die Kräfte des Inka-Würfels noch weiter sein Unwesen treiben?«, fragte Wilson.

»Das kann ich nicht mit Gewissheit sagen«, antwortete Aclla. »Aber die Macht, andere zu lenken, hat er nicht mehr, zumindest nicht, solange die Kristallschicht im Behälter aktiv ist.«

»Ich muss nach Vilcabamba«, beharrte Wilson.

»Das kann ich nicht entscheiden«, sagte Aclla erneut.

Wilson sah zu dem Tornister an Polix' Brust. Wenn er den Würfel an sich reißen wollte, dann wäre dies die passende Gelegenheit.

»Pizarro hat gedroht, meine Familie zu ermorden«, krächzte Gonzales unter Tränen. »Ich habe Sie alle gerettet, Sie schulden mir etwas. Ich habe eine Frau und drei Kinder. Arturo ist acht, Ortega ist sechs, und meine kleine Juanita ist erst drei Jahre alt. *Bitte, Sie müssen mir helfen.*«

Aclla schüttelte den Kopf. »Die Sicherheit des Würfels geht vor.«

Gonzales packte Wilson an der Schulter. »Ich wohne auf der Calle Pavitos, Ecke Lechugal, nicht weit von hier. Bitte, Señor!«

Wilson stützte den Mann, der sonst umgefallen wäre.

»Sie müssen mir helfen«, flehte der Offizier weiter.

Aclla war jetzt von ihren verbliebenen Kriegerinnen umringt, es waren nur noch sieben. »Wir brauchen deine Stärke, um den Inka-Würfel sicher fortzubringen, Wilson Dowling.« Aclla zeigte mit der blutigen Klingenspitze auf ihn. »Wir brauchen dich bei uns.«

Wilson schob Bingham zur Tür. »Ihr alle verschwindet von hier ... geht. Wartet auf mich vor der Kirche. Beeilung!«

»Ich besorge mir eine Zigarette und einen Whiskey«, sagte Bingham ein wenig benommen. »Das habe ich mir weiß Gott verdient.« Sein Blick fiel auf den toten Bischof und den blutigen Dolch, der am Boden lag. »Mein Gott, was habe ich getan?«

Gonzales wollte Wilsons Arm nicht loslassen. »Sie müssen mir helfen, meine Familie zu retten. Sie sind meine einzige Hoffnung. Bitte, Señor, meine armen Kinder.«

»Ihr Schicksal ist besiegelt«, erwiderte Wilson. »Ich kann nichts tun.«

58.

Cusco, Peru
Calle Pavitos
Ortszeit: 20.22 Uhr
24. Januar 1908

Gonzales taumelte durch den Regen, so schnell ihn seine Füße trugen. Die Schmerzen machten es ihm schwer, das Gleichgewicht zu halten. Die Pfeilspitze steckte noch in seiner Schulter, und sooft sie einen Nerv berührte, knickte Gonzales in den Knien ein. Tränen schossen ihm in die Augen, wenn er an seine Familie zu Hause dachte. Der Ausländer hatte sie schon für tot erklärt.

»Bitte, Gott, lass sie am Leben sein«, flüsterte Gonzales.

Dowling hatte ihm seinen Revolver zurückgegeben und nachgesehen, ob er geladen war. Dann hatte er ihn nach Hause geschickt. An alles andere erinnerte er sich bloß verschwommen.

»Dieser Bastard lässt meine Familie im Stich«, murmelte er vor sich hin. Seine Wut auf den Ausländer war grenzenlos. »Er hätte mir helfen müssen!«

Vor der Kathedrale hatte er über viele Tote steigen müssen. Viele seiner Soldaten waren gefallen, aber auch etliche der absonderlichen Kriegerinnen, die wegen des Würfels nach Cusco gekommen waren. Wegen dieses kleinen Dings lagen nun viele in ihrem Blut auf den Stufen vor der Kirche.

Plötzlich kamen ihm die roten Pupillen des Bischofs in

den Sinn, und er beschleunigte seine Schritte, doch kurz darauf sank er schon wieder in die Knie und auf das nasse Pflaster, weil die Schmerzen aus seiner Wunde in den ganzen Körper strahlten.

»Ich muss es nach Hause schaffen«, wimmerte er. Ihm wurde immer wieder schwarz vor Augen. Das Unwetter hielt noch an, und der Regen peitschte in die großen Pfützen.

Gonzales musste daran denken, was für ein Gesicht Ramiro gemacht hatte, als er ihn bat, auf seine Familie aufzupassen. »Kann ich mich auf Sie verlassen?«, hatte er ihn gefragt, ihn mit beiden Händen an der Schulter gefasst und ihm in die Augen gesehen.

»Sí, Capitán«, hatte der Untergebene geantwortet. »Sie können sich auf mich verlassen.«

Gonzales bog um die Ecke und sah sein Haus, in dem Licht brannte. Jetzt hatte er es nicht mehr weit. Er versuchte, tief zu atmen, um nicht noch mehr an Kraft zu verlieren.

»Bitte, lass sie am Leben sein«, flüsterte er. »Bitte, Gott!«

Als er sich dem Haus näherte, sah er eine dunkle Silhouette auf der Veranda stehen, mit gesenktem Kopf und hängenden Schultern. Es war ein Mann.

Gonzales taumelte ein wenig schneller durch den Regen. Er betete, dass es Ramiro sein möge, der auf der Veranda stand, doch trotz der Dunkelheit glaubte er zu erkennen, dass er es nicht war. Er wischte sich den Regen aus den Augen und spähte angestrengt.

Er konnte nur erkennen, dass es ein Soldat war, denn er hatte goldene Knöpfe am Kragen. Wenn Sarita und die Kinder tot waren, würde er sich das Leben nehmen, das hatte Gonzales schon beschlossen. Er konnte und wollte nicht ohne sie weiterleben. Er öffnete die Lasche seines Holsters und zog den Revolver.

In dem Moment erkannte er den Mann auf der Veranda.

Es war Capos, und er war blutbesudelt.

Drei Meter vor seinem Haus sank Gonzales auf die Knie und schluchzte hemmungslos. »Bitte, Gott, warum hast du mich verlassen?«

Capos rannte auf ihn zu und kniete sich vor ihn, um seinen Hauptmann in den Arm zu nehmen.

»O mein Gott!« Gonzales weinte.

»Ich habe eine schlechte Nachricht.« Capos drehte den Kopf zum Haus. Man sah dunkle Spritzer an der Scheibe des Küchenfensters. »Mein Gott«, murmelte er und zitterte.

»Meine Familie ist tot!«, schrie Gonzales und hielt sich den Revolver an die Schläfe.

»Nein, Capitán! Sie sind alle am Leben!«

Gonzales konnte nicht glauben, was er hörte. Er hielt benommen inne.

»Ramiro ist tot«, fuhr Capos fort. »Ihm wurde die Kehle durchgeschnitten. Und noch jemand liegt tot in Ihrer Küche. Er wurde mit einem Schwert geköpft. Ich glaube, es ist Juan Santillana.«

Gonzales sicherte den Revolver und schob ihn langsam ins Holster zurück. »Wo ist meine Frau? Wo sind meine Kinder?«

»Im Schlafzimmer. Sie trauen sich nicht heraus.«

Gonzales fühlte seine Kraft zurückkehren. Er stemmte sich vom Boden hoch und lief zur Tür. Zwei Tote lagen in der Küche übereinander. Er stieg über sie hinweg und stieß die Schlafzimmertür auf. In der Dunkelheit hörte er seine Kinder weinen.

»Papa ist da!«, rief Ortega.

»Papa!«, schrie sein Töchterchen.

Dann kamen sie angerannt und klammerten sich weinend an ihn, ebenso seine Frau, die sein Gesicht küsste und ihn festhielt.

»Ein Ausländer hat uns gerettet.« Sarita schluchzte. »Er platzte zur Tür herein und schlug dem Wahnsinnigen den Kopf ab.« Dann sah sie ihn erschrocken an. »Du bist verwundet!«

»Erzähl mir, wie es passiert ist.« Gonzales hatte die Arme um seine Familie gelegt.

»Santillana kam und wollte uns umbringen.« Sarita weinte. »Er ist es, der hier überall gemordet hat. Er klopfte an die Haustür. Seine Fingernägel waren schwarz, er war völlig verdreckt, als hätte er bei den Schweinen gelebt. Seine Augen waren blutunterlaufen. Er stürzte sich auf Ramiro, in unserem Beisein, und schnitt ihm die Kehle durch. Dann leckte er das Blut vom Messer, während der arme Junge verblutete.« Saritas Atem ging heftig, während sie ihre Kinder und deren Vater fest im Arm hielt. »Er war vom Teufel besessen«, wimmerte sie. »Seine Augen leuchteten rot.« Sie begann, wieder hemmungslos zu schluchzen. »Gott sei Dank, dass der Ausländer kam. Nicht auszudenken, was sonst aus uns geworden wäre.«

Hinter ihr legte Capos eine Decke über die beiden Toten.

»Wie sah dieser Ausländer aus?«, fragte Gonzales.

»Er war stark«, sagte sie. »Er war am Oberkörper nackt. Als er Santillana sah, schrie er: Ihre Zeit ist um, Pizarro! Dann hieb er ihm mit einem Schlag den Kopf ab.« Sarita klammerte sich noch fester an ihren Mann. »Dann zeigte er auf die Schlafzimmertür und befahl uns, dahinter auf dich zu warten. Und ich soll dir etwas ausrichten: Du sollst sagen, dass die Überschwemmung die vielen Toten gefordert hat und dass du dein Teil beitragen sollst, um die Unschuldigen zu schützen. Er meinte, du würdest schon verstehen, was das heißt.«

Gonzales nickte. Er verstand es genau.

»Wer war der Ausländer, Papa?«, fragte Ortega.

»Er heißt Wilson Dowling«, antwortete Gonzales. »Er ist ein Freund von mir.«

59.

Inka-Pfad, Peru
64 Kilometer nordwestlich von Cusco
Ortszeit: 23.05 Uhr
24. Januar 1908

Als Wilson den Inka-Pfad zum nächsten steilen Kamm hinaufwanderte, fragte er sich, ob er Aclla und ihre Kriegerinnen je einholen würde. Sie hatte ihm gesagt, dass sie diesen Pfad nehmen würden, und nun war er überrascht, wie schnell sie liefen. Der Nachthimmel war klar, und die Sterne funkelten. Beim Ausatmen stieß Wilson weiße Wölkchen in die windstille, kalte Luft.

Er war zweifellos ein enormes Risiko eingegangen, als er zu Gonzales' Haus gelaufen war. Indem er dessen Familie vor der Ermordung bewahrte, hatte er den Lauf der Geschichte verändert – die Geschichte, wie er und Helena sie kannten. Welche Folgen das haben würde, hatte er nicht absehen können. Trotzdem hatte er es nicht über sich gebracht, einfach wegzugehen und die Familie wehrlos dem Geist Pizarros auszuliefern. Er dachte an den Augenblick, als er mit dem Schwert durch Santillanas Hals gefahren war und der Kopf auf den Boden fiel. Wilson hatte ihn an den schwarzen Haaren gepackt, während das Blut aus dem Halsstumpf lief, und hatte gesehen, wie das Rot aus den Pupillen wich. Das war der Moment gewesen, in dem der Geist Pizarros den Körper verließ. Und hoffentlich für immer verschwand.

Wilson hatte keine Zeit gehabt, Santillanas abrupten Tod zu bedauern. Der Mann war vermutlich durch die Kreuzigung seines Bruders wahnsinnig geworden und durch die schrecklichen Verbrechen, zu denen der Geist Pizarros ihn getrieben hatte. Wilson war entschlossen gewesen, ihn zu töten, und hatte es getan, obgleich er damit gegen das heiligste Prinzip des Aufsehers verstieß. Aber in diesem Fall hatte er nach seiner Auffassung dennoch angemessen gehandelt.

Gonzales hatte nun seine Familie behalten, und den Fluch, der auf seinen Nachfahren gelastet hatte, gab es nicht mehr. Folglich würde das Leben Don Eravistos anders verlaufen, und er brauchte keine Rache an Helena zu üben.

Die Geschichte nahm einen anderen Verlauf.

Atemlos blieb Wilson stehen und blickte über den gepflasterten Damm, der das Tal mit dem verlandeten See teilte. Ringsum sah man auf zerklüftete Gipfel. Wilson hatte sein nächtliches Sehvermögen aktiviert und konnte schließlich gut zwanzig Kapuzengestalten in der Dunkelheit ausmachen. Offenbar waren weitere Amazonen zu dem kleinen Trupp gestoßen, von dem er sich an der Kathedrale getrennt hatte. Seit vierundzwanzig Stunden folgte er schon der Spur der Kriegerinnen und hatte die Frauen nun endlich eingeholt.

Nachdem er das Haus von Gonzales verlassen hatte, war er noch auf einen Abstecher zu Hiram Bingham gegangen. Dieser saß an seinem Schreibtisch und schrieb einen Brief an seine Frau, eine Flasche Whiskey neben sich und eine Zigarette im Mundwinkel. Er saß tatsächlich genauso da wie bei Wilsons erstem Besuch.

»Ich habe Sie schon erwartet.« Bingham drehte sich mit

dem Stuhl zur Tür und warf Wilson einen Mantel zu. Sie waren beide unrasiert und sahen mitgenommen aus, mit Kratzern und blauen Flecken im Gesicht.

»Ist die Familie wohlauf?«, fragte Bingham.

Wilson nickte. »Alle unverletzt.«

Bingham blies den Rauch aus. »Gott sei Dank!« Er zeigte mit der brennenden Zigarette auf Wilson. »Das ganze Gerede mit den Zeitreisen ist dann wohl wahr, hm?«

Wilson nickte wieder. »Ja, vollkommen.«

»Ich dachte, Sie wären in diesem Kerker verrückt geworden.« Bingham schmunzelte. »Ich hätte es besser wissen sollen.« Er trank einen Schluck aus der Flasche und zog an seiner Zigarette.

»Ich konnte Ihnen da unten nicht sagen, was wirklich vorging«, erklärte Wilson. »Der Geist Pizarros konnte Ihre Gedanken lesen. Darum habe ich mich so sonderbar benommen und scheinbar dummes Zeug geredet.«

»Sie hätten mir Ihren Plan ruhig verraten können!«, beharrte Bingham. »Sie können mir vertrauen. Dann hätte ich mit Ihnen in den Strom springen können, wäre auch abgehauen.«

Es hatte keinen Zweck, ihm die Sache in allen Einzelheiten zu erklären. »Sie haben recht«, sagte Wilson.

Bingham zitterten die Hände. »Ich kann ein Geheimnis für mich behalten, wissen Sie?«

»Nächstes Mal«, erwiderte Wilson.

»Es wird kein nächstes Mal geben, alter Freund. Nein, nein, nein. Mit Ihnen gehe ich nirgendwo mehr hin, egal was Sie versprechen.« Einen Moment lang saß er nachdenklich da. »So viele haben ihr Leben gelassen wegen dieses kleinen goldenen Würfels.« Er ließ den Zigarettenstummel fallen und trat ihn aus. Auf dem Tisch lagen vier frisch Gedrehte bereit. Bingham riss sofort ein Streichholz an und steckte sich die Nächste zwischen die Lippen. »Zünden Sie nie eine Zigarette an der anderen an«, riet er. »Sonst stirbt ein Seemann. Das hat mein Großvater immer gesagt. Sonst stirbt ein Seemann.« Er stand offensichtlich noch unter Schock. »Sie hatten recht, als Sie meinten, der Inka-Würfel sei verflucht ... blödes Ding.« Er setzte die Flasche an den Mund und trank einen Schluck, dann reichte er sie Wilson.

Wilson nahm ebenfalls einen Schluck. Ein angenehmes Gefühl der Wärme machte sich in ihm breit.

Erst in dem Moment kam ihm in den Sinn, was er selbst durchgemacht hatte. Vor seinem geistigen Auge tauchten die Szenen auf, als er Soldaten tötete. Und er sah noch einmal ihre erschrockenen Gesichter, als sie erkannten, dass sie sterben würden. Er erinnerte sich an das quälende Gefühl, das ihn befallen hatte, als er auf den Inka-Würfel zugegangen und nicht mehr Herr seiner selbst gewesen war, und er dachte daran, wie der Bischof ihm den Würfel hingehalten hatte wie eine Belohnung.

Bingham nahm die Flasche und trank. »Trinken tut gut, hm?«

»Sie sind ein Held, Hiram Bingham«, sagte Wilson. »Erst jetzt wird mir klar, warum gerade Sie ausersehen wurden, das vergessene Vilcabamba zu entdecken. Weil Sie der Einzige sind, der Pizarro niederstrecken konnte. Sie waren der Sicherheitsmechanismus – Sie haben gehandelt, als alle anderen hilflos waren.«

»Ich habe einen Priester erstochen ... ihm in den Hals gestochen. Gütiger Himmel, wie soll ich das jemandem erklären?«

»Brauchen Sie gar nicht«, entgegnete Wilson. »Bischof Francisco ist bei der Überschwemmung ums Leben gekommen. So wird die Meldung lauten. Hauptmann Gonzales wird das erledigen, ganz bestimmt. So wird es in die Geschichte eingehen.« Wilson schwieg einen Moment. »Es ist Zeit, dass Sie für eine Weile heimkehren, Hiram. Gemäß der Zukunft, die jetzt ansteht, müssen Sie Vilcabamba am 24. Juli 1911 entdecken. Dieses Datum müssen Sie abwarten.«

»Drei Jahre?«, murmelte Bingham.

»Unbedingt.« Wilson rief sich die Daten ins Gedächtnis, die Helena ihm genannt hatte, nahm Binghams Füllfederhalter und ein Stück Papier und schrieb sie ihm auf. Dann schob er ihm den Zettel hin. »Bis zu diesem Datum müssen Sie warten, einverstanden? Das ist sehr wichtig.«

Bingham saß nur da. »Meine Frau ist schwanger. Habe ich Ihnen das schon erzählt?«

Wilson lächelte. »Ich weiß ... Ihr Sohn wird Brewster heißen.«

»Sie wissen wohl alles, wie? Aber natürlich wissen Sie das.« Bingham sah ihm in die Augen. »Wussten Sie vorher, was alles passieren würde?«

»Die Zukunft steht nicht bis in alle Einzelheiten fest«, erklärte Wilson. »Jeder hat sein Schicksal, aber nur individuelle Anstrengung lässt dieses Schicksal Wirklichkeit werden. Sie haben uns alle gerettet, als Sie Pizarro niederstachen – das erforderte wahren Mut. Für mich und alle anderen, die dabei waren, sind Sie ein Held. Nicht auszudenken, wie weit das Unheil noch gediehen wäre, wenn Pizarro gesiegt hätte.«

»Haben Sie seine Augen gesehen?«, fragte Bingham. »Ich hab den Kerl nie leiden können. Ich meine, ich bin kein Mörder … aber er war mir von Anfang an unsympathisch.« Er trank einen Schluck.

»Sie sind ein Held, Hiram Bingham. Es ist nur angemessen, dass man Sie als den Entdecker Vilcabambas feiern wird.«

Bingham hob die Whiskeyflasche. »Darauf trinke ich«, brummte er, trank und zog dann an seiner Zigarette.

»Und zu guter Letzt müssen Sie an unsere Abmachung denken«, fügte Wilson hinzu. »Ich bin niemals hier gewesen.«

»Keine Sorge«, sagte Bingham. »Ich versuche bereits, die ganze Sache zu vergessen.«

Plötzlich sprang die Tür auf, und ein durchnässter Mann stand lächelnd und mit nasser Zigarette im Mundwinkel auf der Schwelle und ließ einen großen Rucksack vom Rücken fallen.

Bingham brauchte einen Augenblick, ehe er begriff, dann grinste er breit. »Harry Foote von der Yale University! Wie freue ich mich, Sie zu sehen!«

»Schüttet es hier immer so?«, fragte Foote. »Ich konnte nicht mal eine rauchen, so nass ist es draußen.«

Wilson schob die Erinnerung an die letzte Begegnung mit Bingham beiseite und legte einen Sprint ein. Im Osten stieg gerade die Mondsichel über dem Horizont auf und warf ein wenig Licht auf das Terrain. Bei diesem Tempo würde Wilson in ein paar Minuten bei den Amazonen sein, die am Ende des Dammes warteten.

Er dachte an Helena. Er konnte nicht sicher sein, dass sie die Berührung des Würfels überlebt hatte. Ein bitteres Gefühl machte sich in ihm breit, als er sie noch einmal reglos und ohne Atmung am Boden liegen sah. Es war unmöglich zu sagen, ob sie noch lebte. Doch er tröstete sich mit der Tatsache, dass ihre schimmernde Gestalt erst verschwunden war, als der Poncho den Inka-Würfel verhüllt hatte.

Sie muss überlebt haben, sagte er sich.

Durch sie war er dem Kontakt mit dem Würfel entgangen. Sie war für ihn da gewesen, als er sie gebraucht hatte, wieder einmal, und das vertiefte seine Gefühle für sie noch. Es war Schicksal, es musste so sein. Hätte er einen Wunsch frei gehabt, wäre er den Weg durch die Zeit in ihre Welt gegangen, um mit ihr zusammen zu sein.

Die Sonnenjungfrauen verteilten sich und gingen in Deckung, als sie seine Schritte hörten. Sie warteten, bis sie ihn sicher erkannt hatten, dann tauchten dreiundzwanzig Frauen aus der Dunkelheit auf und begrüßten ihn.

»Den Göttern sei Dank, dass du kommst.« Aclla lächelte ausnahmsweise und versetzte ihm einen freundschaftlichen Schlag auf die Brust. »Ich habe allen gesagt, dass du es hierher schaffen wirst.« Dann legte sie die Hand auf seine Schulter. »Die Familie des Hauptmanns ist gerettet?«, fragte sie.

»Alle unverletzt.«

»Und Santillana?«

»Hat keinen Kopf mehr auf den Schultern.«

Aclla nickte zufrieden, dann gab sie Wilson ein Stück Dörrfleisch. »Du hast das Richtige getan«, sagte sie nachdenklich. »Das war sehr edel von dir. Ich habe mit den anderen Kriegerinnen gesprochen.« Sie schaute ringsum in die Gesichter. Die Brustpanzer blinkten im Mondschein. »Jede von uns hat ihre Gefährtin verloren.«

»Das tut mir sehr leid«, sagte Wilson.

»Wir sind die Letzten unserer Art«, fuhr Aclla fort. »Nach unseren Gesetzen können wir nun keine Kriegerinnen mehr sein. Die Herrschaft der Sonnenjungfrauen ist vorübergehend zu Ende. Es ist unser Wunsch, dass du mit uns nach Pitcos kommst und uns hilfst, das Leben wiederherzustellen, das vernichtet wurde.«

Wilson sah ihr in die dunklen Augen und dachte an die leidenschaftliche Nacht mit ihr und Chiello. Es war eine außergewöhnliche Erfahrung gewesen, aber nicht das, wonach er sich sehnte. »Ich kann nicht mit euch gehen«, sagte er.

»Du musst. Die Mamaconas haben es so verfügt.«

»Sie wollen, dass ich für immer bei euch bleibe. Das weißt du.« Er sah die anderen an. »Das wisst ihr alle.« Einen Moment lang herrschte Schweigen.

»Warum bist du dann gelaufen, um uns einzuholen?«, fragte Aclla.

»Weil ich hoffe, dass ihr mich den Inka-Würfel noch ein letztes Mal benutzen lasst, in Vilcabamba, damit ich heimreisen kann, in meine Welt.« Helenas Gesicht trat ihm vor Augen. »Zurück zu der Frau, die ich liebe. Sie bedeutet mir mehr als alles andere.« Er zögerte. »Jeder muss seinen eigenen Weg gehen.«

Der Mond stand nun hell über den zerklüfteten Gipfeln, und die Schatten der Amazonen fielen über den gepflasterten Damm.

»Ich muss dich nach Pitcos bringen«, beharrte Aclla. »Mir bleibt keine andere Wahl.«

Von hoch oben war der durchdringende Schrei eines Kondors zu hören. Alle blickten zum Himmel und sahen den Vogel in großen Kreisen herabschweben. Er schlug einmal mit den Flügeln und landete nur ein paar Schritte von dem Dammweg entfernt. Seine Augen leuchteten im Mondschein. Niemand rührte sich, als der Vogel seine Schwingen ausbreitete und noch einen Schrei ausstieß.

Wilson sah Aclla an. »Offenbar ist Apu auf meiner Seite.«

60.

Anden, Peru
Machu Picchu
Ortszeit: 6.10 Uhr
25. Januar 1908

Endlich stieg die Sonne über den Horizont. Der Himmel war wolkenlos. Ihre gleißenden Strahlen schienen zwischen den Gipfeln im Osten hindurch zum Machu Picchu. Wilson stand auf dem Altarstein – auf der Axis Mundi – und wartete auf Acllas Meldung, dass der Inka-Würfel wieder an seinem Platz in der Tempelkammer liege.

Wilson stand auf einem natürlich gewachsenen Felsen, auf dem die Inkas ihren heiligsten Ritualen einschließlich der Menschenopfer gehuldigt hatten. Der Altar bestand aus einem Granitblock von der Größe eines Autos und einer kurzen Säule, die sich aus seiner Mitte erhob. Intihuatana hatten die Inkas sie genannt: Pfosten der Sonne. Sie hatten geglaubt, dies sei die Stelle, an der die Sonne mit der Erde verbunden sei und sie in ihrer Himmelsbahn hielt. Am 21. März und am 21. September, zur Tagundnachtgleiche, stand die Sonne direkt über der Säule, sodass diese keinen Schatten warf.

Hoch am Himmel kreiste der große Kondor über der alten Inka-Stätte, als müsste er nicht einmal die Flügel bewegen. Seit seiner Ankunft in der Nacht hatte er Wilson nicht mehr aus den Augen gelassen und flog unablässig über ihm, als wäre er über eine unsichtbare Schnur mit ihm verbunden.

Wilson schaute ein letztes Mal auf die überwucherten Ruinen, die sich über den schmalen Kamm erstreckten. Laubbäume und Bambusdickicht standen zwischen den Gebäuden. Jedes Fleckchen Erde war mit Farn, Gräsern und Rankenpflanzen bewachsen, und unten im Tal rauschte der mächtige Urubamba in seiner beängstigenden Schönheit.

Nach allen Seiten erstreckten sich, so weit das Auge reichte, die schroffen Gipfel der Anden, ein erhabener und beinahe furchteinflößender Anblick.

»Der Kraft der Sonne verdanken wir alles«, sagte Aclla, die drei Schritte von Wilson entfernt stand. »Darum ist Inti der mächtigste unserer Götter. Alles, was du hier siehst, kommt von ihm. Seine Energie erschafft alle Dinge. Er wärmt die Erde, lässt die Pflanzen wachsen, von denen wir uns ernähren, und die Bäume und Gräser, die unsere Tiere ernähren, sodass Fleisch und Knochen, Gedanken und Willen entstehen. Auf diese Weise wird seine Energie ein Teil von uns allen. Der Sonnengott lässt das Wasser verdunsten und schafft damit die Wolken und das Wasser, aus welchem die Flüsse entstehen, die in unseren Tälern fließen. Alles verdanken wir Inti, ohne ihn wäre nichts.«

Wilson schaute nach Osten, wo die Strahlen über die dunklen, bewaldeten Täler hinwegschienen. Es war ein kalter Morgen, doch er fühlte die Wärme von Intis Kraft auf dem Gesicht.

»Was wird aus dem Inka-Würfel?«, fragte er.

Aclla warf ihren Poncho über die Schultern zurück und entblößte ihre muskulösen Arme und den Brustpanzer. »Dazu kann ich nichts sagen. Aber die Mamaconas werden sicherlich wissen, was zu tun ist. Vielleicht wollen sie ihn in den Titicacasee werfen, aus dem er ursprünglich gekommen ist.«

Die Sonnenjungfrauen standen ringsum auf den Hausgiebeln verteilt und passten auf, ob sich jemand näherte.

Dann bekam Aclla das Signal, und sie wandte sich Wilson ein letztes Mal zu. »Der Würfel liegt an seinem Platz.«

»Ich stehe in deiner Schuld«, sagte Wilson. »Du bist eine großartige Anführerin und eine prachtvolle Frau.«

»Ich hoffe sehr, dass du findest, wonach du suchst, Wilson Dowling.« Sie senkte den Blick. »Ich wünschte, ich hätte das auch zu meiner Schwester gesagt.«

Bei Acllas Bemerkung wurde Wilson erneut nachdenklich.

So viele Menschen waren wegen dieses Würfels ums Leben gekommen, unschuldige und schlechte. Es fiel schwer, eine Erklärung zu finden, wenn Verbrechen im Namen Gottes begangen wurden, aber so war der Lauf der Dinge, wie es schien. Gott schien für das Beste im Menschen verantwortlich zu sein, und in vielen Fällen wurde Sein Name auch für die schlimmsten Übeltaten zum Vorwand genommen.

Nur so konnte Wilson sich erklären, was er erlebt hatte.

Nach acht langen Jahren war der Nehemia-Auftrag endlich ausgeführt.

Wilson atmete tief durch und schaute zu dem Kondor hinauf, der über ihm seine Kreise zog. Der Geist Apus, der Berggöttin, war da gewesen, als er ihn dringend brauchte. Wilson blickte über die Ruinen und hoffte, das charakteristische Schimmern zu sehen, das Helenas Anwesenheit verriet, doch vergeblich. Sobald er in der Zukunft einträfe, würde er als Erstes herausfinden, was aus ihr geworden war und ob sie die Berührung mit dem Inka-Würfel überlebt hatte.

Er drückte die Handfläche auf die Säule.

Der Boden zitterte, zunächst nur ganz leicht, dann erbebte der ganze Berg unter ihm. Wilson spannte die Muskeln an in dem Wissen, was ihn erwartete.

Dann gab es einen grellen Blitz, und er war fort.

Der Kultroman zum Maya-Mythos

Brian D'Amato
2012: DAS ENDE
ALLER ZEITEN
Aus dem amerikanischen
Englisch von
Dietmar Schmidt
960 Seiten
mit zahlreichen
Abbildungen
ISBN 978-3-404-16508-7

Von seiner Mutter, einer Indianerin, hat Jed DeLanda ein Brettspiel geerbt. Mit ihm kann er die Zukunft berechnen, genauer als ein Computer. Aus dem Spiel wird Ernst, als Jed ein alter Maya-Codex in die Hände fällt. Jed stellt fest: Die Maya spielten dasselbe Spiel wie er, nur in weit komplexerer Form. Sie sagten die großen Katastrophen der Menschheit voraus, bis zu dem Tag, an dem alles endet. Dem 21.12.2012. Jed hat keine Wahl. Er muss zurück in die Zeit der Maya reisen, um zu sehen, ob die Menschheit noch eine Chance hat.

»Ein gewaltiger Zeitreise-Philosophie-Apokalypse-Thriller.«
KÖLNER STADT-ANZEIGER, KÖLN

Bastei Lübbe Taschenbuch

„Wolfgang Hohlbein. Der Name für das Unbegreifliche."

FRANKFURTER ALLGEMEINE ZEITUNG

Wolfgang Hohlbein
ANUBIS
Roman
768 Seiten
ISBN 978-3-404-27070-5

Mogens VanAndt ist Professor für Archäologie an einer kleinen Universität an der Ostküste der USA. Ihm stand einmal eine glänzende Karriere bevor. Doch es gibt einen dunklen Fleck in seiner Vergangenheit. Da erhält er eine neue Chance – ausgerechnet von dem Mann, den er für sein Unglück verantwortlich macht.
Es geht um die größte archäologische Entdeckung auf amerikanischem Boden: einen unterirdischen Tempel in Kalifornien. Einen Tempel, wie es ihn dort gar nicht geben dürfte. Und das Tor, welches die stummen Tempelhüter bewachen, öffnet einen Weg in das Reich der Toten …

Bastei Lübbe Taschenbuch